Erbin der Nacht

Ruf des Blutes 5

Tanya Carpenter

SIEBEN VERLAG

Ruf des Blutes, bisher erschienen:
Tochter der Dunkelheit
Engelstränen
Dämonenring
Unschuldsblut

© 2011 Sieben Verlag, Ober-Ramstadt
ISBN: 978-3-941547-15-5
Umschlaggestaltung: Nordstern-Design, Hasloh
www.sieben-verlag.de

Für Merlin

meinen Zauberwolf

Und in Erinnerung an Steve Barton

Prolog

as große Haus lag still da. Unheimlich und kalt wie ein Grab. Das Rauschen des Windes in den Bäumen draußen klang gespenstisch, ein Wimmern und Weinen von Seelen, die ruhelos um das Gemäuer strichen. Von den Lebenden, die es bewohnten, keine Spur.

Dennoch war er auf der Hut. Er fühlte sich nicht wohl in seiner Haut. Rechnete bei jedem Schritt damit, einen unsichtbaren Alarm auszulösen oder gar von einem der Ordensmänner entdeckt zu werden. Doch nichts geschah.

Das Domus Lumine der Lux Sangui galt unter PSI-Wesen als uneinnehmbar. Er fragte sich warum, denn bisher schien niemand auch nur bemerkt zu haben, dass ein Eindringling es in die heiligen Mauern geschafft hatte. Das sprach nicht gerade für einen PSI-Orden, der sich allen anderen ähnlich gesinnten Gruppierungen überlegen glaubte. Waren die etwa wirklich alle fort? Oder nur in anderen Sphären?

Verwundert schüttelte er den Kopf. Wirklich beruhigen konnte die Tatsache, dass er nicht in unmittelbarer Gefahr schwebte, seine Nerven nicht. Mit seinem Vorhaben brach er uralte Regeln, die schon Bestand hatten, als es ihn noch nicht einmal gab. Mochten seine Ahnen ihm vergeben. Doch was zählten die Gesetze noch? Wo fast niemand mehr übrig war? Rechtfertigte nicht der Zweck die Mittel? Das Gefühl blieb, die eigenen Fähigkeiten zu missbrauchen, auch wenn er keinen anderen Weg sah, seine Pflicht zu erfüllen. Jemand musste diesem Treiben Einhalt gebieten. Im Untergrund rotteten sich Wesen zusammen, die jenseits der Vorstellungskraft eines Menschen existierten. Nur wenige Gruppen von Sterblichen, Orden wie dieser hier, besaßen Kenntnis davon. Die einen versuchten zu vermitteln, die anderen zu unterlaufen und einige auch zu töten. Die Lux Sangui gehörten zu Letzteren. Deshalb war er hier. Sie waren zu wenige. Ihre Angst lähmte sie, ließ sie ihr Potenzial nicht voll ausschöpfen, obwohl sie Möglichkeiten hatten. Darum wollte er diese Möglichkeiten nutzen. Auf jede Weise, die ihm nötig schien, sein Ziel zu erreichen.

Er brauchte nur die Augen zu schließen und sah es deutlich vor sich. Ein Raum voll Waffen, die eine wie die andere dazu taugte, in den Krieg zu ziehen. Munition unterschiedlichster Art, perfekt darauf abgestimmt, gezielt die jeweilige Art, auf die man es absah, auszuschalten. All das wartete nur darauf, zum Einsatz zu kommen, wenn einer den Schneid hatte, sie einzusetzen. Er hatte ihn. Und er würde sich durch nichts davon abhalten lassen, auch nicht durch sein Gewissen oder seinen Schwur. Er schuldete niemandem etwas. Nicht einmal mehr seiner Familie, die längst ihre Aufgabe vergessen hatte. Ein Haufen verblichener, teils zu Staub zerfallener Knochen. Und der armselige Rest, der noch nicht zur Ruhe gegangen war, sorgte für noch mehr Unruhe und scherte sich keinen Deut um das Erbe. Steckte womöglich sogar mit dem Feind unter einer Decke, und verschaffte diesen Unwürdigen immer neue Möglichkeiten, sich zu verbreiten und an geheimen Treffpunkten Komplotte zu schmieden. Was war nur aus ihnen geworden?

In Gedanken versunken setzte er einen unbedachten Schritt. Die Stufe knarrte und er verharrte in der Bewegung. Sekunden verstrichen so qualvoll langsam, dass er glaubte, den trägen Strom der Zeit in den Knochen zu spüren. Dann ging eine Tür im unteren Stock auf. Was jetzt? Er konnte seine Gabe nicht nutzen, das würde Aufsehen erregen. Er konnte nicht fortlaufen und sich verstecken, denn auch das bliebe nicht unbemerkt. Er sah einen Lichtschein am Ende des Ganges links von der Treppe. Wenn jetzt die Deckenbeleuchtung angeschaltet wurde, war er geliefert. Schlurfende Schritte näherten sich seinem Standort. Sollte er es wagen, die Treppe weiter hinaufzusteigen? Alle anderen Stufen hatten nicht geknarrt. Er überlegte fieberhaft, entschied sich dagegen. Das Risiko war zu groß. Wenn er Glück hatte, blieb das Licht aus, dann konnte ihn in seinem schwarzen Tarnanzug niemand entdecken, der nicht direkt an ihm vorbeiging.

Die Schritte kamen näher, jetzt mussten sie in etwa auf Höhe der untersten Stufe sein. Würde der Bewohner dieses Hauses heraufkommen? Die Schritte stoppten. Eine Hand legte sich auf das Geländer. Die minimale Veränderung in der Holzstruktur pflanzte sich durch den Handlauf fort bis zu ihm. Ein erster Schritt auf die Treppe. Sein Körper war angespannt wie die Saite eines Bogens. Im Notfall würde er rennen. Am Ende des Ganges gab es ein Fenster. Der Sprung in die Tiefe war ein Leichtes für ihn. Warum nur hatte er gezögert, seine Gabe schon vor dem Haus einzusetzen? Dann wäre der Raum mit den Waffen jetzt in seiner Hand, niemand hätte ihn bemerken oder gar erkennen können.

Knarrend ging eine weitere Tür auf und diesmal flutete das Licht aus dem Raum dahinter die halbe Eingangshalle. Erhellte die Gestalt, die leicht gebeugt den unteren Treppenabsatz erreicht hatte und sich umdrehte. Bis zu ihm reichte der Schein noch nicht.

„Victor! Gut, dass Sie da sind. Ich muss dringend noch etwas mit Ihnen besprechen."

Der Mann, der das sagte, stand im Türrahmen. Sein Gesicht blieb im Dunkeln, nur sein Schatten fiel auf den mit schwarzem und weißem Marmor gefliesten Boden.

„Hat das nicht Zeit bis Morgen, Donald? Ich bin müde und eben schon in der Bibliothek eingenickt."

„Nein, es wäre mir lieber, wenn wir das sofort klären könnten. Es wird auch nicht lange dauern, doch Ihren Schlaf müssen Sie einstweilen verschieben."

Victor seufzte, drehte sich um und ging auf die geöffnete Tür zu. Wenig später wurde sie hinter ihm geschlossen, die dicke Holzvertäfelung schluckte die Stimmen der beiden Männer, sodass er nicht mehr erfuhr, worüber Donald so dringend mit seinem Kollegen hatte reden müssen. Aber es war ihm egal. Hauptsache, er war der Entdeckung entgangen. Mit einem Seufzer der Erleichterung setzte er seinen Weg fort. Der Raum besaß keinen direkten Zugang vom Flur, sondern lag in einem anderen Zimmer verborgen. Er fand ihn dennoch, weil der Grundriss des Gebäudes wie eine Karte vor seinem inneren Auge pulsierte. Nur ungern nutzte er seine Gabe auf dem offenen Gang, weil immer noch die Gefahr bestand, dass jemand aus einem Zimmer kam oder die beiden Männer im unteren Stock ihr Gespräch zu rasch beendeten. Das Licht konnte sogar unter einer Tür hindurchleuchten und auf ihn aufmerksam machen. Aber leider war der Raum abgeschlossen, der zur separaten Kammer führte. So oder so, der einzige Weg hinein führte über ein Tor. Er würde nicht unverrichteter Dinge wieder gehen, jetzt wo er seinem Ziel so nah war. Ein letztes Mal lauschte er, kein Geräusch deutete auf Menschen in seiner Nähe hin. Er nahm seinen Mut zusammen, wich in eine Ecke des Ganges zurück, wo er sich an die Mauer presste und das Undenkbare, Verbotene tat. Das, was jeder von ihnen nur ein Mal im Leben tun sollte, an einem wohl gewählten, einsamen Ort. Er wendete es zum unzähligsten Male an, weil er keinen anderen Weg sah. Beinah war es zur Gewohnheit geworden. Er schuf ein Tor ohne Tür, das nicht gesehen, wohl aber durchschritten und niemals mehr verschlossen werden konnte. Nur ein Siegel gewährte für begrenzte Zeit Schutz, wenn er sein Vorhaben erfüllt und Selbiges auf sein Werk gelegt hatte.

In Gedanken bat er seine Ahnen um Vergebung, doch als er die Augen öffnete und die Reichtümer seines Zieles vor ihm lagen, schwanden alle Bedenken. Er tat das Richtige. Und jetzt hielt er auch das Werkzeug dazu in Händen. Behutsam ergriff er ein paar ausgewählte Stücke, deren Bedienung keiner Erklärung bedurfte. Die Munition war fein säuberlich beschriftet. Er wählte klug, nur nicht zu gierig. Wie lange dauerte es, bis es jemandem auffiel? Würde man ihn aufhalten? Konnten die Lux Sangui das überhaupt?

Er schwankte zwischen der Überlegung, so viel wie möglich fortzuschaffen oder unauffällig zu agieren und lieber noch mal wiederzukommen. Schließlich entschied er sich für Letzteres. Das versprach ein größeres Zeitfenster.

Nachdem er denselben Weg zurück genommen hatte und wieder im oberen Flur stand, versiegelte er das unsichtbare Tor, um ein zufälliges Hindurchgleiten eines Menschen zu verhindern. Das sollte fürs Erste genügen. Jetzt wollte er nur noch raus hier und Pläne für seine künftigen Missionen schmieden. Auf der Treppe mied er die Stufe, die unter seinem Gewicht geknarrt hatte, gelangte lautlos und ungesehen in die Halle. Er setzte den Fuß von der letzten Stufe auf den Boden der Halle, als die Tür von vorhin sich wieder öffnete und die beiden Männer heraustraten. Schnell schlüpfte er von Schatten zu Schatten Richtung Eingangstür. Er hörte Schritte hinter sich, sein Puls raste. Wenn man ihn mit seiner Beute erwischte, war alles aus.

Gleich kamen sie um die Ecke, würden sehen, wenn er durch den Haupteingang entkommen wollte, aber ebenso, wenn er hier wie auf dem Präsentierteller stehen blieb. Es musste schnell gehen. In seinen Ohren klangen seine Schritte auf dem Marmorboden so laut, dass es von den Wänden widerhallen musste. In Wahrheit ertönte kein Laut. Er zog den Türflügel so weit auf, dass er sich hindurchzwängen konnte. Der Beutel mit den Waffen verhakte sich, Panik ergriff ihn. Am anderen Ende der Eingangshalle kamen bereits die Schatten der beiden Männer in Sicht. Ihm blieb keine andere Wahl. Er zog an dem Beutel, drückte die Tür nur wenige Millimeter weiter auf. Seine Beute rutschte hindurch und er zog das Tor hinter sich ins Schloss. Keine Sekunde zu früh. Die Stimmen waren ganz nah, und Sekunden später wurde die Klinke bereits hinuntergedrückt.

„Sie verstehen unter diesen Umständen sicher, Victor, warum Ihre Abreise keinen Aufschub duldet."

Die Angeln quietschten, hektisch blickte er sich nach einem Versteck um. Zumindest für die Beute. Ein Schacht kam in sein Blickfeld. Nicht perfekt, aber ausreichend. Hauptsache, man erwischte ihn nicht mit dem Diebesgut.

„Erstatten Sie mir umgehend …" Die Stimme des Mannes brach ab, als er beim Öffnen des Eingangsportals einem unerwarteten Gast gegenüberstand. „Sie? Mit Ihnen hatte ich nicht gerechnet."

Man merkte dem Sangui seine Überraschung nur Sekunden an, ehe er sich von seinem Ordensbruder verabschiedete. „Also, sobald Sie angekommen sind, Victor. Wie besprochen."

„Selbstverständlich Donald. Unter diesen Umständen."

Victor stieg in ein Auto und startete den Motor. Der Kies knirschte unter den Reifen, als er losfuhr. Donald schenkte dem Ankömmling seine Aufmerksamkeit, ohne noch einen Blick hinter dem Wagen herzuwerfen.

„Kommen Sie rein. Man könnte fast meinen, Sie hätten meine Gedanken gelesen", begrüßte er seinen Besucher. „Trifft sich ausgezeichnet. Ich habe einen neuen Job für Sie, Blue."

*S*chmerz! Seine ganze Welt bestand nur aus Schmerz. Er bestimmte sein Denken und Fühlen, seit er sporadisch das Bewusstsein wiedererlangte, obwohl er nicht sicher war, wirklich wach zu sein oder in einem schrecklichen Albtraum gefangen. Jeder Atemzug war eine Qual, zerriss ihm die Lungen, doch seine Kraft reichte nicht aus, das Atmen einzustellen. Sein Körper gierte nach Sauerstoff, als könnte er damit die Wunden heilen, die beinah seinen gesamten Leib bedeckten.

Es war ihm nicht möglich, die Augen zu öffnen, was er als Segen empfand, denn der Gedanke, sehen zu müssen, was er spürte — einen zerstörten menschlichen Torso, rohes Fleisch und verkohltes Gewebe — war schlimmer als die Schmerzen selbst.

Seine Erinnerungen bestanden aus vagen Fetzen, dennoch gab es keinen Zweifel an der Art der Verletzungen. Ebenso wenig daran, dass er selbst dafür verantwortlich war. Es in Kauf genommen hatte, um seinem Leben ein Ende zu setzen, das nicht länger lebenswert war. Es gab viele Wege zu sterben und etliche, die er vorgezogen hätte, wenn eine Wahl bestünde. Der Anblick von Feuer gezeichneter Leichen war ihm nicht fremd und es überlief ihn eiskalt, wenn er daran dachte, dass er nun genauso aussah. Mit dem Unterschied, noch zu leben, auch wenn das einem Wunder glich.

Er wollte Lachen vor Bitterkeit, brachte jedoch nur ein kratzendes Geräusch zustande, das er mehr spürte als hörte. Seine Arme und Beine zuckten unter ungewollten Nervenimpulsen. Erinnerungen spülten über ihn hinweg gleich einer unheilvollen Flut. Konfrontierten ihn mit Wellen neuen Schmerzes, die ihn in den Wahnsinn trieben, weil sie ihn erneut erleben ließen, was in den letzten Sekunden geschehen war, ehe sich seine Welt in Dunkelheit verlor. Bis er schließlich in diesem Zustand erwachte.

Flammen züngelten in seinem Geist empor, verzehrten seine Haut, fraßen sich tief in sein Fleisch und brachten sein Blut zum Kochen. Die Hitze wurde unerträglich, blendete ihn, löste seine Glieder auf, als läge er in einem Bad aus glühender Lava. Sie kroch durch seine Venen, schmolz seine Eingeweide, zerriss ihn und zog ihn gleichzeitig zusammen. Er krümmte sich am Boden, und als sein Körper die Bilder ins Jetzt übertragen wollte, begehrte sein gepeinigter Leib auf, steigerte sich das Martyrium zu Übelkeit, die ihn Galle erbrechen ließ und ihm den Rachen verätzte. Er wollte schreien, doch seine Kehle war verbrannt, die Stimmbänder verschmort. Es drang kein Laut über seine Lippen, nicht mal ein Keuchen.

Ein Schatten fiel auf seine geschlossenen Augen, er ahnte eine Bewegung und gleich darauf legte sich eine kühle Hand auf seine Stirn. Er hörte eine dunkle Stimme leise Worte sprechen, die er nicht verstand, weil auch seine Trommelfelle unter der mörderischen Glut zerplatzt waren und nur langsam wieder verheilten. Es klang mehr nach einem Murmeln, das ihn zusehends beruhigte und in den erlösenden Schlaf zurückschickte, in dem er all der Qual entkommen konnte.

Beim erneuten Erwachen hatte der Schmerz nichts an Intensität eingebüßt, doch noch immer hielt jemand seine Hand und sprach zu ihm. Erleichterung durchströmte ihn, dass er nicht allein war. Er wusste nicht, wer an seiner Seite saß, doch das Gefühl der Dankbarkeit machte ihn benommen. Sein barmherziger Samariter wusch die Wunden mit kühlem Nass. Es biss erbärmlich im ersten Moment, aber er glaubte aus den undeutlichen Worten etwas von Kräutern und Linderung zu vernehmen, weshalb er sich schließlich entspannte und ihn gewähren ließ. Eine andere Wahl hatte er ohnehin nicht. Die Schwäche, die der überstandene Anfall zurückgelassen hatte, nagelte seine Glieder auf dem Lager fest.

In regelmäßigen Abständen hob man seinen Kopf an, auch wenn dies stets die frisch heilende Haut an Nacken und Schultern wieder aufriss. Er wollte protestieren, besaß jedoch die Kraft nicht. Ein Becher mit einer Flüssigkeit wurde an seine Lippen gepresst, er konnte weder riechen noch schmecken, was das war. Vermutlich kein Verlust, Medizin schmeckte stets scheußlich. Dennoch ließ er sich den zähen Inhalt bereitwillig einflößen, nachdem er merkte, dass er für kurze Zeit Linderung brachte. Möglicherweise ein Betäubungsmittel oder eine Droge. Ihm war es egal. Solange nur der Schmerz nachließ. Wenn es nach ihm ging, sollte man ihm nur ordentlich viel davon geben, vielleicht wachte er dann nie mehr auf. Das wäre eine Erlösung. Entspräche dem, was er von Anfang an geplant hatte. Zwar merkte er, dass die Wunden heilten, doch der Prozess schritt langsam voran und bereitete zusätzliche Pein. Es fühlte sich an, als ob Fleisch und Haut langsam über seine Nervenenden krochen, um wieder zueinanderzufinden. Das darunterliegende Gewebe dabei aufschabten, sodass die Heilung mehr Schein als Sein war. Elektrische Impulse ließen ihn unkontrolliert zucken und schaudern. Er war sich jeder Faser seines Körpers so deutlich bewusst wie nie zuvor, hätte mit der Präzision eines Mediziners sagen können, wie die einzelnen Teile seines Organismus zusammenarbeiteten und viel dafür gegeben, es weniger spüren zu müssen.

Dankbar ergab er sich daher dem Schlaf, wenn der ihn nach dem Trunk für kurze Zeit von seinem Martyrium erlöste, auch wenn er ihm sogleich ein anderes bescherte. Im Schlaf kamen die Träume. Vage Erinnerungen an einen Kampf tief in seinem Inneren. An Sehnsucht und Verlangen, Hoffnung und Enttäuschung. An eine verbotene Versuchung, die Gier und Ekel hinterließ. Er taumelte wie ein Betrunkener, fühlte sich im vertrauten Leben plötzlich fremd, gehörte nicht länger dazu und war doch mehr Teil davon als je zuvor.

Ängste ergriffen von ihm Besitz. Zweifel ... nein: Verzweiflung! Er fürchtete sich vor sich und den eigenen Taten. Genauso taten es die Menschen, die er liebte. Die ihm nahestanden und nun zusehends entglitten. Sie zogen wie Geister vor seinem inneren Auge vorbei, bis er sie verlor. So wie er sich verlor. Vertrauen, das zu Argwohn wurde. Liebe, die in Hass umschlug. Ihm schwindelte in diesem Strudel widersprüchlicher Gefühle. Er fühlte sich in die Enge getrieben, ausgeliefert einem Wesen, das er nun war, das in ihm pulsierte, ihn beherrschte. Das er nicht akzeptieren konnte und schon gar nicht zu bändigen vermochte. Es veränderte ihn, bis er sich selbst nicht mehr kannte, nicht mehr wusste, wie viel von ihm noch übrig war. Es trieb ihn zur Flucht in den Tod, weil nur der seinem Leid, seiner Hilflosigkeit ein Ende setzen würde.

Der Ausweg in den Strahlen der Sonne und die erlösende Wärme, als sein Körper in Flammen aufging. Da war kein Schmerz, nur Verlockung. Hoffnung auf ein Ende des Chaos, das in ihm tobte. Der Schmerz war erst viel später gekommen, als seine Flucht fehlschlug, ihm der Ausweg nicht gewährt wurde.

*

Vor Kurzem hatten Armand und ich ein Haus in Miami in der Nähe des Hafens erworben, nachdem auch Pettra und Slade hierher gezogen waren. Mit Steven verband uns ohnehin eine innige Freundschaft und auch der Kontakt zu Lucien verlief harmonisch trotz allem, was geschehen war. Armand behielt seine Wohnung in London und war häufiger dort als ich. Er und Franklin waren sich wieder näher gekommen, was mich ungemein beruhigte, da ich so weniger befürchten musste, dass Lucien sein Blut benutzen konnte, um meinen Vater an sich zu binden. Ich war mir Armands Liebe so gewiss wie nie zuvor. Dennoch wussten wir beide, dass die Monate der Trennung, in denen ich glaubte, er habe mich verlassen und er sich allein durch die Festung ohne Wiederkehr kämpfen musste, viel verändert hatten. Wir waren beide gewachsen, hatten zu unseren Wurzeln zurückgefunden und gleichzeitig unseren Fuß auf neue Pfade gesetzt, die wir nicht mehr verlassen konnten oder wollten.

Innerlich waren wir uns so nah wie Zwillinge, wussten, was der andere dachte und fühlte. Die Grenze zwischen uns schien aufgehoben. Vielleicht, weil auch er nun das Blut beider Urvampire in sich trug. Ich vermutete jedoch, dass das, was er in der Festung ohne Wiederkehr durchleiden musste, einen neuen, stärkeren Vampir aus ihm gemacht hatte.

Ich wusste, er besuchte meinen Vater regelmäßig und gab ihm den kleinen Trunk. Wenn ich gewollt hätte, wäre auch die Frage nach der Art ihrer Beziehung nicht unbeantwortet geblieben. Doch ich stellte sie nie. Mir genügte es zu sehen, dass Franklin wieder an Kraft gewann, wenn ich ihn bei meinen immer seltener werdenden Besuchen in London aufsuchte. Die Spuren der Zeit wichen aus seinen Zügen. Ob die beiden auch wieder ihre alte Leidenschaft verband, spielte für mich keine Rolle mehr.

Doch über all das machte ich mir an diesem Abend keine Gedanken. Ich war wieder allein in Miami. Mein Geliebter wollte erst in ein paar Tagen nachkommen. Darum begleitete Steven mich zu dem Treffen, das ich observieren sollte. Armand wusste, wie nah wir uns standen, und machte mir keine Vorhaltungen. Steven hatte etwas verstanden, das wir erst allmählich begriffen. Er stellte keine Gefahr für unsere Beziehung dar, sondern war ein wertvoller Verbündeter für den Orden geworden. Nicht nur wegen seiner Forschungsarbeiten über die Nightflyer. Das Miami Medical, in dem er arbeitete, wurde inzwischen auch von Vampiren und anderen PSI-Wesen aufgesucht – mehr oder weniger legal. Steven war es gemeinsam mit Slade, einem Halfblood-Vampir und Lebensgefährten meiner Daywalkerfreundin Pettra, gelungen, bis zu einem gewissen Grad in den Paranormalen Untergrund einzutauchen, der auch ohne Kaliste und Sylion noch immer nach Wegen suchte, stärker an die Oberfläche zu drängen. Steven hatte dort verbreiten lassen, dass er als Chirurg in einer Klinik arbeitet und seitdem kamen viele PSI-Wesen zu ihm, wenn sie krank oder verletzt waren. Ihm wurde großes Vertrauen in diesen Kreisen entgegengebracht. Dadurch erhielten wir wertvolle Informationen, an die wir sonst nicht gelangt wären.

Kürzlich war dabei der Name Cyron gefallen, und da Steven wusste, dass ich mit dem Gestaltwandler noch eine Rechnung offen hatte, brachte er in Erfahrung, wo er sich rumtrieb. Dabei kam zutage, dass er sich in Kürze mit einem Kontaktmann der Lux Sangui in Miami treffen würde. Warum, das wollten wir herausfinden.

Cyron war der Einzige aus dem Komplott um Darkworld, dessen Leiche man nicht gefunden hatte. Das erschien mir verdächtig. Dass er sich mit einem Mitglied eines Dämonenjäger-Ordens traf, umso mehr. Also saßen Steven und ich heute Abend in Leonardo's Bar und warteten. Lucien hatte diesen Nobel-Club gekauft, renoviert und unter dem Namen seines Geliebten eröffnet, der durch Dracons Hand gestorben war. Dass es ihm jetzt, nach mehreren Jahren, noch immer so viel ausmachte und er ihm dieses Etablissement widmete, wunderte mich. Mir war nicht klar gewesen, wie sehr er den schönen Callboy verehrt und geliebt hatte. Unter diesen Umständen verstand ich jedoch den noch immer währenden Zorn auf Dracon, auch nachdem dieser ihm das Leben gerettet hatte. Für Lucien blieb er der Mörder des Mannes, der seinen Platz hätte einnehmen sollen. Auch mir tat es leid um den jungen Mann mit den kastanienroten Haaren, der meinem Lord in demütiger Liebe verfallen war. Sein unschöner Tod, enthauptet in einer der Engelshöhlen, verfolgte mich noch immer ab und zu in meinen Träumen. Ich selbst hatte Lucien die Nachricht damals überbracht.

Leonardo's Bar war inzwischen ein Treffpunkt für den Paranormalen Untergrund geworden. Von Lucien zwar nicht beabsichtigt, aber letztlich zu einem Vorteil für uns gereicht. In den letzten Wochen hatten Steven und Slade sich hier geschickt in deren Reihen umgehört und einiges über den Mann erfahren, der sich als Cyron Gowl ausgab. Ich zweifelte nicht eine Sekunde, dass er es wirklich war, während Steven leise Bedenken anmeldete, ob sich nicht jemand mit der Identität des Gestaltwandlers einen entsprechenden Status innerhalb der Untergrundbewegung sichern wollte. Mich beschäftigte eher die Frage, warum ein Orden von Dämonenjägern Kontakt zu jemandem aus dem PU suchte — oder umgekehrt. Wir waren gespannt und auch ein wenig besorgt, denn Cyron konnte jede x-beliebige Gestalt annehmen und auch von dem Kontaktmann wussten wir nicht, wie er aussah. Also spitzten wir die Ohren und fuhren unsere medialen Antennen aus. Ein Geduldsspiel.

„Und wenn du dich irrst?"

Ich entzog den beiden Lycanerinnen am Tisch neben uns meine Aufmerksamkeit und sah Steven verständnislos an.

„Na, wenn er doch nicht mehr lebt. Kaliste hat alle anderen umgebracht. Und ihr wisst nicht, wie Cyron aussieht. Möglicherweise ist er nur noch ein Haufen alter Knochen und der Typ hier macht bloß einen auf dicke Hose. Immerhin war Cyron recht angesehen im Untergrund."

„Er lebt", sagte ich entschieden.

„Das glaubst du, weil du es glauben willst. Vielleicht haben eure Leute ihn längst gefunden und als jemand anderen gemeldet. Dann jagst du ein Phantom."

„Er lebt, Steven. Gestaltwandler nehmen, wenn sie tot sind, ihr eigenes Äußeres an. Und das kennen wir."

„Ihr glaubt, es zu kennen."

„Sag mal, auf welcher Seite stehst du eigentlich?"

Meine Gereiztheit lag zum Teil daran, dass ich mich in dieser dämlichen Maskerade unwohl fühlte. Blond war noch nie meine Farbe, außerdem kratzte die Perücke. Von den Tonnen Schminke ganz zu schweigen. Aber da Cyron mich kannte, blieb mir keine andere Wahl, wenn ich schon darauf bestand, dieses Treffen selbst zu observieren.

Steven hob zu einer Antwort an, als er mitten in der Bewegung verharrte. Ich folgte verwundert seinem Blick zu einem Tisch in der Ecke, wo zwei Männer Platz nahmen, die mir unbekannt waren. Aber das wollte nichts heißen.

„… brauche ich mehr Sicherheit. Ich riskiere jedes Mal meinen Hals."

Der Kerl, der das sagte, war sichtlich angespannt. Er wirkte hager, seine Züge verhärmt, und die dunklen Augenringe ließen auf wenig Schlaf schließen. Außerdem war er unrasiert und seine Kleidung verknittert. In einem Luxushotel hatte er wohl länger nicht übernachtet.

Sein Gegenüber entsprach dem genauen Gegenteil. Ein attraktiver Mann um die dreißig mit schulterlangen dunklen Haaren, einem kantigen Gesicht und blauen Augen. Sein muskulöser Körper steckte in hautengen Jeans und einem Baumwollhemd, über dem er eine schwarze Fliegerjacke trug.

„Wir arbeiten daran", gab er ungerührt zurück.

„Ich habe keine ruhige Minute mehr. Hätte ich mich bloß nicht auf diese Hexe eingelassen. Seitdem sind ein Haufen Leute hinter mir her. Überall Ashera-Spitzel. Vor allem diese Ravenwood ist scharf auf meinen Kopf."

„Beruhigen Sie sich, Cyron. Wie ich schon sagte, wir arbeiten daran."

Ich spannte mich an, doch Steven legte mir seine Hand auf den Arm. Wir wussten jetzt, dass er es tatsächlich war, aber die Bar war kein guter Ort, ihn zu stellen.

Ein verschlagenes Lächeln trat auf das Gesicht des Gestaltwandlers. „Werden Sie sie killen?"

Auch sein Gesprächspartner lächelte, doch es fiel zynisch aus. „Es lohnt nicht, noch mehr Staub aufzuwirbeln. Wir haben andere Methoden, um dafür zu sorgen, dass Ihre Miss Ravenwood und dieser Orden die Füße stillhalten. Denken Sie nur an unsere Abmachung."

„An welche?"

Das hässliche Lachen kannte ich noch von unserer Begegnung auf dem Schrottplatz. Ich verzog das Gesicht und verdrehte die Augen. Sein Tischnachbar grinste. Der Kerl war mir nicht geheuer. Nach dem kurzen Wortwechsel war klar, dass die beiden in mehr als nur einer Sache unter einer Decke steckten.

„Ich hab für Sie immerhin schon den Kontakt hergestellt. Jetzt schaffen Sie mir erst mal diese Vampirin vom Hals, dann reden wir weiter. Wenn die mich in die Finger kriegt, bin ich Geschichte."

Die Panik in seiner Stimme klang echt. Ich war beeindruckt, dass er solch einen Respekt vor mir hatte. Wo ich doch von ihm ausgetrickst worden war.

„Gerade Ihnen dürfte es doch leichtfallen, dem entgegenzuwirken. Wer stündlich sein Aussehen ändern kann, wird nur schwer gefasst. Niemand weiß, wie Sie aussehen. Selbst ich muss aufpassen, dass ich den Richtigen kontaktiere."

„Es ist nicht witzig, ständig seine Gestalt ändern zu müssen. Leute wie Sie haben doch keine Ahnung. Der Prozess ist nicht angenehm und kostet Kraft."

Die Miene des Kontaktmanns wurde eisig. „Dann verstecken Sie sich halt in irgendeinem Loch, darin haben Sie ja Übung. Ich melde mich bei Ihnen, wenn wir ein neues Versteck für Sie haben. Es dauert nur noch ein paar Tage. Aber bis dahin …", er bohrte Cyron den Zeigefinger in die Brust, „… wäre es gut, wenn Sie das nächste Treffen in die Wege leiten. Verstanden?"

„Ja ja, schon gut. Ich bin ja nicht blöd."

„Das hoffe ich. Ihr Kunde kann sich die Ware dann schon mal ansehen. War nicht so leicht, wie Sie sich vielleicht denken. Wir müssen aufpassen, dass man uns nicht erwischt."

Der Typ warf ein paar Dollar auf den Tisch und erhob sich. Cyron klappte seinen Mantelkragen hoch und schaute sich argwöhnisch um. Der hatte wohl zu viele schlechte Filme gesehen. Ich warf Steven einen Blick zu, doch er schüttelte den Kopf.

„Nicht hier."

„Denkst du, ich lass den einfach so davonkommen, wo ich ihn endlich greifbar habe?"

„Mel! Mach keinen Fehler. Nur ausspionieren. Wenn du ihn dir hier krallst, gibt das nur Ärger."

Widerwillig verzog ich den Mund, ließ mich aber von Steven bremsen. Vielleicht konnten wir Cyron verfolgen und so rauskriegen, wo er sich verkroch. Wenige Augenblicke, nachdem der Kontaktmann die Bar verlassen hatte, schwang die Tür so heftig auf, dass sie sich in den Angeln verzog. Alle drehten die Köpfe zum Eingang, einige sprangen auf. Die beiden Türsteher, die kontrollierten, dass hier nur PSI-Wesen und deren menschliche Vertraute Eintritt fanden, flogen in hohem Bogen herein. Der eine mit gebrochenem Genick, der andere krümmte sich noch am Boden. Sein Arm stand in einem ungesunden Winkel vom Körper ab.

Auch ich konnte nicht mehr schnell genug reagieren. Eine Gestalt mit verhülltem Gesicht sprang herein. Es ging alles rasend schnell. Sie hatte zwei Schnellfeuerwaffen in den Händen, mit denen sie wahllos in den Raum zielte und feuerte. Ich starrte wie paralysiert ins Mündungsfeuer, dann wurde ich niedergerissen und auf die Erde gedrückt. Eine Salve von Schüssen fegte durch den Innenraum. Glas splitterte, Gäste schrien, warfen sich auf den Boden. In Sekunden erfüllte Blutgeruch den Raum. Eine der Lycanerinnen vom Nebentisch fiel neben mir nieder, aus einem Loch in ihrer Kehle pumpte unablässig Blut, während ihre Finger sich im Todeskampf zusammenzogen und ins Leere griffen.

Steven schützte mich mit seinem Körper, während um uns herum die Kugeln flogen und in Wände, Tresen und Mobiliar einschlugen. Die Bar verwandelte sich in ein Trümmerfeld. Ich lugte unter meinem lebenden Schutzschild hervor und sah überall Verletzte, darunter auch Menschen. Auf der Straße geriet der Verkehr ins Stocken und vom Gehsteig erklang Tumult. Jemand brüllte etwas in ein Mobiltelefon, offenbar hatte er die Polizei oder den Notruf verständigt.

So plötzlich, wie der Spuk begonnen hatte, war er vorbei und der Maskierte rannte davon, war Sekunden später nicht mehr zu sehen. Im Leonardo's herrschte Panik und Verwirrung. Was war das gewesen? Es hatte uns alle derart überrumpelt, dass keiner reagierte, obwohl es ein Leichtes hätte sein müssen, den Schützen zu überwinden. Nur das Überraschungsmoment auf seiner Seite konnte doch nicht ausreichen, eine Bar voller PSI-Wesen in Schach zu halten. Aber wie zu sehen, war der Plan aufgegangen.

„Schnell", sagte Steven, „wir müssen uns um die Verletzten kümmern und ein paar nach unten bringen, bevor die Polizei auftaucht."

In der Ferne hörte man bereits die Sirenen. Nicht gut, wenn ein Polizist oder Sanitäter einen Lycaner oder eine Elfe in die Finger bekam.

„Wo ist Cyron?" Ich suchte den Raum nach ihm ab, keine Spur. Hatte er seine Gestalt schon wieder geändert?

„Der ist eben getürmt. Und jetzt hilf mir."

Eine leise Stimme flüsterte mir zu, dass ich bei Steven bleiben und ihm assistieren musste, doch mein Hass auf den Gestaltwandler war stärker.

„Mel!", schrie mir Steven noch hinterher, doch ich war schon aus der offenen Tür und heftete mich Cyron an die Fersen, bemüht, dass er mich nicht bemerkte.

Das war nicht so einfach, denn jemand, der an Verfolgungswahn leidet und gerade mitten in eine Schießerei geraten ist, schaut sich alle drei Sekunden um und glaubt selbst dann, verfolgt zu werden, wenn niemand hinter ihm ist. Ich wollte nicht mehr Aufsehen erregen als nötig, da ohnehin die Hölle auf der Straße los war. Doch in seiner Panik stürmte Cyron blind drauflos, warf Passanten um und sorgte fast für ein Verkehrschaos, als er über die vielbefahrene Hauptstraße rannte. Ich hatte nicht die Absicht, mein Ziel so schnell wieder zu verlieren, warf alle Vorsicht über Bord und eilte hinter dem Flüchtenden her. Bemüht, den Verkehr nicht so arg zu beeinträchtigen wie er, musste ich aufpassen, ihn im Auge zu behalten. Zu meinem Glück hinterließ er eine deutliche Spur. Schimpfende Passanten, quer stehende Autos, umgefallene

Müllcontainer, das ganze Repertoire. Gut, dass mich in meiner Tarnung später niemand wiedererkennen würde und der Polizei meine Beschreibung als Täterin für den Anschlag präsentierte.

In einer Nebenstraße wagte ich dennoch den Sprung auf die Dächer. So war ich aus dem Blickfeld der Leute verschwunden und Cyron bemerkte mich nicht. Irgendwann musste er ja mal anhalten. Oder noch besser: Nach Hause gehen.

Schwer atmend blieb er schließlich stehen, spähte um eine Häuserecke und vergewisserte sich, dass die Straße leer dalag. Nur ein paar vorübereilende Passanten, die ihm keine Aufmerksamkeit schenkten. Wir waren inzwischen weit genug vom Tatort entfernt, hier hatte man nichts davon mitbekommen. Erleichterung malte sich auf sein Gesicht, und dann wurde ich Zeuge, wie er seine Gestalt wandelte. Er krümmte sich, verzerrte das Gesicht in Agonie, stöhnte, keuchte. Es war kein schöner Anblick, sah ebenso qualvoll aus, wie es sich offenbar anfühlte. Er hatte dem Typen im Leonardo's keinen Bären aufgebunden.

Dennoch war ich vom Ergebnis überrascht. Aus dem abgerissenen Loser-Typ wurde eine Bordsteinschwalbe. Mir fiel die Kinnlade bis zum Boden. Erst recht, als sich die hübsche Brünette mit den üppigen Brüsten freimachte, ein Stretch-kleid aus den Tiefen des Mantels hervorholte und hineinschlüpfte. In den beiden Seitentaschen fanden sich zwei zierliche Pumps, die das Bild perfekt abrundeten.

Jagdkleidung? Mir schoss die Frage augenblicklich durch den Kopf, gefolgt von der Erkenntnis, dass ich mir bislang noch nie Gedanken gemacht hatte, wovon sich Cyron ernährte. Manche Gestaltwandler fingen streunende Tiere oder Ratten, andere tranken lediglich die Energie der Opfer. Nur wenige verspeisten buchstäblich Menschen. Diesem Vamp da unten traute ich das durchaus zu, wobei es schon eine makabre Note hatte, ihn als Vamp zu bezeichnen, wo ich selbst mit meinen Fangzähnen auf die Jagd zu gehen pflegte.

Sollte ich weiter nur hinterherspionieren oder … Die Versuchung war zu groß und die Gelegenheit günstig. Lautlos ließ ich mich zu Boden sinken, wollte mich vor diesem Wesen aufbauen und es zur Rede stellen, da erfasste mich etwas – oder jemand – an der Brust und schleuderte mich an eine Hauswand. Es war nicht sonderlich fest, nicht mal meine Knochen knirschten. Lediglich die Überraschung raubte mir den Atem und ich fragte mich, ob der Maskierte Cyron gefolgt war. Es verursachte jedenfalls genug Lärm, um Cyron zu alarmieren, der sich aus dem Staub machte. Verdammt flink angesichts der High Heels. Er war um die Ecke, ehe ich meine Glieder wieder sortiert hatte. Die Spur war für heute verloren.

Ärgerlich blickte ich mich nach der Ursache um, denn einen Windstoß konnte ich ausschließen. Wenn sich dieser Attentäter getraut hatte, uns zu folgen, sollte er mich jetzt kennenlernen. In Kampfhaltung stellte ich mich meinem Angreifer entgegen, doch es war nicht der Maskenträger. Zu meiner Überraschung stand ein paar Meter neben mir Cyrons Kontaktmann.

„Wer bist du?", herrschte ich ihn an. Ich kochte vor Wut, dass mir Cyron seinetwegen entkommen war, und hatte nicht übel Lust, diesem Kerl den Garaus zu machen und meinen Frust an ihm auszulassen. Wer mit Cyron unter einer Decke steckte, konnte nichts taugen.

„Jemand, der dich vor einem bösen Fehler bewahrt", erklärte er und grinste.

„Was weißt du schon? Hast du etwas mit diesem Kerl zu tun, der das Leonardo's in Einzelteile zerlegt hat?"

Er zog verwundert die Brauen hoch, kam dann aber lässig ein paar Schritte auf mich zu, streckte die Hand nach mir aus und ich blieb stocksteif stehen. Jeden Muskel angespannt, um notfalls sofort zu reagieren, wenn es bedrohlich wurde. Er streichelte mir über die Wange und lächelte.

„Von einem Angriff auf die Bar weiß ich nichts. Aber du solltest die Finger von dem Gestaltwandler lassen. Er ist meinen Auftraggebern sehr nützlich und ich lasse mir meine monatelange Arbeit nicht von einer Anfängerin kaputtmachen."

Seine blauen Augen irritierten mich. Sie hatten eine ungewöhnliche Intensität. Vielleicht Kontaktlinsen? Er fuhr unter meine Perücke und zog sie mir vom Kopf, grinste ob der roten Flut, die sich ausbreitete. Vor Erleichterung, das Ding endlich los zu sein, wollte ich am liebsten seufzen, wenn mich seine Worte nicht so verärgert hätten.

„Anfängerin?" Ich schnappte nach Luft. Was bildete sich dieser Kerl ein? Doch meine Standpauke wurde von seinen Lippen gebremst. Er hielt mich an den Schultern fest und küsste mich leidenschaftlich. Sein Körper war gestählt und noch muskulöser als ich vom Anblick her erwartet hätte. Er schmeckte rauchig, seine Bartstoppeln kratzten auf meinem Kinn. Ich war so überrumpelt, dass ich nicht reagieren konnte und ihn selbst dann noch sprachlos anstarrte, als er meinen Mund wieder freigab.

Er rieb seine Nasenspitze an meiner Wange. „Ich hätte eine viel angenehmere Alternative für dich, wenn du es so nötig hast, dass du diesem Kerl hinterherläufst."

Das ging zu weit. Ich versuchte, ihn mit den Händen wegzudrücken. „Ich bin ihm gewiss nicht hinterhergelaufen, weil ich scharf auf ein Schäferstündchen bin."

Er lachte, stand wie ein Fels in der Brandung. „Sondern?"

Ich funkelte ihn an. „Das geht dich einen Dreck an." Der Kerl machte einen

Schmollmund und zuckte die Schultern. Energisch schlug ich seine Hände weg, die mich immer noch festhielten.

„Ist mir eigentlich auch egal. Lass einfach die Finger von ihm. Wär besser für dich."

Ich holte schon wieder Luft für eine Erwiderung, aber die verpuffte im leeren Raum. Er war von einer Sekunde auf die andere verschwunden wie ein Geist. Nur die blonde Perücke lag zu meinen Füßen und wehte sacht im Wind. War er auch ein paranormales Wesen? Seine Zusammenarbeit mit dem Untergrund sprach dafür, ebenso, dass die Türsteher des Leonardo ihn eingelassen hatten. Doch er wirkte nicht im Mindesten wie einer von uns und gehörte überdies zu den Sangui.

Ich überprüfte die nähere Umgebung mit all meinen Sinnen, ohne auf etwas Ungewöhnliches zu stoßen. Ratlos kehrte ich in die Bar zurück, wo Steven immer noch gemeinsam mit den eingetroffenen Sanitätern die Opfer versorgte. Er warf mir einen wütenden Blick zu. Schuldbewusst half ich ihm, einer weinenden jungen Frau den Arm zu schienen.

„Geh nach unten. Ich komme gleich nach", zischte er.

Sobald die Krankenwagen weg waren, würde er sich um unseresgleichen kümmern. Bis dahin konnte er als Arzt nicht unauffällig verschwinden. Ich hingegen fand wenig Beachtung, da ich beim Eintreffen von Ambulanz und Polizei nicht am Tatort gewesen war. Umso besser, wenn ich mich auch jetzt unsichtbar machte, ehe mich einer bemerkte und unangenehme Fragen stellte.

Spurenlos

Donald Rybing stand mit auf dem Rücken verschränkten Händen in der Waffenkammer. Er zog die Stirn in Falten und hielt sich trotz seiner achtundsechzig Jahre kerzengerade. Im Gegensatz zu seinem Sekretär Bewing, der wie ein begossener Pudel der Standpauke harrte, die er zu erwarten hatte. Donald war sich bewusst, dass Bewing nichts dafür konnte, doch sein Zorn brauchte ein Ventil.

„Unfassbar!", presste er schließlich hervor. „Das ist in all den Jahren noch nie geschehen."

„Ich kann es mir auch nicht erklären, Sir", pflichtete Bewing ihm bei. „Die Tür war verschlossen, keinerlei Einbruchsspuren und außer Ihnen …"

„Ich weiß, dass keiner außer mir einen Schlüssel hat", donnerte Rybing.

Das fehlte noch, dass sein Untergebener ihn belehrte. Niemand hatte ohne sein Wissen Zugriff auf die Waffen des Ordens. Das Amt des Waffenmeisters lag seit mehreren Jahrzehnten in seiner Hand. Unter seiner Obhut war niemals auch nur eine Patrone abhandengekommen, geschweige denn gleich mehrere Waffen. Kostbare Artefakte und moderne Technologien gleichermaßen. Jemand hatte genau gewusst, was er hier entwendete.

„Wenn das herauskommt, bin ich erledigt, Bewing."

„Ja, Sir. Ich verstehe, Sir. Ich werde sofort ..."

„Gar nichts werden Sie, Bewing. Das nehme ich selbst in die Hand."

Er scheuchte seinen Sekretär vor sich her aus der Tür und verschloss diese so sorgsam wie immer. Zähneknirschend hielt er sich vor Augen, dass auch diese Sorgfalt den Dieb nicht aufgehalten hatte. Wer konnte eine versiegelte Kammer betreten und wieder verlassen? Inklusive Diebesgut?

Aber noch war nicht alle Hoffnung verloren. Wer diese Waffen entwendete, wollte sie mit Sicherheit auch benutzen. Im Kampf oder zum Verkauf. Er musste jetzt seine Vertrauten informieren, damit sie Augen und Ohren offen hielten. Sobald eine der Waffen irgendwo auftauchte, würde er höchstpersönlich zur Stelle sein und den Verantwortlichen zur Rechenschaft ziehen. Niemand legte sich mit Donald Rybing an.

Er ließ Bewing stehen und zog sich in sein Büro zurück. Über eine gesicherte Leitung führte er die ersten Telefonate. Was er dabei aus Florida erfuhr, beunruhigte ihn noch mehr.

„Was? Sind Sie sicher, Forbes?"

„Ja, Donald. Gestern Abend. Ich wollte es erst nicht glauben, aber die Informanten aus der Untergrundbewegung bestätigen es ausnahmslos. Ich war gerade dabei, einen Bericht zu verfassen, weil ich dachte, jemand hätte die Pläne aus dem Safe der Zentrale gestohlen, aber jetzt ..."

„Danke, Forbes."

„Keine Ursache, Donald. Aber Sie wissen, ewig kann ich das nicht vertuschen. Wir sollten damit rechnen, dass es weitere Anschläge geben wird. Eine Prüfung der Bestände in der Waffenkammer ist dann nur eine Frage der Zeit. So verlangt es das Protokoll."

Er spürte, wie ihn die Kraft verließ. Wie viel Zeit blieb wohl, bis die allgemeine Aufmerksamkeit eine Prüfung erforderte? Und was sollte er dann sagen? Wenn es rauskam, brauchte er einen Sündenbock. Jemanden, den er als Täter benennen konnte. Vor allem nach dem, was er selbst getan hatte. Er hatte keine Skrupel, notfalls jemanden aus seinem Umfeld zu opfern. Lieber wäre es ihm, wenn er den Schuldigen in den Reihen der Feinde benennen konnte.

„Da ist noch eine Sache, Donald."

Was konnte schlimmer sein als diese Nachricht?

„In dieser Bar fand das Treffen Ihres Kontaktmannes mit dem Gestaltwandler Cyron Gowl statt. Wir müssen davon ausgehen, dass der Anschlag ihm galt."

„Müssen? Warum?"

„Unser Spion bei der Polizei hat diesen Chirurgen dort gesehen. Steven Blenders, ein Vampir. In seiner Gesellschaft befand sich eine blonde Frau, die später niemand mehr am Tatort gesehen hat. Dafür jedoch ..."

Das Zögern seines Gesprächspartners behagte Donald nicht. „Nun reden Sie schon, Forbes. Nachrichten werden nicht besser, indem man sie verschweigt."

„Cyron und diese Frau sind wohl zur gleichen Zeit verschwunden. Während oder direkt nach dem Anschlag. Von ihm fehlt jede Spur. Aber unser Spion ist sicher, dass Dr. Blenders eine Rothaarige, die wenig später auftauchte, Melissa genannt hat."

Er atmete tief durch. Melissa Ravenwood. Er hatte gewusst, sie würde Ärger machen. Vor wenigen Nächten erst hatte er mit Viktor Stew zusammengesessen und sich beratschlagt, wie man diese Person kontrollieren konnte, damit sie ihnen nicht kurz vorm Ziel in die Quere kam und ihre Pläne zunichtemachte. Pläne, in denen auch sie eine Rolle spielte, denn immerhin sprachen sie hier von einem Vampir. Und dieser Smithers deckte sie im Ashera-Orden, weil dieses Geschöpf einmal seine Tochter gewesen war. Man sollte meinen, jemand wie er wüsste es besser. Von Anfang an hatte er sich Sorgen gemacht, dass diese Vampirin ihnen in die Quere kommen könnte. Schon als Sterbliche hatte sie für allerhand Wirbel gesorgt, aber seit sie eine Bluttrinkerin war, zog sie Katastrophen magisch an. Erst die Engel der Weltenmeere, dann die Ammit, im letzten Jahr das Komplott zur Öffnung von Darkworld. Bisher war der Schaden stets abgewendet worden. Augenscheinlich mit ihrer Hilfe, aber er wusste, man durfte Dämonen nicht trauen. Wer wusste schon, auf welcher Seite sie stand und warum all diese Pläne wirklich gescheitert waren? Die Lux Sangui würden nicht tatenlos zusehen, wie die Menschheit von diesen Unwesen überrannt wurde. Seit Langem schon infiltrierten sie den Paranormalen Untergrund. Mit Cyron Gowl hatten sie jetzt die Möglichkeit, bis zu dessen Kern vorzudringen. Ravenwoods Alleingang gegen Sir Maxwell hätte beinah alles zum Scheitern gebracht, wenn sie nicht durch ihr beherztes Eingreifen das Leben des Gestaltwandlers gerettet hätten. Zwei fähige Sangui-Kämpfer hatten dabei ihr Leben verloren und ihre Kontakte standen für mehrere Wochen auf Messers Schneide. Zwar hatte er die Verluste durch einen neuen Mitarbeiter ersetzen können, der sich als äußerst kompetent erwies, doch wenn diese Vampirhexe jetzt schon wieder für Ärger sorgte ... Ob sie hinter dem Diebstahl steckte? Es würde zu ihr passen und käme ihm sehr gelegen. Und was war aus Cyron geworden? Er musste sofort seinen Mann in Miami anfunken, ob der Näheres wusste. Sie brauchten Cyron noch. In einem Sideboard lag das Mobiltelefon, das ausschließlich Verbindungen zu seinen eigenen Leuten ermöglichte. Er hatte etliche um sich geschart. Ihm würde es nicht ergehen wie seinem Vorgänger. Ihn sollten die Mühlen der Lux Sangui nicht zermahlen.

„Rybing! Sie suchen sich keine gute Zeit aus."

„Die habe ich nicht selbst ausgesucht. Mich ereilten gerade beunruhigende Nachrichten von einem Attentat."

Ein raues Lachen erklang in der Leitung. „Beruhigen Sie sich. Ich habe alles unter Kontrolle. Ihr Wurm ist immer noch am Haken, zappelt quicklebendig und lockt den großen Fisch an."

„Sparen Sie sich die Witze. Ich habe bei so was keinen Humor."

„Sollten Sie aber. Zu viel Ärger macht Falten. Die passen nicht zu Ihrem Babyface."

Er verkniff sich eine harsche Erwiderung. Das war der Nachteil bei diesem Kerl. Es fehlte ihm an jeglichem Respekt. Wenn er nicht so verdammt gut kämpfen könnte und frei von jeglicher Angst wäre, hätte er gern auf ihn verzichtet. Aber er hatte ihn in den Orden geholt, eben wegen seiner Begabungen.

„Vertrauen Sie mir, Rybing. Es ist alles im grünen Bereich."

„Davon überzeuge ich mich lieber selbst. Ich komme in drei Tagen zu Ihnen nach Miami. Den Treffpunkt gebe ich Ihnen noch bekannt. Kümmern Sie sich um Cyron. Wir brauchen ihn. Halten Sie jeden von ihm fern, der ihm gefährlich werden könnte."

„Das tue ich doch sowieso. Aber ich bin nicht sein Babysitter. Manchmal weiß man ja kaum, wen man beschützen soll, so schnell, wie er seine Gestalt ändert, sobald es irgendwo brenzlig werden könnte."

„Was ist mit dem Deal, den er eingefädelt hat?"

„Der geht über die Bühne wie besprochen. Und jetzt hab ich noch andere Geschäfte, um die ich mich kümmern muss. Wir wollen doch nicht, dass meine Tarnung auffliegt, oder? Der Untergrund ist misstrauisch."

Es klickte in der Leitung und Rybing hätte diesem aufgeblasenen Kerl am liebsten die Pest an den Hals gewünscht. Seine Autorität derart zu ignorieren war unverzeihlich. Das musste er ein für alle Mal klarstellen, wenn er ihn in Miami traf. Diese Reise brachte gleich mehrere Vorteile mit sich. Denn selbst wenn es zu einer Prüfung kommen sollte, durfte diese nur in seinem Beisein erfolgen. War er verreist, musste sie verschoben werden. So gewann er Zeit. Wenigstens, bis er herausgefunden hatte, wie tief diese Ravenwood in die Vorkommnisse verstrickt war.

✳

Das erneute Erwachen brachte seinen Geruchsinn zurück. Kein erfreuliches Geschenk. Er roch verbranntes Fleisch, musste würgen. Der Schmerz, der daraufhin seine noch immer wunde Kehle zerriss, raubte ihm beinah augenblicklich wieder das Bewusstsein. Was er durchaus begrüßt hätte. Doch dazu reichte es nicht.

Er hob die Hand ans Gesicht, das Knarren seiner Gelenke ließ ihm Schauder über den Rücken laufen. Wie lange hatte er sich nicht mehr bewegt? Er betastete sein Gesicht, was er fühlte, war zwar noch längst nicht wieder normale Haut, aber eine Nase konnte er wieder ertasten. Die Lippen bedeckten seine Zähne und auf dem Kopf wuchs ein dünner Flaum neuer Haare. Er wagte es, die Augen zu öffnen und einen Blick auf seinen Leib zu werfen. Angewidert verzog er das Gesicht. Jeder, der ihn so sah, musste zwangsläufig Reißaus nehmen. Ein unförmiger, mit vernarbter Haut überzogener Körper, der mit viel Fantasie an einen Menschen erinnerte.

Seine Nasenflügel bebten und erinnerten ihn daran, was ihn geweckt hatte. Nicht der Geruch verbrannten Fleisches, auch wenn dieser penetrant im Vordergrund stand, sondern etwas anderes. Süßeres. Er drehte sich mühsam um und sah einen Becher auf dem Nachttisch stehen, dessen Inhalt zäh und dunkelrot darin schwappte, als er ihn anhob. Blut! Vampirblut. Er überlegte nicht lange, sondern stürzte die Flüssigkeit hinunter. Die Wirkung ließ nicht auf sich warten. Seine Haut begann zu prickeln, die Narben glätteten sich. Es fühlte sich an, als würde er mit einem Bügeleisen bearbeitet. Dumpfes Brennen, und in der Tat stieg hier und da eine kleine Rauchsäule von ihm auf. Eine Weile blieb er auf der Bettkante sitzen, weil er seine Beine kaum spürte. Schließlich entschied er, dies auf die zerstörten Nerven zurückzuführen und probierte, ob er sich hinstellen konnte. Nach mehreren Versuchen, die das frische Gewebe unangenehm überdehnten, hielt er sich aufrecht. Es reichte noch nicht, die Beine anzuheben, also schlurfte er mit den Füßen über den Boden, während er Schritt für Schritt auf die Tür zustrebte, hinter der sich ein kleiner Flur verbarg, welcher in ein größeres Wohnzimmer führte. Dort saß jemand an einem Computer und klimperte auf der Tastatur.

Am Türrahmen blieb er stehen. Schweiß bedeckte seinen Torso und der Atem kam rasselnd über seine Lippen. Heimliches Anschleichen fiel aus, und ihm wurde schon wieder schwarz vor Augen, so sehr strengten ihn diese wenigen Schritte an.

„Oh, du bist aufgewacht, Warren", sagte Dracon erfreut.

Er tat einen weiteren Schritt in den Raum, strauchelte und musste sich festhalten. Dracon war sofort bei ihm, um ihn zu stützen.

„Wie hast du …", er brach ab, das Sprechen fiel zu schwer, zerriss ihm die

Lungen und ließ die Alveolen platzen. Er konnte es hören, und zu wissen, dass dies seinem Körper entsprang, verlieh dem Geräusch ein besonderes Grauen.

„Wie ich dich gerettet habe?", fasste Dracon seine Gedanken in Worte. „Eine lange Geschichte. Aber setz dich erst mal.

Er gehorchte widerstandslos. „Warum? Ich wollte sterben."

Dracon gab einen unzufriedenen Laut von sich. „Ja, ich weiß. Aus völlig absurden Gründen. Welche Verschwendung. Das konnte ich nicht zulassen. Scheint ja gerade riesig in Mode zu sein. Jeder will für irgendjemanden sterben. Aber am Ende leben doch alle glücklich bis an ihr Lebensende." Er lächelte sardonisch. „Außerdem", ergänzte er und hob Warrens Kinn mit einem Finger an, um sich die Fortschritte der Heilung genauer zu betrachten, „ich habe dich erschaffen, habe entschieden, dass du einer von uns wirst. Also bestimme auch ich, wann du stirbst. Nicht du, weil dein Geist gerade etwas verwirrt ist und Mel schlicht unfähig, dich zu lehren, mit deiner Natur umzugehen. Sie hat immer so viel anderes zu tun. Aber mach dir keine Sorgen, deine Lehre werde ich nun übernehmen und bald schon wirst du die Jagd ebenso genießen wie ich."

Er lächelte, während Warren nur Übelkeit verspürte, aber immerhin lebte er. Und jetzt, wo die Schmerzen nachließen, gestand er sich ein, glücklich zu sein, dass ihm der Freitod nicht gelungen war.

„Was ist … passiert?"

Dracon reichte ihm einen weiteren Becher Blut, diesmal menschliches, wie er nebenbei registrierte, während er den Worten seines dunklen Vaters lauschte.

„Das Übliche. Unsere heldenhafte Melissa hat wieder einmal die Welt gerettet und ihr noch heldenhafterer Armand kam in letzter Sekunde dazu, um ihr zur Hand zu gehen. Sie sind schon ein tolles Paar. Sylion ist zerstört, der Schlüssel nach Darkworld geschmolzen und Kaliste in die Flucht geschlagen. Mel hat bei ihrer Rückkehr deinen Tod übrigens sehr betrauert. Eine ganze Nacht lang. Dann kehrte sie zu Armand zurück, um seine Wunden zu lecken."

Dracons Stimme troff vor Zynismus, aber trotz allem, was ihn mit Melissa verband, verspürte Warren nicht das Bedürfnis, sie in Schutz zu nehmen.

„Armand hatte sie doch verlassen."

„Ja, das dachten wir alle. Doch in Wahrheit wurde er von Kaliste entführt und in der Festung ohne Wiederkehr gefangen gehalten. Der Gute hat ganz schön hart ums Überleben gekämpft. Ich gestehe es nur ungern ein, aber ich bewundere ihn dafür, wie er dieser Folterkammer entkommen ist. Und das alles nur aus Liebe. Mein bescheidener Beitrag fiel da mal wieder nicht ins Gewicht. Doch wenn ich Lucien nicht rechtzeitig aus Kalistes Tempel befreit hätte, wären Armand nur ein paar zerfetze Überreste von seiner Holden geblieben.

Aber ich erwarte keinen Dank von denen. Als schwarzes Schaf der Familie findet man sich damit ab." Er hockte sich vor Warren und fuhr behutsam durch die wenigen vorhandenen Haare. „Es ist genau wie bei dir. Im richtigen Moment bin ich einfach da. Deshalb leben wir alle noch."

Warren blickte auf den leeren Becher in seiner Hand. Den Heilungsprozess nahm er kaum mehr wahr, obwohl sein ganzer Körper damit zugange war, wie das unablässige Pulsieren seiner Haut und die ständigen Veränderungen belegten. Ein Zerrbild, das sich mehr und mehr zu einem richtigen Menschen formte. Er hielt Dracon das Gefäß entgegen.

„Kann ich noch mehr haben?"

Mit einem Lächeln auf den Lippen nahm sein Retter eine angefangene Blutkonserve aus einem Warmwasserbad und schenkte den Kelch voll. Er reichte ihn Warren und ging zur Küchenzeile hinüber, um eine neue Konserve aus dem Kühlschrank zu holen und in warmes Wasser zu legen, damit Warren genügend Nachschub bekam, bis sein Hunger gestillt und sein Körper vollends genesen war.

✳

Nervosität war untypisch für Steven, doch der Anschlag auf die Bar ging ihm nicht aus dem Kopf. Ihn schauderte, wenn er an die vielen Verletzten dachte. Einer jungen Frau und einer Lycanerin hatten sie nicht mehr helfen können. Wer steckte dahinter? Und woher stammten die Waffen? Sogar der Polizei war diese neuartige Munition unbekannt und mit herkömmlichen Pistolen und Gewehren konnte man sie nicht abschießen. Eine Keramik-Metalllegierung. Silber und eine fremde Substanz waren in den Kugeln eingearbeitet. Einige aus dem Untergrund meinten, jemand wäre irgendwie an Elektrum herangekommen. Er konnte sich nicht vorstellen, wie jemand das zuwege bringen sollte. Abgesehen von ein paar Artefakten, die großteils im Besitz der Ashera waren, gab es kein frei zugängliches Elektrum. Dazu müsste jemand schon verdammt tief in die Unterwelt hinab. Das würde keiner riskieren.

Sein Mund war trocken, er beäugte jeden, der ihnen begegnete noch misstrauischer als gewöhnlich.

„Was ist los mit dir?", fragte Slade. „Man könnte meinen, dir sitzt heute die Angst im Nacken."

Steven schnaubte. „Das kannst du laut sagen, Mann. Manchmal möchte ich Mel für ihren Hitzkopf übers Knie legen."

Sein Freund lachte mit mildem Spott. „Da bist du nicht der Einzige, aber irgendwie kriegt es keiner richtig hin."

Er klopfte ihm auf die Schulter und Steven quälte sich ein Grinsen ab. Dennoch blieb das Gefühl, an jeder Ecke wartete jemand, der ihn einen Verräter nannte, weil er mit jemandem von der Ashera befreundet war. Mels Ansehen im PU war geteilt. Die einen bewunderten sie, die anderen hassten sie. Bislang war es kein Problem gewesen, dass sie Freunde waren, aber nach dem Anschlag gingen schnell erste Gerüchte herum, dass der Orden etwas damit zu tun hatte, wobei die meisten im Untergrund die Ashera und die Lux Sangui über einen Kamm scherten.

Auch unter den Straßen von Miami gab es feste Treffpunkte. Die waren nicht so gemütlich wie das Leonardo's vor dem Anschlag, dafür genoss man die Sicherheit, unter seinesgleichen zu sein. Keine Menschen, keine unerwünschten Beobachter und hoffentlich auch keine Attentäter.

Steven kam sich schäbig vor, als mehrere Mitglieder des Paranormalen Untergrundes ihn wie einen guten Freund begrüßten. Er hatte es sich einfacher vorgestellt, als Spion zu arbeiten. Nur ein paar Informationen besorgen. Er log niemanden an, was seine Verbindung zu Mel und der Ashera anging. Trotzdem fühlte er sich manchmal wie ein Verräter an seinesgleichen, wusste nicht mehr, auf welcher Seite er eigentlich stand. Viele Ziele des Untergrundes klangen nicht abwegig. Nicht alle wollten die komplette Kontrolle und viele waren bereit, sich die Welt mit den Menschen zu teilen. Als Gleichberechtigte. Sie wollten nur nicht mehr für ihre Natur gejagt, verachtet oder ignoriert werden.

Aber dann waren da die harten Zellen. Vergleichbar mit Widerstandskämpfern, die auch vor Gewalt und Terror nicht zurückschreckten. Er ertappte sich bei der Frage, ob nicht aus diesen Reihen jemand Gründe haben könnte, ein Ziel wie die Bar anzugreifen. Von denen hielt sich Steven fern, daher wusste er zu wenig über sie. Eigentlich unterschieden sich PSI-Wesen und Menschen kein bisschen voneinander. Auf beiden Seiten gab es solche und solche. Wenn Steven die Zeitung aufschlug, fragte er sich oft genug, wer hinter einem Verbrechen oder Terrorakt steckte und mit welchen Zielen.

„Hey, Stevie! Gute Arbeit bei Ruffgard."

Ein Luchsar stellte ihm und Slade einen Drink hin. Sein Freund zögerte nicht und prostete dem Raubkatzenmann freundlich zu. „Die Kugel hat ihm echt fast das Leben ausgepustet."

„Ist ja noch mal gut gegangen", spielte Steven es herunter und leerte das Glas in einem Zug. Dabei hatten die Chancen wirklich fifty-fifty gestanden. Die Kugel war im Rücken eingedrungen, hatte den linken Lungenflügel zerfetzt und die Herzkammer gestreift, ehe sie im Brustbein stecken blieb. Eine solche OP war schon mit einem kompletten Team schwierig, allein und in aller Heimlichkeit fast aussichtslos. Ruffgards Glück, dass er in dieser Nacht vor gut zwei

Monaten nahe der Klinik angeschossen worden war und dann auch noch zum Ende von Stevens Schicht. Sonst wäre jede Hilfe zu spät gekommen.

„Dank dir ist er dem Tod noch mal von der Schippe gesprungen, Kumpel. Es ist gut, dass wir jetzt einen Ort haben, wo wir hinkönnen. Gibt immer mehr von diesen neumodischen Waffen. Heutzutage ist niemand mehr sicher. Selbst den Unsterblichen geht es bald an den Kragen. Pass bloß gut auf dich auf."

Steven überlief es eiskalt, Slade hingegen reagierte mit Interesse. Er tauschte mit Steven einen vielsagenden Blick. Vielleicht wusste der Luchsar etwas, das sie auf die Spur des Maskenmannes führte.

„Was meinst du damit, Weezle? Klingt nicht gut."

Der Luchsar blickte sich um. Hundertprozentig vertraute man sich auch im Untergrund nicht. Er zog einen Stuhl heran und nahm verkehrt herum Platz. Seine Miene wurde verschwörerisch und er senkte die Stimme zu einem Flüstern.

„War ne üble Sache im Leonardo's. Hat ganz schön Staub aufgewirbelt. Und was man so hört, wird's nicht das letzte Mal gewesen sein."

Nun erwachte auch Stevens Interesse. „Hast du eine Ahnung, wer dahinterstecken könnte?"

„Ist nur ein Gerücht." Weezle zuckte die Achseln und blickte von Steven zu Slade und wieder zurück. Dann legte er dem Chirurgen die Hand auf den Arm. Steven spannte sich unvermittelt an, was den Katzenmann kurz irritierte, doch dann fuhr er fort. „Ich hab was läuten hören. Jemand will Spezialwaffen haben, mit denen man Vampiren an den Kragen kann. Gibt angeblich sogar ne schwarze Liste mit Namen."

Er merkte, wie ihm schlecht wurde, was nicht von der üblen Luft hier unten kam. Wer stand auf der Liste? War sein Name dabei? Oder Mel? Lucien?

„Und irgendwer lässt verlauten, dass er diese Waffen besorgen kann."

„Wer?", hakte Slade nach.

Weezle machte ein ahnungsloses Gesicht. „Weiß man nicht so genau. Vielleicht diese Dämonenjäger, die auf einmal wie Ratten aus ihren Löchern kommen und sich überall rumtreiben. Jemand meinte, die haben solche Waffen. Und Kugeln, die jedem von uns das Licht ausknipsen. Die Typen sollen nicht koscher sein und mit üblen Kreaturen zusammenarbeiten, um uns aus den eigenen Reihen heraus zu dezimieren. Aber von einem Cousin der Tante meiner Ex hab ich was anderes gehört. Dass die kurzen Prozess mit jedem von uns machen. Die quatschen nicht mal, von Handel erst recht keine Rede. Die Waffen, die plötzlich auf dem Schwarzmarkt gehandelt werden, sind Diebesgut. Denen unterm Hintern weggeklaut. Wer weiß das schon?" Er hob abwehrend die Hände. „Sind natürlich alles nur Gerüchte, aber ihr wisst ja, wie das ist."

„Ja, da ist meistens was dran. Hat dieser Cousin auch gehört, was das genau für Waffen sind?"

Weezle schüttelte den Kopf. Mehr wusste er nicht. Nur, dass das Wenige, was er gehört hatte, erschreckend gut zu den Dingern passte, die Steven im Leonardo's gesehen hatte.

„Passt einfach auf euch auf, ihr beiden. Man sollte nicht allein draußen rumlaufen."

Wenn er Näheres hörte, wer Interesse an der heißen Ware hatte, wollte er sich bei Steven in der Klinik melden.

„Das sind scheiß Neuigkeiten", zischte Slade, als sie wieder allein waren.

„Kannst du laut sagen, Mann. Da wäre mir tausendmal lieber, wenn das nur irgendein Idiot gewesen wäre in Luciens Bar."

„Irgendein Idiot hätte aber nicht solche Kugeln gehabt."

Dem konnte er nicht widersprechen. „Los, lass uns hier verschwinden. Das sollten wir unseren Mädels sagen, damit sie die Augen aufhalten können."

Je nachdem, welche Waffen gehandelt wurden und wer Interesse daran hatte, war Mel möglicherweise in Gefahr. Sie hatte sich in den eigenen Reihen Feinde geschaffen durch ihre Arbeit für den Orden. Und weil sie die Regeln der Vampire mehrfach schon gebrochen hatte. Aber auch die Mitglieder des Ordens standen ihr nicht mehr ohne Vorbehalt gegenüber; was die Dämonenjäger von ihr hielten, darüber wollte er besser gar nicht nachdenken.

Pettra musste weniger befürchten, obwohl man bei dieser Munition unmöglich sagen konnte, welche Schäden sie bei einem paranormalen Organismus anrichteten. Dafür waren sie alle zu verschieden. Aber vielleicht konnte sie die spärlichen Informationen zu etwas Brauchbarem verarbeiten. Sie verfügte über allerhand Talente, unter anderem Auftragskillerin, Diebin, Spionin und Hackerin. Dabei fiel Steven ein, dass auch Armand geschickt im Umgang mit Computern war und in Kürze aus London herkommen wollte.

*

Es klopfte an der Tür, Armand und Franklin fuhren augenblicklich auseinander. Als Maurice eintrat, wischte sich Franklin beiläufig das Blut aus dem Mundwinkel, während Armand sich abwandte und die Hand auf die blutende Wunde an seinem Puls presste.

Maurice räusperte sich. Es war nicht so, dass sein Assistent nicht gewusst hätte, was zwischen ihm und dem Vampir vorging, doch genau wie John schwieg er dazu, was Franklin sehr beruhigte.

„Franklin, dürfte ich dich kurz unter vier Augen sprechen? Ich habe ein

Telegramm über die interne Post erhalten, das mit dem höchsten Vertraulichkeitssiegel gekennzeichnet ist."

Er beäugte Armand misstrauisch, darum beeilte sich Franklin, seinem Vertrauten in den Nebenraum zu folgen und warf Armand einen entschuldigenden Blick zu, der mit einem Nicken quittiert wurde.

Eine Viertelstunde später kehrte er zu Armand zurück, der es sich im großen Ohrensessel bequem gemacht hatte und an einem Glas Sherry nippte.

„Schlechte Neuigkeiten?", fragte er sofort.

Franklin war sich seiner besorgten Miene bewusst und versuchte erst gar nicht, es herunterzuspielen. „Nun, wie man es nimmt. Die Nachricht kam von der höchsten Instanz innerhalb unserer Gemeinschaft. Der Orden der Lux Sangui hat einen seiner Mitarbeiter in Miami in den Paranormalen Untergrund eingeschleust. Sein Kontaktmann ist Cyron Gowl."

„Das hat Mel mir erzählt. Sie wollte gestern mit Steven zu einem Treffen der beiden. Dämonenjäger im Untergrund. Sehr amüsant."

Franklin wunderte sich, dass Armand die Tätigkeit einer Organisation wie der Lux Sangui kannte. Es zeigte wieder einmal, wie schnell man die Gegenseite unterschätzte – selbst wenn es sich um Freunde handelte.

„Mel soll sich von Cyron fernhalten, denn er kann die Lux Sangui bis zu den Köpfen des Untergrundes bringen. Sie und uns über ihre Pläne informieren. Ihr Kontaktmann wird sich mit Mel in Verbindung setzen. Sobald Cyron seinen Zweck erfüllt hat, sind sie bereit, ihn an uns auszuliefern. Solange müssen wir die Füße stillhalten. Ich muss Mel umgehend informieren."

„Das kannst du dir sparen. Ich wollte sowieso morgen Nacht nach Miami. Dann kann ich es ihr direkt sagen. Bis dahin wird sie den Gestaltwandler schon nicht gekillt haben."

Franklin war nicht so überzeugt wie Armand. Zweifelnd zog er die Stirn in Falten. „Dein Wort in der Götter Ohren, Armand. Wir wissen beide, wie hitzig ihr Temperament ist."

Armand klopfte ihm beruhigend auf die Schulter. „Sie ist ja nicht allein. Steven ist bei ihr, und der bewahrt einen kühlen Kopf."

Franklin atmete auf. „Vermutlich hast du recht. Ich neige im Alter wohl dazu, überbesorgt zu sein."

Armand machte eine beschwichtigende Geste. Immerhin kam Franklins Unruhe nicht von ungefähr. Die letzten Monate hatten sie alle viel durchgemacht und um die Sicherheit der Welt gebangt. Nicht auszudenken, wenn es Kaliste und Sylion gelungen wäre, das Dämonengefängnis Darkworld zu öffnen und Yrioneth freizulassen. Zumindest Sylion war tot, doch Kaliste war die Flucht gelungen. Niemand wusste, wo sie sich aufhielt und was sie plante.

Wenn sie es drauf anlegte, gab es genügend Wesen im Paranormalen Untergrund, die darauf brannten, sich gegen die Menschen aufzulehnen und vermutlich sogar einen offenen Krieg nicht scheuten. Franklin wollte gar nicht darüber nachdenken, welche Folgen das haben konnte. Er würde erst wieder ruhig schlafen, wenn sie wussten, wo sich die Vampirkönigin aufhielt und was sie im Schilde führte. Die Einmischung des Ordens der Lux Sangui war ein zweischneidiges Schwert. Zum einen waren ihre Mitglieder Elitekämpfer, Dämonenjäger allererster Güte. Wenn sie sich des Paranormalen Untergrundes annahmen, standen die Chancen gut, diesen gänzlich zu zerschlagen. Andererseits mischten sie sich oft in Dinge ein, die sie nichts angingen, und waren ausnahmslos allen paranormalen Wesen gegenüber negativ eingestellt. Damit schwebten auch Melissa, Steven und Armand in Gefahr. Davon abgesehen konnte deren Arbeit Staub aufwirbeln und für Unruhen sorgen. Ebenfalls ein potenzielles Risiko für seine Freunde. Wie er es auch drehte und wendete, seine Unruhe blieb. Gleich morgen wollte er eine Antwort auf das Telegramm verfassen und um Details bitten. Es war unsicher, ob er diese erhalten würde, doch er musste es zumindest versuchen. Wenn er Näheres erfuhr, konnte er Melissa und die anderen darauf vorbereiten und sicherstellen, dass sie nicht in die Schusslinie gerieten.

„Franklin, zermartere dir bitte nicht so den Kopf. Dir steigen schon Dampfwölkchen aus den Ohren."

Der milde Spott in Armands Stimme holte ihn zurück ins Hier und Jetzt. Fast hatte er vergessen, dass er nicht allein war. „Entschuldige bitte." Er ergriff die Hand, die tröstend auf seiner Schulter lag. „Es ist wohl die Sorge eines Vaters um seine einzige Tochter."

Armand küsste seinen Scheitel. „Mel hat viele Freunde und ist selbst eine starke Frau. Ihr wird schon nichts passieren." Als Franklin noch immer nicht ruhiger werden wollte, zeigte auch sein Freund Sorgenfalten. „Was bedrückt dich, Franklin? Gibt es noch was, das ich wissen sollte?"

Er seufzte. Es hatte sowieso keinen Sinn, Armand etwas vorzumachen. „Donald Rybing, ein hohes Mitglied der Lux Sangui, hat Mel in Verdacht, ebenfalls mit dem Untergrund oder bestimmten Zellen innerhalb des PU zusammenzuarbeiten. Das heißt wohl, sie steht bei denen unter Beobachtung."

„Das ist nicht gut, oder?"

Franklin schüttelte den Kopf. „Das ist für keinen von uns gut. Für den Orden am allerwenigsten."

„Aber es weiß doch inzwischen jeder in der Ashera, dass Mel eine von uns ist, oder?"

Die Frage hatte er schon lange erwartet. Anfangs war er bemüht gewesen, nur bestimmten Mitgliedern des Ordens von Melissas neuer Natur zu erzählen, doch die Vorkommnisse der letzten Jahre konnte man nicht unter den Teppich kehren. Deshalb war eine Vertuschung nicht länger möglich. Dem Magister wollte er es noch immer nicht auf die Nase binden. Ob sie es wussten? Vermutlich, aber solange keine Fragen von dort kamen, sah er auch keinen Grund, Antworten zu geben. Deshalb beunruhigte ihn dieses Telegramm umso mehr. Es stand nicht explizit darin, dass man ihr als Vampir diese Kontakte unterstellte. Auch Menschen sympathisierten oft mit dem Paranormalen Untergrund. Was war wohl schlimmer? Und wie lange wollte er sich noch etwas vormachen? Armands Frage zwang ihn geradezu, den Tatsachen ins Auge zu sehen, mit aller Konsequenz. „Ich gehe davon aus, dass es schon lange kein Geheimnis mehr ist."

„Das ist auch besser so", meinte Armand. „Wenn du sie unter diesen Umständen nämlich noch immer decken würdest, wären sowohl sie als auch du umso verdächtiger."

Franklin seufzte. „Es wäre alles nicht so schlimm, wenn es nicht seit einiger Zeit immer wieder zu Übergriffen aus dem PU kommen würde. Bisher sind es zwar nur leichte Verletzungen und Sachbeschädigung, die auch nicht eindeutig zuzuordnen sind – jedenfalls von den weltlichen Behörden nicht – aber das bringt natürlich Unruhe. Da bedrückt es mich umso mehr, wenn Mel in die Schusslinie gerät."

Diese Bedenken konnte Armand verstehen und teilte sie. Mels hitziges Temperament hatte sie schon häufiger in brenzlige Situationen gebracht. Es war schwer, sie zu zügeln, wenn sie sich einmal etwas in den Kopf gesetzt hatte.

Es klopfte erneut. Wieder war es Maurice. „Leider noch eine Nachricht, Franklin. Es scheint mit der von vorhin in gewissem Zusammenhang zu stehen. Soll ich ...?"

„Nein, nein." Er winkte ab. „Ich habe Armand von den Anweisungen erzählt. Wenn es mit dem Untergrund oder Mel zu tun hat, sollte er es wissen."

Maurice war anzusehen, dass er anderer Meinung war. Im Gegensatz zu John stand er Vampiren innerhalb des Ordens nur bedingt offen gegenüber. Jedenfalls nicht bei Interna. John! Er hatte sein Leben für Franklin geopfert. Ein grauenvoller Tod, durch die Hand der Ammit zu sterben. Noch immer fragte er sich häufig, wo Johns Seele heute war. Die Antwort würde auf ewig ein Geheimnis bleiben.

Er nahm den Umschlag von Maurice entgegen, der einen Moment unschlüssig im Raum stand, bis Franklin ihn mit einem Nicken entließ. Armand beäugte das Papier amüsiert.

„Im Zeitalter von E-Mail und Handy recht antiquiert, findest du nicht?"

Franklin lächelte nachsichtig. „Du vergisst die Wurzeln des Ordens. Und wie unsicher moderne Datenübertragungen oftmals sind. Da sind wir gern antiquiert."

Er überflog die Nachricht und wurde blass. Mit jeder Zeile fühlte er die Kraft mehr aus seinen Beine weichen, sodass er sich schließlich setzen musste. Besorgt ergriff Armand seinen Arm und sah ihn fragend an. Franklin war so aufgewühlt, dass er einen Moment lang keinen klaren Gedanken fassen geschweige denn Worte finden konnte. Daher reichte er seinem Freund wortlos die Notiz, der kurz darauf ebenso geschockt dreinschaute.

„Ein Anschlag? Wer? Gegen wen?"

„Nun, das Leonardo's ist inzwischen bekannt dafür, dass sich Mitglieder des PU dort treffen."

„Merde!", entfuhr es Armand. „An dem Abend wollte Melissa zusammen mit Steven das Treffen zwischen Cyron Gowl und dem Kontaktmann observieren."

Jetzt war Franklins Sorge eine andere und auch Armand entschied, noch in dieser Nacht aufzubrechen.

Brüderlein und Schwesterchen

Ich war immer noch wütend auf mich selbst, dass mir Cyron entkommen war. Und diesen Dämonenjäger wollte ich am liebsten in der Luft zerreißen.

„Wenn du dir da mal nicht zu viel vornimmst."

Ich warf Osira, meiner Totemwölfin, einen bösen Blick zu. Sie materialisierte sich zu den ungünstigsten Gelegenheiten und wurde nicht müde, mich mit frechen Sprüchen zu ärgern. „Wärst du etwa nicht sauer, wenn man dir den leckeren Hirschbraten vor der Nase wegschnappt?"

„Als Totem habe ich es zum Glück nicht nötig, mich mit etwas so anstrengendem wie der Jagd auseinanderzusetzen", gab sie grinsend zurück.

„Ach ja richtig. Du klaust den Nachbarkatzen lieber die Sahne aus den Schälchen."

Es war nicht böse gemeint, aber wenn sie mich schon aufzog, hatte ich das Recht, auf ihren einzigen wunden Punkt zu zielen. Osiras Schwäche für Milch und Sahne war ebenso absurd wie amüsant. Manchmal fragte ich mich, ob andere Totemtiere auch ihre Ticks hatten. Ein Geistwesen, das Süßigkeiten liebte. Ich konnte mir ein Schmunzeln nicht verkneifen, was meine Wut abkühlte. Dafür ertrug Osira meine Sticheleien, solange sie mich nur auf andere

Gedanken brachte.

„Weißt du etwas über diesen Kerl?", fragte ich sie.

Meine Wölfin verzog das Gesicht, weil es ihr nicht vollends gelungen war, mich abzulenken. „Nicht viel. Rybing nennt ihn seinen besten Mann und das scheint zu stimmen. Er hat sich auf jeden Fall über deine Zielperson in den Untergrund eingeschleust und ist sehr effektiv im Ausschalten unerwünschter Individuen."

„Osira!"

„Was denn?" Sie blieb stehen und schaute mich irritiert an.

„Du liest zu viele von diesen Agenten-Heftchen. Oder woher hast du solche Redensarten?"

„Ich versuche nur, angemessen zu konversarieren ... äh ... konservasieren ... ach Mist!"

„Kommunizieren?", schlug ich hilfsbereit vor.

„Auch gut." Sie schüttelte sich ausgiebig. „Wo war ich stehen geblieben? Ach ja, er vertritt die Interessen einer einflussreichen Gruppe, die Cyron irgendwie in der Hand hat."

„Du meinst die Lux Sangui! Aber was heißt ‚in der Hand'?"

„Womit weiß ich nicht, aber der Kerl hatte die Hosen voll, das riech ich sogar jetzt noch."

Sie rümpfte die Nase und ich musste endgültig lachen. Ungeachtet dessen, wer mich vielleicht sehen könnte, kniete ich mich auf den Boden und zauste meiner guten Seele das graue Fell, woraufhin sie sich behaglich streckte und mir genaue Anweisungen gab, wo ich sie noch nicht ausgiebig genug gekrault hatte.

Plötzlich schreckten wir beide hoch, weil etwas gleich einem Nachtvogel über uns hinwegflatterte. Nur war es für eine Eule zu groß und hier im Zentrum von Miami sah man auch nur sehr selten Eulen.

„Immer diese lästigen Fledermäuse. Nie hat man seine Ruhe." Damit verschwand Osira.

Ich suchte den Nachthimmel ab, wer von den hier ansässigen Vampiren sich bemühte, meine Aufmerksamkeit zu erregen und warum. Auf alles war ich gefasst, aber nicht auf den Mann, der mich gleich darauf sanft an der Schulter berührte. Sein Lächeln war voller Wärme, bar jeder Bedrohung.

„Melissa."

Ich konnte an einer Hand abzählen, wie oft ich Tizian, unserem König und Kalistes Zwillingsbruder, bislang gegenübergestanden hatte. Seine Aura nahm mich sofort gefangen, flößte mir Respekt ein. Doch ich wusste instinktiv, dass er mir auch jetzt nichts tun würde. Er stand auf unserer Seite.

„Hast du keine Angst vor mir?", fragte er.

„Wenn du mich töten wolltest, hättest du es längst getan. Die Gelegenheit war günstiger, als ich noch sterblich war."

Er nickte. „Da magst du recht haben."

„Ich wollte dir noch danken, dass du Armand gerettet hast." Irgendwie klang das total blöd. Nicht respektvoll genug. Und warum zitterte meine Stimme?

„Gern geschehen. Aber es war — wie dir sicher klar ist — nicht ganz uneigennützig."

Wann war es das denn je? Keiner von uns tat irgendetwas vollkommen uneigennützig. Nicht mal ich. Er schaute sich wachsam um, als befürchtete er, dass uns jemand beobachtete. Auch mir stellten sich augenblicklich die Nackenhärchen auf und komischerweise drängte sich das Bild von Cyrons Kontaktmann vor mein inneres Auge.

„Können wir irgendwo ungestört reden? Es geht um meine Schwester."

Um Kaliste? Das konnte nichts Gutes bedeuten. Was führte die alte Schlange nun wieder im Schilde? Tizians drängender Blick ließ mich nicht lange überlegen.

„Meine Wohnung ist nur ein paar Blocks von hier. Dort sind wir sicher." Ich hatte all mein Hexenwissen aufgeboten, um die Wohnung magisch zu schützen. Man konnte nie wissen, und zumindest warnte mich dieses Energienetz, sobald jemand versuchte, es zu durchdringen.

Beim Ankommen schloss ich äußerlich die Tür auf, fuhr innerlich den Schutzwall herunter. Dennoch bemerkte Tizian etwas, was ich an seinem irritierten Blick sah. „Ich bin nicht so für Überraschungen. Und wenn schon Hexe, warum dann nicht auch nutzen?"

Dem stimmte er zu. „Manchmal könnte ich so etwas auch brauchen. Aber Rafe und Arian passen gut auf. Da sie nicht wie ich über das Blut an meine Schwester gebunden sind, merken sie oft viel früher, wenn sie wieder einen ihrer Pläne in die Tat umsetzen will."

Ich schaute verlegen zur Seite, als er den Crawlerfürsten ansprach. Die Wärme in seiner Stimme bedurfte keiner Frage. Raphael al Akaban hatte mir von ihrer Liaison erzählt und dass sie der Grund war, warum er mich und Armand immer verschont hatte. Tizian war sozusagen mein Fürsprecher, auch wenn ich nicht recht verstand, warum. Als Sterbliche gab er mir einen Tropfen seines Blutes. Der hatte mir geholfen, als ich mit Steven verbotenerweise das Blut tauschte, denn ich stammte aus Kalistes Linie, Steven aus Tizians. Das Blut der Geschwister durfte sich nicht mischen, so hieß es. Heute wussten wir, dass es nur eine von Kalistes Machtspielchen war, diese Regel aufzustellen. Zwar konnte ich nicht behaupten, dass das Aufeinandertreffen der beiden Blutdämonen angenehm gewesen war, doch es hatte keinen Vampir das Leben gekostet und

Schmerz waren wir immerhin gewöhnt.

„Es ist bald so weit. Ich brauche dich", sagte Tizian unvermittelt.

Schicksalskriegerin, ging es mir durch den Kopf. Es verfolgte mich. Alle waren überzeugt, dass ich Teil einer Prophezeiung war. Ganz besonders die beiden Urgeschwister und natürlich Lucien. Jeder der Drei erhoffte sich einen Vorteil, wenn er mich auf seine Seite zog, und instinktiv gab ich Tizian den Vorzug. Aber warum gerade jetzt?

Er gab mir einen sanften Kuss auf den Mund.

„Tizian, ich …"

Er legte mir den Finger auf die Lippen und ich schwieg, hypnotisiert wie das Kaninchen vor der Schlange. Seine kühlen Finger legten sich auf meine Wangen, damit ich den Kopf nicht wegdrehen konnte, sondern ihm in die türkisfarbene Iris schauen musste. Es glich einem Sog, gegen den ich mich nicht wehren konnte. Er zog mich tiefer und tiefer in einen Strudel hinab.

Tizian küsste meine Stirn und flüsterte: „Öffne dich und sieh."

Vielleicht schwebten wir, vielleicht löste sich aber auch nur die Welt um mich herum auf. Ich fühlte mich schwerelos, ohne Boden unter den Füßen. Wir stiegen höher und höher, bis ich die Welt von weit entfernt sah. Wie ein Film im Rückwärtslauf zogen die Jahrzehnte und Jahrhunderte an uns vorbei. Tizian hielt mich in seinen Armen und ich spürte ihn Haut an Haut, dachte aber nicht weiter darüber nach. Es fühlte sich richtig an. Mein Atem wurde immer ruhiger, bis sich meine Brust im gleichen Rhythmus wie die seine hob und senkte. Sein Duft füllte meine Lungen, seine Gedanken meinen Geist. Ich war gefangen von seiner Kraft und der Härte seines Körpers. Wie lebendig gewordenes Eis, das mich erfüllte, in die tiefsten Winkel meines Selbst glitt. Meine Augenlider waren so schwer, dass ich sie kaum noch aufzuhalten vermochte und schließlich bettete Tizian meinen Kopf an seiner Schulter und versiegelte meine Lippen mit einem Kuss, der mir die rote Flut der Ewigkeit schenkte, in der alles lag, was er war, einst gewesen und je sein würde. Ich sah die Erde so deutlich vor mir wie zuvor, obwohl ich nicht mehr mit meinen eigenen Augen hinabblickte. Die Kontinente verschoben sich, Wasser und Lava fluteten über das Land hinweg, verschlangen es und gaben es andernorts wieder frei. Die Unterwelt öffnete ihre Tore. Menschen und PSI-Wesen durchwanderten sie in beide Richtungen. Wir glitten tiefer hinab, auf einen bestimmten Ort zu. Hohe Kuppelbauten wölbten sich unter einem azurblauen Himmel und reflektierten mit ihrem weißen Gestein das Sonnenlicht. Goldene Intarsien fanden sich auf den Wänden und sogar auf den Marmorplatten am Boden. Die Sprache war fremdartig, doch ich hatte solche Symbole schon gesehen. Träge kramte meine Erinnerung etwas hervor. Ein Buch mit einem Siegel aus Elektrum auf dem Einband. Die Sage von Atlantis aus der Bibliothek in Gorlem Manor. Die Plätze unter uns waren von Menschen bevölkert. Manche hielten Schriftrollen in den Händen, andere unterhielten sich und tranken Wein aus goldenen und silbernen Bechern. Ich sah niemanden streiten, noch jemandem etwas Böses tun.

Im Schatten üppiger Bäume saß ein Mann auf einem Thron, zu seinen Füßen zwei liebreizende Frauen – die eine jung, die andere schon reifer. Der Mann – seinem Aussehen und den Symbolen seines Amtes nach zu urteilen ein König – blickte lächelnd auf sie hinab. Die Jüngere, wohl die Prinzessin, erhob sich nach einer Weile und ging fort. Ich sah sie wenig später in den Armen eines schönen Mannes von animalischer Ausstrahlung, dem sie völlig ergeben schien. Ich spürte ihn in meinem Leib als wäre ich sie, während er sie sich zu eigen machte. Oder war es Tizian, den ich fühlte? Ich zitterte beim Anblick dieses Unterwelt-gottes, weil er Leben und Zerstörung gleichermaßen in sich barg. Der bald gewölbte Leib der jungen Frau verlieh dem Leben Bestätigung, aber die Ahnung von Gewalt und Tod blieb. Düstere Wolken zogen wenig später über den Himmel und der Glanz der Stadt erlosch. Das Gold verlor seine Kostbarkeit, das Weiß seine Reinheit. Eine Alte auf einen krummen Stock gestützt murmelte seltsame Worte und warf Kräuter in ein Feuer, die den Geruch von Verderbnis verbreiteten. Zwei kleine Kinder, ein Knabe und ein Mädchen, klammerten sich aneinander und versteckten sich hinter dem Unterweltgott, der mit grimmiger Miene auf den König einredete.

Wir zogen uns zurück und ich hatte das Gefühl, mit Tizian noch enger verbunden zu sein als zuvor. In meinem Körper tanzten blaue Flammen, die mich elektrisierten. Aber noch immer richtete er meine Aufmerksamkeit auf das Geschehen unter uns. Die Erde geriet abermals in Wallung. Gischt peitschte auf. Das Wasser türmte sich meterhoch auf und griff mit seinen gewaltigen Fingern nach der Stadt aus Gold und Marmor. Nicht nur eine Stadt, ein ganzer Kontinent. Tatsächlich Atlantis. Die Tore zur Unterwelt schlossen sich, zogen sich von dem Volk der Atlantiden zurück und überließen sie ihrem Schicksal. Ich sah die Königstochter in den Armen ihres Geliebten weinen, während die Flut alles verschlang. Jeden Mann, jede Frau, jedes Kind. Die kunstvollen Gebäude zerfielen, die kostbaren Schriften lösten sich im Wasser auf. All die Schätze und das Wissen gingen verloren. Atlantis versank und hoch über dem schwindenden Reich sah ich Tizian und Kaliste. Keine Kinder mehr, sondern erwachsen, wie sie es heute waren. Sein Gesicht gezeichnet von Bluttränen, während sie ein eisiges Lächeln auf den Lippen trug.

✳

Unruhig lief Kaliste in ihrem Exil auf und ab. Es gab wenig Dinge, die sie so sehr hasste wie Untätigkeit. Aber nachdem diese Dämonenjäger jetzt die Reihen des Paranormalen Untergrundes aufmischten, war ihr das Risiko zu groß, sich nach draußen zu begeben, zumal diese Welt sie mehr und mehr anekelte. Sie war zu laut, zu oberflächlich, einfach zu modern. Schal, kalt und tot – sie ahnte es nur noch nicht oder es war ihr egal.

Aber sie sah all das, weil sie die Welt seit über fünftausend Jahren begleitete. Ihr Plan war eine Gnade für dieses armselige Menschenvolk, wenn ihn nur nicht ständig andere durchkreuzen würden.

Immerhin hatten die letzten Entwicklungen auch ihr Gutes. Hätten sich diese Lux Sangui nicht eingemischt, wäre Cyron jetzt tot und sie um einige Möglichkeiten ärmer. Wie zum Beispiel eine vielversprechende Waffe, die der Gestaltwandler ihr vermitteln wollte. Sein Kontaktmann im Untergrund war zuverlässig, soweit man den Quellen entnehmen konnte, auch wenn sie ihm keinen Deut traute. Aber er hatte offenbar wichtige Verbindungen, die er zu teilen bereit war. Gegen einen entsprechenden Preis.

Insofern hatte sich Cyron also doch weiterhin als nützlich erwiesen, und da Melissa es sich in den Kopf gesetzt hatte, ihn zur Strecke zu bringen, war er möglicherweise auch noch ein geeigneter Köder.

Ebenfalls interessant waren die vermehrten Todesfälle im Untergrund in der letzten Zeit. Sie war fast sicher, dass man sie auf die Dämonenjäger zurückführen konnte. Die Lux Sangui verfügten über einige neuartige, sehr spezielle Waffen. Ware dieser Art war immer sehr begehrt. Auch Cyrons Freund bezog seine Ware sicher dort, und sie war sehr daran interessiert, mit ihm ins Geschäft zu kommen.

Es dauerte eben nie lange, bis sich Abtrünnige in einer Gemeinschaft fanden, die begehrte Einzelstücke auf dem Schwarzmarkt anboten. Das war überall gleich. Loyalität war eine unbeständige Tugend. Der Kerl, den Cyron angeschleppt hatte, musste einen direkten Draht zu jemandem bei den Lux Sangui haben. Vielleicht war er sogar einer von ihnen. Er verkaufte an den Meistbietenden, aber wie fast alle, hatte er eine besondere Vorliebe, was die Währung anging. Und da nur wenige über diese Art von Zahlungsmitteln verfügten, ließ er sich schnell für ihre Pläne gewinnen. Ärgerlich hingegen, dass er sich nicht gänzlich ihren Wünschen fügte, sondern alles nach seinen Vorstellungen abzulaufen hatte. Weder zeitlich noch örtlich ließ er sich auf irgendetwas festnageln. Entweder sie akzeptierte seine Bedingungen oder es gab keinen Deal. Und bislang war es ihr noch nicht gelungen, in Erfahrung zu bringen, wo sein wunder Punkt lag, um ein Druckmittel zu besitzen. Ihre Spione fanden keine Spur von ihm. Ein Schatten, ein Phantom. Keine Vergangenheit, kein Hintergrund, nicht einmal ein festes Umfeld, an dem man sich orientieren konnte. Er tauchte auf, wo und wann es ihm passte und verschwand ebenso schnell wieder. Ihn zu verfolgen grenzte an das Unmögliche.

Ein Fest war allerdings die Nachricht, dass Luciens Bar Ziel eines Anschlages geworden war. Diese Dämonenjäger kamen hierfür nicht infrage, denn die hätten mit jedem in dem Laden kurzen Prozess gemacht. Ihr neuer Geschäftspartner steckte aber auch nicht dahinter. Zumindest nicht direkt. Wer war also noch im Besitz dieser neuen Waffen und auf welchen Wegen? Sie schätzte es nicht, wenn man ihr ein Monopol streitig machte. Verkaufte dieser Kerl sein Diebesgut auch noch anderswo? War jemand schneller gewesen als sie oder zahlte einen besseren Preis?

Es konnte natürlich sein, dass es noch mehr Anbieter gab. Dann sollte sie schleunigst in Erfahrung bringen, wer das war und sehen, ob sich ein besserer Handel machen ließ. So wäre sie auch auf Cyrons Mann nicht mehr angewiesen und in einer besseren Verhandlungsposition.

Wieder ging sie ein Stück in das Labyrinth hinein und lauschte, ob einer ihrer Spione zurück war. Doch alles blieb still, bis auf die monotonen Laute der Ghanagouls, die in den Gängen Wache schoben. Sie fauchte wie eine Wildkatze und ließ sich mürrisch auf ihren Diwan sinken. Kaliste musste sich selbst ermahnen, nicht zu undankbar zu sein. Es hatte schon schlechter gestanden. Ein paar Monate war ihre Hoffnung gegen null gesunken, mit Melissa Ravenwood und ihren Freunden fertig zu werden. Sie streckte den Arm aus und betrachtete ihre missgestaltete Hand, an der ein Finger fehlte. Armand, Melissas große Liebe, hatte ihn ihr ausgerissen. Mitsamt dem Smaragdring der Nacht, den sie erst kurz zuvor von Cyron erhalten hatte. Dem Gestaltwandler war es leicht gefallen, ihn Melissa abzunehmen, indem er sich für ihren Liebsten ausgab. Doch gebracht hatte es ihr nichts. Wie gewonnen so zerronnen. Wer konnte auch ahnen, dass der Kerl so zäh war und die Festung ohne Wiederkehr überlebte. Ja, sogar noch mit genug Kraft und Kampfgeist, um sie zu besiegen. Zwei Mal!

Sie ergriff einen Kelch, der neben ihr stand, und schleuderte ihn gegen die Wand. Das Kristall zerbarst und sein Inhalt malte rote Schlieren auf den Fels.

Nun schöpfte Kaliste durch diese neue Waffe wieder Hoffnung. Sie musste dem Wahnsinn ein Ende setzen, ehe ihr weichherziger Bruder eine Dummheit beging und alles verloren war. Am besten ließ sie ihn gleich mit aus dem Weg räumen. Wenn da nur der Crawlerfürst nicht wäre, der ihn beschützte. Dieser Mistkerl hätte schon vor Jahren zu Staub zerfallen sollen. Was hatte sie nicht alles getan, um Melissa auf ihn anzusetzen. Sie hatte dieser Göre so viel gegeben und womit bekam sie es gedankt? Verfluchter Edelmut. Vampire mit Gewissen taugten einfach nichts.

Sie hätte alles von ihr haben können. Kaliste war sogar bereit gewesen, sie wie eine Tochter anzunehmen, hatte sie von ihrem Blut trinken lassen. Aber Melissa war stark und sturköpfig und entschied sich für die falsche Seite.

Einer ihrer Spitzel kam zurück. Ein Gef. Mit seiner wieselartigen Gestalt fiel er nirgendwo auf. Das und die Fähigkeit, jede Sprache innerhalb kürzester Zeit zu erlernen, machte diese Gattung als Spione perfekt. Er verneigte sich ehrerbietig vor Kaliste, strich ihr demütig um die Beine, bis sie schließlich die Geduld verlor.

„Hör auf mit der Schleimerei. Was hast du für mich? Raus mit der Sprache."

Das kleine Wesen stellte seine Beschwichtigungsbemühungen ein, nur seine roten Augen leuchteten weiterhin wachsam, weil es ihren Zorn schon oft zu spüren bekommen hatte.

„Ich habe eine überraschende Entdeckung gemacht."

Kaliste antwortete nicht, sondern neigte nur den Kopf zum Zeichen, dass ihre Geduld schwand. Der Gef wich vorsichtig ein paar Schritte zurück.

„Der MI5-Agent, der in den Ashera-Orden eingetreten ist. Der, den Melissa Ravenwood verwandelt hat."

„Ja?" Ihr Interesse war geweckt. Zwar hatte der Kerl den Freitod gewählt, während Melissa Sylion vor dem Tor nach Darkworld ausgetrickst hatte, doch auch tote Vampire waren manchmal nützlich.

„Er lebt."

Sie starrte ihren Spion ungläubig an. „Was hast du gesagt?"

„Der Agent. Er lebt."

„Bist du sicher?"

Der Gef nickte eifrig.

„Wo?"

„Er ist in Rom. Zusammen mit Lord Luciens Sohn. Der mit den Schlangen."

Sie lächelte eisig. Diese Information war in der Tat sehr interessant. „Was hast du noch für mich?"

„Euer Bruder hat den Kontakt zur Schicksalskriegerin wieder aufgenommen und sie eingeweiht. Er wartet nicht länger, meine Königin."

Kalistes Wutschrei ließ den Fels erzittern. Nie hätte sie gedacht, dass Tizian das wagen würde. Er war der Geduldige, der Wartende. Jemand, der die Zeit für sich arbeiten ließ. Und jetzt arbeitete eben jene gegen sie.

Geweiht der Ewigkeit

„Wo sind wir hier?"

„In Rom. Der Ewigen Stadt." Dracon lächelte zufrieden und wies aus dem Fenster. „Der Vatikan ist nur einen Katzensprung entfernt. Wenn du willst, können wir uns in den Petersdom schleichen. Dort hat Mel den Sapyrion plattgemacht. Ihn gelöscht. Na ja, ich gebe zu, Armand war auch daran beteiligt."

Warren entging nicht der eifersüchtige Unterton in der Stimme seines dunklen Vaters. Er erweckte ein ähnliches Gefühl in ihm. Er wusste, dass Dracon viel für Melissa empfand. Trotzdem versetzte es ihm einen Stich, wenn er von ihr sprach.

Als Warren sie kennenlernte, wusste er noch nichts über Vampire, Werwölfe, Feen und Geister. Damals auf Gorlem Manor war sie nur eine Frau für ihn gewesen, die sowohl mit ihrer Erscheinung als auch mit ihrem Intellekt beeindruckte. Eine Verschwendung, dass sie für diesen Orden arbeitete und ihr Talent vergeudete, um nach Wesen zu forschen, die es gar nicht gab.

Sie hatte ihn eines Besseren belehrt. Sein Leben auf den Kopf gestellt und ihm eine Chance gewiesen. Im Erkennen, wie korrupt und verlogen die Behörde war, für die er arbeitete, stand sein Entschluss fest, das Angebot von Melissas Vater anzunehmen und ein PSI-Agent zu werden statt einer in den Diensten der britischen Krone.

Warren stellte sich neben Dracon und starrte zur Kuppel des Petersdoms hinüber, aber seine Gedanken waren weit weg.

Die Arbeit und die Bestätigung, die er von Franklin und anderen in der Ashera erfuhr, machten ihn stolz. Seine Gefühle für Melissa, die sich während ihrer Zusammenarbeit entwickelt hatten, veränderten sich. Er liebte sie nicht weniger, aber er verstand, dass sie einander niemals so nah sein würden, wie er es sich wünschte. Doch ihre Freundschaft wog mindestens ebenso schwer. Sie hatte ihn gewarnt, hatte ihn schützen wollen vor anderen ihrer Art. Sogar eine Phiole mit ihrem Blut sollte er tragen. Die war nun verschwunden. Zurückgeblieben an dem Ort, wo er den Aufgang der Sonne erwartet hatte. Ob Melissa sie trug? Oder diente sie nur als Zeichen seines Todes? Etwas, das sie beerdigen konnte, weil sonst nichts mehr von ihm geblieben war? Wenn sie wüsste.

„Du wirkst traurig, Warren. Sind die Erinnerungen noch stark?" Dracon streichelte ihm liebevoll über den Rücken. Sein Blick zeigte Sorge.

„Es ist nichts", wiegelte er ab und drehte sich weg. „Ich muss mich wohl erst daran gewöhnen."

Sein Retter runzelte die Stirn. Er glaubte ihm kein Wort – zu Recht. Warren atmete tief durch und zwang sich ein Lächeln auf die Lippen. „Vielleicht sind es doch noch die Nachwehen. Ich glaube, kein Mensch kann sich vorstellen, welche Qualen damit verbunden sind, wenn fast der ganze Körper verbrannt ist." Es würde auch keiner überleben.

Dracon lachte freudlos, durchschaute den Ablenkungsversuch, ging aber dennoch darauf ein. „Nicht nur fast. Du warst kaum mehr als ein verkohlter Klumpen Fleisch in den ersten Tagen. Sei froh, dass dir die Erinnerung daran fehlt. Und du hast mich angesengt."

„Tut mir leid", sagte Warren, ohne es so zu meinen. Er rieb sich die Hände an den Hosen, ein Impuls. Dracon machte ihn nervös. Er war ihm dankbar, denn jetzt wollte er nicht mehr sterben. Doch die Erinnerung an Dracons Spiele, mit denen er ihn gefügig gemacht hatte, wühlte ihn immer noch auf, obwohl er sich nach dieser Art körperlicher Nähe sehnte.

„Kein Problem. Bei mir heilt so was schnell. Ich habe ja auch schon ein paar Jahre Unsterblichkeit auf dem Buckel."

Dracon beobachtete Warren, wie er unruhig im Zimmer umherging. Damit löste er den unwiderstehlichen Drang aus, diesem Zimmer zu entkommen. Dracons Präsenz war zu dicht, erstickte ihn. Er wollte raus, atmen, sich bewegen, andere Menschen um sich haben. Sein Blick glitt zu den leeren Blutkonserven. Ja, auch das wollte er. Auf die Jagd gehen. Frisches, warmes Blut trinken, das noch pulsierte. Dem noch Leben innewohnte.

„Fühlst du dich stark genug?"

Dracon las seine Gedanken, das machte ihm Angst. Was sah er dort?

Seine Sorge wurde verdrängt von dem unbändigen Wunsch, nach draußen zu gehen. Die letzten Narben waren erst seit zwei Nächten verschwunden. Ein Schwächeanfall lag immer noch im Bereich des Möglichen und das konnte auf der Jagd fatale Folgen haben. Nur erschien ihm die Alternative noch weniger erstrebenswert. Schließlich gab Dracon nach.

Die ersten Schritte unter freiem Himmel waren eine Wohltat. Warren sog die Luft tief in seine Lungen, genoss den warmen Wind auf der Haut. Das nächtliche Firmament erstrahlte im Blau dunkler Hyazinthen. Nur wenige Menschen streiften durch die Straßen in der Nähe ihrer Wohnung. Dracon hatte bewusst ein abgelegenes Viertel auf einer kleinen Anhöhe gewählt. Erst allmählich wuchs das Treiben, während sie dem Zentrum zustrebten.

Warren merkte, wie ihn diese vielen Leute bald schon erneut in Panik versetzten. Ihre Herzschläge erfüllten die Nacht, jeder in einem anderen Rhythmus. Sein eigenes Herz versuchte verzweifelt, einen Einklang zu finden, der es bei der Jagd leiten konnte, doch es gelang ihm nicht. Suchte es dem einen zu folgen, wurde der sofort von einem anderen überlagert. Warren drehte sich hin und her, bemüht, ein Opfer zu finden und sich darauf zu fokussieren, doch was er erreichte, war lediglich ein Schwindel, Schweißausbrüche und rasselnder Atem.

Dracon merkte schnell, was mit ihm los war, packte ihn und zog ihn fort in eine ruhige Gasse. Dort presste er ihn gegen die Wand, hielt ihn fest und redete beruhigend auf ihn ein, bis Warren langsam wieder klar denken konnte.

„Wir hätten noch nicht rausgehen sollen. Die Nachwirkungen deiner Verletzungen und die Schwäche nehmen dich noch zu sehr mit. Sie lähmen dich, weil deine Instinkte überreagieren. Bleib hier und warte auf mich. Ich bin gleich zurück."

Er verschwand in der Dunkelheit und Warren lehnte sich mit geschlossenen Augen gegen das Gestein, in dem noch die Wärme des Tages schlummerte. Das alles machte ihm Angst, erinnerte ihn daran, wie es nach seiner Geburt in die Dunkelheit war. Er sehnte sich nach Steven, der ihn anleitete und ihm Mut zusprach. So etwas würde Dracon nie tun.

Er war an ihn gebunden, jetzt mehr denn je. Die Mischung aus Sehnsucht und Furcht, die diese Gewissheit auslöste, raubte ihm den Atem. Seine Brust wurde eng, als schnürte sie jemand mit einem eisernen Band zusammen. Nur sein Herz begehrte auf, kämpfte wummernd darum, erhört zu werden in seinem Hunger und seiner Verzweiflung.

Die Berührung einer kalten Hand ließ ihn zusammenfahren. Dracon stand vor ihm. Wie viele Jahre Unsterblichkeit brauchte es, um so kalt zu werden? Er lächelte siegesgewiss und deutete auf einen leblosen Körper zu ihren Füßen.

„An ihm kannst du dich laben. Danach wird es dir besser gehen und die Herzen der Menschen dich weniger quälen."

Sein Verstand sträubte sich, denn ihm war klar, dass er diesen Menschen bis zum letzten Tropfen aussaugen würde. Kein kleiner Trunk, wie Steven es ihn gelehrt hatte. Das würde Dracon nicht dulden. Nach allem, was Mel über ihn erzählt hatte, bedeuteten Menschen ihm nichts. Doch das gleichmäßige Schlagen des Herzens, so ruhig in der Bewusstlosigkeit, wirkte geradezu hypnotisch. Warren fiel auf die Knie, zog den Mann in seine Arme wie einen Geliebten. Er legte seine Hand um dessen Hinterkopf und drehte den Schädel zur Seite. Die Schlagader pulsierte, sein Mund war mit einem Mal trocken, dürstete nach frischem Blut. Er fuhr sich mit der Zunge über die Lippen. Die Brust des Todgeweihten hob und senkte sich unter tiefen Atemzügen, seine Augen bewegten sich sacht hinter den geschlossenen Lidern. Er streichelte über die gebräunte Haut, fühlte raue Bartstoppeln an seinen Fingerkuppen. Zögernd näherte er sich der Kehle, ließ seine Zungenspitze über die Haut gleiten und schmeckte salzigen Schweiß. Der Duft des Blutes, der durch die Haut drang, und das Rauschen, wenn es durch die Venen und Arterien glitt, lullten ihn ein. Seine Fänge traten hervor, durchstießen mühelos die Epidermis, schnitten tiefer bis in den Muskel, durchtrennten die Ader. Heiß sprudelte der Quell empor, ergoss sich in seinen Mund, füllte ihn mit Wärme, Kraft und Leben. Er musste sich nicht anstrengen, brauchte kaum zu saugen. Ein kräftiges junges Herz, das seine Arbeit tat. Er konnte es hören, vor seinem inneren Auge sehen, wie sich das Organ zusammenzog und wieder entspannte, ein ständiger Wechsel.

Sein Körper bebte, der Dämon schnurrte zufrieden, war nicht reißend diesmal oder Angst einflößend. Schlich eher wie eine Katze um die gefüllte Milchschale und tat sich gütlich an der Leckerei, die ihm gegeben wurde. Das Gefühl war angenehm, wärmte ihn. Die Gier, die er so fürchtete, verlosch und machte wohliger Mattigkeit Platz. Satt und entspannt glitten seine Finger schließlich hinab. Der dumpfe Laut, mit dem der Kopf auf das Pflaster schlug, passte nicht recht zu seinem Empfinden. Er musste sich an die Hauswand lehnen, um nicht auf der Stelle zur Seite zu sinken und einzuschlafen. Warmes Blut aus einem lebendigen Körper war etwas anderes als Konserven.

„Ich bringe ihn weg", sagte Dracon. „Danach helfe ich dir auf die Beine. Der Rausch lässt gleich nach. Du bist noch immer sehr schwach. Es wird dauern, bis du allein auf die Jagd gehen kannst."

Er nickte automatisch, obwohl er die Bedeutung der Worte erst begriff, als Dracon schon mit der Leiche verschwunden war. So musste sich wohl ein Wolfswelpe fühlen, wenn er sich am Kadaver, den seine Eltern für ihn erlegten, gütlich getan hatte. Sein dunkler Vater sorgte für ihn. Es war richtig, bei ihm zu sein.

*

Beim Erwachen fühlte ich mich, als hätte ich am Vortag an einem Marathonlauf durch Miami teilgenommen. Meine Muskeln schmerzten, mein Verstand war noch benebelt und alles drehte sich.

„Tut mir leid. Das war wohl etwas viel auf einmal", erklang eine schuldbewusste Stimme neben mir.

Ich war mit einem Schlag hellwach und sah in Tizians Gesicht. Die Jalousien an den Fenstern waren zum Glück unten. Meiner inneren Uhr nach war es wieder Nacht, aber wir hatten wohl den kompletten Tag im Bett verbracht, statt uns in den Geheimraum zurückzuziehen. Es war unnötig, an mir hinunterzusehen, da er splitterfasernackt auf dem Laken lag. Ich tat es trotzdem und stöhnte gequält.

„Sag mir, dass wir nicht getan haben, was ich denke, das wir getan haben."

Er sah mich verständnislos an. „Was glaubst du, was geschehen ist? Es gab viel, was du wissen musstest, dieser Weg war leichter, als es dir zu erzählen. Und schneller."

Das war keine Antwort auf meine Frage. Manchmal fragte ich mich, ob einem Vampir jede Ausrede recht war, um mit jemandem seiner Art ins Bett zu steigen. Im Aufstehen zog ich die Decke mit und wickelte mich darin ein, während ich zum Bad taumelte. Jeder Mensch glaubt, dass kaltes Wasser im Gesicht die Gedächtnislücken der letzten Nacht wegspülen kann, inklusive allem, was man nicht wahrhaben möchte. Ich glaubte zwar nicht daran, aber einen Versuch war es wert. Als ich mich wieder aufrichtete, stand Tizian hinter mir.

„Du weißt nicht, was geschehen ist, also gibt es auch keinen Grund, ein schlechtes Gewissen zu haben. Vertrau mir."

Ich starrte ihn im Spiegel an, als wäre er nicht mehr ganz bei Trost. „Tizian, ich bin nicht erst seit gestern Vampir. Was mir an Erinnerung fehlt, macht mein Wissen über unseresgleichen wett. Und wir sind soeben nackt nebeneinander aufgewacht, also erspar uns beiden irgendwelche Ausreden."

Er zuckte die Achseln, als wollte er andeuten, dass er es nur gut gemeint hatte, und ließ mich allein. Nach literweise kaltem Wasser war ich geneigt, an dessen Wirkung zu glauben.

Tizian war nicht mehr im Schlafzimmer, sodass ich mich in Ruhe anziehen konnte. Er wartete in der Wohnküche, wo er aus dem Fenster blickte und die erleuchteten Millionärsjachten am Hafen betrachtete. Wusste er, dass Luciens Isle of Dark auch dort vor Anker lag?

„Es ging so einfach schneller."

Ich gab einen unbestimmten Laut von mir und verzog das Gesicht.

„Kaliste wollte dich an sich binden, nachdem sie herausfand, dass Lucien ein größeres Interesse an dir hegt."

Ich hob die Augenbrauen, doch da er weiterhin nach draußen sah, bemerkte er es nicht. „Heißt das, ich habe dieses Chaos meinem Lord zu verdanken?"

Ein wehmütiges Lächeln umspielte Tizians Lippen. Anders als bei seiner Schwester erreichte es bei ihm auch die Augen. Warum wirkte das Türkis bei ihm so warm und bei Kaliste so eiskalt?

„Es ist dein Schicksal, Mel. Früher oder später hätte meine Schwester von dir erfahren. Durch Luciens Bemühungen um dich kam ihr der Gedanke einfach ein bisschen früher."

Und nicht nur ihr. So viele hatten mich Schicksalskriegerin genannt, während ich noch immer nur eine vage Vorstellung hatte, was das überhaupt war.

„Es hat etwas mit Atlantis zu tun und unserem Vater."

„Dem Dämon Magotar? War er das letzte Nacht in der ... Vision?"

Tizian nickte. „Wir flohen ins Land der Pyramiden, als unsere Heimat unterging. Erinnerst du dich an die Schriftrolle, die du übersetzt hast?"

Ja, daran erinnerte ich mich genau.

„Sie sagt dir, was du wissen musst."

Ich verdrehte die Augen und er lachte leise. „Du magst keine Rätsel, nicht wahr?"

„Es gehört nicht zu meinen Lieblingsbeschäftigungen. Rätsel bedeuten meistens Ärger."

Einen Moment sah er mich von der Seite an, dann nickte er. „Also gut. Es macht es dir nur leichter, spart uns Zeit. Ein Mal soll es mir wohl erlaubt sein, die Regeln zu brechen."

Die vermutlich ohnehin nur von seiner Schwester aufgestellt worden waren. Kaliste mit ihren Regeln und angeblichen Flüchen. Da konnte ich nur lachen.

„Als wir nach Ägypten gingen, waren wir auf uns gestellt. Der Eingang zu Magotars Reich war verschlossen, denn er lag auf dem versunkenen Kontinent. Es gab nur noch Kaliste und mich."

Da ich unsere Königin kannte, konnte ich mir vorstellen, dass es für Tizian eine einsame Zeit gewesen sein musste. Auch sein Gesicht sprach von seinem Leid, das verloren zu haben, was er liebte – seine Heimat, seine Eltern.

„Wir versuchten uns anzupassen, nicht aufzufallen. Doch wie du dir denken kannst, blieb das, was wir waren, nicht lange unentdeckt. Bluttrinker waren den Ägyptern nicht fremd, sie kannten Götter und Dämonen, die sich von den Toten oder Lebenden nährten. So sahen sie auch uns. Kaliste gefiel das. In ihren Augen war dies ein Anerkenntnis unserer Macht, und sie kostete es aus. Es verlangte sie nach einem ihr geweihten Tempel. Darum suchte sie eine Orakelpriesterin auf, in der Überzeugung, wenn diese dem Pharao von den neuen Göttern kundtat, würde er uns zu Ehren einen Tempel erbauen lassen."

Er blickte ins Leere, seine Augen schimmerten feucht. Ich ahnte, was jetzt kam. „Aber es gab keinen Tempel, oder?"

Tizian schüttelte den Kopf, lachte bitter auf. „Das Orakel war wohl zu gut. Statt dem Pharao die Macht und Glorie der neuen Götter zu prophezeien, offenbarte sie Kaliste ihr Schicksal – ihren Fluch. Sie sprach davon, dass wir beide unser Blut an dreizehn Kinder weitergäben, die zu den Müttern und Vätern unserer Art würden. Sie und ich würden entzweit werden durch ihren Hass und Neid, einander fürchten und meiden. Doch am Ende sollte sie erliegen – einer Schicksalskriegerin, die ihren dunklen Zauber brechen und mich von ihr befreien könne."

Mir war kalt geworden. Ich fühlte, wie meine Knie zitterten. Was er sagte, passte haargenau zur Schriftrolle von damals. „Und das soll ausgerechnet ich sein?"

Er drehte sich vollends zu mir um, in den Augen Wärme, auf den Lippen ein versonnenes Lächeln, aber er beantwortete meine Frage nicht sofort. „Auch Armand weiß von der Legende, darum verlass dich nicht auf seine Hilfe. Er wünscht sich nichts mehr, als dass du nicht die Schicksalskriegerin bist."

„Armand wird mich niemals im Stich lassen", protestierte ich, was Tizian mit einem Kopfschütteln quittierte.

„Das habe ich nicht gesagt. Aber falls wir uns alle irren, wirst du sterben. Ich denke nicht, dass er daran noch mehr beteiligt sein möchte, als er es bereits ist, indem er dich verwandelte. Für eine Menge weiterer Vampire bedeutet es ebenfalls den Tod, solltest du scheitern. An erster Stelle ich, denn meine Schwester wird erst ruhen, wenn nur noch einer von uns beiden lebt." Eben stand er noch am Fenster, jetzt direkt vor mir, legte seine Hand auf meine Schulter und sah mir eindringlich in die Augen. „Aber ich irre mich nicht."

Sein Flüstern ließ mir einen Schauder über den Rücken laufen. Es knisterte im Raum und ich glaubte, die Temperatur sinken zu fühlen. An den Fenstern bildeten sich Eisblumen und Tizians Augen waren einen Herzschlag lang genauso kalt wie die seiner Schwester. Er küsste meine Stirn und der Zauber brach. Alles war wieder wie zuvor. Dennoch fuhr ich zusammen, als sich die Tür in meinem Rücken öffnete.

„Mel? Tizian?"

Ich drehte mich um, war mir bewusst, dass unser König noch immer seine Hand auf meiner Schulter ruhen ließ. Die widersprüchlichsten Gefühle huschten über das Gesicht meines Liebsten. Überraschung, Tizian in unserer Wohnung zu finden. Eifersucht und Zweifel, was er hier tat — was wir hier getan hatten. Und Leidenschaft, ein brennendes Begehren für unseren Urvater. Armand hatte sein Blut gekostet, und Tizian war unbestritten einer der schönsten Männer, die man sich vorstellen konnte.

„Es ist nicht so, wie du denkst!"

Der dämlichste Spruch, den man in solch einem Moment loslassen konnte. Aber mir fiel er natürlich ein. Armand glaubte mir kein Wort, wie seine hochgezogene Augenbraue verriet.

„Franklin hat mir ein paar Neuigkeiten für dich mitgegeben. Aber wenn ich gerade störe, kann ich auch erst noch eine Weile um die Häuser ziehen."

„Nein, nein", beeilte ich mich zu sagen. „Ich glaube, Tizian und ich haben alles geklärt, oder?"

Ich sah Tizian fragend an, bangte, was er antworten würde, aber zu meiner großen Erleichterung erklärte er, dass er sowieso gerade gehen wollte. An der

Tür blieb er neben Armand stehen und legte seine Hand auf die Brust meines Liebsten. Irgendwie tat mir diese Geste weh, weil sie etwas so Inniges hatte. Ich fühlte mich ausgeschlossen, hatte den Eindruck, dass sie wortlos miteinander kommunizierten, und glaubte, Armand nicken zu sehen.

Nachdem Tizian fort war, kam Armand zu mir und küsste mich zärtlich auf den Mund. Es war ihm nicht im Mindesten anzumerken, dass er verärgert war. Wenn ich an die Eifersuchtsszenen wegen Dracon oder Warren zurückdachte, kam mir das trotz der entspannten Beziehung, die wir inzwischen führten, fremd vor.

„Wir haben uns Sorgen um dich gemacht."

Seine grauen Augen suchten in meinem Gesicht nach etwas. Ich senkte schnell den Blick, weil ich fürchtete, was er sehen könnte und wie er darauf reagierte. „Sorgen? Warum das denn?"

„Wegen des Attentats. Franklin hat gestern davon erfahren."

„Ach so, das. Tut mir leid, ich hätte mich melden sollen. Aber es war einfach so viel los hier."

„Ich hoffe, du hast in meiner Abwesenheit keine Dummheiten angestellt", neckte er mich. Die Zweideutigkeit in diesen Worten ließ mich schlucken. „Hat Steven wirklich Cyron gefunden?"

Ich atmete innerlich auf, dass er diesen Weg weiterverfolgte, und entspannte mich. „Ja, das hat er. Aber als ich ihn vom Treffpunkt aus verfolgt habe, ist mir dieser Sangui dazwischengekommen."

„Gut!"

„Gut?" Ich starrte ihn mit offenem Mund an. Immerhin hatte der Gestaltwandler sich für ihn ausgegeben, um mich auszutricksen und mir meinen Ring zu stehlen. Da durfte er ruhig ein wenig parteiischer sein.

„Die Lux Sangui erwarten, dass du dich zurückhältst. Sie liefern Cyron der Ashera aus, aber erst, wenn er ihnen geholfen hat, die Führung des PU zu infiltrieren."

Himmel, jetzt redete er genauso wie Osira. War ich in einem schlechten Agentenfilm gelandet?

„Als ich damals beim Orden anfing, war ich weit entfernt, ihn mit FBI, KGB oder so was in der Art gleichzusetzen. Mittlerweile bin ich mir da nicht mehr sicher."

Armand lachte und nahm mich liebevoll in die Arme. „Wenn du willst, können wir auch morgen darüber reden. Vielleicht hab ich bis dahin ein paar poetische Formulierungen zur Hand, die deine Laune bessern."

Ich gab mich kämpferisch. „Ach? Und bis dahin?"

Er legte den Kopf schief und machte einen Schmollmund. „Bis dahin könnte ich deine Laune auf andere Art bessern, ma chère."

Das klang vielversprechend. Ich schlang die Arme um seinen Hals und schmiegte mich an ihn. Neben Osira materialisierte sich auch Armands Panther Welodan auf der Ledergarnitur. Beide beäugten uns interessiert.

„Nicht!", zischte ich. „Runter da. Eure Krallen ruinieren die Möbel."

„Lass sie doch", schnurrte Armand und klang sehr nach seiner Großkatze. „Ich glaube, wir brauchen das Sofa heute nicht mehr."

Damit hob er mich auf die Arme und trug mich ins Schlafzimmer. Ich hatte keine Einwände, als er mir die gerade erst angelegte Kleidung abstreifte und kurz darauf ebenfalls im Adamskostüm neben mich glitt.

„Ich habe dich vermisst, mon coeur."

„Ich dich auch."

Er grinste und rieb die Nasenspitze an meiner Wange. „Und ich hätte wetten können, du hattest einen passenden Ersatz gefunden."

Ich biss mir auf die Lippen. Auch ohne Vorwurf in seiner Stimme weckte er das schlechte Gewissen in mir.

„Hey", meinte er, als er das merkte. „Wir waren uns doch einig. Wir sind, was wir sind. Und keiner von uns muss sich dafür rechtfertigen." Er küsste mich zärtlich. Neckte mich mit seiner Zungenspitze und ließ die Finger federleicht über meine Hüfte gleiten. „Ich bin froh, dass dir nichts passiert ist. Du solltest deinen Vater nachher anrufen. Er kommt um vor Sorge."

Seit ich zu den Unsterblichen gehörte, sorgte er sich mehr um mich als vorher. „Lass uns jetzt nicht von meinem Vater sprechen."

Ich hauchte einen Kuss auf seine Kehle, kratzte mit meinen Fängen über die Haut, sodass sich eine dünne Blutspur bildete, die ich aufleckte. Armand sog scharf den Atem ein. Mit diesem Argument fiel es mir leicht, ihn zu überzeugen und Franklin geriet in Vergessenheit. Er umfasste die Rundung meines Busens, senkte den Kopf und saugte an der Knospe. Das Prickeln pflanzte sich bis in meinen Schoß fort. Ich bog mich ihm stöhnend entgegen, suchte in seinen Armen nicht nur Leidenschaft, sondern auch das Vergessen dessen, was letzte Nacht geschehen war.

„Armand", flüsterte ich, schmiegte meine Wange an sein Haupt, während meine Hände über seinen Rücken glitten, ich meine Schenkel für seine zärtlich kosenden Finger öffnete. Wir waren kaum zwei Wochen getrennt, doch ich sehnte mich nach ihm wie nach einem ganzen Jahr. Meine Nackenhärchen stellten sich auf, als er höher rutschte und sein warmer Atem über meine Kehle strich.

„Ja, beiß mich", reizte ich ihn. Ich verging fast vor Wonne. Er kam meiner Aufforderung nach, grub seine Fänge tief in mein Fleisch. Sein Körper war dem meinem so nah, dass wir beinah zu einer Einheit verschmolzen. Und genau danach strebte ich mit jeder Faser meines Wesens. Seine Haut hatte sich nie seidiger angefühlt, seine Muskeln nie härter. Mein Blut strömte durch seine Kehle und unsere Herzen schlugen im Gleichklang. Die Musik der Nacht, nur für uns allein.

Er drehte sich mit mir geschickt auf den Rücken, löste seine Lippen von meinem Hals und zog mich rittlings auf seinen Schoß. Ich spürte, wie er in mich glitt und wie der warme Strom meines Blutes über mein Schlüsselbein floss, meinen Busen und den Rippenbogen hinab, von wo er auf Armands Brust tropfte.

Gebannt starrte ich auf die roten Perlen. Meine Zunge schnellte vor und leckte sie auf. Süß, aber nicht genug. Wie ein Raubtier biss ich zu. Armand spannte sich an, bog seinen Rücken durch, trieb seinen Speer tiefer in mich hinein und vergrub die Hände in meinen Locken. Ich ließ mich treiben vom Rhythmus seines Herzens, bewegte mein Becken im gleichen Takt. Ein Tanz, in dem wir uns beide verloren.

Was auch immer war oder kommen würde, unsere Seelen würden stets eins sein.

Geheimnisse an seidenen Fäden

„Dr. Blenders, ein Notfall in der Eins."

Die Stimme vom Empfang hallte durch die Gänge der Klinik. Steven versorgte gerade eine Schnittwunde aus einer Straßenschlägerei mit einem letzten Stich.

„Die Schwester macht Ihnen einen Verband drauf. Lassen Sie ihn von Ihrem Hausarzt wechseln. Die Fäden können in zehn Tagen gezogen werden."

Er streifte die Einweghandschuhe ab und verließ das Behandlungszimmer. Auf dem Gang schloss sich ihm Jessica an. Sie hatte vor drei Wochen als Schwester in der Nachtschicht angefangen. Die jungen Vampire taten sich zusehends leichter damit, normale Jobs anzunehmen. Für Steven war sie ein Segen, weil er sie zu den paranormalen Fällen hinzuziehen konnte. Inzwischen hatte sie ein Gespür für diese Patienten entwickelt und bekam es immer so gedreht, dass sie beide zu diesen Fällen geschickt wurden.

„Weißt du schon Näheres?"

„Ein Stadt-Troll. Arbeitet als Türsteher in einem Bordell. Ist mit seiner grobschlächtigen Statur ja prädestiniert", bemerkte sie amüsiert.

Er runzelte die Stirn und nahm das Krankenblatt entgegen. „Du könntest ein bisschen mehr Ernsthaftigkeit an den Tag legen."

„Tu ich doch. Den hätte sogar ein Kollege übernehmen können. Wär nicht weiter aufgefallen. Außer ein paar verbogenen Nadeln vielleicht."

Heute Nacht kamen erfreulich wenig PSI-Wesen in die Notaufnahme. Der Troll hatte eine Schlägerei beendet, dabei aber einiges abbekommen.

„Wir nehmen den Tacker. Dann verbiegen wir nicht so viele Nadeln."

Sie betraten den Behandlungsraum. Der Troll, Murdoc Thomson, saß auf einer Liege, die sich unter seinem Gewicht bedenklich durchbog. Die Nase schien gebrochen, es fehlten zwei Schneidezähne, das linke Auge war zugeschwollen und aus einer der zwei Schnittwunden auf seinem Oberkörper floss unaufhörlich Blut. Letzteres irritierte Steven. Normalerweise hatten Stadt-Trolle eine gute Blutgerinnung.

„Guten Abend Murdoc. Du siehst ja übel aus." Der Troll war nicht zum ersten Mal hier. Als Türsteher handelte er sich häufiger Verletzungen ein.

„Halb so wild. Das will nur nicht aufhören zu bluten. Keine Ahnung, was das für eine Klinge war. Hat hübsch geglitzert das Teil."

Steven gefiel das nicht. Er streifte sich neue Handschuhe über, während Jessica die Schnitte desinfizierte. „Dann wollen wir uns das mal ansehen."

„Da scheint noch was drin zu stecken", meinte Jessi.

Während sie den Schnitt ein wenig spreizte, griff Steven zu einer Pinzette und holte gleich darauf einen winzigen Splitter aus der Wunde. Murdoc verzog das Gesicht.

„Ein großer Kerl wird sich doch nicht von einem Splitter umwerfen lassen", meinte er augenzwinkernd und ließ das Objekt in eine Nierenschale fallen. Er gab Jessica ein Zeichen und sie räumte die Schale beiseite. Ihn beschlich ein Verdacht, den er lieber selbst überprüfen wollte.

Nachdem die Wunde sauber war, setzte die Blutgerinnung ein. Zwanzig Tackerklammern und ein paar Pflaster später konnte Murdoc die Klinik verlassen.

„Was ist das?" Jessica beugte sich neugierig über Stevens Schulter, während er den Splitter unter ein Mikroskop schob.

„Wenn es das ist, wofür ich es halte, haben wir ein Problem."

Das Ding war winzig, aber es bestand kein Zweifel. Diese Substanz würde man in sämtlichen Laboren der Erde vergeblich suchen.

„Shit!"

„Was?"

Er hatte keine Lust, Jessica von Elektrum zu erzählen. Je weniger von dieser Substanz wussten, umso besser. Aber irgendwas musste er sagen. „Das sieht den

Kugeln, die ich der Lycanerin im Leonardo's entfernt habe, verdammt ähnlich."

„Aber das hier war doch eine Klinge. Was ist so Besonderes daran, dass du eine Parallele erkennst?"

Er fasste sie an den Schultern und sah sie eindringlich an. „Bitte Jess, versprich mir, dass du zu niemandem ein Wort sagst. Vor allem nicht im Untergrund. Ich kenne ein paar Leute, die können damit vielleicht was anfangen. Ich fürchte, wir werden demnächst häufiger im Team arbeiten müssen. Im Interesse der speziellen Patienten."

Es war ihr anzusehen, dass sie nicht verstand, was er meinte. Aber sie himmelte ihn genauso an wie die meisten anderen Schwestern. Darum reichte seine flehende Miene und sie nickte schließlich.

„Du kannst dich auf mich verlassen."

„Das weiß ich. Danke." Er gab ihr einen Kuss auf die Stirn und ließ den Splitter in seinem Kittel verschwinden.

Erschöpft stieg Steven eine Stunde später die Stufen zur Umkleide hinauf. Für heute Nacht war sein Dienst vorbei. Noch fünf Stunden bis Sonnenaufgang. Vielleicht sollte er auf die Jagd gehen, aber er war schrecklich müde und in seinem Kopf jagten sich tausend Gedanken. Er machte sich Sorgen wegen der Unruhen, weil viel zu viele verletzte PSI-Wesen in die Klinik kamen. Hatten sie sich früher nur nicht getraut, oder passierten tatsächlich zusehends mehr Unfälle und Angriffe? Dann diese Waffe und das Gerücht, das Weezle gehört hatte. Die Lage spitzte sich zu, sie saßen alle in der Klemme, falls es sich bestätigte und solche Waffen in großer Zahl in Umlauf gerieten.

In der Dusche traf er auf Thomas, einen anderen Chirurgen, der heute Nacht Dienst gehabt hatte. Anfang dreißig, praktisch frisch von der Uni ins Miami Medical gekommen und sehr begabt, soweit er bisher mitbekommen hatte. Sie hatten mehrere OPs zusammen durchgeführt und sich gegenseitig assistiert. Thomas arbeitete seit gut einem Jahr hier.

„Hey Steven", meinte er und drehte seine Dusche ab. „Eine scheiß Nacht. Wie war's bei dir?"

Steven merkte schon am Tonfall, dass Thomas nicht so war wie sonst. Er schien angespannt. War etwas bei der letzten OP schief gegangen? Davon hätte er gehört. Soweit er wusste, stand es zwar noch immer kritisch um den Jungen aus dem Verkehrsunfall, aber sein Zustand war stabil. Thomas hatte getan, was in seiner Macht stand. Der Rest lag außerhalb seiner Möglichkeiten.

„Viel zu tun, aber wenigstens keine hoffnungslosen Fälle", gab er zur Antwort. Thomas nickte und ging in die Umkleide hinüber.

Als Steven wenig später aus der Dusche kam, stand der junge Chirurg nur mit seiner Jeans bekleidet in dem kalten sterilen Licht der Neonröhren, eine Hand an seinem Spind und sah zu ihm rüber. Insgeheim bewunderte Steven das Spiel der festen, trainierten Muskeln unter der glatten, gebräunten Haut seines nackten Oberkörpers. Thomas war sehr attraktiv. Der Typ Mann, der Steven gefiel. Seine Anspannung ließ winzige Zuckungen und Kontraktionen in der Muskulatur spielen. Sehr reizvoll. Irritiert und vor allem ärgerlich über sich selbst, wandte Steven den Blick ab und griff nach seinem Sweatshirt. Er hatte momentan andere Sorgen als seinen attraktiven Kollegen. Andererseits war er noch nie ein Kostverächter gewesen, und nach den jüngsten Meldungen aus dem Untergrund und dem Zwischenfall mit dem Troll war Zerstreuung nicht unerwünscht. Trotzdem, Affären mit Kollegen bargen immer ein Risiko. Das überlegte er sich stets gut.

„Was ist los, Mann? Schlechter Schnitt heute Nacht?" fragte er, und sein Tonfall fiel grober aus als beabsichtigt. Er merkte es sofort und ärgerte sich umso mehr. Vor allem, weil Thomas irritiert reagierte und unsicher wurde, was ihn ausgesprochen anziehend machte. Leise fluchend rief er sich zur Ordnung, bevor er sich Thomas zuwandte und ihn anlächelte. „Entschuldige, meine Nacht war stressig. Ich wollte nicht patzig sein."

Thomas entspannte sich, griff nach seinem Jeanshemd und zog es über. Schade, dass ihm so der weitere Anblick dieses schönen Körpers versagt blieb. „Na ja", begann Thomas. „Meine war wie gesagt auch nicht besser. Im Moment drehen irgendwie alle durch. So viele Stich- und Schussverletzungen hatten wir lange nicht."

„Beruhigend, dass ich wohl doch nicht unter Paranoia leide", entgegnete Steven.

Thomas lehnte sich mit dem Rücken an seinen Spind und sah ihn von der Seite an.

„Ich wollte dich schon länger was fragen", begann er.

Eine Gänsehaut breitete sich bei ihm aus. War da ein Unterton oder bildete er sich das ein? Hatte er etwas übersehen? War er unvorsichtig gewesen? Gab es einen Hinweis auf seine Natur?

„Nur zu, frag ruhig", ermutigte er seinen Kollegen, machte sich innerlich auf alles gefasst und überlegte, mit welchen Ausreden sich gefährliche Vermutungen zerstreuen ließen.

„Ich hab da so das ein oder andere gehört."

Steven hob fragend die Augenbrauen, als Thomas nicht weitersprach. „Gehört? Was gehört?"

Thomas zögerte noch einen Moment, dann hieb er mit der Faust gegen die Tür seines Spinds und fluchte nun seinerseits, aber nicht leise. Erstaunt hielt

Steven inne und wartete ab, was wohl kommen würde.

„Scheiße, verdammt! Ich hätte nie gedacht, dass mir das bei dir so schwerfallen würde."

Allmählich dämmerte es Steven und er entspannte sich. Aber vielleicht täuschte er sich auch. Lieber keine voreiligen Schlüsse ziehen. Die Situation war angespannt genug.

„Ich hab gehört ... dass du ... dass du auf Männer stehst", ließ Thomas endlich die Katze aus dem Sack und schaute Steven nicht in die Augen.

Im Gegenteil, er blickte starr zur weiß getünchten Decke mit den Neonröhren und sein Gesicht war puterrot. Ein scharfer Kontrast zu seinen schwarzen Locken. Steven wusste, dass Thomas sich zu Männern hingezogen fühlte. Er hatte ihn ein paar Mal mit einem Freund gesehen. In den letzten Wochen kam der blonde Mann allerdings nicht mehr, um Thomas abzuholen. Thomas stand offen zu seiner Homosexualität. Steven dagegen schwieg sich grundsätzlich über sein Privatleben aus. So gab es allerhand Gerüchte über ihn. Er ignorierte das. Es störte ihn nicht weiter. Ab und zu ging er mit einer Kollegin aus. Und ein paar Mal hatte er sich auch mit männlichen Kollegen getroffen. Bei dem ein oder anderen war mehr passiert als nur tanzen und Händchen halten. Da gerade die weiblichen Begleitungen nicht immer den Mund über ihre One-Night-Stands halten konnten, brodelte die Gerüchteküche. Doch Gerüchte waren weitaus ungefährlicher, als zu viel von sich preiszugeben. Oder noch schlimmer, ein Lügengebilde aufzubauen, in dem man sich irgendwann nicht mehr zurechtfand und sich verriet. Also schwieg Steven, vermied allzu enge Kontakte mit den Kolleginnen und Kollegen und genoss die kleinen Abenteuer. Sehr zum Bedauern so mancher Krankenschwester, aber so vermied er das Risiko, dass jemand seine wahre Natur erkannte und er denjenigen töten musste. Allein der Gedanke an einen Mord unter Menschen, die in sein tägliches Umfeld gehörten, verursachte ihm Übelkeit. Er war kein kalter, abgebrühter Charakter wie zum Beispiel Lucien. Dafür war der Arzt in ihm zu stark. Sein Eid war, Leben zu retten, nicht, es zu nehmen. Sicher, er tötete, wenn er trinken musste. Und wenn er das tat, war er auch nicht zimperlich. Aber nicht im vertrauten Kreis.

Thomas war ein enger Kollege. Sie hatten in der kurzen Zeit, die er im Medical arbeitete, schon mehr OPs um Leben und Tod gemeinsam durchgeführt als die meisten anderen Ärzte hier, waren ein gutes, eingespieltes Team. Darum, und weil er nicht solo war, stand Thomas bisher nicht zur Debatte. Aber jetzt, mit dieser Andeutung ... Er war verdammt attraktiv und Steven hätte seine Sorgen gern für eine Nacht vergessen. Also ging er auf das Spiel ein.

„Was du so alles hörst", spottete er liebevoll und grinste Thomas breit an.

„Stimmt es?", wagte der zu fragen und schielte zu ihm herüber.

Steven streifte sich das Sweatshirt über und zündete gelassen eine Zigarette an. Er nahm einen tiefen Zug, blies den Rauch langsam aus.

„Komm doch noch mit auf nen Drink und find's raus", sagte er schließlich. Wenn dieser bildschöne Chirurg sich ihm so freizügig anbot, wäre es eine Verschwendung, nein zu sagen.

Sie fuhren getrennt zu Stevens Wohnung. Er mit dem Motorrad, Thomas mit seinem Sportcoupé. Kein leichtes Unterfangen für seinen Kollegen, denn während er mit seiner wendigen Maschine zwischen den Autos Slalom fuhr, musste Thomas sich dem Verkehr anpassen. Zum Glück war um diese Zeit noch nicht viel los, sodass er kurz nach Steven ankam. Thomas pfiff anerkennend beim Anblick des noblen Apartmenthauses.

„Ich wohne im siebten Stock. Schaffst du die Treppe oder willst du lieber mit dem Lift fahren?"

Steven hasste den Aufzug und seine Enge. Es erinnerte an einen Sarg. Darum war er erleichtert, dass Thomas die Treppen bevorzugte.

Die Inneneinrichtung der Wohnung überraschte den Chirurgen sichtlich. So ging es fast jedem, der zum ersten Mal hierherkam. Einem Typ, der auf Jeans und Leder stand und mit einer getunten Maschine durch die Gegend heizte, traute man gediegene Braun- und Ockertöne, gemütliches Mobiliar und moderne schwarz-weiß Fotos an den Wänden nicht zu. Er legte Wert auf die warme Atmosphäre. Kälte und Sterilität gab es in der Klinik genug. Steven warf seine Lederjacke auf einen Sessel und ging zum Barfach.

„Fühl dich wie zu Hause", sagte er.

Thomas sah sich um, wanderte von der Fernsehecke mit weichen Ledermöbeln neben dem Eingang zu den Sideboards an der Wand, wo Steven seine Sammlung von CDs, DVDs und Büchern aufbewahrte.

„Guter Geschmack", sagte er über die Schulter.

Steven entging nicht, wie er zu dem französischen Doppelbett hinüberschielte, das als Zentrum seines kleinen Reiches fungierte.

„Ich bin nicht in festen Händen", erklärte er und reichte Thomas ein Glas Whiskey mit Eis. „Aber ich schlafe nicht immer allein."

Verlegen räusperte sich Thomas und sah sich weiter in der Wohnung um.

„Du hast einen schönen Ausblick von hier oben", bemerkte Thomas an der großen Glastür zum Balkon.

Steven folgte ihm langsam. „Ich möchte eins gleich klarstellen", sagte er und dem Klang seiner Stimme war anzuhören, dass es keine Diskussionen darüber gab. „Keine Versprechungen, keine Treue, keine Liebesschwüre. Einfach nur Sex."

„Einfach nur Sex", wiederholte Thomas und erwiderte Stevens Blick.

„Verdammt guten Sex, das kann ich versprechen. Den besten, den du kriegen kannst. Ohne Tabus."

Thomas schluckte, leckte sich über die trockenen Lippen. Verführerisch, wie unsicher er wurde. „Du versprichst ganz schön viel."

„Ich verspreche nicht nur", raunte Steven ihm ins Ohr. „Ich halte es auch. Alles, was du willst. Du musst es nur sagen." Er rieb seine Nase neckend an Thomas Wange, der daraufhin den Atem anhielt. Die Spannung, die sich zwischen ihnen aufbaute, wurde in Sekunden unerträglich. Damit hatte sein Kollege wohl nicht gerechnet. „Überleg es dir. Es lohnt sich. Aber danach gehst du. Ich halte dich nicht bis zum Morgen im Arm, hab keine Lust, neben dir aufzuwachen und gehe keine Verpflichtungen ein, wenn ich mit jemandem schlafe. Ich binde mich nicht an dich. Allerdings binde ich dich auch nicht an mich."

Den letzten Satz sagte er lächelnd und nahm einen tiefen Zug aus seinem Glas. Damit hatte Thomas eine mehr als eindeutige Antwort auf seine Frage im Umkleideraum bekommen. Der Rest lag an ihm.

„Na ja, wenn der Sex wirklich so gut ist, wie du versprichst …" Sein Atem ließ das Whiskey-Glas beschlagen, das er noch immer dicht vor seine Lippen hielt.

Jetzt musste Steven schlucken. Die Lichter der Straße fielen nur noch minimal bis hier herauf. Er drückte auf den Lichtschalter und plötzlich umfing sie Dunkelheit. Gerade genug Licht, um die Züge des anderen zu erkennen, wenn man direkt am Fenster stand. Thomas zitterte leicht. Steven betrachtete ihn, streckte die Hand aus und streichelte ihm über die Wange. Er fuhr ihm durch die Haare, während Thomas die Zärtlichkeiten wie paralysiert über sich ergehen ließ. Nur sein Herzschlag verriet, was in ihm vorging.

Steven nahm einen weiteren Schluck aus seinem Glas, beugte sich vor und küsste Thomas, der mit einem kehligen Laut seine Lippen öffnete und die malzige Flüssigkeit empfing. Bernsteinfarbene Tropfen liefen ihm übers Kinn, seinen Hals und in den Ausschnitt seines Hemdes, malten feuchte Spuren in das seidige Haar auf seiner Brust. Stevens Hand glitt zu seinem Ausschnitt, er hielt sich nicht mit den Knöpfen auf, sondern riss das Hemd mit einem Ruck auf. Thomas stöhnte, schmiegte sich gegen Stevens Schenkel, den er zwischen dessen Beine schob. Steven folgte dem herben Rinnsal des Whiskeys, leckte über die salzige Haut, zog mit den Zähnen zärtlich an den Haaren, saugte an einer Brustwarze, die sich erregt aufstellte.

„Steven", keuchte Thomas, weil ihm allmählich wohl klar wurde, dass der einzige Weg heute Nacht durch Stevens Bett führte.

„Willst du doch lieber gehen?" flüsterte er dicht an seinem Ohr und biss danach in sein Ohrläppchen. „Ist deine Entscheidung."

„Dann stimmt das Gerücht also. Du stehst wirklich auf Männer", stellte Thomas überflüssigerweise fest. Seine Stimme klang tief und rau vor Erregung.

Steven lachte leise. „Ich stehe auf beides", erklärte er amüsiert, gab Thomas aber keine Gelegenheit, etwas zu erwidern. Mit einem Eiswürfel malte er eine eisige Spur auf Thomas' erhitzte Haut, die er sogleich mit der Zunge wieder in Flammen setzte. Er stellte sein Glas ab, entwand Thomas das seine und stellte es daneben. Dabei kam er ihm so nah, dass sich die Muskeln des jungen Chirurgen reflexartig anspannten vor Erwartung. Steven küsste ihn heiß und gierig, aber zugleich sanft und tief. Seine Hände streichelten und kneteten, kosten und verwöhnten. Seine Lippen neckten spielerisch, forderten heraus. Mit der Zunge hinterließ er feuchte, brennende Pfade.

„Du verstehst es wirklich, einen Mann zu verführen", hauchte Thomas und lehnte sich bereitwillig an den Mann, der bisher nicht mehr als ein guter Kollege für ihn war.

„Mhm", machte Steven wie eine große, schnurrende Katze. Er zog sein Hemd aus und ließ Thomas seine nackte Haut fühlen. Führte dessen Hände, als er noch immer schüchtern und zurückhaltend blieb. Ob er bei seinem Ex auch eher den passiven Part übernommen hatte?

„Ich hätte nicht gedacht, dass du so schön bist", flüsterte Thomas. „Du siehst aus wie ein marmorner Gott."

„Und du riechst gut", gab Steven zurück, rieb seine Nase an der kleinen Mulde an Thomas' Schulter, wo sich ein dünner Schweißfilm gebildet hatte. „Wie Wald in der Nacht. Feucht, erdig und warm."

Er knöpfte Thomas' Hosen auf, befreite das erigierte Glied. Um sie ihm ganz auszuziehen, kniete er vor ihm nieder und dabei umschlossen seine Lippen den samtigen Speer. Das raubte Thomas den Atem. Er taumelte nach hinten gegen das Board. Seine Finger glitten Halt suchend darüber und stießen die Whiskeygläser um. Er kam nicht dazu, sich zu entschuldigen, denn schon waren Stevens Lippen wieder auf seinem Mund.

„Verführe mich", bat er mit kehliger Stimme.

„Nichts anderes hatte ich vor."

Sie verlagerten ihr Liebesspiel aufs Bett, wo das kühle Laken Thomas eine Gänsehaut verursachte, die Steven noch zu steigern wusste, indem er seinen Kopf zwischen den Schenkeln des attraktiven Mannes versenkte und ihn nach allen Regeln der Kunst verwöhnte. Die schlanken Finger, die sich in seinem Schopf vergruben, waren ein ebenso deutlicher Beweis für die Lust, die er bereitete, wie die kehligen Laute und das zuckende Becken. Er trieb Thomas an die Grenze zum Höhepunkt, hörte dann aber auf und ließ ihn noch ein bisschen schmoren.

„Und?", flüsterte er ihm ins Ohr. „Soll ich dich sanft und zärtlich nehmen? Oder lieber hart und schnell? Ich mach's dir, wie du es haben willst."

Thomas keuchte, als Steven ihn auf die Seite drehte und sich aufreizend an ihm rieb.

„Sanft", gab er zurück. „Und ganz tief."

Steven glitt behutsam in ihn, zog ihn fest zu sich heran und drückte ihn dann wieder von sich weg. Ein paar Mal langsam, fast träge, obwohl es ihn verdammt viel Selbstbeherrschung kostete.

„So etwa?"

Thomas schluckte und konnte nur stumm nicken. Der nächste Stoß war fester und Thomas schrie leise auf, krallte seine Finger ins Laken. Er lehnte sich gegen Stevens glatte Brust und überließ sich dem Spiel der geübten Finger und den aufreizenden Bewegungen. Steven liebte ihn ohne Eile, bewegte sich fließend, nahm Thomas tief, aber nicht hart. Damit hatte er bislang jeden zum Wahnsinn getrieben. Er konnte dieses Spiel endlos hinziehen. Dieser Schöne hatte keine Ahnung, worauf er sich einließ.

Erst kurz vor der Morgendämmerung erlöste er sie beide mit einigen harten, schnellen Stößen. Thomas' Anspannung löste sich von einer Sekunde zur anderen und er sank kraftlos in Stevens Armen zusammen. Das Laken unter ihnen war klitschnass und der Schweiß lief ihnen in dünnen Rinnsalen über die Haut.

„Und hab ich dir zu viel versprochen?", fragte Steven und barg sein Gesicht an der Kehle des anderen.

„Nein", antwortete Thomas und sein Atem ging noch immer keuchend.

Das Herz pochte so laut und schnell, dass Steven schon fürchtete, es würde ihm gleich aus der Brust springen. Außerdem weckte es seinen Hunger. Die Vorstellung, wie heiß und würzig das Blut jetzt nach dem Orgasmus schmecken würde, raubte ihm fast die Sinne. Statt seinem Hunger nachzugeben, stand er abrupt auf und zog seine Hose und sein Hemd wieder an. Letzteres knöpfte er zwar nicht zu, aber dennoch breitete sich nach dieser überdeutlichen Geste Enttäuschung auf dem Gesicht des Kollegen aus, zeigte sie doch, dass er tatsächlich darauf bestand, dass Thomas jetzt sofort ging. Vorsichtig bewegte er seine Glieder, erhob sich zittrig und blieb unschlüssig im Raum stehen.

„Denkst du, wir könnten das mal wiederholen?", fragte er vorsichtig, während er seine Klamotten zusammensuchte und sich anzog.

Steven zögerte kurz, ging dann zu ihm und gab ihm einen Kuss, den man unmöglich falsch deuten konnte. „Du warst fantastisch", sagte er lächelnd.

„Aber kein Wort in der Klinik, verstanden? Du kennst meine Regeln. Sie haben sich nicht geändert."

Thomas nickte. Wenn er ihn haben wollte, musste er das akzeptieren. Und der Teufel sollte ihn holen, wenn der Typ ihn nicht genauso sehr wollte wie er ihn.

„Du findest sicher allein raus."

Mit diesen Worten ließ Steven seinen Gast allein und verschwand im Badezimmer. Er schloss die Tür ab und drehte das Wasser auf. Als wenig später die Wohnungstür geöffnet und wieder geschlossen wurde, atmete er erleichtert auf. Es hätte nicht viel gefehlt und seine Prinzipien wären zur Hölle gefahren. Verdammt, dieser Typ machte ihn so geil, dass er fast den Verstand verlor. Er lächelte. Es würde seine Beherrschung auf eine harte Probe stellen, nur seine Lust an ihm zu stillen. Aber wie hieß es doch: No risk – no fun?

Das erinnerte ihn an seinen kleinen Fund von letzter Nacht. Er holte den in ein Taschentuch gewickelten Splitter aus der Hosentasche, betrachtete ihn eingehend. Seine Finger kribbelten, wo sie mit dem Metall in Berührung kamen. Eindeutig Elektrum. Mel und Pettra sollten sich das ansehen. Dann konnten sie gemeinsam entscheiden, was sie damit machen wollten.

✻

Natürlich passte mir nicht, dass ich in Bezug auf Cyron Fußfesseln angelegt bekam. Aber als Armand sagte, dass die Lux Sangui mich im Visier hatten und mich ermahnte, auch an das Risiko für meinen Vater zu denken, wenn ich mich mit denen anlegte, gab ich nach. Cyron lief nicht davon. Und wenn die Sangui Wort hielten, brauchte ich mich noch nicht einmal anzustrengen.

Dann behielt Tizian wohl recht und die Zeit war gekommen, mich in die Schicksalskriegerin zu verwandeln. Also einen Weg zu finden, wie ich Kaliste ausschalten konnte. Das Beste war, wenn wir dafür nach London zurückkehrten, denn im Mutterhaus befanden sich die Schriftrolle und ein Buch, das ich schon vor ein paar Jahren mit den Urgeschwistern in Verbindung gebracht hatte. Ein erster Anhaltspunkt.

Steven meldete sich, weil er einem Stadt-Troll einen Splitter aus einer Stichwunde gezogen hatte, der seiner Meinung nach aus Elektrum bestand. Das sah nach Kaliste aus, denn sie verfügte über Elektrum, wie vor allem Armand noch gut in Erinnerung hatte. Auch die Ashera besaß geringe Mengen. Vielleicht auch die Sangui, obwohl ich nicht sicher war. Noch ein Rätsel. Noch ein Puzzlestein? Es nagte in mir, dass ich eine Verbindung zwischen all dem sah, obwohl diese augenscheinlich nicht zwingend bestand. Doch meine Instinkte hatten mich nur selten getrogen und ich tat gut daran, auf sie zu hören. Jedes Mal wenn ich sie ignorierte, weil sie mir zu unwahrscheinlich erschienen, saß ich über kurz oder lang in der Patsche.

Zu allem Überfluss nagte mein schlechtes Gewissen an mir, obwohl Armand mir mit keinem Wort einen Vorwurf machte. Nicht einmal fragte, was zwischen Tizian und mir passiert war. Das konnte natürlich auch daran liegen, dass es mir auf der Stirn geschrieben stand.

„Wohl kaum, da du nicht einmal selbst weißt, was passiert ist", konterte Osira.

„Ich weiß es. Er ist ein Vampir. Und ich auch."

„Ach ja, richtig. Gut, dass du mich daran erinnerst. Ich habe mich schon gefragt, warum du heute so blass um die Nase bist."

„Nun hör schon auf. Du bist doch sonst der Moralapostel von uns beiden. Sag mir nicht, dass ausgerechnet du glaubst, wir hätten nur Händchen gehalten."

Sie sprang vor mir aufs Sofa und legte den Kopf schief. „Es ist aber möglich. Vergiss nicht, wie mächtig sein Blut ist. Es ging ihm schließlich nur darum, dich die Vergangenheit sehen zu lassen. Seine Triebe sind eher männlich orientiert. Wie der Crawlerfürst ... oder Armand."

Bevor ich ihr einen bitterbösen Blick zuwerfen konnte, verschwand meine Wölfin auch schon wieder. Der Stich hatte gesessen, ließ er die Intimität, mit der sich die beiden in unserer Wohnung gegenübergestanden hatten, augenblicklich wieder in mir aufflammen.

„Wollen wir?", fragte Armand, der gerade aus dem Schlafzimmer kam.

Die hautengen Jeans und das moderne Muscle-Shirt standen ihm gut. Ich bekam schon wieder Appetit. Das stand mir auf der Stirn geschrieben, denn er kam zu mir, wirbelte mich im Kreis und küsste mich leidenschaftlich. Grinsend hielt er mich in den Armen.

„Ich würde deinem Ansinnen gern nachkommen, aber ich glaube, wir haben noch das ein oder andere zu erledigen."

Er hatte recht, also fügte ich mich seufzend, löste mich von ihm und griff nach meiner Jacke. Da heute Stevens freier Tag war, wollten wir uns alle bei Pettra treffen und uns seinen Fund ansehen.

Meine Daywalker-Freundin bewohnte zusammen mit Slade ein Loft im Zentrum. Zwei Vampire, die immun gegen Tageslicht waren. Aus unterschiedlichen Gründen. Seit ihrer Hochzeit wartete ich mit einer Mischung aus Freude und Sorge darauf, dass Pettra mir mitteilte, schwanger zu sein. Bislang blieb es aus, ob das Glück oder Pech war, wagte ich nicht zu beurteilen. Was würde dabei herauskommen? Und brachte Pettra ein lebendes Kind zur Welt oder würde sie – wie ihre Vascazyr-Mutter – Eier legen? Dann hätten wir eine weitere Vampirart auf diesem Planeten.

Tuscon, Pettras Timberwolf, begrüßte uns stürmisch. Vor allem Osira. Armand und ich waren übereingekommen, dass es für den allgemeinen Frieden besser war, wenn Welodan sich nicht blicken ließ. Ich hatte keine Ahnung, was ein eifersüchtiger, echter Wolf anrichten würde.

Seit Slade von Steven die Proben und Zeichnungen aus dem Anschlag auf das Leonardo's bekommen hatte, arbeitete Pettra daran, die Spuren zu einer Quelle zu verfolgen. Bislang ohne Erfolg. Vielleicht brachte uns der Splitter weiter. Sowohl sie als auch Slade konnten ihn anfassen, ohne etwas zu merken. Es war für sie nur ein Stück Metall.

„Das lass ich mal durch den Scanner laufen", meinte sie und verschwand im Nebenraum.

Ich folgte ihr und staunte, wie sehr sie ihr privates Labor ausgebaut hatte, seit ich das letzte Mal hier gewesen war. Die Computeranlage befand sich auf modernstem Niveau, sie schrieb fast alle Software-Programme selbst und hinterließ damit im Netz ebenso wenig Spuren wie bei ihren Jobs als Diebin und Auftragskillerin. Mit den Scannern und Analysegeräten konnte sie praktisch jedes Material in seine Bestandteile zerlegen – zumindest virtuell. Die Forensik-Abteilung der Polizei konnte kaum besser ausgestattet sein. Sie steckte den Splitter in einen Plastikbehälter und schob diesen in eine Apparatur, die mir schon beim bloßen Anblick Respekt einflößte. Einen Augenblick später warf ihr Rechner eine Übereinstimmung aus.

„Also doch kein Elektrum, wenn er es identifizieren kann", stellte ich erfreut fest. Auch wenn das bedeutete, dass wir uns mit einer neuen Gefahr auseinandersetzen mussten, wenn unser Vampir-Organismus nicht nur auf Elektrum allergisch reagierte.

Aber Pettra schüttelte den Kopf. „Nein, nein. Es ist keine bekannte und registrierte Substanz. Also geh mal von Elektrum aus. Ich kann es mit diesen Geräten nicht hundertprozentig analysieren, weil Elektrum offiziell nicht existiert. Darum gibt es keine Vergleichswerte in den Datenbanken. Aber ich hab die Daten von der Munition aus dem Anschlag ebenfalls schon gecheckt und sie abgespeichert als unbekannte Substanz E. Der Splitter ist aus demselben Material. Darum die Übereinstimmung."

Den Kugeln war noch eine Keramiklegierung und handelsüblicher Stahl beigefügt. Der Splitter aus der Schnittwunde war rein.

„Wer kann so etwas haben und dann auch noch weiterverarbeiten?"

Sie zuckte die Achseln. „Im Prinzip jeder, der eine Quelle auftut und ein bisschen Ahnung von Waffen und Munition hat. Du musst dir darüber im Klaren sein, dass wir nur an der Oberfläche des Untergrundes kratzen. So lange sind Slade und Steven da ja noch nicht drin. Wir können nur mutmaßen. Aber warum sollten die Köpfe nicht über ähnliche Möglichkeiten verfügen wie Kaliste? Ich schätze, in der Unterwelt kommt man an manche Substanzen, die noch nie ein Mensch zuvor gesehen hat."

„Solange die nicht extraterrestrisch sind", unkte ich. „Captain Kirk und Spock lassen grüßen."

Pettra zog die Nase kraus.

„War das mein Stichwort?", meldete sich Armand.

„Fast", gab ich grinsend zurück. Sein Faible für Star Trek konnte ich zwar nicht nachvollziehen, gönnte es ihm aber von Herzen.

Wir zogen Bilanz dessen, was wir mit Sicherheit sagen konnten. Die Wahrscheinlichkeit, dass es Elektrum war, grenzte an Sicherheit. Das bestätigte auch Armand und er musste es ja wissen. Offenbar wirkte das Metall nicht auf alle PSI-Wesen, aber auf die meisten. Wenn auch unterschiedlich.

„Den Kugeln, die bei der Lycanerin tödlich gewirkt haben, wurde auch noch Silber beigemischt", ergänzte Pettra. Wie viele von denen waren im Leonardo's?

„Nur zwei. Denkst du, dass es trotzdem gezielt ihnen galt?"

Da blieben Zweifel. Allerdings konnte es auch sein, dass weitere Spezies auf Silber reagierten und jemand mehr wusste als wir. Ich wollte mir die Zusammensetzung der Kugeln noch mal genauer anschauen und ging zum Rechner. Dabei erwischte ich aber offenbar eine falsche Taste.

„Huch, was ist das denn?"

Eine Weltkarte mit unzähligen roten und blauen Punkten. Pettra grinste übers ganze Gesicht.

„Kontakte."

„Kontakte?" Auch Armand hob interessiert die Augenbrauen.

Mit einem Mal wirkte Pettra verlegen. „Na ja, Slade und ich wollten herausfinden, ob es noch andere von uns gibt. Also haben wir ein bisschen im Internet gesucht. Und was soll ich sagen? Wir sind fündig geworden."

Sie strahlte und Slade, der gerade mit Steven hereinkam, umarmte sie und gab ihr einen Kuss auf die Schläfe.

„Wir haben vier von Pettras Geschwistern gefunden. Und über siebzig Halfbloods."

„Es kommt häufiger vor, als dein Lord dachte, dass eine sterbliche Mutter das Baby eines Vampirvaters austrägt."

Ihre Aussage dämpfte meine Freude über ihren Erfolg. „Hat ... von den Frauen auch eine überlebt?"

Pettra musste nicht antworten. Der Gesichtsausdruck sagte alles. Armand kam zu mir und legte mir die Hand auf den Arm. Er hatte das damals nicht gewusst, doch bei dem Gedanken an die Gefahr, in der ich als Sterbliche geschwebt hatte, wurde mir seltsam zumute.

„Konzentrieren wir uns lieber wieder auf den Untergrund und diese Waffen", schlug Steven vor, um die Anspannung zu vertreiben.

Erleichtert nahmen wir den Faden auf, Pettra öffnete die richtige Datei und wir verbrachten den Rest der Nacht damit, Pläne zu schmieden, wie wir der Sache weiter auf den Grund gehen wollten.

Zeit des Aufbruchs

So interessant die Neuigkeit auch war, dass Melissas dunkler Sohn noch lebte und nicht, wie von allen angenommen in der Morgensonne verbrannt war, im Augenblick musste sich Kaliste um andere Dinge kümmern.

Cyron hatte ein weiteres Treffen mit seinem Kontaktmann arrangiert. Sie wusste noch immer nicht, was sie von ihm halten sollte und ob man ihm trauen konnte, aber trotz all ihrer Nachforschungen hatte sie nicht in Erfahrung bringen können, wer außer ihm solche Waffen beschaffte und auf dem Schwarzmarkt anbot. Ihr blieb daher nur, sich auf sein Angebot einzulassen. Vielleicht ließe sich mit entsprechender Überredungskunst auch gleich ein Assassin dazukaufen.

Der Umstand, dass sie für dieses Treffen ihre sichere Zuflucht verlassen musste, verschaffte ihr einerseits Erleichterung, weil sie endlich wieder etwas anderes sah als kahle Felswände. Andererseits barg es ein Risiko, das ihr nicht behagte, und bedeutete eine Reise über den großen Teich. Da die Frage der Vertrauenswürdigkeit noch immer ungeklärt im Raum stand, fühlte sie sich alles andere als wohl, während sie in dem China-Restaurant an der Washington Avenue auf den Mann wartete. Nicht einmal seinen Namen wollte er ihr verraten. So etwas habe keine Bedeutung, sie planten immerhin keine Busenfreundschaft, hatte er gemeint.

Sie hatte sich ihr schwarzes Haar hochgesteckt und trug einen hautengen dunkelblauen Catsuit ohne Ärmel mit einem tiefen Ausschnitt. Dazu schwarze Overknee-Stiefel. So fiel sie nicht sonderlich auf, außer durch ihre ungewöhnliche Blässe. Untypisch im Sonnenstaat Florida. Hatte der Typ überhaupt eine Ahnung, was es für sie bedeutete, den langen Weg hierherzukommen? Auch für sie war es gefährlich, sich in Luciens Revier aufzuhalten. Kaliste kochte vor Wut, während sie auf ihren potenziellen Geschäftspartner wartete, der sich um fast eine halbe Stunde verspätete.

„Da sind Sie ja endlich", fauchte sie, als der dunkelhaarige junge Mann in Bluejeans und Leder-Blouson ihr gegenüber Platz nahm.

„Regen Sie sich ab, Lady. Der Verkehr ist echt die Hölle und ich kann nun mal nicht fliegen wie Sie."

Er grinste charmant und zündete sich eine Zigarette an. Höflich hielt er ihr das Päckchen hin, doch sie lehnte unwirsch ab.

„Was ist mit unserem Geschäft?"

„Immer locker bleiben. Erst essen wir, dann reden wir übers Geschäft. Sushi dürfte Ihren Geschmack treffen. Nicht blutig, aber immer noch roh."

Er lehnte sich zurück und betrachtete sie. Es war eine Herausforderung. Auf keinen Fall wollte sie sich eine Blöße geben, auch wenn allein der Gedanke an menschliche Nahrung sie ekelte.

„Ich hoffe nur, Ihre Ware ist das Risiko wert, das ich Ihretwegen eingehen muss."

Unbeeindruckt von ihrer schlechten Laune blies er Rauchkringel in die Luft. „Was für ein Risiko? Denken Sie etwa, diese Halbstarken, die hier rumlaufen, merken, wer Sie sind? Ich kann Sie beruhigen, Miami wimmelt gerade derart von Vampiren, dass einer mehr oder weniger nicht auffällt. Ob fünf oder fünftausend Jahre, das kriegt keiner mit."

Sie presste die Lippen aufeinander. Für diese Unverschämtheit hätte sie ihm am liebsten die Kehle aufgerissen. Es waren ihre Kinder, ihre Brut. Die sollten wohl merken, wenn ihre Königin anwesend war. Bedauerlicherweise brachte ein Blick in die Runde eine Bestätigung seiner Worte. Drei der anwesenden Gäste waren Vampire unterschiedlichen Alters, und nicht einer von ihnen schenkte ihr Aufmerksamkeit. Wie erniedrigend. So tief war sie also schon gesunken, und alles nur wegen dieses Görs.

Der Gedanke an Melissa ließ sie abermals ihre Antennen ausfahren, ob sie oder Lucien in der Nähe waren. Oder gar Armand. Die Erfahrungen vor dem Tor nach Darkworld hatten sie vorsichtig gemacht, auch wenn es sie maßlos ärgerte, dass sie – die Älteste aller Vampire – vor einem Lord und zwei Jungvampiren Furcht verspürte. Es nagte an ihrem Selbstbewusstsein, doch sie kam gegen den kalten Druck in ihrem Inneren nicht an.

Während ihr Geschäftspartner sich sein Sushi schmecken ließ, würgte sie mühsam zwei Bissen hinunter und schob den Teller von sich. Er nahm sich viel Zeit, grinste amüsiert über ihre Nervosität und wachsende Wut. Angst schien er vor ihr nicht zu haben. Ganz schön selbstsicher für einen Menschen. Vielleicht doch ein abtrünniger Dämonenjäger, der sich mit ein paar Requisiten abgesetzt hatte?

Als sie sich mit diesen Überlegungen von dem widerlichen kalten Fisch ablenken wollte, beendete er seine Mahlzeit und schob ihr eine Zeitung hin. Auf ihren fragenden Blick nickte er aufmunternd.

„Nur zu, ist kein toter Fisch. Ehrenwort."

Sie schob zwei Finger zwischen das Papier und hob es vorsichtig an. Darin befand sich eine Waffe, die nur minimal von den üblichen Pistolen abwich, die man bei jedem Polizisten oder Bundesagenten fand.

„Woher weiß ich, dass Sie mich nicht linken?"

„Hey, ich bin Geschäftsmann. Ich lebe von meiner guten Reputation und dem Vertrauen meiner Kunden. Da kann man es sich nicht leisten, mangelhafte Ware anzubieten. Aber wenn Sie wollen, können Sie ja einen von Ihren Nachkommen als Testobjekt benutzen. Ich warte sogar hier, denn ich vertraue Ihnen." Er setzte wieder sein charmantes Lächeln auf und schob ein kleines Kästchen nach, in dem sich drei Kugeln befanden. „Spezielle Munition. Ich denke, Sie haben ein Gefühl dafür, welche ich meine."

Sie spürte das Kribbeln, schon bevor die Kugeln in ihre Hand glitten. Es löste augenblicklich einen leichten Krampf in ihren Muskeln aus, doch sie schaffte es, die Waffe zu laden.

„Nicht so offensichtlich", zischte er und warf misstrauische Blicke in die Runde. „Muss ja nicht gleich jeder sehen."

Kaliste schnaubte abfällig. „Ich dachte, jemand in Ihrem Job hätte bessere Nerven", konterte sie. Eine kleine Brünette erhob sich und verließ das Restaurant. Sie sah ihr hinterher und lächelte diabolisch. „Bin gleich zurück."

Er winkte ab und zog sich ihren Teller heran, um den Fisch zu essen, während sie ihr neues Spielzeug ausprobierte. Sie kaufte nicht die Katze im Sack, aber wenn das Ding funktionierte, hatte er einen Großabnehmer gefunden. Es würden sich schon ein paar Jungvampire finden lassen, die für ihre Gunst bereit waren, in den eigenen Reihen etwas aufzuräumen. Loyalität wurde bei den Neugeborenen bei Weitem nicht mehr so groß geschrieben wie früher.

Die Kleine war ahnungslos, schlenderte die Straße hinunter und hielt in der Menge Ausschau nach einem potenziellen Gefährten für die Nacht, der ihr wohl auch einen kleinen Trunk gewähren würde. Die neue Art zu jagen widerte sie fast noch mehr an als der rohe Fisch. Dieses Streben nach Unauffälligkeit, nach Anpassung und Integration. Was waren Menschen schon im Vergleich zu Ihresgleichen?

Das Mädchen schlug den Weg Richtung Strand ein, kürzte durch ein paar Seitenstraßen ab. Eine günstige Gelegenheit. Kaliste schnitt ihr den Weg ab und ging vom anderen Ende einer Häuserflucht auf sie zu. Die Waffe im Anschlag wartete sie, bis ihr Ziel nahe genug war, um dem Mörder ins Auge zu sehen.

„Hallo, Kleines", säuselte sie. Die junge Vampirin stockte, auf ihrem Gesicht malten sich Argwohn und Furcht ab. Sie spürte, dass sie einer deutlich älteren Artgenossin gegenüberstand, auch wenn sie nicht ahnte, mit wem sie es zu tun hatte. Kaliste war versucht, sie aufzuklären, doch wofür, wo es ihr nichts mehr nutzen würde. Kurz entschlossen zog sie den Abzug. Der Schalldämpfer arbeitete perfekt, es war kaum etwas zu hören. Die Brünette zuckte nur kurz, ihre Augen verdrehten sich nach oben, wo die Kugel knapp über der Nasenwurzel eingedrungen war. Mit gewöhnlicher Munition zwar schmerzhaft, aber nicht tödlich für einen Vampir. In Sekunden würde der Dämon den Fremdkörper abstoßen und das Blut seine Arbeit tun, um Hirnmasse, Knochen und Haut wieder zu heilen. Nicht so hier. Das Mädchen fiel zu Boden, ein dunkler zäher Strom floss aus dem Einschussloch. Kaliste betrachtete es höchst interessiert. Das Gesicht quoll langsam auf, mit einem Knack gab der Schädelknochen nach und klaffte ein Stück auseinander, was ihre Züge verzerrte. Als Nächstes lösten sich die Augen auf und sickerten als milchige Flüssigkeit aus den Höhlen, gefolgt von noch mehr zersetzter Hirnmasse. Kein schöner Anblick. Und erst recht nichts, was man den Behörden servieren sollte. Kaliste blickte sich um. Nicht weit von ihr stand ein Hotelkomplex mit fünfundzwanzig Stockwerken. Sie steckte die Waffe in ihr Dekolleté, schulterte den Leichnam und sprang mit wenigen Sätzen über ein paar Häuserdächer bis zum Hotel, wo sie ihre Last ablegte. Der unangenehmste Teil war das Entfernen der Kugel aus dieser glibberigen Masse, die einmal ein Kopf gewesen war, aber jetzt kaum noch Ähnlichkeit aufwies.

„Wenn man weiß, wo man die Kugel platziert, ist das Ergebnis immer wieder überraschend."

Erneut verwenden konnte man das Projektil nicht, aber Elektrum in den Händen von Menschen kam nicht infrage, wenn es sich vermeiden ließ. Leichte Schauder durchrannen ihren Körper, weil auch sie auf das Elektrum reagierte. Sie spürte, wie das Atmen schwerer fiel. Zeit, den direkten Körperkontakt zu beenden. In der Schachtel war es besser aufgehoben und halbwegs erträglich. Falls sie tatsächlich Vampire als Killerkommando losschickte, würde sie besser jedem einen Gef zuteilen, der die Kugeln wieder einsammelte.

„Wir sind im Geschäft", erklärte sie, als sie wieder im Restaurant Platz nahm.

„Hab nichts anderes erwartet." Er hielt die Hand hin, um die Waffe wieder in Empfang zu nehmen.

„Die behalte ich."

Grinsend schüttelte er den Kopf. „Geht nicht, mein Musterstück. Daran hänge ich."

Sie erwiderte sein Lächeln humorlos. „Dann werden Sie sich an etwas anderes hängen müssen, mein Lieber. Die bleibt bei mir. Und ich wäre Ihnen dankbar, wenn der Nachschub nicht lange auf sich warten ließe. Um die Munition kümmere ich mich selbst."

Es stand ihm deutlich im Gesicht, dass ihm die Entscheidung nicht schmeckte. Eine kleine Rache für die Unannehmlichkeiten, die sie bei ihrem Treffen in Kauf nehmen musste.

„Lassen Sie mir eine Nachricht zukommen, wenn Sie liefern können. Und danke für die Einladung." Damit ließ sie ihn sitzen.

Der Abend war durchaus zu ihrer Zufriedenheit verlaufen. Die Brut ihres Bruders würde bald deutlich reduziert werden. Melissa hob sie sich bis zum Schluss auf. Das war ihr persönliches Sahnestück.

✳

„Junge, Junge, da habt ihr ein verdammt heißes Eisen in die Finger bekommen", kam Pettra ohne Umschweife zum Punkt.

Sie hatte Steven angerufen, weil sie auf etwas gestoßen war, Mel aber nicht erreichen konnte. Er hatte sich umgehend auf den Weg gemacht, denn sie klang besorgt.

„Ich hab die Zeichnung von dir durch ein Bildersuchprogramm laufen lassen und auf einmal gingen sämtliche Alarmlichter bei meinem Rechner an. Gesperrte Seiten mit High-Security-Einrichtungen."

Steven fluchte leise. „Sind wir jetzt ertappt?"

„Ach wo! Ich bin doch keine Anfängerin. Was denkst du nur von mir?"

Pettras Sicherheitsprogramme hätten die CIA vor Neid erblassen lassen. So schnell kam ihr niemand auf die Schliche.

„Dann hast du dennoch was rausfinden können?", fragte er hoffnungsvoll.

Pettra grinste breit. „Bin ich gut oder bin ich gut?"

Sie drücke die Datenfreigabe auf ihrer Tastatur und rollte ein Stück mit ihrem Bürostuhl zurück. Auf dem Bildschirm stand in grünen Lettern *access granted*, verschwand eine Sekunde später wieder und machte einer Datenbank mit mehreren Dutzend hochmoderner und völlig unbekannter Waffen Platz, die alle mit Bild, Beschreibung und Munitionsempfehlung aufgelistet waren.

„Wow!" Mehr fiel Steven nicht ein.

„Sagte Mel nicht irgendwas von Lux Sangui und dass sie die Füße stillhalten muss wegen Cyron? Diese Waffe, die du gesehen hast … Wenn es die hier war, sind die Sangui wohl die Einzigen, die sie besitzen."

Sie klickte auf ein Bild und Steven pfiff anerkennend durch die Zähne. Anscheinend hatte er das Ding ziemlich gut gezeichnet, oder Pettras selbst geschriebenes Programm war erste Sahne, denn es bestand kein Zweifel, dass es genau diese Waffe war, mit der ein Maskierter das Leonardo's in Kleinholz verwandelt hatte.

„Würde passen. Das sind Dämonenjäger. Denen ist auch so ein Attentat zuzutrauen."

Pettra verzog zweifelnd das Gesicht. „Ich weiß nicht. Wenn die das gewesen wären, hätten sie vermutlich keinen Stein auf dem anderen gelassen. Die hätten alles plattgemacht, was in dem Laden war. Außerdem glaub ich nicht, dass die ein Einmann-Kommando da reinschicken würden. Die haben doch ganz andere Möglichkeiten."

Das stimmte natürlich. Doch wer sollte sonst dahinterstecken? Mit dieser Waffe?

„Vielleicht haben die eine undichte Stelle. Oder jemand anderer war genauso geschickt wie ich und hat die Dinger nachgebaut. In kriminellen Kreisen ist alles denkbar. Unschuldslämmer sind die Mitglieder des PU nicht gerade. Und viele sind sich untereinander nicht grün."

Trotzdem blieb die Frage, wie und warum jemand auf die gesicherte Seite der Lux Sangui stoßen sollte. Das ergab keinen Sinn, ohne jeden Suchparameter. Steven wollte daran nicht glauben.

„Da hast du natürlich recht. Ist schon recht ungewöhnlich", stimmte Pettra zu. „Ich hab all meine Tricks einsetzen müssen, um an die Infos zu kommen."

„Vermutlich also doch eine undichte Stelle, ein Aussteiger."

„Bei denen gibt es keine Aussteiger. Die sind noch schlimmer als die Ashera. Wer bei denen nicht mehr mitspielt, wird gekillt. Eiskalt. Sollte da also wirklich jemand Interna nach draußen verkaufen, spielt der Kerl mit seinem Leben."

„Wie auch immer jemand da rangekommen ist, wenn ich mir die Dinger so anschaue, haben wir ein ernstes Problem. Erst mal sollten wir versuchen herauszufinden, wie viele im Umlauf sind. Und dann … Warnungen rausgeben? Aber wie erklären wir unsere Informationen? So ein Scheiß!"

Pettra fiel auch nur ein, Mel hinzuzuziehen. Und über sie zwangsläufig auch die Ashera.

„Die könnten sich unauffälliger als wir bei den Sangui schlaumachen. Ich trau mich nicht tiefer in deren Datenbanken. Meine Firewalls und Security-Files arbeiten auf Hochtouren und leiten mein Signal tausendmal um, damit die mich nicht lokalisieren können. Aber je weiter ich einsteige, umso mehr von meinen Schutzwällen muss ich fallen lassen."

Das hielt auch Steven für keine gute Idee. Was sie wissen wollten, wussten sie jetzt. Alles andere wäre nur unnötiges Risiko. „Die sind ja schon alarmiert, sonst hätte man Mels Vater nicht aufgefordert, von Cyron die Finger zu lassen. Da ist irgendwas Größeres im Gange, das spüre ich. In der Notaufnahme wimmelt es inzwischen vor PSI-Patienten. Ich frag mich, wie lange ich das noch allein mit Jessica gedeckt bekomme."

„Jessica?", hakte Pettra nach und strahlte übers ganze Gesicht. „Gibt es da was, das ich wissen sollte?"

Er grinste schräg. „Nur eine Kollegin. Aber auch ein Vampir, darum unterstützt sie mich bei diesen Fällen." Pettras verschmitzter Ausdruck wollte dennoch nicht weichen, was ihn ärgerte. „Hey, da ist nichts. Und außerdem geht dich das nichts an."

„Schon klar", flötete Pettra und wandte sich wieder ihrem Bildschirm zu. „Aber ich hoffe, du stellst sie uns vor, wenn da irgendwann doch mal was ist."

„Lass dich doch anschießen. Jessica macht 1A Verbände. Dann kannst du deine Neugier befriedigen."

Schmollend schob sie die Unterlippe vor. Das nahm Steven ihr nicht ab. Schnaubend schnappte er sich seine Jacke. „Gib Mel Bescheid, ja? Ich muss zum Dienst."

„Viel Spaß!", meinte sie anzüglich.

„Du mich auch."

*

Drei Zigaretten Verspätung. Er hasste diesen Kerl. Blue schaute auf seine Armbanduhr. Wenn Rybing nicht in einer Viertelstunde am Treffpunkt erschien, konnte er ihn kreuzweise. Er hatte auch noch was anderes zu tun, als sich bei dieser Hitze die Beine in den Bauch zu stehen. Auf seiner Stirn standen Schweißperlen und selbst das ärmellose Shirt war ihm noch zu warm. Durch die getönten Gläser seiner Sonnenbrille beobachtete er die Passanten, die das Bankgebäude betraten und wieder verließen, vertrieb sich die Zeit damit, zu tippen, wer wie viel Geld abgehoben hatte, wer keins mehr bekam und wer einen Kredit aufnehmen musste.

Endlich erschien Donald Rybing. Stöhnend fragte sich Blue, wie man es bei diesen Temperaturen in einem Business-Anzug aushalten konnte. Der Typ hatte nicht mal einen einzigen Schweißtropfen auf der Stirn und wirkte wie frisch aus dem Ei gepellt. Sein schlohweißes Haar lag akkurat und der Anzug wies nicht eine ungewollte Falte auf. Ob man ab einer bestimmten Position bei den Lux Sangui mit einer mobilen Klimaanlage in der Kleidung ausgestattet wurde?

„Ah, Sie sind pünktlich", begrüßte Rybing ihn.

„Ganz im Gegensatz zu Ihnen.“

Mit offensichtlicher Missbilligung betrachtete der Waffenmeister der Sangui Blues Aufmachung. „Sie hätten sich angemessener kleiden können für dieses Treffen.“

Er zuckte gleichmütig die Achseln. „Ich nehme meine Tarnung sehr genau. Bügelfalten in der Hose und gestärkter Hemdkragen sind auffällig in diesen Kreisen. Vor allem bei meiner Pseudo-Vergangenheit.“

Darauf antwortete Rybing nicht, sondern wies zur gegenüberliegenden Straßenseite, wo ein kleines Bistro seine Türen öffnete. Sein Flug hatte Verspätung gehabt und er noch kein Mittagessen.

„Warum haben Sie sich die anstrengende Reise nicht gespart und sind in Mailand geblieben? Ich habe hier alles unter Kontrolle. Cyron ist wohlauf und verkriecht sich die meiste Zeit in seinem Mauseloch.“

Er mochte Rybing so wenig wie am ersten Tag. Die Tatsache, dass er meist auf sich allein gestellt arbeiten konnte, war der Grund, weshalb er den Sangui nicht schnell wieder den Rücken gekehrt hatte. Dieses Treffen schmeckte nach Überprüfung, was ihm gründlich die Laune verdarb.

„Wie kommen Sie in den anderen Dingen voran?“

Abrupte Themenwechsel hasste er noch mehr. „Es läuft. Hab alles im Griff.“

Donald Rybing spülte einen Bissen Fleisch mit einem Schluck Wasser hinunter. „Sie haben also alles im Griff, Blue?“

„Meistens.“

Klirrend fiel das Besteck auf den Teller. Sein Gegenüber deutete mit dem Zeigefinger auf ihn und verengte die Augen zu schmalen Schlitzen. „Halten Sie mich nicht zum Narren! Wissen Sie, wer Ihrem Kontaktmann auf den Fersen war?“

Jetzt musste Blue lachen. „Sie regen sich doch nicht etwa wegen dieser kleinen Rothaarigen so auf. Keine Ahnung, wer das war, aber wegen dieser Anfängerin brauchen Sie sich nun wirklich keine Sorgen zu machen.“ Der Gesichtsausdruck des Sangui genügte, damit auch Blue das Lachen im Halse stecken blieb. Offenbar war er hier auf dem falschen Dampfer. „Hey, kommen Sie. Die hat immer noch keine Ahnung, wo Cyron sich aufhält und ihre Tarnung war auch nicht grade professionell.“

Das Lächeln seines Vorgesetzten fiel kalt aus. „Wenn sie bislang den Unterschlupf noch nicht kennt, beruhigt mich das. Aber nicht genug, um meine Sorge auszugleichen, dass Sie Melissa Ravenwood als Anfängerin bezeichnen. Sie haben offenbar weder gemerkt was noch wer sie ist. Ihre ‚Kleine‘ ist eine der besten Mitarbeiterinnen des Ashera-Ordens und eine Bluttrinkerin.“

Jetzt wurde er blass. Dazu fiel auch ihm kein passender Spruch ein, mit dem er die Situation entschärften konnte. Abgesehen davon, dass sie ziemlich bleich aussah und in einem Treffpunkt für den Paranormalen Untergrund war, hatte er nichts Auffälliges an ihr feststellen können. Vampire waren Menschen zu ähnlich, um sie rein optisch zu unterscheiden, solange sie ihre Fänge nicht ausfuhren.

„Was ist? Vergeht Ihnen das Lachen? Mir ist es bereits vergangen." Rybing nahm sein Besteck wieder auf und aß weiter.

Ravenwood? Blue pfiff leise durch die Zähne, ohne sich darum zu kümmern, dass Rybing das Gesicht verzog. Das war also diese Superwoman, die verhindert hatte, dass man Darkworld öffnete? Die einen Sougvenier außer Gefecht gesetzt und die Vampirkönigin in die Flucht geschlagen hatte? Puh! Jetzt war ihm klar, warum Rybing so aufgebracht war. Wenn er geahnt hätte, wer ihm da in der Gasse gegenüberstand. Da konnte er wohl von Glück reden, dass er nicht mehr getan hatte, als sie zu küssen. Andererseits war es verdammt schade, denn die Kleine war wirklich reizvoll.

„Sie werden mit Cyron unverzüglich nach London aufbrechen. Dort ist er sicherer. Sein Quartier ist mittlerweile auch vorbereitet."

Im Prinzip hatte Blue nichts dagegen, wieder in seine Heimat zurückzukehren. Wenn da nur nicht der Deal mit Kaliste wäre. Aber für die waren Entfernungen ein Klacks. Das würde sich schon machen lassen.

„Weiß dieser Smithers über mich Bescheid?"

„Ich werde ihn bei meinem Eintreffen informieren." Rybing beendete seine Mahlzeit und tupfte sich mit der Serviette die Lippen sauber. Immer noch britischer Gentleman, obwohl er schon seit Jahren in Italien lebte. Blue vermutete auch darin sein Faible für steife Anzüge. „Gegenüber Mr. Smithers haben wir bereits den Verdacht geäußert, dass Miss Ravenwood ihre eigenen Kontakte pflegt und nicht mehr so loyal im Orden steht, wie sie sollte. Wenn sie vernünftig ist, bleibt sie hier, bis wir unsere Mission beendet haben. Falls nicht, ist es Ihre Aufgabe, etwas zu finden, womit wir sie kaltstellen oder ausschalten können. Erschleichen Sie sich das Vertrauen der jungen Dame. Mit Ihrem Charme sollte dies doch ein Leichtes sein."

Sein boshaftes Grinsen hätte jedem Dämon Ehre gemacht. Blue sollte also etwas finden. Oder so hinbiegen, dass es danach aussah. Gerissener Fuchs. „Sie können sich wie immer auf mich verlassen, Donald", sagte er und rang sich ein Lächeln ab.

„Danke Blue. Das weiß ich sehr zu schätzen." Er winkte dem Ober für die Dessert-Karte. Dabei machte er ein Gesicht, als hätte er den Sahnetopf bereits ausgeschleckt.

„Na, dann gehe ich wohl mal die Koffer packen."

＊

Donald Rybing sah dem großen, breitschultrigen Mann nach, den er erst vor einigen Monaten für die Lux Sangui rekrutiert hatte. Etwas an ihm beunruhigte ihn immer noch. Er rieb sich nachdenklich übers Kinn. Blue verschwand in der Menschenmenge. Wie ein Phantom. Das sagte er von sich selbst und es stimmte, soweit Donald das beurteilen konnte. Er hatte noch immer nicht in Erfahrung bringen können, was Blue da oben in den Highlands gemacht hatte, als er die drei Dämonen vor seinen Augen tötete. Ebenso wenig wie die Vergangenheit des Mannes oder seinen richtigen Namen. Nur eines wusste er inzwischen mit absoluter Sicherheit: Wenn Blue jemanden töten wollte, lohnte es nicht mehr, auch nur einen Gedanken an denjenigen zu verschwenden. Das machte ihm manchmal Angst, weil sein Schützling schwer bis gar nicht berechenbar war. Sollte er sich jemals gegen ihn wenden …

Der Kellner brachte das Minz-Eis. Eine angenehme Erfrischung bei den heutigen Temperaturen. Er musste sich sammeln, sich zurechtlegen, was er Franklin Smithers sagen wollte. Welche Strategie sie nun wählten, um weiterhin ihr oberstes Ziel zu erreichen und den Untergrund ein für alle Mal zu zerschlagen.

Er war so vertieft in seine Gedanken, dass er den Knall zunächst für einen Auffahrunfall hielt. Erst als von der anderen Straßenseite direkt vor der Bank Geschrei aufbrandete, wurde er aufmerksam. Eine kleine Menschentraube bildete sich um jemanden, der am Boden lag. Ein junger Mann rannte von dort weg, hinter einem schwarz maskierten Schützen her, der seine Waffe noch in der Hand hielt. Hatte er Halluzinationen oder war das wirklich eines ihrer gestohlenen Gewehre? Er blinzelte, aber die Entfernung war zu groß. Hastig sprang er auf, rannte zwischen Autos hindurch, die mit quietschenden Reifen hupend zum Stehen kamen, und bahnte sich einen Weg an den Schaulustigen vorbei. Auf dem Boden lag eine junge Frau, ein Stück neben ihr kauerte ein Junge und weinte. „Mama! Ich will zu meiner Mama!" Donald beugte sich über die Frau, deren blondes Haar blutdurchtränkt war. Ein Schuss in die Schläfe. Die Lider der Sterbenden flackerten, öffneten sich und darunter schimmerten goldene, opalisierende Augen. Eine Elfe.

„Ich bin Arzt", sagte er entschieden und drängte die Leute mit ausgebreiteten Armen zurück. „Machen Sie Platz. Bedrängen Sie sie nicht so." Er holte sein Handy aus der Brusttasche. „Dr. Rybing hier. Schicken Sie sofort eine unserer Ambulanzen zur Wachovia Bank in der 27. Avenue."

Für die Umstehenden sah es aus, als habe er einen Notruf abgesetzt. In Wahrheit würde gleich eine Einheit ihrer Partner auftauchen, die in paranormale Vorgänge eingeweiht waren. Er warf einen Blick auf den Jungen. Sie mussten ihn mitnehmen. Wo wollte die Elfe mit ihm hin? Und von wo hatte sie ihn entführt? Eine Dame im weißen Sommerkleid mit einem großen Hut setzte sich mit tränenüberströmtem Gesicht neben ihn und nahm ihn in den Arm.

„Deiner Mama geht es bald wieder gut. Der Doktor kümmert sich um sie."

Vermutlich glaubte sie selbst nicht daran. Dabei hatte sie nicht unrecht, nur dass die tödlich Verwundete nicht seine Mutter war.

Es dauerte keine drei Minuten, bis der vermeintliche Krankenwagen ankam. Rybing selbst legte eine Infusion, damit es möglichst echt aussah.

„Den Jungen nehmen wir mit."

Er streckte seine Hand aus und nickte ihm aufmunternd zu. Ängstlich huschte der Blick des Kleinen zu dem Körper, der gerade in den Wagen geschoben wurde.

„Wie heißt du?", fragte Donald und lächelte freundlich.

„Tobi."

„Komm Tobi. Du musst keine Angst mehr haben. Es wird alles gut."

Das Kind stand zögernd auf und ergriff seine Hand. Er hob es auf seine Arme und stieg mit ihm zu den wartenden Sanitätern. Die Türen schlossen sich und mit Blaulicht fuhr der Wagen an. Donald behielt Tobi auf dem Schoß.

„Findet heraus, was das für Munition war. Alles andere interessiert mich nicht. Und zieht den verdammten Vorhang zu, oder soll der Junge eure Schlachterei mit ansehen?"

Nachdem ein kleines Separee geschaffen worden war, befragte er Tobi nach seinen Eltern, wie sie hießen, wo sie wohnten und wo genau die Elfe ihn mitgenommen hatte. Er konnte es nicht riskieren, ihn der Polizei zu übergeben. Die Leiche musste verschwinden, bevor sie ein Pathologe in die Finger bekam. Nachdenklich rieb sich Donald das Kinn. Ärgerlich, dieser Vorfall. Unverschämt, dass er mit einer ihrer Waffen ausgeführt wurde. Der Täter war entweder der Dieb oder kannte ihn, weil er die Waffe von ihm gekauft hatte. Auf jeden Fall wusste er, auf was er da schoss.

„Mhm. Die Idee ist eigentlich gar nicht so schlecht. Nur ungünstig. Sehr ungünstig", murmelte er vor sich hin.

Der Junge sah ihn aus feuchten, großen Augen an. Er verstand nicht, was hier vorging. Donald setzte ein väterliches Lächeln auf.

„Und jetzt, mein Kleiner, bringen wir dich zu deinen Eltern zurück. Möchtest du eine Limonade, bis wir da sind?"

Besser, wenn er das meiste vergaß und seinen Eltern nichts von einer Elfe mit goldenen Augen erzählte, die im Krankenwagen weggebracht wurde.

Seit dem Anschlag war Steven nicht mehr im Leonardo's gewesen. Lucien hatte die Nachricht überraschend locker aufgenommen. Als Steven heute reinschaute, war der Lord schon wieder dabei, alles renovieren zu lassen, erteilte den Arbeitern Anweisungen und wählte die neue Innenausstattung aus. Er hatte den kleinen, bislang leer stehenden Laden nebenan noch dazugekauft, einen Durchbruch machen lassen und wollte die Bar größer, moderner und schöner in wenigen Wochen wieder eröffnen. Geld spielte keine Rolle und er sah nicht ein, sich von irgendeinem maskierten Witzbold das Geschäft verderben zu lassen.

„Es ist unwahrscheinlich, dass er am gleichen Ort noch mal zuschlägt", stellte er fest. „Außerdem habe ich neues Sicherheitspersonal eingestellt."

Steven nickte anerkennend. „Das schafft ein anderes Flair. Hoffentlich lassen sich die Gäste nicht abschrecken."

Lucien runzelte unwillig die Stirn. „So ein Unsinn. Außerdem wird es künftig auch einen unterirdischen Raum geben, der noch mal zusätzlich gesichert ist. Ich hoffe, dass man mit der Zeit auch durch den Untergrund direkt dort hingelangt."

Er grinste zufrieden und Steven verschlug es fast die Sprache. „Du verhandelst mit dem PU?"

„Ich bin Geschäftsmann, Steven. Ich verhandle mit jedem, wenn es lohnenswert erscheint."

Er schluckte und fragte sich augenblicklich, welche Währung Lucien einsetzen mochte, um mit den Leuten aus dem PU ins Geschäft zu kommen. Vor allem, warum er das jetzt plötzlich anstrebte, wo er vor einigen Monaten noch über sie gespottet und gelächelt hatte.

„Was macht dein Job? Wie ich höre, hast du mehr als genug zu tun. Merkwürdige Verletzungen, seltsame Waffen. Das beschränkt sich wohl nicht nur auf meine Bar."

Lucien war mal wieder über alles im Bilde. „Die Lage spitzt sich zu. Wir wissen kaum noch, wie wir das mit zwei Leuten in der Klinik vertuschen sollen, so viele PSI-Wesen kommen derzeit in die Notaufnahme. Und dann diese Anschläge. Jetzt sind es schon zwei, wo die Waffen uns Rätsel aufgeben."

„Drei", korrigierte Lucien.

„Drei?"

Der Älteste schüttelte den Kopf. „Liest du keine Zeitung, Steven? Vor der Wachovia Bank wurde eine Frau niedergeschossen."

Davon hatte er gehört, es aber nicht mit ihren Fällen in Verbindung gebracht. „Schlimm für den Jungen, mit anzusehen, wie die Mutter erschossen wird."

Lucien verdrehte die Augen. „Zwischen den Zeilen lesen und die Ohren offen halten. Sonst könnt ihr euch eure armseligen Ermittlungsversuche gleich sparen. Was würdet ihr nur ohne mich machen?"

Er war Luciens Arroganz gewohnt, darum sagte er nichts, sondern hörte nur zu, welche Informationen es gab, die ihm entgangen waren.

„Der Krankenwagen ist in keiner Klinik angekommen, denn ein Opfer mit solch einer Verletzung wurde an diesem Tag in keinem Computer aufgenommen. Von dem Jungen fehlt ebenfalls jede Spur, außer man blättert ein bisschen durch die Möchtegernsensationsmeldungen. Ein Ehepaar aus Sydney hat seinen vermissten Jungen glücklich wieder in die Arme schließen können, nachdem er sich in den Glades verlaufen hatte und ein netter alter Mann ihn beim Fischen wiedergefunden hat."

Steven verstand nicht recht, worauf Lucien hinauswollte.

„Meine Güte, Steven. Was passiert mit einem Jungen, der sich allein in den Glades verläuft? Die Alligatoren stehen auf zarte Happen. Und wer um alles in der Welt fährt zum Fischen in die Glades, wenn das Meer vor der Haustür liegt?"

Steven rieb sich nachdenklich das Kinn. „Wie bist du darauf gekommen? Du rufst doch nicht jeden Tag die Einlieferungsbilanzen sämtlicher Kliniken ab."

„Durch den Jungen. Das war der Teil, der unmöglich stimmen konnte. Und da zeitgleich auch die Sprache von einem kleinen Sohn und seiner angeschossenen Mutter war, konnte man den Rest kombinieren." Lucien kam nah zu Steven herüber, beugte sich zu ihm und durchbohrte ihn förmlich mit seinem flammenden Blick. „Ich weiß immer, was in Miami geschieht, Steven. Das ist meine Stadt und wird es bleiben. Egal, wie viele junge Vampire sich hier niederlassen, Miami gehört mir."

Er fühlte sich bedroht, auch wenn Lucien diese Worte nicht zwingend auf ihn bezog. Manchmal wusste er den Lord nicht einzuschätzen.

„Du hast doch inzwischen ständig mit der Ashera zu tun, seit du ihnen deine Forschungsergebnisse zur Verfügung stellst", fuhr Lucien fort und kümmerte sich um seinen Panther, der entspannt mitten im Raum lag und die Arbeiter beobachtete, als überlegte er, welcher Happen wohl am besten schmeckte. „Da solltest du wissen, wie solche Institutionen arbeiten und wann sie die Finger im Spiel haben."

„Ich kann mir nicht vorstellen, dass die Ashera …" Er stockte. Die Ashera vielleicht nicht, aber die Lux Sangui. Was Pettra über diese Jungs rausgefunden hatte, beunruhigte ihn seit Tagen. Luciens Entdeckung passte durchaus da hinein. Seufzend stützte Steven den Kopf in die Hände und fuhr sich mit den Fingern durch Haar. „Es ist einfach alles zu viel. Ich bin für so was nicht geschaffen", gestand er.

Lucien schmunzelte und kraulte der schwarzen Raubkatze den Kopf, die er hier in Miami sicherheitshalber an einer Leine führte. Dafür waren seine Handwerker sicher dankbar. „Du solltest dir einen sterblichen Geliebten suchen, Steven. Das bringt dich zwischendurch auf andere Gedanken. Sie stehen uns jederzeit zur Verfügung, wenn wir sie erst mit dem Blut an uns gebunden haben. Und sie sind so einfach zu halten wie Schoßhündchen."

Steven schielte zu ihm hinüber und verzog das Gesicht ob des Themenwechsels – und weil er automatisch an Thomas denken musste.

Lucien beobachtete ihn eine Weile nachdenklich, bevor er feststellte: „Dir spukt schon jemand im Kopf herum, nicht wahr?"

Steven fuhr zusammen, als hätte Lucien ihn geschlagen. Er schluckte und geriet ins Stottern. „Ja … ich meine nein … es kommt einfach nicht infrage."

„Ach, und warum? War er nicht gut genug oder war er zu gut?" Lucien grinste und ließ dabei seine Fänge aufblitzen.

„Wir arbeiten zusammen", erklärte Steven energisch. „Das wäre undenkbar. Wenn er nun … wenn er dahinterkommt, was ich bin? Die Zeiten sind weiß Gott gefährlich genug für uns."

Lucien lachte leise, es klang ein wenig spöttisch. Ihn schien die aktuelle Situation nicht im Mindesten zu beunruhigen. „Oh Steven, mein Lieber. Du bist doch kein neugeborener Vampir mehr. Du wirst ihn doch wohl unter Kontrolle halten können – mit deinem Blut."

Der Lord schürzte die Lippen und senkte seine Stimme bei den letzten Worten. Seine Schönheit sandte auch diesmal einen Schauer durch Stevens Leib. Die Versuchung war immer noch da, mehr denn je, seit die beiden Blutdämonen vereint waren und keine Gefahr mehr bestand. Aber Lucien würde das nie tun. Seine dunklen Augen blieben unergründlich. Wie gern hätte Steven seine Hand ausgestreckt, um seine Finger durch das nachtschwarze Haar gleiten zu lassen. Seine Lippen auf den weichen Mund gepresst. Schnell senkte er den Blick und verwarf den Gedanken, den Lucien vermutlich längst von seiner Stirn abgelesen hatte.

Ja, sicher konnte er Thomas beherrschen. Beim Sex tat er es sowieso schon, auch ohne das Blut. Seit ihrer ersten gemeinsamen Nacht waren sie noch drei Mal zusammen im Bett gewesen. Zwei Mal bei ihm und ein Mal in Thomas' Wohnung. Er sehnte sich danach, ihn öfter um sich zu haben. Nicht ständig Versteck spielen zu müssen, um seine Natur zu verbergen. Aber was, wenn er ihn doch nicht kontrollieren konnte? Wenn er sich ihm offenbarte und Thomas geschockt oder gar panisch reagierte? Oder die Gefahr bestand, dass er nicht schwieg?

„Meine Güte, Steven, dann tötest du ihn eben. Er ist doch nur ein Mensch." Lucien verdrehte die Augen, zeigte deutlich, dass er Stevens Vorbehalte nicht verstand.

Mit einem Mal schmeckte Steven bittere Galle. Er achtete Lucien, sie waren enge Freunde seit vielen Jahren, auch wenn sie vollkommen unterschiedliche Lebensstandards pflegten. Doch dessen Gleichgültigkeit gegenüber den Menschen fand er zum Kotzen.

✳

Dracon beobachtete seinen dunklen Sohn mit Sorge. Die ersten Tage draußen waren schwierig gewesen. Ihm fehlte der Killerinstinkt, der sich in den ersten Tagen entwickeln sollte. Darum besorgte er ihm zunächst die Opfer, lähmte sie und gab sie in seine Arme, damit er nach und nach lernte, seinem Hunger zu folgen. Auch die Entsorgung der Leichen übernahm Dracon.

Zu seiner Freude zeigten sich seit gestern erste Fortschritte und schwindende Skrupel. Letzte Nacht hatte er zum ersten Mal selbst ein Opfer zur Strecke gebracht und dabei keinerlei Aufsehen erregt. Das ließ hoffen. Er hatte jedenfalls nicht die Absicht, ihm sein Leben lang das Futter mundgerecht zu servieren. Dann wären ihm schon drastischere Maßnahmen eingefallen, um sein Kind zum Jagen zu bewegen. Auch heute hielt er sich im Hintergrund und wartete, wie Warren sich anstellte. Sie besuchten zum ersten Mal den Vatikan. Während die Touristen zu dieser Stunde keinen Zutritt mehr hatten, sprangen sie mühelos über Mauern, versteckten sich vor der Schweizer Garde und drangen schließlich bis zur Sixtinischen Kapelle vor, wo Dracon Warren voller Stolz die Gemälde zeigte, die Szenen aus dem Leben Moses und Jesus wiedergaben.

„Ist das nicht wunderschön? Was waren das für Künstler. Lucien liebte das. Wir waren einige Male hier, als ich noch sterblich war."

„Er war mit dir in Rom?", fragte Warren verwundert.

Dracon freute es, dass Warren Interesse zeigte. „Aber ja, das war für ihn ein Leichtes. Ich wusste sehr schnell, was er ist und habe mich nie gefürchtet. In den Nächten zeigte er mir halb Europa, wenn er mich nicht auf seiner Burg unterrichtete oder ..." Er lächelte bei der Erinnerung, wie er in Luciens Armen gelegen hatte. Ja, Mel hatte recht, er liebte seinen dunklen Vater noch immer, auch wenn er vor ihm geflohen war vor so vielen Jahren.

„Ich hatte nicht erwartet ..." Warren brach ab.

Dracon drehte sich langsam zu ihm um und schaute ihn herausfordern an. „Was? Dass ich eine gewisse Bildung genossen habe? Wolltest du das sagen?" Er gab sich keine Mühe, die Bitterkeit aus seiner Stimme zu verbannen. Warren schwieg und sah betreten zu Boden. „Du hältst mich noch immer für ein Monster, obwohl ich dich gerettet habe. Denkst, ich wäre ein dummes, brutales Arschloch. Herzlichen Dank.“

„Das hab ich nicht gemeint“, beeilte sich Warren zu sagen. Ich dachte nur … ich weiß auch nicht.“

Betretenes Schweigen. Dracon schlenderte an den Gemälden entlang, die Hände in den Hosentaschen vergraben, und hing seinen Gedanken nach. Er wusste, dass er nicht gerade ein Engel war und in mehr als einer Hinsicht ein schwarzes Schaf in einer ohnehin schon schwarzen Herde. Aber es verletzte ihn, dass Warren eine so geringe Meinung von ihm hatte. Als ob er nur seine Spielchen spielte, es außer Blut und Sex nichts in seinem Leben gab. Verdammt, ohne ihn wäre die Sache mit der Ammit anders ausgegangen. Von Darkworld ganz zu schweigen. Hätte er Lucien nicht befreit, damit er Melissa zu Hilfe kam, würde die Welt nicht mehr so existieren, wie die Menschen sie kannten. Und Warren lebte auch nur deshalb noch, weil er ihn gerettet hatte. Egal, was er tat, von überall her schlugen ihm Verachtung und Misstrauen entgegen. Das hatte er nicht verdient.

Vor der Scalia Regia blieb er stehen. Er spürte, dass Warren von hinten dicht an ihn herantrat. Nach kurzem Zögern legte er die Arme um ihn, schmiegte sich an ihn und rieb sein Gesicht an seiner Halsbeuge. Dracon schloss die Augen.

„Es tut mir leid, ich wollte dich nicht kränken.“

Seufzend legte er eine Hand auf Warrens Arm. „Ist schon gut. Ich kenne meinen Ruf. Er eilt mir eben voraus.“

„Haben Mel und Armand dort den Sapyrion getötet?“

Sie blickten auf den Eingang zum Petersdom. Ein misslungener Versuch, das Thema zu wechseln, aber er wollte sich nicht mit Warren streiten.

„Ja. Lass uns reingehen.“

Die Spuren waren längst beseitigt. Kein Ruß, kein zerbrochener Stuhl, kein zerborstenes Taufbecken. ‚Wegen Restaurationsarbeiten geschlossen‘ hatte einige Tage am Tor gestanden. Der Vatikan war schnell im Vertuschen, jahrhundertelange Übung. Nur eines war nicht mehr rückgängig zu machen: Die Tränen Luzifers ruhten seitdem in der Obhut der Ashera. Der Vatikan wusste das, konnte es jedoch nicht beweisen und wagte auch nicht, Aufsehen deswegen zu erregen. Die Kirche einer dämonischen Macht beraubt, die sie in der Geschichte der Menschheit so oft benutzt hatte. Die Macht ihres vorgeblich größten Widersachers, eines Teufels, den sie erschaffen hatten. Dabei war auch Luzifer nur ein Engel. Ein gefallener. So wie sie alle.

„Komm, lass uns auf die Jagd gehen. Ich höre deinen Hunger. Wir sollten dich noch nicht zu sehr auf die Probe stellen."

Als sie über die Mauer wieder hinaus auf die offenen Straßen Roms sprangen, warf Dracon noch einen letzten sehnsüchtigen Blick zurück. Die Gemälde, die Fresken, die Bibliothek und die Archive. Was gäbe er dafür, das alles wieder an Luciens Seite zu durchstreifen und sich daran zu erfreuen. Aber die Vergangenheit ließ sich nicht ändern.

Wenn der Satan mit dem Teufel einen Bund schließt

Die zuckenden Lichter der Diskothek tarnten ihn besser als jede Maskerade. Die jungen Körper bewegten sich ekstatisch zur Musik. Wie ahnungslos und leichtsinnig Menschen doch waren. Ein Kinderspiel, sich einen von ihnen auszusuchen. Man durfte nur keine Spuren hinterlassen. Die hinterließ er nie. Täglich drehten Menschen ohne ersichtlichen Grund einfach durch. Wer kam da schon auf die Idee, dass jemand wie er die Finger im Spiel hatte? Er war geübt darin, wie ein Phantom aufzutauchen, und wieder zu verschwinden. Diese Fähigkeit beherrschte seine Familie seit Jahrtausenden, auch wenn sich ihre Zahl inzwischen drastisch reduziert hatte. Doch selbst heute gab es nur eine Handvoll Leute, die seine Art überhaupt kannten, wussten, was sie taten, woher sie kamen und über welche Fähigkeiten sie verfügten. Die meisten hielten sie schlicht für gewöhnliche Menschen. Das war gut, denn so fiel er kaum auf.

Dennoch hatten *sie* ihn gefunden. Was zunächst nach einer heiklen Situation ausgesehen hatte, erwies sich letztlich als Glück für ihn. Wer hätte gedacht, wie schnell sich das Blatt wenden konnte. Vor ein paar Monaten noch einer der Gejagten, jetzt war er der Jäger.

Blue lächelte. Im Grunde war er immer schon ein Jäger gewesen, nur jetzt völlig legal. Seinem Killerinstinkt, seiner Sucht nach Gefahr und Risiko, wovon er immer geglaubt hatte, es würde ihn einmal das Leben kosten, verdankte er seine neue Stellung im Herz des Feindes, ohne dass dieser es ahnte. Oh süße Gerechtigkeit!

Dabei waren diese lächerlichen Dämonen gar keine große Sache gewesen. Er hatte nicht geahnt, dass sie bereits im Visier seiner neuen Auftraggeber standen. Ein Glück, dass diese Idioten so fixiert auf die drei Kreaturen gewesen waren, dass sie das Tor nicht bemerkten. Dieses Spiel war aufgegangen, in mehrfacher Hinsicht.

Gejagt wurde er zwar immer noch, aber es beruhigte ihn ungemein, dass diejenigen, die ihn jagten, ihn selbst dann nicht erkannten, wenn sie ihm gegenüberstanden. Und was seinen anderen Verfolger anging: den hatte er im Griff. Er bewegte sich sicher auf jedem Terrain in allen Kreisen. Wandlungsfähig wie ein Chamäleon.

Jetzt nannte er sich einen Sangui. Vom Orden der Lux Sangui. Dämonenjäger klang langweilig. Wenn die wüssten. Aber sie wussten nichts. Für die war Blue nur ein fähiger, intelligenter und kampfgeschickter Mensch mit Verbindungen zum Paranormalen. Einem Gespür für Wesen, die nichts in ihrer ach so reinen Welt zu suchen hatten. Wie viel wirklich in ihm steckte, ahnten sie nicht einmal.

Darüber hinaus gab es noch einen zusätzlichen Bonus bei der Sache: Ein Sangui war unantastbar für die weltliche Polizei. Für jede Behörde. Sollte also mal etwas schief gehen … Aber bei ihm ging nichts schief. Dafür war er zu gerissen. Manchmal wollte er sich selbst auf die Schulter klopfen.

Im Augenblick unterhielt er Kontakte in jede Richtung, die wichtig war, um den eigenen Kopf aus der Schlinge herauszuhalten. Und jeder davon fraß ihm aus der Hand. Ihm standen mehrere Optionen in Aussicht, die ihn seinen Zielen näher brachten. Er musste nur jeden seiner Auftraggeber lange genug im Glauben lassen, dass er ihm allein loyal gegenüberstand, dann konnte nichts schiefgehen. Wenn so viel Gerissenheit nicht eine Belohnung wert war, was dann? Einzig beunruhigend waren diese Anschläge, die sich mehrten und vorrangig auf den Paranormalen Untergrund abzielten. Sie gefährdeten seine Tarnung. Er hätte dem gern entgegengewirkt, aber das musste warten. Von seinen Auftraggebern schien niemand dahinterzustecken. Das hätte er gewusst. Hoffentlich zumindest. Die Lux Sangui waren sogar völlig aus dem Häuschen deswegen. Rybing machte sich ja fast in die Hosen. Er lachte in sich hinein. Bei dem steckte auch noch was anderes dahinter, aber der plauderte nie über Dinge, die ihm zum Nachteil gereichen konnten.

Für heute wollte er sich keine Gedanken darüber machen. Morgen musste er nach London reisen, wo er sich um Cyron und vielleicht bald auch um Melissa Ravenwood kümmern sollte. Also würde er sich heute noch einmal richtig amüsieren. Er brauchte nur noch den passenden Partner dafür. Sein Blick glitt durch den Raum, blieb hier und da an einem besonders hübschen Exemplar Mann oder Frau haften, doch nichts, was ihn zu fesseln verstand.

Und dann entdeckte er ihn. Eine wahre Offenbarung, unwiderstehlich und wie geschaffen, um seine Sehnsucht zu stillen. Ein Schauer durchlief seinen Körper. Jeder Mensch im Raum wurde ausgeblendet, bis auf diesen hochgewachsenen, schwarzhaarigen Mann. Er war perfekt. Blue konzentrierte sich auf dieses neue Ziel, studierte seine Bewegungen, atmete seinen Duft, den er aus allen anderen herausfilterte. Ein Leichtes für ihn. Merkwürdig, diese Note. So unwirklich und ganz anders als all die anderen parfumbestäubten Leiber. Es sprach ihn auf eine Weise an, die seinen Jagdinstinkt weckte. Der Typ spürte, dass er beobachtet wurde. Mehr noch, er schien es zu genießen. Unter halb geschlossenen Lidern glitt sein Blick durch den Raum, bis er Blue entdeckte. Mit laszivem Lächeln begann er zu flirten, bewegte seinen perfekten Körper aufreizend zu den Klängen der Musik. Ein solches Opfer hatte er schon lange nicht mehr gehabt.

Die goldene Haut schimmerte unter den Lichtreflexen wie mit einem teuren Puder bestäubt. Das Seidenhemd stand halb offen und gab den Blick auf eine glatte, feste Brust frei. Schwarzes Leder schmiegte sich hauteng an die festen Schenkel. Es zog Blue an wie ein Magnet. Er spitzte die Ohren, lauschte dem Herzschlag seines Auserwählten, bis er ihn aus all den anderen Geräuschen herauszufiltern vermochte. Kräftig und gierig nach Leben. Wenn die Rolex am Handgelenk und die Ringe an seinen Fingern echt waren, gehörte der Typ zur Oberschicht Miamis. Jemand, der genau wie er einfach nur Spaß haben wollte, das Leben genoss, wie es kam. So was versprach leichtes Spiel, man konnte schneller zur Sache kommen, ohne mit einer nervigen Szene rechnen zu müssen.

Inzwischen hatte er sich den Weg zwischen den Tanzenden hindurchgebahnt und stand direkt hinter dem Mann, der für heute Nacht sein Gespiele werden konnte. Zum ersten Mal legte Blue seine Hände auf die Schultern des anderen, fühlte das Leben unter seinen Fingern pulsieren. Der Fremde zögerte nicht lange, sondern bog seinen Kopf zurück und bot ihm seine Lippen dar. Zu verlockend, um nicht darauf einzugehen. Der Kuss war tief, sie erforschten sich gegenseitig mit ihren Zungen, neckten sich und testeten, wie weit die Bereitschaft des anderen ging, obwohl daran kaum noch ein Zweifel bestand. Blue stöhnte verhalten, als der andere den wohlgeformten Po gegen seine Lenden schmiegte.

Nachdem sie genug vom Tanzen hatten, schlenderten sie gemeinsam zur Bar und bestellten sich einen Drink.

„Ich habe dich hier noch nie gesehen", meinte seine neue Bekanntschaft. „Jemand wie du wäre mir in Erinnerung geblieben."

Blue grinste und nahm einen Schluck von seinem Bourbon. „Ich bin neu in der Stadt." Er stellte das Glas auf die Theke und fuhr sich durch die langen dunklen Haare. Dabei genoss er den Blick seines Gegenübers auf das Spiel seiner Armmuskeln.

„Umzug oder Durchreise?"

Er zuckte die Achseln. „Wird sich zeigen. Ich hab hier einen Job zu erledigen."

Es war seiner Eroberung nicht anzusehen, ob diese Antwort enttäuschte. Blue hätte sich stundenlang am Anblick der dunkelblauen Augen, der weichen schmalen Lippen oder der nackten muskulösen Brust weiden können. Dabei in Gedanken die verschiedensten Verführungstaktiken durchspielen und sich ausmalen, wie dieser Mann wohl darauf reagieren mochte.

„Man kann dir von der Stirn ablesen, was du denkst", neckte er ihn, woraufhin sich Blue an seinem Drink verschluckte. Der Fremde lachte über seinen Schreck, beugte sich dann näher, heißer Atem streifte Blues Ohr. „Ich weiß ein Plätzchen, wo wir die ganze Nacht ungestört sind und du deine Fantasien in die Tat umsetzen kannst. Komm mit mir."

Das ließ er sich nicht zweimal sagen.

Am Hafen wehte ein milder Wind, der für angenehme Kühlung sorgte. Lässig schlenderte der hochgewachsene Mann an den Jachten vorbei, bis er schließlich vor einer schwarzen Schönheit stehen blieb. Auf ihrem schlanken Rumpf prangte in roten Lettern *Isle of Dark*. Seine Eroberung drehte sich mit laszivem Grinsen zu ihm um und wies einladend die Gangway hinauf.

„Wir sind da."

Blue hatte mit viel gerechnet, aber nicht mit einem solchen Prachtboot. Im Inneren war es noch luxuriöser als von außen, das Schlafzimmer eine Liebeshöhle in Seide und Satin. Überall glänzte es golden und silbern, neben dem Bett stand eine Flasche edelster Champagner in einem Sektkühler mit zwei Gläsern. Fast, als wären sie bereits erwartet worden.

„Gutes Personal ist eben unbezahlbar", meinte sein Gastgeber und entkorkte gekonnt die Champagnerflasche, zögerte dann aber. „Wenn du etwas anderes möchtest, sag es ruhig."

Blue schüttelte den Kopf, entwand ihm die Flasche und küsste ihn gierig. Er wollte etwas anderes, aber das gab es nicht in Flaschen. „Ich glaube, ich hab dich bisher noch nicht mal nach deinem Namen gefragt", meinte er entschuldigend zwischen zwei Küssen und knöpfte das Hemd gänzlich auf.

„Lucien."

„Lucien", hauchte er, schob den Stoff von den Schultern, um den begehrten Körper zu entblößen, damit er ihn besser erkunden konnte. Goldene Haut, seidenweich unter seinen Fingern. Er spürte, wie der Stoff seiner Jeans spannte. Erst recht, als Lucien seine Hand zwischen Blues Beine legte und sanft zudrückte. Auf jeden Fall mal einer, der ihm in Sachen Leidenschaft nicht nachstand und sich nicht lange zierte. Geschickt befreite er Blues Speer aus seinem Gefängnis und ging gleich darauf auf die Knie, um ihn in ein neues, sehr viel Angenehmeres zu saugen.

„Du machst auch keine überflüssigen Worte", keuchte Blue.

Die blauen Augen blickten spöttisch zu ihm auf. Lucien rieb im Aufstehen seinen Körper Zentimeter für Zentimeter an ihm entlang. „Warum sollte ich? Wo ich die Zeit doch viel angenehmer nutzen kann."

Lucien strahlte etwas Dunkles und Verbotenes aus. So deutlich, dass er keine übermenschlichen Sinne brauchte, um es zu erfassen. Er hatte keine Ahnung, was es damit auf sich hatte, aber die Aussicht, es bis ins kleinste Detail zu ergründen, ließ Blue zittern. Er musste nur noch … „Wenn du nichts dagegen hast", hauchte er und fuhr die Linien von Luciens Gesicht mit dem Zeigefinger nach, „hätte ich trotzdem gern noch einen Bourbon. Sozusagen zum Anheizen." Er biss spielerisch in Luciens Lippen, liebkoste die Stelle mit seiner Zunge.

Für einen Moment war sein Liebhaber irritiert, dann zuckte er die Schultern und ging zu einer kleinen Bar, um Blue den gewünschten Drink einzuschütten. Er nutzte die Zeit, um seine Jacke und das Shirt abzustreifen, warf einen vorsichtigen Blick zu seinem Gastgeber und griff in die Innentasche. Zufrieden schob sich Blue eines der Plättchen in den Mund, die er darin verborgen hielt. Der Geschmack war berauschend, er schloss kurz die Augen. Aber sicher nichts im Vergleich zu dem, was dieser wunderschöne, sinnliche Mann ihm bieten konnte, wenn er die Tore seiner Seele öffnete.

Dieser reichte ihm über die Schulter ein volles Glas, stieß es wie aus Versehen gegen eine seiner Brustwarzen. Die unverhoffte Kälte ließ sie hart werden. Langsam rieb Lucien das Glas über die empfindsame Stelle, tauchte Zeige- und Mittelfinger der anderen Hand in die bernsteinfarbene Flüssigkeit und zog eine Spur von einer Brust zur anderen. Sein Bein rieb sich geschickt an Blues Hüfte, während er ihn umrundete, um genüsslich seine Zunge über die malzigen Tropfen gleiten zu lassen.

„Auf nackter Haut schmeckt er besonders gut", raunte er.

Normalerweise wartete er bis zum Akt, aber der Teufel sollte ihn holen, er wollte diesen Mann jetzt sofort. Wollte seine Seele in sich aufsaugen, ganz und gar. Die Tore in ihm einreißen und sich seine Erinnerungen, Träume und Hoffnungen einverleiben. Er ignorierte das Glas, das wenig später auf dem teuren Marmorboden zerschellte, umfasste Luciens Gesicht und küsste ihn gierig. Der Wirkung des Rauschmittels konnte keiner widerstehen. Es hatte ihn Jahre gekostet, sich selbst nahezu immun gegen das Zeug zu machen. Es steigerte nur noch seine Lust, genau wie die Seelentore, die er bei anderen öffnete, wenn sie durch die Droge ihre Kontrolle verloren.

Als sie auf dem Bett landeten, waren Luciens Augen bereits verschleiert. Schweiß überzog seinen Körper. Trotzdem zeigte er mehr Resistenz als jeder seiner Vorgänger. Blue stieß immer wieder gegen eine Mauer, wenn er versuchte, ein Seelentor zu erzeugen. Stattdessen verlor er mehr und mehr seine Beherrschung unter Luciens Zärtlichkeiten. Seinen saugenden Lippen, der neckenden Zunge und den forschenden Händen, die seinen Körper erkundeten. Warum gab dieser Kerl nicht endlich nach? Diese Dosis raubte normalerweise jedem den Willen. Mit dem ersten Kuss verbreitete sich die Droge über die Schleimhäute im gesamten Körper und riss alle Hemmungen nieder. Machte seine Opfer zu Marionetten, deren Fäden er nach Belieben ziehen konnte, bis es nichts mehr in ihnen gab, das seiner Aufmerksamkeit wert war.

Umso überraschender kam es, dass Lucien ihn urplötzlich packte und niederzwang. Seine Kraft hatte nichts Menschliches an sich. Verursachte das Mittel bei ihm möglicherweise Nebenwirkungen? Die Erfahrung wäre ebenso neu wie reizvoll. Er schrie auf, als Lucien fest zupackte, seine Nägel so tief in Blues Fleisch grub, dass er blutete. Sie rangen miteinander, er versuchte, die Oberhand zu gewinnen, musste aber erkennen, dass er kräftemäßig einen ebenbürtigen Gegner gefunden hatte.

Normalerweise beugte er sich nie, ordnete sich keinesfalls unter, aber er hatte auch nie einen derart dominanten Gegenpart im Bett gehabt. Warum also nicht? Blue entschied nachzugeben, bot sich Lucien dar und ließ sich in Besitz nehmen, was ihm ein atemloses Keuchen entlockte. Das Gefühl, ausgeliefert zu sein, nahm überhand, ließ ihn den Speer noch intensiver spüren, der in ihn drang.

So ganz wollte er nicht kapitulieren. Die Reste des Plättchens lagen noch unter seiner Zunge. Er holte sie hervor und küsste Lucien abermals auf den Mund, strich aufreizend mit der Zungenspitze über den Amorbogen, bis er die Lippen öffnete und ihn empfing.

Ein Zucken wie von einem Stromschlag glitt durch seinen Körper. Im selben Moment, in dem Blue einen Stich in der Unterlippe fühlte, gefolgt von einem Kupfergeschmack in seinem Mund, gaben die Schutzwälle von Luciens Seele endlich nach und er tauchte in einen tiefen, dunklen See.

Schwerelosigkeit trieb ihn hierhin und dorthin, umspülte seinen Körper abwechselnd mit Kälte und Hitze. Alles trug einen roten Schleier, der ihn irritierte, bis er verstand, dass dieser See aus Blut und Rauch geformt war. Er begann, sich zurechtzufinden, fühlte sich vorwärtsgetrieben von den fordernden Stößen seines Geliebten und wählte einen Fixpunkt aus, an dem er das erste Tor öffnete.

Dahinter sprang ihm eine mit Reißzähnen bewehrte Bestie entgegen. Blue duckte sich instinktiv, fühlte Feuer auf der Haut und sich durch einen engen Schlund gezwängt, als etwas ihn verschlang. Schnell rief er ein zweites Tor herbei. Doch was dann passierte, ließ ihn erstarren vor Schreck. Noch nie zuvor hatte sich ein Tor gegen ihn gerichtet. Er fühlte, wie es nicht Luciens Geist öffnete, sondern seinen. Die Droge begann in ihm zu wirken. Wo war seine Immunität? Ihm wurde schwindelig. Das Wasser wurde zu einem Strudel, der ihn umherwirbelte. Kalte Finger griffen nach seinen Erinnerungen. In einem letzten Versuch öffnete er ein drittes Tor, was zur Folge hatte, dass sich seine und Luciens Gedanken überlagerten. Er spürte einen stechenden Schmerz an seiner Kehle, danach einen Sog, der ein Bild nach dem anderen aus den Tiefen seines Geistes hervorzog.

Er sah sich im Kreis seiner Auftraggeber, und von weit hinter deren Reihen kam diese Kleine heran, die Cyron Gowl verfolgt hatte. Mit Lucien an ihrer Seite. Dann drückte irgendjemand auf den Speedknopf und alle Bilder flimmerten so schnell durcheinander, dass er nur noch vage ihre Bedeutung verstand, hoffte, dass es dem anderen genauso ging und schließlich gar nichts mehr dachte, als der Orgasmus ihn in eine andere Welt katapultierte.

Blue erwachte benommen. So was hatte er noch nie erlebt. Er war immun gegen diese Droge, verdammt. Dass sie sich gegen ihn wandte und in einen Rausch versetzte, war ihm neu. Aber es war ein absolut geiles Gefühl gewesen und hatte das Vergnügen mit … Er stockte. Ein Vampir?

Augenblicklich war er hellwach und richtete sich im Bett auf. In einem Lehnstuhl ihm gegenüber saß der attraktive Mann mit den ozeanblauen Augen und lächelte ihn sardonisch an.

„Aufgewacht, mein Schöner?", fragte er und entblößte beim Lächeln seine Fänge.

Die Erinnerungen an das Erlebte zogen wie ein Film im Schnelldurchlauf vor seinem Inneren vorbei und verursachten Kopfschmerzen. Shit! Bloß keine Geschwindigkeit mehr für heute. Aber schlimmer noch als die schwindelerregende Bilderflut war die Erinnerung, dass sich auch in ihm Tore geöffnet hatten. Lucien wusste alles. Seine Seele hatte vor dem Vampir ebenso bloß gelegen wie dessen Geist vor ihm. Ihm schwante die Gefahr, die das mit sich brachte. Denn als Vampir war er auf Blues Pläne mit Sicherheit nicht gut zu sprechen. Noch mal Shit! Das war jetzt das zweite Mal innerhalb weniger Tage, dass ihm das passierte und er einen Vampir nicht erkannte. Warum mussten sich diese Blutsauger auch heutzutage so perfekt tarnen? Aber er war ja selbst schuld. Spätestens bei der Jacht hätte er misstrauisch werden müssen. Wer ging schon in diesen Club, wenn er sich das Leben der oberen Zehntausend leisten konnte?

Blue reagierte auf das nagende Gefühl von Zweifeln auf die übliche Weise. Mit einer Drohung an das Objekt, dem er die Schuld gab.

„Ich warne dich. Wenn du auch nur ein Wort von dem, was …"

Zu seiner Überraschung lachte der Vampir. „Nicht so aggressiv. Es liegt mir fern, dir zu schaden – Blue."

Die Pause, die er zu seinem Namen ließ, verriet, dass er auch seinen echten Namen kannte. Und zum dritten Mal: Shit!

„Dolmenwächter", hauchte Lucien. „Ich habe schon viel von dir und deinesgleichen gehört, aber noch nie bin ich einem begegnet. Ich hätte nicht einmal beschwören wollen, dass es euch gibt. Überaus faszinierend."

Blue kniff die Augen zu schmalen Schlitzen zusammen. Die Tatsache, dass er noch immer nackt war, während Lucien einen seidenen Kimono trug, verschaffte ihm einen psychologischen Nachteil, mit dem er nicht einverstanden war. Nur fiel ihm nichts Brauchbares ein, um an diesem Verhältnis auf die Schnelle etwas zu ändern.

„Kann ich es dir erklären?", fragte er hoffnungsvoll.

Lucien gab sich gönnerhaft. „Sicher. Versuch es."

„Also das sieht alles auf den ersten Blick schlimmer aus, als es ist. Ich hab nichts gegen euch Vampire."

„Natürlich nicht, sonst würdest du nicht mit Kaliste gemeinsame Sache machen."

Er biss die Zähne zusammen und verfluchte sich im Stillen. „Also genau genommen …", wusste er nicht, wie er sich rausreden sollte. Das hämische Grinsen auf Luciens Gesicht machte es nicht besser. Dieser Vampir amüsierte sich auf seine Kosten, was Blue langsam aber sicher wütend machte. Und dann fielen ihm noch nicht einmal passende Erklärungen ein. Hatte er sich am frühen Abend noch für gerissen gehalten? Jetzt hielt er sich für einen Idioten. Einen in der Falle sitzenden Idioten.

Lucien legte die Fingerspitzen aneinander und stützte sein Kinn darauf ab. „Da es dir die Sprache verschlagen hat, fasse ich das Ganze mal grob zusammen. Du fährst zwei-, nein, eigentlich sogar dreigleisig. Du spielst einen Dämonenjäger, obwohl du selbst ein Dämon bist. Schmeichelst dich bei unserer Königin ein, obwohl sie und ihre Pläne dir völlig gleichgültig sind. Doch du erhoffst dir von ihr … ja, was eigentlich? Da muss ich passen, das gebe ich zu. Aber du hintergehst sie genauso wie die Dämonenjäger. Und dann haben wir da noch deine Kontaktperson im Untergrund, die auch gut daran täte, dir nicht ihr Vertrauen zu schenken, denn der Gestaltwandler wird wohl bald entbehrlich werden für alle Beteiligten."

Blue hörte sich alles kommentarlos an und sah Lucien nicht in die Augen. Er hatte in jedem Punkt recht, was ihn in eine schlechte Verhandlungsposition brachte, und nichts hasste Blue mehr. „Du kannst mir gar nichts", zischte er. „Also spiel dich nicht so auf, bloß weil wir in der Kiste waren."

Lucien hob überrascht die Brauen. „So, findest du? Hm, lass mich überlegen."

Er tippte sich mit dem Zeigefinger an die Lippen und dachte angestrengt nach. Dann sah er Blue verwundert an und meinte: „Du hast recht. Abgesehen davon, dass ich den Lux Sangui sagen kann, dass sie einen Dolmenwächter in ihren Reihen haben, Kaliste flüstere, dass dein Deal ein großer Fake ist und nebenbei den Gestaltwandler schon mal beseitige, obwohl du ihn derzeit noch brauchst. Das würde den Einsatz für dich ein wenig erhöhen. Aber sonst kann ich dir in der Tat gar nichts." Er lächelte Blue an. „Sieht also so aus, als hättest du nichts zu befürchten."

Zähneknirschend gestand Blue sich ein, dass Lucien nicht so einfach einzuschüchtern war und sich noch weniger hinters Licht führen ließ. Er brauchte dringend einen Trumpf, den er ausspielen konnte. Etwas, womit sich der Kerl in die Schranken weisen ließ. Blue dachte angestrengt nach, ging all die Bilder, die so schnell an ihm vorbeigerast waren, einzeln durch, konzentrierte sich, bis ihm der Schädel pochte. Er presste die Fingerknöchel gegen die Schläfen, senkte den Kopf und schloss die Augen.

„Wenn du ein Aspirin brauchst, lass es mich wissen", bemerkte Lucien kühl.

Steck dir dein Aspirin sonst wo hin, dachte er. Es musste doch auch bei Lucien etwas geben, das man als Schwachpunkt bezeichnen konnte. Da kam ihm die rothaarige Furie in den Sinn, wegen der ihn Rybing zusammengefaltet hatte, und was er während dieses Trips über sie und Lucien erfahren hatte. Natürlich war es auch möglich, dass Lucien mitbekommen hatte, was er über die Kleine wusste und was für eine Rolle sie in Kürze spielen sollte, doch bei so viel Pech heute Nacht musste er doch wenigstens ein Mal Glück haben. Auf jeden Fall war es den Versuch wert. Langsam hob er den Kopf und funkelte Lucien an, der seinen Blick interessiert, aber gelassen erwiderte.

„Ich kenne deine rothaarige Hexe", sagte Blue grinsend. „Hab sie neulich getroffen, als sie diesem Gestaltwandler an den Kragen wollte. Die hat eine Stinkwut auf den. Die Lux Sangui sind deswegen in Aufregung, weil sie befürchten, die Kleine könnte ihn plattmachen, ehe ihre Pläne aufgehen. Mich kümmert das, wie du richtig erkannt hast, wenig, wenn ich meine Schäfchen vorher im Trockenen habe. Aber ich möchte wetten, das Mädchen hat keine Ahnung von den Plänen, die du mit ihr schmiedest. Was mich zu der Überzeugung bringt, dass sie auch eine Stinkwut auf dich bekommt, wenn sie die ganze Wahrheit erfährt. Also das, was du ihr noch nicht gesagt hast." Falls er überhaupt nah genug an sie rankam, um ihr davon zu erzählen, aber dieses kleine Detail musste er seinem Gegenüber ja nicht auf die Nase binden.

Abermals lachte Lucien, es klang kein bisschen beunruhigt. Das brachte Blue ins Schwitzen. Offenbar konnte ihn auch das weder beeindrucken noch einschüchtern.

„Du bist ja fast so gerissen wie ich. Das gefällt mir." Er grinste Blue weiter an, aber in den Tiefen seiner Augen funkelte es dämonisch. Ihm war klar, dass er in der Patsche saß, aber noch gab er nicht kampflos auf. „Nein, sie weiß in der Tat nicht viel", gab Lucien zu. „Und ich bin sicher, dass sich daran auch nichts ändern wird."

„Ach tatsächlich?", fragte er herausfordernd, was mit einem Nicken beantwortet wurde.

„Wir haben beide viel zu verlieren und viel zu gewinnen. Jeder von uns kennt jetzt ein paar Geheimnisse des anderen, die besser verborgen bleiben sollten. Ich glaube, das nennt man ein Patt. Also lass uns einen Handel machen. Du willst nicht, dass die Lux Sangui, die Ashera oder unsere Königin erfahren, was für ein Spiel du treibst. Und ich möchte nicht, dass meine Pläne vorzeitig auffliegen. Weder gegenüber Melissa noch gegenüber Kaliste. Wir können Verbündete sein."

„Willst du mir etwa weismachen, du vertraust mir?" Jetzt musste Blue schmunzeln. Das konnte Lucien nicht wirklich glauben. Sie waren eine Gefahr füreinander. Beide, da gab er ihm recht. Aber genau deshalb würde dieser Vampir sicher alles daransetzen, dass er ihn nicht verriet. Er war in seiner Nähe in Gefahr, und was ihn am meisten ärgerte, war, dass er die Stärke seines Gegenübers nicht einschätzen konnte. Auch nicht nach dem, was sie miteinander geteilt hatten. Das machte ihn angreifbar. Blue hasste das Gefühl, wie die Maus in der Falle zu sitzen.

„Ich will dir gar nichts weismachen", gab Lucien freundlich zurück. „Aber ich halte dich nicht für einfältig und leichtsinnig. Du wirst nicht so dumm sein, dich mit mir anlegen zu wollen. Zumal du nicht weißt, was ich dir entgegensetzen kann. Aber ich kann dich beruhigen, mir geht es mit dir ähnlich."

„Vielleicht überschätzt du dich auch. Wenn du keine Ahnung hast, wie gut ich bin."

Lucien neigte den Kopf zur Seite und schürzte tadelnd die Lippen. „Weißt du, ich müsste mich gar nicht selbst um dich kümmern, Dolmenwächter. Ich müsste nur zu meiner Königin gehen und ihr von deinem Verrat erzählen. Von ein paar winzigen Hintergründen, auf die ich einen Blick erhascht habe. Es würde sich für mich lohnen, denn im Moment stehe ich nicht allzu hoch in ihrer Gunst. Das ließe sich damit ändern. Aber eigentlich will ich nicht zu ihr gehen."

Seufzend musste Blue eingestehen, dass er im Augenblick keine andere Wahl hatte, als sich auf Lucien einzulassen.

„Also gut, was schlägst du vor?"

Zufrieden erhob sich Lucien von seinem Stuhl und kam zu Blue ans Bett.

„Arbeite mit mir zusammen. Führe unsere Königin weiter an der Nase herum. Das hattest du ja sowieso vor. Aber pass auf, dass sie dir nicht auf die Schliche kommt."

„Das wird sie nicht."

Lucien schüttelte den Kopf. „Unterschätze sie nicht. Kaliste ist gerissener als wir alle zusammen. Ich weiß das, denn ich übe mich seit fünftausend Jahren darin, sie hinters Licht zu führen. Wenn sie merkt, dass du dich gegen sie stellst, können dich auch deine Tore nicht mehr retten."

„Was springt dabei für mich raus?" Es musste schon ein bisschen mehr als nur Luciens Schweigen sein, damit er den Deal für interessant befand.

„Meine Loyalität und mein Schweigen. Und wenn du mir sagst, warum du Kaliste Honig um ihre kalten Lippen schmierst, finden wir sicher einen Weg, dir zu verschaffen, was du begehrst. Ohne auf Kaliste oder deine Dämonenjägerfreunde angewiesen zu sein."

✼

„Guten Tag, Franklin. Es tut mir leid, dass ich unangemeldet erscheine. Ich hoffe, ich störe Sie nicht."

Franklin schlug das Herz bis zum Hals. Er war froh, dass Melissa noch immer in Miami weilte und somit außerhalb der Gefahrenzone. Wenn der Waffenmeister der Lux Sangui höchstpersönlich bei ihm vorsprach, bedeutete das nichts Gutes.

„Nun, Donald, Sie wissen selbst, dass der Untergrund momentan sehr aktiv ist. Von den Attentaten in Miami ganz zu schweigen. Alles ist in ziemlichem Aufruhr und ich bin daher beschäftigt. Aber das geht Ihnen sicher nicht anders. Also, wie kann ich Ihnen helfen?"

Rybing nahm ungefragt Platz und musterte Franklin mit unergründlicher Miene. „Das mit diesen Attentaten ist eine schlimme Sache. Ich komme gerade von dort, habe eins selbst miterleben müssen. Ihre ... Tochter ist auch noch dort, nicht wahr?"

„Das wissen Sie, Donald. Und es bestünde auch sonst kein Grund, es abzustreiten."

Der Waffenmeister lächelte entschuldigend. „Macht der Gewohnheit, Franklin. Verzeihen Sie bitte. Deshalb bin ich nicht hier. Ich wollte Sie nur informieren, dass unser Kontaktmann, den wir mithilfe des Gestaltwandlers Cyron Gowl in den Untergrund eingeschleust haben, in Kürze in London ankommen wird. Die neuesten Entwicklungen machen dies erforderlich. Cyron ist nicht mehr sicher in Miami."

Franklin witterte eine Falle, auch wenn sie noch nicht offenkundig vor ihm lag. Er hoffte, seine Unruhe möge nach außen nicht so deutlich sichtbar sein, wie es sich anfühlte. „Es ist mir bekannt, dass er bei dem ersten Anschlag auch anwesend war. Diese Angriffe versetzen uns alle in Alarm. Unbekannte Waffen und Munition, offenbar genau definierte Ziele und immer ein Einmannkommando."

Sein Gast winkte ab. „Ja, ja, eine sehr ärgerliche Angelegenheit. Aber sorgen Sie sich nicht, wir kümmern uns bereits darum. Es besteht kein Grund, warum sich die Ashera damit belasten sollte."

Franklin räusperte sich. Rybing glaubte doch wohl nicht allen Ernstes, dass sich die Ashera so einfach in die Schranken weisen ließ. Was wollte er wirklich und was hatte er vor? Ihm fiel auf, dass nicht nur er nervös war. Rybings Augen waren unstet, in seinem Mundwinkel zuckte ein Nerv, auf seiner Stirn stand ein kaum merklicher Schweißfilm. Musste er etwas vertuschen? Wollte er deshalb keine Mitwisser oder Ordensfremde, die ermittelten?

„Donald, Ihr Engagement in Ehren, doch Sie werden verstehen, dass sich die Ashera nach wie vor nicht in ihrer Arbeit behindern lässt. Die Lux Sangui sind nicht die Einzigen ..."

Rybing unterbrach ihn energisch. „Ist mir alles bekannt, Franklin. Unterschätzen Sie nicht unseren Einfluss." Er lachte humorlos. „Ich bin wie gesagt nur hier, um Ihnen mitzuteilen, dass Cyron bald nach London reisen wird. Falls Ihre Tochter also in naher Zukunft Heimweh bekommen sollte, sorgen Sie dafür, dass es keine Probleme mit ihr gibt. Ich habe es Ihnen bereits gesagt, sie steht unter Beobachtung. Man kann einem Vampir nicht trauen."

Er machte eine Pause und setzte eine gönnerhafte Miene auf. „Ich verstehe Sie ja, es war immerhin einmal ihre Tochter. Aber die Lux Sangui werden unter keinen Umständen dulden, dass unsere Operation gefährdet wird. Da erwarte ich volle Unterstützung seitens der Ashera. Vor allem in Bezug auf Miss Ravenwood."

Franklin fühlte Zorn aufwallen, doch er wusste, er durfte nicht ablehnen. Auch um Melissas willen nicht. Das hätte die Situation unnötig zugespitzt.

„Selbstverständlich. Wir haben nichts zu verbergen. Ich bin sicher, meine Tochter wird Ihrem Mitarbeiter mit Respekt begegnen, wenn es zu einem Kontakt kommen sollte. Sonst noch etwas?"

„Nein, für den Moment nicht. Ich werde noch in London bleiben, bis Blue angekommen ist, damit ich Sie miteinander bekannt machen kann." Rybing lehnte sich auf seinem Stuhl zurück und faltete die Hände vor der Brust. „Wir wollen doch im Grunde beide dasselbe, Franklin. Auch wenn wir unterschiedliche Wege einschlagen."

Mit dieser Masche fing er ihn nicht. Aufgesetzte Freundlichkeit und ein Trugbild von Verbrüderung. Franklin erhob sich steif, was Rybing im Sinne der Höflichkeit keine andere Wahl ließ, als es ihm gleichzutun. Grußlos drehte er sich um und verließ den Raum. Nachdem die Tür hinter ihm ins Schloss fiel, atmete Franklin auf und ließ sich kraftlos nieder. Er konnte nur hoffen, dass Armand recht behielt und Melissa sich nicht zu überstürzten Handlungen hinreißen ließ. Gut, dass sie in Miami war.

✳

Bevor ich nach London aufbrach, wollte ich mich von Lucien verabschieden. Er hatte mir vor dem Tor nach Darkworld gestanden, dass er schon immer wusste, welches Schicksal mir bestimmt war und deshalb gezielt mein Leben manipulierte, soweit es ihm nötig erschien, um mich vorzubereiten – und sich eines gewissen Vorteils zu versichern. Das konnte ich ihm übel nehmen, aber andererseits hatte er mir auch das Leben gerettet, als er Sylion tötete und viel riskiert, indem er sich gegen Kaliste stellte.

Ich fand, er hatte ein Recht zu wissen, dass Tizian die Zeit für gekommen hielt. Vielleicht gab er mir noch ein paar Tipps und Ratschläge auf den Weg. Was ich nicht beabsichtigte, war ihm zu sagen, was zwischen Tizian und mir gelaufen war – oder auch nicht. Es machte mich wahnsinnig, keine klare Erinnerung daran zu haben. Klar war nur, dass ich viel Blut von Tizian getrunken hatte, und auch das ging Lucien nichts an.

„Kommst du, um Abschied zu nehmen?", fragte mein Lord, während er mich aufmerksam betrachtete.

Fiel ihm etwas auf? Ich straffte mich, bemüht, meine Zweifel nicht nach außen dringen zu lassen. „Das könnte man so sagen, ja. Ich werde mit Armand für eine Weile nach London gehen."

Lucien verzog das Gesicht. Wie immer wusste mein Lord besser Bescheid als mir lieb war. „Und das, wo diese Dämonenjäger ein Auge auf dich haben? Hältst du das für klug? Hier stündest du unter meinem Schutz."

„Ich habe zu Hause genug Schutz, danke."

Er schüttelte den Kopf und seufzte. „Warum löst du dich nicht endlich von dem, was hinter dir liegt? Mit jedem Jahr hoffe ich, dass du deine Menschlichkeit endlich abstreifst, aber es bleibt immer noch zu viel davon in dir zurück."

„Das ist meine Sache." Ich wollte nicht schon wieder mit ihm darüber streiten. Das hatten wir zur Genüge getan, und es änderte nichts. „Was kannst du mir über die Sache mit der Schicksalskriegerin sagen? Was bedeutet das für mich?"

Damit weckte ich sein Interesse. Er betrachtete mich einen Moment nachdenklich, dann füllte sich sein Blick mit Wärme und Stolz. „Ah, es ist also so weit, ja? Es beginnt."

„Tizian war bei mir und sagte das. Aber ich habe Angst, Lucien. Ich weiß immer noch nicht, was auf mich zukommt. Ganz im Gegensatz zu meiner Gegnerin."

Er nahm mich in die Arme und drückte mich beruhigend an sich. „Angst solltest du nicht haben, *thalabi*. Es ist dein Schicksal, und ich bin sicherer denn je, dass du ihm gewachsen bist."

Seine Fürsprache ließ einen Kloß in meiner Kehle entstehen, ich spürte, wie mir Tränen in die Augen stiegen. Meine Furcht und seine unumstößliche Überzeugung bildeten keine gute Mischung für mein angespanntes Nervenkostüm. „Aber was ist es, dem ich deiner Meinung nach gewachsen bin? Was muss ich tun? Wie? Und warum rettet mich Kaliste erst, wenn sie mir jetzt nach dem Leben trachtet?"

Das passte alles nicht zusammen. Ich wusste zwar, dass sie eine Intrigenspinnerin war und dass ich sie mir nicht zur Freundin gemacht hatte, indem ich anfing, ihr zu misstrauen, offen gegen sie zu intervenieren, aber so richtig verstand ich das alles nicht.

Er wiegte mich zärtlich und lachte leise. So nah wie in diesem Augenblick fühlte ich mich ihm schon lange nicht mehr. Ein Halt, wenn auch vielleicht ein trügerischer. Einer, der mir helfen konnte, wo keiner sonst mehr weiter wusste. Trotz der Tränen, die unaufhörlich über meine Wangen strömten, kehrte eine erwartungsvolle Ruhe in mir ein.

„Du bist reinblütig. Gehörst nur einem, sterblich wie unsterblich. Und du stammst von ihrem Blut, dem älteren der beiden Geschwisterlinien. Das verleiht dir eine Kraft, über die du dir selbst noch immer nicht im Klaren bist." Er schob mich ein Stück von sich weg, um mein Gesicht mit dem Zeigefinger zu heben, damit ich ihn ansehen musste. „Es ist mehr als an der Zeit, deine Skrupel zu verlieren, denn du darfst nicht zögern, wenn du deinem Schicksal begegnest. Wenn einer Kaliste aufhalten kann, dann du. Das ist dir bestimmt. Du bist Tizians Hoffnung, das wissen beide. Darum bemühte sich Kaliste um dich, doch du warst zu stark für sie. Und du wirst es wieder sein. *Thalabi*, ob man es Schicksalskriegerin nennt, oder diesen antiquierten Begriff beiseitelässt, unser aller Schicksal ruht in dir. Nur das zählt."

„Warum bin ich, was ich bin?", fragte ich verzweifelt. Ich war doch auch nur ein Mensch, der den Blutkuss empfangen hatte. Warum war ich so besonders?

„Weil Tizian dich liebt", sagte Lucien sanft und sah mich mit diesem unergründlichen Gesichtsausdruck an.

Ich erschrak, meine Tränen versiegten. Hoffentlich stand mir nicht allzu deutlich ins Gesicht geschrieben, was vor wenigen Tagen geschehen war. Wie viel wusste Lucien bereits? Spürte er das Bruderblut in mir? Stärker als nach diesem einen Tropfen aus meiner Sterblichkeit oder meiner Affäre mit Steven?

„Mir war es schon damals bewusst", fuhr Lucien ungerührt fort, beobachtete mich genau. „Als du herkamst, halb Sterbliche, halb Vampir, mit der Hoffnung, ich könnte noch aufhalten, was seinen Weg genommen hatte. Lange, bevor du mir davon erzählt hast, dass er dir in New Orleans begegnet war, wusste ich, dass Tizian dich erwählt hat. Sein mächtiges Blut in dir war so präsent, dass es mich fast verbrannte. Dass ich fast nicht wagte, zu tun, was ich tat, aus Angst vor der Verbindung der beiden Blutdämonen. Doch in dir schlummerten sie bereits ohne eine Konsequenz."

„Es war nur ein Tropfen", sagte ich, während mir das Herz bis zum Halse schlug und ich bangte, ob er es hörte.

„Ein Tropfen", wiederholte er, „und er schenkte dir die Macht der Welt. Deshalb bist du, was du bist. Er hat dich auserwählt und gezeichnet. Er wusste, dass du etwas Besonderes bist. Und du bist sein, auch wenn du ihm nie gehörst, dem Blut seiner Schwester entstammst und dein Herz an jemand anderen gabst. In dir fließen beide Linien in ihrer reinsten Form. Ohne jede Gefahr. Weil du noch sterblich warst, als er es dir gab. Als er bereits wusste, dass du in ihrem Blut in die Nacht geboren würdest. Es ist außergewöhnlich. Und das weiß jeder Vampir auf dieser Welt, wenn er dir begegnet."

Er klang ehrfurchtsvoll und das war bei Lucien selten. Umso mehr beunruhigte es mich.

„Ich weiß", begann er mit einem sardonischen Lächeln und seine Augen wurden schmal. Ich zuckte zusammen, erstarrte wie ein Kaninchen vor der Schlange. „Dass du nicht versagen wirst. Genauso sicher, wie Tizian es weiß. Also zweifle nicht an dir, wenn es jetzt beginnt. Es war nur eine Frage der Zeit, und ich ahne schon seit einer Weile, dass es nicht mehr lange auf sich warten lässt."

*

„Ah! Ist das nicht herrlich? Britischer Regen." Blue breitete die Arme aus und reckte das Gesicht gen Himmel.

„Ganz traumhaft", kam die mürrische Antwort seines Begleiters.

Grinsend schielte Blue zu ihm hinüber, amüsierte sich über die Grimasse, die Cyron zog. Er war das wärmere Klima in den Staaten gewohnt, vorrangig in Miami, wo er die letzten Jahre lebte und agierte.

„Meine Leute haben ein hübsches Quartier für Sie ausgesucht. Wird Ihnen gefallen. Vor allem trocken." Er lachte und klopfte Cyron aufmunternd auf die Schulter, der diesmal wie ein typischer Buchhalter aussah. Klein, schmächtig, verhärmte Züge und Brille auf der Nase. Dass seine Nervosität ihn ständig an dem Koffer in seiner Hand herumnesteln ließ, unterstrich das Bild noch. Blue hatte keine Ahnung, wo er die Inspiration zu dieser Tarnung herhatte, es interessierte ihn auch nicht. Aber an Unauffälligkeit war es kaum zu überbieten.

„Sehen Sie's positiv. Hier gibt es noch keine Anschläge auf den PU oder dessen Anhänger. Allemal sicherer als Miami, wo der Hexenkessel zu brodeln anfängt."

„Ja, ja, das haben Sie mir nun oft genug gesagt. Ich hab ja ohnehin keine Wahl, also lassen Sie uns nicht unnötig Zeit vertrödeln."

Blue sollte es recht sein, wenn der Gestaltwandler es eilig hatte. Länger als nötig musste er mit diesem mies gelaunten Kerl nicht zusammen sein. Er suchte ein Taxi aus, verstaute das Gepäck im Kofferraum und nannte dem Fahrer eine Adresse in den Randbezirken Londons. Dort angekommen entpuppte sich der neue Unterschlupf als Mittelklassehotel. Kein Luxus, aber um Längen besser als Cyrons selbst gewähltes Versteck in Miami in einem alten Abbruchhaus.

„Behalten Sie hier besser Ihre Gestalt bei, sonst könnte es zu unangenehmen Fragen kommen", riet Blue.

„Halten Sie mich für blöd?"

Blue antwortete nicht, zuckte nur die Schultern und grinste.

„Ich finde es nicht besonders klug, dass der Taxifahrer weiß, wo ich untergebracht bin. Er könnte ein Spitzel sein."

Er musste an sich halten, um den Gestaltwandler nicht zu schütteln. Der litt echt unter Paranoia. „Klar, London steckt voller Spitzel, die nur drauf gewartet haben, dass wir beide aufkreuzen." Er kniff die Augen zusammen. „Wovor haben Sie eigentlich so viel Schiss? Der Untergrund ist nicht hinter Ihnen her, Kaliste hat auch einen Nutzen durch Sie, der Orden beschützt Sie. Also woher die Panik? Nur wegen einer kleinen Rothaarigen?"

„Sie haben doch keine Ahnung."

Da mochte er recht haben, und Blue hätte nichts dagegen gehabt, wenn sich das ändern würde. Doch zwischen Melissa Ravenwood und ihnen lag jetzt der große Teich. Was war so Besonderes an dieser Frau? Außer, dass sie ein Vampir war, natürlich.

„Hey Mann, wir sind Touristen. Die lassen sich in ihr Hotel fahren. Weder ungewöhnlich noch verdächtig. Und das Taxi hab ich völlig wahllos am Flughafen gemietet. Der ist ja nicht auf uns zugestürmt. Jetzt entspannen Sie sich mal. Im Wetterbericht für morgen steht was von Sonnenschein, dann schauen Sie sich einfach ein bisschen die Stadt an. Das bringt Sie auf andere Gedanken. Hier sind Sie in Sicherheit und niemand weiß, wie Sie aussehen."

„Außer Ihnen."

„Meine Lippen sind versiegelt", gab er zuckersüß zurück. Dieser Job war echt zum Kotzen. Wieso hatte er sich eigentlich darauf eingelassen, Kindermädchen zu spielen? Ach ja, weil er gedacht hatte, das sei einfacher, als Dämonen zu killen. Schwerer Irrtum. Passierte ihm kein zweites Mal. Und der Kerl sollte von Sylion ausgesucht worden sein, um bei der Öffnung von Darkworld mitzuhelfen? Schwer zu glauben, wo er sich vor seinem eigenen Schatten erschreckte. Er hatte bisher gedacht, für so ein Komplott müsste man abgebrüht und cool sein. Jemand wie er eben. Nicht so eine Witzfigur wie Cyron Gowl. Sollte der wirklich mal so überheblich und selbstgefällig gewesen sein, wie Rybing erzählte, musste er ein heftiges Trauma durchlebt haben, um sich in einen solchen Jammerlappen zu verwandeln.

Während er Cyron die Koffer bewachen ließ, holte er den Zimmerschlüssel von der Rezeption.

„Ich hoffe doch sehr, wir teilen uns kein Zimmer."

Darin zumindest konnte er ihn beruhigen. „Ich hab früher hier gelebt. Hab genug Anlaufpunkte. Im Gegensatz zu Ihnen muss ich mich nicht verstecken. Sie haben die Suite also ganz für sich."

Lange wollte er sowieso nicht bleiben, da er noch zu einem Treffen mit Rybing musste, der plante, ihn in Gorlem Manor vorzustellen. Blue war schon gespannt auf Franklin Smithers. Und vielleicht auch demnächst auf ein Wiedersehen mit der Rothaarigen, die sicher momentan nicht gut auf ihn zu sprechen war. Konnte er ja nicht ahnen, wen er da vor sich hatte, so kopflos, wie die Lady hinter Cyron hergeschossen war. Nach Rybings Offenbarung und der Tatsache, dass sie Luciens Schützling war, hatte er sich über Melissa Ravenwood informiert. Er musste gestehen, dass er von ihr angetan war. Durchaus denkbar, dass Lucien recht hatte und sie zum Zünglein an der Waage im Geschwisterstreit der Vampire wurde. Irgendwie schon irre, dass die Schwester nicht mit ihrem Bruder konnte. Kam zwar in den besten Familien vor, aber die Welt sollte groß genug sein für zwei Blutlinien. Allerdings musste er zugeben, dass die Lady so ihre Tücken hatte. Er war auf der Hut.

Nach dem Besuch der Sixtinischen Kapelle hatte sich das Verhältnis zwischen Dracon und seinem dunklen Sohn verändert. Er war noch immer gekränkt, wie Warren über ihn dachte. Außerdem fragte er sich mehr denn je, ob Mel ihn auch so sah. Möglich, dass Warrens Gedanken daher rührten, denn sie hatte ihn sicher gewarnt und ein bestimmtes Bild von ihm gemalt. Es ärgerte ihn – in mehrfacher Hinsicht.

Einerseits wollte er nicht, dass sie ihn so sah. Andererseits wollte er aber auch nicht, dass er plötzlich ein Gewissen bekam und verweichlichte. Für ihn war klar, dass ein Vampir böse, listig und ohne Mitleid handelte. Seine Intelligenz darauf verwendete, seine Opfer zu umgarnen und zu täuschen, sich an ihrer Angst und ihrem Schmerz weidete. So hielt er es seit seiner Geburt in die Dunkelheit. Einiges hatte Lucien ihm vorgelebt, mit seinem Sadismus jedoch beabsichtigte er bewusst, sich von seinem dunklen Vater zu unterscheiden. Und er hatte es genossen.

Das letzte Mal, wo er auf diese Art gejagt und den Tod seines Opfers hinausgezögert hatte, war ewig her. Er hielt sich schon viel zu lange zurück. Natürlich wusste er, warum. Dass er hoffte, in Melissas Ansehen zu steigen, wenn er seine Triebe kontrollierte und den Hunger nach Blut auf gnädige Weise stillte. Aber gebracht hatte es ihm nichts. Alle sahen weiterhin den bösen Buben in ihm. Er war es leid, um eine Gunst zu buhlen, die man ihm offenbar ohnehin nie gewähren würde. Unerwiderte Liebe schmeckt bitter, sie wärmt nicht.

„Ich glaube, es wird allmählich Zeit für deine nächste Lektion", sagte er zu Warren und blickte auf die Stadt hinaus, die sich ebenso wie er und sein junger Schüler auf die Nacht vorbereitete.

Warren zeigte sich aufmerksam und interessiert. Seit seinem Fauxpas war er bemüht, diesen wieder gut und es seinem dunklen Vater recht zu machen. Dennoch zweifelte Dracon, ob das, was er plante, seinen Zögling nicht abschrecken würde. Eine Bewährungsprobe für den Dämon in ihm.

Entgegen den Gewohnheiten der letzten Tage, in denen Dracon großen Wert auf ein verführerisches Aussehen gelegt hatte, um leichter an ein Opfer zu kommen, wählte er heute zweckmäßige Garderobe, die ihn außerdem gefährlich und düster wirken ließ. Optische Spielereien dieser Art mochte er immer schon. Auch Warren wurde entsprechend ausgestattet. Schwarz, Leder auf nackter Haut, Lippen und Augen dunkel geschminkt. Zufrieden begutachtete er sie beide im Spiegel. Jetzt entsprach er wieder dem, was Warren in ihm sah.

„Wir werden die Jagd heute wörtlich nehmen", erklärte er. „Bleiben in den Schatten und suchen ein Opfer, das wir hetzen, bis es nicht mehr fliehen kann."

In Warrens Augen spiegelte sich eine Mischung aus Schreck und Erregung. Er verstand, dass es diesmal um mehr als Blut ging. Nicht die schlechteste Ausgangslage.

Wenn die Verdeutlichung seiner Pläne Warren ängstigte oder ekelte, so merkte man ihm das nicht an. Im Gegenteil. Er war nicht sicher, ob er sich nur wieder bei ihm einschmeicheln wollte oder ob der Dämon tatsächlich so viel Kraft in ihm erlangt hatte. Auf jeden Fall war Warren bei der Sache, achtete auf die Attribute, die einen Menschen zum perfekten Opfer ihrer heutigen Jagd machten. Weiblich, jung, unsicher und vor allem allein.

Sie huschten über Häuserdächer, spähten aus Hauseingängen und Hinterhöfen und verständigten sich telepathisch miteinander. Hier zeigte sich Warrens Unerfahrenheit, denn auch wenn jemand auf den ersten Blick geeignet schien, verriet ein tieferer Blick in die Seele Dracon schnell, dass es noch längst nicht das war, was er suchte.

In der Piazzale Flaminio nahe dem Eingang zum Park der Villa Borghese entdeckte er sie dann. Eine Studentin, neunzehn und fernab der Heimat. Neu und daher noch ohne Freunde. Sie war allein unterwegs, trug einen Stapel Bücher unter dem Arm. Vielleicht wollte sie noch in den Park, auch wenn das nicht ungefährlich war. Selbst dann, wenn man Vampire außer Acht ließ. Ein zufriedenes Lächeln glitt über Dracons Gesicht. Sie war perfekt.

Er gab Warren ein Signal und folgte ihr lautlos. Tatsächlich bog sie in den Park ein, spielte ihnen in die Hände. Leichter ging es kaum mehr. Das Mädchen steuerte gezielt einige der Statuen und Brunnen an und skizzierte diese, machte sogar ein paar Fotos. Vermutlich eine Kunststudentin. Manche von denen hatten einen Hang zur Nacht, weil die Bilder dann einen bestimmten Ausdruck bekamen. Er ließ sie keine Sekunde aus den Augen. Warren schloss sich ihm an, auch in seine Augen trat die Gier des Jagdfiebers. Ein schlanker Leib mit weiblichen Rundungen. Dracon konnte sich bereits ausmalen, wie sie sich unter ihm winden würde, ihr Herz im Stakkato schlug vor Angst.

Als er zu Warren schaute, leckte der sich gierig über die Lippen, war schon nicht mehr in dieser Welt. Er durfte auf keinen Fall vorschnell agieren und damit den Erfolg vereiteln. Darum packte Dracon ihn am Arm.

„Du hältst dich zurück. Schneide ihr nur den Weg ab, wenn sie vor mir flieht. Erschreck sie und mach ihr Angst, aber rühr sie nicht an, bis ich es dir sage, verstanden?"

Warren nickte mechanisch ohne Dracon anzusehen. Seine Nägel bohrten sich in Warrens Fleisch, erst da zuckte er zusammen und riss sich von dem Anblick los. „Ja, verstanden."

„Gut!"

In einem Bogen näherte er sich seinem Ziel. Ob sie direkt davonlief? Wenn sie unerwünschte Annäherungen vermutete, war sie darauf vorbereitet. Dann konnte Pfefferspray auch für Vampire unangenehm werden. Courage besaß sie allemal, sonst ging man nicht nachts allein in den Park, wo sich einige zwielichtige Gestalten herumtrieben.

„Hallo Engelchen", sprach er sie an.

Sie wirbelte herum, seine Vermutung war richtig gewesen. Ihre Hand glitt in die Tasche, aber er kam ihr zuvor. Mit einem Satz überwand er die fünf Meter, die sie trennten, schlug ihr die Dose aus der Hand und trat sie in die Dunkelheit davon.

„Das wäre aber nicht nett gewesen."

Ihre Augen weiteten sich. Sie ließ ihren Block fallen, gefolgt von der Kamera. Rückwärts wich sie ihm aus, blickte sich Hilfe suchend um. Dracon schüttelte mit geschürzten Lippen den Kopf.

„So geht man doch nicht mit teuren Apparaten um."

Er hob die Kamera auf. „Bitte lächeln." Der Blitz erhellte für eine Sekunde den Park, blendete das Mädchen, sodass es die Arme vors Gesicht hob.

Beide erstarrten in ihrer Bewegung. Er lauernd, sie zitternd. „Buh!", machte er.

Sie reagierte wie erwartet, drehte sich um und wollte fliehen, aber da sprang Warren aus den Schatten vor sie. Der Ausdruck in seinem Gesicht, der nackte Hunger mit dem er ihren Körper verschlang, ließ sogar Dracon einen Schauder über den Rücken laufen.

Die Kleine schrie auf, wendete sich nach links und rannte los. Dracon und Warren grinsten sich an, ließen ihr einen Vorsprung und schlugen dann einen entgegengesetzten Bogen, um sie etliche Meter weiter erneut zu stoppen. Diesmal fasste Warren sie an den Armen, hielt sie fest und ließ seine Zunge über ihren Hals gleiten. Sie wand sich in seinen Armen, zappelte, versuchte ihn zu treten, verfehlte aber ihr Ziel. Lachend ließ er sie los, schubste sie in Dracons Richtung, der sie geschickt auffing, ehe sie an ihm vorbeilaufen konnte. Mit einem tiefen Atemzug inhalierte er ihren Duft, ließ seine Hände über ihren Körper gleiten, um ihn zu erkunden und drückte sein Gesicht in ihr weiches Haar.

„Non! S'il vous plaît!", flehte sie, versuchte abermals, sich der Umarmung zu entwinden.

„Ah, eine kleine Französin. Wie nett." Dracons Lachen hallte düster durch den Park. Auch Warren kam wieder näher. Ihm gefiel sichtlich ihre Wehrlosigkeit. Genau das, was Dracon erhofft hatte. Er fühlte sich endlich wieder in seinem Metier. Diese Art zu jagen gefiel ihm, erinnerte ihn an die Zeit, bevor er Melissa begegnet war und sich alles änderte.

Verärgert schüttelte er den Kopf. Er wollte jetzt nicht an sie denken, an die Schuldgefühle, die ihre Verachtung in ihm hinterließen. Er wollte dieses süße tête-a-tête genießen.

„Laisse-moi donc tranquille!", wimmerte das Mädchen, wehrte sich aber nicht mehr.

Vermutlich hoffte sie, dass die beiden fremden Männer das Interesse verloren, ihr Gewalt anzutun. Je mehr sich ein Opfer zierte, umso stärker war der Reiz. Doch damit lag sie falsch. Er würde sie schon dazu bringen, sich wieder zu wehren. Seine Fangzähne traten hervor und er biss ihr unvermittelt in die Schulter.

Ihr Blut schmeckte süß, ihr spitzer Schrei verlor sich, als er ihr die Kehle zudrückte. Sie begann zu weinen, versuchte erfolglos, ihn von sich zu schieben, bis er sie schließlich wie einen Welpen im Nacken packte und Warren entgegenhielt.

„Ist sie nicht wunderschön?", fragte Dracon und strich dem Mädchen das lange, blonde Haar zurück.

Er trat einen Schritt zurück und überließ Warren das Feld, der nicht zögerte, sie sich zu greifen.

In seiner Unerfahrenheit fehlte ihm die Geduld, ihre Angst auf die Spitze zu treiben. Doch Dracon wollte nicht zu viel von ihm verlangen.

Warrens Hände glitten gierig über den jungen Körper, rissen Stoff entzwei und zwangen das Mädchen schließlich zu Boden, um es in Besitz zu nehmen.

Dracon schaute zu, versuchte das Schauspiel zu genießen, das sein junger Schüler ihm bot, sich davon anstecken zu lassen, um später selbst einzugreifen und ihre Folter auf die Spitze zu treiben. Doch stattdessen widerte es ihn mehr und mehr an, wie Warren über das Mädchen herfiel. Selbst der Blutgeruch reizte ihn nicht. Er blickte auf Warren, sah den Mann, der er vor vielen Jahren gewesen war, und ekelte sich vor sich selbst.

Sein Zögling war gefangen von diesem Spiel, das er zum ersten Mal im Leben spielte. Er riss dem Mädchen förmlich das Fleisch von den Knochen, um sich an ihrem Blut zu laben. Erstickte ihre Schreie, die bald ohnehin nur noch ein Gurgeln waren. Nahm die Studentin nur noch als Beute war, die seine Lust und seinen Hunger gleichermaßen stillen sollte.

Dracon hingegen sah die von Tränen verschmierte Wimperntusche auf ihren Wangen, die Todesangst in den weit aufgerissenen Augen. Er hörte ihren rasenden Puls, ohne dass dieser seinen Hunger entfachte, den rasselnden Atem, der kaum noch genug Luft in ihre Lungen pumpte, und empfand Mitleid.

„Hör auf!", fuhr er Warren an und rammte ihm beide Hände vor die Brust, dass er nach hinten fiel.

Unverständnis malte sich auf dessen Miene, vermischt mit der blinden Gier des Blutrausches. Dracon zitterte, war erschrocken über sich selbst. Er warf einen Blick auf das Mädchen, ihr Brustkorb regte sich nicht mehr. „Sie ist tot!"

Warren kam langsam wieder zu sich. „Hab ich … hab ich etwas falsch gemacht?"

Seine Unsicherheit bereitete ihm Übelkeit. „Nein", presste er hervor. Es war ihm egal, ob Warren ihm glaubte oder nicht.

Wortlos schaffte er die Leiche fort und kehrte dann in ihre Wohnung zurück. Warren folgte ihm widerspruchslos.

„Pack zusammen, was du mitnehmen willst, wir verschwinden von hier."

„Warum?"

„Wir gehen nach London. Es ist Zeit, heimzukehren."

*

Der Besuch von Donald Rybing mit seinem Begleiter kam nicht überraschend, war aber unbequem. Franklin wünschte, er könnte sich verleugnen lassen. Stattdessen ließ er die beiden Männer von Maurice in sein Arbeitszimmer bringen.

„Gib mir Bescheid, wenn unser neuer Mitarbeiter ankommt. Dann habe ich einen Grund, Rybing hinauszukomplimentieren."

Bei der ersten Begegnung mit dem Kontaktmann hob Franklin überrascht die Augenbrauen. Zwar war ihm bewusst, dass sich die Lux Sangui tarnten, doch dieser Mann sah nicht so aus, als würde er üblicherweise in feinen Anzügen herumlaufen. Seine Kleidung, Haltung und Statur passten zueinander, so wie sie waren. Er machte einen durch und durch authentischen Eindruck auf ihn. Auffallend war, dass er von Rybing offenbar nicht viel hielt. Einem Waffenmeister der Lux Sangui brachten dessen Mitglieder Respekt entgegen. Bei ihm war davon nichts zu sehen. Er machte es sich im Stuhl bequem, schlug lässig ein Bein über das andere, was Donald mit einem missbilligenden Blick quittierte, der unbeachtet blieb.

„Nun, Sie hatten mir Ihren Besuch bereits angekündigt. Blue nehme ich an?"

Er reichte dem Mann die Hand – ein kräftiger Händedruck, der eine energische Natur und Beharrlichkeit verriet. Zu gern hätte er ihn gebeten, in den Element-Sesseln Platz zu nehmen, doch in Gegenwart des älteren Sangui war das undenkbar.

„Wir haben Cyron Gowl in einem sicheren Quartier untergebracht. Ich hoffe, es ist auch noch sicher, nachdem ich Sie davon in Kenntnis gesetzt habe."

Franklin ließ sich nicht provozieren. „Ich werde diese Information höchst vertraulich behandeln. Allerdings muss ich darauf bestehen, dass auch entsprechende Vorkehrungen Ihrerseits getroffen werden, damit Ihr ‚Freund' hier keinen Ärger verursacht. London ist bislang relativ ruhig, und ich wäre froh, wenn das so bliebe."

„Aber mein lieber Franklin. Sie tun ja so, als hinge das allein von Cyron ab."

Er lächelte, denn sie wussten beide, dass dieser Gedanke nicht von ungefähr kam. „Cyron hat Kontakte nach ganz oben im Untergrund, das sagten Sie selbst. Und er lebt seit mehreren Jahren in Miami, wo — wie wir wissen — der Unruheherd am größten ist."

Rybing gab sich unbeeindruckt. „Faktisch stimmt das. Doch das können Sie genauso gut auf andere Individuen beziehen. Lebt dort nicht auch einer der Vampirlords? Unantastbar, wer weiß, wie lange noch."

Sein gespieltes Lachen verhieß nichts Gutes, doch Lucien war schlau. Um ihn machte sich Franklin keine Sorgen. Interessanter war die Reaktion von Rybings Begleiter, der Lucien offenbar zu kennen schien. Franklin war geübt darin, Leute zu lesen. Ein Weiten der Pupillen, die Lippen öffneten sich leicht, ein kurzes Zucken der Finger. Ja, er war sicher, dass Blue Lucien zumindest kannte, und zwar nicht nur vom Hörensagen. Aber soweit er wusste, hatte der Lord mit dem Untergrund nicht viel am Hut. Vorgeblich — bei Lucien wusste man nie.

Rybings Blick wurde lauernd, denn ihm fiel Franklins Nachdenklichkeit auf, als das Thema auf Vampire kam. Auch wenn er es falsch deutete, lenkte dies das Gespräch in eine unangenehme Richtung.

„Ist Ihre bezaubernde Tochter noch in Miami, Franklin? Es wäre unter den gegebenen Umständen angenehmer."

„Sie brauchen nicht um den heißen Brei zu schleichen", sagte Franklin energisch. „Ich finde Ihren geäußerten Verdacht absurd. Das sollte jeder vernünftige Mensch anhand der Vergangenheit erkennen."

„Ich bin ein sehr vernünftiger Mensch, Franklin", konterte Rybing warnend. „Meine Objektivität wird nicht durch Emotionen getrübt."

Franklin atmete tief durch, entschied, den Fehdehandschuh nicht aufzunehmen. „Wenn sie nach London zurückkehren sollte, werde ich mit ihr sprechen, damit es keine Schwierigkeiten gibt. Und Ihren Mitarbeiter darüber informieren."

„Schön! Es wäre auch nicht gut für Sie und Ihre Position, wenn Sie sie schützen, sollte sich unser Verdacht doch bestätigen."

„Meine Position lassen Sie meine Sorge sein. Solange ich nicht von entsprechender Stelle abberufen werde, habe ich das Sagen auf Gorlem Manor. Ich hoffe, das ist auch Ihrem Mitarbeiter bewusst."

Blue nahm zum ersten Mal sichtlich Anteil an der Unterhaltung, der er bisher mit gespieltem Desinteresse beigewohnt hatte. Er nickte und setzte ein höfliches Lächeln auf, doch Franklin traute diesem Mann nicht über den Weg.

„Was meine Tochter angeht", sagte er zu Rybing, behielt aber Blue im Auge, „können Sie gern ganz Gorlem Manor auf den Kopf stellen. Wir haben nichts zu verbergen. Melissa ist, wie ich sagte, nicht hier."

„Den Aufwand können wir uns sparen. Ich vertraue Ihnen. Und wenn sich etwas ändern sollte, Blue ist ja jetzt in der Nähe."

Beim Hinausgehen stieß Rybing mit Maurice zusammen.

„Entschuldigung, Franklin, aber Mr. Ash Templer ist angekommen. Er wartet in der großen Bibliothek. Soll ich ihm sagen, dass es noch etwas dauert?"

Franklin entging nicht der Blick von Rybings Begleiter und er hatte mit einem Mal ein ungutes Gefühl, dass er zugestimmt hatte, Ash Templer vom Mutterhaus in Madrid nach Gorlem Manor wechseln zu lassen. Jemand mit seinen Referenzen konnte in der angespannten Situation das Zünglein an der Waage sein und das Geschehen in die falsche Richtung ausschlagen lassen. Zumal er noch nicht einmal wusste, wie vehement Ash seine Standpunkte vertrat. Donald hingegen hob nur interessiert die Augenbrauen und wandte sich Franklin noch einmal zu.

„Guter Mann, dieser Templer. Dämonen sind sein Spezialgebiet, soweit ich weiß. Das ist ungemein beruhigend."

Franklin wollte darauf weder antworten noch sonst irgendwie eingehen. „Maurice, bring Mr. Rybing und seinen Begleiter bitte zur Tür. Ich kümmere mich um Mr. Templer."

„Danke, Maurice, wir finden allein hinaus."

Die Arroganz in der Stimme des Waffenmeisters ärgerte Franklin, mehr jedoch die unterwürfige Verbeugung von Maurice, der einen Respekt vor diesem Menschen zu haben schien, der für ein Mitglied der Ashera unangebracht war.

Hoffentlich hatte er sich mit Ash Templer nicht ein weiteres Problem ins Haus geholt. Im Moment hatte er mehr als genug.

*

Missmutig kaute Cyron auf einem Stück kalter Pizza herum. Er konnte geschmacklich keinen Unterschied zwischen Verpackung und Backware erkennen. Blues Empfehlung der Pizzeria war wortwörtlich zum Kotzen. Es widerte ihn an, also warf er die angebissene Pizza wieder in den Karton und spülte den

Brocken in seinem Mund mit einem Schluck Guinness hinunter. Wenigstes das war gut gekühlt und schmeckte.

Worauf hatte er sich da eingelassen? Ja, diese Kerle hatten sein Leben gerettet, als Kaliste ihn zum Sterben liegen ließ. Hatten sogar einen Weg gefunden, wie er es ihr heimzahlen konnte. Doch dieser Weg lief in irgendwelche Sackgassen. Weder Kaliste noch Melissa Ravenwood hatten was abbekommen, ganz zu schweigen davon, dass beide am Ende tot sein sollten. Aus seiner Sicht war es eine scheiß Idee, der Vampirkönigin auch noch Waffen zu beschaffen, egal aus welchen Quellen und zu welchem Zweck.

Ob Rybing wirklich darüber Bescheid wusste, wie Blue ihm versicherte? Er bezweifelte es. Dieser Kerl war so abgebrüht, dass er kein Risiko scheute. So jemand kochte lieber sein eigenes Süppchen. Er wusste das. Er war genauso gewesen. Bevor er mit aufgeschlitztem Leib und diesem Gift im Blut im Abwasser gelegen hatte. Dabei zusehen musste, wie sein Leben aus ihm hinausfloss, ohne dass ihm seine Fähigkeiten als Gestaltwandler hätten helfen können. Seine Erleichterung, als jemand kam, der ihn da rausholte, kannte keine Grenzen. Es war ihm scheißegal, ob Freund oder Feind, wenn er nur nicht sterben musste.

Mit beklemmendem Gefühl im Magen drehte er sich zum Spiegel am Wandschrank um. Übelkeit kroch hoch, der Schmerz aus seiner Erinnerung war greifbar — so real, als läge er immer noch sterbend im Dreck. Sein Spiegelbild verschwamm, als er seine Maskerade aufgab und für einen Augenblick seine wahre Gestalt annahm, die nichts mehr von ihrem einstigen Wesen besaß. Er war nie wirklich schön gewesen. Das spielte für ein Geschöpf, das sein Äußeres nach Belieben ändern konnte, auch keine Rolle. Doch es war vor Kalistes Versuch ihn zu töten, nie so unerlässlich gewesen wie jetzt, dass er sich tarnte und ein fremdes Antlitz trug. Wer konnte das noch ertragen, wenn er selbst kaum länger als einen Herzschlag hinsehen wollte?

Sein rechtes Auge wirkte verschoben und saß zu tief im Gesicht. Die Lippen waren gespalten, der Kiefer grotesk verbogen. Die Finger an seiner rechten Hand standen seitlich ab, der Ellenbogen war nach innen verdreht. Doch am meisten quälte ihn der Anblick seines Leibes. Er schob mit zitternden Fingern das Hemd nach oben und starrte auf die wulstigen Narben, den eingedrückten Brustkorb und die spitz hervortretenden Knochen seines Rippenbogens. In seinen Augen brannten Tränen. Entstellt. Auf ewig ein Krüppel. Daran war Melissa Ravenwood Schuld. Und Kaliste. Doch vor allem Melissa. Sie trieb mit allen ein falsches Spiel, verriet die Menschen ebenso wie die Kinder der Nacht. Nur ihr eigenes Glück im Blick — ihre Erhebung über alle anderen, wenn sie wieder einmal die Welt gerettet hatte.

Neben seinem Aussehen hatte dieses Miststück ihn auch noch um das letzte bisschen Stolz und Selbstachtung gebracht, das er besaß. Er war ein ebensolcher Verräter wie seine größte Feindin. So war das Leben. Es gab nichts umsonst, alles hatte seinen Preis. In seinem Fall kostete ihn sein Überleben nicht mehr und nicht weniger als seine Überzeugungen. Loyalität konnte man sich nicht leisten, wenn man vor der Wahl stand, draufzugehen oder sich selbst treu zu bleiben.

Cyron konzentrierte sich wieder und nahm die Gestalt des Buchhalters an, schlenderte zum Fenster und blickte auf die Straße. Er hatte die beiden Sangui gleich bemerkt. Man traute ihm nicht, rechnete damit, dass er türmte. Mit dem Gedanken gespielt hatte er. Die beiden Typen wirkten gelangweilt. Der eine biss in einen Hamburger, der andere rauchte. Sie behielten das Hotel und die umliegenden Straßen im Blick.

Er ließ die Gardine fallen und schaltete den Fernseher an, zappte durch die Kanäle. Pay-TV war gesperrt. Hätte ihn auch gewundert, wenn seine Gastgeber so großzügig gewesen wären. Vielleicht konnte er sich die Stadt ansehen und sein Schutzkommando schlich ihm nur hinterher. Es konnte auch sein, dass sie ihn sofort wieder auf sein Zimmer schickten wie einen ungezogenen kleinen Jungen. Das sollten sie mal versuchen. Er ließ sich nicht einsperren wie ein Verbrecher. Wer tat denn hier wem einen Gefallen?

Der Entschluss war gefasst, dieses Hotel verfügte bestimmt auch über einen Hinterausgang, an dem mit etwas Glück keine Wache postiert war. Er spähte in den Flur, keine Menschenseele zu sehen. Leichter als gedacht. Die Feuerleiter war ihm zu dramatisch, da bot der Lift in den Keller mehr Bequemlichkeit. Das Hotel besaß eine Tiefgarage mit separater Ein- und Ausgangstür. Perfekt!

Cyron war versucht, ein fröhliches Liedchen zu pfeifen, dass er seine Bewacher so einfach austrickste, doch als er die Tür der Garage öffnete, zuckte ein greller Blitz vor ihm. Im ersten Moment glaubte er an eine Überwachungskamera, durch den direkt folgenden Knall korrigierte er in Blendgranate. Die Erinnerung an den Anschlag im Leonardo's lebte wieder auf – war da etwa doch jemand gezielt hinter ihm her? Er schützte seine Augen und rannte los, keine Sekunde zu früh, denn direkt neben ihm schlug eine Kugel in den Betonpfeiler der Auffahrt ein. Funken stoben, Splitter flogen umher. Er nahm die Arme wieder runter und sprang hinter den nächsten Pfeiler, sah zurück, konnte aber niemanden entdecken. Dafür hörte er Schritte, die rasch näherkamen. Shit! Jetzt die Gestalt zu wechseln würde zu lange dauern, der Hall des Garagenvorplatzes verzerrte die Geräusche und machte es schwer, abzuschätzen, wie lange es dauerte, bis sein Verfolger in Reichweite wäre. Was blieb ihm übrig, als alles auf eine Karte zu setzen? Wenn er hier stehen blieb, bot er eine ideale Zielscheibe. Geduckt rannte er zum nächsten steinernen Schutzwall, weiter zum darauf folgenden und hangelte sich bis zur Straße. Dort angekommen wedelte er hektisch mit den Armen und schrie den beiden Sangui zu, die zwar sofort in seine Richtung blickten, aber noch nichts unternahmen. Bis die Scheibe eines vorbeifahrenden Taxis zerbarst und der Fahrer den Wagen mit quietschenden Reifen querstellte. Da kam endlich Wallung in die Kerle. Sie zogen ihre Waffen, rannten über die Straße und zielten … auf ihn? Das konnte ja wohl nicht wahr sein.

„Ihr Idioten, ich werde verfolgt. Macht lieber den Schützen platt!"

Entweder wollten sie ihn nicht hören, oder waren geistig nicht die Hellsten. Ihrer Aufforderung, sofort stehen zu bleiben, kam er auf keinen Fall nach, denn hier oben trog das Echo nicht. Sein Verfolger befand sich keine zwei Pfeiler hinter ihm und zögerte bestimmt nicht, sofort wieder anzulegen. Das Taxi war lediglich von einem Querschläger getroffen worden, aber in wenigen Sekunden stand er in direkter Schusslinie. Cyron nutzte die Tatsache, dass der Taxifahrer sich gerade erst von seinem Schock erholte, sprang ins Auto und brüllte: „Losfahren! Die Kerle schießen auf mich."

Es handelte sich sicher weniger um Nächstenliebe als um Angst, selbst getroffen zu werden. Das Endergebnis war dasselbe: Der Mann trat das Gaspedal durch und fuhr mit quietschenden und qualmenden Reifen an. Der Abstand zwischen den Sangui und seinem Fluchtfahrzeug wurde rasch größer. Von dem Schützen war nichts zu sehen.

Rauchfeuer am Horizont

Der Mann, der bei Franklin saß, war mir unbekannt. Ein südländischer Typ mit schulterlangem schwarzem Haar und ebenso schwarzen Augen, die von einem dunklen Kranz aus langen seidigen Wimpern umrahmt wurden. Die Augenbrauen hatten einen feinen Schwung. Seine Züge waren scharf geschnitten, ohne kantig zu wirken. Weiche Lippen, auf denen ein Lächeln lag, während er sich mit Franklin unterhielt. Ich hatte ihn noch nie im Mutterhaus gesehen, doch Franklin ging vertraut mit ihm um, wenn auch auf höflich-distanzierte Weise.

Der Mann strahlte Sanftmut und Ruhe aus, gleichzeitig auch Temperament, denn seine Haltung verriet Stolz. Er war glatt rasiert, aber die Bartstoppeln schimmerten bereits wieder dunkel auf der milchkaffeefarbenen Haut. Als er nach dem Weinglas griff, bemerkte ich, wie schmal und gepflegt seine Hände waren. Sorgfältig auch der Rest seiner Erscheinung. Ein weinrotes Hemd aus Seide, schwarze Hosen aus samtartigem Cord. Beides exklusiv geschnitten. Seine schwarzen Schuhe waren blank geputzt, sodass sich die Flammen der Kerzen darin spiegelten. Eine schmale Figarokette an seinem Hals und das passende Armband an seinem rechten Handgelenk waren aus massivem Gold. Die Kette mündete in einem kleinen Medaillon. Am Daumen trug er einen Siegelring mit dem brüllenden Löwenkopf und den Buchstaben AT.

Allein die Bewegung, mit der er das Glas an die Lippen führte und wie er einen Schluck daraus nahm, hatte etwas Sinnliches. Fließende Bewegungen, völlige Kontrolle über jeden einzelnen Muskel in seinem Körper. Dieser Mann war sich seiner Ausstrahlung bewusst und arbeitete hart an sich. Dennoch sprach nichts an ihm von Arroganz. Er schien nicht einmal besonderen Wert darauf zu legen oder gar Nutzen aus seinem Charisma zu ziehen. Es war einfach da.

Eine Wolke seines Rasierwassers wehte zu mir herüber. Moschus und Ambra mit einem Hauch Sandelholz. Ein leichtes Beben durchlief mich. Er hatte Glück, dass wir uns hier begegneten. Auf offener Straße, als Fremder, wäre er eine äußerst reizvolle Beute für mich gewesen. Ich war gefangen von seiner Erscheinung und seiner Ausstrahlung, vergaß alles andere, sogar Cyron und warum ich mit Franklin reden wollte. Dieser Mann nahm meine gesamte Aufmerksamkeit in Anspruch.

Franklin bemerkte mich und stand auf. Damit war meine Gelegenheit dahin, mir heimlich ein genaueres Bild von dem Besucher zu machen, der nun den Kopf in meine Richtung drehte. Es brach den Bann, den er unwissentlich auf mich gelegt hatte. Ich lächelte und tat so, als sei ich gerade erst hereingekommen, was mir Franklin allerdings nicht abnahm. Er kannte seine Tochter. Und auch der unbekannte Gast schien seine Zweifel zu haben, wie lange ich schon in der Tür stand. Dennoch sagte keiner der beiden ein Wort. Ich ließ mich von Franklin umarmen und auf die Wange küssen.

„Melissa! Was machst du hier, ich dachte, du bist in Miami."

Die Mischung aus Freude, Sorge und Befangenheit irritierte mich. „Kleine Planänderung. Sie war nötig."

Er sah mich ernst an. „Du meinst doch nicht wegen Cyron? Mel, mach bitte keine Dummheiten."

Ich musste lachen. „Dad, wir reden hier von einem Gestaltwandler, der mittels eines Komplotts die Welt ins Unglück stürzen wollte und du sagst mir, ich soll keine Dummheiten machen?"

„Weißt du, dass er hier ist?"

Überrascht hob ich die Brauen. Das war mir bis soeben in der Tat nicht bewusst gewesen.

Er räusperte sich, signalisierte mir, dass er vor seinem Gast nicht darüber reden wollte.

„Ich halte mich schon an die Absprache. Unsere Heimkehr hat andere Gründe.“

Er nickte und legte das Thema beiseite, während wir zu dem Fremden gingen. „Darf ich dir unseren neuen Mitarbeiter vorstellen, Mel“, sagte Franklin im Näherkommen. „Ash Templer. Er kommt aus dem Mutterhaus in Madrid und wird uns mit seinen Fähigkeiten unterstützen.“

Ich reichte dem Mann die Hand und er ergriff sie, ohne zu zögern.

„Die berühmte Melissa Ravenwood“, sagte er lächelnd und erhob sich von seinem Sessel. „Es freut mich sehr, Sie kennenzulernen.“

Ich merkte ihm Nervosität an, obwohl er bemüht war, sie zu verbergen. Aber meine feinen Sinne nahmen den leichten Schweißgeruch wahr, hörten seinen beschleunigten Puls. Das hatte etwas Anziehendes. Er wusste, was ich war, das sagte mir die Art, wie er mich ansah. So nah kamen auch die Mitglieder der Ashera einem Vampir nicht oft.

„Ash hat das zweite Gesicht.“

Er errötete ein wenig. „Etwas, worin wir uns ähneln. Ich habe gehört, dass Sie ebenfalls über diese Begabung verfügen und sie schon häufiger erfolgreich für den Orden eingesetzt haben.“

Ich lachte über die Bewunderung in seiner Stimme, die nicht gespielt war. „Tun Sie nicht so, als sei ich eine Heilige, wir wissen beide, dass ich alles andere als das bin. Aber es stimmt, dass ich die mir zur Verfügung stehenden Gaben für die Ashera nutze.“

„Sie irren sich, Melissa, sie sind etwas Besonderes. Franklins lang vermisste Tochter. Und noch dazu das Kind der legendären Joanna Ravenwood. Es gibt kein Mutterhaus, in dem man nicht über Joanna spricht – und über ihre Tochter ebenso.“

Er sagte dies mit Respekt, aber auch Verlegenheit. Ashs Stimme besaß einen wunderschön weichen, spanischen Akzent. Ein dunkles, samtenes Timbre, dem ich stundenlang hätte zuhören mögen. Doch er war ein Mitglied der Ashera. Franklin würde mich allein für den Gedanken umbringen, der sich unwillkürlich in mir weiterspann.

Behutsam erforschte ich Ashs Gedanken, als wir Platz nahmen. Er hatte tatsächlich das zweite Gesicht. Aber in den letzten Jahren war er ausschließlich im Innendienst für die Ashera tätig gewesen. Dabei erfolgten kaum Kontakte zu Wesen meiner Art; von Geistern, Dämonen, Werwölfen und Ähnlichem ganz zu schweigen. Vermutlich sagte ihm nicht mal der Paranormale Untergrund sonderlich viel, der in Spanien kaum bis gar nicht aktiv war. Das würde sich hier bald ändern. Armand und ich waren kaum in unserer Wohnung angekommen, als wir auch schon die ersten Aktivitäten spürten. Er noch mehr als ich; die Zeit in der Festung ohne Wiederkehr hatte ihn sensibilisiert. Darum nutzte er mein Treffen mit Franklin heute Abend, um sich in London umzuschauen, damit wir keine unangenehmen Überraschungen erlebten.

Ash erschien mir eher ein Theoretiker, der seine Kenntnisse vorrangig aus Büchern und Visionen bezog. Dies erklärte, warum er selbst für ein Mitglied des Ordens und mit dem Wissen um meine Natur nur verhalten auf meine Aura reagierte. „Sie haben noch nicht viel Erfahrung in der Praxis, nicht wahr?"

Mein Vater sog scharf die Luft ein. Natürlich fand er meine Offenheit unangemessen und unhöflich. Ash tat sich da leichter. Er schüttelte schmunzelnd den Kopf.

„Bedauerlicherweise nicht, wie ich gestehen muss. Auch das war ein Grund für mich, hierher versetzt zu werden."

Es würde eine Weile dauern, bis er bereit für Missionen war. Vermutlich schickte Franklin ihn im Schnelldurchgang noch mal durch das Basisprogramm für Außeneinsätze. Der Ärmste tat mir jetzt schon leid.

„Wie lange ist es her, dass Sie auf einer Mission waren?"

„Mel!" Mein Vater wurde nervös.

Auch Ash reagierte auf diese Frage nicht mehr so entspannt wie zuvor. „Einige Jahre", antwortete er. „Zuletzt bin ich zusammen mit meiner Frau im Einsatz gewesen. Es war … ihre letzte Mission."

Ich biss mir auf die Lippen. Diesmal hatte ich den Fettnapf aber wirklich voll getroffen. „Tut mir leid. Ich wollte Ihnen nicht zu nahe treten."

Er winkte ab und nahm einen Schluck Wein. „Es ist schon eine Weile her. Doch in Madrid erinnert mich zu viel an sie, daher wollte ich nicht länger bleiben."

Ein Flüchtling. Das war Warren auch gewesen. Keine gute Ausgangssituation, auch wenn Ash zumindest mehr Ahnung hatte.

„Sie haben sich vermutlich viel zu erzählen und ich will nicht stören. Es stehen noch zwei Koffer oben, die darauf warten, ausgepackt zu werden." Er stellte das Glas beiseite und reichte erst mir, dann meinem Vater die Hand. „Es hat mich gefreut, Sie kennenzulernen, Melissa. Ich hoffe, das lässt sich mit der Zeit vertiefen. Danke, Franklin, für meine Aufnahme in Gorlem Manor und für Ihre Ehrlichkeit. Ich weiß es sehr zu schätzen."

Mit einer kurzen Verbeugung zog er sich zurück.

Ich sah meinen Vater fragend an. „Du wirkst nicht glücklich über seine Anwesenheit."

Er runzelte die Stirn und rieb sich die Nasenwurzel. Ein untrügliches Zeichen, dass ihn etwas bedrückte. Besorgt legte ich meine Hand auf seinen Arm.

„Nun, es stand schon eine Weile fest, dass er kommen würde. Ich konnte daher nicht mehr ablehnen. Aber der Zeitpunkt ist ungünstig. Ich kann ihn nicht einschätzen, weiß nicht, ob man ihm vertrauen darf. Jetzt wo sich die Sangui sich überall einmischen. Und Donald Rybing kennt Ash offenbar."

Seine Worte erschütterten mich, denn es sprach mehr als nur die Ungewissheit über einen neuen Mitarbeiter aus ihnen.

„Er hat seinen Magister in Dämonologie gemacht. Er ist ein Experte auf seinem Gebiet."

Ich zuckte bei dem Wort Magister unwillkürlich zusammen, warf meinem Vater einen unsicheren Blick zu, doch offenbar hatte er es nicht bemerkt. Meine Nerven lagen blank, was das anging. Hatte Ashs besondere Begabung etwas mit Franklins Zweifeln zu tun? Oder warum erzählte er es mir? Es klang fast nach einer Warnung, bei Ash auf der Hut zu sein. Doch auf mein Nachfragen hin winkte Franklin ab.

„Nichts, worüber du dir Gedanken machen solltest, mein Kind. Du hast genug eigene Probleme, die mich mindestens ebenso beunruhigen."

Da er nicht weiter auf seine Bedenken eingehen wollte, griff ich sein Stichwort auf. „Probleme habe ich durchaus. Und zwar nicht nur mit diesen Sangui und dem PU."

„Sondern?"

Ich erzählte ihm von meiner Begegnung mit Tizian, ließ den Teil, über den ich mir noch immer nicht schlüssig war, aus und verlegte mich stattdessen auf die Vision. „Tizian erwartet, dass ich seine Hoffnungen erfülle, und da ich bislang nicht weiß wie, dachte ich mir, ich schau mich ein bisschen hier um, was ich über Atlantis und die beiden Geschwister finde."

Franklin schaute mich nachdenklich an. „Du hast doch schon eine konkrete Vorstellung, oder?"

Lächelnd gestand ich mir ein, dass ich meinem Vater nur wenig vormachen konnte. „Ja, das habe ich. Die Schriftrolle aus Ägypten, die ich übersetzt habe."

„Gibt es dafür einen bestimmten Grund?"

Ich erzählte ihm, was Tizian mir über ihre Ankunft in Ägypten und den Fluch erzählt hatte, den das Orakel Kaliste voraussagte. „Vieles davon findet sich in dieser Schriftrolle wieder. Die Übersetzung bereitete uns damals einige Schwierigkeiten. Ich hatte noch keine Ahnung vom Geschwisterblut und der Vergangenheit meiner Art. Wenn ich sie mir heute noch einmal ansehe, finde ich vielleicht die Fehler, die wir gemacht haben. Ich hoffe, dass darin irgendein Schlüssel liegt."

„Nun, und was machst du, wenn du dich irrst?"

Es gab in unserer Bibliothek einige Bücher, die dem versunkenen Kontinent zugeordnet wurden. Deren Echtheit war von mehreren Experten bestätigt worden. Vielleicht stand dort etwas, das mir sagte, wie ich Kaliste entgegentreten konnte. „Etwas Besseres haben wir nicht. Irgendwo muss ich anfangen."

„Du weißt, dass dir unsere Bibliotheken und Archive immer offen stehen. Aber sei vorsichtig, wenn du die Datenbank benutzt."

Seine Warnung besaß einen bitteren Beigeschmack. In den Reihen von Menschen, die man bisher als Freunde betrachtet hatte, plötzlich Vorsicht walten lassen zu müssen, tat weh.

„Was ist passiert, Dad? Ich kann nicht glauben, dass du dir wegen der Sangui solche Sorgen machst. Das ist ein anderer Orden."

„Ja, mit sehr großem Einfluss", sagte er unerwartet harsch, wurde dann aber sofort wieder milder. „Bitte tue nichts Unüberlegtes. Ich habe seinen Kontaktmann heute kennengelernt."

„Ach, du auch? Und was denkst du von ihm?"

„Dass er jemand ist, der weiß, was er tut und mit dem du dich nicht anlegen solltest."

Ich seufzte. „Vielen Dank für dein Vertrauen, Dad. Ich werde genug mit Atlantis zu tun haben, da komme ich dem Sangui gewiss nicht in die Quere."

✳

Blue war beeindruckt von Franklin Smithers. Wenn man ihn fragte, ein anderes Kaliber als Rybing. Nicht so blind vor Machtgier und darum um Längen fähiger. Das konnte ein Vor- oder ein Nachteil sein. Je nachdem wie geschickt er sich anstellte, mit dem Boss von Gorlem Manor Freundschaft zu schließen. Besser, wenn er die nächsten Male nicht an Rybings Seite dort auftauchte, die beiden Männer hegten eine starke Antipathie gegeneinander, was Blue aus Franklins Sicht verstehen konnte.

„Von dem Ashera-Vater lass die Finger, sonst fehlen sie dir bald."

Trotz seiner Überraschung drehte sich Blue gelassen um. Zeige dem Feind niemals, wenn er sich im Vorteil befindet. „Habe ich so einen bleibenden Eindruck hinterlassen, dass dich die Sehnsucht schon nach einem Tag hinter mir hertreibt?"

Lucien quittierte seine gespielte Selbstgefälligkeit mit einem Lächeln, das deutlich machte, dass er sich seine Show sparen konnte. „Melissa kommt nach London", erklärte er.

Das war ja mal eine interessante Neuigkeit. Blieb sie Cyron etwa doch auf den

Fersen oder gab es einen anderen Grund für die plötzlichen Reisepläne?

„Sie wird dir nicht in die Quere kommen, da sie eine andere Aufgabe hat. Aber nachdem du den Auftrag hast, dafür zu sorgen, dass Melissa keinen Ärger macht und ihr bei Bedarf etwas anzuhängen, dachte ich, es wäre vielleicht eine gute Idee, ebenfalls herzukommen, um dir ein wenig auf die Finger zu schauen. Nicht, dass es noch zu unangenehmen Überraschungen kommt. Und wie ich sehe, muss ich das gleich doppelt tun."

Blue schnaubte. „Ich bring deine Kleine schon nicht um, keine Sorge." Das meinte er ernst. Darum dachte er auch jetzt schon darüber nach, was zu tun war, wenn Rybing explizit ihre Beseitigung forderte. Dass Luciens Gedanken in die gleiche Richtung gingen, war ihm vom Gesicht abzulesen. Auch, was er von diesem Ansinnen generell hielt. In seinen schmalen Augen blitzte die Mordlust. Er wollte nicht erleben, wenn sich diese gegen ihn richtete. Da hatte er wirklich mit dem Teufel höchstpersönlich einen Pakt geschlossen.

„Sie ist nicht in Gefahr!", bekräftigte er nochmals. „Aber ich kann auch nicht riskieren, dass mir die Lux Sangui auf die Schliche kommen oder mich nicht länger für loyal halten. Das würde mich meinen Kopf kosten."

„Den kostet es dich sicher, wenn sie auch nur einen Kratzer abbekommt."

Statt einer Antwort schüttelte er den Kopf. So viel sollte Lucien über ihn wissen, nachdem ihre Seelen voreinander bloß gelegen hatten. Er mochte ein Arschloch sein, aber kein skrupelloses.

„Und was hast du jetzt vor?", fragte Lucien erfreulich milder.

„Ich werde mit Franklin Smithers reden und ihm ein paar Dinge erzählen, die Rybing ihm verschweigt. Reicht dir das als Zeichen meiner Loyalität?"

Lucien nickte gönnerhaft.

„Und dann hoffe ich, dass dieser Franklin Smithers seine Tochter liebt und sie auf ihn hört."

Lucien schürzte die Lippen. „Ersteres sicher, Letzteres sicher nicht."

Blue stöhnte. Sowas hatte er fast schon befürchtet. „Sie muss einfach ne Weile verschwinden, wenn es eng wird. Sich nicht blicken lassen und nicht einmischen. Dann ist sie nicht mehr in Rybings Fokus. Den Rest krieg ich schon hin."

„Mel ist nicht der Typ, der sich versteckt und andere machen lässt. Sie ist eine Kämpferin, mutig und klug." Er grinste amüsiert. „Oft auch leichtsinnig, das muss man zugeben. Aber du wirst sie niemals dazu bekommen, das Feld zu räumen."

Das werden wir ja sehen, dachte Blue. „Und was hast du mit ihrem Vater zu schaffen?"

Der Vampir schürzte die Lippen und gab sich geheimnisvoll. „Ein kleines

Spiel zwischen uns. Ein Wettstreit könnte man sagen. Und dabei mag ich es nicht, wenn mir jemand in die Quere kommt. Spar dir deine Droge also lieber für andere auf. London ist ohnehin überbevölkert."

Er hatte nicht die Absicht gehabt, mit Smithers diese Art von Freundschaft zu pflegen. Wer gezwungen war, im Haifischbecken zu schwimmen, schlitzte sich nicht die Arme auf. Allerdings gab Lucien ihm da einen netten Hinweis mit seinem Interesse an Melissas Vater. Eines hatte er sofort kapiert: Lucien war ein Mann, der nichts grundlos tat, auch nicht aus purem Vergnügen. Er legte in alles eine Absicht, sogar in die Nacht, die sie miteinander verbracht hatten. Mehr als ein Mal fragte er sich seitdem, wer von ihnen beiden der Fisch und ins Netz gegangen war. Er traute es dem Vampirlord zu, dass er mehr gewusst oder wenigstens geahnt hatte als er. Jedenfalls lag eines auf der Hand. In Luciens Seele war nicht ein einziges seiner Tore verblieben. Selbst die absorbierte der Blutdämon und erwies sich damit so mächtig, dass er seinen Kräften trotzen konnte. Die Versuchung war groß, sich zu vergewissern. Einzig Luciens warnender Blick hielt ihn ab. Darin verstand der Lord keinen Spaß.

Der Vampir hob eine Augenbraue, erwartete eine Antwort.

„Wir kommen uns nicht ins Gehege", beruhigte er Lucien. „Ist nicht mein Typ."

Noch eine Baustelle brauchte er nicht. Er hatte einen unwilligen Klienten, eine ungeduldige Kundin, einen unbarmherzigen Auftraggeber und eine ungestüme Wildkatze, das reichte. Wenn er den Überblick verlor und sich verzettelte, konnte er seine Pläne abschreiben.

„Du wirst noch viel Spaß bekommen, wenn meine Füchsin dir häufiger über den Weg läuft. Sie hat ein Geschick, einem das Leben schwer zu machen. Je näher man ihr steht, umso eher."

„Ich mag Frauen mit Biss", gab er zurück. An ihm würde sich die Kleine die Zähne ausbeißen, das konnte er ihr jetzt schon schwören. Wenn sie zickte, wusste er genau, wo man sie eine Weile kaltstellen konnte, ohne dass es Folgen für Luciens Pläne hatte. Die einzige Konstante derzeit in seinen geschäftlichen Beziehungen, bei der er wusste, woran er war – auch wenn es fast die gefährlichste darstellte. Seufzend erinnerte er sich, dass ihm seine Mutter immer wieder eingebläut hatte, man solle nicht mehreren Herren gleichzeitig dienen. Aber das Leben war so langweilig, wenn man sich an Regeln hielt.

„Wartet nicht jemand auf dich?", erinnerte ihn Lucien und verschwand wie ein Windhauch.

„Immer diese Theatralik bei den adligen Blutsaugern", konstatierte er kopfschüttelnd und kratzte sich den Kopf beim Gedanken an Cyron. „Der wird sich bestimmt übers Essen beschweren. Oder über irgendwas anderes. Ach, ich hasse solche Kerle."

Trotzdem machte er sich auf den Weg, um Rybing keinen Grund für Kritik zu geben. Schon von Weitem wurde ihm klar, dass diese fromme Absicht scheiterte. Vor dem Hotel standen zwei Wagen, die so unauffällig waren, dass sie schon wieder auffielen. Rybings hochroter Kopf leuchtete wie eine Signallampe auf zwanzig Meter Entfernung. Die beiden Sangui, die als Wachen für Cyron zurückgeblieben waren, während Blue mit dem Waffenmeister nach Gorlem Manor unterwegs war, standen wie begossene Pudel auf dem Bürgersteig und ließen die Schimpftirade über sich ergehen. Er konnte sich ausmalen, dass sich eine ähnliche gleich über ihm entladen würde.

„... unfähigste, was mir je in den Reihen der Sangui untergekommen ist. Eine simple Observation und ihr macht eine Katastrophe daraus."

„Hey, Mann", rief Blue. „Wenn Sie noch ein bisschen auffälliger werden, können Sie von der Times Geld verlangen, dass sie auf der Titelseite stehen. Was ist denn überhaupt hier los?"

Schnaubend wie ein Stier drehte sich Donald Rybing zu ihm um. Fehlte nur noch, dass ihm Schaum vorm Mund stand. Dann hätte man ihn wenigstens überzeugend als tollwütig erledigen können. Bedauerlich, dass es immer an solch kleinen Details mangelte.

„Sie! Was tun Sie erst jetzt hier?"

„Cool bleiben! Auch ein Mann wie ich hat Bedürfnisse."

„Es ist mir scheißegal, mit welcher Hure Sie sich die Zeit vertrieben haben", donnerte Rybing los.

„Ein Burger und ein Bier zählen wohl nicht", spielte Blue den Entrüsteten, womit er bei Rybing jedoch auf Granit biss.

„Sie sind für den Gestaltwandler verantwortlich. Wir haben Gorlem Manor vor vier Stunden verlassen, wo haben Sie sich rumgetrieben?"

Jetzt reichte es. Er ließ sich nicht wie diese anderen Lakaien zur Schnecke machen. Das konnte der Kerl gleich vergessen. „Halten Sie mal die Luft an, Donald." Dem Waffenmeister verschlug es ob Blues Respektlosigkeit die Sprache, was die beiden anderen verstohlen grinsen ließ. „Hier waren zwei von Ihren Leuten, die für Cyrons Sicherheit sorgen und darauf achten sollten, dass er nicht türmt. Ich habe das die letzten Monate in Miami ganz allein geschafft, und zwar ohne ihn vierundzwanzig Stunden zu observieren. Der Kerl ist ne Plage!" Die er liebend gern wieder los wäre. „Aber er ist nicht blöd. Er weiß, dass er auf uns angewiesen ist. Wenn er sich nen netten Abend machen will, soll er doch. Morgen taucht der wieder auf."

Rybings Lippen waren nur noch ein schmaler Strich. Blue beschlich das ungute Gefühl, dass er das besser nicht gesagt hätte.

„Während Sie Ihren privaten Amüsements nachgegangen sind, hat irgendjemand hier einen Anschlag auf Cyron verübt."

Blue glaubte im ersten Moment, sich verhört zu haben. Einen Anschlag? Wie der im Leonardo's? Das sollte wohl ein Witz sein, allerdings sah Rybing nicht nach Humor aus.

„Hat es ihn erwischt?", wollte er wissen. Ein paar Krokodilstränen konnte er sich abdrücken, wenn es sein musste.

„Nein! Aber er ist auf und davon. Wie die meisten Gestaltwandler, wenn man mit solchen Kugeln auf sie schießt."

Er warf Blue zwei Projektile vor die Füße, stieg in einen der Wagen und brauste davon. Blue wurde heiß und kalt. Die Einzigen, die über eine Waffe verfügten, die diese Munition abfeuern konnte, waren die Sangui. Und von zwei Pistolen dieser Art war ihm der Aufenthaltsort bekannt. Er hatte das unangenehme Gefühl, dass sich eine Schlinge um seinen Hals legte, die sich jederzeit zuziehen konnte, wenn er nicht verdammt gut aufpasste. Und um deinen hübschen Hals ebenfalls, Melissa Ravenwood. Wenn Rybing erfuhr, dass sie ebenfalls hier war, konnte es passieren, dass er ihr das Ding anhängen wollte. Das Gespräch mit ihrem Vater durfte er nicht auf die lange Bank schieben.

✻

Der Paranormale Untergrund war in den USA am aktivsten. Die Ost- und Westküste am stärksten betroffen, der Rest des Landes wieder ruhiger. In Westeuropa gab es ebenfalls seit längerem Gruppen, doch da traf die Bezeichnung Untergrund noch am ehesten zu, denn sie agierten nicht allzu offensichtlich. Bei ihnen ging es mehr darum, unter sich zu sein oder Wege zu finden, neben den Menschen zu bestehen, ohne dass es zu großen Auseinandersetzungen oder Problemen kam.

Weitaus aggressiver war der PU in Osteuropa. Da unterschieden sich PSIs und Menschen kaum voneinander. Armand hatte daher schon überlegt, ob die Gefahr aus den eigenen Reihen drohte, eine radikale Gruppe mit ihren verweichlichten Brüdern aufräumen wollte. Denkbar immerhin, auch wenn diese Theorie mehr Lücken aufwies als ein Nudelsieb. Er hatte sich früher nicht für diese Leute interessiert, jetzt sah er dies als möglichen Fehler an, denn in der angespannten Situation Zugang zu bekommen, war ungleich schwerer als in ruhigen Zeiten. Seine Fähigkeiten als Computercrack hatten ihm schnell ein paar der gängigsten Treffpunkte verraten, wovon einer zu seiner Überraschung ganz in der Nähe ihrer Londoner Wohnung lag.

Während Mel zuallererst ihrem Vater einen Besuch abstatten wollte, waren sie übereingekommen, dass er sich schon mal ein wenig im Untergrund umsah. Es konnte wichtig werden, herauszufinden, wie viele Freunde – oder auch Feinde – Cyron hier hatte.

In einer Seitengasse führte ein Kanaldeckel nach unten, wo hinter einer eisernen Tür mit der Aufschrift *Toter Schacht* ein vermeintlich stillgelegter Teil des Abwassersystems lag. Armand klopfte in einem bestimmten Rhythmus an die Tür. Dafür hatte er am längsten gebraucht, das Erkennungszeichen herauszufinden. Die Tür schwang auf und er glaubte im ersten Moment an einen geisterhaften Mechanismus. Doch dann zupfte jemand an seinem Hosenbein.

„Neu hier? Kenn dich nicht. Name und Gattung", quiekte die Sidhe, eine kleine Fee.

„Armand de Toulourbet, Vampir." Lügen hätte die Sidhe sofort gespürt. Darum war sie hier. Unscheinbar von Gestalt, aber die Macht der schottischen Feen sollte man besser nicht herausfordern. Nicht einmal als Unsterblicher. Sie musterte ihn aus schmalen Augen, er hielt den Atem an, ob sie ihn einlassen würde. Was sollte er tun, wenn sie ihm den Zutritt verweigerte?

„Wagst viel. Komm rein. Doch nimm dich in Acht."

Das fing ja gut an. Für ein erleichtertes Aufatmen war es wohl noch zu früh, solange er nicht herausgefunden hatte, was ihre Warnung bedeuten sollte.

Der Gestank von Abwasser schwand, sobald die Sidhe die Tür hinter ihnen schloss. Diffuses Licht erhellte einen trockenen und sauberen Gang. Er konnte bereits Stimmen hören, und in der Luft hing der Geruch von Alkohol und Schweiß. Die Fee blieb am Eingang zurück, wo sie auf einem Schemel hockte und in einer Modezeitschrift blätterte. Armand kicherte innerlich, dass auch bei diesen Wesen Klischees griffen.

Die Bar empfing ihn freundlich und mit viel Licht. Es herrschte reges Treiben, ein monotoner Klangteppich schwebte über dem Raum, der die Worte der Unterhaltungen verschluckte, wenn man sich nicht gezielt konzentrierte. Man schenkte ihm keine Beachtung, also ging er zunächst an die Bar und bestellte sich ein Ale, noch unschlüssig, ob er es wirklich trinken wollte. An Mels Seite war er dazu übergegangen, häufiger menschliche Nahrung zu sich zu nehmen. Und hier konnte es hilfreich sein, mit den anderen anzustoßen. So was schaffte Freunde.

Damit lag er richtig, denn es dauerte nicht lange und ein Bajang gesellte sich zu ihm an den Tresen. In früherer Zeit waren sie überwiegend in Malaysia zu finden, inzwischen hatte die Moderne sie auf der ganzen Welt verteilt. Ihre Arten waren gar nicht so verschieden, wenngleich der Bajang und seine weibliche Form, die Langsuior, sich überwiegend von Kindern ernährten.

Armand fühlte Widerwillen aufsteigen, als er daran dachte, doch letztlich taten auch diese Bluttrinker nur, was ihre Natur ihnen vorgab, um zu überleben. Die herausragendste Eigenschaft der Bajang war, sich in einen Iltis verwandeln zu können. Damit waren sie von den etwas kleineren Gefs kaum zu unterscheiden und gelangten ebenso wie diese überall hin, ohne Aufsehen zu erregen. Die Langsuior wechselten dagegen in die Gestalt von Vögeln. Es gab Momente in seinem Leben, da beneidete Armand seine entfernten Verwandten um solche Fähigkeiten, die vieles leichter machten.

„Bist du nicht dieser Vampir, der mit der Ashera-Tussi zusammen ist?", sprach der Bajang ihn an.

Seiner Stimme war zu entnehmen, dass er provozieren wollte. Armand war nicht so dumm, darauf einzusteigen. Lächelnd drehte er sein Glas und antwortete: „Ja, Melissa arbeitet noch gelegentlich für den Orden. Und auch ich unterhalte freundschaftliche Kontakte mit einigen Mitgliedern. Es sind gute Menschen."

Der Bajang fletschte die Zähne, wurde aber von einer Erwiderung abgehalten, als sich ein anderer Gast in das Gespräch einschaltete.

„Das sind sie. Sie respektieren uns, zumindest die meisten von ihnen." Er trat heran und legte dem Bajang die Hand vor die Brust, um ihn mit dieser Geste zurückzuhalten. Armand fand es interessant, dass sich der andere sofort fügte. „Lass ihn in Ruhe, Rugo."

Rugo schnaubte, nahm sein Glas und verschwand in der Menge. Der Mann, der sich jetzt auf seinen Platz setzte, sah aus wie ein gewöhnlicher Mensch. Armand musterte ihn aufmerksam, zog Welodan hinzu, der ihr Gegenüber noch auf andere Weise erforschen konnte. Zu seiner Überraschung handelte es sich um einen Gestaltwandler. Jemanden wie Cyron. Das Glück schien auf seiner Seite, es sei denn, der Kerl gab sich nur zum Schein freundlich.

„Ich muss mich für meinen Freund entschuldigen. Er ist normalerweise nicht so."

Armand winkte ab. „Ein gesundes Misstrauen hat noch nie geschadet."

Der Gestaltwandler lächelte. „Das stimmt wohl, aber es gab keinen Grund, so unhöflich zu sein. Mein Name ist Alwynn Gottcha. Und da ich dich nicht im Unklaren lassen möchte: Ja, ich kenne Cyron Gowl, doch ich teile nicht seine Überzeugungen."

Armand sah Alwynn lange an und dieser hielt seinem Blick stand. Die Frage, ob man einander trauen konnte, beantwortete sich oft von allein. In diesem Fall auf beiden Seiten positiv. Schließlich lächelte Armand und prostete Alwynn zu, der ebenfalls sein Glas erhob. Er winkte einige seiner Freunde heran und stellte Armand vor. Die Stimmung blieb entspannt, angefüllt von neugierigen Fragen und offenem Interesse. Es dauerte nicht lange und Armand fühlte sich in einem Kreis aus Freunden, zu dem sich sogar Rugo wieder gesellte.

Es beruhigte ihn, dass vom Londoner PU keine akute Gefahr ausging, auch wenn Alwynn davon sprach, dass es Splittergruppen gab, die ihren Vorbildern aus Osteuropa nacheiferten und in den aktuellen Ereignissen aus den USA die Bestätigung sahen, dass dies an der Zeit war.

„Jeder Angriff auf unsere Brüder und Schwestern kann zu einem Gegenanschlag führen. Einige unter uns befürchten, dass jemand genau darauf abzielt. Es würde uns in zwei Lager spalten, das wäre schrecklich."

Dem stimmte Armand zu. Die Differenzen mit den Menschen allein waren schon schlimm genug. Wenn sich über die üblichen Feindschaften zwischen den PSI-Gattungen hinaus nun auch noch zwei harte Lager im PU bildeten, konnte dies zum Funken an einem Pulverfass werden. „Cyron ist durchaus jemand, der das forcieren könnte."

„Ich weiß", antwortete Alwynn. „Darum bin ich alles andere als glücklich, dass er hier ist. Bei dem ein oder anderen wird er auf offene Ohren stoßen. Vielleicht ist er deshalb hier. Wir achten bereits darauf, wann er zu einem der Treffpunkte kommt und werden ihn im Auge behalten. Sollte er zu viel Unfrieden stiften, müssen wir uns was einfallen lassen. Aber er hat einen starken Beschützer."

„Ihr wisst von dem Dämonenjäger?", fragte Armand verwundert.

Alwynn schlug sich lachend auf die Schenkel. „Aber sicher! Die halten sich für ganz schlau, aber wir sind auch nicht von gestern. Vielleicht wissen wir sogar mehr als die."

„Hm", machte Armand. „Mel wurden wegen des Kerls die Daumenschrauben angelegt. Sie muss sich von Cyron fernhalten. Irgendwas haben die Sangui vor."

Alwynns Grinsen verschwand, stattdessen machte er ein bedrücktes Gesicht. „Die Jäger sind nicht wie die Ashera. Sie bringen immer Tod und Blut. Cyron war schon früher ein Extremist. Wenn beides zusammenkommt, steckt vielleicht ein Plan dahinter. Wir trauen ihm nicht mehr. Nach Darkworld war er lange verschwunden und tauchte dann mit den Sangui wieder auf. Die dachten, wir merken es nicht, aber wir haben unsere Augen und Ohren überall. Und dieser Jäger bei ihm macht mir Sorgen. Er ist anders."

„Dann hast du ihn schon gesehen?"

Der Gestaltwandler verneinte. „Ein Cousin in Miami. Er kann auch nicht benennen, was es ist, doch er unterscheidet sich von den üblichen Sangui. Ob zum Guten oder Schlechten wissen wir noch nicht. Darum sind wir lieber vorsichtig."

Armand rieb sich das Kinn. Wenn sie Glück hatten, konnte das für sie zum

Nutzen gereichen. Es konnte auf jeden Fall nicht schaden, sich den Typen mal näher anzusehen.

Welodan schnurrte zustimmend. Bei der ersten Begegnung würde er dem Jäger auf den Zahn fühlen – auf seine Art.

*

Als ich in unserer Wohnung ankam, wollte ich dort nicht bleiben. Der Besuch bei meinem Vater hatte eine starke Unruhe in mir hinterlassen, darum bat ich Armand, noch mal gemeinsam aufzubrechen. Er war selbst erst vor wenigen Augenblicken zurückgekommen. Mit interessanten Neuigkeiten. Es gab hier einen ebenso gut organisierten, aber deutlich weniger aggressiven Untergrund. Ein Treffpunkt war nicht weit von uns. Von den Gästen, die dort hinkamen, ging keine akute Bedrohung aus. Nicht mal für mich, obwohl ich kein unbeschriebenes Blatt dort war.

Es war Ewigkeiten her, dass Armand und ich einfach nur miteinander um die Häuser zogen. Unser Leben schlitterte von einem Abenteuer ins nächste. Da würde es gut tun, ohne jeden Hintergedanken einen Drink zu nehmen. Vertrauensvolle Freundschaften ließen sich auch leichter aufbauen, wenn man nicht bereits das Verhör im Hinterkopf hatte, mit dem man geschickt an Informationen kam.

Mit dieser Einstellung war auch Armand heute Abend losgezogen, hatte freundlich Kontakte geknüpft und war den anderen offen und ehrlich gegenübergetreten. Die Unruhen in Miami waren kein Geheimnis, dass wir gerade von dort kamen auch nicht. Je offener wir damit umgingen, desto weniger Verdacht erregten wir.

Die Sidhe am Eingang beäugte mich mit listiger Neugier, doch da Armand schon hier gewesen und in den Kreis aufgenommen worden war, ließ sie uns ohne Weiteres passieren.

„Die Leute hier sind echt in Ordnung", versuchte Armand mich zu beruhigen, als wir das In-Lokal betraten, in dem sich überwiegend Anhänger des PU trafen.

In-Lokal war gut, Under traf es besser. Ich hasse Untergründe. Aber wenigstens trieben sich hier keine Serpenias rum.

„Keiner hat sich bedrohlich verhalten. Sie wissen, wer ich bin, wer du bist, doch es stört sie nicht. Auch Gorlem Manor sehen sie nicht als Gefahr an."

Damit deckte sich seine Erfahrung hier mit der Stevens in Miami.

„Wir hätten schon viel früher Kontakt aufnehmen sollen, anstatt zu mutmaßen und dem PU etwas zu unterstellen." Er schritt vor mir her zwischen den Tischen hindurch, an denen unterschiedliche Wesen saßen. Es war Happy

Hour, wenn ich das richtig sah. Mancher Club über der Erde wäre froh über diesen Andrang. „Es ist wie überall", fuhr Armand fort. „Einige schwarze Schafe verderben den Ruf der ganzen Herde."

Damit mochte er recht haben, doch ich konnte das ungute Gefühl nicht abstreifen. Glaubte mich beobachtet.

Wir nahmen an einem kleinen Tisch in der Ecke Platz, und Armand entschuldigte sich kurz, weil er ein paar seiner neuen Bekannten holen wollte. Fünf Minuten später umringten mich ein Gestaltwandler, zwei Kobin-Zwerge, die zu meiner Erleichterung nichts mit Gorben Wulver zu tun hatten, eine Russalki, die mit ihren grünen Haaren wie ein Punk aussah und ein Bajang. Ich konnte nicht sagen, dass ich mich wohlfühlte. Alwynn, der Gestaltwandler, führte das Wort.

„Ich möchte, dass du gleich zu Anfang weißt, dass jeder von uns froh ist, Darkworld weiterhin verschlossen zu wissen. Es gibt niemanden in diesem Raum, der dir das verübelt."

„Danke", antwortete ich und rang mir ein Lächeln ab. Furcht saß mir weiter im Nacken. Wie würde sich die Situation ändern, falls Cyron Gowl auftauchte, der im amerikanischen PU Ansehen genoss? Blieben unsere neuen „Freunde" dann immer noch so nett? Armand schien überzeugt. Ich hielt mich zurück, beteiligte mich wenig an der Unterhaltung. Die Angst vor dem Attentäter ging um. Niemand glaubte an einen Einzelkämpfer. Alwynn war überzeugt, dass jemand gezielt für Unruhe sorgte, die Folgen konnten verheerend sein.

Plötzlich erhob er sich und schaute Richtung Eingang. Jetzt wurde deutlich, was mir schon bei unserem Eintreten aufgefallen war, obwohl Armand anscheinend nichts davon bemerkt hatte. Alwynn hatte hier das Sagen, er führte diese Gruppe des PU, wenn nicht sogar den von ganz London.

„Nyra", sprach er die Fee an. „Warum bist du nicht auf deinem Posten?"

„Viele Neue heute Abend. War neugierig", erwiderte die Sidhe grinsend.

Hinter ihr betrat ein Mann in schwarzem Leder den Raum. Unter seiner Jacke blitzte die nackte Brust in satter Bronze, auf der sich zwei schwarze Schlangenköpfe abzeichneten. Ich musste den Blick nicht heben, um ihn zu erkennen. Im Gegenteil, seine Anwesenheit drang sofort in jede Faser meines Körpers und versetzte sie in Schwingung. Wir waren uns so nah wie Bruder und Schwester – der Wille unserer Königin.

Noch ehe ich reagieren konnte, sprang Armand auf, stellte sich vor mich und fauchte in Dracons Richtung, der irritiert die Braue hob. „Nette Begrüßung", meinte Luciens Sohn. „Dabei komme ich mit den allerbesten Absichten."

Er ignorierte Armand und die anderen am Tisch, die nach der Reaktion meines Liebsten ebenfalls in Habachtstellung gingen, und drehte sich stattdessen lächelnd zu mir.

„Ich habe dir etwas mitgebracht, Mel", sagte er.

Mein Herz blieb stehen, als er seine Hand ausstreckte und ein Mann aus dem Schatten an seine Seite trat, der mir ebenfalls vertraut war wie ein Bruder, und dessen Name als qualvolles Stöhnen über meine Lippen kam: Warren!

Ich war paralysiert, konnte nur auf sein bleiches, wunderschönes Antlitz starren, aus dem mich die stahlblauen Augen musterten, als sähe er mich zum ersten Mal. Wie konnte das sein? Warren war tot! Ich hatte die verbrannte Erde gesehen, die Phiole mit meinem Blut gefunden, die ich ihm zum Schutz gegeben hatte. Ich wusste, wo sein Grab war – sein leeres Grab. Wochenlang hatte mich sein Tod im Schlaf verfolgt, hatte ich ihn brennen sehen, seine Schreie gehört und immer wieder mit ihm im Garten gestanden, wo er mir das Versprechen abverlangte, ihn zu erlösen, falls er die Unsterblichkeit nicht ertrug. Ich hatte ihn im Stich gelassen – in mehrfacher Hinsicht.

Aber er lebte. Er stand vor mir in Fleisch und Blut. Keine Halluzination. Wie auch immer Dracon es geschafft hatte, Warren war so lebendig wie ich. Ohne auf Dracon oder Armand zu achten, trat ich auf Warren zu, streckte meine Hand aus und strich über sein Gesicht. Ich musste ihn spüren, um zu glauben, dass ich nicht träumte.

„Warren", sagte ich noch einmal. Meine Lippen bebten, Tränen stiegen in meine Kehle, schnürten sie zu, bis ich kein weiteres Wort herausbrachte. Etwas war anders an ihm. In seinem Blick lag nicht mehr die Wärme von einst, aber auch nicht länger die Verzweiflung, mit der er mir als neugeborener Vampir begegnet war. Ich sah Kälte, die mich schaudern ließ, weil ich sie in meinen Adern spürte. Seine Miene blieb unbeweglich, obwohl er die Hand ausstreckte und bei Dracon Halt suchte. Erschütterte ihn diese Begegnung? Was löste sie überhaupt in ihm aus? Es machte mir Angst, keine Regung von seinem Gesicht ablesen zu können. Mich überkam eine schreckliche Ahnung, was im Sonnenaufgang geschehen war und was es aus ihm gemacht hatte. Verbrannte die Sonne auch das Herz und nicht nur die Haut? Vermochte das dunkle Blut so etwas wieder zu heilen?

Heiß flossen zwei rote Rinnsale über meine Wangen, tropften zu Boden. Noch immer wollte kein Laut über meine Lippen. Ich fragte mich, ob er mich überhaupt erkannte oder ob die Folgen seines misslungenen Freitodes noch tiefer gingen.

Da lächelte er plötzlich, legte seine Hand auf meine, die auf seiner Wange ruhte, und brach damit das Eis.

„Einer musste sich ja um unser Kind kümmern", meldete sich Dracon zu Wort. „Du warst beschäftigt."

Ich blickte zu ihm hinüber und konnte ebenfalls lächeln, dem Sarkasmus in seiner Stimme zum Trotz, weil ich wieder eine Verbindung zu Warren spürte, die in den ersten Sekunden auf Messers Schneide gestanden hatte. „Danke, Dracon", hauchte ich und biss mir auf die Lippen, weil meine Gefühle übersprudelten, ich nicht wusste, wie ich sie äußern oder wo ich mit ihnen hin sollte.

Armand kam nun ebenfalls näher, auch wenn er Dracon misstrauisch betrachtete. Er legte den Arm um mich, eine Geste, die ebenso beschützend wie besitzergreifend wirkte.

„Zusammenführung der großen Familie."

Dracon breitete die Arme aus, als wollte er uns alle damit umschließen, tat es aber nicht. Dafür kannte er Armand zu gut.

Alwynn beobachtete die Szene aufmerksam. „Wenn es Freunde von euch sind, sind es auch Freunde von uns."

„Freunde", echote Dracon, „ist vielleicht ein klein wenig übertrieben. Bei dem ein oder anderen. Aber gute Bekannte." Er grinste mich zufrieden an. Ich spürte, dass ihm Armands Anwesenheit ein Dorn im Auge war, sein Handeln beschränkte. „Wenn du einverstanden bist, wäre ich dafür, ihn wieder nach Gorlem Manor zu bringen."

Mich irritierte, dass Warren den Atem anhielt und Dracon überrascht ansah. Das war wohl nicht abgesprochen zwischen ihnen. Doch ich stimmte Dracon zu und war froh, dass er diesen Vorschlag machte. Warren gehörte zum Orden, daran hatte sich auch nach der Wandlung nichts geändert. Und nun, wo er praktisch von den Toten auferstanden war, lag es nahe, zumindest zu Franklin zu gehen und die Möglichkeit in Betracht zu ziehen. Es sei denn, Warren wollte es nicht. Bevor ich dazu kam, dies in Erfahrung zu bringen, erhob Armand Einspruch.

„Denkst du, das ist so einfach?", knurrte er Dracon an. „Der Teufel weiß, was du mit ihm gemacht hast und wie er jetzt zur Ashera steht."

Drei Augenpaare richteten sich auf ihn mit unterschiedlichen Reaktionen.

„Es ist mir neu, dass du ein Mitspracherecht im Orden hast", sagte Dracon. „Job gewechselt?"

„Armand!" Ich verstand seine Reaktion nicht. „Es ist Warren."

Warren schwieg, senkte den Blick und ich sah, wie seine Kiefermuskeln zuckten.

Armand blieb ungerührt. „Es ist über ein Jahr her. Wo war er? Was hat er getan? Ein Jahr verändert viel. Was man in diesem erlebt sogar noch mehr."

Darauf konnte ich nichts erwidern. Sein Martyrium in der Festung ohne Wiederkehr hatte nur einige Monate gedauert, aber die Veränderungen waren gravierend. Er war nicht mehr derselbe, würde es nie wieder sein. Ich liebte ihn wie am ersten Tag, doch manchmal machte er mir Angst.

„Wir waren in Rom", erklärte Dracon bereitwillig und sichtlich gelangweilt.

Er ließ sich von Armand nicht einschüchtern, die Spannung zwischen den beiden erschien mir stärker als je zuvor. Diesmal ging es nicht nur um mich, sondern um Warren. Wie musste sich der Ärmste fühlen? Er tat mir leid, immerhin war ich mit verantwortlich für alles, was ihm widerfahren war.

„Eine schöne Stadt", bestätigte Armand. „Niedrige Vampirpopulation in der Nähe des Vatikans. Warum seid ihr nicht geblieben? Wieso die plötzliche Rückkehr?"

Dracons Augen wurden schmal. „Warren brauchte Zeit." Er warf mir einen Seitenblick zu, ehe er wieder Armand fixierte. „Damit seine Wunden heilen konnten. Alle Wunden."

Armand hielt seinem Blick stand, verwandelte sich in einen Eisprinzen — arrogant, kühl und unnahbar. „Ich bin beeindruckt, dass du Qualitäten als Heilkundiger entwickelst. Bisher lag deine Begabung in der entgegengesetzten Richtung."

Ich schluckte, als Dracon gönnerhaft lächelte, während in seinen Augen Mordlust blitzte. Die Luft schlug beinah Funken zwischen den beiden Männern. Das fiel auch den anderen auf, die uns umringten. Warren und ich schienen nicht mehr da.

„Man entwickelt sich weiter, Armand. Da stehen wir einander nicht nach."

„Das erklärt noch immer nicht, was du hier zu suchen hast."

„Ein Kind gehört zur Mutter." Dracons Stimme war an Theatralik nicht zu überbieten. „Und Warren hat Melissa lange genug entbehren müssen."

Alwynn schritt ein, wofür ich ihm aus Dankbarkeit am liebsten die Füße geküsst hätte. „Es ist vielleicht nicht der geeignete Ort für das, was ihr euch zu sagen habt. Was ich sehe, ist die Rückkehr eines Vermissten. So etwas sollte man feiern und die Unstimmigkeiten für den Moment vergessen."

Ich legte Armand meine Hand auf die Brust mit stummem Flehen. Sein innerer Kampf gefror mein Blut. Doch schließlich nickte er, und ich durfte erleichtert aufatmen. Schwindelig vor Glück, Warren wiederzusehen, verwirrt über Dracons Verhalten und voller Sorge um Armands Reaktion, die nur aufgeschoben, aber nicht aufgehoben war, nahm ich wieder Platz. Die drei Männer gaben sich alle Mühe, keine weiteren Spannungen heraufzubeschwören. Das fiel besonders Warren leicht, denn er tat es mir gleich und schwieg fast den ganzen Abend. Nur sein Blick ließ mich nicht los. Was er dachte, blieb mir verborgen.

Wiederkehr

Lucien war nicht mehr in der Nähe von Gorlem Manor gewesen, seit Kalistes Ghanagouls ihn von hier verschleppt hatten. Aber es galt, etwas zu beenden, das er begonnen hatte. Wo er schon hier war, bot es sich an.

Er hatte Blue folgen müssen, denn er traute dem Dolmenwächter keine Spur, und er brauchte Melissa. Er hatte viel in seinem Geist gesehen, aber nicht genug. Jemand, der so vielen Herren diente wie Blue, war schwer berechenbar. Das Einzige, was er mit Sicherheit sagen konnte, war dass Blue vor allem am eigenen Vorteil interessiert war und wenig Skrupel hatte, alles zu tun, um seine Ziele zu erreichen. Der Kerl war nach seinem Geschmack, nur leider nicht so kontrollierbar, wie er es sich wünschte.

Bei allen Göttern Ägyptens, die Nacht mit ihm hatte sich in jeder Hinsicht gelohnt. Verlockend, es zu wiederholen, auszudehnen. Wie würde er auf den Damaszenerstahl reagieren? Lucien konnte sich gut vorstellen, dass Blue auch an solchen Spielen Gefallen fand. Er vertrieb die Gedanken aus seinem Kopf. Um Blue würde er sich später kümmern. Der lief ihm nicht weg. Jetzt wollte er lieber einem guten Freund einen Besuch abstatten.

Das große Haus war beeindruckend. Er schloss für einen Moment die Augen und sog die übersinnlichen Schwingungen auf. Fast so verlockend wie der Vatikan, was hier an Schriften und Artefakten ruhte. Doch noch viel verlockender war der Mann, der über all das wachte. Lucien besaß die Dreistigkeit und Dekadenz, den Haupteingang zu nehmen. Er stand bereits am Fuß der Treppe, die zum großen Tor führte, als er einen Schatten bemerkte. Statt zurückzuweichen, was die Gefahr gebot und keine Aufmerksamkeit zu erregen, hüllte er sich in Materiepartikel. Unsichtbar für den merkwürdigen Besucher verharrte er und wartete.

Es war ein älterer Mann. Breite Schultern, groß, aber schon leicht gebeugt. Was machte er hier und mit wem hatte er sich an der Tür getroffen? Er kam lautlos die Stufen herab. Lucien sah ihm nach, wie er behände über die Mauer von Gorlem Manor kletterte. Nicht einmal sein Herz schlug schneller, er fühlte sich vollkommen sicher. Durchaus noch sportlich, der Gute. Lucien ließ seinen Blick zwischen dem Entschwindenden und dem Eingang zu Gorlem Manor wandern, konnte sich aber keinen Reim darauf machen und verwarf den Gedanken schließlich. Was kümmerte es ihn, wer hier heimliche Schäferstündchen abhielt. Ihn interessierte vielmehr sein eigenes.

Die Tür öffnete sich auf seine Geste von selbst. Nachdem er sie wieder verschlossen hatte, setzte er seinen Weg zu Melissas Vater fort. Für gewöhnlich arbeitete er um diese Zeit noch, doch heute Nacht fand Lucien die Privaträume dunkel und verlassen vor. Welch erfreulicher Zufall.

Das Schlafzimmer des Ashera-Vaters war nicht verschlossen. Die Matratze knarrte leise, als Lucien darauf Platz nahm. Franklin lag in tiefem Schlaf. Er träumte, wie Lucien den schnellen Bewegungen seiner Augen entnahm. Der dünne Schweißfilm auf Stirn und Oberlippe kündete davon, dass es keine angenehmen Träume waren. Er streckte die Hand aus und strich behutsam über Franklins Wange. Als sie sich das letzte Mal gegenübergestanden hatten, waren die Furchen in seinem Gesicht deutlich tiefer gewesen. Der Prozess des Alterns war aufgehalten, sogar zurückgedreht. Das konnte nur eines bedeuten: Armand war auch in diesem Punkt zurückgekehrt.

Seine Finger glitten tiefer, fühlten den gleichmäßigen Puls an der Kehle schlagen. Er leckte sich über die Lippen, spürte seine Fänge hervortreten. Die Brust lag fest und glatt unter seiner Handfläche, eine Brustwarze zog sich zusammen, als er mit dem Daumen darüber rieb. Franklin stöhnte leise, flüsterte Armands Namen. Wenn er wüsste. Gleich würde er wissen. Lucien beugte sich vor, strich mit seiner Zunge über Franklins Lippen, die sich willig öffneten. Sofort ließ er die süße Flut aus seinem Mund in den des Ashera-Vaters fließen. Gerade genug, um dessen Körper zu elektrisieren, denn den unvergleichlichen Geschmack, die Macht des uralten Blutes, kannte und erkannte Franklin sofort. Er riss die Augen auf, wollte zurückweichen, doch darauf war Lucien gefasst. Blitzschnell packte er sein Handgelenk und zog ihn wieder zu sich.

„Nicht! Nicht weglaufen.“

Er strich mit dem Zeigefinger der anderen Hand über Franklins Lippen. In dessen Augen standen der Schreck und ein verzweifeltes Flehen. Lucien ließ seine Hand los und Melissas Vater rutschte ein Stück nach hinten. Der Lord ließ ein perlendes Lachen vernehmen. Es galt wohl erst wieder ein wenig Vertrauen zu gewinnen, nachdem er vor einem Jahr immerhin Franklins Totemtier in die Flucht geschlagen hatte.

„Ich habe dir einen Gefallen getan, Franklin“, flüsterte er. „Der Sangui, der sich um Cyron kümmert, wird Mel kein Haar krümmen. Ich passe gut auf sie auf.“

Franklin versteifte sich. „Was weißt du über die Sangui?“

Lucien lachte, brachte sein Gesicht nah an seine Beute heran. „Es gibt nichts, was mir fremd wäre. Ich beobachte die Welt seit fünftausend Jahren. Ihren Aufstieg, ihren Niedergang. Mal für, mal gegen uns, und mal gleichgültig, ob wir überhaupt existieren. Aber Gruppen wie euch hat es immer gegeben. Ashera, Lux Sangui, Diogenes, Rosenkreuzer. Unterschiedliche Ziele, Antriebe und

Überzeugungen, aber im Grunde ähnelt ihr euch alle."

Seine Lippen berührten Franklins Wangenknochen. Der Ashera-Vater schloss die Augen, zitterte.

„Dann stimmte mein Eindruck? Dieser Blue kennt dich."

„Mach dir darüber nicht so viele Gedanken, *djamal*. Deine Tochter ist sicher, egal wo sie ist. Das genügt doch, oder?"

Er schob seine Hand unter die Bettdecke, berührte Franklins Blöße, umschloss ihn sanft und ignorierte die verhaltene Abwehr, die ohnehin nicht standhielt. Zögernd, aber unweigerlich von der Sehnsucht getrieben, die er in ihm entfachte, erwiderte Franklin seine Liebkosungen. Seine Lippen streiften Luciens Mund. Der federleichte Flügelschlag eines Schmetterlings. Für den Anfang nicht schlecht, er hatte Zeit. Sein Aufenthalt in London würde diesmal nicht vorzeitig unterbrochen werden.

„Dein Körper ist noch begehrenswerter geworden", hauchte er. „Lässt Armand dich wieder trinken? Ja, ganz sicher tut er das."

Wieder gab er Franklin eine Kostprobe von seinen Lippen. Armands Blut war stark, seines hatte mehr zu bieten. Gierig nahm Melissas Vater es auf. „Liebt er dich auch wieder?", drängte Lucien weiter. „Oder bleibt dieses Verlangen ungestillt?" Es gelang Franklin nicht, es zu verbergen. Er las die Antwort in seinen Augen, dieses Sehnen entsprang einem Hunger, der schon lange währte. Wie leichtsinnig von Armand, ihm so in die Hände zu spielen. Vermutlich hatte er geglaubt, das Blut allein würde genügen. Kannte er die Macht ihres Dämons so wenig? Oder empfand er für Franklin so viel? „Dann lass mich es stillen", bot er an. Die Skrupel seines einstigen Gefährten waren ihm fremd. Sollte Franklin es nur abstreiten, sein Körper sprach eine deutliche Wahrheit.

So nah, so warm, dieser menschliche Körper. Er vertrieb die Kälte aus Luciens Gliedern. Franklin schloss die Augen, wagte kaum zu atmen, so zerrissen war er. Lucien kostete jede Sekunde aus, genoss den Zwiespalt, der in dem Menschen tobte, weil er wusste, welche Seite siegen würde. Wie von selbst drehte Franklin den Kopf, bot Lucien seine Lippen dar. Er umfasste das Gesicht des Ashera-Vaters mit beiden Händen, rieb mit den Daumen zärtlich über seine Wangenknochen und küsste ihn leidenschaftlich. Er ertrank in dem göttlichen Gefühl, als Franklin diesen Kuss erwiderte, sich ihre Zungenspitzen zum ersten Mal trafen. Ah, ja! Jetzt hatte er ihn so weit. Das Warten hatte sich gelohnt. Er würde sogar noch ein wenig länger warten. Würde Franklin in Sehnsucht zurücklassen, bis auch der letzte Hauch von Widerstand dahin war. Diesmal sollte er ihm endgültig gehören, bis er ihn wieder verließ. Ein wertvolles Pfand für Melissas Treue und eine erstrebenswerte Jagdtrophäe.

Es kostete ihn unmenschliche Kraft, sich von Franklins Küssen loszureißen.

Allzu gern hätte er ihn nach allen Regeln der Kunst verwöhnt und verführt. Aber er wusste, es steigerte nur den letztendlichen Genuss, wenn man das Ersehnte noch etwas hinauszögerte.

„Ich muss jetzt gehen", flüsterte er kaum hörbar und war verschwunden, noch ehe Franklin antworten konnte.

✳

Luciens erneutes Auftauchen brachte Franklin aus dem Konzept. Seine Nerven lagen blank, er reagierte den ganzen Morgen aggressiv und zermarterte sich den Kopf, was der Lord in London wollte. War er Mel gefolgt, weil er es nicht duldete, dass sie erneut in ihre Familie zurückkehrte? Oder ging es um ihn? Darum, zu beenden, was er vor einem Jahr begonnen hatte?

Diese Möglichkeit verwandelte seine Eingeweide in einen eisigen Klumpen. Er hatte Lucien schon beim letzten Mal nur mit Mühe widerstehen können, sein Krafttier sich als nutzlos erwiesen gegen die Macht des Vampirlords. Wenn dieser mit seiner Vermutung nur nicht so richtig liegen würde. Gequält schloss er die Augen. Ja, es stimmte, dass Armand ihm nur den kleinen Trunk gewährte. Dass sie alle glaubten, damit allein sei die Macht des Lords gebrochen, weil die Sucht befriedigt wurde. Doch es war mehr als das. Wer einmal die Leidenschaft eines Vampirs gespürt hatte, sehnte sich ein Leben lang danach.

Nun, meist dauerte so ein Leben dann ja auch nicht mehr lange. Mel hatte gesagt, ein Opfer zu töten sei gnädiger. Das stimmte. Die Sehnsucht nach all den Empfindungen, die dabei erwachten, brannte wie ein verzehrendes Feuer in der Seele. Aus diesem Grund lehnte Franklin es auch ab, jemals von Mel zu trinken. Mehr als einmal war die Versuchung groß gewesen, während Armand verschwunden war. Doch seine Vernunft sprach dagegen. Sie würden es nicht beim Blut belassen. Er würde es nicht dabei belassen. Und ein Wort von ihm hätte genügt, damit Melissa auch den anderen Hunger stillte. Er wusste zu gut, auf welch Messers Schneide ihrer beider Selbstbeherrschung stand. Dafür war der Blutdämon zu stark. Das wollte er weder ihr noch sich antun.

Aber Lucien ... Wie lange konnte er sich gegen die Versuchung wehren? Wie lange wollte er es überhaupt?

Es klopfte an der Tür zu seinem Büro. Maurice streckte seinen Kopf herein. „Franklin, dieser Blue ist eben gekommen. Der Kerl, der mit Donald Rybing da war. Er sagt, er müsse dich sprechen. Dringend."

Franklin runzelte die Stirn. Was konnte der Mann von ihm wollen? Ging es um Mel? Wussten die Sangui schon, dass sie in London war? Wenn ja, musste ihm klar sein, dass er sie bei Tage nicht antreffen würde. Er überlegte, ob er ihn wegschicken sollte, entschied sich aber dagegen. Je kooperativer er sich verhielt, umso sicherer war Mel.

„Bring ihn herein, Maurice. Und sag Vicky, sie soll ein Teegedeck herrichten. Gastfreundschaft hat noch nie geschadet."

Als der Sangui Franklins Büro betrat, hatte er noch weniger Ähnlichkeit mit einem von Donalds Leuten wie am Tag zuvor. Zerfetzte Jeans, ein weißes T-Shirt und Dreitagebart. Er war zwar nicht vielen Sangui in seinem Leben begegnet, doch in dieser Aufmachung lief keiner von denen herum.

„Nun, was kann ich für Sie tun, Mr. ...?"

„Sagen Sie einfach Blue. Das tun alle."

Er räusperte sich. Welchen Grund hatte dieser Mann, keinen Nachnamen anzugeben? „Also gut. Blue. Was führt Sie her?"

„Es geht um Ihre Tochter, da dachte ich mir, dass es Sie interessieren würde. Aber vorher ..."

„Ja?"

Blue sah zur Tür. Er hatte gute Ohren, denn tatsächlich öffnete sich diese gleich darauf und Vicky kam mit sauertöpfischer Miene herein, stellte das Tablett auf den Schreibtisch, dass die Tassen nur so klirrten und fragte steif: „Kann ich sonst noch etwas für unseren Gast tun?"

Franklin wurde heiß und kalt. Er warf Vicky einen tadelnden Blick zu und deutete ihr mit einer kaum merklichen Geste, zu gehen.

„Wunderbar. Ich habe nämlich noch genug zu tun." Sie wirbelte herum und schloss das Büro lautstark hinter sich.

Blue nahm es mit Humor, er grinste breit. „Was war das denn? Muss ich fürchten, dass mein Tee vergiftet ist?"

Franklin hatte das Gefühl, der Kragen seines Hemdes sei um einige Nummern enger geworden. „Nein, nein. Sie hat heute wohl ... einen schlechten Tag." Und war auf Dämonenjäger, die ihre Mel bedrohten, nicht gut zu sprechen.

Blue ergriff die Kanne und schenkte beide Tassen voll. „Na ja, ihren eigenen Boss wird sie wohl nicht vergiften wollen, da kann ich beruhigt sein."

Da wäre Franklin sich momentan nicht so sicher.

„Können Sie dafür sorgen, dass wir ungestört bleiben? Gänzlich?"

Ihm wurde immer unbehaglicher zumute. Diese Geheimniskrämerei schmeckte ihm nicht, klang nach schlechten Nachrichten, von denen er momentan zur Genüge hatte. Trotzdem griff er zum Telefon und informierte Maurice, dass er keinerlei Störung wünschte. Mit Wehmut stellte er fest, dass solche Dinge früher bei John einfacher waren, aber Maurice verfügte über keinerlei Telepathie.

„Was ich Ihnen sage, kann mich den Kopf kosten", begann Blue.

In seinen Zügen konnte Franklin keine Anzeichen von Unaufrichtigkeit entdecken, was aber nichts heißen wollte. „Nun, wenn Sie sich darum sorgen, dann müssen Sie es mir nicht erzählen."

Blue lehnte sich zurück. „Doch, ich muss. Sehen Sie, man sollte immer wissen, auf welcher Seite man steht. Ich stehe meist auf der, die mir den größten Nutzen bringt."

Immerhin war das ein ehrlicher Standpunkt, auch wenn er nicht gerade Charakterstärke verriet. Er räusperte sich. „Und welchen Nutzen, glauben Sie, kann die Ashera Ihnen bringen?"

Der Sangui zuckte die Achseln. „Keinen. Jedenfalls nicht der Orden. Es ist schwierig, das alles zu erklären. Ich bin in einer kleinen Zwickmühle. Nennen wir es mein Gewissen."

Er zögerte und Franklin beugte sich interessiert vor. Etwas lag spürbar in der Luft, knisterte geradezu.

„Ihre Tochter ist in größerer Gefahr, als Sie ahnen. Um es vorsichtig zu formulieren, Rybing würde es nicht bedauern, wenn sie von der Bildfläche verschwände."

Franklin schnaubte. Sein Herz krampfte sich zusammen. Seine Tochter in Lebensgefahr? Warum? „Ist es wegen des Gestaltwandlers?"

Blue lachte bitter und schüttelte den Kopf. „Der ist entbehrlich. Ein Mittel zum Zweck. Aber Melissa Ravenwood ist denen aus mehreren Gründen ein Dorn im Auge."

Ungeachtet seines Besuchers oder was dieser von ihm denken mochte, sackte Franklin in seinem Stuhl zusammen. Er fühlte sich wie ein Häufchen Elend und hilflos. „Warum sagen Sie mir das?", fragte er und wünschte sich gleichzeitig, allein zu sein, weil der Schock ihn lähmte und seine Gedanken träge machte.

„Mein Gewissen, wie ich schon sagte. Ich bin keiner von denen, das ist einfach nur ein lukrativer Job für mich. Das dürfen die natürlich nicht wissen. Sie sehen, Franklin, ich bin jetzt in Ihrer Hand."

Als ob das eine Rolle spielte. Seine Tochter schwebte in Lebensgefahr. Da kümmerte es ihn nicht, ob Blue seine Brotgeber verriet. Das musste der Mann schon mit sich selbst ausmachen. „Ich danke Ihnen für diese Information."

„Sie können auf mich zählen. Ich denke, das werden Sie über kurz oder lang sogar müssen. Da ist es gut, mit offenen Karten zu spielen."

Er nickte und gab Blue zu verstehen, dass er ganz Ohr war, obwohl ihm der Kopf schwirrte.

„Also erst mal ist Cyron getürmt. Jemand hat auf ihn geschossen und wenn Rybing hört, dass Ihre Tochter hier ist, wird er sie verdächtigen."

Seine Kehle wurde immer enger.

„Rybing braucht Cyron, er ist Teil seines Plans."

Allmählich stieg das Bedürfnis in Franklin, mehr zu erfahren. Es klang nach einem Komplott. Gegen wen?

„Donald hat es sich auf die Fahne geschrieben, den PU komplett zu zerschlagen. Und seit der Sache mit Darkworld ist die Vampirkönigin Kaliste eine große Nummer bei denen. Viele Dämonen arbeiten für sie. Es ist wie mit der Schlange, der man den Kopf abreißen muss. Nur kommt man an die Lady schwer ran. Da war es ein Glücksfall, Cyron zu finden."

„Wo haben Sie ihn gefunden?", fragte Franklin und bemühte sich, die aufsteigende Panik zu ignorieren.

„Das weiß ich nicht. Nur, dass Kaliste ihm den Bauch aufgeschlitzt und ihn mit irgendeinem Zeug vollgepumpt hat. Wollte ihn wohl ausbluten lassen, nachdem sie ihn nicht mehr brauchte."

Franklin verzog das Gesicht.

„Ja", bestätigte Blue, „war bestimmt kein schöner Anblick. Jedenfalls hat Rybing ihn wieder zusammenflicken lassen. Nicht schön, aber das ist ja für einen Gestaltwandler auch nicht so wichtig. Außerdem hat er ein Gegengift bekommen, was er aber nicht weiß. Er bekommt alle paar Tage eine Dosis von mir, ohne es zu merken. Darum gehe ich davon aus, dass er früher oder später wieder aufkreuzt, wenn er Entzugserscheinungen bekommt und ihm ein Licht aufgeht. So intelligent dürfte er wohl sein, eins und eins zusammenzuzählen."

Was für ein verachtungswürdiger Plan. Franklin schämte sich, als Mitglied eines PSI-Ordens mit solchen Leuten in einen Topf geworfen zu werden. „Ich verstehe nur immer noch nicht, was es mit meiner Tochter zu tun hat. Außer, dass man sie vielleicht dieses Anschlags verdächtigt."

Blue rollte die Augen. „Hören Sie mir nicht zu, Franklin? Rybing hat ein Problem mit Melissa. Wegen dem, was sie ist und was sie tut. Er hat damit gerechnet, dass sich Melissa nicht an die Abmachung hält. Dass sie nach London kommt und Cyron weiter auf den Fersen bleibt. Cyron ist der Köder für ihre Tochter, weil sie der Köder für Kaliste ist."

„Was?" Alle Kraft wich aus Franklins Gliedern. „O meine Göttin!" Und Melissa schickte sich dazu an, gegen Kaliste vorzugehen. Das musste er verhindern. Er musste sie warnen.

Blue beugte sich vor und legte seine Hand auf Franklins Arm. „Ich kann mir vorstellen, was jetzt in Ihnen vorgeht, und ich bin auf Ihrer Seite. Sonst hätte ich Ihnen das nicht gesagt. Aber ich muss meinen Job durchziehen. Ich kann es nicht riskieren, dass Rybing an mir zweifelt, sonst liege als Nächstes ich irgendwo mit aufgeschlitztem Bauch herum."

Franklin nickte mechanisch.

„Behalten Sie Ihre Tochter im Auge. Hier ist meine Nummer. Wenn es brenzlig wird, rufen Sie mich an. Ich kümmere mich dann darum, dass ihr nichts passiert, okay?"

Wie konnte er das von ihm erwarten? Warum sagte er all diese Sachen und erwartete dann, dass er nichts tat? Blue erhob sich, um zu gehen. Franklin hielt ihn nicht auf, war zu sehr mit seinen Gedanken beschäftigt.

✻

Gleich nach Einbruch der Nacht trafen Armand und ich uns mit Dracon und Warren, um Letzteren zurück nach Gorlem Manor zu bringen. Ohne die Mitglieder des PU um uns herum war die Stimmung zwischen dem Drachen und meinem Verlobten noch angespannter, um nicht zu sagen explosiver als gestern.

Da ich wusste, wie Maurice auf ein Quartett von Vampiren reagieren würde, nahm ich den einfacheren Weg durch den Garten ins Arbeitszimmer meines Vaters. Dabei waren wir zwar leise, aber nicht lautlos. Es wunderte mich daher, dass mein Vater uns nicht bemerkte. Ganz im Gegenteil saß er bleich, mit dunklen Augenringen an seinem Schreibtisch und bearbeitete die Tastatur seines Laptops mit zitternden Fingern. War er krank? Gestern ging es ihm noch gut.

„Dad?"

Er sprang mit einem Satz von seinem Stuhl auf. Der rasende Schlag seines Herzens ließ mich einen Schritt zurücktreten. Panik erfüllte seinen Blick, als er mich und Armand erkannte, verstärkte sich noch bei Dracons Eintreten. Doch als Warren hereinkam, was das zu viel für meinen Vater. Er verharrte Sekunden regungslos, verdrehte dann die Augen und sank ohnmächtig zu Boden.

Ich kniete sofort neben ihm nieder. Noch nie im Leben hatte ich meinen Vater ohnmächtig werden sehen. Die Sorge, dass es ihm gesundheitlich schlecht ging, wühlte in mir. Weckte Erinnerungen an Camille. Gab Armand ihm genug Blut, um so etwas zu verhindern? Reichte der kleine Trunk aus?

Mein Liebster hob Franklin auf seine Arme und trug ihn ins Schlafzimmer, wo er ihn in den Ohrensessel legte. Ich holte ein Glas Brandy, um seine Lebensgeister wieder zu wecken. Dracon beobachtete die Szene ohne erkennbare Emotion, und Warren war Unsicherheit ins Gesicht geschrieben. Er wäre am liebsten sofort wieder geflüchtet, was ich ihm nicht verdenken konnte. Vielleicht doch keine gute Idee, ihn herzubringen. Ich ärgerte mich, dass ich nicht allein gekommen war, um Franklin zunächst schonend vorzubereiten. Armand sah das genauso.

„Es ist wohl besser, wenn ihr erst mal wieder geht", sagte er zu Dracon, der sofort protestieren wollte. Aber Warren legte seine Hand auf den Arm seines dunklen Vaters.

„Armand hat recht. Es war keine gute Idee."

Er warf mir einen Blick zu, der Verzweiflung ausdrückte. Darum bat auch ich Dracon, noch etwas zu warten.

„Ich rede mit Franklin und sage euch dann Bescheid. Aber im Moment scheint er nicht in der Verfassung zu sein."

Widerwillig trat Dracon den Rückzug an. Es passte ihm nicht.

Armand sparte nicht mit Vorwürfen, als die beiden fort waren. „Da siehst du, was du Franklin antust. Wie kannst du glauben, er würde Warren mit offenen Armen empfangen, und dann auch noch aus Dracons Händen?"

„Er war für Franklin wie ein Sohn", versuchte ich mich zu rechtfertigen.

„Ein Sohn, den er vor einem Jahr zu Grabe getragen hat. Und tu nicht so, als wüsstest du nicht ebenso gut wie ich, dass Warren nicht mehr derselbe ist."

Mir blieb der Mund offen stehen. „Was willst du damit sagen?"

Er lachte höhnisch. „Mel, er war in dieser Zeit bei Dracon. Du kennst diesen Bastard. Sieh dir Warren an, er wirkt nicht gerade unglücklich an der Seite seines Lovers. Da brauche ich nicht lange zu überlegen. Er ist genauso ein berechnendes, sadistisches Subjekt geworden wie dein Bruder."

Die Art, wie Armand das letzte Wort ausspie, versetzte mir einen Stich. Ich kämpfte mit den Tränen. „Ich habe mir das nicht ausgesucht."

„Nein, aber sonderlich dagegen gewehrt hast du dich auch nicht."

Mir schlug die nackte Verachtung aus seinem Gesicht entgegen. Und das, wo ich selbst Dracon beim letzten Mal zum Teufel gejagt hatte. Ich setzte mich nicht mehr für ihn ein, aber bei Warren konnte ich nicht so kalt bleiben. Ich wollte nicht glauben, dass er genauso geworden war. Tief in mir flüsterte eine Stimme, dass ich bei Dracon ebenfalls noch immer das Gute sah, auch wenn er mir hinlänglich das Gegenteil bewiesen hatte.

Franklin stöhnte, seine Lider flatterten. Er kam wieder zu sich. Armand und ich verschoben unseren Streit auf später. Während er meinen Vater stützte, flößte ich ihm einen Schluck Brandy ein.

„Ich dachte ... für einen Moment sah es so aus ... dass Warren in der Tür gestanden hat."

Er hielt es für einen Traum. Armand presste grimmig die Lippen aufeinander. Natürlich plädierte er dafür, ihn in dem Glauben zu lassen. Ich hingegen wollte meinen Vater nicht belügen und dachte auch an die Folgen, die das haben würde.

„Dad." Ich drückte seine Hand und lächelte zaghaft. „Es war Warren."

Für einen Moment fürchtete ich, er würde abermals ohnmächtig, als er mit einem Laut voller Qual die Augen verdrehte, sich ans Herz fasste und in den Polstern zusammensank.

„Das reicht!", fuhr Armand mich an.

„Es ist wahr", flüsterte Franklin. „Er lebt. Der Göttin sei Dank."

Ich war versucht, Armand eine Retourkutsche zu erteilen, aber die Situation war unpassend.

„Ja, Dad. Er lebt. Aber es ist nicht so einfach."

„Was ist mit dir los, Franklin?", schaltete sich Armand ein und die Sanftheit seiner Stimme, als er mit meinem Vater sprach, stand in hartem Kontrast zu der Schärfe, mit der er mich zuvor angegangen war.

Franklin sah ihn verständnislos an.

„Du bist ohnmächtig geworden. Dafür gibt es doch einen Grund."

Mein Vater starrte ins Leere, suchte nach einer Erklärung, bis er schließlich meinte: „Es war wohl in den letzten Tagen alles ein bisschen viel."

Er nahm das Brandyglas aus meiner Hand und schüttete dessen Inhalt in einem Zug hinunter. Es brachte zumindest etwas Farbe in seine Wangen, auch wenn die Haut immer noch fahl wirkte und die Augen tief in den Höhlen lagen, als habe er mehrere Nächte nicht geschlafen. Ich vergaß unsere Zwistigkeit und sah Armand fragend an. Er zuckte unmerklich die Schultern, fand ebenso wenig eine Erklärung wie ich.

„Wo ist Warren jetzt?", fragte Franklin.

„Er ist mit Dracon gegangen. Wir waren nicht sicher, was passieren würde, wenn er bei deinem Erwachen noch hier ist."

Er nickte. „Das ist gut so. Ich würde gern mit ihm reden, aber nicht hier."

Während ich nicht verstand, was er damit meinte, fühlte sich Armand bestätigt. „Das Risiko ist auch zu groß. Wir wissen gar nichts über ihn."

Ich hoffte, dass mein Vater widersprach, doch stattdessen pflichtete er Armand bei. „Ja, ein Jahr ist eine lange Zeit. Und gerade jetzt kann ich mir keinen Unsicherheitsfaktor auf Gorlem Manor leisten."

Er zitterte beim Aufstehen, lehnte Armands Hilfe ab. Ich blieb wie paralysiert am Boden hocken. Konnte – wollte – diese Reaktion nicht verstehen.

„Mel?" Mein Vater sah auf mich herab, ein unsicheres Lächeln auf den Lippen.

Ich erhob mich, obwohl eine zentnerschwere Last mich nach unten zog. Folgte Armand und meinem Vater ins Kaminzimmer. Alles in mir befand sich in Aufruhr. Ich konnte nicht bei ihnen sitzen bleiben, zu sehr wühlte es in mir, dass Warren in Ungnade gefallen war. Ausgerechnet bei den beiden, die mir am nächsten standen.

Ich gab vor, zu Vicky in die Küche zu gehen, um meinem Vater Tee zu holen und etwas zu essen, da er auf Armands Frage gestand, heute noch keine Mahlzeit zu sich genommen zu haben. Es sei so viel los gewesen.

Auch Vicky verbreitete, entgegen ihrem sonst sonnigen Gemüt, eine Laune, dass die Milch sauer wurde. Sie schepperte mit den Töpfen, bearbeitete Hefeteig wie einen Feind und stierte finster vor sich hin.

„Hat er's dir schon erzählt?", fragte sie und hieb erneut auf den wehrlosen Teigklumpen.

„Wer was erzählt?"

„Na dein Papa. Von dem Sangui."

„Wovon redest du, Vicky? "

Doch sie zuckte die Schultern und meinte, wenn er mir noch nichts erzählt hätte, wäre es wohl besser, wenn sie auch den Mund hielt.

„Sind denn inzwischen hier alle am Durchdrehen?" Ich schob den künftigen Kuchen beiseite, was diesem vermutlich seine Zukunft rettete und fasste Vicky am Arm. „Wenn du schon Andeutungen machst, dann sprich bitte Klartext. Von Rätseln hab ich die Nase voll. Franklin ist gerade vor meinen Augen ohnmächtig geworden und sieht aus wie ein Zombie. Du verlierst deinen Humor und willst Gebäck ermorden. Vicky!"

Sie schob schmollend die Unterlippe vor. „Dieser Blue war heut Mittag da. Haben sich über ne Stunde eingeschlossen die zwei. Und seitdem redet dein Vater von nix anderem, als dass du in Gefahr bist. Weil der Gestaltwandler weg ist und weil diese Dämonenjäger dir was anhängen wollen."

Und so was wollte mein Vater vor mir verheimlichen, noch dazu in der jetzigen Situation? Das konnte nicht sein Ernst sein. „Danke, Vicky", sagte ich, nahm das Tablett mit dem Tee und den Sandwiches und kehrte zu meinen beiden Männern zurück. Erfüllt von grimmiger Entschlossenheit.

Als ich eintrat, saß Ash dabei, was mich zwang, meinen Ärger hinunterzuschlucken. Mein Vater sah es mir dennoch an der Nasenspitze an, und da ich gerade von Vicky kam, war ihm klar, worauf es hinauslief. Dafür kannte er uns beide zu gut.

Mir hingegen fiel auf, dass Armand sich sehr zurückhielt, solange der Spanier im Raum war. Ash interessierte sich für seine Vergangenheit, für seinen Lebenswandel. Das wäre mir an Armands Stelle auch unangenehm gewesen, denn für diese Neugier musste es einen Grund geben.

„Ash", bat Franklin schließlich höflich, „wir haben noch ein paar wichtige Dinge zu besprechen. Ich möchte nicht unhöflich erscheinen, doch vielleicht können wir den gemütlichen Abend zum Plaudern auf ein anderes Mal verschieben."

„Oh, sicher! Verzeihen Sie. Ich habe mich einfach aufgedrängt." Er lächelte entwaffnend. „Dann werde ich mich mal in eine der Bibliotheken begeben. Vielleicht kann ich mich dort irgendwo einklinken."

Er war noch nicht richtig aus der Tür, als ich auch schon über meinen Vater herfiel. „Wann hattest du vor, mir von Blues Besuch zu erzählen?"

Franklin errötete und senkte schuldbewusst den Blick. Armand verstand nicht, wovon ich sprach, darum klärte ich ihn über das auf, was ich in der Küche erfahren hatte.

„Ich wollte dich nicht beunruhigen."

„Nicht beunruhigen?", hakte ich nach. „Dad, in der derzeitigen Situation sind solche Informationen wichtig. Was hat er gesagt? Und viel wichtiger, inwieweit können wir ihm trauen?" Bei jemandem, der seinen eigenen Orden verriet, fand ich das eher fragwürdig.

Er seufzte. „Nun, du hast ja recht. Ich wollte es dir auch bei deinem nächsten Besuch sagen, aber es erschien mir unnötig, dich extra zu rufen."

„Gibt es einen bestimmten Grund, warum du es auch jetzt nicht gesagt hättest, wenn Vicky nicht davon angefangen hätte?"

Armand spürte ebenso wie ich, dass etwas im Busch war, aber er gebot mir Ruhe. Mein Vater war angespannt und gestresst. Daran hatte auch der Brandy nicht viel geändert. Die Sandwiches rührte er nicht an.

„Du solltest etwas essen, Franklin."

„Oder etwas trinken", fügte ich hinzu.

Er zuckte zusammen. Was sollte das? Ich sprach nur vom Tee. Aber der Blick meines Vaters ging nicht zu Armand, als ich das sagte, sondern zu Boden.

Er griff nach meiner Hand, seine Finger waren eiskalt. „Sei vorsichtig, Mel, bitte. Unsterblichkeit ist verdammt relativ, wenn dir Dämonenjäger auf den Fersen sind."

„Ich passe schon auf sie auf", beruhigte ihn Armand. „Unsere Freunde im Untergrund halten auch die Augen offen."

Ich musste zugeben, dass mich ein Gespräch mit Blue unter diesen Umständen reizte. In Miami nannte er mich eine Anfängerin, in London warnte er meinen Vater vor den angeblichen Plänen der Lux Sangui, bei denen ich nicht gut abschnitt. Aber meinem Vater zuliebe, dessen Nerven ohnehin schon überstrapaziert waren, versprach ich, weiter abzuwarten und mich um Atlantis zu kümmern.

„Was wird mit Warren?", fragte ich schließlich.

„Ich weiß es nicht", gestand mein Vater.

Derzeit fühlte er sich nicht in der Lage, ihm gegenüberzutreten. Ich wurde den nagenden Zweifel nicht los, dass mehr dahintersteckte als der Besuch dieses Blue.

Geiger und andere Teufel

aphyro kam nicht oft nach Miami. Er mochte den Lärm einer Stadt nicht, blieb lieber in seinem Palast mit seinen kleinen Prinzessinnen und Prinzen. Doch seit Jenny, Mels kleine Seelenschwester, und ihr Retter Arante bei ihm waren, zog es Ramael, seinen Liebsten, häufig mit den beiden hinaus. Manchmal begleitete Saphyro sie bei diesen Streifzügen. Er wäre heute gern zu Lucien gegangen, während seine Kinder den Auftritt von Jack dem Geiger besuchten. Doch der Lord und Herr der Isle of Dark war nicht anwesend. Also machte Saphyro aus der Not eine Tugend und begleitete seine Schar, um ebenfalls dem magischen Spiel des geheimnisvollen Musikers zu lauschen.

Jack war ein Geigenvirtuose. Er konnte alles spielen. Traurige Stücke, Pop, Balladen, Rock, Country, Klassik. Und er spielte alles mit der für einen Vampir typischen Perfektion. Dabei übte er mit seiner Geige eine Faszination und einen Zauber auf Menschen aus, dem sie kaum widerstehen konnten. Seine Geige war gleichzeitig sein Lockmittel bei der Jagd. Aber nicht nur das allein. Es war auch sein Blick aus grünen Augen, in die das dunkle Blut goldene Sprenkel gestreut hatte. Seine Iris glühte irgendwo zwischen Leidenschaft und Wahnsinn, wenn er spielte. Und dann sein Lächeln. Diabolisch süß, ein wenig schief, enthüllte es blitzend weiße Zähne. Seine kurzen Haare stylte er zu einem Igelkopf und hatte ein Faible für weite Rüschenhemden zu ledernen Hosen.

Jack war Ende des 19. Jahrhunderts verwandelt worden. Ein junger Mann von siebzehn Jahren, obwohl er wie Mitte zwanzig wirkte. Unsterblich schön. Er spielte häufig im Bat's Inn, der Bar des finnischen Vampirs Svenson, die außerhalb von Miami, praktisch auf halbem Weg in die Glades, lag. Aber auch in vielen anderen Clubs der Vampirszene, kreuz und quer in den Staaten. Jenny war in New Orleans auf ihn aufmerksam geworden und schwärmte seitdem wie ein Teenager für seinen Lieblingsstar. Saphyro hatte Eifersucht befürchtet und schon mit sich gerungen, wie Arante darauf reagieren sollte, aber der nahm es leicht. Der schüchterne Vampir mit dem unschuldigen Herzen hatte sich binnen eines Jahres zu einem gerissenen und charmanten Exemplar ihrer Art gemausert, das manches Herz in Liebeskummer brach, wenn er es nicht durch den besonderen Kuss zum Stillstand brachte.

Die beiden genossen ebenso wie Ramael sehr viel mehr Freiheiten bei Saphyro als seine anderen Schützlinge. Das Einzige, was er bedauerte, war die Tatsache, dass Jenny nicht mehr zurückblickte. Nicht nach Gorlem Manor — und auch nicht zu Mel. Dieses Kapitel ihres Lebens war trotz allem, was Mel für sie getan und riskiert hatte, abgeschlossen.

Ein sehnsuchtsvolles Aufstöhnen aller sterblichen Gäste weiblichen Geschlechts signalisierte Saphyro, dass Jack die Bühne betrat. Er drehte sich um und sah dem Teufelsgeiger in sein lächelndes Antlitz. Die Verbeugung des Musikers galt ihm, auch wenn keiner außer ihnen das realisierte. Mit leicht geöffneten Lippen und geschlossenen Augen hob Jack die Geige ans Kinn und strich den Bogen in einer gleichmäßigen, langsamen Bewegung über die Saiten. Der Ton klang wie ein Weinen, das der Wind heranträgt. Ein Klagelaut aus tiefstem Herzen, der Seelen in Schwingung versetzte.

Saphyro lächelte und ließ sich einfangen von den Klängen, die ihn schon häufiger begleitet hatten. Er kannte Jack seit einer Ewigkeit, daher verstand er, was Jenny an dem Vampir so faszinierte.

Alle Augen im Raum hingen gebannt an Jack und seiner Geige. Verklärte Blicke überall, sinnliche Gedanken erfüllten die Luft. Jack schien in einer anderen Welt, in der er nichts mehr wahrnahm außer seiner Geige und ihrem sanften Vibrieren, wenn er mit dem Bogen darüberstrich wie über eine Liebste. Doch in Wahrheit, das wusste Saphyro, tastete sich der Dämon von Tisch zu Tisch, von Seele zu Seele und wählte ein Opfer für die Nacht.

Abrupt verstummte die Melodie. Der Zauber brach und Saphyro blickte irritiert zu Jack, der den Kopf zum Eingang drehte und lauschte. Seine Nasenflügel bebten. Auch Saphyro richtete seine Sinne aus. Da kam etwas auf sie zu.

Ehe er noch reagieren konnte, flog die Doppeltür auf und mehrere schwarz vermummte Gestalten kamen herein. Während die meisten von ihnen Maschinengewehre in den Händen hielten und wild drauflosschossen, bezog einer gelassen in der Mitte des Raumes Position, ignorierte die Schreie der Gäste und das Donnern des Mündungsfeuers. Er hob eine Waffe, die einer gewöhnlichen Pistole ähnlich sah, und doch nicht völlig mit den bekannten übereinstimmte.

Obwohl er sich der Gefahr bewusst war, duckte sich Saphyro nicht, sondern fixierte die Waffe. Er hatte von dem Anschlag auf Luciens Bar gehört und zählte eins und eins zusammen. Aber war da nicht von einem Einzeltäter die Rede gewesen?

Der Mann mit der Pistole sah in seine Richtung, die Augen hinter den getönten Gläsern einer Sonnenbrille nicht zu erkennen. Trotz der Maske, die sein Gesicht bedeckte, war sich Saphyro sicher, dass er grinste. Er zielte direkt auf ihn und drückte ab. Mit einem beherzten Sprung brachte sich Saphyro aus der Schusslinie. Der Kerl beachtete ihn nicht weiter, sondern visierte das nächste Opfer an. Im Gegensatz zu seinen Kumpanen schoss er gezielt und ausschließlich auf die Vampire.

„Schnappen wir sie uns", meldete sich Jack telepathisch.

Er stimmte dem Geiger zu und gab es an seine drei Begleiter weiter. Ein Blick zur Bar zeigte auch von Svenson, dem Barbesitzer, ein Nicken.

„Jetzt!", rief Saphyro und schoss wie ein Blitz aus seiner Deckung hervor, trat einem der Männer das Maschinengewehr aus der Hand. Jack stieß seine Hand mit den scharfen Nägeln voran in den Leib eines anderen. Svenson hatte seine Schrotflinte unter dem Tresen hervorgeholt, beinah Hollywoodklischee. Der Schuss traf einen der Männer in die Schulter, durchschlug das Gelenk und streifte den hinter ihm Stehenden am Oberarm. Ramael rammte seinen Ellenbogen in ein maskiertes Gesicht. Das Knacken, als Nasen- und Jochbein brachen, übertönte sogar die letzten Salven.

„Raus hier!", befahl der Pistolenträger.

So schnell, wie sie gekommen waren, verschwanden die Angreifer. Als Saphyro nach draußen rannte, war von ihnen keine Spur mehr.

Drinnen hielt Svenson ein Handy ans Ohr und wartete auf eine Verbindung. „Gut, dass mein Laden abseits liegt. Sonst hätten wir gleich das PD oder CSI auf der Matte stehen."

In der Tat. Mit einem Blick erfasste Saphyro die Lage und erteilte seinen Kindern erste Anweisungen. Ihrem Beispiel folgten weitere unverletzte Gäste. Es half auch, den Schock einzudämmen. Vor allem bei den anwesenden Sterblichen.

„Wen hast du angerufen?", wollte er vom Barmann wissen.

Der grinste breit und schob die Flinte wieder in ihr Fach. „Spezieller Notruf. Braucht man in diesen Tagen."

*

Steven drückte die Zigarette draußen auf dem Gang aus und stieß die Tür zur Umkleide auf. Der Anblick, der sich ihm bot, ließ ihn innehalten. Thomas war gerade aus der Dusche gekommen. Seine Schicht hatte vor einer Viertelstunde geendet und er stand splitterfasernackt an seinem Spind und trocknete sich ab. Noch immer überall kleine Wassertropfen auf der Haut.

Erschrocken fuhr er zu Steven herum, sein Körper spannte sich augenblicklich an, als er ihn erkannte. Er griff nach seinem Hemd und wollte es überziehen, doch da war Steven schon bei ihm. „Du kannst es ruhig auslassen", flüsterte er und streichelte Thomas über die Schulter, weidete sich an dem Anblick des nackten, gestählten Körpers. Lucien hatte vielleicht recht. Gott, er sehnte sich nach diesem Mann. Schob die Bedenken beiseite und küsste ihn leidenschaftlich. Auf den Mund, die Wange, die Kehle.

„Steven, nicht. Wir sollten hier …“

„Was?“, unterbrach Steven. Sein Gesicht war so nah. So verführerisch nah. Nur ein Kuss, ein einziger Kuss. Thomas' Lippen öffneten sich wie von selbst. Das konnte nur als Einladung gedeutet werden. Noch während er ihn küsste, öffnete Steven seine Hose. Thomas protestierte leise.

„Steven, nicht hier. Wenn jemand kommt und …“

Mit Bedauern gestand er sich ein, dass Thomas recht hatte, auch wenn die Versuchung groß war. „Meine Schicht fängt eh gleich an“, meinte Steven seufzend.

Thomas nickte, legte die Arme um ihn und schmiegte sich noch einmal an ihn. „Ja, ich weiß.“

„Aber wir holen das nach. Später.“ Er küsste seinen Lover sanft.

„Du solltest vorher noch mal duschen gehen“, unkte Thomas. „Sonst rennen dir gleich alle Schwestern hinterher, so geil, wie du riechst.“

Thomas' Geruch nach Lust und Verlangen haftete an ihm. Sie brauchten sich nur zu berühren und es strömte aus seinen Poren. Gut, dass ihm dadurch nicht auffiel, dass Steven keinen eigenen Duft besaß. Trotzdem nahm er den Rat an, denn eine kalte Dusche schadete jetzt nicht. Er brauchte einen klaren Kopf für seine Schicht.

Der reinste Wahnsinn, sich ausgerechnet jetzt zu verlieben. In einen Menschen. Als hätten sie nicht genug Probleme. Aber so was ließ sich nun mal nicht steuern. Lucien fand seine Bedenken sicher albern. Sein Freund hatte die Stadt für ein paar Wochen verlassen. Es stimmte Steven nachdenklich, dass er zeitgleich mit Melissa aufgebrochen war. Für ihn lag auf der Hand, dass er ihr nach London folgen wollte, nur das Warum blieb unklar. Hoffentlich steckte nicht wieder irgendeine Teufelei dahinter. So eng ihre Freundschaft auch war, Steven hatte Lucien noch nie unterschätzt. Und für ein Unschuldslamm hielt er ihn keineswegs.

Thomas war fort, als er aus der Dusche kam. Während er sich abtrocknete, ging sein Pieper los. „Verdammt.“

Er schlüpfte in seine Hosen und warf den Kittel über. Zuknöpfen konnte er ihn auf dem Weg zum Behandlungsraum. Sein nackter Oberkörper verschaffte ihm einige schmachtende Blicke der Schwestern, die ihm auf dem Gang entgegenkamen. Auch Jessica, die mit den Aufnahmepapieren zu ihm stieß, pfiff anerkennend.

„Was haben wir?“ Er ignorierte ihr anzügliches Grinsen.

„Ein Problem. Da hat jemand einen In-Club übel aufgemischt.“

„Was?“ Wie sollten sie mehrere PSI-Wesen in der Notaufnahme behandeln?

„Bleib cool, Süßer. Ich hab alles im Griff. Das mit dem Pieper war ich. Hab an der Aufnahme Bescheid gesagt, dass wir rausfahren müssen. Entbindungsnotfall."

Sie kicherte zufrieden und warf ihm den Schlüssel für eines der Ambulanzfahrzeuge zu.

„Schau nicht so", kommentierte sie seine Fassungslosigkeit. „Mit deinem Motorrad kriegen wir nicht genug Verbandsmaterial transportiert."

Die Kleine hatte was drauf, das musste er ihr lassen. Trotzdem pumpte Adrenalin durch seine Adern. Wenn sie aufflogen. Wenn etwas schiefging. Wenn jemand zufällig mitbekam, wo sie hinfuhren.

Doch das alles zählte nicht mehr, als sie zwanzig Minuten später am Ort des Anschlages eintrafen. Das Bat's Inn war so offensichtlich, dass es schon wieder unverdächtig wirkte. Kein Treffpunkt für den PU, sondern exklusiv Vampiren und ihren sterblichen Gefährten vorbehalten. Lucien hatte das wohl auch für sein Leonardo's geplant, aber dort fand sich bald ein breiteres Publikum ein, und da es ihnen allen nutzte, den PU im Auge zu behalten, hatte er es gewähren lassen.

Im Bat's tauchten bestenfalls mal ein paar Zwerge auf und ab und zu ein Lycantrop. Hier war alles auf Bluttrinker ausgerichtet, von den Drinks bis zu den regelmäßigen Liveauftritten. Heute Abend wäre es für Jack, den Steven ebenfalls gut kannte, beinah der letzte Auftritt geworden. Bei ihrer Ankunft hatten der Barmann und die Gäste, die mit dem Schrecken davongekommen waren, bereits alle Verletzten in eine Ecke gebracht und die oberflächlichen Wunden mit Verbandsmull versorgt. Steven entdeckte Saphyro im hinteren Bereich; bei ihm waren Ramael, Jenny und Arante. Sie kümmerten sich um zwei sterbliche Frauen und ihren vampirischen Begleiter. Saphyro nickte ihm zu und Steven erwiderte stumm den Gruß.

„Die sind einfach hier reingestürmt. Haben den Laden in Einzelteile zerlegt", polterte Svenson, der Chef des Bat's Inn, los. Ein blonder Hüne, der aus Finnland umgesiedelt war – vor mehr als dreihundert Jahren.

„Die?" Steven stutzte und holte ein paar Sachen aus seinem Arztkoffer. „Willst du sagen, es war kein Einzelkämpfer?"

Svenson verneinte. Und auch Jack, der sich von Jessica einen Streifschuss verbinden ließ und ihr dabei schöne Augen machte, bestätigte, dass eine ganze Horde im Bat's Inn eingefallen war. Die Schilderungen glichen dem Typ aus dem Leonardo's, aber hier sprach man von zehn Angreifern.

„Steven! Du wirst hier gebraucht!"

Jessica flirtete zwar über gelegentliche Blicke mit Jack, doch sie war zu professionell, um sich von ihrer Arbeit abbringen zu lassen. Geschickt schiente sie den Arm einer Vampirin und wies mit dem Kinn auf einen Zwerg, dem mehrere Geschosse in Arm und Schulter gedrungen waren.

Steven musste sein Gespräch mit Svenson und seinem Stargast des heutigen Abends auf später verschieben, aber er konnte nicht zurückfahren, ohne Genaueres zu erfahren. Mit der jahrzehntelangen Routine versorgte er die Verletzungen. Schnitte von Glassplittern, Schusswunden, gebrochene Knochen, ein paar erstgradige Verbrennungen. Jessica widmete sich den leichteren Fällen und legte Infusionen an. Bei den Vampiren heilten die Wunden schon. Trotzdem hatten sie über zwei Stunden zu tun, auch wenn ihre Freunde ihnen zur Hand gingen.

„Ich wusste gar nicht, dass du in der Stadt bist", meinte Steven zu Saphyro, während der ihm beim Nähen einer Wunde assistierte.

„Wir sind auch nur heute Abend hier. Wegen Jack."

Steven hatte gehört, dass Jack einer von Saphyros Zöglingen gewesen war. Genau wusste das aber niemand. Der Junge war siebzehn, obwohl er älter aussah. Die Möglichkeit bestand also, auch wenn es ungewöhnlich war, dass Saphyro eins seiner Kinder ziehen ließ.

„Jenny liebt sein Geigenspiel."

Steven sagte nichts und vermied, nach Arante zu schauen. Seit Jennys Rettung durch Arantes Blut hatte er das Mädchen nicht mehr gesehen. Er wusste nicht, wie sie und Arante heute zueinanderstanden, ob der Junge bereute, seinen dunklen Vater Anakahn verlassen zu haben. Immerhin waren beide noch bei Saphyro, aber was hieß das schon?

„Wie geht es Mel?", wandte sich jetzt Jenny an ihn.

Er blickte auf, grinste sie schief an. „Das Übliche."

Jenny lachte. „Also steckt sie schon wieder bis zu den Ohren in einem Fall."

Darauf gab er keine Antwort. Wenn das Mädchen den Kontakt hätte halten wollen, wäre es ihr ein Leichtes gewesen. Nach über einem Jahr hielt er ihre Frage nach Mel für eine bloße Höflichkeitsfloskel. Das spürte wohl auch Jenny, denn sie nahm Arante bei der Hand und ging wieder zu den anderen.

„Wir müssen uns was einfallen lassen", meinte Jessica, nachdem sie mit allem fertig waren. Sie wusch ihre Hände mit Desinfektionsmittel. „Zu zweit schaffen wir solche Sachen nicht häufiger. Und was, wenn es am Tag passiert? Außerdem fehlen uns ein paar Medikamente. Menschliche Pharmazeutika allein genügen auf Dauer nicht."

Er wusste, dass sie recht hatte. Nur war das nicht so einfach. Mit zitternden Fingern rieb sich Steven die Stirn, fuhr sich durchs Haar. Er wünschte, Mel wäre hier. Oder Lucien.

Zwei junge Vampire waren bei diesem Anschlag draufgegangen. Kopfschuss mit einer Elektrumkugel. Er hatte nichts mehr für sie tun können. Die nächsten

Todesopfer, und ihm war klar, dass weitere folgen würden. Unwahrscheinlich, dass wer auch immer dahintersteckte, bald damit aufhörte. Diese Einsätze zerrten schon jetzt an seinen Nerven. Menschen oder PSI-Wesen retten war kein Problem. Aber mit so was klarzukommen, schien eine Nummer zu groß. Geheime Einsätze mit einer Vielzahl von Opfern und ohne medizinisches Equipment. Ein paar Mullbinden, Kompressen, ein Skalpell und eine Handvoll Infusionen. Das war lächerlich.

Jessica berührte seine Schulter und sah ihn fragend an. Einem Impuls folgend strich er ihr über den Rücken und grinste. „Du bist klasse, Jessi. Ich wüsste nicht, was ich ohne dich machen sollte."

Sie schaute verlegen zur Seite und zuckte die Achseln. „Wir sind einfach ein gutes Team."

Steven seufzte, denn der Unterton in ihrer Stimme entging ihm nicht. Sie flirtete nicht nur mit Jack, wie es schien. Das mit ihnen würde aber nie etwas werden.

„Zehn sagtest du?", wandte sich Steven noch mal an Svenson.

„Zehn. Vielleicht einer mehr oder einer weniger. Es ging alles verdammt schnell."

„Die haben wild rumgeballert. Denen war es scheißegal, wen sie treffen", schaltete sich Jack wieder ein.

„Kann jemand die Waffen beschreiben?"

Mehrere Köpfe nickten synchron. Nach den Untersuchungen überraschte es Steven nicht, dass nur eine der Waffen auffällig gewesen war. Eine Pistole, die keinem bekannten Modell entsprach. Der Rest waren normale Maschinenge- wehre, die man schwarz an jeder Ecke von einem Waffen-Dealer kaufen konnte. Schon die Art und Anzahl der Wunden hatte klargemacht, dass die meisten Projektile nicht aus Elektrum oder Silber bestanden.

„Gut", meinte er schließlich zu Svenson. „Dann geb ich dir die Adresse einer Freundin. Vereinbart ein Treffen mit ihr. Sie kann euch Bilder von Waffen zeigen, vielleicht ist die dabei, die euch so seltsam vorkam."

Er schrieb ihm Pettras Adresse auf. Gleich morgen wollte Svenson zu ihr gehen. Steven ahnte bereits, dass sie damit in ein Wespennest stachen. War es Zufall, dass diesmal so viele Angreifer zugeschlagen hatten? Strategie? War der Solokämpfer nur jemand zum Antesten gewesen? Oder versuchte man gezielt, ihn zu kopieren, um eine falsche Spur zu legen? Aber wer und warum? Und wieso setzte man gewöhnliche Waffen ein? Vermutlich, weil von den anderen nicht genug im Umlauf waren. Dann stellte sich die Frage, ob der Einzelkämp- fer vielleicht der Einzige war, der sie besaß und in dieser Gruppe lediglich mitmischte. Stöhnend gestand er sich ein, dass all diese Fragen nicht so leicht zu beantworten waren.

In der Notaufnahme erklärte Jessica die fehlende Geburtsurkunde mit einem falschen Alarm. Steven grübelte während der restlichen Schicht, was sie tun sollten, wenn solche Einsätze häufiger vorkamen. Und woher er die Medikamente dafür bekam.

✻

„Seit ich Sie in unsere Reihen geholt habe, bekleckern Sie sich nicht gerade mit Ruhm. Und nun ist Ihnen auch noch unser wertvollster Kontakt entwischt."

„Nicht mir", korrigierte Blue Donald Rybings Schimpftirade.

„Sie waren für ihn verantwortlich. Also sorgen Sie dafür, dass er nicht frei herumläuft und Unfrieden stiftet", kam der donnernde Konter.

„Der kommt schon, wenn er sein Gegenmittel braucht", winkte Blue ab. „Außerdem ist er ein Gestaltwandler. Wie soll ich ihn finden? Sie hatten zwei Leute dort postiert und trotzdem ist ein Anschlag auf ihn verübt worden. Kein Wunder, dass er türmt und uns nicht mehr traut."

„Er braucht uns nicht zu trauen, aber Ihnen vertraut er offenbar ebenso wenig. Sonst hätte er erst gar nicht versucht, sein Zimmer zu verlassen."

Es wunderte Blue nicht, dass Rybing ihm die Schuld in die Schuhe schob. Trotzdem ärgerte er sich, für die Unfähigkeit anderer an den Pranger gestellt zu werden. Schließlich hatte Rybing das Treffen in Gorlem Manor vereinbart und ihn dorthin geschleift. „Auch ich kann nicht an zwei Orten gleichzeitig sein, und der Kerl hat schon in Miami gemacht, was er wollte."

Für Rybing war das nur ein weiteres Zeichen seiner Unfähigkeit. „Ich frage mich langsam, ob ich den Richtigen für diesen Job ausgesucht habe."

„Ich finde ihn schon", blaffte Blue. Der Kerl ging ihm auf die Nerven. Das herablassende Grinsen hätte er ihm liebend gern aus dem Gesicht geschlagen.

„Das will ich Ihnen auch raten. Wenn bei der Sache irgendetwas schiefläuft, wird ein Kopf rollen, und das ist garantiert nicht meiner." Rybing machte den Abgang und ließ Blue stehen.

„Leck mich!"

Blue trat gegen einen Müllcontainer und sah dem Waffenmeister der Sangui nach. Er hatte sich den Arsch aufgerissen und in wenigen Wochen mehr Dämonen gekillt als die meisten Sangui in ihrem ganzen Leben. Von wegen nicht mit Ruhm bekleckert. Gestern noch sein bester Mann, heute nur noch Sündenbock. Alles wegen dieser Ratte.

Seine einzige Hoffnung war, dass Cyron nicht zu häufig seine Gestalt wechselte. Dann würde er schon auf seine Spur kommen. Er tat einen tiefen Seufzer und betrat die nächstbeste Bar, um dort auf der Toilette zu verschwinden. Ein Dolmentor erzeugte man besser nicht vor Publikum. Die Tür der Einzelkabine klemmte, er musste an dem Verschluss rütteln, da schob sich ein Fuß in den Spalt.

„Tu das nicht!"

Der auch noch. Blue stöhnte innerlich. Womit hatte er das nur verdient? Es war ein scheiß Tag, durch und durch. „Hau ab, Lavant." Sein Bruder war der Letzte, den er sehen wollte. Trotzdem öffnete er die Tür und lehnte sich an die schmutzige Wand der Kabine.

„Du kannst nicht ständig Tore öffnen. Es sind schon zu viele." Die Eindringlichkeit in der Stimme des anderen Dolmenwächters erinnerte an einen Pfaffen, der seinen Schäfchen mit salbungsvollen Worten einbläuen wollte, dass sie nicht sündigen sollten.

„Erzähl mir was Neues, Bruderherz. Irgendjemand muss sich ja um die Familie kümmern."

Lavant trug die traditionellen grauen Gewänder, die sich der Umgebung anpassten. Perfekte Tarnung. Dennoch glaubte Blue nicht, dass er zu Fuß hier reingekommen war.

„Ich musste ein altes Tor benutzen, dessen Wächter schläft. Es liegt unter dem Kellerboden."

Sein Bruder fühlte sich sichtlich unwohl, weil er damit gegen eine Regel verstoßen hatte. Blue musste lachen. Als ob sich irgendwer noch um Regeln scherte.

„Schläft er oder bröselt er schon?"

Der Schrecken auf Lavants Gesicht wirkte wie eine kalte Dusche. Dabei war es nun mal eine Tatsache, dass sich der Großteil ihrer Familie allmählich in Staub auflöste, weil es ihnen nicht gelang, das aufzuhalten.

„Okay, sorry. Hey, ich schränke mich wirklich schon ein. Aber manchmal hab ich einfach keine andere Wahl." Nicht dass er ernsthaft glaubte, sein Bruder würde ihm das abnehmen.

„Verstehe. So wie bei dem Vampir in Miami. Oder dem Freudenmädchen gestern Abend."

Shit! Lavant brauchte er gar nicht erst mit Ausreden zu kommen, was seine Bedürfnisse anging. „Ich bin nun mal kein Heiliger. Wen interessiert es schon, ob eine Irre mehr oder weniger in der Gummizelle landet."

„Sie ist tot, Blue."

„Oh." So schlecht hatte sie nicht ausgesehen, als er gegangen war.

„Sie hat sich die Pulsadern aufgeschnitten, wegen einem Ghul."

„Na ja, dann kostet sie den Staat wenigstens kein Geld mehr."

„Du bist so ein Ekel."

Er grinste. „Und das aus deinem Mund, Lavant. Du überraschst mich. Pass auf, dass du nicht irgendwann genauso wirst wie ich."

Lavant, der Moralapostel. Der getreue Wächter. Sie hatten es nicht leicht miteinander. Während ihn die Langeweile umtrieb und er ständig nach einem Weg suchte, die wenigen Verbliebenen ihrer Art vor dem Tod zu retten, klebte sein Bruder an den alten Vorstellungen fest. Keine neuen Tore, kein Durchgang für Dämonen, fernhalten von den Menschen. Wie uncool.

„Willst du nicht wieder in die Halle gehen und dich um die Alten kümmern? Das Leben hier draußen ist nichts für dich." Er musste ihn loswerden und sich auf die Suche nach Cyron machen.

„Versprich mir, dass du kein Tor erzeugst."

Blue verdrehte die Augen. „Was soll das? Warum willst du mich was versprechen lassen, wovon du weißt, dass ich es sowieso gleich wieder breche?" Sobald er ein Tor öffnete, spürte Lavant das. Alle Dolmenwächter spürten, wenn Tore aktiviert, oder bestehende benutzt wurden. Sie brauchten es sogar, denn das verschaffte ihnen Energie. Vermochte sie am Leben zu erhalten. „Du lebst eine Doppelmoral, Lavant. Wenn ich dein Tor nicht ab und zu durchwandern würde, lägst du inzwischen auch auf dem Steintisch und würdest vertrocknen."

Das hörte sein Bruder nicht gern, obwohl es stimmte. Darin lag der größte Unterschied zwischen Blue und den anderen Wächtern. Alle waren davon abhängig, dass jemand ihre Tore benutzte und so die Energie aktivierte, die ihnen innewohnte. Nachdem die Menschen die Tore vergaßen und Dämonen sie nicht passieren durften, hatte Blue nach einer Möglichkeit gesucht, ohne beides auszukommen. Er hatte es geschafft. Die Tore, die er erzeugte, vor allem die in den Seelen der Menschen versorgten ihn mit Lebenskraft. Das hatte einen Haken, aber ihn kümmerte die seelische Verfassung seiner Opfer nicht. Das bereitete ihm kein schlechtes Gewissen. Jeder musste sehen, wie er überlebte.

„Lavant, wenn jemand reinkommt und uns hier in der Toilette sieht, könnte er auf blöde Gedanken kommen."

Nicht, dass ihn das gestört hätte, bei Lavant sah das anders aus. Er errötete und wich wie auf Befehl einige Schritte zurück. Theoretisch hätte er jetzt nur die Tür schließen und das Tor erzeugen müssen.

„Warum bin ich nur immer so sentimental?", seufzte er. Eine Minute später schritt er die Straße hinunter, um zu Fuß nach Cyron Gowl zu suchen. Bloß, damit sein Bruder sich nicht mies fühlte. „Kleine Brüder sind die Pest."

Irgendwo in der Nähe war bestimmt ein Club des PU. War doch scheißegal, in welchem er anfing, nach Cyron zu fragen. Immer noch besser, als sich durch halb London die Füße platt zu laufen, bloß weil Lavant ihn auf den rechten

Weg führen wollte. Wusste der eigentlich, wie viele Schuhsohlen so ein rechter Weg kostete?

Er hielt die Augen offen. In einer Stadt wie London dauerte es nie lange, bis man irgendwo einen von ihnen sah oder hörte. Ein Schatten über den Dächern, Schleicher in der Kanalisation, Jäger in der Nacht. Zwei Blocks weiter wurde Blue fündig. Die beiden vermeintlichen Liliputaner waren nicht menschlich. Sie wichen jedem Hund, jeder Katze und sogar den Ratten aus. Blickten sich immer wieder um, ob ihnen jemand folgte. Trotzdem bemerkten sie ihn nicht. Dafür war er zu gut.

Vor einer Tiefgarage blieben sie eine Weile stehen, bis die Straße für einen Moment leer dalag. Dann gingen sie die Auffahrt hinunter und durch eine Tür in einer Säule mit einem Zeichen für Hochspannung. Er wartete, bis sie sich schloss, und lief dann über die Straße. Lavant war ja weit genug weg, es konnte also nicht schaden, wenn er jetzt …

„Das würde ich nicht tun, wenn ich du wäre."

Verdammt. Wer wollte ihm heute Abend noch alles sagen, was er zu tun und zu lassen hatte? Er drehte sich langsam um. Egal, was für ein Dämon, Gestaltwandler, Troll oder was auch immer sich mit ihm anlegen wollte, der Kerl sollte ihn kennenlernen. Seinem kleinen Bruder gab er noch nach, aber nicht so einem dahergelaufenen PSI. Sein Ärger verrauchte in dem Moment, als er seinem Gegenüber in die Augen sah. Es verschlug ihm sogar die Sprache.

„Komm mit", sagte der Fremde und fasste ihn am Arm.

Das ging zu weit. „Hey!" Er riss sich los und funkelte den dunkelhaarigen Mann an. „Ich kann selbst entscheiden, wo ich hingehe."

„Ach ja?", fragte der andere und lächelte lakonisch. „Wenn du da reingehst, bringen sie dich um."

„Was?"

Eine bleiche Hand streckte sich ihm entgegen. „Ich bin Armand. Und du der Dämonenjäger der Sangui, der sich um Mel kümmern soll. Und um Cyron."

Er schluckte. „Du weißt ganz schön viel über mich."

Armand zuckte die Achseln. „Ich bekomme einiges mit, immerhin ist Mel meine Verlobte."

Blue pfiff leise durch die Zähne. „Und da rettest du mir den Arsch, wenn du glaubst, dass ich deine Süße um die Ecke bringen will?"

Lachend schüttelte der Vampir den Kopf. „Ich glaube nicht, dass du sie umbringen willst. Sonst hättest du nicht mit Franklin gesprochen."

Ah richtig. Jetzt dämmerte es ihm. Irgendwie war heute nicht sein Tag, dass er so lange brauchte. Der Schwiegervater in spe.

„Die da drinnen wissen mehr als deinem Orden lieb ist."

Hatte er schon erwähnt, dass heute ein scheiß Tag war? „Was du nicht sagst. Zum Beispiel?"

„Wo sich Cyron rumtreibt. Oder dass diese neuartigen Waffen, mit denen in letzter Zeit Anschläge verübt werden, aus euren Reihen stammen."

Blue verstummte und spürte, wie ihm der Schweiß ausbrach. Abzustreiten, dass er etwas damit zu tun hatte, wäre nicht nur dumm, sondern auch unglaubwürdig angesichts der Fakten. Hatte jemand am Ende sogar seine Treffen mit Kaliste beobachtet? Dann war er geliefert. Und Rybing sein geringstes Problem.

Der Vampir lächelte und deutete mit dem Kopf fort von dem Eingang. „Komm erst mal weg von hier und lass uns reden. Später stell ich dich vielleicht ein paar Freunden vor, die dir weiterhelfen können."

Da ihm nichts anderes übrig blieb, folgte Blue Melissas Verlobtem. Er machte nicht den Eindruck, als wollte er ihn bedrohen. Sie gingen in einen Pub, wo Armand zwei Ale bestellte und sie sich in eine Ecke zurückzogen.

„Weißt du, wo der Gestaltwandler ist?", kam Blue zur Sache. Wenn er Cyron wieder einfing, war ein Problem gelöst, dann konnte er weitersehen.

„Nein."

Die Antwort war ernüchternd. „Aber du hast doch eben gesagt …"

Armand hob beschwichtigend die Hand. „Es gibt einige im Untergrund, zu denen er Kontakt aufgenommen hat. Die Kanäle im PU funktionieren so gut wie die jedes Geheimdienstes. Oder Ordens." Er grinste ihn zynisch an. „Aber der Gestaltwandler ist auf der Hut."

„Ich muss ihn finden."

„Ich weiß."

Der Vampir beugte sich über den Tisch und musterte ihn eindringlich. Blue lief ein kalter Schauder über den Rücken. Der Kerl blickte in seine Seele, genau wie Lucien. Oder war es nur Einbildung? Wenn der Typ nur nicht so verdammt gut ausgesehen hätte. Aber erstens war Armand der Verlobte dieser Melissa Ravenwood, und zweitens wusste Blue seit seiner heißen Nacht mit Lucien, dass Vampire nicht zu unterschätzen waren. Der hier garantiert nicht. So was wie mit dem Lord brauchte er nicht noch mal. Armand würde ihm mit Sicherheit den Kopf abreißen, wenn er erfuhr, was Lucien in dieser Nacht rausbekommen hatte.

Armand holte tief Luft und lehnte sich wieder zurück. Er betrachtete Blue weiterhin unter halb geschlossenen Lidern, was ihn nervös machte.

„Ich habe nur ein Interesse", sagte der Vampir. „Dass Mel nichts geschieht. Würde ich denken, dass du eine Gefahr für sie bist, wärst du jetzt tot. Aber dann hätte Lucien mir diese Arbeit schon abgenommen."

Blue erbleichte. Seine Nervosität wandelte sich in ein Gefühl der Bedrohung, das sich tief in seine Eingeweide grub, seine Nerven prickeln ließ und ihn in Anspannung versetzte. Fliehen oder Angreifen? Was wusste Armand von seiner Verbindung zu Lucien? Das Grinsen im bleichen Antlitz wurde teuflisch.

„Ich kann sein Blut in dir riechen."

Die Stimme sandte Blue einen weiteren Schauder durch den Leib, von dem er nicht sagen konnte, ob es Angst war oder etwas anderes. Diese rauchgrauen Augen konnten einen um den Verstand bringen, wenn sie derart glühten. Offenbar bemerkte Armand, was in Blue vorging und war äußerst zufrieden. Er löste den Bann, was körperlich fühlbar war. Als löste sich eine Schlinge, die man zuvor nicht bemerkt hatte, und man konnte wieder frei atmen. Hoffentlich hatte seine Verlobte ihm nichts von dem Kuss erzählt. Ob Armand ihm das verübeln würde? Er wirkte nicht wie jemand, der seinen Besitz teilte. Andererseits konnte man Vampiren viel nachsagen, aber Treue gehörte nicht dazu.

„Lucien ist in der Stadt. Er hat es nicht nötig, seine Präsenz zu verbergen, falls du dich wunderst, woher ich das weiß. Begegnet sind wir ihm bisher noch nicht. Mel ist über seine Anwesenheit beunruhigt, weil sie sich nicht erklären kann, warum. Ich denke mal, er traut dir nicht, aber er sieht auch keinen Grund, dich auszuschalten. Danach richte ich mich fürs Erste. Der Rest liegt an dir."

Er verstand nicht, worauf Armand hinauswollte. „An mir?"

„Daran, was du tust – oder nicht tust. Überleg es dir, und wenn du dich entschieden hast, kann Franklin dir sagen, wo du mich findest."

„Dazu brauche ich keine Hilfe", schnappte Blue. Er fühlte sich behandelt wie ein kleiner Junge. Das konnte er nicht auf sich sitzen lassen.

Armand nahm es gelassen und lächelte. „Natürlich. Umso besser. Ich werde dich nicht nach deinen Plänen und Geheimnissen fragen, obwohl ich weiß, dass du eine Menge davon hast. Aber vielleicht entscheidest du dich ja, sie mir zu erzählen."

Im nächsten Moment war der Platz ihm gegenüber leer. Blue war sicher nicht leicht zu verschrecken, aber jetzt rieb er sich über die Arme, um die unerklärliche Kälte zu vertreiben, die von ihm Besitz ergriff. Wenn das hier vorbei war, würde er um Vampire künftig einen weiten Bogen machen.

✳

Die Frage nagte in mir, ob Lucien einen Anteil am Verhalten meines Vaters trug. Er hatte sich bemüht, ganz London mit der Essenz seiner Anwesenheit zu tränken, um jedem Vampir in der Stadt klarzumachen, dass ein Lord anwesend war. Das machte er sonst nicht. Zwar verbarg er seine Anwesenheit nur, wenn ein triftiger Grund vorlag, aber diese Zurschaustellung seiner Macht und seines

Anspruches war ungewöhnlich.

Das letzte Aufeinandertreffen zwischen dem Lord und meinem Vater war nicht angenehm verlaufen. Franklin fürchtete Lucien, weil er es schon mehrfach geschafft hatte, ihn unter seinen Bann zu stellen. Er spielte Katz und Maus, tat ihm nichts, ließ ihn aber auch nicht im Ungewissen, dass er es könnte, wenn er wollte. Und dass mein Vater einen unwiderstehlichen Reiz für ihn darstellte. Darüber machte ich mir Sorgen, die auch Armand nicht zerstreuen konnte. Da es mir albern erschienen wäre, Lucien aufzusuchen und zur Rede zu stellen, ohne zu wissen, ob er wirklich etwas im Schilde führte, lenkte ich mich mit Arbeit ab.

Die Zeit drängte, darum verteilten wir uns an unterschiedlichen Fronten und standen in ständigem Kontakt. Steven versorgte uns mit Informationen über den PU in Miami und die stetig steigende Zahl an verletzten PSI-Wesen, die er in der Klinik behandeln musste. Pettra versuchte immer noch, mehr über die Waffen und die Zusammensetzung der Munition zu erfahren, wofür sie nach dem letzten Anschlag auf das Bat's Inn neue Anhaltspunkte erhalten hatte. Die Nachricht, dass Jenny und Arante mit Saphyro und Ramael ebenfalls dort waren, löste unterschiedliche Gefühle in mir aus. Einerseits freute ich mich, etwas über sie zu hören, andererseits tat es weh, daran erinnert zu werden, dass sie sich nicht mehr meldete. Und natürlich war ich besorgt, auch wenn Steven mir versicherte, dass sie keine Schramme abbekommen hatte.

Armand pflegte seine neuen Freundschaften im Londoner PU, und ich vergrub mich in den Bibliotheken der Ashera, solange man mir das noch nicht verbot. Damit rechnete ich täglich. Seufzend wünschte ich mir, meine Großtante Camille würde noch leben. Mit ihrer Hilfe hätte ich vielleicht eine geführte Traumreise machen können, um Klarheit zu erlangen. Oder Ben. Er hatte mir auch einmal bei einer solchen Reise geholfen. Ben! Warum er gerade jetzt so häufig in meine Gedanken kam und mir die Erinnerung einen Stich versetzte, wusste ich nicht. Er war verschwunden, ehe ich in die Nacht ging und seitdem fehlte von ihm jede Spur. Aber von all dem durfte ich mich jetzt nicht ablenken lassen.

Ich hatte in meinen ersten Tagen bei der Ashera in einem Buch aus Atlantis gelesen. Es handelte von dessen Niedergang, der mit einem königlichen Geschwisterpaar zusammenhing. Ihm war ein handschriftliches Dokument beigefügt, das ich seinerzeit nur überflogen hatte, weil mir die Sprache und die Zeichen fremd waren. Jemand hatte zwar einen Übersetzungscode dazugelegt, doch das wäre mir zu mühsam gewesen. Mein Interesse an Atlantis war damals nur mäßig, ich hatte das Buch mehr als Gutenacht-Lektüre mitgenommen.

Ich konnte mich erinnern, dass Buch und Schriftstück sauber verfasst, aber sehr alt waren. Allem Anschein nach stammte es von einem Überlebenden, dessen weiteres Schicksal ungewiss war. Damals hatte ich noch keine Ahnung, wie eng dieses Buch und insbesondere der Papyrus mit meiner eigenen Geschichte und meinem Schicksal verbunden waren. Inzwischen hatte ich mehr als nur eine Ahnung. Es war Gewissheit, dass die Geschwister, um die es in dem Buch ging, Kaliste und Tizian beschrieben.

Wie konnte eine junge Vampirin, die ich nun mal war, eine Königin besiegen, die seit Tausenden von Jahren lebte und über ihre Kinder herrschte? Wenn es nicht einmal Tizian wusste, blieb eigentlich nur Magotar. Der Vater der beiden.

„Und warum fragst du ihn nicht?"

Osira war immer so herrlich pragmatisch.

„Weil am Fahrstuhl zur Unterwelt gerade ein ‚out-of-order'-Schild hängt", gab ich zurück. Sie rümpfte kurz die Nase.

„Außerdem haben die nicht Tag der offenen Tür. In die Unterwelt spaziert man nicht mal so eben rein, und das aus gutem Grund."

Osira baute sich wie eine Lehrerin vor mir auf, die ihren Schüler tadeln muss.

„Vergisst du nicht etwas?", fragte sie honigsüß.

Als ich nicht sofort schaltete, stupste sie meine Hand an. „Du besitzt einen Ring der Nacht. Die öffnen alle Tore in die Unterwelt."

Ich starrte nachdenklich auf den Sternsmaragd und drehte den Ring an meinem Finger. Theoretisch hatte sie recht. Leicht war es sicher trotzdem nicht. Lohnte es das Wagnis? Im Zweifelsfall …

Ash schaute bei mir in der kleinen Bibliothek vorbei und unterbrach somit unsere Unterhaltung. Langeweile stand ihm ins Gesicht geschrieben. Es fiel ihm schwer, sich hier einzuleben. Mich wunderte, dass er nicht häufiger mit Maurice zusammensaß, aber vielleicht hatten die Jahre, die Maurice bei uns und Ash in Spanien verbracht hatte, die Männer zu sehr verändert. Dann ließen sich alte Freundschaften oft nicht so fortführen, wie man über den Kontakt per Mail und Telefon denken mochte.

„Kann ich dir helfen?", fragte er.

Ich grinste und hielt ihm den Papyrus unter die Nase. „Klar, wenn du das hier übersetzen willst."

Er warf einen Blick darauf. „Okay."

Überrascht hob ich die Brauen. „Du kannst das lesen?"

Ash grinste schief. „Ich habe einen Magister in Dämonologie, schon vergessen? Das sind Beschwörungssymbole, nichts weiter. Als Alphabet verwendet. Es dauert ein paar Tage, aber keine große Sache."

Da Zeit kostbar war, freute ich mich über Unterstützung. Vielleicht brauchte ich dann auch nicht mehr über einen Besuch in der Unterwelt nachzudenken, der mir zugegeben Angst machte.

Ash quälte auch das Elektrum nicht, das auf dem Einband prangte.

„Was ist so interessant an dem Buch?"

Ich zögerte. Die Wahrheit konnte ich ihm schlecht sagen. „Persönliches Interesse. Familiengeschichte sozusagen."

„Ah! Über Vampire, ja?"

„Ja."

Er stellte keine weiteren Fragen, wofür ich ihm dankbar war, denn so musste ich ihn nicht anlügen.

„Ich habe gehört", begann er leise, studierte aber weiterhin die Zeichen und machte sich Notizen, „dass du den Weg in die Dunkelheit freiwillig betreten hast."

Sein Interesse an dem Thema behagte mir von Anfang an nicht, doch da er mir half, wollte ich nicht ungerecht sein und ihn vor den Kopf stoßen.

„Mehr oder weniger", gab ich daher zu.

Er nahm einen großen Schluck von dem Whiskey, den er sich mitgebracht hatte. „Was heißt das? Mehr oder weniger?"

Ich zuckte die Achseln. „Es soll heißen, dass ich den Weg wohl so oder so irgendwann gegangen wäre. Doch zu dem Zeitpunkt, als ich es tat, hatte ich schlichtweg nicht mehr die Wahl. Ich konnte sterben oder ewig leben, mehr nicht. Und eigentlich hatte ich nicht einmal mehr die Wahl des Sterbens. Die hatte mir schon ein anderer abgenommen."

„Armand", sagte er leise und nickte verstehend.

Ich sah ihn an. Ungläubig erst, doch dann wurde mir klar, wie wenig er vermutlich wusste und welche Rückschlüsse er daraus zog. Franklin hatte ihm wohl kaum alles erzählt. Sollte ich es ihm erzählen? Warum nicht? Es war nichts dabei.

„Auch er hatte keine Wahl mehr, als ich zu ihm kam. Die hatte unser Lord, Lucien, längst getroffen. Für uns alle."

„Würdest du mir erzählen, wie das ist? Und ob man wirklich keinen Schmerz mehr verspürt, wenn man ... in die Nacht wiedergeboren wird?"

Ich atmete tief durch. Darum ging es ihm? Doch hoffentlich nur aus Neugier. „Ganz so einfach ist es nicht", antwortete ich. „Es stimmt, dass eine gewisse Kälte von einem Besitz ergreift, wenn man zum Vampir wird. Doch vorrangig gegenüber den Opfern oder allgemein dem Leid der Welt. Es kümmert dich weniger. Auch körperliche Schmerzen machen uns nicht viel aus, Wunden heilen schnell. Aber das, was uns tief bewegt, was uns selbst und die wenigen, die wir lieben, betrifft, fühlen wir sogar noch stärker als ein Mensch." Ich machte eine lange Pause und musterte ihn scharf, bis er sich unter meinem Blick verlegen zur Seite wandte. „Um seinem eigenen Schmerz zu entkommen und zu vergessen, Ash, ist die Wandlung nicht der richtige Weg und der Preis viel zu hoch, den du dafür bezahlen musst."

Er antwortete nicht, obwohl ich in seinem Gesicht eine Vielzahl von Regungen erkannte. Welcher Schmerz quälte ihn so sehr, dass es zu solchen Gedanken führte? Der Tod seiner Frau? Aber der lag bereits einige Jahre zurück und gehörte zu den Dingen, die man als Lauf des Lebens bezeichnet.

„Du kennst mich nicht, noch meinesgleichen. Verlass dich nicht auf Wissen, das in Büchern steht. Es wird uns nicht gerecht. Und wenn ich erneut die Wahl hätte, wer weiß, ob ich mich dann noch einmal so entscheiden würde."

„Dann erzähl mir doch, wie es ist", meinte er gefasst. „Wie wird man denn wirklich zum Vampir? Ohne diese Lehrbuchbeispiele. Was bedeutet es, so zu sein wie du?"

Ich musterte ihn aus schmalen Augen. Es war besser, seinem Interesse gleich einen Dämpfer zu verpassen, ehe es überhandnahm und er am Ende jemanden fand, der ihm Unterricht am lebenden – oder untoten – Objekt erteilte. Die Vampirdichte in London war deutlich gestiegen, inklusive einiger Exemplare, bei denen ich sicher war, sie würden keine Skrupel haben. Ash einen kleinen Schrecken einzujagen, verleidete ihm hoffentlich weitere Neugier.

„Also gut. Es ist im Grunde einfach. Man lässt sich beißen, aussaugen – das tut auch nur ein klein wenig weh – und dann", ich senkte meine Stimme zu einem bedrohlichen Flüstern, „wenn man an der Schwelle des Todes steht, dein Leben vor deinem inneren Auge an dir vorbeigezogen ist und dich die Kälte bereits lähmt, das Licht lockt in dem Wissen, dass du es nie wieder erreichen kannst, wenn du diesen Schritt jetzt gehst, dann trinkt man das dunkle Blut der Unsterblichkeit."

Mit den Tricks, die ich bei Lucien gelernt hatte, ließ ich die Kerzenflammen erlöschen und senkte die Temperatur im Raum um gut zehn Grad. Schade, dass ich nicht auch noch ein bisschen Geistergeheul erzeugen konnte. Osira zeigte sich mit fragenden Augenbrauen hinter Ash und bot sich somit als Ersatz an. Ich ignorierte sie, hatte Mühe, mir unter diesen Umständen das Lachen zu verkneifen.

Er schluckte auch so schon und zog mit einer unruhigen Geste an seinem Kragen, als würde er ihm zu eng.

„Es strömt durch deine Kehle, verbrennt dich. Da ist etwas, das über dich herfällt, dich zerreißt, dich verschlingt und wieder ausspeit, aber du darfst keine Angst haben", fuhr ich fort und beobachtete weiterhin Osira aus den Augenwinkeln, die hoffnungsvoll auf ihren Einsatz wartete. „Wenn du Angst hast, tötet er dich."

„Wer?", fragte Ash und seine Stimme klang dünn und kratzig.

„Der Dämon." Ich senkte die Lider, nur um beim Öffnen meiner Augen diese umso stärker fluoreszieren zu lassen. „Er ist in unserem Blut, wird mit ihm weitergegeben. Eine Bestie, wie sie nur in den Tiefen der Unterwelt geboren werden kann. Ohne Mitleid, voller Gier. Er braucht starke Jäger, die ihn nähren. Die Schwachen tötet er bei der Wandlung."

Es war nicht richtig, ihm solche Angst einzujagen. Eigentlich hatte ich nicht wirklich damit gerechnet, dass er sich beeindrucken ließ, aber das Thema Vampire war in seinem Abschlussexamen als Dämonologe wohl nicht explizit behandelt worden. Er hatte einen Dämpfer gebraucht, nahm das alles viel zu leicht in seiner Hoffnung, vergessen zu können, wenn er zu dem gefühllosen Wesen wurde, als das er den Vampir immer noch sah. Obwohl er inzwischen durch mich gemerkt hatte, dass es nicht stimmte.

Er meinte es nicht böse und ich nahm es ihm nicht übel. Es war mehr Unschuld, Unwissenheit, die dazu führte. Aber auch das konnte gefährlich werden. Ich dachte daran, dass Dracon in der Nähe war und auch Lucien. Sie würden so etwas ohne Skrupel ausnutzen. Das wollte ich lieber verhindern.

Oh, er würde Lucien gefallen. Er hatte eine Schwäche für Männer, die aussahen wie Ash. Und leicht zu verführen waren. Für einen Moment war ich versucht, Ash zu zeigen, was geschehen würde, wenn er die Sache nicht ernst genug nahm. Mein Gesicht war nah an seinem. Er schluckte hart, als er das Flackern in meinen grünen Katzenaugen sah, das ein deutliches Zeichen für das Jagdfieber darstellte. Meine Fangzähne, die leicht hervortraten. Das Spiel stand kurz davor zu kippen, denn ich fühlte, wie mein Dämon erwachte. Ashs rascher Herzschlag und der Duft aus Erregung und Furcht reizten mich. Ich streckte schon die Hand nach ihm aus, wollte ihn festhalten, an mich ziehen und wenigstens einen Tropfen seines Lebenssaftes schmecken. Nur einen Schluck, und dabei sein Beben spüren, wenn er der Macht des Vampirs unterlag und sich nach mehr sehnte.

Osira stieß ein markerschütterndes Heulen aus, das jedem Schlossgespenst Ehre gemacht hätte. Ash fuhr zusammen, ich ballte meine Hand zur Faust, ohne ihn zu berühren, fauchte, dankte aber innerlich meiner Wölfin für ihr perfektes Timing.

Ich ließ Ash allein am Kamin zurück. Ich wollte nicht noch einmal für das Leid eines anderen verantwortlich sein. Bisher hatte mein dunkler Kuss nur Tod und Verderben gebracht. Von einer Sekunde zur anderen war ich aus seinen Augen entschwunden, zu unser beider Seelenheil.

Wie Risse im Asphalt

Dracon hielt sich nicht für den sensibelsten Charakter, aber dass Warren seit ihrem Besuch in Gorlem Manor todunglücklich war, konnte man nicht übersehen. Er ärgerte sich inzwischen, dieses Treffen vorgeschlagen zu haben, aber er hatte gedacht, dass sein Schützling sich dort sicherer fühlen würde. Wer konnte ahnen, dass Franklin überreagierte?

Besonders schlimm war es für Warren, seit Mel noch einmal bei ihnen gewesen war. Ihr war deutlich anzumerken, dass die Situation sie belastete. Dennoch hatte sie unmissverständlich klar gemacht, dass Warren nicht nach Gorlem Manor zurückkehren durfte. Franklin würde ihn aufsuchen, wenn er so weit war.

Dracon konnte nicht in Warren hineinsehen und zu seinem eigenen Schrecken im Moment auch nicht hineinfühlen. Warren zog sich gänzlich zurück. Dafür hätte er Mel am liebsten den Hals umgedreht. Oder auch wieder nicht. Es war zum Verzweifeln. Er sehnte sich nach ihr, mehr denn je. Das Blut hatte sich inzwischen voll entfaltet, sie überirdisch schön werden lassen. Das Rot ihrer Haare hatte die Farben wilden Herbstlaubes angenommen. Ihr Mund wirkte wie eine reife Kirsche, deren Süße er fast schmecken konnte. Die Augen beherrschte nicht mehr allein der dunkle Smaragdton – nein, inzwischen opalisierten sie zwischen Grün, Gold und Blau. Atemberaubend!

Elfenbein war die Farbe der Königin Kaliste und sicher sehr beeindruckend. Doch Mel toppte dies mit einer Haut wie aus Sahne gegossen. Dracon fühlte sie unter seinen Fingern, wenn er nur daran dachte.

Sie war es, nach der er sich sehnte. Nicht Warren. Er war ein netter Zeitvertreib, ein Reiz gewesen. Aber er entsprach nicht seinen Vorstellungen von einem gleichwertigen Partner. Nach diesen Kriterien hatte er ihn auch nicht ausgesucht. Sexy, leicht zu formen und jemand, bei dem Mel nicht zögern würde, ihm ihr Blut zu geben, um sein Leben zu retten. Das hatte den Ausschlag gegeben, auch wenn er sich fragte, ob er seine Ansprüche nicht zu niedrig angesetzt hatte.

Dracon war noch nicht bereit, ihn ziehen zu lassen und aufzugeben. Herrje, er hatte nie jemanden ziehen lassen. Seine Gefährten waren alle tot. Auch Warren schwebte in dieser Gefahr, denn er widerte ihn mehr und mehr an, obwohl – oder gerade weil – Dracon sich darüber im Klaren war, dass er nichts anderes tat, als ihm einen Spiegel vorzuhalten.

Was er früher selbst geliebt und mit Freuden getan hatte, bereitete ihm jetzt Übelkeit. War er weich geworden? Vielleicht. Die Wahrheit war viel simpler.

Melissa hatte sein Herz von dem Eis befreit, mit dem die Wandlung es eingesperrt hatte. Sein Plan, wenn er sie nicht haben konnte, mit Warren die Lücke zu schließen, die ihn schmerzte, indem er sie dazu brachte, ihn zu verwandeln, zu einem Teil von ihr zu machen, schlug fehl. So fehl, dass er das Interesse verlor. Er brauchte nicht Warren, wollte ihn nicht. Er sehnte sich nach Mel, benutzte ihren gemeinsamen dunklen Sohn nur, um ein Bindeglied zu ihr zu haben – das sich als wenig nützlich erwies. Es war somit … entbehrlich.

Der Gedanke kam plötzlich, schwamm in der trüben Gefühlslache in seinem Inneren und ging schließlich unter. Lebte nicht lang genug, um in Erwägung gezogen zu werden.

„Was machst du?"

Er drehte sich ertappt zu Warren um. „Nichts."

„Warum stehst du am Fenster?"

Dracon rang sich ein Lächeln ab. „Ich genieße die milde Nachtluft. Atme den Duft der Londoner Bevölkerung."

Warren verzog missmutig die Mundwinkel. „Lass uns nach Rom zurückkehren", bat er leise, ohne Überzeugung in der Stimme.

In seinen Augen spiegelte sich für Sekundenbruchteile die Gier, die er bei der kleinen Französin gezeigt hatte. Dracon wollte sich darüber freuen, tatsächlich aber versetzte es ihm einen Stich. Er seufzte, ging auf Warren zu und nahm ihn in die Arme. „Noch nicht, mein Liebling. Wir bleiben noch eine Weile hier."

„Warum? Wegen ihr?"

Hörte er Eifersucht in seiner Stimme? Er hielt Warren auf Armeslänge von sich und sah ihm prüfend ins Gesicht. „Wegen der Unruhen. Es ist sicherer, hierzubleiben."

„Lucien ist in der Stadt", entgegnete sein Liebster.

Dracon runzelte die Stirn. Er hatte die Anwesenheit des Lords ebenfalls gespürt, weil Lucien es bei seiner Ankunft geradezu darauf angelegt hatte. Doch warum sagte Warren das jetzt? Was für eine Rolle spielte das?

„Liebst du ihn noch?"

Er schnappte nach Luft. „Was soll die Frage?"

„Warum antwortest du nicht einfach?"

Dracon hob den Finger und wollte Warren schon zurechtweisen, eine Frage nicht mit einer Gegenfrage zu beantworten, als ihm auffiel, dass er selbst nichts anderes getan hatte. „Das ist nicht so einfach", sagte er schließlich und kehrte zum Fenster zurück.

Warren nickte und drehte sich um. Aus den Augenwinkeln sah Dracon, wie er zum Sideboard im Flur ging, die oberste Schublade aufzog und ein kleines Messer mit gebogener Klinge hervorholte, das große Ähnlichkeit mit einem

Skalpell hatte. Er wollte auf die Jagd. Auch das war ein wachsendes Problem. Warren tötete jede Nacht, und die Art und Weise, wie er seine Leichen zurückließ, brachte sie beide in Gefahr. Dracon räumte den Müll weg, beseitigte, was sein Jünger übrig ließ, damit niemand sie entdeckte. Er musste daran arbeiten, ihm beibringen, wo die Grenzen waren und vor allem, wie man Spuren verwischte. Seine Mordlust in allen Ehren, auch seinen Sadismus konnte Dracon noch ertragen, doch wer jagte, hatte auch dafür zu sorgen, dass die Reste entsorgt wurden.

Warren kümmerte gar nichts. Er war mürrisch, wollte weg und fühlte sich wie ein gefangenes Tier, weil sein dunkler Vater diesem Drängen nicht nachgab, er aber auch noch nicht auf eigenen Beinen stehen konnte. All das entging Dracon nicht, aber er brachte es nicht über sich, London und Mel schon wieder zu verlassen.

Verdammt, was erhoffte er sich eigentlich von ihr? Er hatte ihr Warren als Geschenk gebracht. Geglaubt, damit Eindruck schinden zu können, dass er ihm das Leben gerettet, ihn gesund gepflegt und in den Schoß der Familie zurückgebracht hatte. Das war der Plan gewesen. Inzwischen war diese Tatsache auch Warren bewusst, was seine Übellaunigkeit erklärte. Dracon sah auch keinen Grund, ihn anzulügen und es abzustreiten. Ihm war es immer nur um Mel gegangen.

Trotzdem liebte er Warren. Das war nicht geheuchelt. Er begehrte ihn, wollte in ihm einen ebenbürtigen Gefährten haben. So wie es aussah, war ihm dies mehr als gelungen; dumm nur, dass er inzwischen kein Verlangen mehr danach hatte, seine Opfer zu quälen. Das war ihm bei der kleinen Französin klar geworden. Diese Jagd und der Tod des Mädchens waren sein größter Fehler gewesen. Es hatte Warren zu dem kaltblütigen Jäger gemacht, was zunächst auch so angedacht war. Warren konnte nichts dafür, dass Dracon seine Meinung änderte und dieser Weg nicht mehr der seine war. Er tat nur das, was Dracon ihm vorgelebt hatte. In der prägendsten Jagd seines frühen Vampirlebens.

Mit einem Seufzer stieß sich Dracon von der Fensterbank ab und strich Warren im Vorübergehen über die Brust. Er rührte sich nicht, blieb kalt und hart wie Stein. Keine Leidenschaft, die kam jetzt erst mit dem Blut. Warum, konnte sich Dracon nicht erklären, außer, er gestand sich ein, dass Warren ihn zu hassen begann. Der Gedanke erschreckte ihn, verletzte ihn. Abrupt blieb er stehen und legte seine Hand auf Warrens Schulter.

„Sei ehrlich, hasst du mich?"

Warren zuckte zusammen. Wie in Zeitlupe drehte er sich zu ihm, sah Dracon aus weit aufgerissenen Augen an. „Nein!" Er stieß das Wort mit solcher

Vehemenz aus, dass Dracon zwischen Erleichterung und Zweifel schwankte. Meinte er es wirklich ernst, oder fühlte er sich nur ertappt? „Wie kannst du so etwas glauben? Ich liebe dich."

„Du ziehst dich zurück, seit wir in Gorlem Manor waren. Gibst du mir die Schuld daran?"

Warren sah betreten zu Boden. „Nein. Aber es tut weh", gestand er.

Der Schmerz in seinen Augen, der rote Schimmer von Tränen, rührten Dracon ans Herz. Er nahm seinen dunklen Sohn in die Arme und hielt ihn schweigend fest. Er hatte kein Recht, ihm das anzutun. Ihn zur Spielfigur zu machen, mit der er den Sieg erringen wollte. Genau das tat er, und so sehr er es bedauerte, er konnte es nicht ändern.

„Ich tue alles, was du willst, versuche, so zu sein, wie du mich lehrst, aber ich habe das Gefühl, es ist nie genug."

Dracon schüttelte den Kopf und küsste ihn auf den Mund. „Rede nicht so. Ich weiß im Moment manchmal selbst nicht, was ich will. Was ich von dir erwarte. Setz dich nicht dem Druck aus, mir gefallen zu wollen. Ich werde dich nicht verlassen, davor brauchst du keine Angst zu haben."

Er blickte auf das Messer in Warrens Hand. Würde er es jemals gegen ihn richten? Der Gedanke war absurd und Dracon schüttelte den Kopf, um ihn zu vertreiben. „Wollen wir gemeinsam jagen heute Nacht?" Sein Schützling nickte und sein Gesicht erhellte sich wieder. Er fühlte Wärme in seiner Brust, dass Warren es nicht ablehnte. Vielleicht bildete er sich die Kluft zwischen ihnen auch nur ein, weil sich manche Dinge nicht so entwickelten, wie er es gerne gehabt hätte. „Dann lass es hier. Wir brauchen es nicht."

Warren sah auf das Skalpell, als wäre ihm bis jetzt noch gar nicht aufgefallen, dass er es in der Hand hielt, machte jedoch keine Anstalten, es wegzulegen. Vorsichtig nahm Dracon es ihm ab. Da war es wieder, das unruhige Flackern in den Augen. Als hätte er den drohenden Wahnsinn doch noch nicht völlig überwunden. Oder rührte es nur von seinen Erinnerungen – an die Flammen, die Schreie, das Blut? Mel hatte gesagt, er sei nicht dafür geschaffen, er war anderer Meinung gewesen. Ein Fehler? Der Eindruck verflüchtigte sich und Warrens Blick wurde wieder völlig klar. Völlig normal; er war noch sehr jung, hatte schon viel mitgemacht. Nach seiner Geburt in die Nacht hatten sie alle viel versäumt, ihn nicht geleitet. Das hinterließ Spuren, doch er würde sie auslöschen. Und mit der Zeit würde man sie beide auch in Gorlem Manor nicht mehr als Bedrohung sehen.

Dracon fühlte Hoffnung. Darauf, dass am Ende alles gut wurde. Obwohl da auch die Ahnung einer drohenden Wolke war, die Unheil über sie alle bringen konnte.

Auch wenn es mich eher nach Gorlem Manor zog, um in den Büchern weiter nach Anhaltspunkten zu suchen, begleitete ich Armand am frühen Abend zu seinem Treffen mit Alwynn und Rugo. Zum einen interessierte mich natürlich, welche Neuigkeiten sie für uns hatten, zum anderen wollte ich es nicht wieder so weit kommen lassen, dass Armand und ich überwiegend getrennte Wege gingen. Es war ein Kompromiss. Nach Gorlem Manor konnte ich später noch gehen. Ash brauchte sicher einige Tage, um die Übersetzung anzufertigen, die ein unerlässliches Puzzlestück darstellte.

Armand war inzwischen beim Treffpunkt gern gesehen, und auch ich fasste langsam Vertrauen zu den Leuten. Alwynns betrübtes Gesicht verriet jedoch nichts Gutes. Was kam nun schon wieder?

„Es gehen Gerüchte um wegen der Anschläge. Man erzählt sich, dass man dich mit dem Waffenmeister der Sangui gesehen hat. In Miami und auch hier", erklärte er mir.

Mir blieb der Mund offen stehen. Ich konnte nicht einmal meine Entrüstung äußern, so sprachlos war ich.

„Wer hat sie gesehen?", hakte Armand nach.

Natürlich steckte Cyron dahinter, um von seinem eigenen Kontakt zu den Sangui abzulenken. Dieser erbärmliche Feigling. Aber auch andere Stimmen sprachen davon. Hinzu kam meine Vergangenheit. Ich war schon einmal losgezogen, um zu töten. Jeder wusste, was ich unter den Crawlern angerichtet hatte, bis mir deren Fürst die Augen öffnete.

„Cyron wird kaum jemand glauben. Jeder weiß, dass die Dämonenjäger ihn hierhergebracht haben und er getürmt ist, als man ihn abknallen wollte. Aber du solltest vorsichtig sein." Alwynn nickte entschieden.

Ich konnte es Cyron nicht einmal verdenken, dass er mich beschuldigte. Er wusste, ich war hinter ihm her, da lag der Gedanke nahe, dass ich versucht hatte, ihm aufzulauern und ihn zu erschießen. Ich war froh, hier zu sein. In Miami hätte ich unter diesen Umständen schlechtere Karten gehabt, denn dort besaß Cyron noch Verbündete.

„Der PU wird allmählich zum Pulverfass. Wenn nicht bald jemand dahinterkommt, wer uns mit diesen Waffen angreift, entbrennt noch ein Bruderkrieg. Es gibt schon etliche Gruppen, die sich gegenseitig beschuldigen."

Ich musste daran denken, was Steven in Miami erfahren hatte. Dass die Sangui bewusst mit den Waffen handelten, oder dass es Diebesgut war. Vielleicht beides. Vielleicht tarnten sich die Mitglieder des Ordens aber auch nur und verübten die Anschläge selbst. Doch der Gedanke besaß gleich zwei Haken. Warum sollten sie es verdeckt tun? Und warum dann ihren eigenen Kontaktmann zweimal in Gefahr bringen? Ich gab Alwynn recht, bald würde jeder jeden verdächtigen. Da durfte ich mich nicht reinziehen lassen. Nicht nach dem, was Blue meinem Vater gesagt hatte und erst recht nicht in Anbetracht der Aufgabe, die vor mir lag.

„Es ist schon interessant, dass die Sangui immer schnell zur Stelle sind, wenn wieder was passiert ist. Die kümmern sich um die Leichen, damit die Polizei weiter von der üblichen Kriminalität spricht und kein Pathologe Fragen stellt. Da ist was oberfaul." Alwynn sprach meine Gedanken aus.

Mein Handy klingelte. Ein Blick auf das Display ließ mich stutzten. Lemain? Wir hatten unsere Nummern ausgetauscht, als Armand verschwunden war, doch warum rief er mich jetzt an?

Mein Liebster zuckte kaum merklich die Schultern. Ich nahm den Anruf an und erfuhr von Armands dunklem Vater, dass in dieser Woche bereits mehrere PSI-Clubs in Frankreich angegriffen worden waren. Lemain hatte von dem Anschlag auf das Bat's Inn gehört und sich aufgrund der Parallelen entschieden, uns zu verständigen. Mal handelte es sich bei dem Angreifer um einen Einzelnen wie im Leonardo's, mal stürmte eine ganze Gruppe die Bar. Zufälle? Oder gehörte beides zusammen? Scharte jemand Mittäter um sich? Das wäre eine weitere Parallele zu meinem Feldzug gegen die Crawler, die mir gefährlich werden konnte. Auf alle Fälle sehr verwirrend.

„Ich nehme doch an, dass ihr euch bereits darum kümmert?" Mit ‚ihr' meinte er die Ashera.

„Das ist im Moment nicht so einfach", entgegnete ich. „Aber wir haben ein Auge drauf."

Er nahm besorgt zur Kenntnis, dass es hier mehr Probleme als die augenscheinlichen gab, akzeptierte aber, dass ich nicht näher darauf einging. Auch Armand machte ein besorgtes Gesicht. Konnte man unter diesen Umständen noch an Zufälle glauben?

„Geh jetzt lieber nach Gorlem Manor. Ich bin beruhigter, wenn ich dich dort weiß", bat er eindringlich. Als ich widersprechen wollte, legte er mir den Finger an die Lippen und lächelte besänftigend. „Tu mir den Gefallen, Mel. Kümmere du dich um Tizians Angelegenheit, ich übernehme den Rest."

Er wusste, dass es mir nicht passte. Ich war nicht gut im Unterordnen. Dennoch gab ich nach, weil er mir keine Alternative ließ. Dabei fühlte ich mich wie ein Feigling und vor allem ausgeschlossen. Keiner im PU hier stand mir negativ gegenüber, doch Armand hatte in kürzester Zeit eine Stellung bei ihnen eingenommen, die keiner von uns erwartet hätte. Ich sollte froh darüber sein, aber ich verstand nicht, warum sie ihn so anders betrachteten als mich.

„Vergiss nicht die Festung ohne Wiederkehr", erinnerte mich Osira auf dem Weg zu meinem Vater. „Man hat einen großen Respekt vor ihm, dass er sie überstanden hat. Das schaffen nur wenige. Offen gestanden ist er der Einzige, von dem ich weiß."

Damit hatte sie recht. Ich wollte seine Leistung, oder wie auch immer man es nennen sollte, nicht herunterspielen. Ohne fremde Hilfe dieser Hölle entkommen zu sein. Es besaß nur einfach nichts Greifbares für mich. Armand sprach nie davon. Ich hatte keine Ahnung, was genau dort vorgefallen war, welchen Wesen er sich entgegenstellen musste, was es an Körper und Geist aus ihm gemacht hatte. Das Einzige, was ich sicher wusste, war, dass er seitdem nicht mehr derselbe war. Und nun fügte sich die Erkenntnis hinzu, dass er dies auch für andere nicht mehr war. Sie sahen etwas in ihm. Mir entgingen nicht die Blicke, die ihm im Untergrund zugeworfen wurden. Ehrfurcht, Respekt, Bewunderung. Bei manchen Angst. Wenn ich genau darüber nachdachte, musste auch ich zugeben, dass er etwas ausstrahlte, dem man sich nicht entziehen konnte. Es erfüllte ihn, flutete durch ihn hindurch. Sein Herzschlag hatte einen anderen Klang, die Macht des Blutdämons sich verändert in einer Weise, die mir unerklärlich war. Und dann die Tatsache, dass er nach seiner Rückkehr binnen weniger Tage so problemlos und intensiv mit Welodan kommunizierte wie in dem ganzen Jahr zuvor nicht. Ich hatte das darauf zurückgeführt, dass er sich erstmals wirklich dafür interessierte und sich von mir anleiten ließ, doch wenn ich ehrlich war, hatten meine theoretischen Erklärungen nicht das Geringste damit zu tun. Die beiden waren zu einer Einheit verschmolzen, die inzwischen sogar weit über dem lag, was mich und Osira verband.

Meine Wölfin war stehen geblieben und winselte leise. Als ich mich umdrehte, setzte sie sich auf die Hinterpfoten und sah mich unschlüssig an. Gerade noch gefangen in meinen eigenen Gedanken, erkannte ich, dass diese sie verletzten. Mit einem wehmütigen Lächeln ging ich auf sie zu, kniete mich zu ihr auf den Boden und vergrub mein Gesicht und meine Hände in ihrem dichten Fell. Tränen schnürten mir die Kehle zu, ohne dass ich einen bestimmten Grund hätte nennen können.

„Es tut mir leid, Osira."

Meine Wölfin leckte mir das Gesicht. Aber zum ersten Mal, seit wir uns begegnet waren, schwieg sie, als sei sie nur ein gewöhnliches Tier, das mit Gesten sprach statt mit Worten.

Oh kaltes Grab aus Staub und Stein

Woher diese Hexe wusste, dass er in London war, konnte Blue nur ahnen. Da er immer noch keine Spur von Cyron hatte, schloss er nicht aus, dass dieser Kontakt zur Vampirkönigin aufgenommen hatte, um sie milde zu stimmen. Nach seinem plötzlichen Verschwinden und dem noch immer ausstehenden Abschluss eines vom Gestaltwandler versprochenen Deals war sie vermutlich nicht allzu gut auf Cyron zu sprechen. Auf Blue allerdings ebenso wenig. Der Unterschied bestand darin, dass er Kaliste nicht fürchtete, während Cyron die Hosen voll hatte. Dumm, dass dies nur sprichwörtlich war, sonst hätte er ihn leicht aufspüren können.

Genervt zerknüllte er den Zettel, den er von seiner Wohnungstür gerissen hatte. Leichtsinnig war seine Kundin auch noch. Wie konnte man in der heutigen Zeit offen über einen Waffendeal schreiben und die Nachricht in einem Umschlag von außen an die Haustür kleben? Ein Wunder, dass noch nicht MI5, MI6 und die CIA das Haus umstellten.

Er rechnete damit, dass sie oder einer ihrer Spione sein Heim beschatteten. Zwar dürfte es sie nicht kümmern, wenn man ihn schnappte, weil sie selbst unerreichbar für die weltliche Polizei war, doch dann würde auch die Waffenlieferung in unerreichbare Ferne rücken. Und so schnell ließ sich gewiss kein Ersatz auftreiben. Von den mysteriösen Anschlägen einmal abgesehen, gab es niemanden außer ihm, der diese Waffen besorgen konnte.

Anfangs hatte er noch damit gerechnet, dass ihm jemand das Geschäft streitig machen wollte. Doch es gab keine Angebote auf dem Markt des PU. Also setzte, wer auch immer noch im Besitz dieser Dinger war, diese nur für den Eigengebrauch ein. Was wiederum einen deutlichen Hinweis gab, dass man nicht allzu viele besaß. Kein Grund also, sich über Konkurrenz Sorgen zu machen.

Was ihn viel mehr beschäftigte, war das Risiko, dass Kaliste nicht nur seine Wohnung beobachtete, sondern auch ihn selbst. Gut, er konnte seine Besuche in Gorlem Manor rechtfertigen, zur Not auch vor ihr. Mit einer kleinen Notlüge – nein, eher einer Halbwahrheit. Lüge klang so ungezogen. Aber man verstrickte sich leicht, weshalb er vorzog, darauf zu verzichten, egal wie man es nannte.

Blue zog die Vorhänge zu, um zu verhindern, dass man das Aufleuchten des Tores draußen sah. Man konnte schließlich nie wissen, was für ein Gesocks sich da herumtrieb, das äußerst interessiert an einem Dolmentor wäre.

Die Platzierung im Wandschrank war nicht die perfekte Lösung, aber zumindest ein zusätzlicher Puffer. So schnell stolperte keiner versehentlich da rein. Jedenfalls nicht, solange er diese Wohnung gemietet hatte. Das Tor leuchtete, als er den Fuß hineinsetzte und im nächsten Moment entstieg er ihm auf der anderen Seite.

Kälte empfing ihn. Sein erster Blick ging wie immer zur Energieanzeige und entlockte ihm einen gezischten Fluch. Lavant war nicht hier, aber wenn er die Aktivierung des Dolmentores spüren sollte, konnte es nicht lange dauern. Vielleicht war er aber auch beschäftigt. Dann blieben Blue mehr als nur ein paar Minuten.

Er ging zu einem leeren Steinquader. Auf den meisten anderen ruhten Männer und Frauen in unterschiedlichen Stadien des Zerfalls. Seine heilige Familie. Nicht mehr lange und außer ein bisschen Staub und ausgeblichenen Knochen wäre nichts mehr von ihr da.

Auf der Unterseite des Quaders, vor dem er kniete, verbarg sich eine Öffnung. Blue griff hinein und förderte eine Waffe – ähnlich der, die er Kaliste gegeben hatte – zutage. Beim zweiten Hineingreifen holte er einen Stoffbeutel mit Munition hervor. Daraus schüttete er ein paar Kugeln in seine Handfläche und deponierte ihn wieder im Versteck. Unschlüssig betrachtete er die Waffe. Sollte er sie mitnehmen? Verdammt heißes Spiel. Kaliste hatte bereits die erste behalten. Er konnte es sich nicht leisten, dass ihm eine weitere auf diese Art abhandenkam. Entschlossen steckte er sie wieder in die Aushöhlung des Steines, schritt zur Energieanzeige hinüber und warf die Kugeln in seiner Hand in eine Öffnung. Es dauerte einen Moment, doch dann stieg die Anzeige leicht an. Das sollte für die nächsten drei Tage reichen.

„Was machst du hier?"

Lavant! Super Timing!

„Ich bin hier zu Hause, schon vergessen?" Er hatte keinen Bock auf Erklärungen. Bisher war es seinem Bruder noch nicht aufgefallen, dass er die Energieanzeige konstant hielt. Aber allmählich ging ihm das Elektrum aus. Er drehte sich um und stand Lavant Auge in Auge gegenüber. Der andere Dolmenwächter musterte ihn mit forschendem Blick. Blue spielte den Genervten. „Was wird das, Lavant? Wer zuerst wegsieht? Das kann ich besser als du."

Wie auf Kommando wandte sein Bruder den Kopf ab. „Im Moment sind zu viele Tore aktiv", klärte er Blue auf.

„Cool! Freu dich doch. Dann kommt endlich mal Leben in den Laden."

Lavant presste die Lippen aufeinander und ballte seine Hände zu Fäusten. „Es kommt immer darauf an, wer sie nutzt."

Das war zu hoch für ihn. Lavant könnte kurz vor dem Dämmerzustand stehen und würde immer noch nicht akzeptieren, dass auch nur eine einzige Regel gebrochen wurde. Selbst, wenn ihm das den Arsch rettete. Er war da schon immer anders gewesen. Wenn die auserwählte Gattung sich einen Dreck scherte, warum dann nicht nehmen, was man kriegen konnte? Okay, vielleicht nicht alles und auch nicht überall. Aber wenn man ein bisschen selektierte, konnte es doch sehr nützlich sein, die Regeln nach Bedarf auszudehnen. Er hatte deshalb jedenfalls keine schlaflosen Nächte.

Dann schon eher wegen seines bevorstehenden Termins. Erstens war er spät dran und Lavant sah aus, als wollte er wieder seine Moralpredigt vom Stapel lassen. Und zweitens gingen ihm allmählich die Argumente aus, mit denen er die Vampiress hinhalten konnte. Da jede Diskussion mit seinem Bruder ebenso sinnlos wie langwierig war, versuchte Blue, sich an ihm vorbeizudrängen, doch entgegen seiner sonstigen Zurückhaltung stellte sich Lavant in den Weg.

„Sag mir, wo du hinwillst!"

„Was?" Blue musste über die Vehemenz, mit der Lavant seine Forderung äußerte, lachen. „Bist du noch bei Trost? Du bist nicht mein Babysitter. Und jetzt lass mich vorbei." Er schob seinen Bruder unsanft beiseite, aber der packte ihn an der Schulter und hielt ihn fest.

„Diesmal nicht."

Jetzt reichte es Blue. Niemand – auch nicht sein Bruder – durfte sich in seine Angelegenheiten mischen. Die Bewegung erfolgte so schnell, dass Lavant nicht den Hauch einer Chance hatte zu reagieren. Blue packte ihn unter der Achsel, drehte ihn über seine Hüfte und warf ihn mehrere Meter durch die Luft. Lavant landete auf einem der Felsquader, der unter dieser Wucht zusammenbrach. Die darauf ruhenden Knochen zerbarsten mit einem hässlichen Geräusch.

Blue drehte sich nicht mehr um, sondern verschwand durch das Dolmentor zurück in seine Wohnung und versiegelte es, damit Lavant ihm nicht folgen konnte. Das dumpfe Poltern, das gleich darauf erklang, verbunden mit einem Zittern, das sich vom Schrank über den Boden bis zu den Wänden fortpflanzte und die Fensterscheiben klirren ließ, zeigte, dass er mit seiner Vermutung recht gehabt hatte und sein Bruder genau das versuchte. Da so ein Siegel nur bestimmte Zeit hielt – vor allem, wenn es derart heftig traktiert wurde, noch dazu von jemandem, der wusste, wie es funktionierte und wie man es zum Zusammenbruch brachte – beeilte sich Blue, genug Abstand zwischen sich und seine Wohnung zu bekommen, ehe Lavant durchbrach. Ein weiteres Tor kam nicht infrage, also setzte er auf seine körperliche Fitness. Ein bisschen Jogging am Abend hatte noch keinem geschadet.

Auf der Tower Bridge war man zu dieser Stunde ungestört. Er sah Kaliste schon von Weitem, zusammen mit einem komischen Tier, das ihr um die Füße strich. Ein Gef! Der machte sich bestimmt prima als Mantelkragen. Sollte der ihn ausspionieren? Dann war das aber reichlich offensichtlich. Er blickte sich verstohlen um, ob noch weitere kleine Dämonen in der Nähe postiert waren. Das würde die Wahl des Treffpunktes erklären, denn Versteckmöglichkeiten gab es hier für diese Wesen genug.

Die Miene der Vampirkönigin erinnerte entfernt an Medusa. Fehlte nur noch, dass sich ihr schwarzes Haar in Schlangen verwandelte. Blue spielte den Gelassenen.

„Was haben Sie sich dabei gedacht, einfach abzuhauen?", fauchte sie ihn an.

Er hob irritiert die Brauen. „Da hatte ich aber ne nettere Begrüßung erwartet." Ihre Augen sandten Blitze in seine Richtung. Blue grinste amüsiert. „Sie haben mich doch spielend gefunden, also warum die Aufregung? Dachten Sie etwa, ich würde versuchen, unterzutauchen?"

„Wo ist die versprochene Lieferung? Sie wollten sie besorgen."

„Sie haben meinen Prototyp geklaut."

„Gekauft", zischte sie.

„Ach? Und womit?" Jetzt kniff auch er die Augen zusammen und baute sich, die Hände in die Hüften gestemmt, vor ihr auf. „Ich hab noch nicht eine Unze Elektrum gesehen, also welchen Grund hab ich, die restliche Lieferung aufzutreiben?"

Jemand wie sie war es nicht gewohnt, dass man ihr Kontra bot. Sie wirkte überrascht, trat sogar einen Schritt zurück, starrte ihn mit halb geöffnetem Mund an und fand keine Worte. Er holte tief Luft. Zu dick auftragen durfte er nicht. Und er musste sie noch ein bisschen hinhalten. Rybing stellte sich das so einfach vor, eine Vampiress umzubringen. So was war bei den Lords und Ladies schon schwer genug, das wusste er nicht erst seit seiner Nacht mit Lucien. Vielleicht hatte er recht und Melissa Ravenwood war wirklich die Einzige, die Kaliste vernichten konnte.

„Hören Sie, ich hab momentan ein bisschen Stress. Lieferschwierigkeiten eben. Meine Quellen sind ... sagen wir mal, gerade nicht so flüssig wie üblich." Elektrum! Der Gedanke kam ihm, während er ihr diese lahme Ausrede auftischte. Wenn er sie dazu bringen konnte, ihm ein wenig Elektrum vorzuschießen, konnte er damit den Energielevel eine Weile stabil halten. Das verschaffte ihm Zeit, um sich was zu überlegen. Es stand außer Frage, ihr die zweite Waffe auszuhändigen. Aber noch durfte er sich nicht gegen sie stellen. Im Moment hing er in der Luft, das Gespräch mit Franklin allein genügte nicht und bei Armand ließ er nach der Sache mit Lucien besser Vorsicht walten. Wenn sich kein Weg zu Melissa Ravenwood ergab, war er auf Kaliste angewiesen. Es galt also, behutsam vorzugehen.

„Halten Sie mich nicht zum Narren!", warnte Kaliste.

Blue mimte Verlegenheit, schob die Hände in die Hosentaschen, was der Vampiress auch signalisieren sollte, dass er nicht auf Angriff aus war. „Okay, Sie haben mich erwischt", gestand er zerknirscht. „Es ist einfach so ... dieser Prototyp ... Ich muss den natürlich bezahlen. Der war nur geliehen." Er zuckte die Achseln. „Ich bin nur ein Händler. Vermittle zwischen denen, die unerkannt bleiben wollen – und müssen – und denen, die nach der Ware fragen. Hey, die haben mir die Hölle heißgemacht, weil das Ding weg ist."

Sie setzte ein schiefes Grinsen auf, aber zumindest bezichtigte sie ihn nicht sofort der Lüge.

„Wenn Sie vielleicht Ihren guten Willen zeigen. So als Beweis, dass es Ihnen ernst ist und Sie auch zahlen."

„Zweifeln Sie etwa, dass ich es könnte?"

Junge, die war echt geladen. Wozu brauchte sie überhaupt eine Knarre? Sie schoss schon mit Worten tödlich. Blue zweifelte, wenn überhaupt, eher daran, dass sie zahlen wollte. Sollte es entsprechend weit kommen und sie sich tatsächlich als zahlungsunwillig entpuppen, musste er sich was einfallen lassen. Aber derzeit war sie schlicht seine einzige Chance, an Elektrum in ausreichender Menge zu kommen.

„Es wäre eine Geste. Geschäfte basieren auf Vertrauen." Sein Lächeln nahm jetzt wieder den teuflischen Ausdruck von Gerissenheit an, mit dem er ihr sonst begegnete. Er musste seiner Rolle treu bleiben, die gespielte Unterwürfigkeit nahm sie ihm sowieso nicht ab.

Kaliste drehte sich um und nickte in die Dunkelheit.

Also doch, dachte Blue, als ein Bajang aus den Schatten trat. Er warf Blue einen Beutel vor die Füße, vor dem Kaliste augenblicklich zurückwich. Die Kraft des Elektrums spürte sie also, auch ohne es zu berühren. Während er sich bückte, um es aufzuheben, ließ er weder den Bajang noch den Gef und erst recht nicht die Vampirin aus den Augen. Er öffnete den Reißverschluss, im Inneren leuchtete es silberweiß mit goldenen Reflexen. Elektrum in absoluter Reinheit. Mit diesem Beutel konnte er den Energielevel über Wochen konstant halten.

„Darf ich davon ausgehen, dass der Prototyp jetzt mir gehört?", fragte Kaliste zuckersüß.

Er durfte das nicht, aber das Elektrum war zu wertvoll. „Geschäft ist Geschäft."

Als er früh am Morgen die Halle seiner Ahnen erneut betrat, fand er sie leer vor. Jedenfalls, wenn er von den bröckelnden Halbmumien und schlafenden

Schönheiten absah.

Schon eine Handvoll des Elektrums ließ die Energieanzeige erheblich steigen. Hoffentlich fiel Lavant das nicht auf.

„Ha! Und wenn schon. Ich habe nichts damit zu tun." Den Beutel mit dem Rest verstaute er im bewährten Versteck. Er tastete den Hohlraum ab. Waffe und Munition lagen noch dort. Blue versuchte, sein wertvolles Gut dazuzuschieben, aber dafür reichte der Hohlraum nicht aus. Egal wie er drückte und arrangierte, es passte nicht. Mit einem leisen Fluch holte er die Waffe heraus. Jetzt konnte er den Beutel fast darin verschwinden lassen. Nur ein Stück ragte noch hervor. Das Risiko war ihm zu groß, dass Lavant es bemerkte. Also nahm er auch noch einen Teil der Munition mit. Jetzt war das pure Elektrum sicher vor neugierigen Blicken verborgen. Für die Waffe musste er sich eben ein anderes Versteck suchen oder sie im Zweifelsfall bei sich tragen.

Hinter ihm knirschte es leise. Als er sich umdrehte, fielen die Gesichtsknochen eines der Toten ein. Schmerz zog ihm die Brust zusammen. Das Gefühl, versagt zu haben, übermannte ihn und er schloss die Augen. Schluckte die Enttäuschung hinunter, wieder einen verloren zu haben.

„Es tut mir leid, Soljar", wisperte er und sank neben dem Körper auf die Knie. Wer würde der Nächste sein? Die Zeit lief ihnen allen davon. Auch ihm.

*

Die Entscheidung war nahe. Er spürte es, hatte es schon vor einem Jahr gewusst, als Kaliste versuchte, Darkworld zu öffnen. Was oder wer befand sich darin, der ihr den Sieg hätte bringen können? Sie würden es nie erfahren.

So unglaublich es auch klang, Armand war Kaliste für ihre Tat und die Wochen innerhalb der Festung ohne Wiederkehr dankbar. Die Zeit hatte ihn mehr geprägt als alles andere in seinen über zweihundert Jahren auf dieser Erde. Ohne die Liebe zu Mel hätte er es nicht durchgestanden. Während des Kampfes gab es viel Zeit zum Nachdenken. Er hatte sein Leben, sein Denken und Fühlen infrage gestellt, sich von sich selbst entfernt und dadurch klarer gesehen – mehr gesehen. Andere zerbrachen in der Festung, er entkam ihr gestärkt. Bereit für die Aufgabe, die ihm zufiel und willens, an Melissas Seite zu kämpfen bis zum letzten Atemzug. Was auch immer in seiner Macht lag, damit sie ihr Schicksal erfüllte, er würde es tun.

Dazu konnte dieser Sangui wichtig werden. Lucien schien das zu glauben, sonst hätte er Blue nicht laufen lassen. Welchen Deal hatten die beiden geschlossen? Blue wirkte nicht wie jemand, der sich leicht manipulieren ließ. Aber etwas stimmte nicht mit ihm. Er war anders. Armand konnte es sich nicht erklären. Die Kraft von Alter und Beständigkeit ging von ihm aus. Jemand, der die Zeit überdauerte, ähnlich wie ein Unsterblicher. Doch ein Bluttrinker war Blue nicht, auch kein Gestaltwandler oder ein Sidhe. Was konnte es also sein? Eine unsterbliche Seele, die von einem Körper zum nächsten wanderte? Aber so jemand würde sich nicht als Dämonenjäger verdingen.

Armand war gespannt, ob Franklin neue Erkenntnisse hatte. Immerhin gingen alle Tagesmeldungen der Ashera über seinen Tisch und an Ereignissen mangelte es derzeit nicht. Regelmäßig suchte er Melissas Vater allein auf und Mel stellte keine Fragen. Sie sprachen überhaupt nicht mehr darüber, ob und wie sie beide ihrer dunklen Natur folgten, seit sie übereingekommen waren, sich nicht länger zu verstellen oder ihr Wesen zu verleugnen. Er wurde das Gefühl nicht los, dass es sie immer noch quälte, ihn zu teilen. Sie sogar ein schlechtes Gewissen hatte. Dabei bestand kein Grund. Mit ihrer Liebe hatte das nichts zu tun.

Allerdings konnte er es nicht mehr auf ihre Menschlichkeit schieben, dass sie mit dem Verlangen des Blutdämons zu kämpfen hatte, denn diese verlor sich zusehends. Was also war es sonst, das ihre Empfindungen und ihr Gewissen noch immer an weltliche Moral band, obwohl ihr Körper und Verstand längst darüber hinaus waren?

Armand hätte ihr sagen können, dass er Franklin nur trinken ließ, wenn es in seinen Augen eine Rolle spielen würde. Da es das nicht tat, schwieg er und Mel fragte nie.

Wie immer, wenn sie verabredet waren, standen die Flügeltüren zu Franklins Büro offen. Armand passierte den Brunnen mit den betenden Engeln, die ihn stets zu beobachten schienen, wenn er an ihnen vorüberschritt. Drinnen erwartete ihn neben seinem Freund und Vertrauten ein Glas Brandy.

Schweigend stießen sie an, ließen den ersten Schluck durch ihre Kehlen laufen und genossen die stille Zweisamkeit. Ein Ritual, das sie seit ihrem ersten Treffen nach Darkworld begonnen hatten.

„Hast du schon mit Blue gesprochen?", begann Franklin schließlich.

Er hatte Armand gebeten, ihn unter die Lupe zu nehmen, weil er hoffte, Armand würde mehr herausfinden als er. Einig waren sie sich in dem Punkt, dass etwas Beunruhigendes an dem Mann war. Aber auch darin, dass es keinen Grund gab, ihm zu misstrauen.

„Ich habe noch nicht viel mehr über ihn rausgefunden, als wir schon wissen. Welodan blieb ruhig. Mehr kann ich nicht sagen. Ich hoffe, er wird sich von selbst für uns entscheiden, denn das, was da draußen losbricht, ist ein Krieg, und ich habe das dumpfe Gefühl, dass Mel eines der Hauptziele ist."

„Nun, da er von sich aus zu mir gekommen ist, stehen die Chancen gut, meinst du nicht?"

Armand zuckte die Achseln und spielte mit einem Kristallquader. „Ja. Aber ich bin nicht sicher."

„Mich beunruhigt, was er sagt. Ich mache mir Sorgen um Mel."

„Ich passe schon auf, dass ihr nichts passiert." Er lächelte Franklin aufmunternd an. „Und sie ist zäh, wie du weißt. Wir haben schon andere Sachen durchgestanden, also quäl dich nicht so."

Sein Freund stützte den Kopf in die Hände und stöhnte leise. Er hatte Kopfschmerzen, das sah man ihm an. Vielleicht konnte er ihm wenigstens dabei Linderung verschaffen. So vieles von dem, was passierte, verstand Franklin nicht. Wie sollte er auch, er war nur ein Mensch. Selbst viele von ihresgleichen würden nicht merken, was vor sich ging. Ob es ihm selbst aufgefallen wäre ohne die Festung ohne Wiederkehr? Nein, gestand er sich. Nur jemandem wie Lucien oder Tizian, Anakahn und vielleicht auch Athaír. Er wusste immer noch nicht, was genau mit ihm dort geschehen war, wie viel Anteil sein Martyrium trug und wie viel Tizians Blut. Doch das spielte keine Rolle. Es hatte so geschehen müssen.

Nachdem er den Quader beiseitegelegt hatte, trat er zu Franklin und begann, dessen Nacken zu massieren. Dabei fiel ihm auf, dass Mels Vater sich im ersten Moment noch mehr verkrampfte, ehe er schließlich nachgab.

„Lucien war bei dir, nicht wahr?" Seine Stimme klang leise, dennoch zuckte Franklin beim Namen des Lords zusammen, als hätte er ihn angeschrien. „Du musst nicht darüber reden, aber sogar Mel hat gemerkt, dass deine Nerven blank liegen, seit die Essenz des Lords die Stadt überflutet."

„Es ist nichts. Ja, er war hier und ich traue ihm nun mal nicht. Doch sonst ist wirklich alles in Ordnung."

Armand schürzte die Lippen, fragte aber nicht weiter nach. Er spürte, dass Franklin log, doch es war nicht an ihm, dem Ashera-Vater die Beichte abzunehmen. Luciens Wirkung auf Menschen war ihm vertraut, und sein Interesse an Mels Vater hatte sich schon vor einem Jahr gezeigt. Eigentlich sogar noch früher. Er hatte nicht einmal davor zurückgeschreckt, Franklin so weit zu manipulieren, dass dieser einen Keil zwischen ihn und Mel treiben wollte. Um des Lebens seiner Tochter willen und für einen Tropfen Blut des großen Lords.

Wenn er Lucien und dessen Charakter nicht so gut kennen würde, hätte er deswegen wütend auf Franklin sein können. Aber der Macht eines Vampirlords entzog sich selbst ein anderer Bluttrinker kaum. Von einem Menschen ganz zu schweigen. Er wusste nicht, welchen Grund Luciens Interesse in sich barg, nur, dass er nicht eher ruhen würde, bis er bekam, was er wollte. Franklins Körper? Seine Seele? Ging es ihm um Franklin selbst oder Melissa?

Mel hoffte, wenn Armand ihrem Vater wieder den kleinen Trunk gewährte, würde sich Luciens Einfluss verlieren, doch da irrte sie gewaltig. Hoffentlich trieb Lucien das Spiel nicht zu weit.

„Traust du diesem Blue?", kam Franklin noch einmal auf den Sangui zurück.

Armand lachte leise. Bei der Wahl zwischen Lucien und Blue war ihm Letzterer als Thema lieber. „Das kommt darauf an. Er macht ein Geheimnis aus sich und seinen Beweggründen, aber Welodan hat einen Blick in seine Seele geworfen und er ist tief im Inneren kein übler Kerl. Vor allem hat er ein Gewissen. Ich habe ihn jedenfalls lieber auf unserer Seite, statt auf der von Rybing."

In Blues Augen hatte er einen Anflug von Panik gesehen, als Welodan sich Zugang zu seinen Gedanken verschaffte. Da er Luciens Blut in sich trug, war es nicht schwer zu erraten, welche Erfahrungen er mit dem Erforschtwerden gemacht hatte. Der Lord war sicher gründlicher gewesen als er, weil er dabei gleich seinen Nutzen auslotete. Armand interessierte nur, ob er Blue trauen konnte. Er war fast sicher, dass Blue kein Mensch war, auch wenn das, was er ausstrahlte, nur schwer einzuordnen war. Auf jeden Fall konnte er ein wertvoller Verbündeter sein, daran wollte Armand arbeiten. Er hatte schon ein Treffen zwischen Blue und Alwynn arrangiert und würde den Sangui in Kürze wieder aufsuchen, um ihn seinen Freunden vorzustellen. Mit etwas Glück hatten die bis dahin Cyron gefunden. Das wäre ein guter Start.

„Nun, Cornach hat auch nichts gefunden, was man ihm vorwerfen könnte."

Dass Franklin ebenfalls sein Krafttier einsetzte, um sich Gewissheit über den Charakter seiner Gäste zu verschaffen, war ihm neu. Das brachten Zeiten wie diese wohl mit sich.

„Was ist mit Ash Templer? Hat er sich eingelebt? Mel sagt, er interessiert sich sehr für Vampire."

Franklin entfuhr ein langer Seufzer. „Zu sehr."

„Weißt du warum?"

Er fragte nicht aus Eifersucht, sondern weil die Möglichkeit bestand, dass Templer verdeckt für die Lux Sangui arbeitete und nach Schwachstellen suchte. Ihm schmeckte nicht, dass Mel ihn mit der Übersetzung der Schrift betraut hatte.

„Da musst du Mel fragen. Sie verbringt die meiste Zeit mit ihm." Franklin streckte sich wohlig unter der Tiefenmassage. Seine Muskeln wurden weicher, nachgiebiger und erwärmten sich. Armand ließ seine Finger höher gleiten, in den Haaransatz, und wieder hinab bis zum äußeren Ende der Schultern. „Sonst weiß ich nur, dass er hierher versetzt werden wollte, weil er vor ein paar Jahren seine Frau verloren hat und in Spanien ständig an sie erinnert wurde."

Er verdrehte die Augen. Nicht der Erste, der wegen Liebesschmerz den Schritt in die Dunkelheit wagen wollte. Solche Leute waren ein gefundenes Fressen für Vampire wie Dracon. Ob Mel in Kürze wieder Phiolen mit ihrem Blut verteilen musste, um den Leichtsinnigen zu schützen? Aber momentan war der Drache ausreichend mit seinem Zögling beschäftigt.

„Seht ihr Warren ab und zu?" Franklin musste seine Gedanken erraten haben.

„Er und Dracon suchen die gleichen Treffpunkte auf wie wir. Ich denke, er sucht Mels Nähe."

Ob Franklin merkte, dass er damit eher Dracon als Warren meinte?

„Ich kann nicht über meinen Schatten springen, auch wenn er mich sicher dafür hasst."

„Niemand verlangt das von dir. Er ist nicht mehr derselbe. Wenn du mich fragst, wird er schon bald nicht mehr leben. Entweder wird Dracon seiner überdrüssig oder er legt sich mit den falschen Leuten an. Ich hab zu viele kommen und gehen sehen. Warren war und ist nicht stark genug für die Unsterblichkeit."

Armand hatte Franklin nicht verletzen wollen und ärgerte sich über seine voreiligen Worte. Doch sein Freund sagte nichts. Vermutlich wusste er es selbst.

„Geht es dir jetzt besser?", fragte er und beendete seine Massage.

„Die Kopfschmerzen sind weg. Danke."

Wortlos knöpfte Armand den Ärmel seines Hemdes auf und legte den Unterarm frei. Er setzte sich vor Franklin auf die Tischplatte, durchstach mit den Fängen die Haut über seiner Pulsader und hielt Franklin sein blutendes Handgelenk hin, um ihn trinken zu lassen. Dessen bedurfte es keiner Worte mehr. Es war eine stille Übereinkunft, die er nun, da Lucien in der Stadt war, für wichtiger erachtete denn je. Wohl wissend, dass auch dieser Schutz für Franklin letztlich trügerisch war – Lucien weder abhalten noch die Verlockung seines Blutes mildern konnte, wenn der Lord es darauf anlegte.

✦

Die letzten Tage waren hart gewesen. Steven hatte noch einmal mit Weezle gesprochen, nachdem weitere PSI-Clubs angegriffen wurden. Von Mel kam die Info, dass Lemain ähnliche Vorfälle aus Frankreich meldete. Auch in London war von einem Club nur ein Trümmerhaufen übrig geblieben. Inzwischen mehrten sich die Todesopfer, der Feind gewann an Übung und die Zeit der Warnungen war vorbei.

Auch einzelne Attentate nahmen zu. Elfen wurden auf offener Straße erschossen, Trolle abgestochen. Steven und Jessica kamen kaum nach mit ihren Sondereinsätzen. Allmählich gingen ihnen die Ausreden aus. Bitter, aber er war beinah froh, wenn der Krankenwagen auftauchte, der keine Klinik anfuhr. Steckten die Lux Sangui hinter diesen Anschlägen, wenn sie sich so sehr bemühten, die Spuren zu verwischen? Denkbar war es. Aber scherten sie sich nicht um die Konsequenzen? Denn auch die ließen nicht lange auf sich warten. Während ein Teil des PUs sich still verhielt, um die Unruhen nicht noch zu schüren, griffen extreme Gruppen aus ihren Reihen nun auch Menschen an. Ohne dass es etwas mit Nahrungssuche zu tun hatte. Die Kriminalitätsrate stieg.

Die Gerüchte von der schwarzen Liste erhärteten sich. Weezle kannte immer noch keine Namen, aber jemand hatte Leute aus dem Untergrund rekrutiert, die spurlos verschwunden waren. Das hatten Kaliste und Sylion bei Darkworld auch getan, und die Sangui waren verstärkt an Kontaktmännern interessiert, denen sie Gott weiß was versprachen. Verräter gab es leider immer und überall.

Es war an der Zeit, es Mel zu sagen. Er wollte sie nicht grundlos beunruhigen, doch wenn aus einer Vermutung Gewissheit wurde, musste sie Bescheid wissen. Immerhin stand auch ihr Leben auf dem Spiel, oder das von Armand. Vielleicht erfuhren sie mithilfe des Ordens mehr darüber.

Warum konnte er Lucien nicht erreichen? Er machte sich Sorgen um den Freund, auch wenn den Lords wohl die geringste Gefahr drohte. Sie waren zu schlau und so alt, dass selbst Elektrum und Feuer sie nur verletzen, aber kaum töten konnten. Es sei denn, man traf das Herz.

Steven gestand sich ein, dass er sich einsam fühlte. Verloren und überfordert. Gott, wann war er das letzte Mal so allein gewesen? Außer Pettra und Slade war keiner von seinen Freunden mehr in Miami. Von Jessica hielt er sich außerhalb des Dienstes lieber fern. Sie war schon viel zu vernarrt in ihn. Aber er sehnte sich nach Nähe, nach Wärme. Mehrmals hatte er in den letzten Tagen überlegt, ob er Thomas einweihen sollte. Zum einen würde es in der Klinik helfen, wenn sie noch jemanden hatten, der PSI-Wesen behandeln konnte. Und es würde sie einander näherbringen – oder sie entzweien, falls Thomas geschockt auf Stevens wahre Natur reagierte. Er war hin- und hergerissen. Doch sich von Thomas zu trennen kam nicht infrage. Er brauchte ihn. Jetzt mehr denn je.

Also ließ er sich wider besseres Wissen immer stärker auf den jungen Chirurgen ein. Es war längst mehr als nacktes Begehren und guter Sex. Sie gingen aus, fuhren mit dem Bike durch die Stadt oder verbrachten Abende bei Whiskey und tiefsinnigen Gesprächen. Er hätte sich etwas vorgemacht, weiter zu behaupten, dass er nur Thomas' Körper besitzen wollte. Die Wahrheit war: Er wollte ihn ganz und gar.

Auch heute Nacht suchte er Vergessen in den Armen des Freundes. Gab sich seinen Gefühlen hin, wenn Thomas' Hände über seine Haut strichen, seine Zungenspitze Stevens Brustwarzen umkreiste, sodass er das Ziehen in den Lenden kaum noch ertrug. Dann brachten die warmen, weichen Lippen ihm Erlösung, glitten an seinem Schaft auf und ab, bis er zitternd den Gipfel erreichte.

Es war gefährlich, sich so gehen zu lassen. Er wusste, wie nah er manchmal daran war, die Kontrolle zu verlieren, aber mit eben diesem Risiko spielte er, weil es ihn zusätzlich anheizte und für ein paar Stunden alle Gedanken an den PU und die Gefahr, die wie eine düstere Gewitterwolke über ihnen schwebte, vertrieb.

„Du bist so schön, Thomas", hauchte er, als der Chirurg neben ihn glitt und sich mit genüsslichem Lächeln einen hellen Tropfen von den Lippen leckte. „Ich weiß gar nicht, wie ich es so lange ohne dich ertragen habe."

Das meinte Steven ernst und Thomas' verlegenes Lächeln rührte ihn. Er küsste seinen Lover innig, saugte an dessen Lippen, erforschte die feuchte Höhle dahinter mit seiner Zunge, die nach Lust und Sünde schmeckte. So lange, so tief, bis sie schließlich beide um Atem rangen.

„Was würdest du dazu sagen", flüsterte er, Stirn an Stirn, als könnte er so eine Brücke zwischen ihren Gedanken schlagen, „wenn du für immer so schön bleiben könntest, wie du jetzt bist? So jung und stark. Perfekt wie die Statue eines großen Künstlers."

Der Gedanke war verlockend, es einfach zu tun. Keine Erklärungen, keine Wahl. Seine Entscheidung, weil er diesen Mann nicht mehr hergeben wollte.

Thomas sah ihn verwundert an, seine Wangen röteten sich in Verlegenheit. „Nur, wenn ich das mit dir teilen könnte."

Er hatte den Sinn der Worte natürlich nicht verstanden. Ahnte nicht, wie nah seine Worte der Wahrheit kamen. Schöpfte Hoffnung aus dieser Andeutung, weil ihnen eine Nähe innewohnte, die Steven sonst nicht zuließ. Aber jetzt nickte er. Ja, gemeinsam mit ihm. Und für immer jung. Solche Träume hatte er zuletzt ... Himmel, er wusste nicht mehr, wie lang es her war. In den ersten Jahren als Vampir glaubte man noch daran, dass Ewigkeit mit der Geburt in die Unsterblichkeit wörtlich zu nehmen war. Aber er würde es anders machen als sein Schöpfer. Besser. Wenn er Thomas verwandelte, dann wollte er mit ihm zusammenbleiben. Für immer.

Er zog ihn in die Arme, antwortete mit seinem Körper statt mit Worten. Sein Liebster hatte ja keine Ahnung. Er schmiegte sich an ihn, schickte seine Hände auf Wanderschaft, wie immer hungrig nach mehr. Seine Lust war unersättlich, er stand Steven in nichts nach und war erst befriedigt, wenn sie sich beide kaum noch bewegen konnten vor Erschöpfung.

Steven spürte, wie seine Fänge hervortraten. Er hatte Hunger – nach weit mehr als nackter Leidenschaft. Er konnte das Blut seines Gefährten rauschen hören. Neben seinem Ohr strömte es in der Halsschlagader dahin. Das Herz trommelte in einem Rhythmus, der ihm die Sinne vernebelte. Verbunden mit den kühner werdenden Zärtlichkeiten zog es Steven immer tiefer in einen Strudel der Gefühle, der sein bewusstes Denken ausschaltete. Ihn der Kontrolle durch seinen Blutdämon preisgab. Er roch den würzigen Duft verschwitzter, von Lust durchtränkter Männerhaut. Thomas' Aroma, das er nun schon so gut kannte – nach feuchter Erde, Nacht und Tannenwald.

Luciens Worte kamen ihm in den Sinn. „Mach ihn dir gefügig mit dem Blut. Er wird alles für dich tun, damit du es ihm gibst."

Alles! Immer!

Der Wunsch, einen anderen vollkommen zu besitzen, ihn zu unterwerfen und an sich zu binden war nie stärker gewesen. Im letzten Moment biss er sich in die eigene Lippe, statt in Thomas' Kehle. Er saugte einige Tropfen Blut, um sein Verlangen zu bezähmen. Dann küsste er Thomas wieder, teilte dessen Lippen mit seiner Zunge. Er schmeckte selbst das Blut, doch da war es bereits zu spät. Steven spürte, wie es Thomas in seinen Armen durchfuhr, gleich einem Blitz.

Jetzt war es nicht mehr zu ändern. Die Entscheidung war von allein gefallen. Dann sollte es so sein, er bereute es nicht. Mit seinem ganzen Gewicht drückte er Thomas auf das Bett, dessen Starre sich in Gegenwehr wandelte, als er versuchte, den Kopf wegzudrehen und seine Handgelenke aus Stevens unerbittlichem Griff zu befreien. Steven ließ das Blut rückhaltlos fließen, ließ es seinen Mund füllen, bis Thomas nicht mehr anders konnte, als zu schlucken. Er wusste nicht, ob er weinen oder lachen sollte, als Thomas von der Macht des Dämons überrollt wurde und anfing, das Blut aus ihm zu saugen. Es zu trinken und sich davon berauschen zu lassen. Jetzt gab es kein Zurück mehr. Nicht für ihn ... und auch nicht für Thomas.

Tief aus seiner Kehle stieg das Grollen empor. Seine Finger krallten sich ins dunkle Haar seines Geliebten und bogen dessen Kopf zur Seite. Er gab seine Lippen frei, bannte ihn mit einem Blick aus seinen fluoreszierenden Augen. Er sah Angst in Thomas' Iris flackern. Blut tropfte von seinen Fängen, bisher noch sein eigenes, das jetzt durch die Adern dieses menschlichen Körpers raste und dessen Verstand in einem tödlichen Spinnennetz einwob. Thomas lag still da, zuckte nur bei jedem warmen Tropfen, der von Stevens Mund auf seine Kehle fiel.

Steven senkte den Blick auf den roten Fleck, von dem bereits ein kleines Rinnsal hinab in die Mulde zwischen den Schlüsselbeinen floss. Für Zurückhaltung gab es jetzt keinen Grund mehr. Thomas wusste, was er war, zweifelte auch nicht daran. Entweder band er ihn an sich oder er musste ihn töten. Letzteres war schier unvorstellbar.

„Mein Liebster", flüsterte er.

Thomas' Lippen bebten, doch es kam kein Laut über sie. Stevens Lächeln war kalt, inmitten all der Leidenschaft, die er für Thomas empfand, loderte die Gier nach seinem Blut doch heller – heißer. Er zögerte nicht länger, schlug ihm seine Fänge ins Fleisch und trank gierig den Saft, den er seit Wochen begehrte.

＊

Er ließ sich das kalte Wasser über Gesicht und Brustkorb laufen. Gänsehaut bildete sich auf seinen Unterarmen und seinem Bauch. Schlechte Träume konnte man so vertreiben. Unwirkliche Empfindungen – so erschreckend wie verlockend. Aber das hier war kein Traum; darum würde er auch nicht erwachen.

Unsicher öffnete Thomas die Augen, die roten Male an seiner Kehle verblassten zusehends. Steven hatte gesagt, das sei normal. Weil er so viel Blut getrunken hatte. Blut getrunken. Für einen Moment kämpfte er mit Übelkeit. Als Arzt hatte er keine Probleme mit dem Saft des Lebens, doch er wäre nie auf die Idee kommen, ihn zu trinken. Bis heute. Die Erinnerung an den Geschmack dieses fremden Nektars, als Steven ihn in seinen Mund hatte fließen lassen, weckte augenblicklich Hunger. War das Blut eines Vampirs etwas anderes als das eines Menschen?

Vampir!

Thomas keuchte und rieb sich mit zittriger Hand übers Gesicht. Es gab Vampire, und sein Lover war einer von ihnen.

In seinem Bauch keimte ein hysterisches Lachen, das er mühsam unterdrückte. Natürlich kannte er Dracula und hatte Blade gesehen – beides immer für reine Fiktion gehalten. Das hier war etwas anderes. Man merkte es Steven nicht an. Was Thomas an Ammenmärchen über Wesen wie ihn gehört hatte, traf nicht zu. Steven trug ab und zu ein Edelstahlkreuz an einem Lederband. Sie hatten Zaziki zusammen gegessen, Whiskey getrunken. Er rauchte zwei Schachteln Zigaretten während einer Schicht. Und seine Haut war warm.

Ein Schauder ging durch seinen Körper, und er schob den Gedanken, woran das lag, weit von sich. Sein Leben wurde gerade auf den Kopf gestellt, alles, was er je über Anatomie und Evolution, über Medizin und Biologie gelernt hatte.

Schwebte er in Gefahr? Jetzt wohl weniger als zuvor. Was sollte er tun? Sich trennen? Er ertrug den Gedanken nicht, ohne Steven zu sein, egal, was für ein

Wesen er war.

Als Thomas wieder aus dem Bad kam, saß Steven in dem braunen Ledersessel am Fenster und blickte hinaus. Er war immer noch nackt und das Zwielicht des herandämmernden Morgens tauchte ihn in ein solch verführerisches Licht, dass ihm der Atem stockte. Für einen Moment ließ sein Anblick Thomas erstarren, weil ihm die Überirdischkeit seines Geliebten erstmals bewusst wurde. Kein Mensch konnte so schön sein, konnte dieses innere Leuchten haben. Es hätte ihm früher auffallen müssen.

Träge drehte Steven den Kopf in seine Richtung und blickte ihn mit einem unergründlichen Flackern in den Augen an.

„Das ist das Blut. Es verändert deine Sinne", sagte er. Sogar seine Stimme besaß einen Klang, der jede Zelle in ihm in Schwingung versetzte.

Thomas schluckte, blieb unsicher stehen, spürte, wie ihm die Hände feucht wurden, weil er plötzlich nicht mehr sicher war, was Steven jetzt mit ihm machen würde. Er kannte ein Geheimnis, das der Vampir hütete wie ein kostbares Juwel. Konnte er wirklich davon ausgehen, dass er ihn als Mitwisser weiterleben ließ? Ihm wurde kalt, er fror entsetzlich, obwohl die Wohnung noch aufgeheizt von ihrer Liebesnacht war.

Steven beugte sich betont langsam vor und blickte ihn ohne erkennbare Regung an. „Wenn du ein Wort davon irgendwo erzählst, töte ich dich auf der Stelle, hast du mich verstanden?"

Es klang gar nicht bedrohlich. Ein harter Kontrast zu den Worten selbst. Thomas war klar, dass Steven es ernst meinte. Unwillkürlich fasste er sich an die Kehle, wo nur noch zwei kleine rote Punkte von den Bisswunden erzählten.

„Du hast es gekostet. Und ich weiß, du willst es wieder haben. Ich werde es dir geben, so oft du willst. Aber du musst schweigen."

Thomas schaute Steven eine Weile stumm an, weil sein Verstand keine Worte fand und seine Zunge ihm trocken am Gaumen klebte, sodass er ohnehin nicht sprechen konnte. Doch dann grinste Steven plötzlich breit, das Beängstigende an ihm verschwand und es schien, als sei nichts gewesen.

„Ich vertraue dir, sonst würde ich dich nicht gehen lassen. Du hast vermutlich eine Menge Fragen und ich muss dich um mehr bitten als nur um dein Schweigen. Doch das hat alles Zeit bis morgen."

Er blickte hinaus, Thomas verstand.

„Dann ist diese Sache mit dem Sonnenlicht kein Mythos? Im Gegensatz zu allem anderen."

Steven erhob sich und zauste Thomas im Vorbeigehen das Haar. „Geh jetzt. Wir reden morgen."

Als er gehört hatte, dass Blue allein bei Franklin Smithers war, dem Vater seiner ärgsten Feindin, stand für Cyron fest, dass man ihn übervorteilen wollte. Dem musste er zuvorkommen. Mal sehen, wie weit Blue mit seinem Deal kam, wenn er Kaliste sagte, dass der angebliche Waffenhändler in Wahrheit ein echter Sangui war.

Cyron hatte längst beschlossen, nicht mehr zu den Sangui zurückkehren. Zu unsicher, und er traute diesem Pack jetzt nicht mehr über den Weg. Er hatte es eine Weile im PU versucht, doch dort verhärteten sich die Fronten gegen ihn. Wie schaffte diese rote Hexe es nur, dass alle immer auf ihrer Seite standen?

Blieb also nur Kaliste. Mit der Information über Blues wahre Identität konnte er sich vielleicht ihren Schutz erkaufen. Trotzdem schlotterten ihm die Knie, als er sich an einem der Patrouillenpunkte in der Nähe eines abgelegenen alten Friedhofes einfand, wo Kalistes Spione sich regelmäßig mit Informationen versorgten, die dann auch der Königin zugetragen wurden.

Seit ein paar Tagen ging es ihm schlecht. Ihm war übel, seine Muskeln zuckten unkontrolliert und er wurde von Schwindelanfällen geplagt. Manchmal glaubte er, das Gift, mit dem Kaliste ihn unschädlich machen wollte, würde noch immer durch seine Adern rasen und ihn innerlich zerfressen. Aber das konnte nicht sein. Die Sangui hatten ihm ein Gegenmittel verpasst. Es waren sicher nur seine Nerven. Trotzdem hatte er sich heute Mittag beim Blick in den Spiegel erschrocken. Selbst die vorgetäuschte Gestalt sah mitgenommen aus, hatte dunkle Ränder unter den Augen und aschfahle Haut. Fahrig strich er sich das schüttere Haar des Buchhalters zurück und blickte die Straße hinauf und hinunter, ob er einen von Kalistes Spionen entdeckte.

Es dauerte nicht lange, bis ein Wiesel die Straße kreuzte. Cyron stieß einen hohen Pfiff aus, der für Menschen nicht wahrnehmbar war. Das marderartige Tier verharrte, drehte den Kopf in seine Richtung und lief nach kurzem Zögern auf ihn zu. Seine Augen pulsierten silbrig-rot in der Dunkelheit. Es stellte sich vor ihm auf die Hinterbeine, seine Nase zuckte, als es versuchte, eine Witterung aufzunehmen.

„Ich muss mit Kaliste sprechen. Heute noch", forderte Cyron.

Der Gef bleckte die Zähne. „Das hast du nicht zu entscheiden."

Cyron holte aus und trat nach dem Tier, das sich quiekend überschlug. „Sag es ihr. Sofort!"

Beleidigt suchte der Spion das Weite, und Cyron stellte sich auf eine längere Wartezeit ein. Er hockte sich auf eine niedrige Steinmauer, von wo aus er einen guten Überblick hatte. So konnte er rechtzeitig sehen, wenn Kaliste kam und wurde nicht von ihr überrascht. Sein Magen krampfte sich zusammen und zerrte an dem Narbengewebe. Cyron verzog das Gesicht, kalter Schweiß stand ihm auf der Stirn. Je unruhiger er war, umso schwerer fiel es ihm, die angenommene Gestalt zu halten. Da niemand zu sehen war und außer ein paar Gothics wohl kaum jemand nachts in der Nähe des Friedhofs spazieren ging, gab er schließlich auf und ließ die Maskerade fallen. Ein Stöhnen der Erleichterung entfuhr ihm, weil ihm die Haut nicht mehr zu eng oder die Knochen zu schwer erschienen. Es war eine Wohltat, sich in der eigenen Gestalt zu entspannen, so hässlich die jetzt auch war.

Ein Käuzchen schrie in einem der Bäume unweit von ihm. Er fuhr hoch, suchte die Dunkelheit ab, konnte aber nichts erkennen. Seine Hände waren klamm, das Herz schlug ihm bis zum Hals. Trotzdem setzte er sich wieder, versuchte durchzuatmen und ruhig zu bleiben. Sie würde ihm nichts tun. Erst recht nicht, wenn sie erfuhr, was er ihr zu sagen hatte. Wenn sie ihm noch nach dem Leben trachten, an ihm zweifeln würde, wäre er schon tot. Das sagte er wie ein Mantra vor sich hin, in der Hoffnung, irgendwann daran zu glauben.

Zwei Stunden später erschien die Vampirkönigin mit dem Gef und einem Ghanagoul. Der wuchtige, fledermausartige Wächter blieb in einigem Abstand stehen und überwachte die Umgebung mit seinen in alle Richtungen beweglichen Ohren und Nasenflügeln. Der Gef hingegen lief der Vampirin voraus und grinste ihn hämisch an.

„Was gibt es so Wichtiges, dass du forderst, mich zu sehen?" Kalistes Stimme gab ihre Laune wieder.

Cyron schluckte. Er hatte einen Knoten in der Kehle, der ihn fürchten ließ, sein Anliegen nicht vorbringen zu können. Sein Blick ging zu dem Ghanagoul, der seine Waffe schussbereit hielt. „Ich ... ich wollte ..."

„Hör auf zu stottern! Sag, was du zu sagen hast und wehe dir, es ist nicht wichtig."

Er nickte heftig, rieb seine feuchten Hände an den Hosenbeinen und kam sich minderwertig vor in seiner verkrüppelten Gestalt. „Es geht um den Waffenhändler", begann er, wurde sich im selben Moment klar, dass seine Anschuldigung auch auf ihn ein schlechtes Licht warf, schließlich hatte er den Kontakt hergestellt.

Kaliste schnaubte. „Der Kerl geht mir allmählich auf die Nerven. Er hält mich hin. Ich kann nicht sagen, dass ich dir dankbar für diese Vermittlung bin."

Cyron biss sich auf die Lippen. Sein Verstand raste, weigerte sich jedoch, ihm die richtigen Worte einzugeben.

Kaliste verengte die Augen zu schmalen Schlitzen. Der Gef huschte zwischen seinen Beinen herum und gab ein gackerndes Kichern von sich. „Hast du deine Zunge verschluckt oder was ist los? Ich hab nicht die ganze Nacht, also verschwende nicht meine Zeit", fauchte die Königin.

„Er … er ist ein Sangui!"

Zitternd harrte er ihrer Reaktion. Er wusste, dass er mehr sagen sollte, ihr schnell erklären, wie es zu all dem gekommen war, doch er stand nur da, wagte nicht, sie anzusehen und hatte das Gefühl, sein Körper löste sich langsam auf, weil er bereits seine Arme und Beine nicht mehr spürte.

„Was?", zischte Kaliste. „Du hast mir einen Spion der Dämonenjäger geschickt?"

Der Gef fauchte, bereit, Cyron auf den kleinsten Befehl seiner Herrin hin anzugreifen. Doch der blieb aus. „Ich hatte keine Wahl", stieß er hervor. Die Lux Sangui haben mich gefunden, als ich …" Er konnte es in ihrer Gegenwart nicht aussprechen, was sie ihm angetan hatte.

„Vielleicht hätte ich besser daran getan, mich zu vergewissern, dass du tot bist, ehe ich dich verließ. Ein Sangui!"

„Ich dachte, er betrügt den Orden", jammerte Cyron. „Sonst hätte ich mich darauf nicht eingelassen."

Ihr Blick war voller Verachtung. Ob sie seine Lüge durchschaute? Wenn es überhaupt eine war. Er wusste selbst nicht mehr, was er glauben sollte. Hatte Blue ihn belogen, als er vorgab, der Plan stamme von Donald Rybing? Oder entsprach das der Wahrheit, und er war einem Irrtum aufgesessen, Blue für einen Verräter an seinen Leuten zu halten? Erst jetzt fiel ihm auf, dass die Besuche in Gorlem Manor eher für Letzteres sprachen. In seiner Verzweiflung erniedrigte sich Cyron vor Kaliste, indem er auf die Knie fiel und um Vergebung flehte. „Der Orden wollte nur, dass ich Blue in den Untergrund einschleuse", blieb er bei der Version, die man ihm eingetrichtert hatte. „Er kam aus eigenem Antrieb zu mir mit den Waffen und fragte nach jemandem, der Interesse an solcher Ware hätte."

„Und du hast dich nie gefragt, was dahintersteckt? Dass es ein Plan sein könnte?"

Er schüttelte den Kopf, obwohl er sich so immer tiefer in ein Lügennetz verstrickte, das er nur zum Teil mitgewoben hatte. Die Gefahr, dass er sich in den klebrigen Fäden der anderen verfing, war groß.

„Warum hast du deine Meinung jetzt geändert?", wollte Kaliste wissen.

„Das habe ich nicht."

Sie hob verständnislos die Brauen.

„Es ist weniger, dass ich ihn wegen der Waffen für einen Betrüger halte."

„Sondern?"

„Er geht in Gorlem Manor ein und aus. Vielleicht hat er gänzlich das Lager gewechselt und betrügt den Orden ebenso wie dich."

Jetzt wurde Kaliste still. Das gefährliche Funkeln in ihren Augen erlosch und sie schürzte nachdenklich die Lippen. „Hm! Das sind interessante Neuigkeiten."

Cyron schöpfte Hoffnung. Noch hatte es keine Konsequenzen für ihn gehabt. Vielleicht kam er mit heiler Haut davon.

„Es wird sich schon herausfinden lassen, wer von euch beiden lügt." Sie gab dem Ghanagoul ein Zeichen. „Du kommst mit uns. Und dieser Blue wird in Kürze ebenfalls zu uns stoßen."

*

Es war nicht Luciens Art, seine Anwesenheit offen zur Schau zu stellen. Er hatte es nur bei seiner Ankunft in London getan, nachdem er spürte, dass Dracon ebenfalls in der Stadt war. Was hatte es ihm gebracht? Nichts! Dracon fürchtete ihn nicht. Indem er ihm das Leben gerettet hatte, stand Lucien nun in seiner Schuld. Sein dunkler Sohn kannte ihn gut genug, um zu wissen, dass er so etwas respektierte und ihn daher niemals angreifen würde. Der Teufel sollte den Bastard holen. Ihn und seinen Lover.

Doch darum kümmerte er sich nicht. Sollten sie tun, was sie wollten, solange ihm beide nicht in die Quere kamen. Er wollte mehr über den PU herausfinden. Vor allem über dessen Kontakte und wie eng sie mit den Anschlägen verbunden waren. Da gab es inzwischen zu viele Ungereimtheiten.

Getarnt mit einem Kapuzenshirt, das absolut nicht seinem Stil entsprach, saß er in einer Ecke des Untergrundtreffpunktes und schirmte sein Wesen vor allen Gästen ab. Auch in den vergangenen drei Tagen hatte er dies an anderen Treffpunkten getan, um sich ein möglichst umfassendes Bild zu machen, was in diesen Kreisen geredet wurde. Eines konnte er inzwischen mit Sicherheit sagen: Der paranormale Untergrund im Allgemeinen war weder an Anschlägen auf Menschen noch auf PSI-Wesen interessiert. Es ging um Informationen und Austausch, Freundschaften und Bündnisse. Sie wehrten sich gemeinsam, wenn jemand von ihnen in die Enge getrieben wurde, gaben einander Halt und Schutz.

Was vor über einem Jahr durch Sylion und Kaliste angezettelt worden war, konnte man als Ausnahme bezeichnen. Die beiden hatten sich gezielt Handlanger ausgesucht, die eine extreme Einstellung vertraten. Vermutlich ausgewählt durch Spione, die nach solchen Exemplaren suchten. Im Untergrund war man hingegen froh, dass der Versuch fehlgeschlagen war, da die möglichen Auswirkungen auf der Hand lagen.

Die Anschläge wurden kritisch betrachtet. Es kursierten die unterschiedlichsten Vermutungen, wer dahintersteckte. Eine extreme Gruppierung, ein Amokläufer – beides aus den eigenen Reihen. Oder die Lux Sangui, die in letzter Zeit verstärkt in Aktion traten. Auch andere Menschen kamen infrage: Sekten, Magier, jeder, der sich mit Wesen wie ihnen auskannte. Es herrschten große Unruhe und Unsicherheit, aber auch ein umso größerer Zusammenhalt. Nach allem, was er hier hörte, wollte er nicht in der Haut eines Verräters stecken, denn auf Feinde in den eigenen Reihen war man besonders schlecht zu sprechen. Dabei ging es nicht um Leute wie Armand oder Mel, die freundschaftliche Kontakte zur Ashera pflegten, sondern um solche, die ihresgleichen bewusst schaden wollten um des eigenen Vorteils willen.

Insofern war auch – überraschenderweise – Kaliste ein Feindbild in diesen Kreisen. Und Cyron Gowl musste sehr vorsichtig sein, wenn er wieder Kontakte hierher knüpfen wollte. Seine Freunde waren rar gesät.

„Dass ich das noch erleben darf", erklang eine leise Stimme und ein Schatten fiel auf ihn herab.

Lucien hob den Kopf und blickte in Saphyros schwarze Augen. Der Kindvampir war gekleidet und geschminkt wie ein moderner Gothic, verbarg sich aber nicht. Er grinste ob Luciens ungewohntem Aufzug, woraufhin er beleidigt den Mund verzog, Saphyro aber den Platz gegenüber anbot.

„Wenn es die Umstände erfordern."

„Steht dir aber gut, *sadeki*", scherzte Saphyro und gab dem Barkeeper ein Zeichen. Kurz darauf wurden zwei Drinks vor ihnen abgestellt, denen das Aroma nur leicht abgestandenen Schweineblutes entströmte. Lucien schob das Glas entschieden von sich. „Hab dich nicht so", neckte sein Freund. „An Menschenblut kommt man schlecht ran."

„Sie hätten es wenigstens mischen können. Ich würde auch ein paar Pfund mehr zahlen, wenn es erträglicher schmeckt."

Saphyro scheute sich weniger und nahm einen Schluck. „Du gehst nicht oft in solche Clubs, das merkt man."

„Du schon?"

Saphyro zuckte die Schultern. „Meine Kinder sind jung. Sie wollen etwas erleben. Und die ersten Ausflüge sind hier ungefährlicher, als sie direkt auf große Menschenmengen loszulassen. Außerdem kommt man nirgends leichter an Informationen. Deshalb bist du doch auch hier."

Es störte Lucien nicht, dass Saphyro ihn durchschaute. Sie kannten einander so gut, dass alles andere ihn eher verwundert hätte.

„Ich habe viel gehört in den letzten Tagen, doch einen Reim kann ich mir noch immer nicht darauf machen." Was ihn ärgerte, da er es gewohnt war, immer alles unter Kontrolle zu haben.

„Denkst du auch mal darüber nach, dass dieser Sangui damit zu tun haben könnte, dem der Gestaltwandler entwischt ist?"

Ja, darüber hatte Lucien nachgedacht. Sogar als Allererstes, weil Blue kein Mann war, dem er traute. Aber schon die ersten Überlegungen zeigten, dass es unwahrscheinlich war. Selbst wenn er außer Acht ließ, was sie miteinander teilten.

„Es heißt, der Gestaltwandler hat einen Waffendeal eingefädelt. Das kümmert hier eigentlich keinen, doch seit den Anschlägen ist man misstrauisch. Dieser Kontaktmann soll spezielle Schussapparate und Kugeln besitzen, die gezielt auf Para-Spezies abgestimmt sind. Direkt aus den Quellen der Lux Sangui, für die er bekanntermaßen arbeitet. Wen auch immer er damit versorgt, es könnte der Attentäter sein."

Bis zu diesem Punkt war Saphyros Überlegung logisch. Allerdings nur, weil ihm ein paar andere wichtige Details fehlten. Er konnte ihn aufklären, müsste dafür aber seine Verbindung zu Blue aufdecken. Die Frage war, ob er das wollte. Bei jedem anderen hätte er gezögert, doch nicht bei seinem Bruder.

„Er hatte nur zwei Pistolen und eine ist jetzt im Besitz unserer Königin, wenn mich nicht alles täuscht", gab er mit süffisantem Lächeln preis.

Saphyro sah ihn sprachlos und mit aufgerissenen Augen an.

„Überrascht dich das? Mich nicht. Dafür hätte ich nicht einmal mit ihm das Lager teilen müssen."

Jetzt schnappte Saphyro nach Luft. „Du hast mit ihm geschlafen? Mit einem Dämonenjäger? *Sadeki*, du spielst wirklich gern gefährliche Spiele."

Lucien lachte leise. „Ja, das tue ich, aber anders, als du denkst."

Er warf einige Münzen auf den Tisch und bedeutete Saphyro zu gehen. Hier würde er heute Nacht ohnehin keine neuen Informationen mehr hören, doch was er seinem Freund zu sagen hatte, durfte niemandem sonst zu Ohren kommen.

Draußen auf der Straße schwieg er weiterhin und Saphyro akzeptierte dies wortlos. Erst als sie beide sicher waren, weit genug vom Club entfernt und ohne Verfolger zu sein, ergriff Lucien wieder das Wort.

„Der Sangui ist ein Wolf im Schafspelz."

„Was meinst du damit?"

Sie schritten langsam nebeneinander her, immer noch wachsam.

„Er ist kein Mensch, kein Jäger. Das heißt, ein Jäger ist er schon, aber nicht so wie die Lux Sangui glauben."

„Du sprichst in Rätseln", beschwerte sich Saphyro. „Was genau weißt du über diesen Mann, das dich zu der Annahme bringt, er sei nicht in die Anschläge verwickelt? Und warum besitzt Kaliste nun eine solche Waffe?"

Lucien blieb stehen, vergewisserte sich ein weiteres Mal, dass sie allein waren, und fasste seinen Freund bei den Schultern. „Du kennt die Legenden von den Dolmenwächtern?"

Saphyro nickte mit offenem Mund. „Willst du etwa sagen …?"

Er nickte. „Blue ist ein Dolmenwächter. Ich hätte auch nicht gedacht, dass es sie wirklich gibt. Fünftausend Jahre, und ich bin nie einem begegnet. Habe nur ab und zu ein solches Tor gesehen, das von Magiekundigen benutzt wurde. Aber dann sah ich ihn in Miami in einer Diskothek. Ich hatte keine Ahnung, wer oder was er war. Einfach nur ein gefälliges Opfer. Er muss dasselbe von mir gedacht haben. Was wir sind, haben wir erst später herausgefunden." Er lächelte und Saphyro verstand, ohne dass er näher darauf eingehen musste. „So habe ich auch von dem Handel mit Kaliste erfahren. Blue hat ihr aber nur eine Waffe und drei Kugeln gegeben."

„Und diese benutzt sie nun für die Attentate?"

Lucien schüttelte den Kopf. „Nein, das glaube ich nicht. Andere PSI-Wesen kümmern sie nicht."

„Aber die gezielten Anschläge auf Vampire. Was ist damit?"

Lucien atmete tief durch. Es waren einige Jungvampire ausgeschaltet worden. Das geschah auch mit den anderen Gattungen. Schlau wurde er daraus nicht, doch er bezweifelte, dass Kaliste dahintersteckte. Zwar konnte er sich irren, denn es ergab durchaus Sinn, dass sie solch eine Waffe sofort einsetzen wollte. Aber mit begrenzter Munition? Und wenn, würde sie nicht eher gezielt Tizian angreifen oder seine Nachkommen? „Wir wissen beide, wie schwer es ist, Elektrum zu Kugeln zu verarbeiten. Erst recht, wenn man so wenig Erfahrung mit Schusswaffen hat."

Nachdenklich rieb sich Saphyro das Kinn. So ganz beruhigten ihn Luciens Worte nicht.

„Meine Informationsquellen funktionieren bestens, das kannst du mir glauben", ergänzte Lucien selbstgefällig.

„Daran zweifle ich nicht, aber verstehen kann ich es dennoch nicht."

„Wir müssen wohl noch eine Weile abwarten, *sadeki*. Im Augenblick kann ich dir eines sagen, hier verfolgen viele Seiten viele Pläne und kommen sich dabei in die Quere."

„Das beunruhigt dich, nicht wahr?"

„Mich beunruhigt nur, wenn Melissa in die Schusslinie gerät. Darum bin ich hier, um das zu verhindern und sie weiterhin auf ihrem Weg zu halten. Alles andere ist mir egal."

Saphyro nickte, doch sein Blick war besorgt. „Wie ich schon sagte, *sadeki*. Du spielst gefährliche Spiele."

*

Alles war so verwirrend, seit sie nach London zurückgekehrt waren. In Rom hatte er sich wohl und sicher gefühlt. Die Sehnsucht nach dem Tod war so weit weg gewesen. Er fühlte sich nicht mehr allein und blickte mit Zuversicht in die Zukunft. Der Dämon war beherrschbar gewesen, zum ersten Mal seit seiner Geburt in die Nacht.

Doch jetzt hatte sich alles geändert. Das Mädchen im Park war der Anfang. Die Lust, die er dabei empfunden hatte, sie zu quälen – die Genugtuung, ihr Herz in Todesangst schlagen zu hören. Das hatte er schon einmal gefühlt, ganz zu Anfang. Es hatte ihn gequält und er war daran verzweifelt und schließlich zerbrochen. Stevens Versuche, ihm zu helfen, waren gescheitert, Melissa und Dracon hatten sich nicht für ihn und seine Ängste interessiert. Darum erschien ihm damals der Freitod durch die Sonne der einzig gangbare Weg.

Bei seinem Erwachen in Rom durfte er dann feststellen, dass er sich zumindest in Dracon getäuscht hatte. Sein dunkler Vater kümmerte sich um ihn, pflegte ihn gesund. Er hatte sein eigenes Leben riskiert, um ihn zu retten. Das zeigte doch, wie viel er ihm bedeutete, oder nicht?

In Rom gab es keine Zweifel. In London häuften sie sich. Ging es ihm überhaupt um ihn? War er wirklich hergekommen, damit Warren wieder in die Gemeinschaft der Ashera zurückkehren konnte? Oder lag der Grund nicht eher in seinem eigenen Verlangen nach Melissa?

Es war Warren nicht entgangen, wie Dracon sie beim ersten Aufeinandertreffen im Club des PU angesehen hatte. Er hasste das Gefühl, ein Mittel zum Zweck zu sein.

Und Melissa? Egal war er ihr nicht, das zeigte ihre Reaktion bei seinem Anblick. Ihre Freude und Erleichterung war nicht gespielt, die Tränen echt.

Doch vor die Wahl gestellt, er oder der Orden, hatte sie sich für Letzteren entschieden. Franklin wollte ihn momentan nicht sehen. Warum, das verstand er nicht. Sie waren einander doch so nah gewesen. Wie Vater und Sohn. Hatte es mit ihrer letzten Begegnung zu tun, in der Nacht, bevor er sich umbringen wollte? Ja, er hatte Franklin angegriffen, und wenn Steven ihn nicht aufgehalten hätte, wäre Mels Vater jetzt vielleicht tot. Doch das war über ein Jahr her, er hatte sich verändert, war stärker geworden. Er hätte ihm wenigstens eine Chance geben können. Mel hätte ihm eine Chance geben müssen! Bei ihrem Besuch in Dracons und seiner Wohnung hatte sie sich kühl und reserviert verhalten. Es belastete sie, zwischen den Fronten zu stehen. Dennoch enttäuschte ihn, dass sie sich nicht mehr um ihn kümmerte. Wenigstens mal vorbeischaute oder nach ihm fragte. Und Dracon hielt sich auch zurück, ließ ihn ohne Fragen allein auf die Jagd gehen. Er wolle ihn nicht bevormunden, meinte er. Warren fühlte aber, dass mehr dahintersteckte. Dass Dracon froh war, wenn er ein paar Stunden allein sein konnte.

„Oh, der verlorene Sohn. Wie schrecklich."

Warren zuckte zusammen, hob ruckartig den Kopf. Die trübsinnigen Gedanken stoben davon wie aufgescheuchte Vögel. Zurück blieb ein Gefühl von Bedrohung, aber auch Verlassensein. Es machte ihn erst ängstlich und dann wütend. Entschlossen ballte er die Hände zu Fäusten und straffte die Schultern.

Vor ihm stand eine Frau Anfang zwanzig mit langem schwarzem Haar und türkisfarbenen Augen. Warren glaubte sich erinnern zu können, dass er sie schon mal irgendwo gesehen hatte, doch ihm wollte nicht einfallen, wo. Ohne Furcht kam sie näher, umrundete ihn mit langsamen Schritten und musterte ihn von Kopf bis Fuß.

„Wie können die beiden nur so grausam sein?", fragte sie. Ihre Stimme erschien ihm wie eine klare Bergquelle.

Er brachte noch immer kein Wort heraus, konnte nicht einmal einen klaren Gedanken fassen. Lag das an ihr?

„Weißt du, wer ich bin?", fragte die Frau.

Warren schüttelte den Kopf, was ihr ein glockenhelles Lachen entlockte. „Na so was. Das könnte ich aber persönlich nehmen."

Sie neigte ihren Kopf zur Seite und lächelte ihn an. Warum lief es ihm kalt über den Rücken? Er wich zurück, doch hinter ihm war eine Hauswand. Ihrer Mimik war zu entnehmen, dass sie dies so beabsichtigt hatte.

„Ich bin deine Mutter. Euer aller Mutter. Ohne mich gäbe es keinen von euch."

Warren schluckte. Kaliste! Er stand der Königin gegenüber.

Ihm gingen die Dinge durch den Kopf, die er über sie wusste. Nicht viel und doch zu viel. Sie war böse, stand auf der falschen Seite.

„Oh, du hast keine gute Meinung von mir."

Sie las seine Gedanken. Das erfüllte ihn mit Panik. Nicht denken, sagte er sich. Als Mensch hatte er gelernt, seine Gedanken zu verbergen. Mel hatte es ihm beigebracht. Jetzt war die Lektion wie weggewischt. Er konnte sich nicht mehr erinnern, wie es funktionierte.

Kaliste hob ihre Arme und schloss die Augen, Sekundenbruchteile später flutete die gesamte Macht der Vampirkönigin über ihn hinweg, durchtränkte jede Zelle, bis er glaubte, sein Körper würde zerplatzen. Er stand unter Strom, glühte, fror, wurde zusammengepresst und gleichzeitig auseinandergezerrt. Dabei empfand er keinen Schmerz, sondern etwas viel Beängstigenderes, das er nicht in Worte fassen konnte.

Eine kalte Klammer legte sich um seine Kehle, zog sich immer enger, bis er keine Luft mehr bekam. Sinnlos, sich einzureden, dass er keinen Sauerstoff brauchte. Seine Lungen rangen danach – vergebens.

Als er Sterne sah und sein Bewusstsein sich in Rauch und Nebel auflösen wollte, strömte kühle Luft durch seine Kehle. Auf seinem Mund lagen weiche Lippen, er kostete den eisigen Atem der Königin. Warren öffnete die Augen, sah alles nur verschwommen, doch ihr Gesicht war sehr nah. Zärtlich strich die Hand, die ihn eben noch gewürgt hatte, über seine Wange.

„Alle verlassen dich. Alle verraten dich. Ich kann dir helfen."

Es klang verlockend. So einfach. Er wollte … aber es war eine Lüge!

Sein Blick klärte sich und die Kälte in ihren Augen gefror ihm buchstäblich das Blut in den Adern. Heftiger, als er es beabsichtige, stieß er sie von sich und suchte sein Heil in der Flucht. Er hätte wissen müssen, wie sinnlos das war. Kaliste schnitt ihm den Weg ab, lachte ihn aus, als er der Länge nach hinfiel, sich panisch auf den Rücken drehte und rückwärts auf allen vieren vor ihr davonrobbte.

„Ich will dir doch gar nichts tun. Warum hast du solche Angst?" Sie schüttelte den Kopf und schürzte bedauernd die Lippen.

„Du bist eine falsche Schlange. Ich weiß, was du alles getan hast."

Ihr Lachen hallte von überall her auf ihn ein. „Alles, was ich getan habe? Oh du Narr, du weißt gar nichts."

Sie baute sich vor ihm auf, die Hände in ihre schmalen Hüften gestemmt und musterte ihn amüsiert. „Alles, was du weißt, haben sie dir gesagt. Melissa, Dracon, Franklin, Armand. Doch sie alle sind Lügner. Heuchler. Und das werde ich dir beweisen."

Er hielt sich die Ohren zu. Nicht, weil er ihr nicht glaubte, sondern weil er noch vor wenigen Augenblicken ähnlich gedacht hatte. Warren kam sich wie ein Verräter vor. Was hatten sie nicht alles für ihn getan. Seine Freunde! Sie waren für ihn da gewesen, hatten ihm geholfen, ihn unterstützt, ihn gerettet, getröstet, aufgefangen. Er wollte diese Lügen nicht hören, mit denen Kaliste ihn zu vergiften suchte.

Ihr Ausdruck wurde sanfter. Sie kniete neben Warren nieder und legte ihre Hand auf seine Brust. „Glaube nicht, was sie oder ich dir sagen, Warren. Glaube nur, was du siehst. Frage sie, wie viel du ihnen bedeutest und mache dir selbst ein Bild, wie wichtig du ihnen bist. Dann werden wir sehen, ob sie deiner Loyalität würdig sind."

*

Ich war auf dem Weg von Gorlem Manor zu unserer Wohnung, als ich spürte, dass mich jemand beobachtete. Es war ein Prickeln auf der Haut, als striche ein sachter Wind darüber. Ich blieb stehen, lauschte. War da ein Atmen? Ein Duft? Ein Herzschlag?

„Guten Abend, kleine Lady.“

Ich wirbelte herum, von der anderen Straßenseite schlenderte jemand auf mich zu. Da war doch eben noch niemand gewesen. Im Näherkommen erkannte ich den Sangui, dem ich bisher nur in Miami begegnet war. Er baute sich vor mir auf, und als ich ihn ansah, grinste er übers ganze Gesicht und verschränkte die Arme vor der Brust.

„Wir haben uns beim letzten Mal nicht vorgestellt. Ich bin Blue. Und du: Melissa Ravenwood.“

„Sehr scharfsinnig erfasst. Und jetzt lass mich bitte vorbei.“

Er rührte sich keinen Millimeter. „Wir sollten reden.“

„Ich wüsste nicht, worüber. Ich soll den Gestaltwandler in Ruhe lassen und keine Fragen stellen, damit wir keinen Ärger mit deinem Orden bekommen. Genau das mache ich. Also warum sollten wir Grund haben, zu reden?“

Er runzelte verwundert die Stirn. „Hat dein Vater dir nichts gesagt?“

Daher wehte also der Wind. „Er hat mir gesagt, dass ich angeblich in Gefahr bin. Aber ich will ehrlich sein. Ich traue dir nicht, und wenn so eine Äußerung von dir kommt, bin ich am Zweifeln, was davon zu halten ist. Gefahr ist ein Dauerzustand bei mir in den letzten Jahren. Damit kann ich umgehen. Besser als mein Schicksal in die Hände von jemandem zu geben, den ich nicht kenne und der mit dem Feind gemeinsame Sache macht.“

Das Spiel von Emotionen auf seinem Gesicht bei diesen Worten stürzte mich in Verwirrung. Er wirkte fast erschrocken, aber auch enttäuscht. Man sah ihm an, dass er überlegte, was er darauf antworten sollte. Eines verlor sich dabei jedoch nicht – seine Arroganz.

„Ich will dir nur helfen“, sagte er schließlich schroff und mit zusammengezogenen Brauen.

„Das ist nett, aber ich verzichte.“

Ich drängte mich an ihm vorbei, um ihn stehen zu lassen, doch da hatte ich die Rechnung ohne ihn gemacht. Keine zehn Schritte weiter, packte er mich an der Schulter und presste mich an eine Hauswand. So irrational es auch war, mich erfasste Angst. Wie konnte ein Mensch mich einfach packen und festhalten? Das war nichts, was sich mit seinem Status als Dämonenjäger begründen ließ.

„Sei nicht so verdammt starrsinnig!“, fuhr er mich an. „Es gibt Leute, denen was an dir liegt und die haben längst kapiert, wie brenzlig die Situation ist. Die Sangui wollen dich aus dem Verkehr ziehen."

Ich wurde wütend. Weniger wegen seiner Worte als vielmehr, weil er so mit mir umsprang. „Schön. Du bist ein Sangui. Wenn dein Orden mir also an den Kragen will, täte ich gut daran, dir aus dem Weg zu gehen. Und genau das hatte ich vor."

Seine Kiefermuskeln spannten sich an und er atmete tief durch. In meinem Bauch kribbelte es. Es war nicht gut, ihn zu reizen, solange ich nicht rausgefunden hatte, warum er so spielend leicht meine Kraft bremsen konnte.

„Ich bin keiner von denen."

„Eine blödere Ausrede fällt dir wohl nicht ein."

Er hob eine Hand, um mich zum Schweigen zu bringen, damit er es mir erklären konnte. „Ich bin durch einen dummen Zufall da reingeraten und es ist ein guter Job. Ich hab meine Gründe. Aber ich teile ihre Überzeugungen nicht."

„Warum tust du es dann? Warum arbeitest du für die?"

„Wie ich schon sagte, es ist nur ein Job. Und davon abgesehen muss ich noch einiges erledigen, wozu ich die Sangui brauche."

Er spielte ein doppeltes Spiel – ein dreifaches sogar. Und erwartete allen Ernstes, dass ich ihm vertraute? Da steckte doch was dahinter. Ich spannte mich an, was ihn dazu veranlasste, mich fester zu packen. „Welche Rolle spiele ich dabei? Warum liegt dir so viel daran, dass ich am Leben bleibe?"

Wenn er mir darauf eine glaubwürdige Antwort geben konnte, überlegte ich es mir vielleicht. Sein Blick brannte auf meiner Haut. Ich konnte sehen, wie sich die Gedanken hinter seiner Stirn jagten, aber ich konnte sie bedauerlicherweise nicht lesen. Plötzlich brachte er sein Gesicht dicht an das meine. Sein Atem streichelte mich.

„Weißt du, den Kuss in Miami, den hab ich nicht vergessen." Ich verharrte paralysiert. Meine Nerven nahmen ihn in bizarrer Intensität wahr, als sei er pure Energie, die durch meine Zellen strömte. „Man sagt doch von euch, ihr lebt für Blut und Lust", hauchte er mit rauer Stimme und rieb seine Nasenspitze an meiner Wange. „Ich mach dir ein Angebot, Melissa. Koste mich. Vielleicht kommst du auf den Geschmack. In beiderlei Hinsicht."

Sein Lächeln entblößte schneeweiße Zähne. Er war nicht einfach schön, so wie Lucien, der jeden Laufsteg der Welt erobern konnte, oder Armand, dessen Anmut und Eleganz nicht von dieser Welt waren. Blue wirkte auf eine andere, derbere Weise attraktiv. Er strahlte etwas aus, das mir durch und durch ging. Seine Lippen waren nah. Sie sahen weich aus, besaßen ein zartes Rosa wie ein Sonnenaufgang an einem kühlen Herbstmorgen. Unser Atem ging synchron, ich öffnete meinen Mund einen winzigen Spalt, und wie erwartet verstand er es als

Einladung. Göttin, seine Lippen waren noch samtiger, als ich es in Erinnerung an Miami erwartet hätte. Das Gefühl seiner Zunge glich warmem Honig, wie sie in meinen Mund glitt, eine vergleichbare Süße zurückließ. Er kam noch näher. Ich fühlte den harten Stein in meinem Rücken und seine Härte an meiner Vorderseite – überall, wo er mich berührte. Seine starke Brust, seine wohlgeformten Schenkel, seine Arme, die mich jetzt umschlangen, der fordernde Druck seines Mundes und nicht zuletzt seine Körpermitte, die eine Menge versprach. Bei jedem Atemzug spürte ich die festen Muskeln seines Torsos an meinen Brüsten und erschauerte. Die minimale Distanz zwischen unseren Körpern, die sich zwangsläufig bei jedem Ausatmen ergab, quälte mich schier, fühlte sich kalt und leer an. Ich wollte ihm nah sein, viel näher.

Als er meine Lippen freigab, schloss ich die Augen, verlor mich im Streicheln seiner Hände, die zu meiner Kehle glitten. Kaum merklich zudrückten, ehe sie nach oben wanderten, wo sie mein Gesicht umfassten, mein Haar zurückstrichen und es wieder fallen ließen. Seine Daumen rieben über meine Wangenknochen. Erneut küsste er mich. Fordernder diesmal. Seine Zähne packten meine Unterlippe, zogen sacht daran.

Ich sog seinen Atem in meine Lungen, wurde trunken davon und vergaß mein Misstrauen oder welche Gefahr er für mich darstellen mochte. Mein Leib bog sich ihm entgegen, schmiegte meine Brüste in seine Handflächen. In meinem Schoß tobte ein heißes Sehnen. Der Dämon erwachte, gelockt von dem sinnlichen Spiel und gierig nach mehr. Er trieb mich, selbst die Initiative zu ergreifen, doch als ich das tat, packte Blue meine Handgelenke wieder und hielt sie fest.

Er drückte meinen Puls gegen den kalten Stein, als wollte er damit meine Leidenschaft kühlen. Seine Stirn gegen meine gelehnt, selbst kaum noch Herr seiner Sinne, rang er deutlich mit dem Wunsch, fortzuführen, was er begonnen hatte und dem Entschluss, es nicht zu tun. Ich wusste nicht, was mir lieber war. Blue senkte die Lider, sodass die seidigen Wimpern einen Schatten auf seine Haut warfen. Hinreißend!

Er konnte mir nicht in die Augen sehen, so heftig tobte das Verlangen in seinen Lenden. Ich fühlte es, roch es und hörte sein Herz in einem Rhythmus schlagen, den nur Leidenschaft vorzugeben vermochte.

„Wenn mir nicht mindestens fünf Scharfrichter einfallen würden, die mich einen Kopf kürzer machen, wenn ich dich jetzt vögele, könnte die Hölle einfrieren und ich würde es trotzdem tun."

Er ließ mich los, stieß sich von mir ab und trat keuchend ein paar Schritte zur Seite, um einen Sicherheitsabstand zwischen uns zu bringen. Seine Hand zitterte, als er sich das lange, dunkle Haar zurückstrich. Mit einer Mischung aus

Verwirrung und Enttäuschung verharrte ich an der Wand. Blue, die Lässigkeit in Person, setzte ein schiefes Grinsen auf, deutete mit dem Finger auf mich, als wäre seine Hand eine Waffe, was mich kurz zusammenzucken ließ.

„Dich hab ich nicht zum letzten Mal geküsst. Der Teufel soll uns beide holen, aber alles hat seine Zeit. Nur noch nicht jetzt." Er wartete, gab mir Zeit, wieder zu mir zu finden. „Vielleicht glaubst du mir jetzt, dass ich dir nichts tun will und du mir alles andere als egal bist. Ich hab mit deinem Vater gesprochen und mit Armand."

Das überraschte mich. Warum hatte Armand davon nichts gesagt?

„Da läuft ne miese Sache, in die du mitten reingezogen wirst, ob du willst oder nicht. Das hat auch mit den Angriffen auf die Clubs zu tun und mit deiner Königin. Du wirst mich brauchen, um da wieder rauszukommen. Denk drüber nach. Wir sehn uns bald wieder."

Damit drehte er sich um und ging strammen Schrittes die Gasse entlang, war bald darauf meinen Blicken entschwunden.

„Pah!", machte Osira und trat neben mich. „Der Kerl ist ein typischer Hubschrauber."

Ich sah sie fragend an.

„Liegt doch auf der Hand. Schwebt über den Wolken, und wenn er landet, wirbelt er ne Menge Staub auf, nur um danach wieder den Abflug zu machen."

Ich konnte nicht umhin, meiner Wölfin zuzustimmen. Und da war so ein unbestimmtes Gefühl, dass dieser Spruch in jeder Lebenslage zu ihm passte.

Die Schlinge zieht sich zu

Blues Auskunft, Rybing habe die Stadt verlassen, hatte Franklin erleichtert. Umso erschütterter war er, als Maurice verkündete, dass Donald schon wieder hier war. Hatte Blue sich geirrt? Ihn bewusst angelogen, um ihn zeitweilig in Sicherheit zu wiegen, dass sie nicht mehr so arg unter Beobachtung standen?

Die Antwort war simpler. Rybing war vor knapp zwei Stunden in Heathrow gelandet, um eine Ungeheuerlichkeit vorzubringen, die Franklin schlicht die Sprache verschlug.

„Das kann nicht sein. So etwas würde Melissa nie tun."

„Es gibt Beweise. Ich käme nicht mit solch schweren Vorwürfen her, wenn es bloß eine Vermutung wäre. Wofür halten Sie mich?"

„Sie war die ganze Zeit in London. Sie hatte gar nicht die Möglichkeit …"

„Hören Sie auf, sich was vorzumachen", unterbrach ihn der Waffenmeister der Sangui. „Sie ist ein Vampir. Entfernungen wie diese sind lächerlich für sie. Sicherheitssysteme zu knacken ebenfalls. Wenn es nicht mein Verantwortungsbereich wäre und ich Sie nicht so sehr schätzen würde, wären jetzt schon mehrere Dutzend unserer Leute auf der Jagd nach ihr. Wissen Sie, was geschehen kann, wenn sie diese Waffen einsetzt?"

„Meine Tochter würde weder solche Waffen stehlen noch einsetzen. Sie hat mit den Attentaten nichts zu tun."

„Wachen Sie auf, Franklin. Dieses Ding ist schon lange nicht mehr Ihre Tochter. Wissen Sie, wie viele Menschen sie inzwischen getötet hat? Denken Sie darüber nach? Oder verdrängen Sie es, damit sie weiter Ihre süße Tochter bleibt? Sie ist ein Dämon. Es ist Ihre Pflicht …"

„Wir sind keine Dämonenjäger, Donald", gebot Franklin seinem Gast Einhalt. „Die Ashera strebt ein Miteinander an."

Rybing schnaufte abfällig. „Sie sind blind. Glauben Sie nur nicht, man wüsste nicht Bescheid über Sie und diese Bluttrinker. Ich halte es sogar für fraglich, ob Sie Ihrem Amt überhaupt noch gewachsen sind."

„Das haben Sie nicht zu entscheiden. Und solange ich das Sagen auf Gorlem Manor habe, werden Sie sich um mehr Respekt gegenüber meinen Leuten — inklusive meiner Tochter — bemühen. Melissa mag kein Mensch mehr sein, aber sie ist dem Orden gegenüber loyal."

„Sie arbeitet für den Untergrund. Unsere Quellen sind zuverlässig. Sie treibt sich ständig dort herum."

Franklin hielt Rybings Blick stand. Er spürte, wie nahe Cornach war, hielt sein Krafttier jedoch im Zaum. Noch mehr Ärger konnten sie nicht gebrauchen.

„Sie ist ein PSI-Wesen, das werden Sie nicht müde zu betonen. Also warum sollte sie nicht auch mit diesen verkehren? Das ist wohl kaum ein Beweis, dass sie Waffen stiehlt und damit handelt."

Rybings Miene wurde finster. „Sie lassen sich täuschen. Von ihrem unschuldigen Auftreten, charmantem Gehabe. Ich lasse mich von diesen Kreaturen nicht blenden. Ich weiß nicht, was Ihre Tochter im Schilde führt, doch die Beweise sind eindeutig, dass sie sich in Kreise eingeschleust hat, die schlimmer sind als dieser lächerliche Trupp, der Yrioneth befreien wollte. Die Attentate in den PSI-Clubs sind nachweislich mit diesen Waffen ausgeführt worden."

„Moment mal", warf Franklin ein. „Sie werfen ihr vor, mit PSI-Wesen zu verkehren, unterstellen ihr aber gleichzeitig, dass sie die gestohlenen Waffen für Attentate einsetzt. Wie lange fehlen denn schon Teile Ihres Bestandes?"

Rybing überging die Frage schlicht. „Sie schürt Unruhen. Sicher tötet sie gezielt Individuen, die ihren Plänen unbequem werden. Das Ziel liegt auf der

Hand. Diese Kreaturen gegen die Menschen aufzubringen. Sehen Sie sich die Steigung der Verbrechensrate an. Ich kann Ihnen Dutzende Fälle nennen, in denen wir es mit PSI-Übergriffen auf wehrlose Menschen zu tun haben."

„Sie sind ja wahnsinnig." Selbst wenn es nicht Melissa betroffen hätte, fand Franklin diese Überlegungen absurd.

„Wir werden sehen", zischte Donald. „Ich kann Sie nicht decken. Und da Sie nicht bereit sind zu kooperieren, werde ich mich an Ihre Vorgesetzten wenden müssen. Diese Wurzel allen Übels muss unschädlich gemacht werden, ehe sie noch mehr Schaden anrichtet. Guten Tag!"

Kraftlos sank Franklin auf seinem Stuhl zusammen, als Rybing den Raum verließ. Was sollte er tun? Zuallererst musste er Melissa warnen. Doch das ging erst heute Abend.

Vicky kam herein. Ihre besorgte Miene fehlte ihm gerade noch. „Hab gesehen, wie der Kerl rausgestürmt is. Das bedeutet nix Gutes, nich?"

Franklin schüttelte den Kopf. „Ich fürchte nicht. Es sieht so aus, als ob Mel in ernsten Schwierigkeiten steckt." Er erzählte ihr, dass Rybing ihn vom Diebstahl spezieller Waffen unterrichtet hatte und Beweise vorgab, die Mel als Täterin entlarvten.

Die Köchin schlug sich schluchzend die Hände vors Gesicht.

Franklin legte ihr tröstend den Arm um die Schulter. „Wir werden schon einen Weg finden, um Melissas Unschuld zu beweisen. Fürs Erste ist nur wichtig, dass sie sich ein besseres Versteck sucht. Wir müssen Zeit gewinnen." Von der Gefahr, dass man ihm seine Befugnisse auf Gorlem Manor entzog, sagte er vorläufig nichts. Darüber konnten sie sich Gedanken machen, falls es so weit kam.

Nachdem er Vicky halbwegs beruhigt und wieder in die Küche geschickt hatte, schloss sich Franklin in seinem Büro ein und rief Cornach, seinen Totem-Drachen herbei, der sich aufgrund seiner Größe lediglich mit dem Kopf innerhalb das Raumes materialisierte und auch das nur in geisterhaftem Schemen.

„Deine Tochter ist in großer Gefahr", erklang die dunkle Stimme des Drachen. „Du musst sie fortbringen. Und je weniger wissen, wo sie sich aufhält, desto besser. Du weißt, es liegt in Kürze eine große Aufgabe vor ihr."

Ihm wurde bang ums Herz. Diese Aufgabe fürchtete er fast noch mehr als Donald Rybings Dämonenjäger. Doch Cornach hatte ihm von Anfang an erklärt, dass dieser Weg unausweichlich für seine Tochter war. Dass, egal was er auch versuchte, er weder ihre Wandlung noch ihre Bestimmung abwenden konnte. Warum nur musste es so bald geschehen? Und weshalb wurde sie jetzt auch noch von den Sangui eines so schweren Verbrechens verdächtigt?

„Da ist ein Netz aus Lügen, mein Freund. Doch jene, die es gesponnen haben, werden sich selbst darin verfangen, sei unbesorgt."

Ein Blick auf die Uhr zeigte, dass es Zeit wurde, sich auf den Weg zu machen. Dann würde er Armands Wohnung bei Einbruch der Dunkelheit erreichen. Er wusste zwar noch nicht, wo Melissa sich verstecken sollte, doch vielleicht kannte Armand einen geeigneten Ort.

✳

Eine Shopping-Tour war immer noch das Beste für die Seele. Vor allem, wenn man das ein oder andere Stück nicht bezahlen musste. Zufrieden parkte Pettra ihren Wagen in der Tiefgarage und öffnete Tuscon die Tür.

„Was meinst du, mein Süßer, wird sich Slade über die neue Armbanduhr freuen? Seine alte ist ja schon völlig verkratzt."

Der Timberwolf knurrte zustimmend, ehe er hinter ihr hertrabte – eine kleine Tasche im Maul, in der sich sein neues Halsband befand. Pettra lachte überschwänglich, wie zufrieden ihr Begleiter aussah.

Ihr Humor verging, als sie die Wohnung erreichte. Die Tür stand offen. Sie wusste, dass sie abgeschlossen hatte. Vorsichtig spähte sie hinein. Tuscon legte die Tasche ab und schlich geduckt vor Pettra her. Die Vorsicht war unnötig, es war niemand mehr da. Dafür fehlte eine Menge ihres Equipments.

„Scheiße!", entfuhr es ihr. „Was soll denn der Mist?"

Der Tisch, auf dem ihr Computer gestanden hatte, war leer. Die Schränke daneben mit ihren Unterlagen und selbst geschriebenen Programmen standen offen und waren ausgeräumt. Sie eilte ins Nebenzimmer, wo ihre Analysegeräte standen – nichts! Alles weg.

„Verdammt! Das kann doch nicht wahr sein."

Sie holte ihr Handy aus der Tasche und wählte Slades Nummer. Als das Freizeichen erklang, klickte etwas direkt hinter ihr und kalter Stahl bohrte sich in ihren Nacken.

Pettra ließ das Handy sinken, ihr schlug das Herz bis zum Hals. Hoffentlich nahm Slade ab und hörte das. Doch ihre Hoffnung scheiterte daran, dass ihr Angreifer das Mobiltelefon an sich nahm, zu Boden fallen ließ und mit dem Stiefel darauf trat.

„Sie haben Ihre hübsche Nase in Sachen gesteckt, die Sie nichts angehen, Miss."

Ihr Verstand arbeitete fieberhaft. Sie musste Zeit schinden. Ob der Kerl sich darauf einließ?

„Wer sind Sie und was wollen Sie von mir?"

Ein dreckiges Lachen erklang. „Wer ich bin, tut nichts mehr zur Sache. Was wir von Ihnen wollen, haben wir. Jetzt geht es nur noch darum, Sie als Zeuge aus dem Weg zu räumen. Kein Verlust für die Menschheit, wenn man bedenkt, was Sie sind."

Okay, ruhig bleiben, sagte sie sich. Wenn er wusste, dass sie kein Mensch war, konnte es eigentlich nur ein Dämonenjäger sein. Wo kam er überhaupt her? Eben war ihre Wohnung noch leer gewesen, sonst hätte Tuscon angeschlagen. Wo war der Wolf? Der Form nach, die ihren Nacken kitzelte, war die Waffe mit einem Schalldämpfer ausgerüstet. Sie würden ihren Freund doch hoffentlich nicht erschossen haben?

Pettra spitzte die Ohren und lauschte auf verdächtige Geräusche. Zum Glück schien ihr Angreifer allein zu sein. Schlau genug war er zumindest, sie von hinten zu stellen, sonst wäre es ein Kinderspiel für sie gewesen, ihn auszuschalten. Sie machte sich wenig Hoffnung, dass er ihr die Gelegenheit gab, sich umzudrehen. Dann würde vermutlich umgehend eine Kugel ihre Halswirbelsäule in zwei Teile spalten. Welche Munition mochte er verwenden? Gab es etwas, worauf Vascazyre reagierten? Und reagierte sie dann auch? Trotz ihres vampirischen Erbes war sie immun gegen Elektrum.

Gott, wie hasste sie solche Rätselratereien. Aber es drauf ankommen lassen, um eine Antwort zu erhalten, wollte sie ebenso wenig.

„Hey, können wir nicht drüber reden? Ich kann schweigen wie ein Grab."

„Oh, das können Sie nicht nur, das werden Sie. Und jetzt raus hier."

Er fasste sie am Arm und drehte sie Richtung Tür. Offenbar hatte er nicht die Absicht, sie in ihrer Wohnung zu erschießen. Wenn sie genau über seine Worte nachdachte, beabsichtigte er am Ende sogar, sie lebendig zu begraben.

Panik stieg in ihr hoch. Wo war Slade? Andererseits war sie froh, dass er nicht hier war, sondern auf der Arbeit, sonst hätte ihm vermutlich dasselbe geblüht.

Sie erreichten die Tür, als hinter ihnen ein dumpfes Grollen erklang. Tuscon! Vor Erleichterung gaben Pettra beinah die Knie nach. Der Typ drehte sich zu dem Wolf um, nahm die Waffe von ihrem Hinterkopf, um das Tier auszuschalten und gab ihr so die Chance, die sie brauchte.

Ohne nachzudenken, drehte sich Pettra um, entwand sich seinem Griff, ignorierte die Waffe, die er unschlüssig zwischen ihr und dem Wolf bewegte, und fasste ihn am Kinn. Ein leicht untersetzter Kerl mit Glatze, unsteten Augen und fettiger Haut. Wie hatte er eben so schön gesagt? Kein Verlust für die Menschheit.

Ihre Augen begannen zu glühen und erfassten seine Lebenskraft, die sich tief in der Iris eines jeden Menschen verbarg. Panik flammte einen Herzschlag lang auf, ehe seine Gedanken zum Stillstand kamen und er sich in ihrer Gewalt befand. Sie öffnete den Mund und atmete tief ein, nicht mit ihren Lungen, sondern mit ihren Jagddrüsen, die wie bei ihren Vascazyr-Vorfahren darauf ausgerichtet waren, die Lebensjahre eines Geschöpfes auszusaugen. Er hatte noch verdammt viele zu bieten.

Langsam schwand die Kraft aus den Gliedern, wurden seine Lider schwerer, nur noch offen gehalten von ihrem bannenden Blick. Erst als seine Augen brachen und jeden Glanz verloren, wie es immer geschah, wenn das Leben einen Körper verließ, löste Pettra die Verbindung. Träge rieb sie sich über Gesicht und Kehle, fühlte sich übersatt. Das würde für die nächsten Wochen genügen.

Tuscon ging bereits zum nächsten Schritt über und durchschnüffelte die Taschen von Jacke und Mantel. Er förderte eine Brieftasche, einen Zettel, einen Schlüsselbund und Visitenkarten zutage. Außerdem eine alte Tankrechnung und ein paar zerknüllte Bonbon-Papiere.

„Wollen wir doch mal sehen, mit wem wir es zu tun haben."

Pettra schlug die Brieftasche auf. Ein Ausweis lüftete die Identität – Michael Tramp. Er war ein Mitglied des Ordens der Lux Sangui mit Wohnsitz in Mailand. War dort nicht auch die Zentrale, in der diese Waffen aufbewahrt wurden?

Schritte erklangen auf der Treppe und alarmiert bezog Pettra Posten hinter der Tür, doch gleich darauf kam Slade hereingestürmt.

„Ach du Schande, was ist denn hier passiert?" Er fuhr sich durch sein dunkles, halblanges Haar.

„Jemand ist uns auf die Schliche gekommen", erklärte Pettra.

Er wirbelte herum und schloss sie erleichtert in die Arme. „Gott sei Dank, du bist okay. Als die Verbindung abbrach, dachte ich schon …"

Sie strich ihm beruhigend über den Rücken. „So schnell bin ich nicht totzukriegen. Nicht von den Dämonenjägern und auch nicht von einem Attentäter. Hast du dein Handy dabei?"

Er reichte es ihr und Pettra wählte Mels Nummer. Sie blickte auf die Uhr, könnte knapp sein. Aber mit etwas Glück war ihre Freundin bereits wach.

„Hallo?"

„Mel? Ich bin's. Pettra!"

„Hi! Wie hörst du dich denn an? Ist was passiert?"

„Das kann man wohl sagen." Sie gab Slade ein Zeichen, den Typ in die Tiefgarage zu bringen. Klassisch machte er sich daran, ihn in den Teppich einzurollen. Pettra verdrehte die Augen, aber eine bessere Idee hatte sie auch nicht.

„Wir sind gerade dabei, die Leiche eines Sangui wegzuschaffen. Die haben mir meine Wohnung ausgeräumt und wollten mich gleich mit entsorgen. Ihr

Pech, dass sie dachten, einer allein würde ausreichen, um mit mir fertig zu werden."

„Verflucht! Wie viel wissen die?"

„Keine Ahnung, aber die haben mein komplettes Labor mitgehen lassen. Alle Proben, Aufzeichnungen, Daten, Programme. Die gesamte Hardware. Alles weg."

„Mist!"

Pettra lachte. „Ach Liebes, halb so wild. Ich sorg doch für alles vor. Die werden schön blöd schauen, wenn sie die Festplatten checken wollen, nachdem sie aus meiner Wohnung raus sind." Da hatte sie noch ein paar hübsche Überraschungen für die bereit.

„Was ist mit euch?", wollte Mel wissen. „Wo ist Slade?"

„Bringt gerade den Müll runter", erklärte sie zynisch. „Er war zum Glück auf der Arbeit. Weiß der Teufel, was die mit ihm angestellt hätten. Hör zu, ich wollte dich nur warnen. Das ist ein Hornissennest und die werden euch jetzt bestimmt ins Visier nehmen, wenn die hier einen Blick in meinen Rechner geworfen haben, wovon ich ausgehe. Um den Rest mach ich mir keine Sorgen. Aber ich informiere zur Sicherheit auch Steven, sobald es dunkel wird. Hoffentlich ist die Verbindung zwischen ihm und mir noch nicht bis zu denen durchgedrungen, wir müssen aufpassen. Slade und ich tauchen erst mal unter. Ich melde mich wieder."

„Alles klar. Viel Glück!"

„Das kannst du besser brauchen, Süße. Pass auf dich auf."

✻

Die Nachricht von Pettra schockierte mich. Dann waren uns die Dämonenjäger verdammt nah. Und das, wo ich eh schon in deren Focus stand. Mir würde nichts anderes übrig bleiben, als mich doch auf Blue einzulassen und ihm Vertrauen zu schenken. Er war der Einzige, der uns mehr über die Pläne der Lux Sangui erzählen konnte. Wie praktisch, dass er aufgetaucht war. Das schmeckte schon wieder nach einem planmäßigen Zufall.

Ich schüttelte den Kopf. Armand glaubte ihm, und Franklin hatte mich gebeten, wenigstens mit ihm zu reden. Sollte ich auf meinen Bauch hören, oder auf die beiden Männer, die mir am meisten bedeuteten? Ich wusste es nicht. Reden konnte ich ja erst einmal mit ihm. Der Rest würde sich zeigen. Was er wohl dazu sagte, dass man meiner Freundin die Wohnung ausgeräumt hatte?

Ich ging die Treppen hinauf ins Wohnzimmer und erstarrte im Flur, als mein Blick auf Armand und Blue fiel, die neben dem Flügel miteinander sprachen.

Die Szene war so unverfänglich wie schmerzlich, je nachdem, wie man sie betrachtete. Blue und Armand standen dicht zusammen, sahen sich an, in ihren Augen glomm ein Feuer, das sich aneinander nährte und schürte. Die Hand meines Gefährten lag auf der Brust des Sangui und sie trugen beide dieses Lächeln auf dem Gesicht, das mir in jeder anderen Situation einen sinnlichen Schauer über den Rücken hätte laufen lassen. Doch jetzt verursachte es nur einen Stich. Ich fühlte, wie die Schlange Eifersucht sich um mein Herz wand, es zuschnürte und sich bedrohlich, aber gleichfalls im Triumph aufrichtete. Das Schlimmste war, dass ich mich fragte, auf wen der beiden ich mehr eifersüchtig war.

Blue sagte etwas zu Armand, ich war so starr vor Schock, dass ich die Worte nicht verstand. Dafür sah ich Armand erröten wie einen unschuldigen Schuljungen. Seine Brust hob sich unter einem tiefen Seufzer, gleichzeitig drückte Blue sanft seine Hand, die noch immer auf seinem Herzen ruhte.

Das war zu viel.

Toll! Da er mich nicht haben konnte, warf er sich an meinen Verlobten ran. Ich wusste nicht, was ich tun sollte. Einfach da hineinplatzen? Eine Eifersuchtsszene abziehen? Es locker nehmen? Oder lieber gehen? Armand war so sehr Vampir wie zuvor. Auch das hatte sich in der Festung ohne Wiederkehr geändert. Und ich? Mich plagten sogar die Gewissensbisse für etwas, wovon ich noch nicht einmal wusste, ob ich es getan hatte. Warum eigentlich? Für ihn war es okay. Er hatte nicht das Geringste wegen Tizian gesagt. Ich hasste mich für meine Moral und gab Lucien recht. Ich war zu menschlich.

Wenn Armand sich wirklich auf Blue einlassen wollte, konnte ich es verstehen. Immerhin hatte ich es selbst einen Augenblick in Erwägung gezogen, als er mich letzte Nacht küsste. Jetzt klopfte Blue meinem Liebsten auf die Schulter und nickte ihm ermutigend zu. Ich fragte mich, ob ich zu viel hineininterpretierte. Als Armand sich umdrehte, entdeckte er mich im Flur und lächelte.

„Was hat Pettra gesagt? Gibt es Neuigkeiten?"

Kein Erschrecken, kein Überlegen, wie lange ich schon hier stand. „Ihre Wohnung wurde ausgeräumt."

Beide Männer runzelten die Stirn. „Einbrecher? In diesem Nobelhaus?", fragte Armand.

Ich schüttelte den Kopf. „Sangui."

Die Hoffnung auf eine Reaktion von Blue, mit der er sich verriet, wurde enttäuscht. Seine Überraschung wirkte nicht gespielt, ebenso wenig seine Betroffenheit.

„Ist jemand zu Schaden gekommen?"

„Nein, aber ihre Sachen und Aufzeichnungen sind weg."

Blue blickte fragend von Armand zu mir und Armand erklärte ihm grob, wer Pettra war und was sie in Bezug auf die Attentate in der letzten Zeit für uns getan hatte. Ein leiser Fluch kam über Blues Lippen.

„Verstehst du jetzt, warum ich dir nicht traue? Außer euch hat niemand solche Waffen. Und jetzt werden Vampire und andere PSI-Wesen damit angegriffen."

Er sah zu Boden, stemmte die Hände in die Hüften und wippte mit dem Fuß. Sein Körper verriet Anspannung. Ich bemerkte, wie er Armand einen Seitenblick zuwarf und der kaum merklich nickte. Telepathische Kommunikation, die mich ausschloss? Und das in dieser Situation? Bevor ich dazu kam, meinem Ärger Luft zu machen, klingelte es.

Zu meiner Überraschung stand mein Vater vor der Tür und seine Miene verriet nichts Gutes. Er zeigte sich nur wenig verwundert, Blue bei uns zu finden. Sein kalkweißes Gesicht und seine zitternden Hände machten mich nervös. Armand reichte ihm ein Glas Whiskey und ließ ihn auf dem Sofa Platz nehmen. Franklin war so durch den Wind, dass er kaum wusste, wo er anfangen sollte.

„Rybing war bei mir."

„Was?", fragte Blue geschockt. „Ich dachte, er ist längst wieder in Mailand."

„Das war er auch. Aber es ist was passiert … ich weiß immer noch nicht, was ich davon halten soll. Es ist absurd."

Mir schwante Übles. Am liebsten hätte ich ihm die Worte aus der Nase gezogen. Das sah mir Armand an und legte mir die Hand auf die Schulter. Also wartete ich geduldig, bis Franklin zum Punkt kam. Er trank einen Schluck Whiskey, wobei ich schon fürchtete, er würde die Hälfte verschütten. Sein Blick ging unstet in die Runde, blieb an mir hängen.

„Du musst untertauchen, Mel."

„Warum?"

Armand trat hinter mich und legte schützend seine Arme um mich. „Franklin, was ist passiert? Du kommst total aufgelöst hier rein und willst, dass Mel sich versteckt? Vor wem? Vor den Sangui? Das Thema ist doch nicht neu."

Ich hatte das Gefühl, mein Vater war gar nicht mehr recht bei sich. Blue ergriff die Initiative und brachte es auf den Punkt: „Was hat Rybing gesagt?"

Ein Ruck ging durch Franklins Körper und holte ihn ins Jetzt zurück. Er zitterte zwar immer noch, aber fand zumindest den Faden dort wieder, wo auch wir ihm folgen konnten. „Er beschuldigt Mel, in die Waffenkammer des Domus Lumine eingebrochen zu sein. Und behauptet, mit den Waffen, die sie dort gestohlen haben soll, werden jetzt die Anschläge verübt."

„Fuck", entfuhr es Blue. „Ich wusste, dass da was faul ist."

Ich nahm ihn nicht richtig wahr, denn nun war es an mir, zusammenzubrechen. Wie ein Häufchen Elend sank ich zu Boden, hatte kein Gefühl mehr in meinen Gliedern außer einer prickelnden Kälte. In meinen Ohren rauschte das Blut, obwohl mein Herz kaum noch zu schlagen schien. Ich hörte Stimmen von weit her, konnte ihnen aber weder Worte noch Gesichter zuordnen.

Was diese Anschuldigung in Verbindung mit dem Einbruch in Pettras Wohnung bedeutete, lag auf der Hand. Ich war geliefert, gleichgültig, ob ich etwas damit zu tun hatte oder nicht. Und wenn sich das erst im Untergrund herumsprach ... Mir wurde schwarz vor Augen und die Welt versank im Nichts.

„Hey! Nicht ohnmächtig werden."

Ich hob die Lider in dem Moment, als Blue mir eine Ohrfeige verpasste und verzog den Mund.

„Puh!", machte er.

Ich lag auf Armands Schoß, mein Vater saß immer noch fassungslos im Sessel und Blues Miene wechselte von Erleichterung über mein Erwachen zu Unmut.

„Die Kammer ist schon länger ausgeräumt", gestand er uns. „Ich weiß das, weil ich Donald nicht traue und seine Mails anzapfe. Er hat es nur verschwiegen, aber jetzt kommt es ihm zupass, dass er dich beschuldigen kann. Je nachdem, was er bei deiner Freundin auf dem Rechner gefunden hat, stützt das seine Aussage noch."

„Ich hab damit nichts zu tun."

„Ich weiß. Aber es wird genug geben, die es glauben. Gerüchte verbreiten können die Sangui wie kein anderer, das kannst du mir glauben. Sonst wäre Cyron auch nicht so schnell wieder an Kaliste rangekommen."

Ich runzelte die Stirn, weil ich nur Bahnhof verstand. Da Armand und mein Vater keine Fragezeichen über den Köpfen hatten, schienen sie mehr zu wissen. Mein Verlobter nickte Blue zu.

„Donald steckt vielleicht selbst dahinter."

„Wie kommst du darauf?"

Es fiel ihm sichtlich schwer, darüber zu sprechen, aber Armands Gesichtsausdruck verriet, dass er bereits im Bilde war.

„Donald gab mir zwei dieser Waffen, um mit Kaliste einen Handel zu starten. Sie soll schließlich denken, dass das mein Geschäft ist. Heiße Ware im PU verkaufen."

„Du hast unserer Königin Waffen gegeben, mit denen sie Vampire töten kann?" Mir wurde schon wieder schlecht.

„Nur eine davon. Und keine Munition."

Ich lachte hysterisch. „Na das wird sie nicht abhalten. Elektrum hat sie genug."

Blue schüttelte den Kopf. „So einfach ist das nicht. Die Sangui haben Jahre gebraucht für das richtige Mischungsverhältnis, sonst zerplatzen die Patronen beim Abschuss. Damit ist sie eine Weile beschäftigt."

Ich fand es fraglich für wie lange. Die Gefahr wuchs. „Dann steckt sie vielleicht hinter den Anschlägen."

Das hielt Blue für unwahrscheinlich, weil der Angriff im Leonardo's vor der ersten Waffenübergabe geschehen war. „Auf jeden Fall wisst ihr jetzt Bescheid und könnt auf der Hut sein. Damit herrscht wieder Gleichstand zwischen euch und Rybing."

✵

Donald Rybing beglückwünschte sich zu seiner grandiosen Idee, durch die er gleich mehrere Fliegen mit einer Klappe schlug. Zum einen kam die Meldung über den Waffenraub nun von ihm selbst, was ein gutes Licht auf ihn warf, dass er es nicht zu vertuschen suchte. Zum anderen hatte er auch sofort den Schuldigen parat inklusive stichfester Beweise.

Warum sonst sollte eine Freundin von Melissa Ravenwood diese höchst brisanten Unterlagen und vor allem Zugang zu den Daten des Lux Sangui Hauptrechners haben, wenn nicht, um gemeinsam mit der Vampirin ein Komplott zu schmieden? Sie war eine bekannte Meisterdiebin, und die Tatsache, dass gerade die letzten Anschläge überwiegend auf Vampire unternommen wurden, sprach dafür, dass sich Ravenwood einen Platz in den vordersten Rängen ihrer Art – zur Not mit Gewalt – erkämpfen wollte. Vielleicht war sie gar ein Überläufer zu einer anderen Gruppierung. Jemandem, der sowohl einem PSI-Orden diente als auch ein Dämon war, konnte man einfach nicht über den Weg trauen. Bald schon gab es kein Loch mehr, in das sich dieses Biest verkriechen konnte. Alle würden sie jagen. Das hatte sie allein sich zuzuschreiben. Wenn sie die Füße stillgehalten hätte, wäre es ihm egal gewesen, was Franklin Smithers Tochter so trieb. Aber sie wusste zu viel, mischte sich in Dinge ein, die sie nichts angingen. Ihre Kontakte machten ihm die größten Sorgen. Ihr Name fiel in Rängen, die eigentlich weit über ihr stehen sollten, und wurde dort mit einem Respekt geäußert, der ihr nicht zustand. Nur, wenn man ihren Ruf zerstörte, ihr Feinde schaffte, konnte man sie unter Kontrolle halten. Vielleicht war sie schlau genug, sich in ein Rattenloch zu verkriechen und dort für längere Zeit nicht rauszukommen. Dann kam sie glimpflich davon. Falls nicht … es war nicht sein Problem, sollte ihr etwas Unvorhergesehenes zustoßen.

Er rieb sich die Hände und machte sich daran, den nächsten Teil seines Plans in die Tat umzusetzen. Gewissensbisse kannte er nicht, immerhin hatte er Smithers eine Chance eingeräumt, sich zur richtigen Seite zu bekennen. Doch wenn er weiterhin hinter seiner Tochter stehen wollte, obwohl man ihr Diebstahl und Mord nachweisen konnte – wobei Letzteres nicht mit ihrer Natur als Bluttrinker zu entschuldigen war – musste er eben mit den Konsequenzen leben. Genau wie sie selbst.

Einziger Wermutstropfen blieb die Tatsache, dass man diese Pettra nicht erwischt hatte, sondern einer seiner Leute, der ihr hatte auflauern sollen, spurlos verschwunden war. Ein bedauerliches Übel, das er nicht ändern konnte. Da die Daywalkerin aber mitsamt ihrem Gatten, einem Halfblood, untergetaucht war, konnte er dies vorerst getrost vernachlässigen. Es galt, sich auf das Kernproblem zu konzentrieren.

Sein Gesuch hatte er bereits verfasst und an Smithers Vorgesetzte abgeschickt. In Kürze würde seinem Treiben ein Riegel vorgeschoben werden, was die weiteren Operationen für Rybing einfacher gestaltete. Dabei musste er sich allmählich Gedanken machen, wie er Blue wieder los wurde, denn die Loyalität dieses Mannes erwies sich als zweifelhaft. Victor hatte ihn mehrfach in Gorlem Manor ein- und ausgehen sehen, obwohl es aus ihrer Sicht keinen Grund dafür gab. Darüber hinaus war er mit diesem Vampir – Armand de Toulourbet – in einer Bar gesehen worden. Er schien die Seiten gewechselt zu haben. Sehr ärgerlich bei dem Potenzial, das in ihm steckte. Doch Rybing hatte ihn schon länger in Verdacht, sein eigenes Süppchen zu kochen. Es war immer ein Risiko, Fremde in den Orden zu holen, das hatte er gewusst. Aber jemand, der zwei Lupins und einen Motha nur mit einem Messer aus Titan erledigte, war zu vielversprechend gewesen, um es nicht wenigstens zu versuchen. Da es keine Familie gab, sollte es ein Leichtes sein, ihn verschwinden zu lassen, sobald er ihn nicht mehr brauchte. Nachfragen waren nicht zu erwarten.

„Bewing", rief er nach seinem Sekretär und warf ihm den Mantel entgegen.

„Sie sind schon zurück, Sir?"

„Offensichtlich, oder?" Ihm fiel die Nervosität seines Lakaien auf. Was jemand wie er in ihren Reihen zu suchen hatte, blieb ihm schleierhaft. Das Einzige, was für ihn sprach, waren seine Zuverlässigkeit und Verschwiegenheit, doch damit endete sein Nutzen. „Ich will die Auswertungen unserer Leute in Miami binnen fünf Minuten auf meinem Tisch haben. Jeden einzelnen Namen, den sie in den Datenbanken dieser Daywalkerin gefunden haben. Je mehr Ansatzpunkte wir haben, umso schneller können wir diesem Narrenspiel ein Ende machen."

Bewings Mundwinkel verzogen sich nach unten und er blieb betreten stehen.

„Was ist los?", schnauzte Rybing. Irgendwann verlor er noch mal die Geduld mit diesem unfähigen Tölpel.

„Sir, da gibt es Probleme."

„Was für Probleme?"

„Die Daten, Sir."

Rybing spürte, wie sich eine Zorneswoge in ihm zusammenballte. Er wusste im Vorhinein, dass ihm nicht gefallen würde, was Bewing ihm zu sagen hatte. „Jetzt lassen Sie sich nicht jedes Wort einzeln aus der Nase ziehen, Mann. Was ist mit den Daten?"

„Es gibt keine mehr", antwortete Bewing und es klang wie ein Seufzer.

„Was?"

Das konnte nur ein schlechter Scherz sein. Sie hatten die hauchdünne Spur dieses Hackers in ihrem Netzwerk mühsam zurückverfolgt und dafür Wochen gebraucht. Endlich waren sie auf die Daywalkerin gestoßen, deren Freundschaft mit Melissa bekannt war, seit sie sich einige Tage im Ashera-Haus in New York eingeschlossen hatten. Es war der Coup schlechthin, der all seine Probleme auf einen Schlag löste. Die Dateien, die Forbes und Tramp noch in der Wohnung gesichtet hatten, belegten einschlägige Kontakte zu einer Menge von Leuten aus dem PU einschließlich Melissa Ravenwood. Von den Informationen, die sie über ihre neueste Waffentechnologie und das Sicherheitssystem der Waffenkammer gespeichert hatte ganz zu schweigen. Gut, was das Sicherheitssystem anging, hatte Tramp nachgeholfen, um die Anschuldigungen glaubhafter zu machen. Doch jetzt sollte alles umsonst gewesen sein?

„Offenbar gab es eine Sicherheitsvorkehrung, die wir nicht bemerkt haben", gab Bewing kleinlaut zu verstehen.

Donald wurde blass. Er konnte jetzt keinen Rückzieher mehr machen, denn die Nachrichten waren verschickt. Ein Glück, dass er nicht selbst vor Ort in Miami war. Nun konnte er die Schuld zumindest jemand anderem in die Schuhe schieben, wenn alle Beweise zum Teufel waren.

Die Daywalkerin hatte ihre Wohnung magnetisch abgesichert, sodass sämtliche Daten auf allen Geräten und Trägern unwiederbringlich gelöscht wurden, sobald man sie hinaustrug. Das Einzige was blieb waren die Hardware und ein paar Proben von Projektilen.

Sein Magen zog sich zusammen, wenn er daran dachte, die ersten Rückfragen des Orden-Präfektors beantworten zu müssen. Er würde nicht glücklich über diese Wendung sein. So wie das Blatt sich gewendet hatte, brauchte er Blue doch noch länger, egal ob er doppelt spielte oder nicht. Er hatte durch Cyron Gowl Kontakte zum Untergrund. Es wurde Zeit, dort ein paar Gerüchte zu streuen über die feine Miss Ravenwood.

„Sir?", meldete sich Bewing zaghaft zu Wort, weil Donald immer noch vor Wut zitternd in der Eingangshalle stand und fieberhaft überlegte, wie er seinen Hals aus der Schlinge ziehen konnte.

„Halten Sie die Klappe, Bewing. Ich muss nachdenken." Und neu disponieren, dachte er. „Buchen Sie mir für heute Abend eine Verbindung zum Präfektor", entschied er schließlich und ließ seinen verdatterten Sekretär in der Halle zurück, um sich in seinem Büro auf das bevorstehende Gespräch vorzubereiten.

✻

Nach seiner Begegnung mit Kaliste vermied Warren es, noch einmal allein nach draußen zu gehen. Dracon begrüßte diese Wandlung, fragte nicht ein einziges Mal und genoss es sichtlich, dass sie einander wieder so nah waren wie in Rom. Er überhäufte Warren mit Aufmerksamkeit, gestaltete ihre Nächte abwechslungsreich in jeder Hinsicht und gab ihm das Gefühl, für ihn der Mittelpunkt der Welt zu sein.

Die Worte der Königin verblassten. Es waren eben doch nur Lügen, mit denen sie ihn hatte austricksen wollen, als er sich in einer melancholischen Verfassung befand. Das war dumm von ihm gewesen. Dracon liebte ihn, er hatte ihn erwählt, gerettet und gelehrt, mit dem Blutdämon umzugehen, den er immer besser kontrollierte. Wenn sie gemeinsam durch Londons Straßen zogen, beherrschte die Gier ihn nicht länger. Er fühlte, wie seine Kraft wuchs, es ihm immer leichter fiel, sich zu zügeln und sogar nächtelang keinen Tropfen Blut zu trinken.

Ein paar Mal begegneten sie Mel und Armand, die offenbar viel Zeit mit ihren neuen Freunden aus dem Untergrund verbrachten. Das hätte er nie von ihr gedacht. Es enttäuschte ihn, versetzte ihm einen Stich. Sie war doch seine Heldin, zu der er aufschaute.

Noch immer riet sie ihm davon ab, nach Gorlem Manor zu gehen. Erklärte, dass Franklin viel um die Ohren hatte und er noch Geduld haben sollte. Wenigstens sprach sie mit ihm. Wenn sie eine innere Distanz zu ihm wahrte, so bemerkte man davon nach außen nichts. Das wäre auch nicht Mels Art gewesen.

Armand hingegen beäugte ihn misstrauisch und ließ ihn spüren, dass er unerwünscht war. Es wunderte ihn nicht. Er hatte schon zu Lebzeiten ein Problem mit ihm gehabt, und jetzt war er Dracons Sohn. Warren wusste, dass Armand seinen dunklen Vater in die tiefste Hölle wünschte. Vor allem, weil ihn und Mel etwas verband, an dem ihr Verlobter niemals Anteil haben würde. Der Gedanke gefiel ihm. Sie waren eine kleine Familie, da konnte auch Armand nichts dran ändern. Mel wusste es, sie hatte immer einen Platz bei ihm und Dracon. Ein Lächeln spielte um seine Lippen, während er darüber nachdachte und sich an die Blicke erinnerte, die Armand ihnen zuwarf, wenn Mel bei ihnen stand.

„Na, angenehme Träume?" flüsterte Dracon und küsste sein Ohrläppchen, saugte es in den Mund und knabberte.

Warren überlief ein angenehmer Schauer. Wohlig rekelte er sich in den Armen seines Geliebten und dunklen Vaters, sonnte sich in der Geborgenheit seiner Nähe. „Ja, kann man so sagen."

Dracons Arme legten sich fester um seinen Leib und zogen ihn an den muskulösen Körper in seinem Rücken. „Ich bin froh, dass es dir wieder gut geht. Es war die richtige Entscheidung, hierherzukommen und zu bleiben, obwohl du dich anfangs fremd gefühlt hast."

„Mhm", machte er. In der ersten Zeit hätte er alles dafür gegeben, zurück nach Rom zu gehen. Jetzt fühlte er sich wieder zu Hause. Wenn er nur noch ein bisschen Geduld hatte, würde sich auch die Sache mit Franklin wieder einrenken. Gorlem Manor fehlte ihm. Warren hatte dort viel gelernt, ohne den Drill des MI5. Was seine früheren Kollegen wohl jetzt machten? Jagten sie dem PU hinterher, ohne es zu ahnen und wunderten sich, warum sie keinen davon zu fassen bekamen?

Er schürzte die Lippen und dachte über das nach, was er an den Treffpunkten hörte. So übel waren diese Kerle offenbar nicht. Mel würde wissen, was sie tat, wenn sie sich mit denen abgab. Überall auf der Welt gab es schwarze Schafe, so wie diesen Sylion. Eigentlich waren Alwynn und Rugo ganz okay. Außer dass sie mit Armand befreundet waren.

Von Mel wusste er, dass auch Steven Kontakte und Freunde im Untergrund hatte. Er war ein netter Kerl. Ohne ihn wäre er wahnsinnig geworden in den ersten Tagen nach der Wandlung.

„Wenn du nicht aufhörst zu grübeln, geht der Rauchmelder gleich los", neckte Dracon und schlug die Decke zurück, um aufzustehen.

Er schlenderte zum Kühlschrank, um eine Blutkonserve herauszuholen und warmes Wasser darüberlaufen zu lassen. Dabei bot er einen betörenden Anblick. Jeder Muskel seines Körpers war wie von Künstlerhand in Perfektion modelliert. Seine gebräunte Haut — ein Erbe seines farbigen Vaters und der Zeit, in der er mit Mels Elixier nach den Engeln der Nacht gesucht und sich der Sonne preisgegeben hatte — schimmerte im diffusen Licht, das durch die Fenster hereinfiel. Die großen schwarzen Schlangen auf seinen Armen schienen lebendig, ihre Zungen die dunklen Brustwarzen zu kosen.

Es erregte Warren, Dracons Bewegungen zu verfolgen, sich vorzustellen, wie er mit derselben kontrollierten Kraft und Geschmeidigkeit seinen Körper in Besitz nahm. Dracon war einfach verboten schön. Er hatte eindeutig mehr zu bieten als Armand mit seinem blassen Leib.

Aber immerhin, solange Mel bei ihrem Verlobten blieb, gehörte Dracon ihm allein. Die Menschen, an denen er bei der Jagd seinen Hunger stillte, zählten nicht.

Dracon kam zurück und reichte ihm ein Glas. Das Blut war nur handwarm, aber das störte ihn nicht. Er hatte ohnehin nur Augen für Dracon. Er gehörte zu ihm, daran würde niemand jemals wieder etwas ändern können. Bis zum Tod. So was Ähnliches hatte er doch gesagt.

„Auf unsere teure Mel." Grinsend stieß Dracon sein Glas gegen Warrens. Mit einem Mal schmeckte das Blut schal und bitter, als wäre es schon zu lange … tot.

„Wenn du dich entscheiden müsstest, wem stündest du näher?", wollte Warren wissen.

Dracon runzelte die Stirn und grinste. „Entscheiden? Wofür?"

„Zum Beispiel zwischen Mel und mir." Er konnte ihm nicht in die Augen sehen, wusste, wie absurd die Frage war, doch sie nagte an ihm.

„Was soll die Frage? Sei nicht albern, Warren, so eine Wahl wird es nie geben."

„Und wenn doch?", beharrte er.

Mit einem Seufzer beugte Dracon sich vor und küsste ihn auf den Mund. „Ich liebe dich", antwortete er und blickte ihm tief in die Augen. Wärme flutete in Warrens Herz und er lächelte zufrieden und erleichtert. „Aber Melissa liebe ich ebenfalls. Das kann man weder vergleichen noch gegeneinander aufwiegen."

Zum Glück kehrte er ihm den Rücken zu und sah so nicht, wie tief ihn diese Worte verletzten. Warren stellte das Glas beiseite und zog sich die Decke über die Schultern.

„Denk nicht so viel nach, mein Schöner. Die Ewigkeit bietet genug Platz für euch beide in meinem Herzen."

„Natürlich. Entschuldige."

Ein nachsichtiges Lächeln lag auf Dracons Zügen, als er zu Warren zurückkehrte und neben ihm unter die Decke schlüpfte. „Ich mache mir auch Gedanken, aber gewiss nicht, ob sich irgendwer zwischen dem einen oder anderen entscheiden muss. Wir sind Vampire."

„Bist du nie eifersüchtig auf Armand?"

„Ich kann ihn nicht ausstehen. Das ist etwas anderes."

Er fing an, ihn zu küssen. Gott, er küsste so gut, dass er sowieso alles andere vergaß. Dracons schlanke Finger gingen auf Wanderschaft über Warrens

Körper. Liebkosten die dunklen Striemen, die er ihm wenige Stunden zuvor während ihrem Akt zufügt hatte. Sie verblassten bereits wieder, obwohl sie heftig geblutet hatten, als Dracon ihm seine Nägel ins Fleisch schlug. Er liebte diesen Schmerz. Gierig beugte er sich vor, nahm einen der Ringe in den Mund, mit denen Dracons Brustwarzen durchstochen waren, und zog sanft daran, bis sein Geliebter zischend die Luft einsog. Erst dann ließ er wieder los.

„Mich interessiert viel mehr dieser Sangui, der jetzt bei den beiden ist", merkte Dracon an, ohne seine Zärtlichkeiten zu unterbrechen.

Der Dämonenjäger war Warren ebenfalls ins Auge gefallen. Armand hatte ihn als einen Freund vorgestellt und sich im PU für ihn verbürgt. Sehr leichtsinnig, wie er fand. Entweder er gehörte zu ihren Feinden, oder er betrog die Sangui. Beides machte ihn nicht vertrauenswürdig. Aber vielleicht hatte er andere Qualitäten, die Armand an ihm zu schätzen wusste. Er wirkte jedenfalls sehr vielversprechend, was man so an Muskeln sehen konnte. Warren mochte diese grobschlächtige Kraft nicht, aber die Geschmäcker waren verschieden. Wie Mel wohl darüber dachte? Oder hatten sie und Armand ihre gewählte Monogamie tatsächlich aufgegeben?

Dracon lenkte seine Gedanken ab, indem er seine Hand zwischen Warrens Schenkel schob und gleichzeitig seine Fänge langsam in die Kehle nahe der Halsschlagader senkte. Stöhnend bog er sich seinem dunklen Vater entgegen, öffnete sich für ihn und seine sinnliche Gedanken. Doch Sekunden später glaubte er, ihm würde der Boden unter den Füßen entzogen, denn in Dracons Gedanken sah er nur ein Bild. Mel!

Auf Messers Schneide

Blue warf zwei Aspirin in seinen Coffee-to-go. Es schmeckte zwar beschissen, würde aber hoffentlich die hämmernden Kopfschmerzen vertreiben, die ihn heute Morgen quälten.

Ein verdammter Mist, was da abging. So viel kriminelles Potenzial hätte er Rybing nicht zugetraut. Jemandem die Wohnung auszurauben und Beweise zu fälschen, um den eigenen Hals aus der Schlinge zu ziehen. Aber er steckte auch verdammt tief mit drin, wenn er an die beiden Knarren dachte, von denen eine in gefährlichen Händen war. Was sollte er tun? Innerlich hatte er sich längst für eine Seite entschieden, denn er mochte Armand und Melissa. Auch Franklin hatte seine Sympathie, und nicht zuletzt war da noch Lucien, mit dem er einen Deal hatte. Insofern sprach sein Gefühl eine deutliche Sprache, wenn nur sein

Verstand nicht dagegengehalten hätte. Er war zu weit gegangen, um noch einen Rückzieher zu wagen. Und er brauchte dieses verdammte Elektrum. Lucien hatte ihm zwar großspurig versprochen, sich darum zu kümmern, aber bisher ließ er sich nicht bei ihm blicken. Sie waren sich kein einziges Mal mehr über den Weg gelaufen, seit er Blue klargemacht hatte, dass er auch in London ein Auge auf ihn hatte.

In der Auslage eines Kiosks sah er ein paar Zeitungen, die über aktuelle Angriffe auf Szene-Clubs berichteten. Interne Rivalitäten oder radikale Außenseitergruppen, so die Vermutung der Polizei. Für die sah es so aus, als wäre nicht viel passiert. Die meisten Leichen wurden fortgeschafft, ehe jemand auf dumme Gedanken kam.

Von den Morden an Einzelpersonen fand er nichts. Wer auch immer dahintersteckte, streute diese so breit, dass die Behörden keinen Zusammenhang herstellten. Eine größere Organisation oder jemand, der ohne Schwierigkeiten durch die halbe Welt reisen konnte und das in kürzester Zeit. Da gab es nicht viele Möglichkeiten.

Tief in Gedanken versunken strebte er der nächsten U-Bahn-Station zu. Alwynn hatte ihm mitgeteilt, dass jemand von seinen Leuten Cyron bei einem Treffen mit einer schwarzhaarigen Frau beobachten konnte. Auf einem Friedhof in Kensington, etwas abseits der Wohnhäuser. Auch mit Kopfschmerzen brauchte Blue nicht lange zu überlegen, um eins und eins zusammenzuzählen. Der Mistkerl versuchte, sich bei Kaliste einzuschleimen. Am besten legte er sich also schon mal ein paar glaubwürdige Ausreden zurecht, denn es konnte nicht lange dauern, bis die Vampiress ihn zur Rede stellte.

Der Teufel sollte diesen Kerl holen. Hoffentlich kotzte er sich gerade die Seele aus dem Leib oder verreckte in irgendeinem stinkenden Kellerloch.

Aber erst mal wollte er zu diesem Friedhof und nachsehen, ob Cyron irgendwelche Spuren hinterlassen hatte, die zu seinem Versteck führten. Allmählich wurde es Zeit, den Vogel wieder in sein Nest zu bringen, sonst verfiel Rybing noch in dumpfes Brüten.

Er betrat den Waggon. Rush Hour. Wenn morgens um diese Zeit halb London auf dem Weg zur Arbeit war, kam man sich vor wie in einer Sardinenbüchse. Darum störte es ihn anfangs nicht, als ihm etwas in die Seite stach. Das kam im Gedränge schon mal vor und er war niemand, der aggressiv wurde. Dann raunte ihm allerdings jemand ins Ohr und er war versucht, es auf eine Szene anzukommen zu lassen. Nur, was hätte es ihm gebracht?

„Verhalte dich unauffällig und steig an der nächsten Station aus. Du wirst erwartet.“

In einer vollgestopften U-Bahn kämpfte es sich verdammt schwer. Auf

Publicity dieser Art konnte er verzichten, obwohl Rybings Gesicht, wenn er ihn aus dem Knast holen würde, es sicher wert wäre.

Jemand erwartete ihn also. Sehr interessant. Fragte sich nur, wer. Eigentlich fiel ihm nur Kaliste ein, doch um diese Zeit eher unwahrscheinlich. Der Untergrund? Cyrons Freunde vielleicht. Wenn er dem Kerl gegenüberstand, konnte er für nichts mehr garantieren.

Die Bahn lief die nächste Haltestelle an und bremste sanft. Mit einem leisen Zischen öffneten sich die Türen und er betrat vor seinem Begleiter den Bahnsteig. Bisher hatte er sich noch nicht umgedreht, wusste also nicht, wer ihm was in den Rücken bohrte. Sie kamen an Werbekästen aus Glas vorbei und er erhaschte einen kurzen Blick auf einen abgerissenen Typen, wie sie überall an den U-Bahn-Stationen herumsaßen, ihren Schlapphut oder ihre Mütze vor sich und auf ein paar Almosen hofften. Unrasiert und ungewaschen, wenn ihn der Geruch nicht täuschte. Die Waffe konnte er nicht erkennen, weil sie von dem Ärmel des speckigen Mantels verdeckt wurde. Dem Gefühl nach vielleicht ein kurzes Messer. Ein Butterfly oder etwas Ähnliches.

„Da rüber."

Wenn sie zum autorisierten Personal gehörten, fraß er einen Besen. Sie verharrten vor der Tür, der Kerl blickte sich wachsam um, während er mit der einen Hand das Messer weiter in seine Seite drückte, mit der anderen einen Schlüssel hervorkramte, um die Tür aufzuschließen.

„Wenn du mir ein Loch in die Lederjacke machst, werde ich ungemütlich", warnte Blue.

„Klappe!"

Nach gefühlten weiteren fünf Minuten war die Tür immer noch nicht offen und Blue verlor allmählich die Geduld. Da der Gang mit der Tür seitlich vom Hauptweg abging, blieben sie relativ unbeobachtet. Wenn er wollte, könnte er sich der unerwünschten Gesellschaft schnell entledigen, aber er war neugierig, wer solche Sehnsucht nach ihm verspürte. Entnervt drehte er sich um und riss dem verdutzten Penner den Schlüsselbund aus der Hand. Dabei sah er, dass die Waffe ein stumpfes Messer von einem gewöhnlichen Essbesteck war. Er verdrehte die Augen und schüttelte den Kopf. Zwei Sekunden später war die Tür auf und er wies galant hinein.

„Nach dir. Ich kenne den Weg nämlich nicht."

Eine Treppe führte nach unten. Er überdachte seine Meinung noch einmal. Hier spielte es für jemanden wie Kaliste keine Rolle, ob draußen die Sonne schien oder nicht. Ein unangenehmes Kribbeln in seinem Nacken verstärkte den Eindruck, dass er gleich Ärger bekam.

Sein Führer öffnete eine Luke im Boden, die eine Feuerleiter zutage förderte.

So stellte er sich einen Kerker vor. Von dem Gestank ganz zu schweigen, der dem Loch entstieg. Ein wenig mehr Stil hätte nicht geschadet. Es roch nach Öl und Rattenkot. Verschimmelte Pizza konnte auch dabei sein. Und Urin, von wem oder was wollte er nicht wissen. Vereinzelt waren die Lampen noch heil, flackerten nur ein bisschen. Der Staubschicht auf dem Boden nach zu urteilen gehörte dieser Teil nicht in den Dienstplan der Putzkolonne, die für die U-Bahn-Gesellschaft arbeitete. Vor einer weiteren Tür blieben sie stehen und sein Begleiter streckte die Hand aus.

„Ach ja, sorry! Macht der Gewohnheit", entschuldigte sich Blue grinsend und gab dem Mann den Schlüsselbund zurück.

Als die Tür hinter ihm zuschlug, sperrte sie auch die unappetitlichen Düfte aus. Hier roch es zwar muffig, aber sauberer. Ein Ventilator im hinteren Teil wälzte die Luft. Licht fiel durch einen Schacht herein, verlor sich jedoch nach weniger als einem Meter und wurde schließlich vom grellen Schein einer Halogenlampe geschluckt. Der Schlüsselträger warf ihm einen hämischen Blick zu und drückte auf weitere Schalter. Es offenbarte sich ein größerer Lagerraum, in dem sie nicht allein waren.

„Cyron! So sieht man sich wieder. Alter, du hast auch schon mal besser ausgesehen."

Das Lächeln des Gestaltwandlers fiel gequält aus. Vielleicht lag es aber auch an dessen entstelltem Gesicht. Er besaß offenbar nicht mehr die Kraft sich zu verwandeln. Blue empfand Genugtuung, dass der Entzug schon so weit fortgeschritten war.

„Sehr herzlich ist das Wiedersehen nicht", erklang eine Frauenstimme.

Also doch Kaliste.

„Sie haben sich noch nicht häuslich eingerichtet, oder? Sieht reichlich spartanisch aus", meinte Blue und ließ sich seine Nervosität nicht anmerken. Hier unten auf die Schnelle ein Dolmentor zu seiner Flucht zu erzeugen war ein hohes Risiko, das er vermeiden wollte. Aber einen anderen Fluchtweg gab es nicht. Kaliste stand am einen Ende des Raumes, ihr Handlanger blockierte am anderen Ende die Tür und spielte mit den Schlüsseln. Sollte er sich doch die Finger damit brechen. Blue wandte sich Kaliste zu. Zum einen war sie hübscher, zum anderen gefährlicher.

Die Vampiress grinste ihn und Cyron süffisant an. „Also, ihr beiden. Einer von euch hat mir wohl etwas zu erklären."

Ihre Freundlichkeit war gespielt, daran hegte auch Cyron keinen Zweifel. Er wusste, dass er in der Patsche steckte, so wie er sich zusammenkauerte. Dieser Feigling. Hielt sich für gerissen genug, Schönwetter zu machen, wenn er ihn über die Klinge springen ließ, und hatte jetzt die Hosen voll. Selbst wenn er bettelte, würde Blue ihm keine Dosis von dem Heilmittel mehr geben.

Aber auch er schwebte in Gefahr. Kalistes unterschwellige Wut kühlte den Raum, da brauchte es keinen Ventilator mehr. Im Gegensatz zu ihrem Treffen auf der Brücke war es keine Ungeduld und Übellaunigkeit, sondern regelrechter Hass, der ihm entgegenschlug. Was hatte Cyron ihr erzählt? Wie viel von dem Deal preisgegeben, mit dem er seinen Kopf retten wollte?

„Ich warte."

Ihre Aufmerksamkeit lag gänzlich auf ihm. Aus dem Gestaltwandler hatte sie wohl schon rausgepresst, was sie wissen wollte. Damit sanken seine Chancen drastisch. Wenn er wenigstens wüsste, was genau Cyron verraten hatte. Jetzt bloß nicht die Nerven verlieren, sagte er sich. Das Pokerface hatte er schon immer draufgehabt. Lässig verschränkte er die Arme vor der Brust und lehnte sich an einen Betonpfeiler.

„Sagen Sie doch einfach, was Sie wollen und wir schenken uns die Spielchen", versuchte er, Kaliste aus der Reserve zu locken.

Aus den Augenwinkeln sah er Cyrons ungläubiges Gesicht und wie er noch eine Spur blasser wurde. Hatte der Idiot wirklich gedacht, ihn ans Messer liefern zu können? Da musste er früher aufstehen.

„Sie sind verdammt großspurig für Ihre Position."

Er zuckte gleichmütig die Achseln. „Ansichtssache. Sehen Sie, wenn Sie mich töten wollten, hätten Sie das draußen erledigen lassen. Von einem, der mehr draufhat, als diese Witzfigur." Blue deutete mit dem Kopf auf den Schlüsselspieler, der ihn wütend anfunkelte.

„Vielleicht", gab Kaliste mit kaltem Lächeln zu bedenken, „wollte ich mir dieses Vergnügen nicht nehmen lassen."

Ein humorloses Lachen perlte über seine Lippen. „Das Vergnügen, um das es Ihnen geht, sind Waffen und Munition. Außer mir kann die niemand besorgen."

„Sie haben mich angelogen. Sie sind ein Sangui!", zischte sie und stand urplötzlich direkt vor ihm.

Blue hatte in seinem Leben noch nie einen größeren Abgrund gesehen als diese türkisfarbenen Iris. Sie spiegelten nichts wider, waren nur nach innen gerichtet. In seinem Magen bildete sich ein harter Klumpen, hoffentlich pokerte er nicht zu hoch. Die Haut der Vampiress trug keine menschlichen Züge mehr, weißer Marmor, glatt poliert und mit silbrig-schillernden Adern durchzogen. Aus der Nähe betrachtet war ihre Schönheit nur noch die einer Statue – unecht und tot.

Er holte tief Luft, bewahrte die Kontrolle über sich. Er durfte sich auf keinen Fall einschüchtern lassen. „Falsch! Ich habe Sie nie angelogen, denn ich habe nie behauptet, kein Sangui zu sein. Ich habe Ihnen gar nichts über mich gesagt und Sie haben auch nicht gefragt. Und richtig! Ich bin ein Sangui und damit in der Tat der Einzige, der an die Waffen rankommt. Das ist nur nicht so einfach, wie sie denken, denn die Dinger liegen nicht mal eben im Regal rum, wo sich jeder bedienen kann. Das ist Hochsicherheit. Schon die beiden waren ein Risiko."

Ihre Augen wurden schmal. Sie überlegte, ob sie ihm glauben sollte. Fragend blickte sie zu Cyron. Jetzt galt es. Wenn er aufflog, konnte er einpacken. Kaufte sie ihm die Story ab, war er aus dem Schneider. Hoffentlich hatte sich die Information über die leer geräumte Waffenkammer noch nicht bis zu ihr rumgesprochen. Um den Schein zu wahren, müsste er dann vorgeben, dafür verantwortlich zu sein und dann kamen Lieferschwierigkeiten als Ausrede nicht mehr infrage. Aber noch waren sie nicht so weit. Er setzte sein breitestes Grinsen auf und hielt ihr Stand.

„Glückliche Zufälle sollte man nutzen, oder? Als ich mitbekam, wen sie da zusammengeflickt haben und was Rybing mit ihm vorhat, hab ich mich freiwillig für den Job als Kindermädchen gemeldet. Er stellt den Kontakt her, ich bin im Geschäft. So einfach ist das."

Als sich ihre Züge entspannten und die Ansätze eines Lächelns um ihre Lippen spielten, hätte er vor Erleichterung gern aufgeatmet, wagte es aber noch nicht.

Cyron sah ihn fassungslos an, brachte aber kein Wort über die Lippen.

„Sie gehen ein großes Risiko ein, Blue."

„Ich steh auf Risiken. Bringen meistens auch den größten Gewinn."

Sie überlegte, ging ein paar Schritte im Raum hin und her. „Ich gebe Ihnen noch eine Chance. Besorgen Sie mir den Rest dieser Spezialwaffen und genug Munition. Dann sind wir im Geschäft und Sie bekommen so viel Elektrum, wie Sie wollen." Blue nickte zufrieden, da setzte sie noch eins nach. „Vorausgesetzt, Sie bringen mir auch Melissa Ravenwood. Da Sie in Gorlem Manor ein und ausgehen, sollte das keine nennenswerte Schwierigkeit darstellen."

Er spürte, wie er blass wurde und das Lächeln auf seinen Lippen gefror. Ließ er sich darauf ein, hatte er ein Problem. Lehnte er ab, hatte er auch eins, nur noch viel größer. Lucien, Armand, der Untergrund … Verdammt! Er musste sich schnell entscheiden, sonst wurde sie misstrauisch. Über den Rest konnte er sich später Gedanken machen. „Abgemacht!", hörte er sich sagen. „Aber für die Waffen brauch ich noch eine Weile. Im Moment ist die Lage im Domus Lumine angespannt, weil der da die Biege gemacht hat und sich diese Ravenwood schon wieder überall einmischt. Ich kann da erst rein, wenn es wieder ein bisschen ruhiger ist und dann muss alles in einer Nacht über die Bühne gehen. Da sind Vorbereitungen nötig."

Kaliste spielte die Gönnerhafte. „Selbstverständlich. Wissen Sie, wenn man wie ich die Ewigkeit hat, kommt es auf ein paar Tage nicht an. Reicht Ihnen ein Monat?"

Er nickte. Damit war der Deal beschlossen. Warum sonst rasselte der Kerl an der Tür mit den Schlüsseln?

Bevor er ging, deutete er noch auf Cyron. „Den würde ich gern mitnehmen. Rybing ist schon misstrauisch und das macht es umso schwerer. Wie gesagt, sein Verschwinden hat ne Menge Staub aufgewirbelt." Vor allem musste er vermeiden, dass der Gestaltwandler noch mehr quatschte. Dann brachte er ihn lieber selbst um die Ecke.

Kaliste schüttelte in gespieltem Bedauern den Kopf. „Ich fürchte, das wird nicht gehen. Sie sehen ja selbst, dass es ihm nicht gut geht. Am Ende überlebt er den beschwerlichen Weg zurück in die Zivilisation nicht. Aber ich verspreche Ihnen, ich werde mich gut um ihn kümmern. Und da wir alte Freunde sind, haben wir uns bestimmt noch viel zu erzählen."

Blue wusste, wann er ein Spiel verloren hatte. Und das um Cyron konnte er nicht mehr gewinnen. Blieb nur zu hoffen, dass die Vampiress keine Ahnung von dem Gegenmittel hatte und Cyron so oder so bald ins Gras biss.

„Nein", meldete der sich panisch zu Wort. „Ich will mit ihm gehen. Bitte!" Er rutschte kraftlos auf den Knien zu Kaliste hinüber und umklammerte ihre Beine. „Ich hab doch alles gemacht. Alles gesagt. Bitte! Ich will nicht hierbleiben."

Blue versuchte es ein letztes Mal. „Für Ihre Pläne wäre es besser. Mir ist der Kerl ja egal, aber den Sangui nicht."

Ihr Misstrauen war greifbar. Würde sie die versprochene Ware nicht so heiß begehren, er wusste nicht, wie dieses Treffen ausgegangen wäre. Sie wollte die Kontrolle behalten, was er verstehen konnte. Mit Sicherheit hatte Cyron ihr schon eine Menge erzählt, um seinen Hals zu retten, aber bisher war er nicht gefoltert worden. Sie spürte, dass er noch nicht alles gesagt hatte. Was war ihr jetzt wichtiger? Der Deal oder Cyrons Kopf? Das Pendel schwang in der Luft, eine messerscharfe Schneide. Er durfte nicht zu lange stehen bleiben, die Forderung nicht zu deutlich stellen, aber irgendetwas hinderte ihn daran, zu gehen. Blue stand bewegungslos, ließ Kaliste nicht aus den Augen, lauschte auf das gleichmäßige Klingeln der Schlüssel, die ihm verrieten, wo ihr Handlager stand. Geh! Geh!, rief eine innere Stimme, doch seine Muskeln gehorchten dem stummen Befehl nicht.

Schließlich fauchte Kaliste und machte eine unwirsche Geste mit der Hand. Kleine Blitze umzuckten ihren Ring. „Nehmen Sie den Versager mit. Dann muss ich ihn nicht länger ertragen. Aber ich warne Sie, treiben Sie es nicht zu weit. Ich brauche ihn nicht, um über Sie Bescheid zu wissen. Meine Spitzel sind überall."

Blue packte Cyron wortlos am Kragen, ohne Kaliste aus den Augen zu lassen. Rückwärts ging er zur Tür, starrte Kaliste noch an, als sein Führer sich bereits anschickte, den Raum wieder zu verschließen. Sie tat es ihm gleich. Zwei ebenbürtige Gegner. Diesmal hatte er gewonnen. Beim nächsten Mal … daran wollte er lieber nicht denken.

Die Hälfte des Weges schleifte er den Körper des Gestaltwandlers hinter sich her. Besonders schwierig wurde es, ihn die Feuerleiter hochzuhieven. Den Rest ließ er ihn allein gehen, wobei er sicher war, dass ihn mehrere Augenpaare beobachteten.

„Ich sollte dir den Kopf abreißen", knurrte er und zwang sich, geradeaus zu schauen. „Oder ich hätte dich dalassen sollen, statt deinen Arsch zu retten, nachdem du versucht hast, mich in die Scheiße zu reiten. Dafür schuldest du mir was."

Cyron gab keinen Ton von sich.

Statt die Bahn zu nehmen, brachte Blue den Gestaltwandler zu den Toiletten, ignorierte die Blicke der beiden anderen Männer, als er ihn in eine Kabine schob und hinter sich abschloss.

„Ich weiß, das werde ich noch bereuen", meinte er und holte das kleine Fläschchen aus seiner Jackentasche, schnippte den Verschluss mit dem Daumen weg und schüttete Cyron den Inhalt in den Rachen. Hustend und würgend schluckte er die sämige Flüssigkeit. In einer Viertelstunde würde es ihm besser gehen. Dann konnten sie halbwegs unauffällig hier raus.

„Ich will genau wissen, was du ihr gesagt hast. Und ich will, dass du mir auf deine Eier schwörst, nicht noch mal den Versuch zu starten, dich aus dem Staub zu machen."

Die Aspirin von heute Morgen hätte er sich sparen können, stellte Blue fest und rieb sich über die Stirn, hinter der es schlimmer pochte als zuvor. Erst mal ein Versteck für Cyron finden, damit er ein paar Dinge erledigen konnte. Und dann durfte Mr. Großkotz den Gang nach Canossa antreten, oder er würde sich wünschen, lieber doch bei Kaliste geblieben zu sein.

*

Unruhig wälzte sich Franklin in seinem Bett von einer Seite auf die andere. Die Gedanken jagten sich hinter seiner Stirn. Mel hatte zwar relativ schnell das Bewusstsein wiedererlangt, doch Armand brachte sie nach unten, damit sie sich schlafen legte. Er setzte Franklin über den Einbruch bei Pettra in Kenntnis und dass deren Wohnung leer geräumt worden war. Mels Zusammenbruch war verständlich, denn ihre Freundin betrieb seit dem ersten Attentat Nachforschungen und war dabei auf die Lux Sangui gestoßen. Die Waffen, die Rybing als gestohlen vorgab, stimmten vermutlich mit denen überein, die bei den Attentaten eingesetzt wurden. Brachte man beides zusammen, sah es nicht gut aus für seine Tochter. Im ersten Eindruck, und wenn man Mel nicht kannte …

Armand versicherte ihm, dass sie gute Freunde im PU hatten, die viel schlauer waren, als die Dämonenjäger dachten, doch Blue hatte eindringlich davor gewarnt, Rybing zu unterschätzen, und er kannte ihn besser als der Rest von ihnen. Er traute ihm sogar zu, gezielt die Gerüchte zu schüren, dass Mel dahintersteckte – und zwar in beiden Lagern.

Wie konnte Armand nur so ruhig bleiben? Er hatte ein Gottvertrauen in seine neuen Freunde, die er erst ein paar Wochen kannte. Und was war mit den anderen? Der PU war nahezu unüberschaubar. Lediglich einzelne Gruppen hielten engen Kontakt. Ansonsten verband sie nur das Informationsnetz und das, da hatte Franklin keinen Zweifel, würde schon sehr bald ein schlechtes Licht auf seine Tochter werfen. Sie war in Gefahr und er – ihr Vater, der sie beschützen sollte – war machtlos gegen die Mühlräder, zwischen die man sie stoßen wollte.

Aber noch etwas anderes schürte seine Unruhe. Nachdem Lucien vor einem Jahr verschwunden war, hatte er mehrere Wochen gebraucht, um sich dem Hunger nach seinem Blut wieder zu entziehen. Armands kleiner Trunk hatte es ihm leicht gemacht, doch wie trügerisch das war, bekam er jetzt zu spüren. Armands Blut half nur, solange der begehrtere Nektar nicht in Reichweite war, was sich durch Luciens Eintreffen in London schlagartig änderte. Jetzt pulste das mächtige Blut des Lords erneut durch seine Adern, versetzte ihn in Fieber und Unruhe. Gepaart mit Angst vor und Sehnsucht nach diesem Mann eine gefährliche Mischung, die ihn wieder in die Abhängigkeit lockte.

Unter die Sorge um seine Tochter mischte sich, sobald er die Augen schloss, das Bild des makellos schönen Vampirs. Seiner goldenen Haut, der dunklen Augen umrahmt vom Kranz langer seidiger Wimpern. Seines Lächelns und seiner weichen Lippen, die ihn zärtlich neckten und liebkosten, bevor sie die messerscharfen Fänge zum Biss freilegten, deren Schmerz nicht minder willkommen war.

Er spürte Luciens Atem, seine Hände, seine Kraft. Die Präsenz wogte durch den Raum, ließ sich auf seinem Laken nieder und hüllte ihn ein wie ein warmer, seidiger Kokon, in den er sich entgegen jeder Vernunft fallen lassen wollte.

„Dann tu es doch einfach", flüsterte es in die Dunkelheit, und ihm wurde schlagartig bewusst, dass aus seinem Traum Wirklichkeit geworden war.

„Lucien!" Jeder Muskel in seinem Körper spannte sich an und er griff bereits ins Laken, um aus dem Bett zu flüchten, doch seine Gedanken wurden erraten.

„Scht! Darauf warte ich schon viel zu lange."

Luciens nackter, wohlgeformter Körper schmiegte sich an Franklins Kehrseite, die Hände, die seinen Rücken und seinen Bauch streichelten, waren warm, ebenso wie der Atem, der über seinen Nacken strich, als Lucien zarte Küsse darauf hauchte.

„Das kannst du unmöglich tun", presste Franklin hervor, spürte jedoch bereits, wie der Vampir ihn mit seinen Zärtlichkeiten in Flammen setzte. Er war zu lange allein gewesen, hatte sich Nähe dieser Art versagt und jetzt war er ausgehungert danach, was ihn zum leichten Opfer machte.

„Und ob ich das kann", gab Lucien zurück und rieb sich an ihm.

Franklin konnte überdeutlich seine Erregung spüren und das machte ihm ihrer beider Blöße umso bewusster.

„Du bist so schön. Attraktiv. Unsagbar begehrenswert, Franklin."

Lucien packte ihn fester, saugte an seiner Kehle und glitt mühelos in ihn. Der erste Stoß war so tief, dass Franklin leise aufschrie. Viel zu leicht ließ er sich einfangen, nahm den Rhythmus dieser Leidenschaft in sich auf, nach der er sich verzehrte. Das Feuer, welches Lucien entfachte, schmolz für den Augenblick seine Sorgen und Ängste, ließ ihn nur noch fühlen, nur noch begehren. Der Vampir kniff ihn zärtlich in die Brustwarzen und zog daran. Seine Zunge liebkoste die empfindliche Haut hinter Franklins Ohr. Die Hitze in ihm wurde immer unerträglicher, suchte verzweifelt nach einem Ventil, sich zu entladen, welches sie schließlich in einem heftigen Orgasmus fand.

Noch gefangen von der gerade erlebten Lust, fühlte Franklin etwas Kühles, Hartes an seinem Bauch; erschrocken keuchte er auf. Sekundenbruchteile später zuckte ein greller Schmerz durch seinen Körper, gefolgt vom lustvollen Schauer eines erneuten Stoßes in seinen Anus. Franklin stöhnte, fühlte klebriges Blut an seinen Fingern, die er auf die Wunde presste. Sie war nicht tief, brannte aber und führte ihm vor Augen, dass er Lucien auf Gedeih und Verderb ausgeliefert war – sein Leben lag in dessen Hand.

„Soll ich aufhören?", erkundigte sich der Lord freundlich.

Franklin schüttelte den Kopf, obwohl er die Zähne zusammenbiss und zitterte. Der Vampir lächelte.

„Ich wusste, es würde dir gefallen. Du hast Angst, nicht wahr. Doch die Angst stachelt deine Lust an. Das ist gut so."

Der nächste Schnitt lief über seine Schulter, beißend wie ein wildes Tier. Aber die Lust, die er empfand, überwog den Schmerz. Hatte Melissa ihn nicht gewarnt, Lucien sei ein Meister darin, mit wohldosiertem Schmerz unsägliche Lust zu bereiten? Gerade erhielt er den Beweis, als sein Gespiele seine Lippen auf die Wunde presste und gierig das Blut leckte, bis keine Spur mehr zu sehen war. Behutsam betastete Franklin den Schnitt, der sich quer über seinen Bauch zog und noch immer blutete. Er führte seine Hand zum Mund und kostete seinen eigenen Lebenssaft. Lucien lachte leise, ergriff die Hand und saugte jeden einzelnen Finger in seinen Mund, genoss sichtlich den würzigen Geschmack des Blutes.

„Du lernst schnell. Und du bist verdammt gut", raunte er heiser. „Lass uns den Einsatz noch ein wenig erhöhen."

Er führte die Klinge über Franklins Wange. Viel tiefer diesmal. Doch der Schmerz blieb erträglich. Das Blut floss Franklin bis zu seinem Mundwinkel. Willenlos öffnete er die Lippen, schob seine Zunge ein Stück vor, um die rote Flut zu schmecken. Sofort ergriff Lucien von beidem Besitz. Saugte gierig an Franklins Zunge, stieß die seine fordernd in seinen Mund. So war er noch nie geküsst worden. Nicht einmal von Armand. Tief und heiß. Fordernd und besitzergreifend. Er spürte die Unterwerfung, die in diesem Kuss lag. Oh ja, er unterwarf sich diesem schönen Dämon. Mehr als jedem anderen zuvor. Lucien hatte es geschafft. Sein Widerstand war gänzlich dahin. Geschmolzen wie Eis in der glühenden Sonne seines Begehrens.

Der Vampir setzte die Klinge an das weiche Fleisch der Kehle und Franklin erstarrte. „Wie am seidenen Faden", raunte Lucien. „Beweg – dich – nicht."

Mit jedem Wort ließ er den Dolch Millimeter über Franklins Kehle gleiten. Bunte Punkte tanzten vor seinen Augen, die Panik raubte ihm fast das Bewusstsein. Mit einem dumpfen Ton fiel die Waffe zu Boden, Lucien drehte ihn auf den Rücken, war über ihm, ehe er wieder einen klaren Gedanken fassen konnte, und schenkte ihm in einem wilden Kuss den dunklen Nektar. So viel, dass er trunken wurde. Die Wunden prickelten, als der Heilungsprozess einsetzte, gleichzeitig mit der Erkenntnis, dass er verloren war.

*

Zufrieden verließ Lucien das Schlafzimmer des Ashera-Vaters. Er würde Mels Vater niemals töten. Allein schon, weil ihm seine schöne Füchsin dann den Kopf abriss. Aber es war unbeschreiblich gewesen, einen Herzschlag lang die Angst in Franklins Augen zu sehen. Den Zweifel, ob das Leben sich für ihn dem Ende neigte. Er wusste, dass er diesen starken Mann damit mehr als mit allem anderen an sich gebunden hatte. Indem er ihm den Tod vor Augen führte und stattdessen das Leben schenkte. Sein Leben lag, wie das eines jeden anderen, der das Lager mit ihm teilte, nun allein in seiner Hand. Franklin sollte das erkennen und niemals mehr vergessen. Er gehörte ihm. Dafür würde er so viel vom dunklen Blut erhalten, wie er haben wollte.

Es war so einfach, einen Menschen damit zu manipulieren, ohne ihm ernstlich zu schaden oder gar ihn zu quälen. Nach so etwas hatte Lucien noch nie der Sinn gestanden. Aber dieses Spiel mit allen Reizen, die die Nerven eines Sterblichen bloß legten für Empfindungen, die nur ein Vampir wecken konnte. Ja, dieses Spiel liebte er. Beherrschte es wie kein anderer.

Auch für Melissa besaß es Auswirkungen, dass er ihren Vater nun unter seinen Willen gezwungen hatte. Er war ein perfektes Druckmittel, mit dem er sie gefügig halten konnte, wenn sie nach Erfüllung ihres Schicksals für einen Moment denken sollte, dass sie ihm überlegen war. Er sorgte für jede Eventualität vor, überließ nichts dem Zufall. Das hatte er nie. Von dem Moment an, als Armand ihn in den Sümpfen von New Orleans aufgesucht und sich ihm angeboten hatte, war Lucien klar gewesen, dass diese Blutlinie das Schicksal in sich barg, das von dem Tempelorakel prophezeit worden war. Nach der alten Schriftrolle, die in Ägypten verblieben war und die durch einen Zufall – er hatte Athaír in Verdacht – in Melissas Hände geraten war, hatten viele von ihnen geglaubt, die Schicksalskriegerin würde Tizians Linie entstammen, weil durch ihre Hand er am Ende der Sieger sein würde. Doch Lucien war schon damals klar gewesen, dass nur ein Abkömmling von Kalistes Linie die Kraft besitzen konnte. Tizians Blut war zu schwach, er hatte mehr von der sterblichen Mutter. Kaliste trug Magotars Blut weiter, darum hatte der Unterweltsgott sie auch stets vorgezogen. Und nun wendete sich ihr eigenes Erbe gegen sie.

All ihre Ränke waren gescheitert. Die zahllosen Versuche, sich Melissas Vertrauen zu erschleichen, sie an sich zu binden mit Leid und mit Hoffnung gingen nicht auf. Dafür hatte er gesorgt, nicht gezögert, sich nicht gescheut, ihren Zorn auf sich zu ziehen. Beinah wäre er dadurch in Anubis' Totenschiff gesegelt. Der einzige kleine Wermutstropfen, dass er nun in Dracons Schuld stand, doch das konnte er verschmerzen.

Sein dunkler Sohn war mit seiner eigenen Nachkommenschaft beschäftigt, und Armand hielt sich für einen Unbesiegbaren, weil er die Festung ohne Wiederkehr überwunden hatte. Die beiden konnte er getrost vernachlässigen.

Aber Franklin war sein Trumpf, um Melissa unter Kontrolle zu halten. Und Blue sein Springer, mit dem er sowohl Kaliste als auch seine kleine Füchsin schachmatt setzen konnte, sobald es nötig war. Sein Geheimnis war nicht mit Gold und Juwelen aufzuwiegen, und auch ihn hatte er mit denselben Mitteln an sich gebunden, wie Franklin. Lust, Schmerz und das Wissen um die dunkelsten Geheimnisse, die in einer Seele lauerten. Der Sieg lag zum Greifen nah, Melissa stand schon am Rande des Abgrunds, den sie in Kürze bezwingen musste. Es fehlte nur noch ein kleiner Stoß, damit sie den ersten Schritt tat.

Alwynn sah besorgt aus, als Armand seinen Freund aufsuchte.

„Wir haben Neuigkeiten von unseren anderen Stützpunkten bekommen", erklärte der Gestaltwandler ohne Umschweife. „Was in Miami angefangen hat, geschieht inzwischen überall auf der Welt. Die weltlichen Bars, in denen wir uns treffen, werden angegriffen. Die meisten von uns ziehen sich gänzlich an Treffpunkte wie diesen zurück, weil alles andere zu gefährlich ist. Die Waffe ist mit unterschiedlicher Munition geladen, die immer den größtmöglichen Schaden anrichtet. Da weiß jemand genau, wer in diesen Clubs verkehrt und wie man die jeweilige Hauptspezies verletzen kann."

Armand stieß zischend die Luft aus. Dass sich die Lage zuspitzen würde, hatte er erwartet. Doch nicht so bald. Verdammt!

Seine Kiefermuskeln spannten sich, während er um Ruhe rang. Nicht nur wegen Alwynns neuen Informationen. Seit sich die Angriffe mehrten, verbreiteten sich Mutmaßungen und Zweifel über die Gedanken der Lords und ihrer direkten Nachkommen. Keiner hatte Mels kleines Kriegsszenario gegen die Crawler vergessen. Ebenso wenig wie ihre Beteiligung an dem Darkworld-Komplott und dessen Vereitelung. Die Frage, ob man ihr trauen konnte, oder ob sie – allein oder für jemand anderen – erneut in die Kämpfe und Attentate verstrickt war, wurde immer lauter. Ihr einziger Schutz bestand in Luciens Fürsprache. Das schmeckte ihm zwar nicht, beruhigte ihn aber.

Die Gedanken der Ältesten wären früher nicht zu ihm durchgedrungen. Die Botschaften der Lords für ihn verborgen gewesen. Doch seit er aus der Festung ohne Wiederkehr entkommen war, besaßen seine Sinne eine schier unbegrenzte Kraft. Zuweilen marterten die vielen Stimmen und Emotionen, die auf ihn einströmten seinen Geist und seinen Körper derart, dass er sie bewusst ausblenden musste, um nicht wahnsinnig zu werden. Das Netz aus Lügen, Intrigen und Machtspielen in den eigenen Reihen machte ihn krank. Die einen standen auf Kalistes Seite, die anderen gaben dem Bruder den Vorzug, wobei die Abstammung nicht immer eine Rolle spielte. Die meisten waren sogar der Meinung, dass man beide entmachten sollte.

Er wollte damit nichts zu tun haben. Das Einzige, was ihm wichtig war, und weshalb er in diesem telepathischen Sumpf, der die Welt wie eine Dunstglocke umgab, stocherte, war Mels Sicherheit. Sollte ihr ernsthafte Gefahr drohen, würde er sofort einschreiten und jeden töten, der ihr nach dem Leben trachtete. Jeden, außer Kaliste. Er seufzte. Mel betonte immer wieder, dass die Königin ihre Sache war, und er fühlte, dass sie recht hatte.

In den letzten Tagen wagte er kaum noch, sich vor den Gedanken der anderen Vampire abzuschotten, weil die Gefahr wuchs und er überdies nach jedem Hinweis hungerte, mit dem er Mel von den Vorwürfen reinwaschen konnte. Allmählich setzte ihm die Flut zu, die seinen Verstand überschwemmte, und es kostete ihn all seine Kraft, sich nichts anmerken zu lassen.

Die Art der Anschläge gab auch Rätsel auf. Warum agierte mal ein Einzeltäter, mal eine Gruppe, wenn das sonstige Vorgehen sich ähnelte? Nur die Hinrichtungen von Einzelpersonen hoben sich davon ab. Was hatte das zu bedeuten? Und viel wichtiger: Wer steckte dahinter? Objektiv betrachtet war Armand geneigt, zwei unabhängige Angriffsfronten zu sehen. Die Einzelattentate und die Clubs. Wer hatte ein Interesse woran? Wieder kam ihm der Gedanke an osteuropäische Extremisten, doch warum sollten die immer nur einen Mann mit Spezialmunition losschicken? Das hätte nur bei Selbstmordanschlägen Sinn ergeben. Größtmöglicher Schaden bei kleinstmöglichem Einsatz. Aber sonst?

Alwynn unterbrach seine Gedanken nicht, stimmte aber zu, als Armand feststellte, dass alles überhaupt keinen Sinn ergab.

„Vielleicht liegt genau darin der Casus knacksus."

„Ein bewusstes In-die-Irre-Führen?" Das war immerhin denkbar. Aber selbst dabei hätte es ein System geben müssen, und derzeit konnte er keines erkennen. „Gibt es schon Gerüchte, die Mel mit reinziehen?" Er wagte die Frage kaum zu stellen.

„Im Augenblick nur vereinzelt und sie erhalten noch wenig Gehör, aber ja, sie sind da."

Armand rieb sich nachdenklich das Kinn. „Lass deine Kontakte abklären, wer der Urheber ist und ob man Verbindungen zu den Lux Sangui herstellen kann."

Alwynn wirkte erstaunt. „Verdächtigst du Blue jetzt doch?"

„Nein", sagte Armand und schüttelte den Kopf. „Aber er hat uns davor gewarnt, dass sein Boss eine linke Nummer versuchen würde. Wenn das so ist, will ich versuchen, gegenzusteuern."

Der Gestaltwandler lachte ohne Humor. „Du überschätzt meine Stellung, mein Freund. So viel Einfluss nehmen weder ich noch meine Quellen auf den Untergrund."

Ihr Gespräch wurde unerwartet unterbrochen, als Warren die Bar betrat. Armand gab Alwynn ein Zeichen, dass sie sich ein andermal weiter unterhalten würden, zog sich in eine dunkle Ecke zurück und beobachtete den einstigen MI5-Agenten. Er hatte ihn noch nicht bemerkt und das sollte auch so bleiben. Was machte der Kerl hier? Noch dazu allein. Wo war Dracon? Ein Impuls war, sofort in ihr neues Versteck zu eilen, um zu sehen, ob er versuchte, sich wieder bei Melissa einzuschleimen. Das hätte ihm ähnlich gesehen. Aber Armand entschied, dass es wichtiger war, herauszufinden, was Warren hier suchte. Mel wurde mit dem Drachen auch alleine fertig.

Die Gefühle des jungen Vampirs umwehten ihn wie eine bunte Faschingsfahne. Unsicherheit, weil er sich unter den Gästen nicht wohlfühlte. Enttäuschung und Wut, die Armand ihm nicht verdenken konnte, auch wenn Warren damit hätte rechnen müssen. Für einen Augenblick empfand Armand Mitleid. Er hatte Melissa geliebt und dennoch auf sie verzichtet. Sein Leben war auf den Kopf gestellt worden. Alles, was man ihm eingetrichtert, wozu man ihn gedrillt hatte, verlor Bedeutung und Wahrheitsgehalt, als er zur Zusammenarbeit mit einem PSI-Orden und einer Vampirin gezwungen wurde. Man hatte ihm am Ende eine Beförderung in Aussicht gestellt, wenn er den Orden verriet und ihm etwas anhing. Der MI5 verlor nicht gern, erst recht nicht gegen eine Institution wie die Ashera. Doch statt sich bei seinen Leuten zu profilieren, hatte er sich zu seinen neuen Freunden bekannt. An ihrer Seite gekämpft und die Unterlagen manipuliert, um alle Spuren zu verwischen, die der Ashera und Mel schaden konnten. Er hatte die richtige Wahl getroffen, bis jemand anderer die falsche für ihn traf. War er ein Verräter? Ein Opfer? Nichts von beidem?

Nach einer Weile verschwand er wieder und Armand erkundigte sich bei denen, die Warren angesprochen hatte, was er wollte.

„Er hat nach deinem Freund Blue gefragt", gab man ihm bereitwillig Auskunft. „Was er von ihm wollte, hat er nicht gesagt. Nur, dass er ihn dringend sprechen muss. Scheint sich verdammte Sorgen zu machen, der Junge."

Sorgen! Fragte sich nur warum und um wen.

✳

Cyron hatte das Gerücht verbreitet, dass Blue welche der Waffen besaß, mit denen die Anschläge verübt wurden. Warren interessierte sich dafür und hatte daher im Untergrund nach dem Sangui gefragt.

Er hatte keine Ahnung, wie er sie bezahlen sollte, und umsonst gab Blue sie bestimmt nicht raus. Falls er sie überhaupt besaß. Dem Gestaltwandler, da waren sich sogar die Leute vom PU ziemlich einig, durfte man nicht trauen.

Aber darüber konnte er sich Gedanken machen, wenn er Blue gefunden hatte. Die Typen, mit denen sich Mel und Armand in letzter Zeit trafen, konnten ihm nur sagen, dass Blue eine Wohnung in Fulham gemietet hatte. Dort war er einige Male gesehen worden. Straße und Hausnummer jedoch unbekannt. Wie sollte er ihn mit diesen wenigen Angaben finden? Alles Wissen, das er sich während seiner Ausbildung beim MI5 angeeignet hatte, war nutzlos, weil ihm die Utensilien fehlten, es umzusetzen. Warren atmete tief durch. Er war kein

Agent mehr, er war ein Vampir. Also sollte er auch denken wie einer und seine Fähigkeiten einsetzen.

Mit geschlossenen Augen rief er in seinem Inneren nach der klauenbewehrten Bestie. Als sie hervorsprang, hieb sie Warren als Erstes die Krallen in seine Seele, was ihn unterdrückt aufstöhnen ließ. Es kostete ihn Überwindung, nicht sofort abzubrechen. Offenbar ahnte der Blutdämon bereits, dass die Beute diesmal etwas Besonderes war. Warren konzentrierte sich auf Blues Bild, auf jede Erinnerung, die er in sich trug. Mimik, Gestik, Geruch, Ausstrahlung. Es dauerte keine Minute und der Jäger machte sich mit einem lauten Brüllen auf den Weg.

Er hatte Mühe, ihm im Geist zu folgen. Flirrende Bilder in schwarz-weiß. Schnelle Wechsel, Haken und rasante Sprints. Sprünge an Häuserwänden empor und über flache Garagendächer. Dabei immer die Nase im Wind. Ihm wurde schwindelig und er sank auf die Knie. Schweißperlen standen auf seiner Stirn, kleine Rinnsale flossen seinen Rücken hinab, er zitterte. Wenn er nicht bald eine Spur fand, musste er abbrechen.

Und dann erstarrte der Räuber wie ein britischer Vorstehhund. Sein Blick fokussierte, der Schwindel in seinem Kopf ließ nach. Ein Gefühl, als würde er durch eine Front wirbelnder Wolken hinabstoßen und für den Bruchteil einer Sekunde den Boden klar vor sich sehen. Blue!

Der Sangui hatte den Kragen seiner Bomberjacke hochgeschlagen und schaute sich wachsam um. Da waren Lagerräume im Hintergrund. Das Straßenschild glitt vorbei, als Blue daran vorbeischritt, einen Herzschlag, bevor Warren den Kontakt zu seinem Dämon verlor.

Jetzt wusste er, wo. Die Ecke kannte er. Wenn er sich beeilte, konnte er ihn noch dort abpassen, aber beim Aufstehen verließ ihn die Kraft in seinen Beinen und er fiel zu Boden.

„Verdammt", entfuhr es ihm. Wenn er sich nicht beeilte, verlor er die Spur erneut und noch mal schaffte er es nicht in dieser Nacht, seinen Dämon auszusenden. Er mobilisierte seine letzten Kräfte und kämpfte sich hoch. Halb gehend, halb taumelnd, bemüht, die Orientierung nicht zu verlieren, machte er sich auf den Weg. Mit klopfendem Herzen befürchtete er, zu spät zu kommen, doch dann kam ihm der Sangui entgegen – und erkannte ihn.

„Warren?"

Er wusste sogar seinen Namen.

„Du bist doch ein Freund von Melissa. Ich hab dich mit ihr in Alwynns Club gesehen."

Warren rang sich ein Lächeln ab, hoffte, dass es nicht so gequält ausfiel, wie es sich anfühlte. Seine Muskeln waren taub, lange konnte er sich nicht mehr aufrecht halten. Er hatte den Gedanken kaum zu Ende gedacht, da geriet er ins Straucheln. Blue fing ihn auf, irritiert, was mit ihm los sei. Die Instinkte seiner Agentenzeit kehrten zurück. Aus jeder Situation das Beste machen und die eigenen Schwächen als Stärken nutzen.

„Ich ... weiß nicht. Mir ... ist so ... komisch", stammelte er und bemühte sich erst gar nicht mehr, seine Glieder zu kontrollieren.

„Meine Wohnung ist nicht weit von hier. Da kannst du dich ausruhen. Soll ich Mel anrufen?"

Er schüttelte den Kopf. Seine Lider flatterten, sein Verstand verschwamm zu wirren Bildern und bunten Lichtern. Ein Gefühl von Schwerelosigkeit ergriff von Warren Besitz, was vielleicht daran lag, dass Blue ihn sich über die Schulter warf.

Der Körper unter ihm verhieß Sicherheit. Warren nahm ihn in aller Deutlichkeit wahr. Die festen Muskeln, die sich streckten oder zusammenzogen. Ein beständiges Spiel von Bewegung. Die kräftigen Arme, die ihn trugen, als wöge er nichts. Warren war schlank, aber gewiss nicht leicht mit seinem austrainierten, gestählten Körper, den er auch bei der Ashera in Form gehalten hatte. So, wie er es aus seiner Zeit als MI5-Agent gewohnt war. Trotzdem schien Blue sein Gewicht kaum zu spüren. Der breite Rücken, auf dem sein Torso ruhte, strahlte Wärme aus und eine Beständigkeit, die er momentan in seinem Leben vermisste. Kräftige Knochen rundeten den Eindruck eines Felsens von Mann ab. Jemand, der stets Herr der Lage war – beneidenswert.

Seine abstrusen Gedanken in Bezug auf Blue und die Situation, in der er sich mit ihm befand, kamen jäh zum Stehen. Der Dämon wurde wieder eins mit ihm, brachte die Kräfte zurück, ohne Warren gleichzeitig auch die Kontrolle wiederzugeben, was im ersten Moment fatale Auswirkungen hatte. Die Instinkte ergriffen die Initiative, sandten Impulse durch seine Nerven und lenkten seine Bewegungen. Er wand sich in Blues Armen, konnte sich aber nicht befreien. Warum nicht? Das war doch nur ein Mensch.

Die Welt vor seinen Augen wurde rot, Wellen aus pulsierender Energie. Er hieb dem Sangui seine Nägel ins Fleisch, der Dämon brüllte, wollte Blut als Belohnung für seine erfolgreiche Jagd. Die Kehle war so nah, der Puls schlug kräftig. Er dachte nicht nach, sondern gab dem Jäger, wonach er verlangte und schnappte nach dem Hals seines Trägers.

„Hey! Jetzt reicht es aber", knurrte Blue und ließ ihn fallen.

Kopfschüttelnd stand er über ihm, während Warren langsam zu sich selbst fand und ihm die Peinlichkeit seines Verhaltens bewusst wurde.

„Dass ihr Vampire manchmal nicht ganz richtig tickt, weiß ich ja inzwischen, aber du bist echt nicht mehr bei Trost."

„Entschuldigung", murmelte Warren, rappelte sich auf die Beine. Er schwankte noch, konnte aber laufen.

Blue deutete mit dem Kopf die Straße entlang. „Ist nur noch ein Block. Schaffst du es?"

Ihm war anzusehen, dass er nach der Attacke auf keinen Fall noch einmal den Packesel spielen würde. „Ja, wird schon gehen." Er konnte von Glück sagen, dass er ihn überhaupt noch mitnahm. Was war nur in ihn gefahren? Oder vielmehr in den Dämon?

Blues Wohnung war klein und zweckmäßig. Der Dämonenjäger entschuldigte sich scherzhaft, dass die Lux Sangui bei den Spesen recht knauserig waren. Warren setzte sich auf einen der beiden Stühle in der Küche und Blue bot ihm einen Whiskey an. Er hatte keine menschliche Nahrung geschweige denn Alkohol mehr zu sich genommen, seit er … Schnell verdrängte er den Gedanken und nickte Blue zu. Auch wenn es hieß, dass das Zeug bei Vampiren nicht mehr wirkte, vielleicht beruhigte es dennoch seine Nerven. Placebo-Effekt sozusagen.

Er sah sich unauffällig um und musterte auch den breitschultrigen Mann genauer, der mit Gläsern, Wasser und einer Whiskey-Flasche hantierte. Er sah gut aus. Das war ihm schon im Untergrund-Club aufgefallen. Nicht nur ihm. Auch Armand hatte diesen Glanz in den Augen, wenn er ihn ansah. Sogar Dracon sprach davon, dass er ihn reizen würde, wenn er dann nicht wieder Ärger mit Melissa befürchten müsste.

Stand der Kerl auf Männer oder Frauen? Es war ihm nicht anzumerken, er blieb neutral. Seinen Zügen konnte man kaum entnehmen, was er dachte oder fühlte. Ein Pokerface. Nur jetzt grinste er, als er sich mit den Drinks in der Hand umdrehte und sah, wie Warren ihn musterte. Man konnte also mit seiner Eitelkeit spielen. Das war gut. Damit ähnelte er Dracon und den durchschaute Warren inzwischen spielend.

Er versuchte es mit Flirten, spielte weiter eine Schwäche vor, die es gar nicht mehr gab, denn der Dämon hatte sich unwillig zurückgezogen, nachdem er erkannte, dass es kein Futter geben würde. Der Plan ging auf. Blue sah nicht nur dominant aus, er war es auch. Seine Lässigkeit besaß durchaus ihren Reiz. Nachdem er die Jacke ausgezogen hatte, ließ er bei jeder Gelegenheit seine Muskeln spielen, wenn Warren mit schmachtenden Blicken seine Bewegungen verfolgte. Wie weit wollte er gehen? Konnte er geschickt das Thema auf den Gestaltwandler und damit auf die Gerüchte lenken? Er kam nicht dazu, weil Blue des Spiels überdrüssig wurde und ihn unerwartet küsste.

Seine Nähe raubte Warren die Konzentration, brachte ihn ins Wanken. Er kannte Dracons Eifersucht, aber die Versuchung war groß. Blue war anders als

Warrens Gefährte und dunkler Vater. Derber, massiger. Wo Dracons Muskeln fein und athletisch seinen Körper modellierten, wartete Blue mit roher Kraft und steinharten Paketen auf.

Er stellte keine Fragen, interessierte sich nicht dafür, wie es zu ihrem Treffen gekommen war und was Warren hier wollte. Das gefiel ihm.

„Ich bin gleich zurück", raunte Blue.

Seine Stimme ließ Warren erbeben. Der Sangui verschwand im Badezimmer und ließ ihn unschlüssig zurück. Die Situation war unwirklich – grotesk. Vielleicht, überlegte Warren, sollte er doch besser gehen, ehe Blue zurückkam. Da fiel sein Blick auf die Jacke, die Blue nachlässig auf den Boden geworfen hatte. Aus der Innentasche lugte der Griff einer Pistole hervor. Er lauschte. Im Bad lief Wasser. Ihm blieben Sekunden, eine zweite Chance würde er wohl kaum bekommen. Ohne weiter zu überlegen, griff Warren zu … und hätte die Waffe fast wieder fallen lassen. Wie ein Blitzschlag fuhr es durch seine Hand, er unterdrückte nur mühsam den Schrei. Der Wasserhahn wurde zugedreht. Jetzt oder nie.

Den Schmerz ignorierend, packte er die Pistole und zwei Kugeln, die aus der Tasche geglitten waren. Die Knarre war nicht das Problem, aber die Munition bestand aus Elektrum. Wie lange konnte er es in der Hand halten, ohne dass ihm wieder schwindelig wurde? Das musste er herausfinden, indem er es riskierte.

In dem Moment, als er die Wohnungstür hinter sich zuzog, hörte er, wie Blue aus dem Badezimmer kam. Ob wirklich ein Fluch aus der Küche zu ihm auf die Straße drang oder das bereits eine vom Elektrum ausgelöste Halluzination war, konnte er nicht sagen. Warren verlangsamte seine vampirische Geschwindigkeit erst gut zehn Blocks entfernt, schaffte es noch zwei weitere, bis seine Hand vollends taub wurde und er fürchten musste, die Pistole fallen zu lassen. Mit steifen Fingern öffnete er die altmodische Trommel. Er brauchte mehrere Anläufe, bis die beiden Kugeln im Magazin steckten. Jetzt konnte er die geladene Waffe in seine Jackentasche schieben. Kaum war der direkte Kontakt zum Elektrum unterbrochen, ließ dessen Wirkung nach. Er atmete auf. Mit dieser Waffe brauchte er keine Angst mehr zu haben und konnte seine Feinde töten – zum Beispiel eine mächtige Vampirin.

Meine Unruhe wuchs von Minute zu Minute. Nichts hasste ich mehr, als untätig eingesperrt zu sein. Wo blieb Armand? Er hatte nur kurz zu Alwynn gehen wollen. Weil wir auf dem Laufenden bleiben mussten, hatte er gesagt. Und ich durfte nicht raus. Verflucht!

Meine Proteste waren bei meinem Liebsten auf taube Ohren gestoßen. Er glaubte Blue, dass dessen Boss zu allem fähig war. In London waren mehrere Dämonenjäger unterwegs und zwei Gangs aus jungen PSIs hatten es sich auf die Fahne geschrieben, ihre Kumpels aus Übersee zu rächen und meinen Kopf auf der Spitze des Big Bens aufzuspießen, damit ich den neuen Morgen begrüßen konnte. Ich nahm das nicht ernst, hatte vor den Halbstarken keine Angst und wollte mich von den Lux Sangui nicht ins Bockshorn jagen lassen. Aber mein Vater und Armand blieben unerbittlich. Okay, es gab etwas, dass ich noch mehr hasste, als eingesperrt zu sein. Wenn mein Verlobter und mein Vater einer Meinung waren, dass es so das Beste für mich war und meine eigene Meinung geflissentlich ignorierten.

Die erste Stunde hatte ich mich mit Lesen abgelenkt. Die beiden folgenden Stunden mich geärgert und die Männer mit allen erdenklichen Schimpfworten bedacht. Als mir keine mehr einfielen, stand mir Osira hilfreich zur Seite und überzeugte mit ihrem Einfallsreichtum, den ich nicht toppen konnte. Inzwischen war Armand seit fast fünf Stunden weg. Meine Gedanken wanderten in den letzten sechzig Minuten immer wieder zu der Szene zwischen ihm und Blue. Tat er mir das wirklich an? Mich hier schmoren lassen, wissend, dass ich ihm nicht in die Quere kommen konnte, und sich mit seinem neuen Lover vergnügen? Nein. Ich interpretierte wie immer zu viel hinein. Blue hatte immerhin mich geküsst.

Andererseits schloss das eine das andere nicht aus. Es war denkbar, dass Armand seinen Hunger mit diesem Sangui stillte. Er liebte den Reiz der Gefahr. Blue sah verdammt gut aus, flirtete gern und … Ich brauchte kein „und". Wut stieg in mir hoch. Wie konnte er mich ausgerechnet jetzt im Stich lassen? Dieser Mistkerl. Jetzt, wo ich ihn brauchte. Wo ich mir selbst vor Angst fast in die Hosen machte, nachdem was Tizian von mir erwartete.

Ich hatte Probleme. Ich brauchte Zuspruch. Aber außer Osira interessierte das keinen.

Als Armand zwei Stunden vor Sonnenaufgang zurückkam, war ich bis zum Anschlag geladen, weil ich mir alle möglichen Szenerien ausgemalt hatte.

Zwischen ihm und Blue auf der einen Seite und einer Menge unerfreulicher Todesarten für mich auf der anderen Seite, bei der er nicht zur Stelle wäre, weil er gerade anderweitig beschäftigt war. Ich passte ihn schon im Flur ab, wo ich wie eine Furie über ihn herfiel. Meine Gemütslage hätte die Sahara einfrieren können.

„Hast du dein Schäferstündchen beendet?", fauchte ich und wurde noch eine Nuance wütender, weil mir bewusst war, wie dämlich ich mich aufführte.

Armand starrte mich perplex an und wusste nicht, wovon ich sprach. Ich keifte weiter wie ein eifersüchtiges altes Eheweib. Wenn wir ein Nudelholz besäßen, hätte ich mich vollends zum Idioten gemacht.

„Erzähl mir nicht, du warst mit Alwynn einen trinken, ich glaub dir kein Wort."

„Beruhige dich, ma chére. Was ist denn mit dir los?"

„Was mit mir los ist? Ich bin nicht blöd. So viele Neuigkeiten kann selbst Alwynn nicht in einem Tag aufgetrieben haben, dass man dafür fünf Stunden wegbleibt. Du warst bei Blue, gib es zu."

„Was?"

Armands Gesichtsausdruck war eine Mischung aus Fassungslosigkeit und Irritation. Ich konnte ihm ansehen, dass er überlegte, ob er mir die Hand auf die Stirn legen sollte, weil ich im Fieberwahn halluzinierte, was natürlich Unsinn war. Deshalb ließ er es bleiben.

„Du flirtest mit ihm", warf ich ihm vor. „Jedes Mal, wenn wir ihm begegnen. Ich bin nicht blind."

Kopfschüttelnd ließ er mich stehen und ging ins Wohnzimmer. „Ich dachte, über Eifersucht seien wir inzwischen hinaus."

„Das hat mit Eifersucht nichts zu tun." So eine niedere, eines Vampirs unwürdige Regung wollte ich mir nicht nachsagen lassen. „Ich traue ihm einfach nicht, egal, wer er ist und zu wem er gehört."

Das war nicht gelogen. Sein Kuss in London, von dem Armand nichts wusste, hatte einen tief gehenden Eindruck bei mir hinterlassen. Jedes Mal, wenn ich in Blues Augen blickte, erfasste mich das Gefühl, an einem Abgrund zu stehen und langsam nach vorne zu kippen. Ich konnte mir nicht erklären warum, es war wie ein Sog. Als ginge eine düstere Verlockung von ihm aus, die mich einlud, in sie einzutauchen. Eifersucht war das korrekte Stichwort, blieb nur die Frage auf wen.

„Ich traue ihm und das nicht ohne Grund. Wenn du ihm nicht vertrauen willst, verstehe ich das. Ihr hattet keinen guten Start, und dass er Cyron schützt, schmeckt dir nicht. Auch das leuchtet mir ein. Aber mir solltest du vertrauen, wenn ich dir sage, dass ich weiß, was ich tue und warum ich ihn lieber auf unserer Seite habe statt gegen uns. Immerhin haben wir durch ihn eine Menge Informationen. Er hat bewiesen, dass er in Ordnung ist."

„Wenn du es aus Rache und Eifersucht wegen Tizian tust, ist das nicht fair", schnappte ich und ging auf die unterschwellige Frage nach meinem Vertrauen in ihn nicht ein.

Armand lachte ohne Humor und schüttelte den Kopf. „Nimm dich nicht so wichtig, Mel. Du kannst schlafen, mit wem du willst, das berührt mich nicht, weil ich weiß, dass wir zusammengehören. Wenn ich dich erinnern darf, wir haben uns darauf geeinigt, unsere Natur nicht länger zu verleugnen. Und ich komme damit bestens klar. Du offenbar nicht."

„Das hat damit nichts zu tun. Frage ich, ob du wieder mit Franklin ins Bett gehst? Oder ob dein Opfer weiblich oder männlich war? Ich finde es nur leichtsinnig, wie du dich auf Blue einlässt."

„Mon dieu!" Allmählich wurde auch er ungehalten. „Ich lasse mich gar nicht auf ihn ein. Und wer im Glashaus sitzt, sollte nicht mit Steinen werfen."

„Was willst du damit sagen?"

Er baute sich triumphierend vor mir auf. „Du erzählst mir einen von Vorsicht, und dass man nicht leichtsinnig vertrauen soll, bist aber selbst blind vor Gefühlen, seit Warren aufgekreuzt ist. Was weißt du denn noch über ihn? Er könnte genauso gut ein falsches Spiel spielen und dir dabei noch ins Gesicht lächeln. Er ist ein ehemaliger Agent. Er beherrscht solche Spiele sehr gut."

„Wage es nicht, so von ihm zu sprechen", fuhr ich Armand an und fühlte mich zutiefst verletzt. Ebenso gut hätte er mich des Verrats bezichtigen können. „Warren ist mein dunkler Sohn!"

„Ja", gab Armand bissig zurück. „Und Dracons."

Sein Gesichtsausdruck, irgendwo zwischen Abscheu und Wut, wirkte wie ein Schlag in die Magengrube, der mir die Luft nahm.

„Es war mein Blut, das ihn verwandelt hat", stellte ich atemlos klar.

„Sehr richtig. Und wie viel hat er von Dracon getrunken, seit seinem vorgetäuschten Suizid? In seinen Adern fließt mehr Blut von Luciens Sohn als von dir. Er hat ihn geprägt, gelehrt, geleitet. Und Dracon hat schon einmal mit Kaliste sympathisiert, um seinen Hals zu retten. Warum sollte er es nicht wieder tun?"

Heiße Tränen stiegen mir in die Augen, verschleierten meinen Blick. Der Streit eskalierte, ich spürte es. Aber nachgeben kam nicht infrage. Wie eine Wölfin, die ihr Junges verteidigen musste, biss ich weiter um mich.

„Warrens Suizid war nicht vorgetäuscht. Er wollte sterben. Es war nicht seine Entscheidung, dass Dracon ihn gerettet hat. Aber ich bin verdammt froh, dass er es getan hat. Du siehst immer nur das Schlechte in ihm, aber er hat ein Herz.

Und manchmal frage ich mich inzwischen, ob du deines verloren hast."

Meine Worte verletzten ihn. Seine Gesichtszüge versteinerten, die rauchgrauen Augen wurden dunkel wie Schiefer. Er atmete gepresst und überlegte sich jedes seiner Worte genau.

„Ich habe mein Leben für dich riskiert, mon coeur. Mehr als ein Mal. Habe meine Natur verleugnet, um dich zu schonen. Und selbst jetzt, wo wir beide übereingekommen sind, zu sein, was wir nun mal sind, behellige ich dich nicht mit dem, was ich tue, wenn ich allein auf die Jagd gehe. Ich schütze dich, lasse dir deinen Willen und stelle dich nicht infrage. Bin an deiner Seite und bereit, das Schicksal mit dir zu tragen, dass dir offenbar bestimmt ist, selbst wenn es bedeutet, dass es unser beider Leben kostet. Wie viel Rücksicht und Verständnis erwartest du noch von mir, Mel?"

Ich fühlte mich in die Enge getrieben, weil jedes seiner Worte der Wahrheit entsprach. „Ich erwarte gar nichts, aber es ist nicht fair, dass du einem Wildfremden vertraust und Warren beschuldigst, nur weil er mit Dracon zusammenlebt. Wenn das Blut so einen großen Einfluss nehmen würde, warum hat es das bei mir nicht? Ich habe zwei Mal mehrere Monate in Luciens Obhut verbracht, von ihm getrunken und mich nicht verändert."

Er wurde sehr still, aller Zorn wich aus seinen Zügen, bis der Blick völlig leer war, was mir fast noch mehr Angst machte, als unser Streit.

„Oh doch, Mel, es hat dich verändert. Du merkst es nur nicht. Es hat dich sehr verändert, dich auf dein Schicksal vorbereitet, so gern ich es auch verhindert hätte. Ich stehe zu dem, was die Festung ohne Wiederkehr aus mir machte. Dass das Blut der Dämonen dort seine Spuren in mir hinterlassen hat. Du hingegen bildest dir ein, immer noch die sanfte Vampirin mit der menschlichen Seele zu sein, der ihr eigenes Spiegelbild im Wasser der Seine in Paris Tränen über die bleichen Wangen fließen ließ und die an eine reine, unschuldige Liebe glaubte, inmitten von Blut und Lust und Macht. Glaub mir, du bist davon weiter entfernt als jeder andere von uns – Dracon eingeschlossen."

*

Auch nach diesem Streit folgte die Versöhnung. Armand und ich konnten einander nie lange böse sein. Er nahm mich in die Arme und küsste die letzten Flammen des Zorns hinfort, verwandelte sie in ein anderes Feuer. Mein Liebster trug mir keines meiner Worte nach, doch mich brachte die Wendung dieser Auseinandersetzung ins Grübeln. Was Armand gesagt hatte, brannte sich tief in meine Seele ein, nagte an mir wie eine listige kleine Ratte. Zum ersten Mal setzte ich mich bewusst damit auseinander, wie mich die letzten Jahre verändert haben mochten. Es war mir nicht aufgefallen, doch jetzt sah ich es selbst.

Die Erinnerung an meine erste Nacht in Unsterblichkeit, das Wiedererwecken der Gefühle, die in meinem Inneren tobten, machte mir klar, dass die junge Frau, die ihrem dämonischen Geliebten in die Katakomben unter Notre-Dame gefolgt war, um sich selbst, ihre Vergangenheit und die wahre Liebe zu finden, längst nicht mehr existierte. Aber noch viel erschreckender war, dass daran nicht Luciens Blut schuld war oder seine harte Schule, mit der er meine Menschlichkeit zum Schweigen bringen wollte. Wie bei jedem Sterblichen, war es auch bei mir die Summe der vielen Kleinigkeiten, die sich seit meiner Wandlung ereignet hatten.

Ich wusste nicht, ob Armand sich darüber im Klaren war, als er mir diese Worte entgegenschleuderte, doch er hatte mir damit etwas von dem abgegeben, was ihm in der Festung ohne Wiederkehr zuteilgeworden war.

In den folgenden Tagen wurde ich ruhiger, selbst Osira veränderte sich. Wir bereiteten uns beide vor. Am deutlichsten zeigte sich das, als Alwynn und Rugo Armand und mich einige Nächte später baten, gemeinsam in den Club zu kommen. Armand wollte lieber allein gehen, aber diesmal bestand ich darauf, dass er mich mitnahm. Wir würden vorsichtig sein und Alwynn bürgte für meine Sicherheit. Jemand wollte mit mir reden, sagte er, und es war gefährlicher, unser neues Versteck preiszugeben, als sich hinauszuwagen.

Blue machte sich rar. In den letzten Tagen hatten wir ihn nicht zu Gesicht bekommen. Ich wollte gar nicht wissen, weswegen. Bei Alwynn jedoch wartete eine Überraschung auf uns.

„Raphael? Was machst du denn hier?"

Der Crawler-Fürst hatte seit Ewigkeiten kein Lebenszeichen von sich gegeben. Seit es uns gelungen war, die Ammit zu besiegen. Kaliste war es damals gelungen, mich auf eine falsche Fährte zu hetzen, sodass ich wie ein Todesengel unter den niederen Crawlern wütete. Raphaels Brut mit einer Truppe aus Halbstarken – junge Vampire, die geil auf Blut und Morden waren – aufrieb, sie in ihren Verstecken angriff, und gnadenlos vernichtete. Osira und ich waren nicht wir selbst gewesen. Wenn Raphael mich nicht aufgehalten und mir die Wahrheit gesagt hätte … Auch das verdankte ich Dracon.

Meine Gedanken überschlugen sich, mir wurde schwindelig. Erst Raphaels Hand auf meiner Schulter – stark und warm – zerriss den Nebel der Vergangenheit.

„Tizian schickt mich. Er wäre selbst gekommen, doch im Augenblick ist es zu gefährlich für ihn." Er musste es nicht näher erklären. Kaliste ahnte sicher, was wir im Schilde führten und würde kaum untätig abwarten. „Seine Schwester hat ihre Spione überall. An Orten, wie sie keiner von uns vermuten würde und so gut getarnt, dass wir sie nicht bemerken. Arian ist es gelungen, einen zu schnappen, den wir verhören konnten."

„Ihr habt einen Ghanagoul erwischt?", entfuhr es mir.

Lachend schüttelte Rafe den Kopf. „Oh, Mel. Die würden in den Städten der Menschen doch sehr auffallen, oder nicht? Nein, ihre Wache braucht sie nur zu ihrem Schutz. Für Spionage greift sie auf Gefs zurück."

Kleine Dämonen, die eine verblüffende Ähnlichkeit mit Wieseln aufwiesen, und so weder in der Stadt noch auf dem Land ungewöhnlich erschienen. Sogar im Garten von Gorlem Manor gab es diese kleinen Raubtiere. Der Gedanke, dass eins oder mehrere davon in Wahrheit Gef-Spione der Vampirkönigin waren, bereitete mir eine Gänsehaut. Armand und ich sahen uns an. Wir mussten meinen Vater sofort warnen.

„Was habt ihr aus ihm herausbekommen?"

„Nicht so viel, wie wir wollten. Sie setzt jede Menge davon ein, sodass der Einzelne immer nur seine Aufgabe kennt. Ein paar von denen unterhalten Kontakte zueinander, übermitteln Nachrichten. Sie ist über alles im Bilde, was hier draußen vorgeht. Die Angriffe, den PU, das Einschreiten der Lux Sangui. Und natürlich das Nahen der Entscheidung."

Ich schluckte, mir wurde bang ums Herz. „Heißt das ... sie weiß, dass Tizian ..."

Rafael nickte.

„Dann läuft mir die Zeit davon. Wenn ich zu lange warte, kann sie jede nötige Vorkehrung treffen, während ich blind in den Kampf gehe."

„Umso wichtiger ist es, dass du nicht vorschnell handelst. Wir wissen von dem Gef wenigstens schon mal, wo sie sich versteckt."

Kaliste hasste die moderne Welt der Menschen, darum waren ihre Rückzugspunkte immer fernab der Zivilisation. Eine Eishöhle am Pol, ein alter Tempel im Dschungel. Diesmal hatte sie sich in ein Felsenlabyrinth in Skandinavien zurückgezogen, war also relativ nahe.

„Ich muss zu Magotar. Eine andere Wahl hab ich nicht. Bis ich herausgefunden habe, wie ich Kaliste die Stirn bieten kann, ist Tizian vielleicht tot. Ihr Vater wird es wissen. Das ist unsere einzige Chance."

„Das ist sehr gefährlich", warnte Raphael.

Darüber war ich mir im Klaren. Da ich mich weder von Armand, noch von Rafe überzeugen ließ, dass es einen anderen Weg geben musste, stimmte der Crawler schließlich zu.

„Also gut, aber du gehst nicht allein."

„Ich wüsste im Moment noch nicht einmal, wohin." Die Unterwelt hatte viele Tore in unsere. Ich konnte also würfeln, in welcher Reihenfolge ich sie ausprobieren wollte.

„Ich denke, ich kenne jemanden, der dir sagen kann, wo der Versuch am vielversprechendsten ist. Und der dich zumindest ein Stück weit führen kann."

Ich sah Raphael dankbar an. „Jede Hilfe ist willkommen."

∗

Raphael brach noch in derselben Nacht wieder auf. Er wollte mir nicht verraten, was er vorhatte, zwinkerte mir aber verschwörerisch zu und schien zuversichtlich.

Ich zog mich wieder in mein Versteck zurück, das außer Armand nur noch Alwynn und Franklin kannten. Je kleiner der Kreis, desto unwahrscheinlicher, dass es sich unabsichtlich herumsprach. Natürlich würde auch Lucien wissen, wo ich war. Er wusste es immer. Ob Dracon mich ebenfalls im Auge behielt, wusste ich nicht. Ich hatte ihn und Warren seit einer Weile nicht gesehen. Genauso wie Blue. Sollte ich mir darüber Gedanken machen?

Das vereinbarte Klopfzeichen erklang. Ich öffnete und fand Franklin vor der Tür. Er wirkte verstört, nahm mich in den Arm und drückte mich fest an sich. Ich spürte ihn zittern, seine Hände fühlten sich klamm an. Besorgt nahm ich ihm den Mantel ab und machte ihm einen Tee. Als er sich aufs Sofa setzte, musterte ich ihn gründlich. Über seinen Augen lag ein Schleier, wie er nur durch eines entstehen konnte: das mächtige Blut eines sehr alten Vampirs. Ich sog scharf die Luft ein, da hob er den Kopf und sah mich gequält an.

„Warum Mel?", fragte er. „Warum nur? Erst Armand, dann du, dann Warren. Und jetzt auch noch Lucien."

Mir drehte sich der Magen um. Schwer zu sagen, was überwog: das Mitleid mit meinem Vater oder der unbändige Zorn auf Lucien, dass er tatsächlich so weit gegangen war. Und das jetzt! Er wusste so gut wie jeder andere von uns, was los war. Warum musste er sich jetzt an meinen Vater ranmachen?

„Ich kann nicht mehr. Ich ertrage das nicht länger. Diese Abhängigkeit, diese Sucht. Bin ich wirklich so schwach?"

Ich wusste nicht, was ich ihm antworten sollte, verstand genau, was er meinte. Wortlos umarmte ich ihn, machte seine Qual zu der meinen. Ich kannte das Gefühl, weil ich selbst einmal so empfunden hatte. Damals, als ich noch sterblich war und erst Armand, dann Lemain, Dracon und schließlich Lucien mich benutzt hatten für ihre ganz eigenen Ränkespiele und Sehnsüchte. Der Unterschied zwischen mir und Franklin war so gering wie Nebelschwaden, die sich in Auflösung befanden. Ihn verband zu viel mit uns. Er stand uns zu nah. Wegen mir. Und er war einsam. Das machte ihn zur leichten Beute. Ich hätte mit Luciens Skrupellosigkeit rechnen müssen. Dass er in Franklins Herz lesen würde, was Armand ihm gab und was er ihm vorenthielt. Wie sehr mein Vater unter dem Altern litt und nach dem kleinen Trunk hungerte. Wir hatten es erlebt vor einem Jahr. War ich wirklich so naiv gewesen, zu glauben, mit Armands Rückkehr sei die Gefahr gebannt und Lucien würde sich zurückziehen?

Es gab jetzt noch mehr Seelenwunden, die meinen Vater quälten. Ich hatte es mit meinem Angebot, ihn mein Blut trinken zu lassen, obwohl ich um die Magie und Listigkeit des Blutdämons wusste, nur schlimmer gemacht. Es war nichts geschehen, doch das verdankten wir seiner Vernunft, nicht meiner. Ich war oft zu leichtsinnig. Und mit Warrens Schicksal hatte ich ihm einen weiteren Hieb beigebracht, der nicht aufhörte zu bluten und den ich wiederum aufgefrischt hatte, als ich zuließ, dass Warren nach Gorlem Manor zurückkehrte.

Ich stöhnte leise. So viele Fehler. Ich quälte meinen Vater nicht minder als mein Lord. Der stand wenigstens zu seinen Taten, während ich sie unter dem Deckmantel der Unwissenheit und des guten Willens ausführte.

Franklin blieb nicht lange. Er hatte nur eine Schulter zum Anlehnen gebraucht, jemanden, dem er das Geheimnis gestehen konnte, damit dessen Last leichter wurde. Ich hingegen fühlte mich schuldig. Nachdem er fort war, warf ich alle Gedanken an Gefahr über Bord. Nichts hielt mich mehr in der Wohnung, auch nicht das Bewusstsein, wie aufgebracht und besorgt Armand sein würde, wenn er zurückkam und mich nicht fand.

Das Erfreuliche an der Verbindung zwischen dem Lord und mir war, dass sie nicht nur in eine Richtung funktionierte.

Ich stürmte in Luciens Londoner Wohnung ohne Rücksicht auf irgendwelche Höflichkeiten. In meinem Bauch hatte ich eine Stinkwut, die kurz davorstand, zu eskalieren. Da pfiff ich auf Respekt vor meinem Lord. Jetzt war er eindeutig zu weit gegangen.

„Wie kannst du es wagen, mit meinem Vater zu schlafen?", herrschte ich Lucien an, der mir amüsiert und unbeeindruckt entgegenblickte, als hätte er mich schon erwartet. Das Funkeln in seinen Augen hätte mich warnen sollen, aber ich ignorierte es.

„Stört es dich?"

„Du hattest kein Recht, das zu tun. Seine Schwäche derart auszunutzen. Verdammt, er ist mein Vater! Denkst du nicht, dass wir im Augenblick andere Sorgen haben? Du bist doch derjenige, der mich unbedingt meinem Schicksal zuführen wollte. Jetzt steht es kurz bevor und ich werde von allen gejagt. Aber statt mir zu helfen, verführst du Franklin. Bei der Göttin, hast du wirklich nicht den Funken von Anstand und Moral?"

Luciens Antwort war ein Lachen. Ein kaltes, höhnisches Lachen, das mir in die Seele schnitt. Es ging hier nicht um irgendwen, es ging um meinen Vater, und Lucien kümmerte das nicht. Er genoss es, alle wie Marionetten an seinen Fäden tanzen zu lassen, ihnen ihre Schwächen und Unzulänglichkeiten vor Augen zu führen, indem er ihnen genau das bot, was sie begehrten, während sie wussten, dass es ihr Untergang war. Nie zuvor hatte etwas in mir so heiß gebrannt wie der Hass auf meinen Lord in diesem Augenblick.

Ich dachte nicht nach, reagierte einfach. Meine Hand besaß ein Eigenleben, als sie vorschnellte und mein Handrücken mit einem hässlichen Geräusch auf Luciens Wange traf. Ich hörte, wie die Haut aufplatzte, wie mein Ring der Nacht sie durchschnitt als wäre sie Pergament. Der Lord zuckte nicht mit der Wimper. Doch er ließ die Maske zynischer Überheblichkeit fallen. Statt des Spotts schlug mir eiskalte Verachtung entgegen, weil ich meinen Platz vergessen und es gewagt hatte, ihn anzugreifen. Lucien packte mich so fest an der Kehle, dass ich kaum Luft bekam. Seine Stimme war ein leises, drohendes Flüstern.

„Leg dich nicht mit mir an, *thalabi*. Wer bist du, das zu tun? Wenn ich deinen Vater will, dann nehme ich ihn mir. So wie ich mir alles nehme. Und egal was du sagst, du wirst keine Reue bei mir finden. Ich rechtfertige mich nicht vor dir. Nach fünftausend Jahren, in denen ich mir meinen Rang und mein Recht in den Reihen der Unsterblichen erfochten und verdient habe, rechtfertige ich mich vor niemandem mehr."

Er stieß mich von sich und ich landete unsanft auf dem Boden. Mühsam atmete ich tief durch und schluckte. „Ich habe Angst um ihn", fauchte ich. Kannst du oder willst du das nicht verstehen?" Seine Überlegenheit verunsicherte mich, kühlte meine Emotionen jedoch keineswegs.

„Ich weiß", gab er kalt zurück. „Weil du meine Prinzipien kennst."

„Du wirst ihm nichts tun!", sagte ich entschieden selbstbewusster als ich mich in Wahrheit fühlte.

Meinem Lord entging der ängstliche Unterton, der in meiner Stimme mitschwang nicht, egal wie kampfeslustig ich mich gab. Es amüsierte ihn sichtlich, und er spielte ein bisschen Katz und Maus.

„Was meinst du, Mel? Ob ich ihn töte oder verwandle? Was wäre schlimmer für dich?"

„Lucien bitte!", es war ein gequältes Aufstöhnen. Meine Wut zerstob in Sekunden unter seiner Macht, und mir wurde mit Schrecken bewusst, was das für meinen bevorstehenden Kampf mit Kaliste bedeutete. Wenn ich Lucien nicht die Stirn bieten konnte – nicht mal für einen Augenblick, wie sollte ich es dann bei ihr schaffen?

„Zu menschlich, *thalabi*", sagte er und hob tadelnd den Finger. „Ich sag's ja, du bist immer noch zu menschlich."

„Lucien!"

Er wischte mein Flehen mit einer ärgerlichen Handbewegung fort. „Ich werde deinem Vater nichts tun. Das lag nie in meiner Absicht. Sieh ihn als Ausnahme von der Regel. Er wird weder von meiner Hand sterben noch verwandelt. Es sei denn ...", er machte absichtlich eine Pause, um mir die Bedeutung seiner Aussage klarzumachen „... er will es. Wenn er mich darum bittet, einer von uns zu werden, werde ich ihm diese Bitte nicht abschlagen."

Das würde Franklin nie tun. Davor fürchtete er sich mehr noch als vor dem Tod. Doch ich durfte Luciens Anziehungskraft nicht unterschätzen. Ich verstand nicht, warum mein Lord das hatte tun müssen. Oder vielleicht verstand ich es auch zu gut. Ich wusste, wie sehr Franklin sich davor fürchtete, der Verlockung nicht ewig widerstehen zu können. Mit dem Alter kamen immer mehr kleine Unpässlichkeiten. Gerade dann konnte Unsterblichkeit sehr verlockend erscheinen. Und Armand gab ihm nur so viel von dem dunklen Blut wie nötig. Aber das Verlangen gierte ständig nach mehr. Die Abhängigkeit wie bei einer Droge.

„Warum?", stellte ich Lucien die Frage, die Franklin zuvor an mich gerichtet hatte. „Es gibt doch keinen Grund. Warum er und warum jetzt?"

Seine ozeanblauen Augen wurden schmal, um seine Lippen legte sich ein harter Zug. „Ich brauche keinen Grund, *thalabi*. Es genügt, dass ich es will. Menschenherzen sind wie Wachs, es macht mir Spaß, sie zu formen nach meinem Willen. Und ...", betonte er, „... dein Vater ist ein hervorragendes Pfand."

„Ein Pfand?" Ich schnappe entsetzt nach Luft.

„Du bist sehr stark, *thalabi*. Stärker als ich erwartet hatte. Das ist gut so, denn es vergrößert deine Chance gegen Kaliste. Doch es erschwert die Kontrolle über dich."

Seine Worte führten mir vor Augen, dass die Zeit der Heuchelei in der Tat vorbei war. Ganz so, wie er es in der Höhle vor dem Tor nach Darkworld gesagt hatte. Er schmiedete Pläne mit mir, überließ nichts dem Zufall. Von dem Moment, als ich das erste Mal an seine Tür klopfte bis heute.

Er las meine Gedanken und nickte bestätigend. „Indem ich deinen Vater unter meinen Willen zwinge, versichere ich mich auch deines Gehorsams. Tu, was dir bestimmt ist, und er hat nichts zu befürchten. Aber ich habe nicht so viel riskiert und so viel Kraft in dich investiert, damit ich am Ende mit leeren Händen dastehe, nur weil du und Armand die beiden Heiligen spielen müsst.

Ich habe mich damit abgefunden, dass das Band zwischen euch unlösbar ist, aber um meinen verdienten Lohn bringt ihr mich nicht."

Etwas in mir wollte aufbegehren, etwas anderes jedoch kapitulierte. Ich konnte es nicht aufhalten. Ich konnte ihn nicht aufhalten. Mein Kampf lag woanders, das war es, was mir sein Blick sagte. Dort musste ich siegen. Hier hatte ich verloren, ehe ich begann. Lucien tat, was immer er wollte und mich mit ihm messen zu wollen war sinnlos.

„Quäle ihn nicht", bat ich Lucien. Alles andere lag allein bei den beiden.

„Nicht mehr, als er es will, *thalabi.*"

*

Auf dem Weg zurück nach Gorlem Manor fragte sich Franklin, ob es richtig war, Mel hineinzuziehen. Sie konnte nichts dagegen tun, hatte ihre eigenen Probleme – mehr als genug. Er hätte ihr mehr geholfen, wenn er ihren Platz bei Ash eingenommen und mit ihm gemeinsam weiter in den Büchern geforscht hätte. Sie musste sich ihrem Schicksal stellen, ob es ihm gefiel oder nicht. Mel wusste das, doch sie war nicht nur eine Vampirin mit einer Bestimmung, sondern auch seine Tochter. Darin irrte sich Rybing, wenn er sagte, dass sie es nicht mehr war.

Ob sie zu Lucien ging? Er hoffte nicht, fürchtete aber, dass sie es tat. Er kannte sie gut. Er kannte auch Lucien – besser als ihm lieb war. Er würde ihr nichts tun, sie bestenfalls in ihre Schranken weisen. Franklin seufzte. Es war falsch, zu ihr zu gehen. Die Entscheidung hatte er getroffen. Was in seinem Leben geschah, war nicht ihre Verantwortung. Warum war er nicht in seinen Räumen geblieben und hatte sich wie immer mit Arbeit abgelenkt? Von den Erinnerungen an das, was gewesen, und der Angst vor dem, was noch kam. Stattdessen brachte er Mel in Gefahr und bereitete ihr Sorge. Manchmal stellte er sich die Frage, wer von ihnen Kind und wer Elternteil war.

Doch immerhin – ein leises Lächeln spielte um seine Lippen – es hatte ihm gut getan, bei ihr zu sein. Seit ihrer Wandlung hatte er heute Nacht zum ersten Mal keinen Dämon gespürt, als er ihr gestand, was ihn quälte. Auch nicht, als sie ihn in ihre Arme schloss. Sie waren nur Vater und Tochter, die einander Trost gaben – in mehr als einer Hinsicht.

Mit dieser Erkenntnis fühlte er sich besser und auch nicht mehr so schuldig wie Minuten zuvor. Auf dem Weg zu seinen Privaträumen gewahrte er verwundert einen Lichtschein unter seiner Tür. Er konnte schwören, alle Lichter ausgeschaltet zu haben, ehe er ging.

Maurice wartete auf ihn. Sein Gesicht zeugte von Anspannung, das nervöse

Zittern seiner Hände davon, dass ihm nicht wohl war mit dem, was nun vor ihm lag. Er blickte Hilfe suchend zur Seite. Erst jetzt bemerkte Franklin den zweiten Mann im Raum und erstarrte.

„William!"

William Benjamin Deptshire bekleidete im Orden der Ashera ein bestimmtes Amt und das seit vielen Jahren. Er war über neunzig, ging gebeugt und stützte sich auf einen Stock. Sein schütteres Haar wirkte wie Spinnweben und verstärkte die Illusion, sein hageres Gesicht sei nicht viel mehr als ein Totenschädel. Die knorrigen Finger, die den Griff der Gehhilfe umklammerten, waren gezeichnet von Gicht, seine Haut faltig und grau wie Leder, das zu lange Wind und Wetter ausgesetzt worden war. Ein Greis, dem Ende seines Lebens nahe gekommen. Nur seine Augen blickten so wach und scharf wie eh und je. Unerbittlich, als er sich jetzt straffte und ohne Bedauern in der Stimme seine Pflicht als Schöffe des Magisters erfüllte.

„Franklin, ich muss Sie darüber informieren, dass uns Informationen zugetragen wurden, die Zweifel erwecken, ob Sie Ihren Aufgaben weiterhin gewachsen sind. Man hat daher entschieden, Sie bis auf Weiteres von allen Pflichten freizustellen und Maurice vorübergehend Ihre Position zu übertragen, da er mit den Aufgaben am besten vertraut ist. Dies ist eine vorläufige Entscheidung, bis über die weiteren Schritte eine Einigung erzielt werden kann."

Äußerlich nahm Franklin diese Offenbarung mit stoischer Gelassenheit hin. In seinem Inneren hingegen tobte ein Orkan aus Gedanken und Emotionen. Fast dreißig Jahre war er das Oberhaupt von Gorlem Manor, hatte sich die Position hart erkämpft und dem Orden treu gedient. Und jetzt wurde alles innerhalb von Sekunden beiseitegewischt und er degradiert. Maurices selbstgefälliges Grinsen war nicht halb so schlimm, wie das Gefühl, verraten worden zu sein. Seine Möglichkeiten, Melissa jetzt noch zu unterstützen, waren damit eingeschränkt, Gorlem Manor auch für Armand kein sicherer Ort mehr.

„Sie werden verstehen, dass Ihnen unter diesen Umständen die Privaträume des Obersten nicht länger zur Verfügung stehen. Ihre Sachen wurden bereits in ein Quartier gebracht."

Erniedrigend, dass sie in seiner Abwesenheit die Privatsphäre verletzt hatten. Eine Genugtuung jedoch, dass Maurice die Zimmer des Ashera-Vaters nicht beziehen durfte. Er trug für den Augenblick die Verantwortung, doch er war nicht zum neuen Leiter ernannt und besaß daher ebenso wenig ein Anrecht darauf wie Franklin derzeit.

„Sie bleiben selbstverständlich in Gorlem Manor und behalten jegliche Freiheit."

Er war demnach kein Gefangener, noch nicht mal ein Angeklagter. Nur jemand, dem das Magister vorübergehend sein Vertrauen entzog.

„Alle übrigen Aufgaben, die von der Position des Vaters losgelöst sind, behalten ihre Gültigkeit, und ich erinnere Sie noch einmal an Ihre Verschwiegenheitspflicht. Da es Ihnen nicht zusteht, einen Nachfolger zu bestimmen und Maurice die Befugnisse nur vorübergehend innehat, um einen reibungslosen Fortgang zu gewährleisten, darf weder ihm noch jemand anderem durch Sie das Wissen eines Obersten zugänglich gemacht werden."

„Natürlich nicht", antwortete Franklin. Seine Stimme klang fest und souverän wie immer. „Ich werde mich an den Kodex halten wie üblich."

„Gut, gut!", bekundete William. „Ich hoffe in aller Interesse, dass sich die Angelegenheit bald klären lässt."

Das hoffte Franklin auch. Es war nicht schwer zu erraten, dass er Rybing diese Schmach zu verdanken hatte. Doch es gab nichts, was er ihm vorwerfen konnte. Keine Beweise oder auch nur Anhaltspunkte, die belegten, dass er gegen die Ordensinteressen gehandelt hatte. Zu diesem Ergebnis sollte auch eine Untersuchung führen, weshalb er sie nicht zu fürchten brauchte. Das hoffte er zumindest. Oder war Rybing abgebrüht und gewitzt genug, ihm etwas unterzuschieben?

William ließ sich nicht anmerken, was er von den Anschuldigungen hielt, ob er für oder gegen Franklin war. Ihm konnte man nie etwas vom Gesicht ablesen. Mit ein Grund, warum er zum Schöffen des Magisters ernannt worden war. Das einzige Mitglied im Übrigen, das allen Ordensleitern von Angesicht bekannt war, weil er die Entscheidungen des Tribunals überbrachte. Für alle anderen — nicht Eingeweihten — war er das Sprachrohr der obersten Ashera-Zentrale, was grundsätzlich stimmte. Doch das Wort Magister und die Macht innerhalb des Ordens, die es besaß, durfte niemals vor den gewöhnlichen Mitgliedern ausgesprochen werden. Nur die Ordensleiter, deren Stellvertreter und zwei ausgewählte und vom Magister als würdig befundene Nachfolger für beide Posten waren eingeweiht. So wollte es das Protokoll.

Für das Magister selbst galten noch strengere Richtlinien und niemand außerhalb dieses Tribunals wusste, wer sie waren.

Franklin dachte an den Abend zurück, als er und Joanna von Carl und Camille zu einem Gespräch unter acht Augen gebeten worden waren und man ihm und Melissas Mutter das Geheimnis um das Magister offenbart hatte, weil sie der Nachfolge als würdig erachtet wurden. Wer welche dieser beiden Positionen bekommen sollte, ließ man offen.

Als Joanna starb, war praktisch klar, dass Franklin Carls Ämter im Falle dessen Todes übernehmen sollte, doch das Verhältnis zwischen ihm und seinem Schwiegervater litt unter den Umständen von Joannas Tod und wie Carl mit der Situation danach umging. Seine Gleichgültigkeit – auch in Bezug auf seine Enkeltochter – und seine Sturheit entflammten in Franklin einen Hass, der einen gefährlichen Plan in ihm reifen ließ. Carl hatte ihm damals gesagt, wenn er Oberhaupt von Gorlem Manor würde, könnte er es verstehen. Bis heute widerlegte Franklin diese Aussage. Er hatte es damals nicht verstanden und er tat es heute nicht. Sein Herz stand letztlich über seiner Loyalität für den Orden. Jede einzelne Entscheidung, die er in seiner Pflicht als Vater von Gorlem Manor und gegen sein Gewissen getroffen hatte, blieb eine schwärende Wunde in seinem Inneren, deren Schuld ihn irgendwann in die Knie zwingen würde. Er hatte wenige solcher Entscheidungen getroffen, bereute sie alle. Nur eine einzige nicht. Die, mit der er Carl vom Thron gestoßen und seinen Platz eingenommen hatte. Mit Armands und Johns Hilfe, für einen sehr hohen Preis. Wie hoch, wurde ihm in den letzten Tagen richtig klar.

John! Franklin hatte ihn eingeweiht, ehe er Ordensleiter wurde, lange bevor das Magister John für eine potenzielle Nachfolge bestätigte. Nur so war es ihnen gemeinsam gelungen, Carls Pläne zu durchkreuzen, Franklin aufgrund wachsenden Misstrauens von der Nachfolge auszuschließen. Es war gefährlich gewesen und sie hatten beide gewusst, dass sie möglicherweise mit ihrem Leben spielten, wenn man sie erwischte. Am Ende gab der Erfolg ihnen recht – und Carl ein verdientes Grab.

„Franklin?"

Er war so in Gedanken versunken, dass er nicht bemerkt hatte, wie William sich verabschiedete. Maurice stand allein vor ihm und hielt ihm auffordernd die Hand hin. Die Generalschlüssel für das Haupthaus und alle angeschlossenen Gebäude. Natürlich. Wortlos nahm er sie aus seiner Tasche und überließ sie dem Mann, der monatelang seine rechte Hand gewesen war. Nun wurde deutlich, dass er es wohl nicht ohne Grund getan hatte.

Düstere Prophezeiungen

Wer mochte das zu dieser Stunde sein? Armand und ich tauschten einen Blick. Hoffentlich kein Sangui oder jemand aus dem Untergrund. Meine Nerven lagen blank. Ich hasste es, ständig in dem Gefühl leben zu müssen, dass hinter jeder Ecke jemand darauf wartete, mich zur Strecke zu bringen. Die Zahl mehrte sich. Dass ich jetzt auch schon in meinen eigenen vier Wänden auf der Hut sein musste, schmeckte mir nicht.

Armand wollte zur Tür gehen und öffnen, doch ich hielt ihn mit einer Geste zurück. Nein, ich würde mich nicht verkriechen und in Paranoia verfallen. Entschlossen straffte ich meine Schultern und sah nach, wer uns einen Besuch abstattete.

Vor der Tür stand eine Gestalt in dunklem Mantel, die Kapuze tief ins Gesicht gezogen. Eine eiserne Klammer legte sich um mein Herz. Der Gedanke an den Sensenmann, der von Tür zu Tür geht, um die Seelen derer einzufordern, die dem Tod schon zu lange davonlaufen, drängte sich mir auf. Eine Hand mit hageren Fingern glitt nach oben, streifte die Kapuze zurück. Das Gesicht darunter hatte keine Ähnlichkeit mit einem Totenschädel, erschreckte mich aber genauso. Tiefe Narben zeichneten ein ernstes Antlitz, aus dem mich wachsame Augen ansahen.

„Serena!"

Mit vielem hätte ich gerechnet, aber sicher nicht damit, Margret Crests Tochter vor meiner Tür zu finden.

„Hallo Missa. Darf ich reinkommen? Bitte."

Sie fasste mich am Arm, nickte kaum merklich, während ihr Blick unruhig die Straße entlangglitt.

„Natürlich." Ich trat zurück und machte ihr Platz. Hinter ihr schloss ich die Tür, ertappte mich, wie ich ebenfalls noch einen Blick in die Umgebung warf. Alles lag still da. Dennoch konnte ich mich des Gefühls nicht erwehren, dass Gefahr in der Luft lag. Ich hoffte inständig, dass ich diese nicht soeben zur Tür hereingelassen hatte.

Serena begrüßte Armand höflich, aber distanziert. Kannten sie sich? Es schien so. Doch woher? War ich ungerecht, wenn ich Serena mit Argwohn gegenübertrat? Immerhin war sie mit meiner Großtante Camille eng befreundet gewesen. Auch mit meiner Mutter, obwohl sie ihr nicht hatte helfen können. Mir war sie einige Monate eine Art Mutter gewesen, wollte mich vor Margret in Sicherheit bringen, was sie beinah das Leben kostete. Heute waren nur die Narben geblieben, die das Feuer auf ihrer Haut hinterlassen hatte. Bei unserem Wiedersehen, von Camille herbeigeführt, sagte sie, wir trügen beide Narben. Sie auf der Haut, ich auf der Seele. Wusste sie, dass ihre Mutter tot war? Dass wir sie auf dem Friedhof von Gorlem Manor bestattet hatten?

Während ich mir diese Fragen stellte, drehte sie sich zu mir um und lächelte.

„Du hast nichts von mir zu befürchten. Damals nicht, heute nicht und auch in Zukunft. Ich weiß von Margrets Tod und ich betrauere ihn nicht. Möge ihre Seele Frieden finden, das liegt nicht länger in unserer Hand."

Sie wandte sich Armand zu. „Ich weiß, du lässt sie nicht gern allein. Gerade jetzt, wo die Gefahr so nahe ist und von überall her droht. Doch sei gewiss, ich gebe Acht. Aber was ich zu sagen habe, geht nur Missa und mich etwas an. Darum muss ich dich bitten, sie ein letztes Mal in meiner Obhut zu lassen."

Armand erhob sich und trat auf Serena zu. Sie wich nicht zurück, dennoch sah man ihr die Anspannung an. Armands Züge waren unergründlich. Der Blick drang tief in ihre Seele – Serena hielt ihm stand.

„Eine Stunde", sagte er schließlich.

Im Vorbeigehen drückte er meine Hand. Erst diese Geste machte mir bewusst, dass ich den Atem anhielt.

Nachdem wir allein waren, legte Serena den Mantel ab und nahm auf einem Sessel Platz. Was sie auf dem Herzen hatte, bedrückte sie. Es fiel ihr nicht leicht, die rechten Worte zu finden.

„Möchtest du etwas trinken? Ich kann dir einen Tee machen."

Sie schüttelte den Kopf. „Danke, nein. Wir haben nicht viel Zeit und ich weiß kaum, wo ich beginnen soll."

Um sich zu sammeln, legte sie die Handflächen aneinander und atmete ein paar Mal tief durch. Ich war versucht, es ihr gleichzutun, stattdessen setzte ich mich ihr gegenüber und wartete.

„Mich quälen Träume. Seit vielen Nächten schon. Ich habe lange mit mir gerungen, ob ich zu dir kommen soll, doch ich bin dir noch immer etwas schuldig."

„Unsinn", wiegelte ich ab. „Du schuldest mir nichts. Du hast doch selbst genug gelitten."

Sie rang sich ein Lächeln ab und schüttelte den Kopf. „Wir wissen beide, dass das nicht stimmt. Ich würde mir nie verzeihen, wenn dir etwas geschieht und ich geschwiegen habe."

Ihre Worte lösten eine unbestimmte Unruhe in mir aus. Das Wissen, dass ich tatsächlich die Gefahr mit ihr ins Haus gelassen hatte, wenngleich sie nicht direkt von ihr ausging.

„Du bist eine Gejagte. Ich höre es im Flüstern des Windes. Beide Seiten sind hinter dir her, weil du zu keiner gehörst. Kein Mensch mehr, doch an die Menschen gebunden. Das ist nicht gut. Vielleicht wäre es an der Zeit, eine Wahl zu treffen."

Ich senkte traurig den Blick. „Die habe ich bereits getroffen. Als ich Armand nach Notre-Dame folgte und dort den Kuss der Unsterblichkeit von ihm empfing. Eine andere Wahl gibt es nicht mehr."

„Und wenn doch?"

Die Frage traf mich unvorbereitet. Was meinte sie damit?

„Ich kann dich wieder sterblich machen", sagte sie mit entschlossener Stimme. „Willst du das? Wieder sterblich sein? Aber ich muss dich warnen, der Preis ist hoch."

Ich spürte, wie meine Hände feucht wurden und zu zittern begannen. Seit meiner Wandlung hatte ich nie ernsthaft darüber nachgedacht, obwohl die Sehnsucht manchmal vorhanden war. Tatsächlich erneut die Wahl zu haben stellte mich unweigerlich vor die Frage, ob ich noch einmal dieselbe Entscheidung treffen würde.

„Wie hoch?", brachte ich mühsam hervor.

„Ein Menschenleben", antwortete sie schlechthin.

Das ernüchterte mich. „Du willst damit sagen, dass du weißt, wie ich zu töten bin. Gut, das kann ich auch selbst tun, wenn ich es will. Oder mich einfach den Sangui oder bestimmten Gruppen des PU ausliefern. Diese Bürde musst du dir also nicht aufladen und sterben will ich noch nicht."

Sie lachte leise und unendlich traurig. „Oh, nicht doch. Nicht dein Menschenleben, Missa. Wenn es so einfach wäre … ich hätte es nicht einmal in Erwägung gezogen, dich aufzusuchen und dir dieses Angebot zu machen, wenn es darum ginge, dein unsterbliches Leben zu beenden, denn nichts liegt mir ferner. Aber mir wurde die Gnade – oder der Fluch – zuteil, den Blutkuss rückgängig zu machen. Ich kann dich wieder sterblich machen. Für das Leben eines anderen Menschen. Du bestimmst, wer es ist, und sein Leben wird deines werden. Dann geht seine Zeitspanne auf dich über, bis der Tod zur ihm zugedachten Stunde an deine Türe klopft, wie bei jedem anderen Menschen auch."

Wieder musste ich daran denken, welches Gefühl mich übermannt hatte, als sie draußen stand. Serena lächelte und obwohl es freundlich war, jagte es mir einen Schauder über den Rücken. Ich zweifelte nicht an ihrer Macht, dies zu tun. Und das Angebot war verlockend. Ein Menschenleben kümmerte mich nicht. Da hatte ich längst keine Skrupel mehr. Ob ich es im Trinken nehmen würde oder ob ich es ihr brächte, damit sie mich wieder sterblich machte. Da war kein wirklicher Unterschied. So oft hatte ich davon geträumt, wieder sterblich zu werden, ein normales Leben zu führen, keine Schicksalskriegerin mehr zu sein, die sich gegen unsere Königin stellen musste. Es dann aber weit fort geschoben, weil es diesen Weg nicht gab und mir solche Gedanken daher unsinnig erschienen. Jetzt lag die Wahl urplötzlich zum Greifen nah, praktisch schon in meinen Händen. Wenn ich wollte, konnte ich morgen ein ganz normaler Mensch sein.

Würde das etwas ändern?

Wären die Lux Sangui nicht länger hinter mir her? Oder erst recht, weil ich ein Forschungsobjekt darstellte. Der erste Dämon, der wieder menschlich wurde.

Könnte ich wieder für den Orden arbeiten?

Wie würde der Untergrund reagieren?

Und Kaliste! Stellte ich dann keine Gefahr mehr für sie dar? Nahm ich auch Tizian seine Hoffnungen, wenn ich mich für die Sterblichkeit entschied?

Serena sprach nur von mir, nicht davon, es generell zu können. Gab es diesen Weg nur für mich und ich ließ meine Freunde zurück? Die Kluft, die dann zwischen Armand und mir liegen würde, stand mir deutlich vor Augen. Aber auf der anderen Seite auch die Nähe, die es mir zu Franklin brachte.

Und während ich über all das nachdachte, was möglich wäre, wenn ich das Angebot annehmen und wieder Mensch sein wollte, wurde mir plötzlich bewusst ... dass ich es nicht wollte.

Ich hatte meine Wahl getroffen und stand noch immer zu ihr. Im Guten wie im Schlechten. Ich liebte Armand. Und ich lief auf keinen Fall vor meinem Schicksal davon, wenn dies wahrhaftig darin bestand, Kaliste aufzuhalten.

Die Würfel fielen in dieser Sekunde. Endgültig.

Serena schaute mich immer noch an und wartete auf meine Antwort. Für den Bruchteil einer Sekunde sah ich Margrets Bosheit in ihren Augen aufblitzen, zuckte zusammen, doch es war so schnell vorüber, wie es gekommen war. Nein, sie war zwar Margrets Tochter, doch ihre Seele hatte nichts mit der Hohepriesterin gemein. Ich straffte mich.

„Ich danke dir für dein Angebot, Serena, doch ich muss es ablehnen. Einmal Dämon, immer Dämon. Ein Herz vergisst nicht, was ich getan habe. Und als Mensch könnte ich das niemals ertragen."

Sie nickte. Offenbar hatte sie nichts anderes erwartet. Es war dieselbe Antwort, die sie an meiner Stelle auch gegeben hätte. „Dann lass mich dir mit auf den Weg geben, was ich gesehen habe. Vielleicht hilft es dir. Du wirst jemanden verlieren, den du liebst."

Mir wurde übel. Armand! Ich hatte ihn schon einmal fast verloren, das wollte ich kein zweites Mal durchmachen. Und damals hatte ich noch geglaubt, er hätte mich verlassen. Wenn er wirklich in der Festung ohne Wiederkehr gestorben wäre ... ich wollte gar nicht darüber nachdenken. Wir waren uns näher als je zuvor. Diesmal würde es mich umbringen, das wusste ich. Doch Serena war noch nicht fertig

„Außerdem musst du jemandem vertrauen, den du kaum kennst. Du wirst deinem Schicksal begegnen und du wirst erfahren, wer dich wirklich liebt. Doch am Ende wirst du nicht mehr du selbst sein und einsamer als je zuvor. Einsamer vielleicht, als du es dir heute vorstellen kannst." Sie streckte ihre Hand aus und strich mir über die Wange. Tränen sammelten sich in ihren Augen und liefen dann über ihr entstelltes Gesicht. „Es tut mir so leid, Missa. Ich bete zur

Göttin, dass ich mich irre. Dass es nur wirre Träume waren und nicht die Wahrheit."

Ich legte meine Hand auf ihre, senkte die Lider und flüsterte leise: „Wir wissen beide, Serena, dass dieses Gebet nicht erhört wird. Doch es ist gut so, wie es ist. Ich habe keine Angst vor meinem Schicksal."

Wenn ich nur Armand nicht verlöre.

*

Es war das erste Mal, dass Armand Blue in seiner Wohnung aufsuchte. Er hätte es auch jetzt nicht getan, doch zum einen musste er eine Stunde überbrücken und die Zeit lohnte nicht, um zu Alwynn zu gehen. Zum anderen machte er sich Sorgen, weil Blue seit Tagen kein Lebenszeichen vermeldete.

Als er vor dem Haupteingang stand und überlegte, welche von den namenlosen Klingeln zu Blues Wohnung gehörte, vibrierte sein Handy. Es war Blue. Schmunzelnd nahm Armand den Anruf entgegen.

„Welch ein Zufall. Ich stehe vor deiner Wohnung."

Der Türsummer ertönte. „Dritter Stock, linke Tür."

Die knappe Antwort irritierte Armand, doch er würde gleich erfahren, was los war. An der Wohnungstür kam ihm Blue bereits entgegen und warf sich die Bomberjacke über.

„Hab es mir anders überlegt. Lass uns besser irgendwo was trinken gehen."

Armand sah auf seine Uhr. Dann würde es wohl mehr als eine Stunde Zeit in Anspruch nehmen. Von Serena sollte Mel keine Gefahr drohen, also konnte er es riskieren.

„Dein Anruf hat mich überrascht. Du warst ja völlig abgetaucht in den letzten Tagen", meinte er, als sie wenig später in einem kleinen Pub in der Gloucester Road saßen. Blue hatte auf dem Weg kaum ein Wort gesagt. Armand war aufgefallen, wie nervös er sich umsah. Als sei etwas Gravierendes passiert.

„Gab ein paar Probleme", wich Blue aus. „Musste einiges regeln, sonst hätte ich mich gemeldet. Wie geht es Mel?"

„Besser. Aber sie hat verständlicherweise Angst und hasst es gleichzeitig, in diesem Haus eingesperrt zu sein."

„Kann ich verstehen."

Armand lachte freudlos. „Für unseresgleichen gibt es fast nichts Schlimmeres als Enge und Gebundenheit. Verrückt, oder?"

Blue zuckte die Achseln und grinste schief. Es wirkte aufgesetzt. „Na ja, passt zu eurer Moral."

Sie mussten beide lachen, obwohl Blue auch dabei nichts von seiner Anspannung verlor.

„Hast du keine Angst, sie allein zu lassen?", fragte er.

„Ich muss sie allein lassen, sonst verlieren wir den Kontakt nach draußen und tappen noch mehr im Dunkeln. Außerdem hat sie Besuch."

„Ah, Franklin."

„Nein. Eine alte Freundin. Ich bin noch nicht sicher, ob ich das gut finden soll. Aber sie hat uns durch Alwynn gefunden und er ist sehr vorsichtig. Wenn er denkt, dass es okay ist, vertraue ich ihm. Und Serena stand ohnehin schon immer auf Mels Seite." Er dachte daran, was sie alles durchlitten hatte. Wie sehr sie heute noch davon gezeichnet war. Und dennoch gab sie niemals Melissa die Schuld, obwohl alles mit ihr seinen Anfang genommen hatte.

„Es gibt da ein paar Dinge, die du über mich wissen solltest", sagte Blue und zündete sich eine Zigarette an. Armand lehnte dankend ab, als er ihm auch eine anbot. „Da wäre nur ein Problem."

Armand hörte aufmerksam zu. Er vertraute dem Sangui, weil er spürte, dass er mehr als nur ein Dämonenjäger war. Vielleicht war jetzt die Stunde der Wahrheit.

„Mel sollte möglichst nichts davon erfahren. Zumindest jetzt noch nicht."

Er lächelte und klopfte Blue beruhigend auf die Schulter. „Mel wird nur das erfahren, was sie unbedingt wissen muss. Ich schütze sie vor allem – besonders vor sich selbst." Die größte Herausforderung bei einer Frau wie ihr. Doch das hatte er von Anfang an gewusst.

„Du wirst vermutlich eine Menge Gerüchte über mich gehört haben, die über den Waffendeal hinausgehen. Ich weiß es zu schätzen, dass du nicht jeden Mist glaubst und mir vertraust. Aber einiges davon ist kein Mist und jetzt ist etwas passiert ... na ja, ich werde selbst noch nicht schlau draus, aber ich denke, unter diesen Umständen solltest du Bescheid wissen."

Armand spürte, wie ihm eine Gänsehaut über den Rücken kroch. Er kannte Blue noch nicht lange, doch schon jetzt gut genug, um die Signale zu deuten – die Unruhe, die von ihm ausging. Das nahm er nicht auf die leichte Schulter, denn jemand wie Blue neigte nicht dazu, aus einer Mücke einen Elefanten zu machen und würde kaum so besorgt reagieren, wenn es sich um eine Lappalie handelte.

„Ich hab Kaliste ja nur eine der beiden Pistolen gegeben. Die andere hatte ich versteckt, musste sie jetzt aber mit mir rumschleppen, ging nicht anders." Er ging nicht näher auf die Gründe ein. „Rybing hat mir zwar die Waffen gegeben, der Deal geht aber auf meine Kappe. Rybing würde mir den Kopf abreißen, wenn er wüsste, dass ich der Vampiress so ein Ding gegeben habe. Ich sollte ihr nämlich nur den Mund damit wässrig machen. Aber das ist mein Problem, damit kann ich leben. Ein Geschäft, das mir Vorteile bringt, schlag ich nicht aus. Das aber nur am Rande, müsste ich dir nicht sagen, sieh es als Beweis, dass ich dir traue. Der Grund, warum ich dich angerufen habe, ist, die zweite ist jetzt auch weg."

Armand wartete, ob er es näher erklären würde, doch Blue schwieg.

„Weiß du, wer sie hat?"

Blue nickte und ließ Armand nicht aus den Augen. „Der junge Dressman, mit dem Mel ein paar Mal gesprochen hat. Der mit seinem Lover aufgekreuzt ist. Du kannst die beiden nicht gut leiden, wie mir schien."

„Merde!", entfuhr es Armand. Warren hatte die Waffe eines Dämonenjägers gestohlen? Wofür?"

„Er war ziemlich fertig, als er mir über den Weg lief. Keine Ahnung, warum. Ich hab ihn mit nach Hause genommen. Okay, ich war auch leichtsinnig, dass ich ihn mit der Waffe allein im Raum ließ, als ich ins Bad gegangen bin. Aber ich hätte nicht gedacht, dass er davon weiß."

„Weiß er, was es für eine Waffe ist?"

Blue zuckte die Schultern. „Vermutlich schon. Sonst hätte er sie sofort fallen lassen. Er hat auch zwei Kugeln gegriffen. Das Elektrum muss seine Nerven zum Kochen gebracht haben."

„Hast du eine Ahnung, was er damit vorhaben könnte?" Armand war klar, dass er gegenüber Mel vorsichtig sein musste, Warren so bald schon wieder zu beschuldigen. Auch wenn seine Aussage diesmal von Blue gestützt wurde, würde Melissa dennoch zweifeln, dass Warren es in böser Absicht getan hatte. Und vielleicht lag sie damit nicht falsch. Nur weil er ihn und seinen dunklen Vater nicht leiden konnte, durfte er ihnen nicht einfach was unterstellen. Handelte Warren aus eigenem Antrieb oder für Dracon? Sein Schwächeanfall konnte gespielt sein, immerhin war er Agent gewesen und kannte einige Tricks, um seine Feinde zu täuschen.

Blue bezweifelte, dass es eine Finte war. „Er konnte sich kaum auf den Beinen halten, nicht mal den Blick auf etwas fixieren. Und dann hat er mich auch noch unvermittelt beißen wollen, worüber er selbst total geschockt war. Das sah eher danach aus, als wäre sein Dämon kurzzeitig außer Kontrolle geraten."

Armand rieb sich nachdenklich das Kinn und war geneigt, sein vorschnelles Urteil zu überdenken und Warren zuzugestehen, dass er wirklich mit seiner Vampirnatur überfordert war. Das änderte manches, aber nicht alles. Er hielt ihn immer noch für jemanden, dem man nicht mehr trauen durfte und der auf Gorlem Manor nichts zu suchen hatte.

„Vielleicht hat er auch von den Gerüchten Wind bekommen. Um mich und Kaliste. Er und sein Freund treiben sich überall im Untergrund rum."

„Und?"

„Er ist Mels dunkler Sohn. Ich weiß ja nicht, wie das bei euch ist, aber in meiner Familie beschützt man einander. Selbst dann, wenn nicht alles eitel Sonnenschein ist. Kaliste hat schon öfter versucht, Mel loszuwerden und mit der Waffe kann sie es spielend. Vielleicht will er sie beschützen."

Es klang logisch. Armands Bauch sprach dagegen. Sein Verstand zog es in Erwägung. Er musste sich in Warren hineinversetzen. Wenn er von dem Waffendeal erfahren hatte und davon ausging, dass Blue noch mehr von den Dingern besaß, war zu erwarten, dass er selbst eine dieser Pistolen an sich bringen wollte? Die Antwort lautete: Ja! Er war im Herzen immer noch ein MI5-Agent, auch wenn er denen den Rücken gekehrt hatte. Doch sein Vater gehörte zu dieser Truppe und er war von Kindesbeinen dabei gewesen. Das ging einem in Fleisch und Blut über. Typen wie er waren mit ihrer Dienstwaffe verheiratet.

Warren hatte Mel geliebt. Seine Geburt in die Dunkelheit verdankte er ihr. Wie stand er heute zu seiner dunklen Mutter? Armand tauschte die Personen aus. In der Konstellation Mel und er? Melissa würde nicht zögern, alles zu tun, um ihn zu beschützen. Aber sie liebten einander, waren ein Paar. Der Vergleich hinkte. Er und Lemain? Sein dunkler Vater und er gingen seit Jahrzehnten getrennte Wege. Wenn sie überhaupt noch etwas verband, dann Leidenschaft. Ein Buschfeuer – kurz und heiß, aber unbeständig. Trotzdem. Wenn er annehmen müsste, dass Lemain in ernster Gefahr schwebte, würde er ihm ohne Zögern helfen. Notfalls auch mit Waffengewalt. Damit kam er der Sache schon näher. Jetzt wurde es interessant. Er übersprang die Konstellation Lemain und Lucien, denn die lag gefühlsmäßig irgendwo zwischen den beiden vorgenannten. Doch was, wenn er die Sache mit Dracon und Lucien durchspielte?

Eigentlich wollte er zu dem Ergebnis kommen, dass Dracon den Lord ohne Gewissensbisse verrecken lassen würde. Das Problem war nur: Er hatte diese Möglichkeit gehabt und es nicht getan!

Ob es ihm schmeckte oder nicht, Blue hatte vermutlich recht. Warren wollte den Helden spielen. Der Apfel fiel nicht weit vom Stamm, und das bezog Armand nicht auf Melissas Mutterrolle. Er lachte bitter. Kaliste würde ihm das Lebenslicht ausblasen, ehe er überhaupt zum Zielen kam und die Königin brauchte dafür keine von Menschenhand konstruierte Waffe.

„Ich weiß nicht, wie deine Süße drauf ist, aber ich glaub, sie fände es nicht lustig, dass ich den Waffendeal nicht im Auftrag der Sangui eingefädelt habe, sondern aus eigenem Antrieb. Sie traut mir eh schon nicht über den Weg. Also wäre es gut, du lässt den Part weg, wenn du es ihr erzählst."

„Ich werde ihr gar nichts erzählen", antwortete Armand und verblüffte Blue damit sichtlich. Er wusste, was Melissa dann tun würde. Sich sofort auf die Suche nach Warren machen und ihn aufhalten, damit er nicht in sein Verderben rannte. Aber dagegen sprachen gleich zwei Gründe. Erstens war es nichts, was man bedauern müsste, wenn der Kerl weg wäre. Er war zu schwach und brachte nur Leid. Franklin nahm das alles am meisten mit. Und zweitens musste sich Mel jetzt auf ihre Aufgabe konzentrieren und durfte ihr Leben nicht für Warren riskieren.

Nein, wenn Blue dachte, dass Warren keine Bedrohung darstellte, sondern sich nur wichtigmachen wollte, interessierte ihn das nicht. Sollte der Typ doch machen, was er wollte.

„Hat Kaliste dir je gesagt, weshalb sie die Waffen will?"

Blues Anspannung löste sich allmählich, nachdem ihm wohl klar wurde, dass Armand ihm das Vertrauen nicht entzog oder gar Vorwürfe machte.

„Wozu braucht man die schon? Um Leute abzuknallen. Jeden, der ihr in die Quere kommt oder der ihr ein Dorn im Auge ist."

Wie zum Beispiel Mel – oder auch er selbst, gestand Armand sich ein. „Dann steckt vielleicht doch sie hinter den Anschlägen auf die Vampir-Clubs. Leute hat sie genug und auch mehr als nur einen Grund, unsere Reihen um diejenigen zu dezimieren, die aus Tizians Linie stammen oder ihr aus anderen Gründen nicht wohlgesonnen sind."

„Das glaube ich nicht", wiegelte Blue ab. „Sie hat nur diese eine Waffe."

„Genau wie der Attentäter."

„Aber sie hat keine Munition. Nach wie vor nicht, das habe ich doch schon erzählt. Ich halte sie damit hin und inzwischen ist sie stinksauer auf mich. Was auch daran liegt, dass Cyron mich bei ihr verpfiffen hat."

Armand schmunzelte.

„Das ist nicht komisch, Mann."

„Entschuldige."

„Ich hab diesen Mistkerl jetzt am Hals."

Das wunderte Armand und er wollte genauer wissen, was Blue meinte. Der stöhnte verhalten.

„Ich bin zu gut für diese Welt und hab es nicht über mich gebracht, ihn bei Kaliste zu lassen. Vielleicht nutzt er uns ja was."

„Du hast Cyron bei dir?"

Blue nickte.

„Und Rybing weiß nichts davon?"

„Bisher nicht. Sobald ich ihn wieder aufgepäppelt habe, darf sich deine Freundin gern mal mit ihm unterhalten. Es wäre nett, wenn sie ihn nicht in Stücke reißt, ich brauche ihn vielleicht noch."

Dafür übernahm Armand keine Gewähr. Er wusste, zu welcher Furie seine Liebste mutieren konnte.

Und ewig brennt der Hass

„Ich wurde meines Amtes enthoben."

Franklins Besuch kam überraschend und war daher sicher nicht grundlos. Aber damit hätte ich nicht gerechnet.

„Was? Wieso?"

„Nun, jemand hat einen Befangenheitsantrag gegen mich gestellt."

Er nahm das erstaunlich gelassen, schien sogar bester Laune. Ich schluckte. „Meinetwegen, nicht wahr?"

Mein Vater zuckte die Achseln. „Du bist meine Tochter. Man unterstellt mir, dass ich nicht objektiv sein kann. Dass ich dich schütze, was ich ja auch tue."

„Aber deswegen können Sie dich doch nicht einfach absetzen."

„Sie können. Zumindest vorübergehend. Finden sich keine Beweise, ist das alles bald ausgestanden. Falls doch … darüber mache ich mir erst Gedanken, wenn es so weit kommt. Davon gehe ich aber nicht aus."

„Wer hat das veranlasst?"

Franklin wusste es nicht. Er berichtete uns von Rybings Andeutung, doch da er kein Mitglied der Ashera war, konnte der Antrag nicht von ihm gestellt werden. Denkbar, dass er jemanden aus dem Mutterhaus dafür gewonnen hatte.

„Ich versuche, das Beste daraus zu machen. Es gibt Schlimmeres."

Das nahm ich ihm nicht ab. Ich wusste, wie wichtig ihm der Orden war. Es traf ihn hart, dass man ihm seine Vollmachten entzog und jemand anderer das Mutterhaus führte. Jedem von uns war klar, dass Franklin in Sachen Vampire schon längst nicht mehr objektiv dachte und handelte. Da waren Armand, ich, Steven, Warren und auch Lucien. Dennoch gab es bisher keine Beeinträchtigung des Ordens dadurch. Es hatte sich in den letzten Monaten nichts geändert. Die Aktion erfolgte also völlig grundlos und nicht nachvollziehbar. „Wer leitet Gorlem Manor jetzt?"

„Wie es das Protokoll erfordert, hat Maurice meine Pflichten vorübergehend übernommen. Bis darüber entschieden wird, ob ich dauerhaft als Vater des Ordens abgesetzt oder auf längere Sicht meinen Aufgaben wieder gerecht werde. Erst dann kann im Zweifelsfall jemand anderer bestimmt werden."

Es klopfte erneut. Diesmal war es Alwynn. Er und mein Vater begegneten sich zum ersten Mal. Neugier auf beiden Seiten. Das Zusammenleben zwischen Menschen und PSIs hätte so einfach sein können.

„Raphael ist zurück. Er will dich sehen. Wir haben einen sicheren Treffpunkt ausgewählt."

Wir griffen nach unseren Jacken, um uns sofort auf den Weg zu machen, als es zum dritten Mal klopfte.

„Das ist ja wie im Stundenhotel", meinte Osira und lief neben mir zur Tür.

Als ich öffnete, tat sich gleichzeitig unter mir ein Loch auf, durch das ich ins Bodenlose fiel. Draußen stand Blue, aber statt mir die Frage zu stellen, wieso er das Klopfzeichen kannte, klebte mein Blick an dem Mann neben ihm. Ein Börsenmakler, dem ich vor rund anderthalb Jahren in einem kleinen Lokal in Miami gegenübergesessen hatte.

„Wir dachten, wir setzen auf den Wiedererkennungswert. Seine eigene Visage sieht nicht mehr besonders prickelnd aus."

Blue schob den Mann an mir vorbei hinein, blickte sich interessiert um, weil alles in Aufbruchsstimmung war. Ich hörte, wie Armand etwas von ‚ganz schlechtem Timing' sagte, aber der Bezug zur Wirklichkeit war mir flöten gegangen. Es hätte ebenso gut ein Traum sein können.

„Wir können nicht mit so vielen Leuten zum Treffpunkt", merkte Alwynn an. „Viel zu auffällig."

„Treffpunkt?", fragte Blue interessiert.

Ich schüttelte den Kopf, ohne es richtig zu merken, aber Armand sah mich sowieso nicht an. Er blickte von Blue zu Alwynn und stellte die Frage, die mich vollends ins Nichts riss.

„Kannst du Raphael und seinen Begleiter herbringen? Das ist vielleicht einfacher und die Wohnung ist sicher."

Es drängte mich, zu protestieren, loszuschreien, diesem Börsenmakler an die Kehle zu springen und Blue gleich mit, weil er ihn herbrachte. In unser Versteck. Doch ich blieb in meiner kleinen Welt stehen und sah wie durch eine Nebelwand, die mich von der Realität der anderen trennte, wie Alwynn nach kurzem Zögern nickte und wieder verschwand. Armand kam auf mich zu. Ich rechnete damit, dass er durch mich hindurchgehen würde, weil ich nicht wirklich da war, doch er lächelte mich an und berührte sacht meine Schulter.

„Mel?"

Hoffentlich hatte Serena nicht Cyron gemeint in ihrer Prophezeiung. Ich würde diesem Kerl niemals vertrauen. Er sollte aus meiner Wohnung verschwinden und zwar sofort. Warum ließ Armand ihn hierbleiben? Nahm in Kauf, dass er über unsere Pläne Bescheid wusste? Er würde uns verraten — an Rybing, an irgendwelche Subjekte im PU wie Sylion, an Kaliste.

„Schaff ihn hier raus", sagte ich schließlich und war nicht sicher, ob man mich hörte, so leise erschien mir meine Stimme. Oder lag es an meinem Herzschlag, der laut trommelte? Am Rauschen des Blutes in meinen Ohren? Mein Blick brannte sich auf dem Gestaltwandler fest, ich machte einen Schritt auf ihn zu und Blue schob Cyron sofort hinter sich und streckte mir den Arm entgegen. Diese Geste verlieh mir erst das Bewusstsein, dass ich die pure Mordlust in den Augen stehen haben musste; zu meinen Gefühlen hatte ich in dieser Sekunde keinen Kontakt.

Cyron lugte über Blues Schulter, vertraute darauf, dass mich der Sangui davon abhielt, ihn in Fetzen zu reißen.

„Melissa, ich hab ihn unter Kontrolle. Und er könnte wichtig werden, bei dem was du vorhast."

Nicht Blues Worte, sondern das erneute Klopfen an der Tür löste den Bann, der mich kurzzeitig erfasst und nur eins in meinem Kopf zugelassen hatte: Wenn Cyron nicht in zwei Sekunden hier draußen ist, ist er tot!

„Wir sollten eine Drehtür in Erwägung ziehen", meinte Osira spitz und sprang auf die Klinke.

„Lucien!"

Damit hatte selbst Armand nicht gerechnet. Ich fühlte, wie die Atmosphäre im Raum dichter wurde, die Luft knisterte. Lucien musterte jeden, am intensivsten meinen Vater und Blue. Franklin brach Schweiß aus, er zog sich einige Schritte zurück, was den Lord schmunzeln ließ. Sein Herz raste, ich fragte mich, ob es allein Angst war, oder nicht auch ein Stück weit Verlangen. Blue spannte sich merklich an, seine Züge versteinerten, doch er hielt Luciens Check stand. Damit stieg er in meiner Achtung und verdiente sich Respekt. Cyron erntete von dem Vampirältesten nur einen vernichtenden Blick. Wie ein lästiges Insekt, nicht einmal wert, es zu zertreten. Ich glaubte, dass man die Spannung im Raum nicht mehr auf die Spitze treiben konnte, denn schon jetzt ächzte das Mauerwerk und Gebälk unter dem Volumen von Macht und Magie. Doch als Alwynn mit Raphael und einem weiteren alten Bekannten auftauchte, bangte ich, dass alles über uns zusammenstürzen würde, weil die irdische Materie nicht länger standhielt.

Der Crawlerfürst und Lucien waren einander ebenbürtig, ihr Respekt ebenso aufrichtig wie ihre Rivalität. Doch Rafes Begleiter machte keinen Hehl aus seiner Geringschätzung meines Lords.

„Ich hätte mir denken können, dass Ihr Eure Nase ganz vorn reinstecken würdet, Lord Lucien. Gerade jetzt, wo es sich dem Ende nähert, müsst Ihr achtgeben, dass Eure Schäfchen ins Trockene kommen."

Für den Schattenjäger, der damals der Ammit den Kopf abgeschlagen hatte –

in wessen Auftrag auch immer – war die Wohnung beinah zu niedrig. Zu seinen zwei Metern Körpergröße kamen noch die Spitzen seiner Schwingen hinzu. Auch jetzt trug er wie damals einen Lendenschurz und einen Umhang, der am Rücken gespalten war, um seinen Flügeln Raum zu geben. Seine metallisch glänzende, blau-silberne Haut war keinen Tag gealtert. Das Glühen seiner Augen wirkte für den Moment noch nicht bedrohlich. Zumindest weniger als die gesamte Erscheinung des Dämonensöldners. Er strahlte für sich schon so viel Kraft und Todesgefahr aus, dass es des Schwertes an seiner Seite nicht mehr bedurft hätte.

„Zwei Dämonenjäger, wie sie unterschiedlicher nicht sein könnten, in einem Raum", überging Lucien die Spitze. „Menschen, Vampire, Gestaltwandler, ein Schattenjäger", er sah Blue an, der merklich den Atem anhielt. „Wenn das nicht nach einem Komplott aussieht. Und da es sich gegen unsere Königin richten soll, mit der ich noch eine offene Rechnung habe, kann ich nicht widerstehen, mich dem anzuschließen."

Er ließ sich von Schattenjäger nicht aus der Reserve locken. Das hätte mich auch gewundert.

„Tizian hat Angst", sagte Raphael. „Kalistes Spione sind überall."

„Diese Wiesel? Davon hat sie Dutzende", schaltete sich Cyron ein und belebte meine Mordgedanken. „Ich weiß sogar, wo in London der Hauptkreuzpunkt ist. Unter dem alten Friedhof in Kensington haben sie so ein komisches Ding, das sie nutzen, um zu ihr zu gelangen. Irgendein Tor."

„Fuck!" Für einen Moment sah es so aus, als müsste ich mir die Finger gar nicht schmutzig machen, weil Blue dem Gestaltwandler die Kehle zudrücken wollte. „Und so was verschweigst du mir? Was weißt du sonst noch über die Tore?" Seine Stimme hätte Lava gefrieren können.

Cyron wurde klein und blass. „Die gibt es überall auf der Welt. Kaliste nutzt sie, um ihre Helfershelfer zu koordinieren, weil sie sonst zu lange brauchen, ihr Informationen zu bringen. Die Dinger sind prima dafür. Du gehst rein, denkst an dein Ziel und schon bist du da."

„So einfach ist das nicht", schaltete sich Schattenjäger ein. Blue wurde immer unruhiger. Was hatte er? Obwohl ich zugeben musste, dass der Söldner keinen vertrauenerweckenden Eindruck machte. „Die Tore sind so alt wie die Welt und haben Hüter. Außerdem sind nicht alle miteinander verbunden. Wer sie nutzen will, muss genau wissen, welches Tor und welchen Weg er nimmt. Oft führt dieser erst durch mehrere Tore zum Ziel. Und stets braucht man die Erlaubnis der Wächter, vor allem als Dämon, denn die Wächter wurden geschaffen, um zu verhindern, dass unseresgleichen die Tore zum Schaden der Menschen nutzt. Der, der die Tore erschuf, erschuf auch die Wächter, als er merkte, welche Gefahr er mit den Toren in die Welt geholt hatte."

Cyron schnaubte abfällig. „Kaliste hat niemanden um Erlaubnis gefragt. Ihre Spione gehen ein und aus durch die Tore."

Schattenjäger nickte langsam. „Man sagt, die Wächter sterben. Vielleicht werden manche Tore schon nicht mehr bewacht."

„Ich will ja nicht respektlos gegenüber irgendwelchen Wächtern erscheinen, aber könnten wir bitte zum Thema kommen?" Mein Verstand funktionierte wieder und meine Gefühle waren unter Kontrolle. „Rafe, was ist mit Tizian?" Kaliste hatte inzwischen zweimal versucht, ihn zu töten. Arian war beim letzten Mal schwer verletzt worden. Kaliste hatte ihre Waffe zum Einsatz gebracht. Keine Elektrumkugeln, das war sein Glück.

Blue gab betroffen zu, dass sie die Waffe von ihm hatte, was Raphael sichtlich erschütterte. Aber als wir ihm die Hintergründe grob erklärten, gab er sich damit zufrieden.

„Dann steckt sie also doch hinter den Anschlägen", stellte ich fest.

„Ich finde, es ist eher ein Beweis, dass sie nichts damit zu tun hat", widersprach Armand.

„Wie bitte? Du hast doch gerade gehört, dass sie sogar jemanden damit losgeschickt hat, um Tizian zu töten."

„Aber nicht mit Elektrumkugeln", bekräftigte auch Blue. „Sie hat keine."

„Und wenn sie es doch geschafft hat, selbst welche herzustellen?"

„Ja klar", spottete er kopfschüttelnd. „In den Clubs werden die Opfer damit hingerichtet, und ausgerechnet bei ihrem Bruder verzichtete sie und nimmt andere Munition. Sehr logisch."

„Vielleicht ist ihr das Elektrum ausgegangen." Das war zwar unwahrscheinlich, aber die einzige Erklärung, die mir einfiel. Ich war überzeugt, dass Kaliste ihre Finger im Spiel hatte. Davon ließ ich mich nicht abbringen. Sie wollte alle ausradieren, die sich ihr nicht fügten.

Raphael sah ernst in die Runde. „Es spielt vielleicht gar nicht so sehr eine Rolle, ob sie bei den Anschlägen die Finger im Spiel hat oder nicht. Was wir von ihr zu erwarten haben, wissen wir, und mit mehr Waffen würde sie auf jeden Fall mitmischen, um sich ihre Widersacher vom Hals zu schaffen. Dass sie hinter Tizian her ist, macht mir aber momentan mehr Sorgen."

„Richtig. Lösen wir ein Problem nach dem anderen und halten uns an die Fakten."

Ich bewunderte Armand für seine Besonnenheit. Mir war sie in dieser Runde abhandengekommen.

„Wir wissen, die Waffen stammen aus dem Domus Lumine. Rybing wirft Mel den Diebstahl vor, was Blödsinn ist. Blue, kannst du deinem Boss auf den

Zahn fühlen? Denkst du, da lässt sich was finden."

Der Sangui zuckte die Achseln. „Ich versuch's."

„Melissa muss ihrer Bestimmung folgen und Kaliste töten. Alles andere kann warten", schaltete sich Lucien ein.

„Es wundert mich nicht, dass du so denkst", giftete Armand. „Das ist alles, was dich je interessiert hat. Dein großer Plan."

Lucien beachtete ihn nicht, sondern wandte sich mir zu. „Vertrau mir, du weißt, dass ich recht habe."

Mein Lord gab mir Ruhe. Ob er bewusst auf mich einwirkte, konnte ich nicht sagen, doch in mir kam alles zum Stillstand, sodass ich einen Schritt zurücktreten und genauer hinsehen konnte. „Nichts anderes hab ich vor. Deshalb will ich zu Magotar in die Unterwelt."

Auf Luciens Gesicht malten sich Bestürzung und Unglaube ab. „Du willst was? Was glaubst du, dort zu finden? Denkst du, er gibt dir eine goldene Lanze für den magischen Todesstoß?"

„Ich denke, dass keiner Kalistes Schwachpunkt so gut kennt wie er."

Er lachte höhnisch. „Und den soll er dir verraten, damit du seine Erstgeborene töten kannst? Melissa, du bist wahnsinnig."

„Es ist auch Wahnsinn, blind in den Kampf zu rennen. Ich bin ihr schon zwei Mal unterlegen. Und ich habe keine Lust zu sterben." Er machte mich wütend. Ihm war es wichtig, dass ich die Schicksalskriegerin war. Und jetzt machte er sich über mich lustig.

„Du wirst nicht sterben. Außer du gehst dort hinab. Die Tore sind für uns verschlossen."

„Ich habe aber etwas, das sie öffnet", entgegnete ich und hielt ihm meinen Ring entgegen.

Luciens Blick schwankte zwischen Wut und Unglaube. „Das ist Narretei. Selbst wenn er die Tore öffnet, er schützt dich nicht, sondern macht dich zum Ziel in einer Welt, in der du dich nicht auskennst."

„Ich werde dir den Weg zeigen, Melissa", sagte Schattenjäger sanft. „Zumindest, soweit ich kann. Du hast recht, wenn du darin deine Chance siehst. Darum helfe ich dir. Aber den Bereich, zu dem du strebst, kann ich nicht betreten, wenn ich nicht dorthin berufen werde."

„Danke, Schattenjäger. Ich muss es einfach riskieren."

„Du kannst noch weniger dort hinein als er", sagte Lucien mit kaltem Lächeln. „Im Reich der Dämonen ist kein Platz für uns."

„Warum nicht?", wollte ich wissen. „Schließlich sind wir von seinem Blut. Auch wir sind Dämonen."

„*Thalabi*, du bist immer noch sehr naiv. Wir gehören nicht zu deren Welt und auch nicht zu der der Menschen. Wir sind Außenseiter. Für beide Seiten."

„Das werden wir sehen", schaltete sich Armand ein und stellte sich schützend vor mich. „Es hat noch nie ein Vampir versucht, dorthin zu gehen."

„Richtig. Nicht einmal Tizian hat gewagt, seinem Vater einen Besuch abzustatten. Sogar Kaliste war nicht mehr dort, seit der Fluch der Hexe Wahrheit geworden ist. Warum wohl?" Lucien baute sich triumphierend auf.

Raphael musste zugeben, dass Tizian es nicht wagte, das Risiko einzugehen, weil Luciens Worte möglicherweise stimmten. „Aber wenn es jemand schafft, dann du. Weil es dir bestimmt ist."

Ich hob abwehrend die Hände und drehte mich weg. Das wurde mir alles zu viel. Meine einzige Hoffnung bestand darin, mein Leben zu riskieren. Schön, das war vorher genauso gewesen. Ob ich nun Kaliste oder den Weg zu Magotar als Gefahr einsetzte, spielte keine Rolle, außer, dass ich damit insgesamt zwei Mal mein Leben riskieren musste — falls ich das erste Mal überlebte. Und wofür? Für wen tat ich das? War Tizian mir so viel wert? Ich hatte ihn nur zwei Mal im Leben gesehen. Er verlangte etwas von mir, das in keinem Verhältnis zu dem stand, was uns verband. Und Lucien? Er gab zu, mich darauf vorbereitet, mich bewusst manipuliert zu haben, weil er das als mein Schicksal sah. Für ihn zählte am Ende nur die Macht, die es ihm verschaffte, wenn Kaliste starb und er ihre Nachfolgerin unter seiner Kontrolle hatte. Das war es doch, nicht wahr?

Armand spürte, was in mir vorging. Er trat hinter mich und legte mir seine Hand auf die Schulter. „Ma chére, du weißt, dass ich mir nichts mehr wünsche, als dass du nicht die Schicksalskriegerin wärst und wir einfach unsere gemeinsame Ewigkeit miteinander genießen könnten. Mich interessieren diese Ränkespiele nicht und mir ist es egal, ob du eine Auserwählte bist. Du bist meine Auserwählte, nur das zählt. Aber wir wissen beide, dass Kaliste nie aufgeben wird, wenn man sie nicht aufhält. Das haben die letzten Jahre gezeigt. Wir haben so viel durchlitten — gemeinsam und getrennt. Haben mehr als jeder andere in diesem Raum zu spüren bekommen, dass sie uns immer als Bedrohung sehen wird. Du weißt, wozu sie fähig ist und wohin es führt, wenn sie jemals ihren Plan verwirklichen kann."

Er drehte mich zu sich um, nahm mein Gesicht in seine Hände. In seinen Augen schimmerten Tränen, wie in meinen. Sein Kuss war sanft, schmeckte aber nach Endgültigkeit. „Wir haben keine Wahl", flüsterte er. „Und das wissen wir beide. Doch gemeinsam werden wir es schaffen. Für uns, unsere Liebe und für unsere Freunde."

Ich nickte. Eine Träne floss über meine Wange. Er hielt mich fest im Arm, als wir in den Kreis der anderen traten. „Wir wagen es."

Bittere Wahrheit

euguinea. Im Urwald gab es einen Eingang, den Schattenjäger nutzte, wenn man ihn in die Unterwelt rief, um ihm einen Auftrag zu erteilen. Letzte Nacht hatte er uns gestanden, dass Magotar ihm dort auch befohlen hatte, die Ammit zu töten. Kaliste hatte die Dämonin benutzt, um an die Ringe der Nacht zu kommen. Schattenjäger sollte dem ein Ende setzen, ohne dass Kalistes Schuld ans Licht trat. Magotar schützte seine Tochter.

Lucien war überzeugt, dass meine Instinkte mir sagen würden, was zu tun war und diese Reise nur ein unnötiges Risiko darstellte. Da niemand seinen Bedenken Beachtung schenkte – einschließlich Blue und Cyron, hatte er uns schließlich wutentbrannt verlassen.

Ich glaubte zwar inzwischen, dass mir der Kampf vorbestimmt war, nicht aber der Sieg. Die Schriftrolle aus Ägypten – die Prophezeiung des Orakels – sagte ganz klar ‚wenn sie siegreich ist'. Das bedeutete, ich konnte ebenso gut scheitern. Ich bezweifelte, dass dieses Argument meinen Lord überzeugt hatte. Eher die Erkenntnis, dass er allein gegen den Rest von uns stand.

Mir blieb keine Zeit, mir Sorgen zu machen, wie er nun in der Folge reagieren würde, denn in einer Woche schon sollten wir uns mit Schattenjäger im Dschungel von Neuguinea treffen. Bis dahin gab es einiges vorzubereiten.

Blue hatte mir versichert, dass Cyron keinen Ärger mehr machte und dass er bis zu unserer Rückkehr versuchen wollte, mehr über Rybings Pläne zu erfahren. Damit brachte er sich in Gefahr, das war mir klar. Ich begann, ihm zu vertrauen, nachdem er das für uns riskierte, auch wenn ich mir über seine Loyalität noch immer nicht im Klaren war. Auf meine Frage, auf welcher Seite er stand, hatte er nur grinsend geantwortet, meist auf seiner eigenen.

„Ich komme mit euch", riss mich Franklin aus meinen Gedanken. Zwei überraschte Augenpaare richteten sich auf meinen Vater, der die Schultern zuckte. „Ich hatte noch nie Urlaub in meinem Leben. Das ist die Gelegenheit."

„Dad! Wir reden hier nicht von Sonne, Sand und Meer und einem All-inklusive-Hotel. Unterwelt! Ist dir klar, was das heißt?"

Er nickte. „Davor habe ich keine Angst. Es ist Ewigkeiten her, dass ich an einem Außeneinsatz beteiligt war. Das habe ich früher sehr genossen. Und es gibt für mich nichts mehr zu verlieren, egal wie die Entscheidung im Orden ausfällt. Sollen sie machen, was sie wollen, mein Kind ist mir wichtiger."

Wie konnte ich nach diesen Worten noch Nein sagen? Es war Wahnsinn. Es war leichtsinnig. Aber es war auch beruhigend, die beiden Männer, die ich am meisten liebte, bei mir zu wissen, wenn ich das Wagnis auf mich nahm.

Franklin kehrte noch einmal ins Mutterhaus zurück, nachdem es beschlossene Sache war, ihn mitzunehmen. Er musste Maurice in Kenntnis setzen, dass er eine Weile fort sein würde. Da William Benjamin Deptshire erklärt hatte, er dürfe sich weiterhin frei bewegen, war auch ein Urlaub nichts, was man ihm untersagen konnte. Bis zu unserer Abreise sollte er bei uns wohnen.

Armand und ich blickten ihm nach. Mein Liebster hatte den Arm um meine Mitte geschlungen und sein Kinn auf meinen Scheitel gestützt.

„Komisches Gefühl, wenn der Schwiegervater einzieht", scherzte er.

Meine Anspannung vertrieb er nicht. „Ich habe Angst, Armand."

„Ich weiß. Aber ich bin bei dir."

Ich drehte mich zu ihm um, Tränen auf den Wangen und ein banges Gefühl im Herzen. In seinen Augen lag Ruhe. Ich beneidete ihn darum.

Meine Wut wegen der Eifersucht auf Blue war längst verraucht. Im Angesicht der Gefahr verlor das alles an Bedeutung. Ich brauchte ihn, wollte ihn nicht verlieren und war darum nicht mehr sicher, ob es das Richtige war, wenn er mitkam.

„Ich will nicht, dass du mich begleitest", bat ich verzweifelt. Angst schnürte mir die Kehle zu, weil ich die Erinnerung an Serenas Worte nicht loswurde.

Armand nahm mich beruhigend in die Arme. „Was ist los, ma chére? So aufgelöst kenne ich dich gar nicht. Eben warst du noch überzeugt, dass wir die richtige Entscheidung getroffen haben."

Der Strom von Tränen wurde stärker, ich sah ihn nur noch durch einen Schleier aus Rot. „Ich habe Angst, Armand. Was, wenn wir da unten auf etwas treffen, dem wir nicht gewachsen sind? Wenn du ... wenn ich dich verliere?"

Er küsste mich auf die Stirn und streichelte mir übers Haar. „So ein Unsinn. Du wirst mich nicht verlieren. Wir haben schon Schlimmeres durchgestanden."

Ich seufzte und entschied, ihm die Wahrheit zu sagen. „Es ist wegen Serena. Sie hatte eine Vision. Deshalb kam sie zu mir. Sie sagte, ich würde jemanden verlieren, den ich liebe. Armand, ich liebe niemanden so sehr wie dich. Ich ertrage den Gedanken nicht, dass dir da unten etwas zustößt. Bitte bleib hier und lass mich allein gehen."

Mein Liebster schüttelte lächelnd den Kopf. „Aber Mel. Du wirst dich doch nicht verunsichern lassen."

Als ich seinem Blick auswich und weiter mit den Tränen kämpfte, hob er sanft mein Gesicht mit seinem Zeigefinger an. Seine Augen waren voller Wärme. Meine Unterlippe zitterte, doch ich versuchte, tapfer zu sein.

„Denkst du wirklich, ich hätte die Festung ohne Wiederkehr überlebt, um jetzt vor den Toren der Unterwelt zu krepieren? Da kennst du mich aber schlecht." Neckend rieb er seine Nase an meiner. „Und jetzt will ich keine Tränen mehr sehen. Wir gehen da zusammen rein und kommen auch zusammen wieder raus. Inklusive deinem Vater. Versprochen."

Ich wollte ihm so gern glauben. Seufzend schlang ich meine Arme um ihn und schmiegte mich an seine starke Brust. Hoffte, so ein wenig von seiner Zuversicht auf mich übertragen zu können.

„Es passiert so viel. Ich weiß gar nicht mehr, was ich denken soll und wem wir trauen können. Vor einem Jahr war alles noch klar. Der Paranormale Untergrund galt als Feind und die Fronten von Gut und Böse waren verteilt. Jetzt haben wir Freunde im PU und müssen uns dennoch vor ihm verstecken. Ich werde Verbrechen beschuldigt, die ich selbst gern aufklären würde, habe kein Zuhause mehr und werde vielleicht sterben, weil irgendjemand glaubt, dass ich Teil einer Prophezeiung bin, die vor fünftausend Jahren ausgesprochen wurde."

Armand rieb mir tröstend die Arme. „Wir werden das alles zusammen durchstehen, mon coeur. Eins nach dem anderen. So wie wir es immer getan haben. Du wirst sehen, am Ende hat sich alles geklärt, und wenn es wirklich dein Schicksal sein sollte und du Kaliste besiegst, wird niemand mehr unser Leben manipulieren können. Dann gehören wir ganz uns und der Rest kann meinetwegen zur Hölle fahren."

Er küsste mich zärtlich, wurde fordernder und zog mich fest an sich. Als sich unsere Lippen voneinander lösten, sah er mich schelmisch an. „Ab morgen Nacht stehen wir unter Bewachung. Da sollten wir diese nutzen, was meinst du?"

Ich ließ mich willig darauf ein. Nicht wegen meines Vaters, sondern weil es womöglich in der Tat unsere letzte gemeinsame Nacht war. Bis zu unserer Abreise würden wir Enthaltsamkeit üben. Auch ich konnte mir nicht vorstellen, mich Armand hinzugeben, wenn mein Vater im Nebenzimmer auf der Couch schlief.

Und danach? So sehr ich es mir wünschte, ich konnte nicht mit Überzeugung glauben, dass wir alle unbeschadet aus der Unterwelt zurückkamen. Luciens Worte trugen eine Mitschuld, aber da war noch mehr. Ich versuchte, mich davor zu verschließen, doch unterschwellig quälten mich visionsartige Bilder von Dämonen, wie ich sie mir in den kühnsten Albträumen nicht ausmalen würde. Warum sollte Magotar mich vorlassen oder mir sogar sagen, wie ich Kaliste töten konnte? Was war ich denn? Nur ein junger Vampir, ein Bastard in seinen Augen. Nicht reinblütig, weil ich als Mensch das Licht der Welt erblickte. Wie Lucien sagte, wir waren weder Dämon noch Mensch, wir waren ein Nichts – für beide Seiten. Auch wenn wir in der Welt der Menschen durch unsere Überlegenheit brillieren konnten, dort unten galten wir weniger als

Abfall.

Kaliste war seine Tochter, seine Prinzessin. Ich konnte von Glück sagen, wenn er mich zum Teufel jagte und nicht gleich selbst dafür sorgte, dass ich ihr nicht mehr gefährlich werden konnte.

All das fraß in mir und ich war dankbar, es für einige Stunden vergessen zu können. Mich Armands zärtlichen Händen und seiner geschickten Zunge hinzugeben. Elektrisierende Schauer durch meinen Leib zu spüren und mich am Anblick seiner ausgeformten Muskeln zu laben, die im Licht der Kerzen noch deutlicher hervortraten. Er kam meiner Vorstellung eines Gottes verdammt nahe. Seine Lippen umschlossen meine Knospen, saugten daran, bis ich mich leise stöhnend wand.

Auch ihm war bewusst, welches Risiko wir eingingen. Äußerlich nahm er es gelassener als ich, innerlich spürte er dieselbe verzweifelte Angst. Was es aus uns machen würde, egal ob wir erfolgreich waren oder scheiterten. Wir würden nie wieder dieselben sein.

Armands Hände umfassten meine Handgelenke so fest, dass es schmerzte. Er küsste mich mit dem Hunger der Verzweiflung, liebte mich tief und verzehrend. Das Laken unter uns war getränkt von Blut, Schweiß und Tränen. Als uns die Dämmerung des Morgens in den Schlaf schickte, waren wir noch immer eins, ineinander verschlungen als wollten wir selbst dem Tod gemeinsam trotzen. Was im Grunde genau so war.

✻

Steven warf die Schere und den Rest des Fadens auf den Tisch und betastete vorsichtig die Wunde. Weezle verzog das Gesicht. „Du hast verdammtes Glück gehabt."

„Wie man's nimmt", presste der Luchsar zwischen zusammengebissenen Zähnen hindurch.

„Tut mir leid, dass ich hier kein Narkosemittel hab. Dazu hättest du ins Medical kommen müssen."

Was er vielleicht nicht überlebt hätte. Ein paar Millimeter daneben und die Kugel hätte den Lungenflügel perforiert. Jede Bewegung war ein Risiko und er hatte sich den ganzen Weg zu Fuß hergeschleppt, sich vor Stevens Wohnung gelegt und gewartet, bis er erwachte.

„Hier, trink das."

Weezle leerte das Glas und schüttelte sich. „Das war aber kein Whiskey."

Steven lachte. „Nein, nur was gegen Infektionen. Whiskey hattest du genug."

In Ermangelung eines Narkosemittels hatte er Weeze eine Flasche davon eingeflößt, um ihn in seiner Wohnung operieren zu können. Mit einem Steakmesser, einer Pinzette, Nähnadeln und Garn. Was er getan hätte, wenn ein größeres Gefäß durchtrennt gewesen wäre, wusste er nicht. Weezle war erstaunlich ruhig geblieben, während er an ihm rumschnippelte und die Kugel rausholte.

„Du kannst hier deinen Rausch ausschlafen, während ich zur Arbeit fahre. Die werden sich bestimmt schon fragen, wo ich bleibe."

„Danke Mann. Der Typ war echt irre."

Bevor Steven antworten konnte, war der Luchsar schon eingeschlafen. Kein Wunder bei dem Alkoholpegel. Er wollte aus der Klinik noch ein Langzeitanti-biotikum mitbringen, damit er sicher sein konnte, dass sich Weezles Wunde nicht noch im Nachhinein entzündete. Das Projektil lag noch auf dem Tisch, Steven räumte es zusammen mit den blutigen Tüchern und dem restlichen Kram weg. Die Kugel bestand aus Silber. Er lachte trocken und warf sie in den Abfalleimer. Gut, dass Luchsare nicht wie Lycaner allergisch darauf reagierten.

Der Schütze hatte Weezle abgepasst, als er zur Mittagspause von seinem Gebrauchtwagenladen zur Imbissbude nebenan gehen wollte. Auf einmal hatte er vor ihm gestanden, war aufgetaucht wie aus dem Nichts. Nur ein heller Lichtblitz, ein großer Schatten, dann hatte Weezle auch schon in den Lauf der Pistole gesehen und war gleich darauf unter einem brennenden Schmerz zusammengebrochen. Da das Projektil stecken geblieben war, blutete die Wunde kaum. Er kam eine Stunde später zu sich, ohne Gefühl im Arm, dafür mit schmerzhafter Atmung. Er sah die Bescherung; wo die Kugel links zwischen seinen Rippen eingedrungen, war färbte Blut sein Hemd rot. Nicht so viel, dass er sich Sorgen machte, aber verbunden mit dem unangenehmen Gefühl in seinen Lungen genug, um zu begreifen, dass er Hilfe brauchte. Er entschied, zu Steven zu gehen. Das hatte ihm vermutlich das Leben gerettet.

Steven zog die Tür hinter sich zu und entschloss sich, wieder mal das Bike zu nehmen. Mit dem Maverick brauchte er zu lange und seine Schicht lief schon seit über einer Stunde. Aus der Wohnung erklang das tiefe Schnarchen des Luchsars bis hinunter zur Straße. Ein Grinsen huschte über Stevens Gesicht, während er sich den Helm auf den Kopf setzte und die Maschine antrat.

Der Verkehr war wie erwartet dicht, mit dem Bike konnte er Slalom zwischen den Autos fahren und kam gut voran. Die letzten Meter zur Klinik führten durch eine Allee, er drehte das Gas voll auf, bis das Vorderrad kurz abhob und genoss den kurzen Adrenalinkick, der auch die Anspannung wegblies, die ihn bei der unorthodoxen OP befallen und bis jetzt nicht losgelassen hatte.

Im ersten Moment glaubte er, jemand hätte eine Radarfalle aufgestellt und er sich ein Ticket eingehandelt. Doch dann erfasste ihn ein Ruck, er verriss die

Lenkung, Feuer rann seinen rechten Arm und Brustkorb hinunter. Das Bike geriet in Schräglage, die Reifen drehten durch und er schlitterte über den Asphalt, spürte, wie dieser sich durch die Jeans und die Haut fraß, wie der Beckenknochen brach. Er wusste nicht mehr, wo oben oder unten war, überschlug sich, reagierte noch schnell genug, sich unter der Maschine wegzuducken, die kreiselnd auf ihn zukam und ihm um ein Haar den Kopf von den Schultern getrennt hätte. Mit einem dumpfen Schlag prallte er gegen einen Baumstamm, hörte es knacken, als seine Wirbelsäule brach. Jegliches Gefühl wich aus seinen Gliedern, nur seine Gedanken blieben hellwach.

Sekunden kamen ihm endlos vor. Wann spürte er wieder etwas? Konnte den Helm abstreifen und sich wieder auf die Beine kämpfen. Das Erste, was zurückkehrte, war der Schmerz. Als hätte jemand kochendes Gold in seine Adern gegossen. Es dauerte Minuten, bis Knochen und Nerven in seinem Rücken wieder zusammenheilten und er auf die Beine kam. Sofort drehte sich die Welt, ihm wurde schwarz vor Augen.

Er musste zum Hintereingang der Klinik. Thomas hatte Dienst. Wenn er ihn anpiepen konnte ... Steven biss die Zähne zusammen, ließ das Motorrad liegen und taumelte auf das Gebäude zu. Die Büsche, die den Eingangsbereich säumten, zerkratzen ihm die Arme, bissen in den blutenden Wunden an seinen Beinen. Er schaute nicht hin, spürte auch so, dass das Fleisch an einigen Stellen bis zum Knochen durch war, aber darum kümmerte sich bereits das dunkle Blut. Hoffentlich sah er nicht allzu schlimm aus.

„Scheiße!", erklang eine Männerstimme, als er in den Gang zum Hinterhof einbog. „Steven, was ist passiert?"

Zum Glück war es Thomas, der gerade eine Zigarettenpause machte.

„Keine Ahnung. Ich dachte ein Blitzer, aber dann hat irgendwas meine Schulter durchschlagen."

„Vergiss deine Schulter, Mann, dein Bein sieht viel schlimmer aus."

„Das war der Sturz. Bin ein Stück über die Straße gerutscht. Ist gleich wieder okay."

Thomas konnte sich das nicht vorstellen, aber bevor sie hier draußen weiter diskutierten, brachte er Steven lieber erst mal nach drinnen. Den Behandlungsraum lehnte Steven ab.

„Du musst nachschauen, was in der Schulter steckt und es rausholen. Ich schätze, es ist eine Kugel oder ein Metallsplitter, irgendwas in der Art. Tut höllisch weh. Der Rest kommt von allein, wirst du sehen. Und das will ich den Kollegen nicht erklären müssen."

Er sah Thomas an, dass ihm das nicht recht war, dennoch willigte er ein und quartierte Steven im Materiallager ein.

„Ich bin gleich zurück."

„Skalpell und Pinzette reichen. Und ein paar Klamotten", rief er seinem Freund nach.

Als Thomas weg war, ließ sich Steven erschöpft zu Boden sinken, legte sich auf den Rücken und blieb still liegen. Das Blut rauschte in den Ohren, prickelte an den Wunden und ließ neues Fleisch wachsen. Es richtete die zersplitterten Knochenteile, schob das Becken wieder gerade. Nur bei dem Loch in seiner Schulter verfehlte es seine Wirkung. Was zur Hölle war das? Für Elektrum war es nicht stark genug, sonst hätte er längst das Bewusstsein verloren, denn etliche Blutgefäße waren zerfetzt.

Thomas kam zurück und stand einen Moment ungläubig in der Tür. Steven hob mühsam den Kopf und blickte an sich hinunter. Das Bein war fast wieder wie neu.

„Kannst du dich ein bisschen beeilen? Das tut höllisch weh."

Thomas verriegelte die Tür, kniete sich neben ihn und drücke ihm eine kleine Lampe für Augenuntersuchungen in die Hand. „Hier, halte das. Sonst sehe ich nicht, wo ich schneide."

„Kein Drama. Wächst alles wieder zusammen, solange du nur das Ding aus mir rausholst."

„Hey, sonst kannst du es gar nicht abwarten, bis ich das Ding in dich reinstecke."

Steven musste lachen, obwohl es ihm fast den Brustkorb zerriss.

„Soll ich dir was gegen die Schmerzen geben?"

Er schüttelte den Kopf. „Gib Gas. Sonst ist meine Schicht rum, bis wir hier fertig sind."

„Du willst doch damit nicht mehr arbeiten!"

Für solche Diskussionen hatte er jetzt keinen Nerv. „Thomas! Fang endlich an!"

Der Schnitt war nicht halb so schlimm wie das Pochen in seinem Fleisch. Er versuchte, nicht daran zu denken, wie Thomas mit der Pinzette in seinem Schultergelenk herumstocherte und nach etwas suchte, wovon er nicht einmal wusste, wie es aussah. Schweißperlen rannen ihm übers Gesicht, brannten in seinen Augen. Dann endlich der erlösende Satz.

„Ich hab's!"

Was Thomas herauszog, hatte mehr Ähnlichkeit mit einer Pfeilspitze als mit einer Kugel. Rein optisch sah es aus wie Messing. Darum konnte sich Pettra kümmern. Die Daywalkerin hatte sich notdürftig ein neues Labor eingerichtet und sie nutzten ein Schließfach, um zu kommunizieren.

„Ich hätte nie gedacht, dass ich dich mal zusammenflicken müsste", meinte

Thomas, dem ebenfalls der Schweiß auf der Stirn stand.

„Na ja, flicken tut mein Körper das schon selbst."

„Ist das immer so bei euch?"

Steven zuckte die Schultern, registrierte, dass der Schmerz sekündlich schwächer wurde. „Das dunkle Blut heilt jede Verletzung. Je schlimmer, desto länger braucht es. Verbrennungen ab dem dritten Grad dauern ihre Zeit. Und wenn wir mit Elektrum in Berührung kommen, wird der Prozess ausgeschaltet."

Thomas hob überrascht die Brauen. „Ich dachte, so ein Zeug gibt es nur in den Legenden von Atlantis."

„Fast. Ist ne längere Geschichte. Erzähl ich dir mal bei Gelegenheit." Er wechselte die Klamotten und war sich Thomas' Blicken durchaus bewusst. „Ich muss noch das Bike von der Straße räumen. In zehn Minuten bin ich da."

„Steven?"

Thomas' Blick zeigte immer noch Sorge – und Sehnsucht. Er zog dessen Kopf zu sich heran und gab ihm einen innigen Kuss.

„Das muss genügen, bis unsere Schicht beendet ist, okay?"

Seine Maschine hatte es nicht minder heftig erwischt wie ihn, nur dass die sich nicht selbst regenerieren konnte. Da würde eine neue fällig werden. Er stellte sie an den Straßenrand, damit sie keine Gefahr für andere Fahrzeuge darstellte, und ging die Straße ab bis zu der Stelle, an der es ihn von den Rädern gehauen hatte. Im Gras unter einem der Bäume fand er, was er suchte. Eine leere Patronenhülse. Scharfschützengewehr. Das wurde ja immer besser.

Auch die Hülse würde er Pettra in einen Umschlag legen. Nach der Schicht. Dabei fiel ihm ein, dass er sich von Thomas nach Hause fahren lassen musste. Hoffentlich war Weezle bis dahin verschwunden. Nach dem Schock konnte er ein wenig Entspannung später gut gebrauchen.

✲

„Du willst ... was?"

„Urlaub", antwortete Franklin ungerührt. Es war ihm ein inneres Fest, Maurice damit aus der Fassung zu bringen.

„Aber ... du kannst doch nicht ..."

„Natürlich kann ich. Ich habe ein ebensolches Anrecht darauf wie jeder andere. Solange ich dem Orden diene, habe ich mir noch keine Auszeit genommen. Und da man offenbar momentan auf meine Arbeit verzichten kann, halte ich es für einen sehr guten Zeitpunkt, dies jetzt nachzuholen."

„Wieso jetzt?" Entsetzen und Wut wechselten sich auf dem Gesicht des jungen Mannes ab. Er fühlte sich im Stich gelassen, überfordert, obwohl er den

Posten gern gehabt hätte und sich die ersten beiden Tage regelrecht darin suhlte, das Sagen auf Gorlem Manor zu haben.

„Ich habe es nie gewagt, mich meinen Pflichten als Vater dieses Ordens zu entziehen. Jetzt, wo jemand anderer mir diese Pflichten entzogen hat, fühle ich mich erstaunlich befreit. Mir ist bewusst geworden, was ich vermisst, womöglich auch versäumt habe. Die Entscheidung des Tribunals wird mindestens noch einen Monat auf sich warten lassen. Ich kenne die Abläufe. Warum soll ich diese Zeit nicht nutzen?"

Maurice hätte am liebsten abgelehnt. Darauf war Franklin vorbereitet. Sollte sich sein Stellvertreter weigern, die Reise zu genehmigen, wusste er, wie er dies einfordern konnte. Das dauerte zwei Tage, immer noch rechtzeitig genug, um mit Mel und Armand nach Neuguinea zu reisen.

„Wo willst du überhaupt hin?"

Franklin lächelte. „Nun, da es ein offizieller Urlaub ist, bin ich nicht verpflichtet, Auskunft zu geben und möchte es auch nicht. Ich brauche Abstand, muss mir über einige Dinge klar werden."

„Hat deine Tochter etwas damit zu tun?"

Lächelnd beugte sich Franklin über den Tisch und sah auf Maurice hinab. „Auch das ist irrelevant. Ich werde jetzt nach oben gehen und meinen Koffer packen. Du wirst ohne mich zurechtkommen müssen."

Damit setzte er Maurice' Einverständnis voraus. Widerspruch erhielt er nicht, sein Vertreter war zu perplex. Auf dem Flur kam ihm Vicky entgegen, der er bereits am frühen Morgen seine Entscheidung mitgeteilt hatte.

„Und? Hat er zugestimmt?"

„Ich weiß es nicht. Ich denke, er muss erst darüber nachdenken. Hilfst du mir beim Packen?"

Während sie die wichtigsten Dinge in eine Tasche räumten, redete Vicky wie ein Wasserfall, worüber Franklin froh war. Er hörte ihr nur mit halbem Ohr zu, dachte an die bevorstehende Reise und was ihn erwarten mochte. Die Entscheidung war ihm nicht leicht gefallen, er hatte es sich gut überlegt, auch wenn es nicht so aussehen mochte. Neben der Sorge um seine Tochter gab es noch weitere Gründe. Der innige Wunsch, bei ihr zu sein – sie nicht im Stich zu lassen wie einst ihre Mutter. Er vergab es sich bis heute nicht, dass Joanna gestorben war, fragte sich immer wieder, ob er es hätte verhindern können, wenn er zu ihr gegangen wäre, als sie sich noch mit Lilly versteckt hielt. Eine gemeinsame Flucht hätte ihr Leben gerettet. Doch Joanna und weglaufen? Niemals. Darin war Melissa ihrer Mutter sehr ähnlich. Aber bei ihr sein. Das war ihm wichtig.

Ein weiterer Grund waren die Verhältnisse im Orden. So sehr es ihn schmerzte und beunruhigte, Gorlem Manor in Maurices Händen zurückzulassen, ihm war klar geworden, dass der Orden nicht mehr das war, wofür er seinen Schwur abgelegt hatte. Schon Camille hatte das kurz vor ihrem Tod zu bedenken gegeben. Zerfressen von Machtgier fehlte die Einheit, fehlte Respekt vor dem Andersartigen. Die Missionen hatten sich verändert in den letzten Jahren. Ihre Aufzeichnungen waren nur noch halbherzig. Immer häufiger mischten sie sich ein, um eine Seite – meist die der PSI-Wesen – in die Schranken zu weisen, statt wie früher zu vermitteln. Die Aktivitäten im Paranormalen Untergrund waren auch auf das Versagen der Ashera-Ordenshäuser zurückzuführen.

Und nicht zuletzt flüchtete er vor Lucien. Im Moment erfüllte ihn Zorn, wenn er an den Lord dachte. Doch würde es von langer Dauer sein, wenn der Vampir sich ihm wieder näherte? Ihn mit Küssen bedeckte, ihn seinen Speer fühlen ließ? Oder den kalten Stahl des Dolches? Ihn schauderte – auch vor sich selbst.

„Alles in Ordnung, Franklin?" Vicky blickte ihn besorgt an.

„Ja. Ich denke, wenn ich Gorlem Manor nachher hinter mir lasse, wird es mir besser gehen als in den letzten Monaten."

Das bedrückte die Irin, doch er wusste nicht, wie er es sonst in Worte fassen sollte. Gorlem Manor war sein Heim, aber auch langsam sein Gefängnis geworden. Er konnte das Gefühl nicht begründen. Vielleicht war es auch verletzte Eitelkeit, weil Maurice seine Ämter übernahm. Er wusste es nicht. Es spielte auch keine Rolle.

Vicky musste zurück in die Küche, sie umarmten sich vorsichtshalber schon einmal zum Abschied. Beim Hinausgehen stieß sie mit Ash zusammen. Franklin sah, wie sie sich ein freundliches Lächeln abrang und seufzte. Das war ein Anfang. Er vertraute auf sie.

„Komm rein, Ash."

„Maurice sagt, du willst verreisen?"

„Nun, in der Tat, das habe ich vor."

„Zusammen mit Mel."

Für einen Moment hielt er inne, seine Tasche zu packen, grinste in sich hinein und schaute Ash dann über die Schulter hinweg an. „Sollst du mich das von Maurice fragen?"

Ashs Erröten genügte als Antwort.

„Es geht ihr gut. Ich weiß, dass dir etwas an meiner Tochter liegt, darum sage ich dir das. Aber zu allem anderen werde ich schweigen, ich hoffe, du verstehst das."

Der Spanier nickte. „Und ich hoffe, ihr findet, wonach ihr sucht. Wonach sie in den Büchern gesucht hat. Es tut mir leid, dass meine Übersetzung nicht geholfen hat."

Franklin klopfte ihm auf die Schulter. „Du hast dein Bestes getan, dafür ist Mel dir dankbar." Er nahm den jungen Mann in den Arm. „In ein paar Wochen bin ich wieder hier. Pass auf dich auf."

Der Kreis seiner Vertrauten war erschreckend klein geworden, ohne dass er es bisher wahrgenommen hatte. Das bedrückte ihn. War er so oberflächlich geworden? Camille, John, Warren, Ben.

Dass er gerade jetzt an Ben denken musste. Melissa hatte seit ihrer Wandlung nie wieder von ihm gesprochen, jedenfalls nicht zu ihm. Ob sie ihm immer noch die Schuld gab?

Nachdem er den wenigen Ordensmitgliedern, die ihm näher standen, von seinen Reiseplänen erzählt und sich verabschiedet hatte, kehrte er noch einmal zu Maurice zurück, der ihm mit verkniffener Miene sein Einverständnis gab. Wenn er Rücksprache bei William gehalten hatte, war ihm ziemlich schnell klar geworden, dass er es nicht verhindern konnte, und für das Tribunal gab es keinen Grund, Franklins Freiheit einzuschränken und damit eine Ablehnung des Urlaubs zu rechtfertigen.

„Ich wünsche dir viel Erfolg. Geh achtsam mit meinen Kindern um, denn ich komme wieder", erklärte er zum Abschluss. Und wenn er zurückkam und man ihm seine Position zurückgab, musste er sich auf jeden Fall nach einer anderen rechten Hand umsehen. Maurice, das war ihm klar geworden, füllte diesen Platz nicht so aus, wie es nötig wäre.

*

„Kein Messing, Steven. Eine Gold-Silber-Legierung. Ich würde sagen, da hat jemand versucht, nach dem überlieferten Rezept Elektrum selbst herzustellen. Es wirkt aber nicht so."

„Na ja, wehgetan hat es."

Pettra lachte. „Weichei! Ich muss auflegen, sonst kann man den Anruf zurückverfolgen. Aber ich dachte mir, dass du das sicher sofort wissen willst."

„Ja, danke dir. Wir hören voneinander."

Er überlegte, ob er Mel eine Mail schreiben sollte. In den letzten Tagen war er nicht dazu gekommen. Dabei hatte sich viel ereignet und in London sicher ebenso. Sie waren nicht mehr auf dem neuesten Stand. Er loggte sich in seinem Account ein und fand zwei Nachrichten von Melissa, deren Inhalt ihm die Sprache verschlug.

Die erste teilte ihm mit, dass sie abtauchen musste, weil man sie des Diebstahls der Waffen beschuldigte. Starker Tobak. Aber noch heftiger war die andere. Franklin war nicht länger Leiter von Gorlem Manor und Mel hatte entschieden, sich von Schattenjäger zu Magotar in die Unterwelt bringen zu lassen, weil Kaliste versuchte, Tizian umzubringen. Steven war fassungslos.

Er wollte Mel schnell antworten und sie auf den neuesten Stand bringen, da ging sein Pieper los. Steven hatte weder Bereitschaft noch Dienst. Stirnrunzelnd wählte er die angezeigte Nummer, zu seiner Überraschung ging Thomas ran.

„Du musst sofort kommen. Ich hab hier echt ein Problem."

Die Panik in der Stimme seines Geliebten alarmierte ihn und er war schon aus der Tür, während er sich noch erklären ließ, was los war. Ein Vampir mit einer Schusswunde war eingeliefert worden. Thomas kam durch Zufall in diesem Moment an der Aufnahme vorbei, schaltete sofort und übernahm den Fall, ehe er einem anderen Kollegen zugeteilt wurde. Doch jetzt stand er vor dem Problem, eine Operation durchführen zu müssen, die Fragen aufwerfen würde.

„Es ist dieses komische Zeug, von dem du gesprochen hast."

„Elektrum?"

„Ich denke ja."

„Welche Symptome?"

„Er verliert immer noch Blut, zittert, ist schweißüberströmt und bewusstlos. Die Wunde ist völlig verquollen und der Brustkorb aufgebläht, sein Gesicht schwillt zu und er zeigt alle Merkmale eines allergischen Schocks. Was soll ich machen? Wenn das so weitergeht, sieht er in ein paar Minuten nicht mal mehr aus wie ein Mensch."

Ein aufgrund von Elektrum deformierter Vampirkörper war kein schöner Anblick. Dann hatte es wohl ein größeres Gefäß erwischt, wenn der Körper so schnell vergiftete. Steven überlegte fieberhaft. „Ist Jessi da?"

„Ja. Soll ich ihn von mir trinken lassen?"

„Nein, verdammt!", stieß Steven hervor und war schockiert, dass Thomas darüber nachdachte. „In seinem Zustand würde er dich bis zum letzten Tropfen aussaugen, weil er keine Kontrolle mehr über sich hat. Fixier ihn und hol Jessi dazu. Sie ist auch ein Vampir und kann dir helfen. Ich bin gleich da."

Er fluchte, dass er noch nicht dazu gekommen war, sich ein neues Motorrad zu besorgen. Mit dem Maverick dauerte es eine gefühlte Ewigkeit, bis er endlich am Medical ankam. Jessi fing ihn schon am Eingang ab.

„Du hättest mir wenigstens sagen können, dass du Thomas eingeweiht hast", zickte sie.

Vermutlich mehr aus Eifersucht, deshalb ignorierte er es. „Wie steht es um den Patienten?" Er streifte den weißen Kittel über, den Jessi mitgebracht hatte, und versuchte, normal zu klingen, als sei er überraschend zum Dienst eingeteilt worden und es absolut korrekt, dass er hier war.

„Nicht gut. Wir bekommen die Blutung nicht gestillt und die Riemen halten ihn natürlich nicht fest. Ich weiß nicht, wie wir das operieren sollen, solange er nicht wieder bei Bewusstsein ist und mitarbeiten kann."

Thomas zog wieder die Riemen fest, als sie den Behandlungsraum betraten. Der Anblick war erschütternd. Was da auf der Trage lag, konnte kaum noch als Vampir bezeichnet werden. Eine zuckende, aufgequollene Masse, aus der unaufhörlich Blut pumpte. Mit weiß geschäumten Lippen und einem grauen Überzug, der mal seine Haut gewesen sein mochte.

„Jessi, blockier die Tür. Ich hab keinen Bock auf Überraschungen."

Sie zögerte nicht, sondern legte die Elektronik lahm.

„Ich hab ihm noch nichts gegeben, weil ich nicht wusste, wie ihr auf Medikamente reagiert", erklärte Thomas.

„Meistens gar nicht", gab Steven zurück und machte sich an die Untersuchung. Wo hätte Thomas hier auch eine Nadel ansetzen sollen? Da fand man keine Vene mehr. Steven konnte das Elektrum schon spüren, wenn er nur seine Finger auf die Wundränder legte. Die Kugel war direkt neben dem Brustbein eingedrungen. Da hatte jemand aufs Herz gezielt. Der Knochen musste das Geschoss abgelenkt haben, sodass es gut zwei Zentimeter unterhalb des Herzens in der Lunge stecken geblieben war. Er bezweifelte dennoch, dass der Vampir es überleben würde. Dafür war der toxisch-allergische Prozess schon zu weit fortgeschritten.

„Die Lederbänder halten ihn nicht, wenn wir anfangen, ihm den Brustkorb aufzuschneiden."

„Wenn wir was …?" Thomas war geschockt. „Hier drin? Wir haben doch überhaupt keinen OP-…"

„Thomas, das ist kein Mensch. Vergiss, was du im Studium gelernt hast. Das funktioniert hier nicht."

Er hatte jetzt keine Zeit, seinem Freund zu erklären, was sie tun mussten und was passieren konnte. Jessica brauchte zum Glück keine Anweisungen. Sie kramte in den Schubladen und förderte rasch alles zutage, was sie für den Eingriff benötigten. Steven riss derweil die Griffe von einem Materialwagen ab, ignorierte Thomas' Gesichtsausdruck und fixierte die Arme und Beine des Patienten an der Trage, indem er die Metallrohre um seine Gelenke bog.

„Das muss gehen."

Er nahm eine Zange und reichte sie an Thomas weiter. „Ich werde ihn jetzt aufschneiden, Jessi saugt das Blut ab. Sobald du etwas glitzern siehst, pack mit der Zange zu und zieh es raus."

„Und wenn ich eine Aorta verletze?"

„Du kannst ihm meinetwegen auch einen Lungenflügel rausreißen oder das

Herz in der Mitte durchknipsen, das ist scheißegal. Nur das Elektrum muss aus seinem Körper, sonst ist er eh im Arsch."

Der einzige Vorteil, den das giftige Metall brachte, war, dass die Wunde offen bleiben würde, wenn er den Brustkorb aufschnitt.

„Fertig?", fragte Steven und schaute seine beiden Helfer an.

Jessi war die Coolness in Person.

Thomas zögerte, nickte dann. „Also los."

Mit einer OP-Säge wäre es einfacher gewesen. Das Skalpell verbog sich an der festen Haut des Unsterblichen. Er brauchte drei Anläufe, bis er Epidermis und darunterliegende Muskeln durchtrennt hatte. Die Knochenschere knirschte, als er die Rippen aufbrach, aber immerhin hielt sie.

Scheppernd fiel das Instrument auf die Überreste des Materialwagens. Steven ignorierte das Pulsieren des Elektrums an seinen Fingern, die getränkt vom Blut des Verwundeten bereits taub wurden. Er riss die Rippen mit bloßen Händen auseinander. Jessi hielt den Sauger in die Wunde, um für bessere Sicht zu sorgen. Thomas, kreidebleich, hielt den Blick auf das klaffende Loch. Das Licht der Neonröhre fing sich in einem Stück Metall. Er packte mit der Zange zu und zog es heraus. Dass tatsächlich ein Stück vom Lungenflügel daran haftete, faszinierte ihn eher, wenn Steven seinen Gesichtsausdruck richtig deutete.

„Okay. Adrenalin, fünfzig Milligramm. Thomas, schnell!"

Die Zange fiel zu Boden. Mit zitternden Fingern zog der Chirurg das Medikament in eine Spritze. Jessi war unterdessen dabei, die Elektronik der Tür wieder in Kraft zu setzen. Als sie eine Minute später zurückkam, hatte sie eine Blutkonserve dabei, die sie dem Vampir anlegte. Steven hätte sie am liebsten heiliggesprochen. Sie sollte Ärztin werden, nicht nur Krankenschwester. Aber sie hatte ihm mal gesagt, als Schwester bekäme man mehr Männer ab.

Eine halbe Stunde massierte Steven den offenen Herzmuskel. Jessi holte noch zwei Blutkonserven. Thomas saß, da er nicht mehr akut gebraucht wurde, auf einem Schemel und starrte entgeistert auf das Geschehen. Die improvisierten Klammern hielten den regelmäßig aufflackernden Befreiungsversuchen stand. Endlich öffnete der Vampir die Augen, holte tief Luft, wodurch eine Fontäne Blut aus seiner Brust geschleudert wurde und Steven ins Gesicht traf.

Er ließ das Herz los, brachte die Rippen wieder einigermaßen in Position und trat vom Behandlungstisch zurück. Jessi reichte ihm ein Tuch, mit dem er sich Hände und Gesicht abwischen konnte. Seine Finger krampften, er fragte sich, wie er überhaupt so lange durchgehalten hatte. Jetzt spürte er sie fast nicht mehr. Für Thomas wäre das einfacher gewesen, aber er hatte auf keinen Fall riskieren wollen, seinen Geliebten in Gefahr zu bringen. Falls sich ihr Patient losgerissen hätte, wäre Thomas erst mal wehrlos gewesen.

Das Blut in seinem Gesicht zeigte keine Wirkung mehr auf seiner Haut. Ein gutes Zeichen, dass die Elektrumkonzentration zurückging.

„Gute Arbeit, ihr beiden", sagte er zu seinem Team und wandte sich an den Vampir auf der Liege. „Hey Mann, alles klar?"

Das Sprechen fiel dem Patient noch schwer, aber er nickte und versuchte ein Lächeln. Steven löste die Fesseln. Eine halbe Stunde später war von der Verletzung nur noch eine breite, wulstige Narbe zu sehen. Die Schwellungen der allergischen Reaktion gingen rasch zurück, nachdem Steven und Jessi ihren Artverwandten hatten trinken lassen.

Der Vampir drehte seinen Kopf in Thomas Richtung.

„Danke", krächzte er.

Er hatte alles mitbekommen, gefangen im eigenen Körper. Dass ihm mal ein Mensch das Leben retten würde, hätte er sicherlich niemals erwartet.

„Kannst du dich erinnern, was passiert ist?"

„Ich war auf der Jagd. Da stand sie plötzlich vor mir. Sagte was von einem Test. Danach gingen bei mir die Lichter aus."

Steven spürte, wie sich ihm die Nackenhaare aufstellten. „Sie?"

„Eine andere Vampirin. Sehr alt, das hat man gemerkt. Schwarze Haare. Und ihre Augen … blau und kalt wie zwei Türkissteine."

„Shit!"

„Was ist?", wollte Thomas wissen. „Weißt du, wer das war?"

„Ja", sagte Steven. „Kaliste. Unsere Königin. Weiß der Teufel, wie sie an diese Waffe gekommen ist."

*

Stevens Mail machte unsere schlimmsten Albträume wahr. Kaliste war nun nicht nur im Besitz einer Waffe, die Elektrumkugeln abfeuern konnte, sondern auch von entsprechender Munition. Blue beteuerte, dass er damit nichts zu tun hatte. Mir wäre lieber, er hätte sie ihr gegeben, denn wenn er es nicht war, blieben nur zwei Möglichkeiten. Jemand anderes aus dem Orden der Lux Sangui versorgte sie damit, oder sie hatte herausgefunden, wie man die Kugeln selbst herstellte. Letzteres war das Schlimmere – und Wahrscheinlichere.

Unter diesen Umständen wollten wir die Reise auf jeden Fall vorziehen. Armand versuchte, über Alwynn Kontakt zu Raphael aufzunehmen, damit er Schattenjäger informierte, dass wir bereits morgen aufbrachen. Franklin und ich warteten in unserer Wohnung, bis er zurückkam. Ich tigerte unruhig hin und her. Meine Nerven lagen blank. Mein Vater versuchte, mir Mut zuzusprechen, mich abzulenken – vergebens. Als mein Handy schließlich klingelte, fuhr ich zusammen, als sei es die Einläutung der Apokalypse. Die Nummer war mir fremd, dennoch nahm ich den Anruf an.

„Mel? Du musst sofort kommen, bitte. Kaliste ist in der Stadt. Ich habe Angst. Ich glaube, sie ist hinter mir her."

„Wo bist du, Warren?"

Er beschrieb mir den Weg zu einem alten Kino, das in Kürze abgerissen werden sollte. Dort hatte er sich versteckt, nachdem ihn unsere Königin zusammen mit zwei Wieseln am Piccadilly erspäht und durch die halbe Stadt gejagt hatte. Die Gefs hatten feine Nasen, sie würden ihn früher oder später wieder aufspüren. Dass Kaliste es auf jeden Vampir abgesehen hatte, der eine Verbindung zu mir besaß, war zu erwarten gewesen. Und bei Warren war diese besonders stark, weil sie mein Blut in ihm spürte.

„Mel, du kannst jetzt nicht gehen", versuchte Franklin, mich aufzuhalten. „Das ist zu gefährlich. Und Armand wird bald zurück sein."

„Dann musst du ihm eben sagen, dass sich der Entscheidungskampf vielleicht vorverlegen wird. Ich kann Warren nicht im Stich lassen, er ist mein Sohn."

„Und wenn sie dich erwischt? Sie hat jetzt Elektrumkugeln!"

Ich atmete tief durch. Mir schlug das Herz bis zum Hals, dennoch lag eine merkwürdige Ruhe auf mir, weil ich genau wusste, was ich tat und dass ich es tun musste.

„Aus diesem Grund kann ich ihn nicht seinem Schicksal überlassen. Tut mir leid, Dad, dafür ist er mir zu wichtig. Hier!" Ich warf ihm mein Handy zu. „Der Eintrag D. Brown. Ruf ihn an und sag ihm, wo ich hingegangen bin. Es ist immerhin auch sein Sohn. Auch Dracon wird nicht zögern zu kommen."

Armand wusste nicht, dass ich Dracons Nummer gespeichert hatte. Auch wenn ich ihn nie anrief, wollte ich doch die Möglichkeit haben, Kontakt aufzunehmen, wenn es erforderlich war. Er bedeutete mir etwas. Nicht so viel, wie er es sich wünschte, aber mehr, als Armand verstehen würde.

Das Kino lag in einem Außenbezirk Londons. Die Clubs und Bars in der Nachbarschaft wirkten heruntergekommen oder waren bereits geschlossen. Dort, wo noch Lichtreklamen verirrte Nachteulen einluden, saßen lediglich eine Handvoll Menschen an schmutzigen Theken auf abgewetzten Hockern.

Die Vordertür des Lichtspielhauses war mit schweren Ketten und einem Vorhängeschloss verbarrikadiert. Eine Seitentür stand offen. Hier musste Warren hineingeschlichen sein.

Es war dunkel in den Räumen. Da man die Fenster mit Holz vernagelt hatte, nachdem etliche Scheiben von Randalierern eingeschlagen worden waren, fiel nicht einmal das Licht der Straßenlaternen oder Werbetafeln herein. Mit meinen Vampiraugen konnte ich mich dennoch gut orientieren. Ich spitzte die Ohren und lauschte, ob ich Warren fand, ohne nach ihm rufen zu müssen. Falls

Kaliste oder einer der Gefs in der Nähe sein sollte, wollte ich nicht riskieren, uns zu verraten.

Das Kino hatte zwei Stockwerke, in seinen besten Zeiten war es sehr beliebt gewesen. Die halb abgerissenen Plakate an den Wänden zeigten Blockbuster, die jedem ein Begriff waren. Ich schlich in den größten der fünf Kinosäle, vorbei an unvollständigen Sitzreihen und aufgerissenen Polstern.

Mir war, als hörte ich jemanden atmen, doch das konnte der Wind sein. In der Nähe der Leinwand vernahm ich plötzlich ein Klicken in meinem Rücken. Ich erstarrte, meine Haut prickelte wie elektrisiert. Das Geräusch kannte ich gut. Meine Sinne richteten sich auf die Person hinter mir, die mich mit einer Waffe bedrohte. Seltsamerweise verspürte ich keine Angst, nicht einmal Unruhe. Es schwang trotz der auf mich gerichteten Mündung keine Bedrohung in der Luft, sondern etwas Vertrautes. Und dann wusste ich, was es war, wirbelte herum und blickte meinem Gegner in die Augen. In ein zynisch grinsendes Gesicht.

„Warren!"

„Hallo Melissa. Schön, dass du kommen konntest."

Seine Stimme klang freundlich wie immer. Er betrachtete mich eindringlich.

„Es ist nichts Persönliches", fuhr er fort. „Na ja, vielleicht doch. Aber nicht wegen dir. Du musst nicht denken, dass ich dir immer noch vorwerfe, wie du mich verwandelt hast. Im Gegenteil. Heute bin ich froh darüber und über die zweite Chance, die Dracon mir gegeben hat. Es ist gar nicht so übel, Vampir zu sein. Manchmal trickst mich dieser rote Teufel in mir noch aus, aber wir kommen im Großen und Ganzen gut miteinander klar."

Was redete er da? Und warum lockte er mich her in gespielter Todesangst, wenn er mir dann eine Waffe vor die Nase hielt?

„Warren, was soll das? Wo ist Kaliste?"

Er zuckte die Achseln. „Ich weiß es nicht. Hoffentlich weit weg."

„Dann hat sie dich gar nicht verfolgt?"

Ein verschlagenes Grinsen trat auf seine Züge. „Nicht heute, aber neulich. Ich hatte wirklich eine Scheißangst vor ihr."

„Wie bist du entkommen?"

Vielleicht gewann ich Zeit, wenn ich ihn in ein Gespräch verwickelte. Ich musste ihn überzeugen, mir die Waffe zu geben. Was war das überhaupt für ein Ding?

Warren hörte meine Gedanken, warf einen kurzen Blick auf die Pistole. „Ein hochmodernes Ding. Kaliste hat auch so eine, soweit ich weiß. Es ist für uns nicht ganz einfach, sie einzusetzen, denn das Elektrum von den Kugeln spürt man durch die ganze Waffe hindurch. Aber solange man die Patronen nicht anfasst, ist es erträglich.

Ich stieß keuchend den Atem aus. Allmählich wuchs die Angst in mir, griff mit kalten Fingern nach meinem Herz. Nicht nur, weil ich womöglich meinem Tod gegenüberstand, sondern vor allem, weil es einer meiner Vertrauten war, der ihn mir bringen wollte. Das hätte ich nie von Warren gedacht. Er war so sanft, so korrekt und besonnen. Ein tougher Agent, der in seinem Job aufging, ein wissbegieriges Mitglied des Ordens und ein sehr verletzlicher Vampir. All das war Warren. Aber kein kaltblütiger Mörder.

„Kaliste hat mich laufen lassen. Sie wollte mich nicht töten, mir nur die Augen öffnen. Ich habe viel darüber nachgedacht, was sie mir gesagt hat. Über Lügen und Heucheleien. Was es heißt, Mittel zum Zweck zu sein. Denn momentan bin ich nur das, und so was ist kein schönes Gefühl."

„Wovon redest du, verdammt noch mal? Du bist für niemanden Mittel zum Zweck, außer vielleicht für sie, wenn du mich jetzt abknallst. Damit nimmst du ihr nämlich die Arbeit ab."

Ich blickte von der Mündung zu seinem Gesicht und wieder zurück. War ich schnell genug, auszuweichen, wenn er den Schuss abfeuerte?

Sein bitteres Lachen versetzte mir einen Stich. „Ja, ja, die Schicksalskriegerin. Ich weiß. Das tut glaub ich jeder inzwischen. Alle setzen ihre Hoffnung in dich, zumindest diejenigen, die es interessiert. Keine Ahnung, wie viele das sind. Ist aber auch egal. Du bist die Heldin, wie immer. Der strahlende Stern in unserer Mitte, um den wir alle kreisen."

Sein Sarkasmus verletzte mich mehr, als wenn er mich nur gehasst hätte für das, was ich ihm angetan hatte. „Wirfst du mir das vor?" Ich fühlte Tränen in meiner Kehle aufsteigen. „Denkst du, ich habe mir das freiwillig ausgesucht? Ich kann gut darauf verzichten, mein Leben lang gegen Kalistes Intrigen anzukämpfen, weil sie die Welt unter ihre Herrschaft zwingen will wie ein größenwahnsinniger Diktator. Drei Mal habe ich sie jetzt schon aufgehalten. Zwei Mal mit deiner Hilfe. Ich bin es müde, Warren. Ich habe eine scheiß Angst davor, mich ihr entgegenstellen zu müssen – auf Leben und Tod. Aber ich verliere allmählich die Kraft für diese Heckenkämpfe."

„Dann wird die Kugel eine Erlösung für dich sein", gab er zurück.

Er war wahnsinnig. Auf eine andere Art als jemand, der nicht stark genug für den Blutdämon war, aber wahnsinnig.

„Warum?" Wenn er mich schon tötete, wollte ich zumindest den Grund wissen.

„Ist das so schwer zu erraten? Ich kann nicht allein sein, die Kraft habe ich nicht. Aber solange du lebst, werde ich für Dracon nie mehr als ein nützliches Anhängsel sein, mit dem er die Verbindung zu dir hält. Wenn du tot bist, bin ich die einzige Erinnerung, die ihm an dich bleibt. Dann wird er mich nie verlassen und mich allein lieben."

Mir blieb die Luft weg. Er wollte mich aus Eifersucht töten?

Während ich fieberhaft überlegte, was ich ihm darauf antworten, wie ihn umstimmen konnte und dabei jeden Moment mit dem Klacken des Abzugs rechnete, schoss unerwartet ein Schatten hinter der Leinwand hervor und riss Warren von den Beinen.

Ich war gelähmt vor Schreck, sah die Waffe über den Boden schlittern und irgendwo zwischen den Sitzreihen verschwinden. Der Angreifer sprang wieder auf und zerrte Warren hoch. Wie eine Schraubzwinge lag einer seiner Arme um Warrens Brustkorb, der andere über der Kehle. Der Griff war unerbittlich. Egal wie Warren sich wand, Dracon fixierte ihn, sein Blick eine Mischung aus Kälte und Schmerz.

„Ich habe dir doch gesagt, ich entscheide, wann du stirbst", flüsterte er und seine Heiserkeit mochte mehr von Tränen denn von Wut rühren.

Als Dracons Fänge sich in die Kehle unseres dunklen Sohnes gruben, erstarb jegliche Gegenwehr. Ich hörte Warrens Stimme in meinem Kopf, während sein Blick sich in meinen Augen festbrannte.

Du hast es geschworen. Und wieder lässt du mich im Stich.

Ich hatte ihm geschworen, wenn der Wahnsinn käme, würde ich ihn erlösen.

Ich wusste, ich hätte Dracon aufhalten und es selbst zu Ende bringen sollen. Um ihrer beider Seelenheil willen. Doch ich war immer noch paralysiert, konnte nur zusehen, wie das Leben in den stahlblauen Tiefen erlosch, und warten, bis die Trommel seines Herzschlags, die in meinen Ohren dröhnte, verstummte.

Dann war es vorbei.

Dracon ließ den leblosen Körper fallen und sah mich zum ersten Mal seit seinem Auftauchen an. Mit dem Handrücken wischte er das Blut von seinen Lippen. Sein Blick war unergründlich. Langsam kam er auf mich zu. Mit jedem Schritt, den er sich näherte, fing ich stärker an zu zittern, bröckelte der Damm, der meine Tränen zurückgehalten hatte. Schließlich taumelte ich in die Arme, die er mir entgegenstreckte. Sie umfingen mich sanft, im krassen Widerspruch zu der Unerbittlichkeit, mit der sie Warren in seinen unvermeidlichen Tod gezwungen hatten. Für mich hielten sie Geborgenheit bereit. Eine starke Brust, an die ich mich lehnen konnte, um den Schock abklingen zu lassen.

„Ich kann es nicht", flüsterte ich. „Ich werde versagen, das weiß ich."

„Scht! Das wirst du nicht. Sag nicht so was."

„Doch", schluchzte ich. „Jedes Mal, wenn ich handeln sollte, stehe ich nur wie gelähmt daneben und jemand anderes muss das erledigen, was meine Aufgabe wäre. So wird es auch bei Kaliste sein. Ich bin nicht stark genug. Ich werde scheitern."

Diese Angst zerfraß mich seit Tagen und das eben Erlebte bestätigte sie. Wenn ich nicht einmal gegen Warren bestand, wie sollte ich Kaliste die Stirn bieten? Tizian irrte sich – Lucien irrte sich – alle irrten sich. Ich konnte nicht die Schicksalskriegerin sein. Mein Herz war zu schwach.

Dracon zog mich zu den Sitzreihen und nahm mit mir Platz. Er hielt mich lange schweigend im Arm, Worte wären sinnlos gewesen. Es genügte, dass er da war. Wieder einmal, wenn ich ihn brauchte. Ohne Forderung stand er mir stets zur Seite, duldete, dass ich mich für einen anderen entschieden hatte, und gab mich doch nie auf. War das nicht wahre Liebe? Er hatte sein Leben riskiert, um Lucien zu befreien, obwohl der ihn verstoßen und ihm mit dem Tod gedroht hatte. Zeugte das nicht von Größe? Das schwarze Schaf unserer Familie besaß vermutlich den besten Charakter von uns allen. Dracon war bar jeder Intrige und Lüge, immer ehrlich und direkt, auch wenn er aneckte oder nicht gefiel. Was warf ich ihm vor? Dass er seinen Gefühlen nachgab? Bereit war, Risiken einzugehen? Es genoss, ein Kind der Nacht zu sein? Er verstellte sich nie. Sein Verbrechen war, nicht zu heucheln, um den Kopf aus der Schlinge zu ziehen. Sogar vor Kaliste hatte er sich nicht gefürchtet, sich nicht kaufen lassen, indem sie ihm das Leben rettete und ihn und mich aneinanderband, weil sie glaubte, ihm damit sein Begehren zu erfüllen. Er war zu Raphael übergelaufen, statt sich von ihr blenden zu lassen. Ich konnte ihn nur bewundern.

„Besser?", fragte er nach einer Weile, als mein Schluchzen weniger wurde.

Ich nickte. „Es tut mir leid."

„Warum? Du hast nichts getan."

„Wegen Warren. Dass du ihn verloren hast. Wegen mir."

Er lachte leise und schüttelte den Kopf, drückte mir einen Kuss auf die Stirn und stand auf. Ich dachte, er würde zu Warrens Leiche gehen, aber erst einmal tauchte er zwischen den Sitzen ab und holte die Waffe hervor, um sie neben mich auf den leeren Platz zu legen. Erst dann kümmerte er sich um seinen toten Sohn. Die Liebe in seinen Augen, als er ihm über die Wange strich und ihm die Augen schloss, setzte einen weiteren Hieb auf mein Gewissen. Über Dracons Gesicht huschten Bedauern, Schmerz und Verlust gleich Fledermäusen und verschwanden im Dunkel des Kinosaales.

„Es war seine Entscheidung", sagte er und erhob sich. „Außerdem hatte ich eh schon daran gedacht. Ich wäre ihn bald leid gewesen. Mich vor die Wahl zu stellen, du oder er, hat es nur beschleunigt."

„Warum … hast du dich für mich entschieden? Ich meine … er war dein Gefährte, während ich immer bei Armand bleiben werde. Das weißt du."

Seine Augen leuchteten gespenstisch, er lächelte, als amüsierte ihn, dass ich nichts begriff.

„Eins sollte dir klar sein", sagte er leise. „Keiner wird dich je so sehr lieben wie ich."

Ich wusste nicht, ob ich darüber lachen oder wütend werden sollte. Er hatte mir das Leben gerettet, aber wollte er behaupten, Armand hätte in einer ähnlichen Situation anders gehandelt? „Versuch nicht, mir zu sagen, Armand würde mich nicht lieben."

„Das tue ich nicht. Er liebt dich sogar so sehr, dass er für dich sterben würde. Dein strahlender Held. Aber er liebt dich nicht um deinetwillen, sondern um ihretwillen. Du bist seine wiedergeborene Madeleine. Seine große Liebe."

Er machte eine lange Pause und auch ich schwieg, weil ich einen Kloß im Hals hatte, ihn nicht voller Überzeugung widerlegen zu können. Dabei kannte ich ihn doch, seine List und Tücke, mit schönen Worten Zweifel zu säen. Wenn seine Augen nur nicht so ehrlich gewesen wären.

„Lucien liebt dich, weil du ihm nutzt. Weil er Pläne mit dir hat. Das weißt du inzwischen selbst. Warren hat dich auch geliebt." Er schluckte, war zu stolz, auch nur eine Träne vor mir zu vergießen. „Weil du unerreichbar warst. Er konnte die Dunkelheit deiner Seele schmecken, so verführerisch süß, aber nie auskosten."

Jetzt kam er zu mir und ging vor mir in die Hocke, strich mir eine Strähne aus dem Gesicht und rieb die blutigen Tränen von meinen Wangen. „Vielleicht liebt dich sogar dieser Sangui – Blue. Wenn er lieben kann. Was aber keine Rolle spielt. Doch keiner, wirklich keiner, Mel, wird dich je so sehr lieben wie ich. Ich habe meinen dunklen Sohn getötet, um dich zu retten und bereue es nicht mit einer Faser meines Herzens. Weil niemand mir je so viel bedeuten wird wie du. Auch wenn du das nicht verstehst, vielleicht nicht einmal glauben kannst nach allem, was geschehen ist."

Dachte er an unsere erste Begegnung? Lucien hatte mal zu mir gesagt, dass er mich nicht getötet hätte, weil auch er wusste, was ich war. Die Schicksalskriegerin. Stimmte das? Er lachte über meine Gedanken.

„Glaub ihm nicht, dass jeder davon weiß. Ich selbst habe erst durch Raphael davon erfahren, als du seine Brut niedergemetzelt hast." Keine schönen Erinnerungen. „Nur die Ältesten wissen davon. Und ein paar ihrer Nachkommen, die sie eingeweiht haben. Raphael weiß es, weil er auch einen Ring der Nacht trägt und die Schicksalskriegerin eng mit den Ringen verwoben ist. Aber die meisten haben keine Ahnung. Glaubst du, Armand hätte dich verwandelt, wenn er es gewusst hätte? Immerhin wird die Schicksalskriegerin gegen Kaliste antreten und sie entweder besiegen oder sterben. Es wurde ihm erst viel später bewusst und ich glaube, so richtig begriffen, was es für euch bedeutet, hat er erst in der Festung ohne Wiederkehr."

„Du sagst, die Ältesten wussten es. Warum hat Lucien mir das alles dann nicht von Anfang an gesagt?"

Er lachte freudlos und schüttelte den Kopf. „Alles hat seinen Grund, Melissa. Und alles braucht Zeit. Du musstest deinen Weg gehen, sonst wäre alles Vergebens gewesen. Lucien riskiert nicht durch Ungeduld, dass seine schönen Pläne zerstört werden. Du bedeutest Macht für ihn, wenn du Kaliste besiegst. Und seinen Tod, wenn du unterliegst, denn dann wird Kaliste jeden fertigmachen, der sich gegen sie gestellt hat. Unseren Lord zuallererst. Sie hat sein Spiel längst durchschaut, und du solltest das auch."

Ich war geneigt, ihm zu glauben, weil es keinen logischen Grund gab, es nicht zu tun.

„Sag, dass du mich liebst. Sag es nur ein einziges Mal", bat er und drückte meine Hand.

„Du weißt, dass es so ist, Dracon. Du weißt, dass ich dich liebe", gestand ich und streichelte seine Wange. „Wie kannst du etwas anderes glauben nach all der Zeit?"

Unnötig zu sagen, dass aus dieser Liebe dennoch niemals Leidenschaft werden konnte. Ich fühlte seinen Hunger in dem Kuss, den er mir gab, schmeckte seine Pein. Doch ich hielt ihn nicht zurück, wusste, ich konnte darauf vertrauen, dass auch er es bei einem Kuss belassen würde.

„Drei Mal habe ich geliebt." Seine Stimme klang rau vor Tränen. „Lucien hat mich zerstört, als er mich wandelte. Du lehnst mich ab. Und Warren musste ich töten, um dich zu retten." Er machte eine Pause, in der er sichtlich um Kraft rang. „Wenn es einen Gott gibt, dann hoffe ich, er lässt mich nie wieder lieben."

Er löste sich von mir, kehrte zu Warren zurück und kniete sich neben den toten Körper. Ich trat zu ihm und streckte zitternd die Hand aus, um ihn zu trösten, doch er schlug sie weg.

„Nicht." Er wandte sein Gesicht ab, als sei es eine Qual mich anzusehen. „Ich wollte deine Liebe, nicht dein Mitleid. Das kannst du dir sparen." Als er den Kopf hob, schimmerten seine Augen tränenrot, obwohl er dagegen ankämpfte. „Er war von deinem Blut. Durch ihn war ein Teil von dir immer bei mir. Doch nicht genug, um gegen dich zu bestehen. Ich liebe dich, Mel. Dein Innerstes, denn ich weiß genau, wie du dich fühlst. Ich kenne dieselbe Zerrissenheit, Leidenschaft und Verzweiflung, die in dir ringt."

Meine Stimme gehorchte mir nur mühsam, als ich antwortete, denn seine Worte berührten mich in einer Weise, die mich erschütterte. „Vielleicht liebst du nur dein eigenes Spiegelbild in mir."

Ich wollte ihn nicht verletzten, wusste aber, dass ich es tat.

Er lachte bitter auf. „Ja, rede dir das nur ein. Das macht es leichter für dich, nicht wahr? Wenn ich dir schon vor Augen führe, dass die Liebe der anderen einen Haken hat, dann muss du auch einen an meiner finden, damit du nicht mit dir hadern oder dich schuldig fühlen musst. Meinetwegen, mir ist es gleich."

Er stand auf, packte mich so fest bei den Schultern, dass ich zusammenfuhr, doch ich wehrte mich nicht. Seine Stimme klang fest, frei von dem Sarkasmus oder der Selbstgefälligkeit, mit denen er sich sonst zu schützen suchte.

„Ich würde für dich sterben, Melissa. Und vielleicht werde ich das irgendwann."

Er seufzte tief, streichelte mein Gesicht. „Ich bin der Einzige, der immer ehrlich zu dir war, dir nie etwas vorgemacht hat. Aber dennoch weiß ich, dass kein Platz in deinem Leben für mich ist. In deinem Herzen noch viel weniger. Für dich gibt es nur Armand, und warum auch nicht? Er würde alles für dich tun und hat immerhin eine Menge für dich durchlitten. Ich schätze, er hat dich verdient. Und darum werde ich jetzt gehen und du musst mich nie wiedersehn. Ich wünsch dir viel Glück."

Sein zweiter Kuss in dieser Nacht schmeckte nach Schmerz und Begehren gleichermaßen. Während ich noch überlegte, ob ich ihn erwidern oder mich von Dracon befreien sollte, fand ich mich plötzlich allein im Raum wieder. Dracon und Warren waren fort.

Auf dem Weg zurück zu unserer Bleibe hoffte ich inständig, dass Armand schon zurück war. Ich konnte mir sein Donnerwetter vorstellen, weil ich allein rausgegangen war. Erst recht, wenn ich ihm sagte, mit wem ich mich getroffen hatte und was passiert war. Aber ich brauchte ihn und seinen Zuspruch in diesem Augenblick. Dracons Worte hatten ein Gefühlschaos und eine Verwirrung in mir zurückgelassen, die vermischt mit dem Schock des Erlebten immer wieder Tränen über meine Wangen schickten. Ich hoffte auf Trost in Armands Armen.

Doch die Wohnung lag im Dunkeln. Nur Blue stand davor und schien zu warten. Der Letzte, den ich sehen wollte, und dennoch übermannte mich beim Anblick seines besorgten Gesichtes, als er meine Tränen sah, die schiere Verzweiflung. Ich sank in seine Arme, klammerte mich an ihm fest und weinte bitterlich.

„Melissa, was ist denn los? Du bist ja völlig aufgelöst."

„Warren hat mich angerufen. Er klang voller Angst, hat nur irgendwas von Kaliste gesagt und dass er nicht weiß, was er machen soll. Ich dachte, weil sie doch neulich schon in London war, ohne dass wir es gemerkt haben, dass sie hinter ihm her ist. Und weil sie jetzt Elektrum-Kugeln hat. Ich glaubte, dass er in Gefahr schwebt, und bin sofort los, um ihm zu helfen. Aber als ich ankam, stand er auf einmal mit dieser Waffe da. So eine wie du Kaliste gegeben hast. Und dann ... dann ..."

Ich brachte es nicht fertig, darüber zu reden, was er gesagt hatte und wie Dracon auftauchte und dem Spuk ein Ende setzte. Blue drängte mich nicht, hielt mich fest und strich mir beruhigend über den Kopf.

„Scht! Scht! Jetzt ist ja alles gut."

„Wie ist er überhaupt an so ein Ding rangekommen?"

Blue seufzte. „Er hat sie von mir."

„Was?" Sein Geständnis versetzte mir einen Schlag in die Magengrube. Ich machte mich augenblicklich von ihm los.

„Hey, es ist nicht so, wie du denkst. Ich hab sie ihm nicht gegeben. Er hat das Ding geklaut, als er in meiner Wohnung war."

Gestohlen? Aus Blues Wohnung? Wann sollte das gewesen sein? „Und so was verschweigst du mir?"

„Mann, du hast doch schon genug Sorgen. Ich hab gedacht, er ist dein Sohn. Er will dich vielleicht damit beschützen. Ich hielt es nicht für so wichtig, deswegen die Welle zu machen."

„Hier!" Ich holte die Pistole aus meiner Tasche und drückte sie ihm in die Hand. „Nimm deine verdammte Waffe und verschwinde!"

„Was soll das jetzt schon wieder?"

„Sei still! Ich will kein Wort mehr hören. Das nächste Mal lass mich entscheiden, ob ich eine weitere Sorge vertragen kann oder nicht. Ich brauche keine Freunde, die mich belügen oder Dinge verschweigen. Ich hab genug Feinde, die das tun."

Franklin erschien verschlafen in der Tür. „Was ist hier los?"

Ich gab ihm keine Antwort, sondern ging hinein. Franklin blieb noch einen Moment draußen bei Blue. Ich hörte nicht, was sie sagten, war nur froh, als ich durchs Fenster sah, wie Blue die Straße entlangging. Er hatte mich bitter enttäuscht. Warren hatte mich bitter enttäuscht. Aber durch Blue hatte er die Möglichkeit dazu erhalten. Franklin sah mich nachdenklich an.

Als Armand kam, sagte ich ihm, dass Warren tot war und ich Blue die Waffe zurückgegeben hatte, die mein dunkler Sohn bei ihm gestohlen hatte. Ich spürte, dass Armand meine Vorwürfe gegenüber dem Sangui wieder würde zerreden wollen, also begann ich diese Diskussion nicht. Morgen Nacht wären wir ohnehin weit fort und dort, wo wir hingingen, brauchten wir Zusammenhalt. Da wollte ich keinen Streit riskieren, sondern zog es vor, meine Gedanken mit mir selbst auszumachen und mich auf die vor mir liegende Aufgabe zu konzentrieren.

Schattenjäger bestand darauf, erst allein die Lage zu prüfen. Wir bezogen ein kleines Hotel und warteten, dass er uns abholte. Als Armand und ich das Zimmer meines Vaters betraten, saß er auf dem Bett und war beschäftigt, eine Pistole zu reinigen. Die Waffe mutete altertümlich an. Man hatte sie gut gepflegt, und auch jetzt putzte, prüfte und ölte Franklin sie mit einer nahezu peniblen Gewissenhaftigkeit. Mein Vater als Liebhaber von Schusswaffen? Das war mir neu. Er schaffte es immer wieder, mich zu überraschen.

„Wem willst du denn damit zu Leibe rücken?", fragte Armand schmunzelnd und nahm auf dem Stuhl gegenüber Platz.

„Eine reine Vorsichtsmaßnahme", erklärte Franklin.

Ich zog die Brauen hoch. „Wo wir hingehen, wird dir die Waffe kaum etwas nützen. Auch nicht mit Silberkugeln."

„Elektrum vielleicht doch", korrigierte mein Vater und fuhr mit dem weichen Tuch an dem glänzenden Lauf entlang.

Seine Bewegungen waren so zärtlich, als streichelte er einen Geliebten. Mir lief ein Schauer über den Rücken und ich registrierte aus dem Augenwinkel, dass es Armand ähnlich ging.

„Nein, diese Waffe ist nur ein altes Erbstück. Ich dachte, sie zu reinigen wird mich beruhigen. Mitnehmen werde ich die da." Er deutete auf eine zweite Waffe, die noch in der kleinen Holzkiste lag.

Ich brauchte nur einen Blick darauf zu werfen, um zu erkennen, um welche es sich handelte. Meine Augen wurden schmal, doch mein Vater kam mir zuvor, ehe ich etwas sagen konnte.

„Ich habe ihn darum gebeten. Und da sie in meiner Hand einem guten Zweck dient, hat er sie mir überlassen."

Das hatte also an dem Abend so lange gedauert, als er bei Blue draußen geblieben war. Glaubte der Kerl, damit konnte er sich wieder bei mir einschleimen?

„Und du denkst, das macht einen Unterschied?", fragte ich spitz.

„Es ist nur für den Notfall, aber ich fühle mich damit besser."

Das konnte ich verstehen. Die Gefahr war für ihn größer als für uns.

„Und gegen wen dort unten helfen solche Kugeln? Wenn sie überhaupt helfen?", hakte ich nach.

„Helfen ist zu viel gesagt", gestand Franklin. „Aber sie verschaffen vielleicht Luft und Zeit, die Flucht nach hinten anzutreten."

„Oh! Denkst du, wenn so was nötig werden sollte, haben wir noch die Möglichkeit zu fliehen?"

Mein Vater sah erst mich, dann Armand, der weiterhin amüsiert grinste, mit gerunzelter Stirn an. Schließlich schob er sich die Brille zurecht und verstaute beide Waffen in der Kiste. „Es ist immer besser, vorzusorgen, nicht wahr?"

„Wenn es deine Nerven beruhigt, nimm sie mit." Armand warf einen Blick aus der Nähe auf die Pistolen, rührte sie aber nicht an. „Du könntest auch immer noch hierbleiben und uns allein gehen lassen."

Mein Vater war vielleicht übervorsichtig, aber feige sicher nicht.

Schattenjäger holte uns in der folgenden Nacht ab. Der Weg durch den Dschungel war mühsam, besonders für Franklin, doch wir kamen gut voran. Sobald wir die erste Höhle betraten, mussten wir uns um Tag oder Nacht nicht mehr kümmern.

Kurz nach Mitternacht lichtete sich der Urwald und wir schritten auf eine Steinformation zu. Ich blickte daran hinauf, hier begann ein Gebirgszug Neuguineas. Der am schwersten zu erreichende.

Durch eine Spalte im Felsen betraten wir den Eingang zur Unterwelt. Wegen Franklin hatten wir Taschenlampen mitgenommen. Zunächst sah alles nach einer gewöhnlichen Höhle aus, bis wir das erste Tor erreichten. Schattenjäger nickte mir zu und deutete auf meinen Ring.

Ich streckte die Hand aus und der Smaragd begann zu leuchten. Sternenstaub schien von ihm aufzusteigen und sich an einem bestimmten Punkt des Tores zu sammeln. Es gab ein Geräusch, ähnlich einem Entriegelungsmechanismus, dann schob sich der Fels beiseite und wir betraten einen finsteren Gang.

Auf diesem ersten Stück lauerten von tückischen Felsspalten abgesehen noch keine Gefahren. Wir erreichten bald das zweite Tor – ein Strom aus Lava, der sich von der Decke ergoss. Die Hitze ließ unsere Haare knistern. Aber mein Ring ließ den Fluss erstarren und gab eine Öffnung preis, durch die wir in den nächsten Bereich gelangten. Ab hier konnte unser Führer uns nicht mehr begleiten.

„Ihr könnt den Weg nicht verfehlen. Das dritte Tor wird bewacht, dort müsst ihr vorsichtig sein. Ebenso die nachfolgenden. Dafür sind diese nicht mehr verschlossen. Ich werde hier warten."

Als wir am dritten Tor angelangten, wäre es mir lieber gewesen, auch dieses mit meinem Ring öffnen zu müssen. Das wäre einfacher gewesen. Ich wünschte Schattenjäger mit seinem Schwert noch an unserer Seite. Die Wächter entpuppten sich als zwei Kerberos, die uns unmissverständlich klarmachten, dass wir unerwünscht waren. Kläffend und knurrend drohten uns gleich sechs mächtige Hundeköpfe. Ich blickte zu meinem Vater, der zwar nach der Pistole griff, sie aber stecken ließ. Gegen diese Hunde wirkten die Elektrum-Kugeln lächerlich.

Die Biester sahen gemeingefährlich aus und genau so gebärdeten sie sich. Sie fletschten die Zähne, zerrten an den Ketten, mit denen sie am Fels fixiert waren. Dass an diesen Viechern niemand vorbeikam, um sich in die Unterwelt einzuschmuggeln, war uns klar. Ich streckte die Hand mit meinem Ring aus, einen Versuch war es wert. Doch sofort schnappten gierige Mäuler nach mir. Der Ring blieb wirkungslos bei den Tieren.

Was nun? Wir mussten da rein, egal wie, aber zerfleischen lassen wollte ich mich nicht. Dann lieber das Risiko eingehen, Kalistes vermeintliche Schwachstelle im Kampf selbst finden zu müssen. Franklins Angst brannte mir in der Nase, was ich nachempfinden konnte. Einzig Armand ließ sich von den geifernden Hunden nicht beeindrucken, im Gegenteil. Er trat näher, musterte sie und schaute sie einen nach dem anderen an. Was zur Hölle hatte er vor? Ich wurde nervös, mir jagte schon einer dieser Kandidaten allein einen Heidenrespekt ein, ganz zu schweigen von der doppelten Ausführung mit scharfen Zähnen im Maul und langen Krallen an den Pfoten.

„Platz!", befahl Armand mit dröhnender Stimme.

Mich schauderte und der finstere Ausdruck in seinen Augen machte mir Angst. Dennoch hob ich zweifelnd die Augenbrauen. Ich konnte mir nicht vorstellen, dass diese Tiere so einen Befehl überhaupt kannten, geschweige denn ihn befolgten. Doch Armand wirkte zuversichtlich, zwinkerte mir aufmunternd zu.

Die Hunde wurden ruhiger, knurrten aber weiterhin und schnappten halbherzig nach uns. Armand ging dichter heran, befand sich jetzt innerhalb ihrer Reichweite. Ich hielt den Atem an.

„Armand, nicht, wir finden auch einen anderen Weg, aber bitte …"

Er gebot mir mit einer Geste zu schweigen, sein Blick wurde noch düsterer, er zeigte keine Furcht. Erneut gab er den Kerberos den Befehl, sich hinzulegen, diesmal unterstrichen von einem Handzeichen, mit dem er seinen Arm direkt vor eines der Mäuler brachte. Zu meiner Überraschung und Erleichterung folgten die Tiere seinem Befehl.

Er wartete, bis sie schwiegen, ihn hechelnd und mit gespitzten Ohren anschauten. Dann stellte er sich zwischen sie, ließ sie an seinen Händen schnüffeln, kraulte ihnen jeden der sechs Köpfe und sprach ruhig auf sie ein. Ich beobachtete das Ganze fassungslos. So was hätte ich nie für möglich gehalten.

„Es sind Hunde, nicht mehr und nicht weniger", sagte er. „Geht vorbei, ich komme nach."

Er folgte uns ein paar Minuten später. Ich roch Blut, fuhr besorgt zu ihm herum, aber er lächelte mich beruhigend an. „Alles in Ordnung. Sie haben mir nichts getan."

„Aber du blutest."

„Die Wunde habe ich mir selbst beigebracht. Vertrau mir. Lass uns weitergehen."

Die Dunkelheit veränderte sich, schluckte jedes Licht, bis die Taschenlampe nutzlos wurde. Wir tasteten uns mehr vorwärts, als dass wir uns orientiert hätten. Ich zwang mich, nicht darüber nachzudenken, dass weitere von diesen Hunden oder etwas anderes, Schlimmeres sich hier herumtrieb.

Bei jedem Geräusch – selbst unserem eigenen Atem – zuckten Franklin und ich zusammen. Lediglich Armand blieb gefasst und übernahm die Führung. Er setzte seine Schritte sicher und ohne Zögern. Spürte er nicht die Gefahr, die wie eine eisige Wolke durch die Gänge zog?

Ein Fehltritt wurde mir zum Verhängnis. Unter meinen Füßen geriet ein Stein ins Rutschen und meine schweißnassen Hände entglitten sowohl Armand als auch Franklin. Ich rutschte einen Hang hinab, fühlte, wie mir Felsnasen die Haut aufschnitten. Nach knapp zehn Metern blieb ich liegen. Ich konnte nichts sehen, aber über mir hörte ich, wie Armand und mein Vater versuchten, sicheren Fußes zu mir runterzukommen.

„Mir ist nichts passiert", rief ich. Damit schreckte ich einen Schwarm von Tieren auf, die in meiner Nähe gesessen hatten. Ich hatte Fledermäuse im Kopf, aber das war weit hergeholt. Sie besaßen nur entfernt Ähnlichkeit. Ihre Flügelschläge brachten immerhin Licht, weil sie fluoreszierten, doch dieses zeigte glühende Augen, gleich fünf je Exemplar, scharfe Zähne und einen lederüberzogenen Knochenleib.

Sie stoben den Abhang hinauf, den ich hinuntergerutscht war. Alles ging sehr schnell. Ich wollte meine Begleiter noch warnen, da hörte ich Franklin schon aufschreien und auch Armand fluchen, weil die Biester ihnen mit ihren Krallen zu Leibe rückten. Gleich darauf erklang ein Schuss.

Der Schmerz kam überraschend. Ein heißes Brennen. Wie ein glühendes Messer, das durch ein Stück Butter gestoßen wird. Es fühlte sich an, als würde mein Körper von der Eintrittswunde aus anfangen zu schmelzen, was natürlich Unsinn war. Oder doch nicht? Woher sollte der Schuss stammen, wenn nicht aus Franklins Pistole? Elektrum! Für einen Moment raubte es mir den Atem. Bruchteile einer Sekunde. Ich blickte an mir hinunter, konnte aber nach Verschwinden der Flatterviecher nichts mehr sehen. Mit der Hand fuhr ich über mein Brustbein und fühlte Blut. Die Kugel war dort eingedrungen, hatte meine Lunge durchschlagen und war weiter zur Wirbelsäule geglitten. Dort konnte ich sie jetzt fühlen. Sie hatte einen Wirbelkörper getroffen, das Rückenmark, die umliegenden Nervenbahnen zerfetzt und steckte im Knochen. Als ich es registrierte, brachen mir auch schon die Beine weg und verloren jedes Gefühl. Aber die Lähmung ging noch weiter. Ich spürte, wie meine Hände taub wurden und dann mein Gesicht. Einsetzende Totenstarre. Der Atem stoppte, das Herz blieb stehen – einen Takt, zwei Takte, drei Takte. Mein Verstand arbeitete weiter und fragte sich, wann der Herzschlag wieder einsetzte. Als es geschah, konnte ich spüren, wie das Blut an der beschädigten Stelle in meinem Körper zusammenströmte. Wie die Blutkörperchen ihre Arbeit aufnahmen. Kleine Präzisionschirurgen, die jede Nervenzelle wieder zusammenfügten und die Knochensplitter der Wirbelsäule an ihren richtigen Platz schoben. Langsam kam das Gefühl zurück. Zuerst in die Arme und Hände. Ich schob meine linke Hand unter meinen Rücken, tastete entlang so gut es ging, erreichte die Kugel aber nicht und gab auf.

„Melissa!"

Armand hatte mich erreicht. „Kugel", hauchte ich. „Rücken."

Er drehte mich um, fuhr meine Wirbelsäule entlang, bis er das Projektil fand. Mit seinem Fingernagel ritzte er die Haut auf und holte den Fremdkörper heraus. Die Wunde schloss sich. Und fast im gleichen Augenblick kehrte auch in meine Beine das Gefühl zurück. Ein paar Minuten später stand ich wieder auf meinen Füßen und ließ mich von meinem Vater abtasten und in die Arme schließen.

„O Melissa! Was hab ich getan?"

„Nichts Vater! Es ist gar nichts passiert. Alles in Ordnung."

„Wärest du kein Vampir, wärst du jetzt tot. Ich habe meine eigene Tochter erschossen!"

„Hätte ich die Kugeln nicht letzte Nacht noch ausgetauscht, wäre sie es trotzdem", zischte Armand.

Ich fühlte seinen Ärger, obwohl er sich sofort wieder umwandte und den Weg fortsetzte, nachdem klar war, dass ich weiterlaufen konnte. Franklin hingegen ließ sich kaum beruhigen.

„Schau das nächste Mal einfach genauer hin, bevor du abdrückst", bat ich im Weitergehen. „Es tut nämlich weh."

Er würde nicht wieder schießen, wollte die Waffe zurücklassen, aber davon riet ich ab. Der Teufel wusste, wer sie vielleicht fand.

Zwar konnten wir nach und nach wieder die Umrisse unserer Umgebung erkennen, doch diese war bevölkert von Ghanagouls. Wenn sie uns entdeckten, würden sie erst schießen und dann Fragen stellen. Also wurde es ein Spießrutenlauf, der uns zwang, uns zu trennen, weil jeder Vorsprung meist nur Deckung für eine Person bot. Das Ganze hatte etwas von Bäumchen wechsle dich.

Auf diese Weise kamen wir an den patrouillierenden Wächtern vorbei, aber nicht an lebendigem Gestein mit eigenem Willen. Von einer Sekunde zur anderen schob sich ein Fels aus dem Boden und trennte mich von Armand und Franklin. Ich hämmerte mit den Fäusten dagegen, ohne Erfolg. Rufen kam nicht infrage, also versuchte ich es telepathisch. Armand hörte mich und gab mir Antwort. Ihn hatte ein Felsspalt erwischt und von Franklin abgeschnitten. Somit waren wir nun alle auf uns allein gestellt, was mir vor allem bei meinem Vater Sorge bereitete.

„Du musst weiter, Mel. Ich finde Franklin schon."

„Nein, ich lass euch nicht allein. Ich bleib hier, bis ihr wieder bei mir seid."

„Das geht nicht. Du weißt nicht, was diese Steine als Nächstes tun und wann die Wächter darauf aufmerksam werden, dass sich hier etwas bewegt. Verlier keine Zeit. Es kommt auf dich an. Wir kommen schon klar."

Die Wahl, ob ich auf ihn hören sollte oder nicht, nahmen mir drei Ghanagouls ab, die mich in diesem Augenblick entdeckten und auf mich zurannten. Hektisch blickte ich mich um, kein Gang, in den ich ausweichen konnte. Also sprang ich an der Felswand hoch, griff nach kleinen Vorsprüngen und überwand die Mauer aus natürlichem Gestein. Auf der anderen Seite sah es nicht besser aus. Auch hier Wächter, einer legte die Waffe an und ein Lichtblitz durchzuckte die Dunkelheit. Ich warf mich zu Boden, dennoch streifte mich die elektrische Ladung und verbrannte mir die Hüfte. Mit zusammengebissenen Zähnen ignorierte ich den Schmerz, versuchte wieder Kontakt mit Armand zu bekommen, da hallte Franklins Schrei von allen Seiten auf mich ein, ließ mir das Blut in den Adern gefrieren.

O Göttin! Bitte nicht! Ich rannte blindlings drauflos, ignorierte meine Angreifer, beseelt nur von einem Gedanken: Ich musste zu meinem Vater. In diesem Labyrinth aus sich verschiebenden Gängen und Wänden eine schwierige Aufgabe. Auch der Akustik konnte man nicht trauen. Mir blieb nur, mich auf meinen Instinkt zu verlassen.

„Mel!" Armand kam aus einem der anderen Gänge. Wenigstens wir waren wieder beieinander.

„Hast du meinen Vater gesehen?"

Wir blieben nicht stehen. Sowohl ihm als auch mir waren Wächter dicht auf den Fersen. Blitze fraßen sich in den Fels, überall dort, wo wir Sekunden zuvor vorbeirannten.

Armand schüttelte den Kopf. „Er war zuletzt an der Biegung bei uns. Danach fingen die Wände an, sich zu verschieben. Ich habe keine Ahnung, welche Richtung er genommen hat."

Mein Puls raste, meine Gedanken überschlugen sich. Wenn ich nur darauf bestanden hätte, dass er in London blieb. Oder wenigstens im Hotel. Wenn er starb, war das meine Schuld.

„Da vorn!", rief Armand plötzlich, aber in diesem Moment erblickte ich ihn bereits.

Mein Herz verwandelte sich in einen eisigen Klumpen, der kaum noch schlagen wollte. Tränen schnürten meine Kehle zu wie ein Henkersstrick. Wir kamen zu spät!

Franklin lag am Boden und rührte sich nicht. Der Gestank verbrannten Fleisches schwängerte die Luft, gemischt mit menschlichem Blut. Während ich nur daran dachte, zu ihm zu gelangen, hielt Armand mich gerade noch rechtzeitig zurück, drehte sich mit mir und schützte mich mit seinem Körper. Ich fühlte, wie er zusammenzuckte. Er keuchte, seine Hände krampften sich so fest zusammen, dass ich glaubte, er würde mir die Arme brechen.

„Armand, was ist? Was hast du?"

Doch da fühlte ich bereits die klebrig-warme Flüssigkeit, die über mich rann. Etwas hatte ihn getroffen. Ich konnte mich unter seinem Gewicht halb zur Seite drehen, sah mit Schrecken den Speer in seiner Seite stecken. Er schob sich mit der einen Hand von mir herunter, um mich nicht zu einem wehrlosen Ziel zu machen, mit der anderen zog er die Waffe, die seinen Körper komplett durchschlagen hatte, heraus, was den Blutfluss verstärkte.

Hektisch blickte ich mich um, woher der Angriff gekommen war, konnte aber niemanden sehen. Ich versuchte, die Blutung mit meinen Händen zu stoppen, bis Armand energisch den Kopf schüttelte.

„Sieh ... nach Franklin", presste er hervor. „Ich komm ... schon klar."

Wie eine Schlange kroch ich über den Boden zu meinem Vater. Hinter mir stieß Armand einen schrillen Pfiff aus. Ich hoffte, dass er die Wahrheit sagte und die Wunde schlimmer aussah, als sie war.

Meinen Vater hatte es noch übler erwischt. Sein Brustkorb war verschmort, wie es nur nach dem Schuss aus einer Ghanagoul-Waffe erfolgte. Außerdem waren beide Beine gebrochen, als er über eine Falle am Boden stolperte. Ein Balken aus Stein, der einem Flüchtenden entgegenschlug. So hatte er keine Chance gehabt, den Ghanagouls zu entkommen. Ich fühlte mit zitternden Fingern seinen Puls, atmete auf, als ich es leicht gegen meine Fingerspitzen klopfen fühlte. Noch lebte er.

„Armand?"

Keine Antwort. Panik überfiel mich.

Dann sehr schwach: „Bleib, wo du bist. Warte."

Er klang so leblos, dass ich um sein Leben noch mehr fürchtete als um das meines Vaters. Ungeachtet der Gefahr sprang ich auf, um zu ihm hinüberzulaufen. Im selben Moment hörte ich ein Sirren und spitze Stacheln bohrten sich in meine rechte Schulter. Mit einem Schrei wurde ich von den Füßen gerissen, fiel aber nicht. Was auch immer mich getroffen hatte, nagelte mich an die Felswand in meinem Rücken. Der Schmerz zog alle Kraft aus meinem Körper. Mir sackten die Beine weg, was augenblicklich die Einwirkung der Dornen in meiner Schulter verstärkte. Tränen verschleierten meinen Blick, mir wurde kalt. Nur die Schulter pulsierte, als drehte jemand glühende Spieße darin herum. Ich zwang mich, die Augen offen zu lassen und nach Armand und Franklin zu sehen. Mein Liebster lag regungslos am Boden. Ich konnte nicht erkennen, dass sich sein Brustkorb bewegte. Der Atem meines Vaters ging flach, aber wenigstens konnte ich sehen, dass er noch immer nicht tot war.

Ich schielte zu meiner Schulter, um festzustellen, was mich peinigte und zur Bewegungslosigkeit verdammte. Ein überdimensionaler Morgenstern steckte in meinem Fleisch, hatte das Schultergelenk zertrümmert, und war mit seinen Dornen so tief in den Fels gedrungen, dass ich ihn nicht lösen konnte. Da mein Herzschlag ebenfalls langsamer wurde, meine Lungen zu brennen begannen und starker Schwindel von mir Besitz ergriff, ging ich davon aus, dass es wohl Elektrum sein musste. Meine Zunge schwoll an und die Kehle wurde immer enger. Im rechten Arm schwand das Gefühl, aber so ließ auch der Schmerz nach. Mir wurde klar, dass ich mich nicht mehr lange bei Bewusstsein halten konnte.

Das Schicksal wollte wohl, dass wir hier scheiterten. Leid tat mir nur, dass ich Armand und meinen Vater mit hineingezogen hatte. Ich hätte auf meinen Bauch hören sollen, auf Serenas Worte. Die bittere Ironie war, dass sie sich geirrt hatte. Ich verlor nicht nur jemanden, den ich liebte, ich ging mit ihm in den Tod.

In der Ferne erklang wildes Geheul. Osira? Meine Lider flatterten. Metallisches Klirren mischte sich darunter. Ich konnte es nicht zuordnen, das Denken war schwer, sprengte fast meinen Schädel. Mit bunten, zuckenden Lichtern übermannte mich die Bewusstlosigkeit und brachte Erlösung.

„Mel?" Die Stimme dröhnte in meinen Ohren. Konnte man nicht mal in Ruhe sterben?

Etwas streifte meine Wange. Kalt und feucht. Es roch faulig.

„Nicht, lass sie", sagte die Stimme.

Der Boden bewegte sich unter mir und ich protestierte mit einem unwilligen Laut, weil mir schon wieder schwindelig wurde.

„Dieu merci! Sie kommt wieder zu sich."

„Es war auch knapp genug."

Etwas Hartes wurde gegen meinen Mund gepresst, das sich anfühlte wie glattpolierte Knochen. Bitterer Saft rann durch meine Kehle. Ich würgte, hustete, kämpfte gegen das Gefühl des Erstickens und öffnete mit einem heftigen Atemzug die Augen.

„Es schmeckt scheußlich, aber es ist nicht so giftig wie das Elektrum in deinem Körper."

Schattenjäger grinste mich an. Das Gefäß in seiner Hand war ein leerer Totenschädel. Ich würgte abermals, doch was immer er mir da gegeben hatte, blieb in mir.

„Danke", sagte Armand.

Ich drehte den Kopf und sah ihn lächeln. Erleichterung stand in seinen Augen. Er strich mir über die Wange und drückte einen Kuss auf meine Stirn.

„Dank dem Kerberos. Ohne ihn hätte ich euch nicht schnell genug gefunden", meinte Schattenjäger.

Neben Armand lag einer der dreiköpfigen Hunde. Dann verdankte ich den ersten Kuss wohl ihm. Angewidert verzog ich das Gesicht. Der andere Hund saß ein Stück weit von uns entfernt und hielt Wache.

„Wir sollten schleunigst von hier verschwinden. Da kommt bestimmt bald die Nachhut. Und ich dürfte sowieso nicht hier sein." Schattenjäger erhob sich und steckte sein Schwert zurück in die Scheide.

„Kannst du laufen?", fragte Armand.

„Ich hoffe."

Mit seiner Hilfe kämpfte ich mich auf die Beine. Sie waren wackelig, aber ich stand. Schattenjäger legte sich Franklin über die Schulter und schritt voran. Auf meinen sorgenvollen Blick hin beruhigte mich Armand, dass er noch lebte, doch wenn er nicht bald ärztlich versorgt wurde, standen die Chancen schlecht.

„Ich besitze kein Mittel, das bei Menschen wirkt", entschuldigte sich Schattenjäger. „Aber ich weiß, wo eine Mission ist. Die haben eine Krankenstation mit einem guten Arzt."

Im Angesicht der Wahrheit

„Ich versteh immer noch nicht, wie er das überleben konnte", sagte Armand zum wiederholten Mal.

Mir war unbehaglich zumute. Im Gegensatz zu meinem Liebsten wusste ich sehr wohl, woher mein Vater die Kraft nahm. Luciens Blut.

Aber das wollte ich ihm nicht sagen.

Armand hatte Franklin trinken lassen wollen, was ich gerade noch verhindert hatte. Ich kannte den Zustand, in dem sich mein Vater befand. Ähnlich dem meinen, nachdem mir die Flucht vor Dracon gelungen war. Lemain hatte mich trinken lassen und mich damit zur Wandlung verdammt, ohne sie zu vollziehen. Dieses Schicksal wollte ich meinem Vater gern ersparen. Selbst wenn es ihn nicht wandelte, es würde die Sucht verstärken und Lucien noch mehr in die Hände spielen.

Erst wenn mir die Leute in der Mission sagten, dass es keine Hoffnung gab, würde ich Armand gewähren lassen – mit dem Wissen, dass mein Vater es womöglich nicht gewollt hätte.

Ob sich der Arzt und die Schwestern mit solchen Verletzungen auskannten? Jedenfalls stellten sie wenig Fragen, erklärten nur, dass die Höhlen im Urwald vielerlei Gefahren bargen. Eine Nonne, Schwester Lätitia, kümmerte sich liebevoll um meinen Vater und sprach mir Mut zu.

„Er ist sehr schwer verletzt, aber es sieht nicht hoffnungslos aus. Beten Sie für ihn. Wo Glaube ist, ist auch Hoffnung."

Ich hätte am liebsten bitter gelacht. Sie riet einer Dämonin, zu Gott zu beten. Wie bizarr.

Den Rest der Nacht wachte ich an Franklins Bett und weinte immer wieder. Als Warren starb, hatte ich noch geglaubt, Serenas Worte hätten ihm gegolten, jetzt bangte ich, dass sie meinen Vater meinte.

Armand sprach mit Schattenjäger, der es bedauerte, dass wir so früh gescheitert waren. Dabei hätten noch fünf Tore vor uns gelegen. Mir war klar, das würden wir niemals schaffen.

Als der Morgen dämmerte, kam Armand, um mich abzuholen.

„Mel, du kannst nichts für ihn tun. Wenn du noch länger hierbleibst, bringst du dich in Gefahr. Der Arzt weiß, was er tut."

Ich schüttelte den Kopf.

„Du musst schlafen. Deine Verletzung ist noch nicht ganz verheilt, dein Körper braucht Ruhe."

Er musste mich zwingen, mitzugehen. Der Gedanke, dass Franklin während des Tages starb und ich nicht bei ihm war, schien mir unerträglich.

Vier Nächte wachte ich an seinem Bett und verließ es erst im Morgengrauen. Die Schwester verlor kein Wort, dass ich schon in der zweiten wieder gänzlich gesund erschien. Der Gedanke, dass sie wusste, was da unter der Erde im Dschungel hauste, wurde zur Gewissheit. Armand sprach mit ihr darüber. Was sie dachte, war mir egal, ich wollte nur, dass mein Vater wieder zu sich kam. So wie es aussah, schaffte er es ohne Armands Blut.

In der fünften Nacht empfing mich Lätitia und teilte mir mit, dass Franklin das Bewusstsein wiedererlangt hatte. „Er schafft es meist nur wenige Minuten, wach zu bleiben, aber es ist ein Anfang. Ihr Vater ist sehr stark. Er wird wieder gesund."

Es ging ihm noch nicht gut genug, um ihn ins Mutterhaus zu transportieren. Das machte mir Sorgen. So bemüht Arzt und Schwestern hier auch waren, die Möglichkeiten waren beschränkt, der Kampf um Leben und Tod noch nicht gewonnen.

Als Lätitia das Krankenzimmer verließ, machte Franklin mit Gesten deutlich, dass er mir etwas sagen wollte. Er sollte sich nicht anstrengen, aber es schien ihm wichtig zu sein. Also kniete ich mich neben sein Bett und nickte, dass ich ihm zuhören würde. Armand behielt derweil die Tür im Auge, falls Lätitia zurückkam.

„Ben lebt", sagte Franklin leise, das Sprechen fiel ihm schwer.

Ich schluckte hart. Es lag Jahre zurück, dass Ben – mein Freund und großer Bruder in der Ashera – von einem Tag auf den anderen spurlos verschwunden war. Unter sehr mysteriösen Umständen. Ich war damals noch sterblich gewesen und hatte einen heftigen Streit mit Franklin gehabt, der letztendlich zu meiner Entscheidung führte, Armand in die Unsterblichkeit zu folgen. Wir hatten nie wieder über Ben gesprochen. Warum fing er jetzt davon an? Doch seine Gesundheit war mir wichtiger als das Verlangen, mehr zu erfahren. Ich hegte keinen Groll mehr und hatte diese Angelegenheit, wenn auch nicht vergessen, so doch abgeschlossen. Wenn er noch lebte, freute mich das und war ein Grund mehr, nicht in alten Wunden zu stochern, sondern das Thema ruhen zu lassen.

„Still, Vater", bat ich und wischte ihm die Stirn mit dem Leinentuch ab, das neben seinem Bett auf dem Nachttisch lag. Er sah schlecht aus, fieberte und seine Wunden heilten langsam. Dämonische Wunden konnten einen sterblichen Körper vergiften und töten, selbst wenn sie anfangs nur oberflächlich wirkten. Seine gingen tief, er würde seine ganze Kraft brauchen, um sich zu erholen. Jede noch so kleine Anstrengung raubte ihm etwas davon.

„Wir reden später darüber", versuchte ich, ihn zu beruhigen und stand auf. Doch er fasste meine Hand mit überraschend viel Kraft und hielt mich fest.

„Mel, es gibt vielleicht kein Später mehr für mich."

Er hustete, fing sich aber wieder. Es war eine Last auf seinem Gewissen, die er loswerden wollte, weil er fürchtete, dass es zu Ende ging. Er wollte sein Gewissen mir gegenüber erleichtern, weil mir Ben so nahegestanden hatte. Franklin glaubte an seinen nahenden Tod. Fühlte er es? Ahnte es? Mehr als der Arzt? Ich bekam Angst um ihn, blickte schon zu Armand, damit er ihm doch den kleinen Trunk gab, doch mein Vater winkte ab.

„Ich war wütend auf ihn", begann er. „Weil er sich auf deine Seite stellte. Sogar auf Armands Seite. Weil er mir Vorhaltungen machte, dass ich über dein Leben bestimmen würde. Und dass du ein Recht hättest, mit Armand zu gehen, wenn du es wolltest. Er sagte, dass ich dir die Wahrheit sagen und dann alles andere dir überlassen müsse. Aber ich wollte dich nicht verlieren." Er lachte bitter. „Dabei stand deine Entscheidung schon fest. Es ging nur noch um den Zeitpunkt. Ben hatte recht. Verloren habe ich dich von Anfang an nur durch mein Schweigen."

Ich senkte den Blick, erwiderte nichts. Er wurde noch immer nicht damit fertig, dass ich damals diesen Weg gewählt hatte. Die Gründe dafür waren zahlreich und lagen auf der Hand. Darüber mussten wir nicht reden.

„Ich hatte Angst, dass er es dir sagen würde. Und er wusste doch alles über dich, Joanna, Armand und mich."

Er machte eine längere Pause. Wohl um neue Kraft zu sammeln, damit er fortfahren konnte.

„Du kennst mich. Heute kennst du mich. Damals wusstest du nichts über mich. Du weißt, dass ich viel tue, um meine Ziele zu erreichen. Aber … aber ihn töten? Das hätte ich nie. Es hat mir das Herz gebrochen, dass du das von mir geglaubt hast. Und doch konnte ich dir die Wahrheit nicht sagen."

Ich schwieg, obwohl ich an meinen Großvater – Carl – denken musste, den er von Armand hatte töten lassen, um Vater des Mutterhauses zu werden. Sicher, das hatte auch andere Gründe gehabt. War Carl doch nach dem Tod seiner Tochter Joanna – meiner Mutter – wahnsinnig und zu einer permanenten Gefahr für den gesamten Orden geworden. Sein Abdanken war notwendig gewesen. So stand es in den Akten. Wie viel davon der Wahrheit entsprach, wusste ich nicht. Offizielle Todesursache war ein Herzstillstand aufgrund einer Medikamentenüberdosis.

Franklin hatte mit seinen Vorteilen kalkuliert, als er die Entscheidung traf, Armand einen Mord in Auftrag zu geben. Somit konnte man nicht sagen, Mord käme für ihn nicht infrage. Aber welches Recht hatte ich, das zu verurteilen. Ausgerechnet ich – ein Vampir – der einzig davon lebte, Menschen zu töten? Und im Glauben an seinen bevorstehenden Tod hatte Franklin sicher keinen Grund, Halbwahrheiten in sein Geständnis zu packen. Also glaubte ich ihm, dass Ben noch lebte.

„Ich habe ihn nur wegbringen lassen", erklärte er.

„Wohin? Und warum ist er nie von sich aus zurückgekommen?"

„Das konnte er nicht", gestand Franklin und sein Gesicht nahm einen leidvollen Ausdruck an. „Bitte, Mel, vergib mir. Er wird mir nie verzeihen, aber wenigstens du."

Er klang verzweifelt, flehend und ich legte meine andere Hand auf seine, mit der er mich noch immer festhielt.

„Er weiß nicht einmal, wo er ist. Und er dürfte sehr bald schon gelernt haben, dass Flucht dort unmöglich ist. Es ist eine Außenstation des Ordens. Tief unter der Erde. In der Namibwüste. Ein Ort, wo schon viele hingebracht wurden, wenn sie unbequem, zu alt oder eine Gefahr geworden sind. Sie forschen, recherchieren und dokumentieren für uns. Sie erhalten Daten und Proben aus aller Welt. Doch sie können keinen Kontakt nach außen aufnehmen. Nicht einmal zu den Leitern dieser Einrichtung, die als Verbindung zwischen ihnen und den Ordenshäusern in der Welt dienen. Irgendwann findet sich jeder damit ab."

In meinem Kopf formte sich ein einzelnes Wort in hellroten Buchstaben auf schwarzem Grund: MAGISTER!

Franklins Blick ging ins Leere. Es musste furchtbar für ihn sein, darüber nachzudenken und zu sprechen. Noch einmal zu realisieren, was er Ben angetan hatte. Er hatte ihn als eine Gefahr innerhalb des Mutterhauses gemeldet. Wenige Stunden später war Ben abgeholt worden.

Wo genau diese Station lag, wusste Franklin nicht. Wie schlimm musste es für Ben gewesen sein. Verstoßen, vertrieben. Weggesperrt und von der Außenwelt isoliert. Gerade Ben. Der lebensfrohe, liebenswerte Ben.

Stummes Schluchzen schüttelte meinen Vater. Es quälte ihn. Er hatte dieses Geheimnis nicht mit ins Grab nehmen wollen. Wünschte ich es ihm jetzt? Natürlich nicht. Ich sorgte mich noch immer um ihn und hoffte, dass er sich schnell erholte. Wegen Ben … es tat weh. Um ihn und weil mein Vater so etwas getan hatte. Dass er darüber nicht sprach, war verständlich. Das Magister forderte absolute Verschwiegenheit.

„Armand kam zu mir ans Bett. „Lätitia ist im Gang. Sie wird gleich hier sein."

Meinem Vater fielen bereits die Augen zu. Ich strich ihm das feuchte Haar aus der Stirn.

„Schlaf jetzt, Franklin. Du bist erschöpft. Und du brauchst deine Kraft, um wieder gesund zu werden. Ich glaube dir, dass es dir leidtut. Und ich verzeihe dir."

Er wurde ruhiger. Das Reden hatte ihn sehr ermüdet. Nicht lange und er schlief tief und fest.

Leise verließen Armand und ich das Zimmer, lächelten Lätitia zu, die kam, um ihm seine Spritzen zu geben.

Draußen vor der Tür, umgeben von der Schwüle des Dschungels sagte ich Armand, was Franklin mit gestanden hatte und zu welchem Entschluss es mich führte.

„Pass auf meinen Vater auf. Ich komme zurück, so schnell ich kann."

„Denkst du ernsthaft, dass er noch lebt?'"

Ich nickte. „Man hätte Franklin über seinen Tod unterrichtet. Wenn er sagt, Ben lebt noch, dann ist das auch so."

Ob er verstand, dass ich ihn nicht dort lassen konnte? Zumindest wünschte er mir Glück und gab mir einen Kuss zum Abschied, ehe er an Franklins Krankenbett zurückkehrte.

Ich wandte mein Gesicht dem Himmel zu. Namibwüste. Ich würde Ben finden. Und egal, was er in den letzten Jahren durchlitten hatte, bald war er wieder frei.

Über der Namibwüste öffnete ich meine Sinne und ließ mich treiben, bis ich den Ort fand, den ich suchte. Die Schwingungen waren kaum wahrnehmbar. Als gäbe es keine Menschen dort unter dem Sand. Doch ich wusste, sie waren da, und Ben war einer von ihnen.

Der Eingang des Bunkers verschmolz vollständig mit der Umgebung. Wie konnte man tief unter dem Sand Menschen für Jahre einsperren und am Leben halten? Ich würde es gleich erfahren. Meine Hand glitt über das Tor, suchte nach einem Mechanismus, mit dem es sich öffnen ließ. Irgendwie musste man es doch bedienen können.

„Lass mich mal sehen."

Erschrocken fuhr ich herum – und sah Armand ins Gesicht.

„Dachtest du, ich lass dich allein ins Unglück rennen?", flüsterte er. „Du wirst dich nie wieder einer Gefahr stellen müssen, ohne mich an deiner Seite."

Seine Nähe beruhigte mich. Mir wurde augenblicklich leicht ums Herz. Wenn er dabei war, würden wir es schaffen.

Er brauchte nicht lange, um den kleinen Schaltkasten zu finden. Die Knöpfe des Öffnungscodes waren abgenutzt, die Reihenfolge für einen Hacker mit vampirischem Verstand ein Kinderspiel.

Hinter dem Tor erwarteten uns ein Labyrinth und jede Menge Sicherheitssysteme. Ich gestand mir ein, dass ich ohne Armand niemals hier durchgekommen wäre. Sein Auge erfasste jeden Laser, jede Lichtschranke, jedes Alarm-Modul und die dazugehörige Steuerung, um es außer Kraft zu setzen. Wir passierten mehrere Schleusen, Menschen liefen uns nicht über den Weg. Hier gab es keine Gefängniswärter, alles wurde elektronisch gesteuert. So waren Fehler ausgeschlossen und Bestechungsversuche unmöglich.

Als wir in den ersten Zellentrakt kamen, befiel mich die Angst, Ben nicht zu finden oder ihn nicht zu erkennen. Sechs Jahre! Sechs Jahre hatten wir uns nicht gesehen. Er konnte nicht mehr derselbe sein. Nicht in so einem Loch.

„Was machen wir mit den anderen hier?", fragte Armand.

Er sah zu den vielen Zellentüren, die kein Ende nehmen wollten. Und das war nur eine von vielen Sektionen. Ob es mehr als nur die eine Ebene gab, wollte ich gar nicht wissen. Trotz des Hauchs von Schuldbewusstsein, der sich in mein Herz schlich, entschied ich mich.

„Wir können sie nicht alle mitnehmen. Und sie in der Wüste freizulassen, wäre ihr Todesurteil."

Er nickte stumm. Ich verließ mich auf meinen Instinkt, konzentriere mich auf das, was Ben für mich ausgemacht hatte. Schließlich stand ich vor einer Zelle, die in mir das Bedürfnis weckte, hineinzugehen. Ich sah Armand an und nickte, damit er sie für mich öffnete.

Was auch immer ich mir vorgestellt haben mochte, die Wahrheit war schlimmer. Als ich vor der schmalen Pritsche stand und auf die schlafende Gestalt hinabsah, wusste ich, das war Ben, obwohl ich ihn kaum noch erkannt hätte. Ein Schatten seiner selbst, nicht im Entferntesten mehr der junge Mann aus Gorlem Manor. Und das alles nur, weil er auf meiner Seite gestanden hatte. Für den Bruchteil einer Sekunde verabscheute ich meinen Vater. Ich sagte kein Wort, hatte auch sonst kein Geräusch verursacht und doch kam nach wenigen Augenblicken Leben in den Schläfer. Er spürte meine Nähe und schlug die Augen auf, drehte sich zu mir um, musterte mich lange. Ich kam mir vor wie ein Alien, vielleicht war ich das auch für ihn.

„Du hast dir de facto verdammt lange Zeit gelassen", sagte er schließlich.

Seine Stimme klang erschreckend schwach, aber für das de facto hätte ich ihn küssen mögen. Er erhob sich von seinem Lager, ausgemergelt und schwach. Wir fielen uns in die Arme und eine Flut von Tränen lief mir übers Gesicht, während er nur immer wieder leise murmelte: „Ich wusste es. Ich wusste, du holst mich hier raus."

Es dauerte Ewigkeiten, bis wir uns voneinander lösten und Worte fanden. Worte, die wir uns so lange nicht hatten sagen können.

„Ich wusste, dass du kommen und mich holen würdest. Und ich wusste, du bist unsterblich, wenn es so weit ist. Ich habe es gespürt. Auch hier drin, wo man nichts mehr fühlt, habe ich es gespürt. O Mel. Meine kleine Mel!" Er nahm mich wieder in die Arme.

„Ich habe die ganzen Jahre geglaubt, du bist tot", schluchzte ich.

„Hier ist man auch tot", antwortete er. „Selbst wenn man lebt."

Ich betrachtete sein Gesicht, streichelte es mit meinen kühlen Fingern. Er sah ausgezehrt aus und übermüdet. Das Leben hier musste schlimmer als die Hölle sein. Wenn Ben meinen Vater hasste, konnte ich das verstehen, doch er schien meine Gedanken zu erraten.

„Ich habe Franklin längst vergeben, denn ich weiß, dass er es inzwischen selbst für einen Fehler hält und darunter leidet. Er ist ein guter Mensch, er hatte nur Angst, dich zu verlieren. Sag, geht es ihm gut?"

Ich schluckte. Das war Ben, wie ich ihn immer gekannt hatte. Und ich war froh, dass er sich nicht geändert hatte, trotz der Umstände.

„Wir hatten einen harten Kampf mit Dämonen und er ist verletzt. Aber ich denke, er wird durchkommen. Er hingegen fürchtet, dass er sterben muss, deshalb hat er mir gesagt, was damals geschehen ist und wo ich dich finde. Sonst wäre ich nicht hier."

Ben nickte. Mehr gab es dazu nicht zu sagen. Wir hatten später Zeit zum Reden. Armand hier zu sehen, überraschte Ben. Trotzdem umarmte er auch meinen Verlobten und war ihm dankbar für seine Hilfe.

„Wir müssen uns beeilen. Es wird nicht lange dauern, bis auffällt, dass hier die Sicherheitssysteme außer Kraft sind. Ich weiß nicht, ob ich sie ein zweites Mal lahmlegen kann."

Er hatte die Worte noch nicht ausgesprochen, da ging der Alarm los. Rotes Blinklicht tauchte die Gänge in ein gespenstisches Szenario. In den Zellen wurden Stimmen laut. Die Männer und Frauen wussten nicht, was geschah, gerieten in Panik. Überall hämmerte es gegen die Türen.

„Merde!", fluchte Armand. So bald hatte er nicht mit einer Entdeckung seiner Sabotage gerechnet.

Ben ertrug alles schweigend, fragte nicht ein einziges Mal, ob wir noch jemand anderen mitnehmen könnten. Später erfuhr ich, warum. Die Gefangenen kannten sich untereinander nicht. Die Einzelzelle, aus der wir ihn geholt hatten, war alles, was er in den vergangenen sechs Jahren gesehen hatte. Das und die Arbeit, die man ihm zuwies.

„Schnell. Sie schließen die Schleusen", rief Armand plötzlich aus. Und tatsächlich, vor uns schoben sich zwei gezackte Stahlwände aus Decke und Boden, wie das Maul einer großen metallenen Bestie. Uns blieb kaum Zeit zu überlegen. Wenn wir nicht hindurchkamen, waren wir hier eingesperrt und würden es vermutlich auch bleiben. Oder sterben. Ich konnte mir nicht vorstellen, dass man Dämonen in dieser Anlage duldete.

Gerieten wir zwischen die Metallzähne, wurden wir zerquetscht, auch kein schöner Gedanke. Aber unsere einzige Chance.

Armand und ich nahmen Ben in die Mitte, der in menschlicher Geschwindigkeit niemals schnell genug gewesen wäre. Wie der Blitz schossen wir mit ihm durch die immer schmäler werdenden Spalte der Türen. Bei der letzten spürte ich schon die Berührung des kalten Stahls, hielt den Atem an, doch dann waren wir draußen und fielen in den Wüstensand.

Ben keuchte. Er war noch blasser geworden, zitterte am ganzen Leib, darum gönnten wir ihm einen Moment der Ruhe. Allzu lange wagten wir nicht, denn bestimmt tauchten bald die ersten Helikopter am Himmel auf. Dann war hier die Hölle los.

Den ganzen Weg nach Neuguinea würden wir nicht mehr schaffen. Schon gar nicht mit Ben in seinem Zustand. Also legten wir in der Türkei eine Pause ein und gingen mit ihm in ein Restaurant, wo er sich eine große Fleischplatte mit Beilagen bestellte und sie genüsslich vertilgte, als wäre es Ambrosia. Dabei erzählten wir ihm in Kurzform, was los war. Er winkte schließlich ab, es waren zu viele Informationen auf einmal für ihn, was ich gut verstand.

Nachdem er sein Essen mit einem Liter Cola hinuntergespült hatte, machte er ein seliges Gesicht und lehnte sich auf der Bank zurück. „Das war das Beste, was ich seit Jahren gegessen habe. Und das meine ich de facto völlig ernst."

Ich musste lachen und war glücklich, ihn so zu sehen.

„Wie soll es jetzt weitergehen? Die werden nach dir suchen", meinte Armand.

Ben nickte und machte ein ernstes Gesicht. „Ich weiß nicht, wo ich hingehen soll. Zurück nach Gorlem Manor ja wohl kaum. Und außer der Ashera habe ich keine Familie."

„Mach dir keine Sorgen, Ben. Wir finden einen Weg." Ich dachte an Pettra oder Lucien. Beide konnten ihm eine neue Identität verschaffen. Und Pettra hatte sich damals auch um Slade gekümmert. Steven war ebenfalls immer bereit, zu helfen. Ben würde bald mehr Freunde haben, als er dachte.

Falls ich gegen Kaliste bestehen konnte und sich die Attentate aufklären ließen. Ansonsten war unser aller Schicksal äußerst ungewiss.

Armand erriet meine Gedanken und drückte ermutigend meine Hand. „Franklin wird sich freuen, dich zu sehen. Das wird ihm Lebensmut geben. Dann können wir bald nach London zurück, wo wir erst mal ein Versteck für dich besorgen. Alles Weitere findet sich."

Armand behielt mit allem Recht. Franklins Erleichterung, Ben gesund wiederzusehen, sich mit ihm auszusprechen und zu wissen, dass er ihm nichts nachtrug, beschleunigte seine Heilung immens. Ich wusste, dass Ben meinem Vater viel verschwieg und manches beschönigte, um sein Gewissen nicht noch mehr zu belasten. Als wir eine Woche später endlich nach London zurückkehrten, hatten sich beide Männer bereits gut erholt. Ben zog mit Armand und mir in unser Versteck, bis Alwynn etwas Eigenes für ihn aufgetrieben hatte. Franklin durfte sich in Gorlem Manor von Vicky gesund pflegen lassen.

Vertrauter Feind

Zwei Tage nach unserer Rückkehr erhielt Franklin vom Tribunal die Nachricht, dass der Befangenheitsantrag abgelehnt und er wieder im Amt sei. Kein Wort der Entschuldigung, keine Auskunft, wer den Antrag überhaupt gestellt hatte. Maurice war nicht begeistert. Offenbar hatte er fest damit gerechnet, diesen Posten dauerhaft zu bekommen. Uns war es recht, denn unter diesen Umständen wagten auch wir es wieder, nach Gorlem Manor zu gehen. Franklin konnte schlecht zu uns kommen, solange er noch nicht wieder ganz genesen war.

Unsere Reise in die Unterwelt war gescheitert, also standen wir wieder bei null. Armand war strikt dagegen, dass ich es ein zweites Mal auf diesem Weg versuchte.

„Es gibt aber keinen anderen Weg", erklärte ich.

„Da ist es ungefährlicher, wenn du auf Luciens Prognose hörst und dich ihr gleich stellst", hielt Armand dagegen.

„Beides kommt nicht infrage." Franklin brauchte immer noch einen Stock wegen seiner gebrochenen Beine, die zwar dank des Blutes schnell verheilt waren, aber noch immer schmerzten.

„Vielleicht kann ich helfen."

Drei Köpfe wandten sich zur Tür. Blue kam herein. „Alwynn hat mir gesagt, dass es nicht funktioniert hat."

Er warf mir einen vorsichtigen Blick zu. Unser letztes Aufeinandertreffen war uns beiden noch gut in Erinnerung.

„Und Cyron ist tot."

Diese Tatsache bedauerte ich nicht. Warum Blue entschieden hatte, sich seiner zu entledigen, war mir egal, ich machte ihm das nicht zum Vorwurf. Gründe gab es mehr als genug, warum dieser Mistkerl sterben sollte. Aber mir blieb keine Zeit, meine Freude darüber kundzutun, denn Ash und Maurice kamen herein. Das war nicht schlimm, doch Ash blieb bei Blues Anblick wie angewurzelt stehen und starrte ihn mit offenem Mund an.

„Du?" Auch in Blues Augen stand ein Wiedererkennen, doch er sagte keinen Ton. „Was machst du hier?"

„Er ist ein Dämonenjäger. Ein Sangui", erklärte ich.

Man sah Ash an, dass er versuchte, diese Information zu verarbeiten, dann aber den Kopf schüttelte und sich schließlich unsicher im Raum umsah. Blue seufzte und murmelte etwas, das nach „hatte ich ja eh vor" klang.

„Dämonenjäger okay, aber Sangui? Warum? Ich verstehe nicht ganz. Er ist doch … ein Dolmenwächter.“

Ich schaute irritiert zwischen ihm und Blue hin und her. „Dolmenwächter?“ Das hatte ich doch schon einmal gehört. Von Schattenjäger, als es um die Tore gegangen war, die Kaliste nutzte. „Du bewachst die Tore, mit denen Kaliste ihre Spione koordiniert?“

Um Ashs Lippen legte sich ein bitterer Zug. „Er tut mehr als nur das. Er bewacht und erzeugt Tore. Tore in menschlichen Seelen, die seine Opfer in den Wahnsinn treiben.“

„Das“, warf Blue ein, „hat aber nur bedingt was mit meiner Herkunft zu tun.“

Ash schnaubte abfällig. „Erzähl keine Märchen, ich hab es schließlich gesehen.“

Ich hatte immer gespürt, dass Blue ein dunkles Geheimnis umgab. Jetzt kam es offenbar ans Licht. Sein Mienenspiel blieb kalt, die Gleichgültigkeit, die er Ashs Anschuldigungen entgegenbrachte, war widerlich.

„Wovon sprichst du, Ash?“, fragte ich.

Er sah zu Blue, der eine bereitwillige Geste machte, dass er nur sagen sollte, was er auf dem Herzen hatte. Ash ließ ihn nicht aus den Augen, während er mir antwortete.

„Pamela und ich hatten ein paar Jahre vor ihrem Tod mit einigen mysteriösen Fällen von Wahnsinn in einer Klinik für Borderline und multiple Persönlich-keits-Störung zu tun. Es lag schnell auf der Hand, dass es um Fälle von Besessenheit ging. Wir konnten uns nur nicht erklären, was sie auslöste. Bis es ihr gelang, einen medialen Kontakt zu einem Opfer herzustellen. Dabei ist sie fast durchgedreht und hat wochenlang starke Psychopharmaka bekommen, bis es ihr wieder besser ging. Dein sauberer Freund hier hat dort als Pfleger gearbeitet.“ Seine Augen waren so schwarz wie Obsidian und brannten vor Abscheu.

Blue grinste entwaffnend. „Irgendwie muss man sich ja seinen Lebensunterhalt verdienen.“

„Er hat in ihren Köpfen Tore erzeugt. Weiß der Teufel wozu, aber die Dinger schließen sich nicht wieder. Jeder Ghul oder Dämon kann damit den Geist eines Menschen besetzen. Wohin das führte, hat man gesehen.“

„Ist das wahr, Blue?“

Er stritt es nicht ab. „Liegt aber an jedem selbst. Viele überstehen es schad-los.“

„Aber nicht, wenn man sie vorher mit einer Droge gefügig macht“, entgegnete Ash. „Nachdem wir sein Tun aufgedeckt hatten, ist er verschwunden. Wie ein Geist, ein Phantom. Und genau das ist er auch.“

„Es wird die Sangui sicher interessieren, was sie sich da ins Boot geholt haben." Maurice sah Blue gehässig an.

Mir gefiel nicht, dass er sich einmischte. Das ging ihn nichts an. So sah es auch mein Vater.

„Gorlem Manor verrät niemanden. Das ist das Letzte, was ich in meinem Haus dulde", beschied er.

Das hieß aber nicht, dass Blue aus dem Schneider war.

„Wer oder was sind Sie?", fragte er ihn.

Blue atmete tief durch, sah zu Armand, der sich aber wegdrehte, und versuchte es mit seiner Sicht der Dinge. „Ich bin kein Unschuldslamm. Und wenn mich einer dafür verurteilen will, bitte. Aber dann muss sich mancher hier im Raum an die eigene Nase fassen." Damit meinte er ganz klar Armand und mich.

„Göttin, du bist so …", begann ich.

„Was?", unterbrach er mich frech grinsend. „Widerlich? Warum? Es gibt so viele Menschen, Melissa. Was macht es da schon, wenn ein paar von ihnen durchdrehen und von der Brücke springen? Oder sich die Pulsadern aufschlitzen. Spart euch doch ne Menge Arbeit – schont die Beißerchen."

Ich sprang auf ihn zu und holte aus, aber er fing meine Hand blitzschnell ab und hauchte einen Kuss in meine Handfläche, ohne mich aus den Augen zu lassen. Ich hörte Armand hinter mir schnauben und riss mich von Blue los.

„Spiel hier nicht die Heilige, Melissa. Keiner von euch. Über eure Sicht von Moral brauchen wir nicht zu sprechen. So viel schlechter ist meine auch nicht. Du bist ein Vampir. Du tötest. Ich lasse sie wenigstens am Leben."

„Ich treffe meine Wahl mit Bedacht und bringe Erlösung. Ich lasse niemanden als seelisches Wrack in den Trümmern seiner selbst zurück."

Jetzt lachte Blue höhnisch. „Oh-ho, welch edle Gesinnung, Mylady. Aber wer sagt dir, dass dich das zu einem besseren Geschöpf macht? Frag sie doch mal, ob sie lieber sterben oder wahnsinnig werden wollen. Du wirst feststellen, dass Menschen schrecklich an ihrem Leben hängen, egal wie fürchterlich es sein mag. Und wenn ich meinen Spaß hatte und gesättigt bin, haben sie zumindest noch eine Chance, es weiterzuführen."

Ich konnte nur den Kopf schütteln, aber er hatte recht. Es oblag nicht mir, über ihn zu urteilen. Jeder Dämon hatte seine eigene Methode, sich Nahrung zu beschaffen und am Leben zu bleiben. „Und dafür lebst du?"

Er schüttelte den Kopf. „Nein. Damit überlebe ich. Die Aufgabe von mir und meinesgleichen ist es, die Dolmentore zu bewachen, damit Subjekte wie eure Königin sie nicht missbrauchen, wie sie es jetzt tut."

„Dann machst du deinen Job nicht gründlich", schnappte Armand.

Darüber konnte Blue nur lachen. „Ihr habt keine Ahnung, wovon ihr sprecht. Wie Cyron gesagt hat, gibt es unzählige. Und wie euer Schattenjäger bemerkte, immer weniger Wächter."

„Wie funktionieren die Tore? Wo führen sie hin?"

„Sie führen überall hin. Die Welt ist durchwirkt mit Gängen einer Parallel-Dimension. Niemand merkt etwas davon. Früher wurden die Tore von Magiern und Priestern genutzt. Sie führen in den Himmel und in die Hölle oder überall hin auf dieser Welt."

„Etwa auch in die Unterwelt?"

„Ja, der Dolmenwächter kann dich überall hinbringen. In die Hölle sowieso."

Ich ignorierte Ash, hielt meinen Blick auf Blue geheftet. Der nickte.

„Du lässt mich mit Schattenjäger nach Neuguinea reisen, obwohl du einen so einfachen Weg kanntest? Wir sind beinah draufgegangen! Wie kannst du unser Freund sein wollen und uns so etwas verschweigen?" Ich war erschüttert. Über sein Schweigen noch mehr als über seine Art, sich zu nähren. Falls diese Seelentore denn dazu dienten. Was ich in den letzten paar Minuten gehört hatte, ließ mich mehr denn je an seinem Charakter zweifeln.

„Ich brauchte Zeit!"

„Zeit? Uns läuft die Zeit weg! Hier geht es um Leben und Tod."

„Bei mir auch!", brauste er auf. „Denkst du, es fällt mir leicht? Ich stehe zwischen zwei Fronten, und damit meine ich weder Kaliste noch Rybing. Ich habe eine Verantwortung!"

Was auch immer diese war. Aber wenn sie bislang nicht mit unseren Plänen vereinbar war, dann sicher auch nicht jetzt. Woher also seine plötzliche Bereitschaft?

„Warum willst du uns jetzt helfen? Vielleicht, weil Kaliste keine Verwendung mehr für dich hat, jetzt wo sie ihre Kugeln selbst herstellt, und du sehen musst, welchen Strohhalm du ergreifst, um nicht unterzugehen?"

Er hielt meinem Blick stand. „Du musst das Angebot nicht annehmen, aber ohne mich wirst du nie zu Magotar kommen. Was mich und mein Geschäft mit Kaliste angeht, so ging es um Waffen, nicht nur um Munition. Und ja, ich habe die Zeit, die ihr in Neuguinea verbracht hab, mit mir gerungen, ob ich ihr die Waffen beschaffen soll, weil sie etwas hat, das ich haben muss. Aber ich habe mich dagegen entschieden. Das Geschäft ist geplatzt. Ich liefere nicht an sie. Dafür kriegt sie mich früher oder später am Arsch, wenn du sie nicht platt-machst. Das ist mein Risiko."

„Das ist idiotisch", sagte Armand. „Man darf ihm nicht trauen, aber er kann dich hinbringen. An diesen Ghanagouls kommst du sonst niemals vorbei und du musst zu Magotar."

Armand war außer sich über Blues Täuschung, aber er behielt den Blick fürs Wesentliche. Es stimmte, ohne Blue hatten wir schon verloren.

„Gib mir einen Grund, dir zu trauen", sagte ich. „Einen Grund, und ich mache es."

✻

Blue war einverstanden, stellte aber die Bedingung, dass ich allein mit ihm gehen musste. Dann, so versprach er, würde er mir alles erklären und mir sein Geheimnis zeigen. Danach konnte ich entscheiden, ob ich sein Handeln verstand und ihm wieder mein Vertrauen schenkte oder nicht.

„Ich komme mit", befand Armand.

„Nein!" Blue stellte sich ihm mit verschränkten Armen entgegen. „Das ist ne Sache, die sie allein machen muss."

„Auf keinen Fall. Wenn sie in die Unterwelt geht, komme ich mit."

Blue lachte humorlos. „Durch diese bestimmten Dolmentore können nur die Wächter gehen, denn sie führen in Bereiche, die jedem gewöhnlichen Dämon verwehrt sind. Auch euch. Und ich kann immer nur eine Person mitnehmen. Du wirst mir deine Süße also anvertrauen müssen, Kumpel. Ob es dir passt oder nicht."

Ich sah Armand an, was er davon hielt, aber weiter Zeit mit unnötigen Diskussionen vergeuden war sinnlos.

„Ich mache es."

Er fasste mich an den Schultern. „Mel, weißt du, was du da riskierst? Ich habe …"

„Scht!" Ich legte meine Finger auf seine Lippen und brachte ihn zum Schweigen. „Mir geschworen, dass ich nie wieder allein einer Gefahr ins Auge sehen muss, ich weiß. Aber hier geht es nicht anders. Vor ein paar Tagen hast du noch für Blue gesprochen. Jetzt tue ich das. Er wäre nicht hierhergekommen, um dieses Geheimnis preiszugeben, wenn er Übles im Schilde führen würde."

Sicher war ich mir da keineswegs, auch wenn ich es Armand nicht zeigte.

Ich hatte gemischte Gefühle und Armand warnte Blue, dass er sich wünschen würde, tot zu sein, wenn mir etwas passierte. Aber ich hatte einen Beweis haben wollen, also musste ich es riskieren.

Der Zugang zu einem der Dolmentore, die Blue meinte, lag in seiner Wohnung. Zumindest dorthin wollte Armand mich begleiten, aber auch das lehnte ich ab. Zum einen wollte ich nicht feige sein, zum anderen gab es ein paar Dinge, die ich mit Blue unter vier Augen besprechen musste. Bevor wir das Tor passierten. Auf dem Weg hatten wir genug Zeit zum Reden.

„Stimmt das, was Ash sagt? Mit den Drogen?" Es besaß eine unheimliche Parallele zu Lucien. Sonst hätte es mich vielleicht nicht so interessiert.

„Ja, aber das Zeug bringt niemanden um. Lucien fand den Trip sogar cool."

Ich blieb abrupt stehen. „Lucien?"

Er grinste schief. „Ihm hast du zu verdanken, dass ich auf eure Seite gewechselt bin."

„Da hast du aber ganz schön viel gewagt, dich ausgerechnet an Lucien ranzumachen. War das auch Teil deines Plans?"

Er musste lachen. „Um Himmels willen, nein. Wir haben uns in einem Club kennengelernt. Wie das Leben halt so spielt. Wir wollten beide Spaß und sind in der Kiste gelandet."

„Warum gehst du ausgerechnet mit Lucien ins Bett?" Abgesehen davon, dass er verdammt gut aussah und man ihm schwerlich widerstehen konnte. Aber in Blues Position als Kontaktmann im Untergrund für einen Orden von Dämonenjägern gab es wohl kaum etwas Dümmeres.

„Ich hatte keine Ahnung, wer oder was er ist."

Jetzt musste ich lachen. „Du lebst wochenlang in Miami und hast keine Ahnung, wer Lucien von Memphis ist?" Wow, das beeindruckte mich. An Lucien kam normalerweise keiner vorbei, weil er einem irgendwo immer über den Weg lief. Seine Firmen, seine Galerie, sein Ruf, die Bar. Und im PU wusste sowieso jeder, dass auf der Isle of Dark einer der Vampirlords residierte. Wie blind musste man sein, um das nicht mitzukriegen? Jetzt verstand ich auch die Blicke zwischen den beiden in unserer Wohnung.

„Können wir das Thema begraben?", bat Blue. „Du verdankst ihm, dass ich die Seiten gewechselt habe. Stück für Stück. Erst war es nur ein Deal mit ihm, weil wir uns nach der Nacht und allem, was wir dabei übereinander rausgefunden haben, gegenseitig in der Hand hatten. Aber dann habe ich dich getroffen, und Armand, und deinen Vater. Meine Entscheidung, euch zu helfen, kommt von Herzen."

Wir waren vor seiner Wohnung angekommen. Jetzt wurde ich nervös, rieb meine Handflächen aneinander und fröstelte. Er könnte mich austricksen. Je nachdem, wohin er mich brachte, gab es dann vielleicht kein Entkommen mehr. Und wenn er solche Tore in meinem Kopf erzeugte?

„Angst?"

„Sieht man mir an, was?"

„Ein bisschen. Brauchst du aber nicht. Tut nicht weh."

Er nahm mich in die Arme, seine Nähe war mir überdeutlich bewusst. Ich hatte das Gefühl, er hätte mich nicht ganz so fest an sich pressen müssen, denn er genoss es sichtlich.

„Die machen mir alle die Hölle heiß, wenn sie davon Wind kriegen." Der Gedanke schien ihn zu amüsieren.

Im nächsten Moment blendete mich gleißendes Licht, das in irrwitziger Geschwindigkeit an mir vorbeiraste. Ein heller Ton, der mein Trommelfell malträtierte, begleitete die Reise, die nur Sekunden dauerte, mir aber wie Ewigkeiten vorkam.

„Voilá", sagte Blue und wies in ausladender Geste um sich herum. „Mein Zuhause."

Ich sah Steinquader mit Körpern darauf. Reihe um Reihe, immer weiter hinauf. Das Ganze mutete an wie ein Plenarsaal.

„Darf ich vorstellen: meine Familie. Sie sind nett und unkompliziert, widersprechen wenig und stellen keine unangenehmen Fragen. Leider machen sie ein wenig Dreck, während sie zu Staub zerfallen."

„Du bringst sie hierher? Eine Vampirin? In die Hallen der Wächter?", erklang eine Stimme aus dem Nichts.

Gleich darauf blitzte es kurz und ein junger Mann kam auf uns zu.

Blue verdrehte die Augen. „Reg dich ab, Lavant. Was soll sie denn tun? Ohne mich kommt sie hier weder rein noch raus." Er machte eine ausladende Handbewegung. „Glaubst du wirklich, die altehrwürdige Familie kümmert es, ob sie hier ist oder nicht? Es gibt nur noch dich und mich und eine Handvoll anderer, wenn wir die leeren Steine durchzählen. Der Rest von uns leidet unter akuter Leichenstarre und Zerstäubung. Und wenn wir denen, die noch in einem Stück sind, nicht bald geben, was sie brauchen, sind wir die Letzten unserer Art, bis wir auch draufgehen und hier vor uns hinbröseln."

Er warf seinem Bruder einen Blick zu, der offenbar sagte: „Ich weiß, was ich tue!" Wusste er es? War es Berechnung, mich hierherzubringen?

„Schau dich um", ermutigte er mich und wies mit einer ausladenden Geste umher. „Meine Familie. Ich gebe zu, sie hat schon mal besser ausgesehen, aber mit mir konnte sie noch nie konkurrieren."

Während er grinste, drehte sich sein Bruder erzürnt um und verließ den Raum. Ich sah ihm nach, blieb mit meiner Aufmerksamkeit aber bei Blue.

„Wo genau sind wir hier?"

„Home, sweet home. Kein Ort, den du auf der Erde findest, und hierher schaffen es nur Dolmenwächter — oder eben jemand, den sie mitnehmen. Es ist nicht gerade gemütlich, ich weiß. Könnte mal wieder Staub gewischt werden, aber was, wenn man dabei versehentlich einen wichtigen Körperteil von einem Verwandten in den Müll befördert? Würde ich mir nie verzeihen. Und so langsam verliert man hier den Überblick, welcher Staub zu wem gehört."

Sein Humor war gewöhnungsbedürftig.

„Die Halle der Wächter. Hier legen wir uns normalerweise nach einer abgeschlossenen Lebensspanne zur Ruhe, um uns zu verpuppen und dann neu zu schlüpfen, in anderer Haut sozusagen. Bereit für ein neues Leben. Was wir allerdings dafür brauchen, ist Energie. Und wie du siehst", er deutete auf etwas, das wie eine Maschine aussah und eine Anzeige aufwies, „ist das Energielevel sehr niedrig."

„Woher kommt das?"

„Weil die Menschen die Tore nicht mehr benutzen. Früher wurden die Dolmentore von Druiden, Magiern und Gelehrten zur Reise verwendet. Durch die Welt, manchmal sogar zwischen den Dimensionen. Heute ist dieses Wissen vergessen. Nur noch Dämonen gehen durch die Tore und deren Energie kann nicht verwertet werden."

Er beruhigte mich, dass den Menschen keine Lebensenergie, sondern nur Energie in Form von Kraft entzogen wurde. Wer die Tore benutzte, wurde schneller müde, aber Schlaf füllte das wieder auf.

„So wie bei uns. Wenn wir schlafen, regenerieren wir. Solange genug Energie vorhanden ist."

Er zuckte die Schultern. Damit sah es derzeit schlecht aus.

„Es ist schon irre. Erst schaffen die Götter die Tore, dann finden sie es blöd, dass die Dämonen sie nutzen, und erschaffen die Wächter. Die Wächter halten die Dämonen auf und die Tore sauber für die Menschen. Dafür dürfen die Menschen die Tore benutzen und geben den Wächtern die Energie, um zu überleben. Jetzt nutzen die Menschen die Tore nicht mehr, also sterben die Wächter und die Dämonen nutzen die Tore wieder. Was tun die Götter also jetzt? Falls es sie überhaupt noch interessiert. Schließen sie die Tore?"

„Du sagst, die Götter haben die Tore erzeugt. Ich dachte, ihr erzeugt sie."

„Die ersten Tore wurden vor uns erschaffen. Wir erlangten das Recht zu leben nur, um sie zu schützen. Aber wir haben die Fähigkeit, neue zu erzeugen, wenn es erforderlich ist. Durch einen Zufall hab ich herausgefunden, dass die Erzeugung von Toren uns keine Kraft nimmt, sie bringt uns aber nur dann welche, wenn sie benutzt werden. Da kein Mensch mehr die Verbindungstore benutzt, hab ich mir überlegt, wie ich sie dazu zwingen kann. Die Idee war, in ihren Träumen und Gedanken. Über ihr Unterbewusstsein haben sie keine Kontrolle. Gleich der erste Versuch war ein voller Erfolg. Und je mehr die Menschen dabei empfinden, desto mehr Energie fällt ab. Ich bin kein schlechter Lover."

Er grinste selbstzufrieden und wackelte mit den Augenbrauen, als Hinweis, dass sein Angebot noch stand. Ich ging nicht darauf ein und er fuhr fort.

„Der Nachteil war eben, dass die Tore offen bleiben. Auch für Ghule und dergleichen. Das treibt so manchen in den Wahnsinn oder sogar Tod. Manche sind aber einfach nicht interessant genug für böse Geister. Ich musste mich entscheiden: Wollte ich mir ein schlechtes Gewissen wegen ein paar Menschen machen und sterben, oder wollte ich leben und dafür in Kauf nehmen, dass andere sterben. Du siehst, es ist nichts anderes als deine Blutjagd. Ich hänge zu sehr an meiner Existenz."

„Gibt es keinen anderen Weg, euch Energie zu geben als durch die Tore?" Dann musste er auch nicht so viele Menschen in den Wahnsinn treiben.

Er machte eine Geste, als hätte ich den Jackpot in einer Quizshow gewonnen. „Die gibt es. Elektrum. Und hier kommt Kaliste ins Spiel, denn sie versprach mir verdammt viel Elektrum, wenn ich Waffen für sie klaue."

„Was du auch getan hast."

„Hab ich nicht. Deshalb dürfen die Sangui auch nicht rauskriegen, dass ich ein Dolmenwächter bin. Sonst denken die dasselbe wie du."

„Aber wer hat denn sonst die Waffen gestohlen?"

„Keine Ahnung. Vielleicht ein anderes PSI-Wesen für den Untergrund. Vielleicht auch Rybing selbst. Ich gebe zu, ich habe es in Erwägung gezogen, aber getan habe ich es nicht."

„Und woher hattest du die beiden Pistolen?" Ich hielt seinem Blick stand, suchte in seinen Augen nach irgendeinem Anzeichen für eine Lüge, fand aber nichts.

„Rybing hat sie mir gegeben. Ich hab ihn dazu überredet. Ich brauchte etwas, das ich Kaliste zeigen konnte, damit sie sich auf den Deal einlässt und mir Elektrum verschafft."

„Hattest du die Absicht, deinen Teil der Abmachung dann einzuhalten?"

„Es wäre wohl darauf hinausgelaufen." Er fuhr sich durch die Haare, Nervosität stand ihm nicht. „Ich weiß, das wäre euer Ende geworden. Damit hätte sie wohl dich, ihren Bruder und einen Haufen anderer einfach abgeknallt. Aber als ich über den Deal nachgedacht habe, kannte ich euch noch nicht. Ihr wart mir egal. Wie ein Mensch, der mir Energie gibt, ein notwendiges Opfer eben. Das alles hat sich nach der Nacht mit Lucien geändert, weil er mich in der Hand hatte. Und als ich dich und Armand kennenlernte, kam es sowieso nicht mehr infrage. Aber da waren immer noch die hier." Er wies auf die Mumien. „Sie sterben ohne Elektrum. Ich hatte gehofft, wenn ich den Deal mit Kaliste mache, bis ihr wieder da seid, kriegt jeder, was er will. Aber wenn sie genug Waffen bekommt, hast du keine Chance mehr gegen sie. Darum konnte ich es nicht."

„Du opferst sie", ich deutete zu seiner schlafenden Familie, „für mich?" Mir traten Tränen in die Augen. Eben noch hatte ich ihn verurteilt, jetzt war ich sprachlos über seine Entscheidung. Würde ich so handeln, wenn meiner Familie die völlige Zerstörung drohte? Vermutlich nicht, aber er tat es mit einer Geste ab, als sei es jetzt nicht wichtig. Ich musste mich nun entscheiden. Sollte er mich zu Magotar bringen, oder nicht? Wie hätte ich ihm jetzt noch mein Vertrauen vorenthalten können?

Diesmal waren es mehrere Tore. Ich kniff die Augen zusammen, um nicht zu erblinden und presste die Hände auf meine Ohren. Wie hielt Blue das nur aus? Dann sah ich Schwärze hinter meinen Lidern, öffnete vorsichtig die Augen und befand mich mit meinem Begleiter in einem von Fackeln erhellten Hof unter einem ... Sternenzelt?

„Der Himmel der Unterwelt", erklärte Blue. „Das Pendant zu eurem über der Erde. Komm."

Er schien den Weg zu kennen, was mich wieder misstrauisch machte. Durch einen Säulengang gelangten wir in eine Halle aus weißem Marmor mit einem Brunnen in der Mitte, von dessen Rand Delphine Wasserfontänen spuckten. Ich wusste nicht, wie ich mir die Unterwelt vorgestellt hatte, aber so garantiert nicht. Vor allem nach dem Weg durch die ersten drei Tore. Wir schritten auf eine goldene Tür zu, die von zwei Ghanagoul-Wächtern flankiert wurde. Ich spannte mich automatisch wieder an. Meine Brust war wie zugeschnürt. Aber zu meiner Überraschung traten sie beiseite, öffneten die Flügeltüren und ließen mich ein. Blue blieb draußen.

„Willkommen, Melissa, Kind der Kaliste."

Ein stattlicher Mann mit breiten Schultern, schwarzem Haar und türkisfarbenen Augen erhob sich von seinem Thron. Ich kannte ihn aus der Vision, die Tizian mir geschenkt hatte. Das war also Magotar. In natura noch beeindruckender.

„Dir wird kein Leid geschehen. Du bist von meinem Blut. Viele Generationen alt. Aber immer noch ist es mein Blut."

„Ich danke dir."

„Dafür musst du nicht danken. Ich töte keine Mitglieder meiner Familie, das ist alles. Ansonsten wärst du nicht bis hierher gekommen. Und dein Freund, der Dolmenwächter, auch nicht."

Besonders freundlich war Magotar nicht gestimmt. Ich schluckte den Hinweis hinunter, dass seine Garde sich nicht um mein Blut geschert hatte und ich es nur dem Dolmenwächter verdankte, hier zu sein. „Weißt du auch, warum ich hier bin?"

Er schmunzelte. „Aber sicher. Die Schicksalskriegerin. Wenn die Prophezeiung des Orakels stimmt. Immerhin war sie nur ein Mensch."

„Wenn du mir nicht hilfst, werden wir es nicht erfahren."

„Zweifelst du an meiner Hilfe?"

Was für eine Frage, ich wollte seine Tochter töten. Er dehnte seine Macht um sich herum aus, berührte mich damit aus der Ferne, ließ sie mich schmecken und spüren, damit ich wusste, mein Leben hing am seidenen Faden, trotz seines Wortes.

„Sie ist deine Tochter. Ich kann nicht erwarten, dass du mir hilfst."

„Wenn du zweifelst, hättest du dir den Weg sparen können."

Er lächelte. Es wirkte ebenso kalt wie das seiner Tochter. In dieses Wesen hatte sich die Prinzessin von Atlantis verliebt? Entweder besaß er noch eine andere Seite, die er mir nicht zeigte, oder er hatte sie mit derselben Verführungskunst zu sich geholt, über die seine Erben jetzt verfügten.

„Ich bin nicht zufrieden mit meiner Tochter und dem, was sie tut", gestand er. „Ich habe oft versucht, ihr einen Riegel vorzuschieben. Und genauso oft habe ich mich bemüht, ihr Handeln auszubremsen oder ungeschehen zu machen. Aber sie gibt nicht auf. Vielleicht ist es an der Zeit, dass jemand sie in ihre Schranken weist. Ich finde es nur lächerlich, dass ein junger Vampir sie aufhalten soll. Dass dir gelingen soll, woran ich scheitere."

Na ja, im Gegensatz zu ihm wollte ich sie umbringen. Das hatte er wohl noch nicht versucht. Aber das sagte ich nicht.

„Wenn es einer der Ältesten wäre, das könnte ich verstehen. Aber du?" Er sah spöttisch auf mich herab und schüttelte den Kopf.

„Ich bin es aber nun mal offenbar. Mir gefällt es so wenig wie dir, doch ich bin bereit, die Aufgabe anzunehmen. Mit oder ohne deine Hilfe. Mit wäre mir allerdings lieber."

Er lachte, dass ich so ehrlich war. Ausgerechnet ihm gegenüber. Aber das respektierte er. „Es gibt kaum etwas, das einen Vampir ihres Alters töten kann", erklärte er. „Die Jungen sterben, wenn sie mit Feuer in Kontakt kommen. Oder mit Elektrum." Er lauerte auf eine Reaktion, ich war nicht bereit, sie ihm zu geben. Aber er wusste auch so, was hinter dem dritten Tor geschehen war. „Du hast viel altes Blut getrunken. Auch von meinen beiden Kindern. Sonst hättest du den Morgenstern niemals überlebt."

Ich nickte nur stumm, wartete darauf, dass er weitersprach. Das alles interessierte mich nicht, ich wollte nur wissen, wie ich Kaliste besiegen konnte.

„Bei den Alten ist das schwieriger. Mit jedem Jahr werden sie immuner. Selbst Sonnenlicht kann sie nur verletzen, Elektrum lediglich lähmen. Sie sind wirklich zur Unsterblichkeit verdammt. Es sei denn …" Er machte erneut eine Pause und weidete sich daran, wie viel Überwindung es mich kostete, Ruhe zu bewahren und ihm zuzuhören. „Stößt man ihnen eine reine Klinge ins Herz, hört es auf zu schlagen."

Ich fühlte, dass das nicht alles war. Jedenfalls nicht für die Königin. Ich behielt recht.

„Kaliste und Tizian jedoch sterben selbst dann nicht. Früher hätte es ihnen noch jede Beweglichkeit geraubt, sie zum Schlaf verdammt, in dem sie alles wahrnehmen, was geschieht. Nicht mehr handeln, aber doch nicht sterben können. Ewigkeit kann so grausam sein."

„Und heute?"

„Verfügen sie über Immunität. Weder Sonnenlicht kann sie verbrennen noch Elektrum sie lähmen. Sie sind beide in gewisser Weise unbesiegbar."

„Dann gibt es keine Möglichkeit, sie zu töten?" Wie albern von Kaliste, unter diesen Umständen mit Elektrumkugeln auf ihren Bruder zu schießen. Oder wusste sie es nur nicht besser?

Sein verschlagenes Grinsen zeugte von seinem Triumph, weil er es geschafft hatte, meine Geduld auf die Probe zu stellen und mich zum Versagen zu verführen, indem ich mein Schweigen brach.

„Dachtest du jemals, du könntest es? Vielleicht stimmt es sogar. Du wurdest gut vorbereitet."

Ich wurde das Gefühl nicht los, dass er damit nicht nur Lucien meinte.

„Sie weiß, wie viel Macht du hast. Und du tätest gut daran, dies nicht zu vergessen. Denn du kannst ihre Macht nicht einmal ansatzweise einschätzen."

„Was muss ich tun, um ihr Einhalt zu gebieten?"

„Du musst sie töten", sagte Magotar leichthin. „Was sonst?"

Ja, was sonst? Dafür war ich also hierhergekommen, um verbales Rätselraten mit einem Dämon zu spielen. Göttin, ich hätte auf Lucien hören und einfach angreifen sollen.

„Kann ich sie nun töten oder nicht?"

„Wenn du es nicht kannst, wer dann? Da du ja angeblich die Schicksalskriegerin bist. Der sterbliche Vampir, auf den Tizian so lange gewartet hat."

„Warum hat er sie eigentlich nicht längst getötet? Er muss doch über dieselben Kräfte verfügen wie sie. Schließlich sind sie Zwillinge."

„Kaliste ist die Erstgeborene. Kaltblütiger und berechnender. Er könnte sie niemals bezwingen. Dazu kommt noch, dass sie seine Schwester ist und bei aller Furcht vor ihr liebt er sie auch. Er kann ihr nichts tun. Also musste er warten, bis sich die Prophezeiung erfüllt. Er ist sicher, dass du diejenige bist. Und nicht nur er glaubt daran."

Komm zum Punkt, dachte ich. „Wie töte ich sie?"

„Indem du ihr die Seele raubst. Während du von ihr trinkst, musst du ihre Seele mit der deinen greifen und dir einverleiben. Nur so kannst du ihr ein Ende machen. Du hast das noch nie gemacht. Doch dies ist die einzige Art, wie ein Vampir töten sollte. Keiner von euch beherrscht das. Ihr lebt alle für den kurzen Rausch des Blutes, trinkt sogar, ohne zu töten. Seid weich und verletzlich. Kaliste tötet auf die alte Art. So erlangt sie ihre immerwährende Macht. Indem sie die Seelen und mit ihnen auch die Kraft ihrer Opfer in sich aufnimmt. Keines ihrer Kinder hat das je getan. Und auch Tizian nicht. Denn alle fürchten sich vor dem Abgrund, den es in sich birgt. Nur sie nicht."

Er lächelte böse und für einen Moment bekam ich Angst. „Doch genau das musst du tun, wenn du über sie siegen willst."

Konnte ich ihm trauen? Oder schickte er mich in eine Falle? Es klang so leicht, beinah zu leicht.

„Ich gebe dir eine faire Chance, weil ich denke, es ist an der Zeit, dass meine Tochter eine Lektion erteilt bekommt. Aber mach dir nichts vor, ihr Dämon ist stärker als der deine. Ich bin sicher, dass du am Ende nicht gegen sie ankommst. Stell dich darauf ein, zu sterben Melissa. Wenn ich Zweifel hätte, dass du ihr unterliegen wirst, würde ich dir nichts sagen."

„Und wenn ich doch siege?"

„Wirst du dennoch verlieren. Denn wenn du einmal beim Trinken die Seele genommen hast, wirst du immer auf diese Weise töten. Der sterbliche Vampir – der menschliche Vampir – raubt Seelen." Sein Blick wurde düster wie eine Neumondnacht. „Glaubst du wirklich, dass du mit diesem Schmerz leben kannst?"

Ich bemühte mich um äußere Stärke, obwohl ich innerlich fast zusammenbrach. Das hatte Lucien also immer bezweckt, wenn er versuchte, mir meine menschliche Seele zu nehmen. Er wusste, was es bedeutete, wenn ich als Schicksalskriegerin Kaliste vernichten würde. Was es für mich mit sich brachte. Und er wollte, dass ich lebte.

„Danke, Magotar."

„Wofür?"

„Für deine Hilfe."

„Ich habe dir nicht geholfen. Ich habe nur dafür gesorgt, dass du noch etwas länger leidest. Jetzt, da du weißt, was dir bevorsteht. Ob du nun gewinnst oder nicht, deine Seele wird auf ewig in der Finsternis brennen. Du wirst alles verlieren, was dir etwas bedeutet. Und du hast nicht einmal die Wahl."

Ich ging ohne ein weiteres Wort. Doch sein Lachen verfolgte mich noch bis zurück in die sterbliche Welt.

*

Auf dem Weg zurück zu unserer Wohnung erfüllte mich die Ruhe vor dem Sturm. Ich war tief in Gedanken versunken nach allem, was ich heute erfahren hatte. Und dankbar, dass Blue mich auf dem Heimweg begleitete – es hielt mich davon ab durchzudrehen.

„Mel, wenn du Kaliste besiegst …", begann er unvermittelt.

Ich wusste, worauf er hinaus wollte. „Du bekommst dein Elektrum, Blue." Er schaute mich erstaunt an. „Und wenn ich es nur deshalb tue, damit du weniger Menschen zu psychischen Wracks machst", setzte ich nach.

„Danke" meinte er und grinste mich schief an.

„Nichts zu danken. Ich muss meine Meinung über dich wohl revidieren."

Blue tat es mit einem gleichgültigen Achselzucken ab. „Ich kenne mich. Ist nicht leicht, mir zu trauen." Nein, das war es wirklich nicht. „Ich würde mich gern revanchieren. Damit du es nicht umsonst machen musst."

„Blue, das ist wirklich nicht nötig."

Sein Ausdruck wurde verschlagen. „Auch dann noch, wenn ich dir sage, dass ich dir deinen ärgsten Feind auf dem Silbertablett liefern würde?"

„Cyron?", fragte ich und hob zweifelnd die Brauen. „Ich dachte, das hat sich erledigt? Und Kaliste ist leider mein Problem, obwohl ich dir sehr dankbar wäre, wenn du sie übernehmen kannst."

Er hob ergeben die Hände. „Da muss ich passen, sorry. Aber ich spreche nicht von Cyron." Seine Miene ließ nicht erkennen, was in ihm vorging. „Ich rede vom Magister."

Mein Herz setzte einen Schlag aus und ich blieb abrupt stehen. Hatte er das wirklich gesagt? „Was weißt du über das Magister?"

„Alles", erklärte er und machte ein verschwörerisches Gesicht. „Ich sollte mich über Rybing schlaumachen, als ihr in Neuguinea wart. Das hab ich getan und was Interessantes entdeckt. Der Orden der Lux Sangui, die Dämonenjäger. Seine obersten Köpfe sind nichts anderes als das Magister. Die Lux Sangui kontrollieren die Ashera. Seit Langem schon. Und ich denke, dein Vater weiß das auch. Darum hatte er solche Angst um dich."

Wenn das stimmte, hatte er sich das Elektrum mehr als verdient.

„Rybing hat es rausgekriegt", erklärte uns Armand, als wir in unserer Wohnung ankamen. „Franklin hat eben angerufen. Blue, du musst untertauchen. Sie machen Jagd auf dich."

Irgendwie war dem Waffenmeister zu Ohren gekommen, dass Blue ein Dolmenwächter war. Blue wunderte das nicht, er hatte immer damit gerechnet, dass er irgendwann aufflog. Nach der Szene im Kaminzimmer sowieso. Gut möglich, dass Ash oder Maurice dahintersteckten. Es gab aber auch andere Möglichkeiten, wie er es erfahren hatte. So oder so, darüber brauchte sich Blue keine Gedanken mehr zu machen. Er sah mich an und ich nickte noch einmal bestätigend.

Armand blickte uns erwartungsvoll an. Er spürte, dass zwischen Blue und mir Einklang herrschte, und im Gegensatz zu mir vertraute er blind, ohne mich nach Einzelheiten zu fragen, wie ich es bei ihm sonst tat. Aber er musste nicht auf Informationen verzichten, denn ich brauchte ihn jetzt. Keiner war besser geeignet als er bei dem Plan, der anhand von Blues Erkenntnissen in mir reifte.

Wir saßen bis zum frühen Morgen zu dritt beieinander, danach stand fest, wie wir es angehen wollten. Zuerst musste ich mit Franklin reden, denn ein paar Dinge hatte Blue nicht herausfinden können. Aber dann wollten wir losschlagen, oder besser: Der Schlange Magister den Kopf abschlagen.

*

Es gab ihm ein gutes Gefühl, Melissa über das Magister aufgeklärt zu haben. Eine Hand wusch die andere. Er vertraute ihr und war froh, dass sie ihm nun dasselbe entgegenbrachte. Außerdem brauchte er sich so keine Gedanken mehr darum zu machen, dass seine Identität aufgeflogen war.

Jetzt lag aber noch eine andere Aufgabe vor ihm, die ihn persönlich schmerzte. Er hätte nie gedacht, dass es einmal so weit kommen würde. Natürlich hatten sie sich letzte Nacht Gedanken darum gemacht, inwieweit Rybing diese Anschläge forcierte. Man drehte sich im Kreis, egal, von welcher Seite man die Fakten betrachtete. Bis er aus dem Kreis ausgestiegen war. Das hatte er Mel und Armand aber nicht gesagt. Ihm war etwas bewusst geworden, was er viel zu lange nicht gesehen hatte. Nicht sehen wollte. Aber die Logik dessen, wenn er den Gedanken zuließ, konnte er nicht ignorieren.

„Lavant!", rief er in der Halle der Wächter. „Ich weiß, dass du dich hier noch rumtreibst. Komm raus."

Keine Antwort. Entschlossen stieg er die Stufen zu den obersten Grabreihen hinauf und machte sich auf die Suche. Mit jedem Fund wurde ihm das Herz schwerer, verlor er mehr und mehr die Fassung. Das konnte er nicht verstehen. Dafür gab es keine Erklärung. Zumindest keine, die er verstanden hätte.

„Einer musste es doch tun", sagte sein Bruder schließlich hinter ihm.

Er fuhr herum, eine der Waffen noch in der Hand. Silbernitrat. Werwolfgeschosse. Er spielte für Sekunden mit dem Gedanken, abzudrücken.

„Warum, Lavant?"

„Warum? Das fragst du? Weil wir die Wächter sind. Wir müssen die Tore schützen. Dazu wurden wir einst erschaffen." Er drehte sich um und blickte in die Runde. „Aber unsere Art stirbt und die Tore stehen jedem offen, der sie zu nutzen weiß. Wenn wir sie nicht mehr aufhalten können, müssen wir sie töten. Das hast du auch getan."

„Ja, aber nur, wenn ich sie erwischt habe, wie sie ein Tor benutzen. Und auch nur, wenn sie es ständig taten."

„Jeder Dämon wird früher oder später die Tore nutzen, wenn ihm das einen Vorteil bringt. Wir sind zu wenige, um sie zu schützen, also müssen die Dämonen sterben, um es zu verhindern. Und diese Waffen können jeden von ihnen töten."

Blue war tief getroffen. Sein Bruder hatte den Orden der Lux Sangui bestohlen und reiste mittels der Dolmentore durch die ganze Welt, um Attentate auf PSI-Wesen, auf Dämonen, zu verüben.

„Wie lange dachtest du denn, würdest du brauchen? Dir wird eher die Munition ausgehen, als dass du auch nur ansatzweise ernstlich ihren Bestand gefährdest."

„Irgendwo musste ein Anfang gemacht werden. Ich bereue es nicht."

Was er damit losgetreten hatte, wollte Blue nicht näher ergründen. „Ist dir eigentlich klar, dass du dabei Freunde von mir verletzt hast?"

Lavant schnaubte. „Was für Freunde?"

„Zum Beispiel diesen Vampir, den du in Miami von seinem Bike geholt hast. Ein Glück, dass es kein echtes Elektrum war."

„Ich hatte mich vergriffen. Das passiert mir nie wieder."

„Hör auf! Das ist doch krank. Er bedeutet Mel und Armand sehr viel. Und mir auch. Freunde meiner Freunde sind auch meine Freunde."

„Wie kannst du Freundschaften zu diesen Wesen pflegen?"

Er verdrehte die Augen und stöhnte. „Hör endlich mit diesem jahrhundertealten Bullshit auf, Mann. Es kümmert keinen mehr. Auch nicht die Götter. Wenn es sie überhaupt gibt. Es gilt zu überleben. Und es gilt sich zu entscheiden, wer Freund und wer Feind ist. Und eins hab ich in den letzten Wochen gelernt, das hängt nicht davon ab, ob jemand ein Mensch oder ein PSI ist."

Das hatte er wirklich. Er wollte das, was ihn mit seinen neuen Freunden verband, nicht mehr missen. Und von Kaliste und Cyron abgesehen, gehörten die Feinde ausnahmslos zum menschlichen Kreis.

„Wer ist noch dabei?

Lavant sah ihn verständnislos an.

„Wenn ihr mit mehreren angreift. Wen nimmst du mit?"

„Ich weiß nicht, wovon du redest. Wir sind die Letzten, Bruder. Es gibt auch keine Handvoll mehr außer uns, wie du denkst. Nur noch dich und mich. Ich war immer allein."

Blue zog die Brauen hoch. Damit hatte er nicht gerechnet. Er war fest davon ausgegangen, dass ein paar von ihnen dahintersteckten mit Lavant als Rädelsführer. Aber wenn nicht, wer dann? Doch Kaliste? Oder Rybing? Es spielte keine Rolle mehr. Mel würde es bald wissen und die Anschläge so oder so beenden. Er sah seinen Bruder lange an, überlegte, was er tun sollte. Töten kam nicht infrage, aber er konnte ihn auch nicht weitermachen lassen. Schließlich packte er die Waffen zusammen und ging hinunter zur Energiekammer.

„Was hast du vor?"

„Wonach sieht es denn aus? Hilf mir, die Elektrum-Kugeln rauszusuchen. Dann hat dein Alleingang wenigstens einen Nutzen.

„Ich werde nicht auf ..."

„Sei still", fuhr Blue seinen Bruder an. „Du wirst keine von diesen Waffen mehr in die Hand nehmen, oder ich sorge dafür, dass du dich vor deiner Zeit verpuppst und auf Raupe machst. Wir werden den Lauf der Zeit nicht ändern, auch wir sind ihr unterworfen, und wenn es unser Schicksal ist, zu sterben, dann tun wir es irgendwann. Aber noch besteht Hoffnung. Wenn die Vampirin, über die du dich so aufgeregt hast, Erfolg hat, dann haben wir bald genug Elektrum, um jeden von unserer Familie, der noch nicht angefangen hat zu bröckeln, wieder zum Leben zu erwecken. Also hilf mir jetzt."

Kleine Brüder waren nicht nur die Pest, sie waren Pest und Cholera und Syphilis in einem. Es war Lavant nicht anzusehen, ob er sich fügte oder nicht. Blue entlud ein Gewehr nach dem anderen und warf alles, was nur im Entferntesten nach Elektrum aussah in die Kammer, zerbrach die Waffen danach. Die Anzeige füllte sich stetig. Lavant sah ihm wortlos zu, bis plötzlich ein Geräusch von einem der obersten Grabblöcke erklang. Selbst Blue war im ersten Moment nicht sicher, doch dann sah man eindeutig, wie aus dem Leib einer Dolmenwächterin Seidenfäden sprossen. Sie begann, sich zu verpuppen. Lavant griff zu einer Waffe, sah von Blue zu der Wächterin und half seinem Bruder, die Kammer zu füllen.

Bis zum letzten Atemzug

Wusstest du es?", herrschte ich meinen Vater an.

Er wich mir aus. Ich packte sein Handgelenk und drückte es so fest auf die Tischplatte, dass Franklin aufstöhnte. Mein Blick fixierte den seinen und ich las Angst in seinen Augen. Noch nie hatte ich ihn bedroht oder gar angegriffen, aber genau das tat ich jetzt, und es lag nicht in meiner Absicht, nachzugeben oder mich zu entschuldigen.

„Sag mir, was ich wissen will, Vater. Die Zeit der Geheimnisse ist vorbei. Warum willst du diese Leute schützen? Wenn du auf ihrer Seite stehst, sind wir

Feinde."

„Ich schütze sie nicht."

„Aber du wusstest es. Du wusstest, dass die Lux Sangui und das Magister miteinander verbunden sind."

„Ja … nein … es war nur eine Ahnung. Vieles sprach dafür, aber es gibt keine Beweise."

Ich ließ ihn los und stieß schnaubend die Luft aus. „Du hättest es mir sagen müssen. Spätestens, nachdem ich in ihre Schusslinie geraten bin."

Wenn er gewusst hätte, dass mir das Magister ein Begriff war, hätte er es vielleicht sogar getan. Aber wie konnte er das ahnen? Da musste ich ihm recht geben. Meine Entscheidung war gefallen, als Blue mir sagte, wer das Magister war. Er hatte mir außerdem erzählt, wie er davon erfahren hatte. Es lebe das Zeitalter der Computer.

Das Magister hatte mir und meiner Familie so viel Schaden zugefügt. Ich wollte nicht wissen, wem noch. Der Gedanke an die vielen Zellen unter der Namib, an Bens Zustand, als wir ihn fanden, den Tod meiner Mutter, den Spießrutenlauf der letzten Wochen. Ich hatte die Nase voll. Diese Institution war ein Geschwür in dieser Welt und Geschwüre musste man herausschneiden. Unter Franklins besorgtem Blick wurde ich allmählich ruhiger. Ich setzte mich ihm gegenüber und legte meine Fingerspitzen aneinander.

„Was passiert, wenn das Magister stirbt?", wollte ich wissen.

„Nun, dann wird ein neues Mitglied in ihre Reihen gewählt. Von ihnen bestimmt", erklärte Franklin.

„Und wenn alle gleichzeitig sterben?"

Mein Vater lachte über diesen absurden Gedanken, doch als er meine Miene sah, verging es ihm schlagartig, er wurde aschfahl und schien mit einem Mal zu frieren, da er sich über die Arme rieb.

„Dad? Was passiert dann?" Ich würde nicht eher gehen, bis er die Frage beantwortet hatte.

„Nun, ich denke, dass es dann kein Magister mehr gibt, da niemand außer ihnen weiß, wer dazugehört und sie nur untereinander kommunizieren."

„Und einfach ein neues zu wählen?"

„Das Magister wurde von sich selbst ins Leben gerufen. Man kann es nicht wählen. Sie bestimmen die Nachfolger selbst, sobald jemand von ihnen stirbt. Nur sie allein entscheiden, wer würdig ist, und das sind wenige. Denn das Magister muss seine Entscheidungen frei von Emotionen treffen, etwas das die meisten von uns nicht könnten."

Ich lächelte schweigend.

„Mel, das ist nicht dein Ernst, du kannst doch nicht …"

Beruhigend legte ich meine Hand auf seinen Arm. „Es war nur eine Frage, Dad." Natürlich glaubte er mir nicht, und natürlich hatte er recht, aber er tröstete sich mit dem Gedanken, dass niemand die Identität des Magisters kannte. Nicht einmal die Leiter der Mutterhäuser. Mein Ansatz war ein anderer. Ich wusste, wie unser Orden funktionierte, wie er arbeitete. Alles wurde dokumentiert und in der großen zentralen Datenbank verwaltet, jederzeit zugänglich für diejenigen, die eine entsprechende Autorisierung besaßen. Es war undenkbar, dass ausgerechnet beim Magister, der höchsten Überwachungsinstanz, darauf verzichtet wurde. Auch dafür gab es mit Sicherheit eine Datei, einen Ordner, ausgestattet mit der höchsten Autoritätsstufe, sodass niemand außer dem Magister Zugriff darauf hatte. Dort wurden chronologisch alle Daten und Aktivitäten dokumentiert und gespeichert, um jederzeit abrufbar zu sein. Vielleicht sogar Berichte über Unzulänglichkeiten und Fehltritte, die man wieder hervorholen konnte, wenn es galt, jemandem den Prozess zu machen und ihn aus dem Verkehr zu ziehen.

Gut, wenn man einen der besten Hacker der Welt zum Geliebten hatte. Armand loggte sich in unser System ein und spielte ein Programm auf, dass jegliche Aktion und Transaktion, die von überall auf der Welt vorgenommen wurde, registrierte und verfolgte. Es brauchte seine Zeit, allein drei Wochen, bis er das Programm komplett installiert hatte, da er mehrmals abbrechen musste, wenn ihm jemand im Netzwerk zu nahe kam. Doch schließlich hatte er es überspielt und wir mussten nur noch warten, bis jemand auf den verborgenen Ordner des Magisters zugriff.

Es erfüllte seinen Zweck und in diesem Fall war ich gänzlich skrupellos und mir jedes Mittel Recht, um diese verhasste Instanz, die den Tod meiner Mutter in Kauf genommen, ja sogar zum Wohl der Gemeinschaft befohlen hatte, auszulöschen. Die Ben für Jahre in diesem Bunker einsperrte, völlig abgeschnitten von der Außenwelt und jeglichen sozialen Kontakten, was dem Geist eines Menschen unsagbar zusetzte. Die mich lieber tot als lebendig sehen wollte und auf meinen Vater einen schier unerträglichen Druck aufbaute, seit ich in die Nacht geboren war. Die unzählige Unschuldige auf dem Gewissen hatte unter dem Deckmantel, dass es der Gemeinschaft diene, in Wahrheit aber lediglich, weil sie jemandem persönlich unbequem geworden oder zu nahe an das Magister herangekommen waren.

Ein paar Wochen geschah nichts. Mich quälten Gewissensbisse, weil ich wusste, dass ich die Konfrontation mit Kaliste nicht allzu lange aufschieben durfte. Jeden Tag bangte ich, dass uns wieder die Nachricht vom Tod eines Vampirs aus Tizians Linie erreichte, doch es blieb alles ruhig. Nicht einmal die

Aufräumkommandos in den PSI-Clubs traten mehr in Erscheinung, und auch die Attentate blieben aus. Armand merkte, wie sehr die Warterei an meinen Nerven zerrte.

„Und wenn du dich zuerst um Kaliste kümmerst?", fragte er mit sorgenvollem Blick. Keine Frage, er litt mit mir.

„Das geht nicht. Du weißt so gut wie ich, dass das Risiko groß ist, ihr zu unterliegen. Wenn ich bei diesem Kampf sterbe, will ich es wenigstens mit dem Wissen tun, dass es kein Magister mehr gibt, das noch irgendjemandem schaden kann oder seine Intrigen spinnt. Ich will meine Freunde und meinen Vater in Sicherheit wissen. Darum kann ich es nicht aufschieben, bis ich zurückkehre. Vielleicht kehre ich nicht zurück."

Er senkte den Blick. Wir wussten es beide und hatten die stumme Übereinkunft getroffen, es zu akzeptieren und nicht damit zu hadern. Ja, noch nicht einmal darüber zu reden. Dennoch bedrückte es ihn. Mich ebenso, denn eines war mir klar: Wenn ich starb, würde er mir folgen. Ohne mich gab es auch für ihn kein Weiterleben mehr, wenn er die Liebe seines Lebens zum zweiten Mal verlor.

Es rührte mich zu Tränen, dass er einerseits bereit war, sein Leben für mich zu geben, auf der anderen Seite sogar, es wegzuwerfen und seine Seele allen Höllen preiszugeben, weil er ein Leben ohne mich nicht ertrug. Wie sehr musste ein Herz lieben, wenn es bereit war, sich selbst den Todesstoß zu versetzen?

„Es ist meine Schuld, dass es so weit gekommen ist", sagte er gedankenverloren, während er mich im Arm hielt und mir übers Haar strich. „Aus Selbstsucht verhinderte ich deinen Tod und fühlte mich im Recht, weil ich mir einbildete, dass du einzig dafür geboren wurdest, mir wiederzugeben, was ich verlor. Vom ersten Moment, als ich dich sah, wusste ich, du sollst mir gehören, mir allein. Damit gab ich dich einem Schicksal preis, das nun vielleicht erst recht deinen Tod fordert. Wenn ich dich deshalb verliere, so bereue ich es nur um deinetwillen. Ich habe es nicht anders verdient, als daran zu zerbrechen, dass meine Gier dein Leben zerstörte."

Ich biss mir auf die Lippen bei diesen Worten, nahm sein Gesicht in meine Hände und zwang ihn, mich anzusehen. „So darfst du nicht denken. Das stimmt nicht, und du weißt es. Die Wahl traf ich allein. Und ich bereue nichts."

Mein Kuss sollte sanft sein, doch Armand erwiderte ihn mit der Heftigkeit eines Verzweifelten. Verbrannte mich mit seinem Begehren und ich ergab mich in dieses Feuer wie eine Motte, die das Licht sucht.

„Wenn ich sterbe, sollte dies mein Schicksal sein. Doch dasselbe Schicksal hat mir wundervolle Jahre an deiner Seite geschenkt, die ich niemals missen möchte.

Also kann ich es nicht verdammen."

Die Zeit arbeitete gegen uns. Ich war sogar versucht, Donald Rybing einfach zu töten. Erstens, weil ich den Mann persönlich hasste und zweitens, weil er ganz sicher zum Magister gehörte, denn über die Nachforschungen zu seiner Person war Blue auf diese Institution gestoßen. Das hätte dem Magister eine Reaktion abgezwungen, aber gleichzeitig meinen Triumph ihm gegenüber geschmälert. Und was, wenn auch dann nichts geschah? War es wirklich möglich, dass diese Instanz so lange ruhte? Oder funktionierte der Trojaner nicht, den Armand eingeschleust hatte? Pettra überprüfte seine Daten zur Sicherheit noch mal und befand sie ebenso tauglich, wie Armand es versprochen hatte. Warum also tat sich nichts?

Wir warteten und beobachteten, mit erzwungener Geduld. Irgendwann würde jemand den Ordner öffnen, um einen Eintrag zu machen. Eine Mail an alle Autorisierten versenden, die uns ihre Kontaktdaten und Namen auf dem Silbertablett servierte. Und dann – endlich – schnappte unsere Falle zu.

Wie jeden Abend führte uns der erste Gang nach dem Erwachen an den Rechner. Armand startete das Programm: Treffer!

Ein gewisser Rupert Sullivan war verstorben. Friedlich in seinem Bett dahingeschieden. Im Alter von siebenundneunzig Jahren nicht ungewöhnlich. Doch es erforderte die umgehende Ernennung eines Nachfolgers. Der Kopf der „Bruderschaft", wie er es selbst nannte, bat um Vorschläge. Auch Donald Rybing hatte diese Mail erhalten. Armand und ich gingen einen Adressaten nach dem anderen durch, recherchierten über ihn jedes Detail, welches das World Wide Web zu bieten hatte. Pettra hingegen kopierte die Daten aus dem Ordner und studierte ihn gründlich. Außerdem schleuste sie ein Programm ein, das es uns ermöglichte, nach Beseitigung des Magisters auch dessen elektronische Spuren vollkommen zu tilgen.

Nach nicht einmal einer Woche wussten wir mehr über das Magister als das Magister über sich selbst. Doch was wir erfuhren, war schockierender, als wir erwartet hatten.

*

„Hallo, Donald!" Meine Stimme war zuckersüß.

Er drehte sich langsam um, auf seinem Gesicht malte sich Staunen ab, noch keine Angst. „Miss Ravenwood! Welch Ehre!"

Ich lächelte über seine Scheinheiligkeit. „O Donald. Die Höflichkeitsfloskeln können wir uns doch sparen."

Er bedeutete mir mit einer Geste, dass er meiner Meinung sei, und nahm auf seinem Stuhl Platz. „Wie haben Sie mich gefunden?"

Mein Lächeln erstarb und ich hob eine Augenbraue, während ich ihn beobachtete. „Ich habe Freunde."

„Ah, ich erinnere mich. Die Daywalkerin. Ein guter Trick mit dem Magnetband, das muss man ihr lassen. Und Ihr Verlobter ist ja auch sehr geschickt. Hat er sich nicht damals in den Computer des MI5 gehackt, um diesen tätowierten Vampir zu schützen?"

Ich ging auf seine Anspielung nicht ein. „Bringen wir es doch mal nüchtern auf den Punkt, Donald. Sie wollen mich tot sehen, ich will Sie tot sehen. Daraus ergibt sich eine logische Schlussfolgerung."

„Ach so. Tut es das?"

„Einer von uns beiden wird diesen Raum nicht lebend verlassen."

Er nickte und lächelte. „Ich nehme an, dass Sie nicht die Absicht haben, zu sterben."

„Nein, das habe ich wirklich nicht."

Ihm war klar, dass er hier kaum eine Chance gegen mich hatte. Keine Lux Sangui, keine Waffe mit Elektrumkugeln, nicht einmal jemand, der ihn um Hilfe schreien hörte, obwohl ich bezweifelte, dass er das überhaupt tun würde.

„Sie haben die Anschläge forciert, nicht wahr?" Auch wenn es keine Rolle mehr spielte, warum er all diese Intrigen gesponnen hatte, wollte ich es dennoch wissen.

Donald nickte bedächtig. „Es bot sich an. Dieser Attentäter hat mich darauf gebracht."

Das überraschte mich. Ich war inzwischen davon ausgegangen, dass alles auf sein Konto ging. Wer war es sonst?

„Von dem Club, in dem Sie und Blue sich das erste Mal begegneten, habe ich nur gehört. Aber bei meinem Besuch in Miami wurde ich Zeuge, wie jemand eine Elfe auf offener Straße erschoss. Mit einer unserer Waffen. Es ärgerte mich, weil diese Waffe Diebesgut war. Doch die Idee gefiel mir." Er lächelte mich an. „Außerdem brachte es Sie in die Schusslinie, ohne dass ich etwas dazu tun musste. Eine nette Parallele zu Ihrem Kreuzzug gegen die Crawler-Vampire vor einigen Jahren."

Und etliche waren darauf reingefallen. Doch jetzt gab es keine Attentate mehr. Der PU beruhigte sich, darum machte ich mir keine Sorgen. Vielleicht betraf es mich nicht einmal mehr. Wenn ich dann schon tot war.

„Woher haben Sie erfahren, dass Blue ein Dolmenwächter ist?"

„Von meiner Quelle. Derselben, die mich die ganze Zeit über mit Informationen versorgt hat." Er lachte. „Ich war immer über Sie im Bilde, Miss Ravenwood. Ein Kontaktmann in Gorlem Manor ist sehr nützlich."

Also doch.

„Haben Sie Ash extra dafür eingeschleust? Weil Sie Ihren Plan begonnen hatten und nicht riskieren wollten, dass ich Ihnen in die Quere komme?"

Es amüsierte ihn, dass ich im Dunkeln tappte und nur das Offensichtliche in Betracht zog.

„Glauben Sie wirklich, ich hätte erst jetzt damit angefangen, Sie im Auge zu behalten? Sie und ihr Vater stehen schon lange auf meiner Liste. Johns Tod kam uns sehr gelegen. Na, fällt der Groschen?"

Maurice! Darum hatte er sich also auch nach Johns Tod so um die Position als Dads rechte Hand bemüht. Weil es ihm das Spionieren erleichterte. Um diese Ratte würde ich mich auch noch kümmern. Später. „Dann stammt wohl auch der Befangenheitsantrag von ihm."

„In meinem Auftrag, ja. Zu schade, dass man ihn fallen gelassen hat, aber die Beweise gegen Franklin reichten leider nicht aus."

Ich musste an Ben denken. Hätte er meinen Vater auch gern in die Namib-wüste geschickt? War das der Plan gewesen? Dann mangelte es untereinander wohl an Einigkeit, wenn die Mehrzahl seiner Brüder es nicht so gesehen hatte.

„Um Blue ist es schade", gestand er. „Hat mich sehr beeindruckt, als ich ihn vor dem Dolmengrab in den Highlands fand, wo er drei Dämonen mit einem Messer tötete. Aber das war mein Fehler. Mir hätte klar sein sollen, dass kein Mensch dazu in der Lage ist."

Er hatte sich schon länger gefragt, ob Blue die Waffenkammer ausgeräumt hatte, sich aber keinen Reim darauf machen können und ihm daher weiterhin eine lange Leine gelassen, solange keine Schwierigkeiten für ihn drohten. Schließlich war es sogar nützlich geworden, weil er mich denunzieren konnte. Sehr gerissen und ausgesprochen flexibel.

„Sie können mich ausschalten, Miss Ravenwood, aber aufhalten werden sie die Sangui nie."

Er war davon überzeugt, am Ende doch zu triumphieren, gleichgültig, ob er es erlebte oder nicht. Diesen Zahn konnte ich ihm ziehen. Ich nahm ihm gegenüber Platz, noch immer um eine freundliche Miene bemüht, wenn ich auch sein Leben bedrohte. „Die Sangui interessieren mich nicht, Donald."

Das verwirrte ihn, glaubte er schließlich, ich sei gekommen, weil ich mich für die Unpässlichkeiten der letzten Wochen rächen wollte.

„Warum sind Sie dann hier? Ein privater Rachefeldzug gegen mich?"

Ich schüttelte den Kopf. „Die Sangui sterben von allein, wenn ich mit Ihnen und Ihresgleichen fertig bin. Wenn ich die Ashera befreit habe von der Unmenschlichkeit und Habgier des Magisters."

Das letzte Wort spie ich förmlich aus und funkelte ihn mit meinen dämonischen Augen an. Er zuckte zusammen. Damit hatte er nicht gerechnet.

„Woher ...“

Ich hob die Hand, damit er schwieg. „Es ist nicht wichtig, woher ich vom Magister erfuhr. Ich weiß es schon lange und nicht von meinem Vater. Wie Sie schon sagten, Pettra und Armand sind ausgezeichnete Hacker.“

Er kniff die Lippen zusammen, ballte die Faust. „Dann geht wohl auch die Flucht von diesem Delane auf Ihr Konto.“

Das bestätigte ich gern.

„Sie werden uns niemals alle ausschalten können. Töten Sie mich nur, das nutzt Ihnen gar nichts. Mein Platz wird schon bald von einem anderen eingenommen.“

Jetzt hatte sich das Blatt gewendet. Eben noch verhöhnte er mich, nun war es an mir, ihn zappeln zu lassen. Ich amüsierte mich über seine Versuche, mir die Aussichtslosigkeit meines Vorhabens vor Augen zu führen. Hielt er mich für so einfältig? Für so impulsiv und unvorbereitet? Wortlos reichte ich ihm den Umschlag, den ich in meinem Mantel verborgen hatte. Er nahm ihn an sich, öffnete ihn und holte die Liste hervor. Während er die Zeilen überflog, wurde er zusehends blasser. Seine Lippen zitterten ebenso wie seine Hände. Ich sah es mit Genugtuung, lehnte mich entspannt zurück und wartete geduldig, bis er mir wieder seine ungeteilte Aufmerksamkeit schenkte.

„Na los, Donald. Überzeugen Sie mich, dass ich einen Namen vergessen habe“, forderte ich ihn heraus. „Sagen Sie mir, dass dieses Unterfangen aussichtslos ist.“

Er schwieg, sah mich voller Schrecken an. Ich konnte sein Herz schlagen hören, fand es lächerlich, dass er sich noch bemühte, seine Gedanken vor mir zu verbergen.

„Sie werden das niemals schnell genug schaffen.“

„Wie viel Zeit habe ich Ihrer Meinung nach? Sie können es mir nicht sagen? Nein? Dann rechne ich es Ihnen vor. Wenn ein Mitglied des Magisters stirbt, geht eine interne Nachricht an alle anderen. So sind wir übrigens auf die Namensliste gestoßen. Als Sullivan starb. Unter den Leitern, Stellvertretern und Beratern aller Mutterhäuser – die einzigen Mitglieder des Ordens, die überhaupt wissen, dass es das Magister gibt – werden geeignete Kandidaten ausgewählt und vorgeschlagen. Nicht solche Leute wie mein Vater. Nein, es müssen zuverlässige Mitglieder sein. Eher so wie Carl Ravenwood, der seine eigene Tochter – meine Mutter – in den Tod schickte, weil das Magister es für nötig befand.“

Als ich das in den archivierten Dateien gefunden hatte, bereute ich fast, dass ich meinen Großvater nicht selbst ausgesaugt hatte. Nichts sollte über dem eigenen Fleisch und Blut stehen. Auch nicht die Entscheidung einer solchen Institution.

„Wenn genügend Vorschläge gemacht wurden, geht eine Liste mit diesen Namen wieder per Mail an alle verbliebenen Mitglieder des Magisters, damit sie ihre Abstimmung vornehmen. Diese wird dann von den fünf Köpfen des Magisters, zu denen Sie so furchtbar gerne gehören würden, in Augenschein genommen und daraus eine Auszählung vorgenommen. Wenn diese einen klaren Favoriten ergibt, lädt man ihn zum Gremium, wo er geprüft wird. Gibt es keinen klaren Favoriten, wiederholt sich die Abstimmung so lange, bis es einen gibt."

Ich war aufgestanden und schritt im Raum auf und ab, während ich Donald Rybing über Dinge aufklärte, die er ebenso gut wusste wie ich.

„Gehen wir aber davon aus, dass es sofort einen Favoriten gibt und der nun diese Prüfung absolviert. Besteht er sie nicht, kommt er dorthin, wo ich Ben rausgeholt habe und das ganze Prozedere geht von vorne los. Besteht er aber, hat das Magister ein neues Mitglied.

Die meisten Angehörigen des Magisters verrichten danach weiter ihren Dienst, damit es nicht auffällt. Schließlich ist das Magister geheim. Aber einige, die besonders wichtig und einflussreich sind, werden in ihren Mutterhäusern ersetzt, erhalten eine neue Identität und tauchen im Orden der Lux Sangui auf, wo sie leitende Positionen bekleiden, einfache Dämonenjäger rekrutieren und versuchen, die Welt nach ihren Vorstellungen zu lenken."

Ich blieb vor seinem Schreibtisch stehen und beugte mich zu ihm hinüber.

„Um diese Jäger kann sich kümmern, wer will. Ohne Kopf ist die Schlange wehrlos. Aber das Magister wird so schnell ausradiert werden, dass euch die Zeit nicht reicht, um neue Mitglieder zu wählen. Gibt es noch irgendwas, das Sie mir sagen wollen, Donald? Bevor ich Ihrem armseligen Dasein ein Ende bereite."

Todesangst machte auch vor Menschen wie ihm nicht halt. Ich sah sie in seinen Augen, konnte sie riechen. Rybing erhob sich mit zitternden Beinen, fest entschlossen, aufrecht in den Tod zu gehen. Er straffte sich, sah mir in die Augen.

„Fahr zur Hölle!"

„Schon möglich, aber warte dort nicht auf mich."

Innerhalb von zwei Wochen gab es einen Haufen Beerdigungen auf der Welt, ebenso viele Menschen, die auf Nimmerwiedersehen verschwanden und schließlich kein Magister mehr. Bis auf einen. Den letzten Namen auf der Liste hatte ich mir bis zum Schluss aufgehoben. Den Präfekten, der Oberste des Magisters.

Sein Name löste eine nie gekannte Wut in mir aus – auf ihn und auf Menschen seines Schlages, die sich mit Scheinheiligkeit ummantelten und gnadenlos die eigenen Ziele verfolgten. So vieles ergab mit ihm einen Sinn, so viele Fäden liefen bei ihm zusammen, so viele Rätsel wurden gelöst.

Am 26. März saß ein alter Mann umgeben von Prunk und Reichtum, den man über Jahrhunderte gestohlen und angehäuft hatte, in seinem kleinen Büro und wartete auf Antworten. Er konnte nicht verstehen, warum nicht einer seiner Brüder seine Nachrichten las, geschweige denn beantwortete. Unruhe malte sich auf seinen Zügen, Ungläubigkeit. War das in seiner Position nicht fast schon eine Todsünde?

Mit sardonischem Lächeln betrat ich den Raum. So ungesehen wie vor einigen Jahren schon einmal hatte ich sein Reich betreten. Diesmal allein.

„Guten Abend, Eure Eminenz."

Er zuckte zusammen, sprang auf und fasste sich ans Herz. Ich konnte es schlagen hören, doch nicht so heftig, dass ich um sein Leben gefürchtet hätte. Nicht so heftig, wie ich es mir wünschte. Meine Anrede war nicht korrekt, doch mehr Ehre gewährte ich ihm nicht.

„Wer sind Sie? Wie kommen Sie herein?"

Ich schüttelte den Kopf, ließ ihn nicht aus den Augen. „Ihr wisst so gut wie ich, was ich bin. Wer ich bin. Schließlich jagt Ihr mich schon eine Weile. Aber wichtig ist heute Nacht nur eins: Ich bin die Botin Eures Todes – nicht mehr, nicht weniger."

Meine Worte ängstigten ihn. Er umfasste das goldene Kreuz und schickte sich an, es mir entgegenzuhalten. Wie lächerlich.

„Verschont uns beide mit diesem Unfug", erklärte ich. „Mich kümmern keine Kruzifixe, Weihwasser oder heiliger Boden, sonst stünde ich kaum hier vor Euch. Es gibt nichts in diesen Räumen, mit dem Ihr mich bannen oder gar niederstrecken könntet. Und im Grunde wisst Ihr das auch."

Er schluckte, seine Beine zitterten.

„Setzt Euch doch wieder, bevor Ihr zusammenbrecht", bat ich freundlich und wies auf seinen Stuhl vor dem PC.

Sein Blick glitt zur Tür, er gedachte, um Hilfe zu rufen, was mich lachen ließ.

„Es ist niemand da, der Euch hören oder zu Hilfe eilen kann. Oh, macht Euch keine Sorgen", fuhr ich fort, als er noch eine Spur bleicher wurde und meinesgleichen damit Konkurrenz hätte machen können. „Sie leben alle noch. Und daran wird sich auch nichts ändern, jedenfalls nicht durch meine Hand."

Er glaubte mir, es bestand schließlich kein Grund, es nicht zu tun. Langsam nahm er wieder Platz, während ich näher trat und ihn ausdruckslos musterte.

„Es werden keine Antworten mehr kommen, Eminenz. Ihr seid der Letzte."

Seine Lippen öffneten sich. Mir fiel auf, wie bläulich sie waren. Beinah ergriff mich Mitleid. Er war ein Greis, gebrechlich, vom Leben gezeichnet und verhärmt von Dingen, die er als unumstößlich betrachtete. Seines eigenen Unglücks Schmied. Die Altersflecken auf seiner Haut stachen deutlich hervor, seinen Händen fehlte die Kraft. Doch seine Überzeugungen waren so stark und unveränderlich wie eh und je.

„Es ergab alles einen Sinn, als ich Euren Namen las. Niemals hätte ich gedacht, dass Ihr einen paranormalen Orden befehligt, doch dann, schwarz auf weiß, erschien mir nichts logischer. Gut und Böse, Himmel und Hölle, Gott und Teufel. Das alles liegt so viel näher beieinander, als die Menschen ahnen – oder wir. Jetzt verstehe ich, warum Ihr es damals so vehement abgelehnt habt, dass die Ashera hilft, den Sapyrion zu stoppen. Ihr hattet Angst. Wir wären Euch zu nah gekommen. Und außerdem besaßt Ihr ja Euer Gottvertrauen, dass Eure Jäger schon mit ihm fertig werden würden. Damals konntet Ihr nicht ahnen, wer ihn befehligt, und dass kein Sterblicher ihn je zu zügeln vermocht hätte. Nicht einmal Armand und ich wussten es, wir hatten einfach Glück und die richtige Intuition."

„Ihr habt uns bestohlen!"

Ich zuckte die Achseln. „Nur dem Sapyrion abgenommen, was er holen sollte, was auch Ihr gestohlen hattet vor vielen Jahrhunderten, und mehr zum Schaden denn zum Nutzen der Menschheit eingesetzt habt."

„Sie gehörten uns!"

„Des Teufels Tränen? Wohl eher Insignien der Gegenseite."

Er kniff die Lippen zusammen, legte eine Faust auf den Tisch und betrachtete mich wachsam. „Was wissen Sie schon? Ihresgleichen trachtet danach, sich zu den Herren der Welt aufzuschwingen, aber das wird niemals geschehen."

Wie konnte ein Mensch nur so verbohrt sein – und so verlogen. „Wer die Herrschaft auf Erden anstrebt, lassen wir wohl besser dahingestellt sein. Ich bin es sicher nicht. Und auch die meisten meiner Art nicht. Aber Ihr glaubt, über alles bestimmen und verfügen zu können, wie es Euch beliebt. Dass Euch beide Seiten dienen müssen. Anfangs habe ich mich noch gefragt, warum ein Orden von Dämonenjägern plötzlich mit dem Paranormalen Untergrund gemeinsame Sache macht, doch dann wurde mir bewusst, dass sie so den PU systematisch in zwei Lager spalteten. Und seit ich die Namensliste des Magisters ..." Ich sah ihn zu meiner Zufriedenheit zusammenzucken. „... eingesehen habe, verstand ich es. Ihr braucht uns. Ihr braucht einen Gegenspieler auf Erden – als Daseinsberechtigung. Heute mehr denn je, wo die Menschen ihren Glauben verlieren. Jemand muss wieder anfangen, ihre Seelen zu bedrohen, ihre heile Welt ins Wanken zu bringen, damit ihr als Retter auftreten könnt. Aber Euch nutzt nur, wer nach Euren Regeln spielt, sich kaufen lässt. Dafür waren die Jäger da. Cyron und Blue waren nur Beispiele von vielen. Ein dummer Zufall, dass ich darauf aufmerksam wurde, weil ich Cyron haben wollte. Damit war ich eine Gefahr, die in Schach gehalten werden musste. Aber es gibt sicher noch andere Jäger, die Kontakte suchen. Und dann die, die angreifen. Wie in den Clubs."

Er schnaubte. „Da Sie bereits so viel herausgefunden haben, Miss ... Ravenwood, nehme ich an?" Ich nickte, hatte nichts anderes erwartet, als dass er über mich ausreichend Bescheid wusste, um meine Identität zu erraten. „Ihnen wird unter diesen Umständen wohl klar sein, dass wir keine andere Wahl haben. Es ist unerlässlich, die Gegenseite zu kennen und sie zu kontrollieren."

Ich gab mich erst gar nicht der Illusion hin, dass er damit meinesgleichen und nicht die Ashera meinte. Die Unterhaltung ermüdete mich, ich sah keinen Grund, sie weiter fortzusetzen. Dieser Mann war verbohrt, noch selbstgefälliger als Rybing oder einer der anderen. Vermutlich machte ihn das zum Präfekten. Der Stolz, der mir aus Rybings Augen entgegengesehen hatte, ließ sich hier vermissen. Stattdessen sah ich Angst — und Bitterkeit ob der Erkenntnis, dass all seine Macht ihm nichts nutzen würde und er einen erfolglosen Kampf geführt hatte. Ob es dem Waffenmeister ein Trost gewesen wäre, dass er den würdigeren Präfekten abgegeben hätte?

Zur Sicherheit drang ich in seinen Geist. Er wich nur kurz zurück, wusste mich aber nicht aufzuhalten und fügte sich in grimmiger Kapitulation. Was ich ihm aus Respekt anbieten wollte, konnte ich nur, wenn ich sicher war, dass es niemanden mehr gab, der das Magister zu neuem Leben erweckte. Dass er allein über das Wissen dieser Tradition verfügte und es weder weitergegeben hatte noch irgendein Dokument in Händen hielt, das nach seinem Tod dafür sorgen konnte, dass diese weitergeführt wurde. Meine Vorsicht erwies sich als berechtigt. Wortlos hielt ich ihm meine geöffnete Hand hin. In diesem Moment schlug mir zum ersten und einzigen Mal wahrer Hass von ihm entgegen. Minutenlang rührte er sich nicht, weigerte sich, den letzten Strohhalm loszulassen, der seine Arbeit für die Bruderschaft nicht umsonst sein ließe. Ich sagte kein Wort, blieb unerbittlich und wartete.

Schließlich zog er eine Schublade seines Schreibtisches auf, drückte einen Knopf, der eine geheime Lade öffnete, und holte ein Pergament hervor, das alt und durch viele Hände gegangen war. Erschreckend, wie lange man schon diese Bigotterie betrieb und der Orden der Ashera unterwandert wurde. Welche Seite sich wohl an die andere gewandt hatte? Und aus welchem Grund?

Zufrieden nickte ich und verstaute das Schriftstück in meinem Mantel. Damit konnte ich mich später befassen. Mehr gab es nicht, dessen konnte ich sicher sein.

„Ich werde gnädig sein. Entgegen all Euren Brüdern, Eminenz, werdet Ihr nicht in meinen Armen sterben." Das hätte zu viel Staub aufgewirbelt, wenn der Camerlengo einen blutleeren Leichnam vorfand. „Es gibt andere, wie Ihr sicher wisst. Sie trinken statt Blut Lebensjahre." Mein Blick wurde eisig, ich senkte meine Stimme zu einem Flüstern. „Seid Ihr stark in Eurem Glauben?"

Er nickte wortlos, innerlich – das konnte ich sehen – fügte er sich bereits in das Unausweichliche.

„Ihr habt eine Woche, Eminenz. Nutzt sie weise. Wenn Euer Glaube so stark ist, wie Ihr vorgebt, dann macht Euren Frieden mit dem, an den ihr glaubt. Vergeudet nicht Eure Zeit, mich zur Strecke bringen zu wollen, denn nach den letzten Wochen habt Ihr und Eure Schergen mich gelehrt, ein Phantom zu werden. Und verschwendet keine Energien darauf, ein neues Magister ins Leben zu rufen. Die Zeit reicht nicht. Bringt Eure Geschäfte zu Ende und regelt, was es noch zu regeln gilt. Sagt zu niemandem ein Wort, denn jeden, den Ihr einzuweihen versucht, habt Ihr auf dem Gewissen."

Ich ließ ihm keine Zeit für eine Antwort. Draußen auf dem Flur, wo die Mitglieder der Garde und einige andere Personen in tiefem Schlummer ruhten, nickte mir Pettra zu. Sie würde hierbleiben, wie ein Alb jede Nacht ein bisschen mehr Leben aufsaugen und erst gehen, wenn es vorbei war. Sie würde auch Alarm schlagen, wenn sich zeigen sollte, dass der Präfekt meine Worte missachtete.

Noch sieben Tage. Dann war die Ashera frei – und viele andere ebenso.

*

Jetzt war ich bereit für Kaliste. Armand aktivierte noch das Zerstörungsprogramm, löschte die Akte, sämtliche virtuellen Pfade, bis wir sicher sein konnten, dass nicht einmal ein verlorenes Byte irgendwo auf diesem Planeten noch vom Magister sprach. Franklin nahm es in die Hand, sich um die Menschen in der Namibwüste zu kümmern, denn ohne das Magister drohte ihnen der Hungertod. Das hätte mein Gewissen nicht mitgemacht.

Um Maurice hatte sich Armand gekümmert, während ich in Rom war.

In der Nacht, bevor ich die Höhle in Skandinavien aufsuchen wollte, erhielt ich unerwartet Besuch von Blue. Seine Augen ruhten nachdenklich auf mir. Er wusste so gut wie ich, dass es jetzt kein Zurück mehr gab. Ich allein konnte Kaliste vernichten. Oder dabei sterben.

„Hier!", sagte er und reichte mir eine lederne Scheide mit einem Dolch darin. Ich ergriff sie zögernd und spürte sofort die Macht des Elektrums. „Für alle Fälle. Wenn du unterliegst, ist sie vielleicht die letzte Hoffnung. Der Kuss dieser Klinge ist auch für eine Königin tödlich."

Mein Herz krampfte sich zusammen und meine Kehle war so eng, dass ich nur mühsam schlucken konnte. Er meinte es gut, ein weiterer Beweis, auf wessen Seite er stand. Doch ich konnte das nicht annehmen.

„Ich werde auf keinen Fall etwas mitnehmen, was meinen sicheren Tod bedeutet. Kaliste ist stärker als ich und gerissener. Und sie hat weniger Skrupel. Wenn sie die Klinge in die Hände bekommt, wird sie mich ohne Zögern töten."

„Dann darf sie sie eben nicht bekommen", befand Blue und drückte mir den Griff der Waffe erneut in die Hand.

Das Elfenbein verhinderte den direkten Kontakt mit dem Elektrum. Dennoch begann meine Haut augenblicklich zu prickeln. *Sie hat Kugeln, du wenigstens einen Dolch.* Daran hatte ich auch schon gedacht. Dass ich dank der Waffe vielleicht gar nicht nah genug an sie herankam. Es war also Blues schlechtes Gewissen, weswegen er mir den Dolch gab.

„Er wird bei ihr nicht wirken."

„Woher willst du das wissen?"

„Von Magotar. Er sagte, dass Kaliste und Tizian gegen Elektrum inzwischen ebenso immun sind wie gegen Sonnenlicht."

Blue lachte ungläubig. „Und das nimmst du ihm ab? Du willst seine Tochter killen. Glaubst du, er verrät dir ihre Schwachstelle?"

Eine berechtigte Frage, die mich verunsicherte. „Na ja, er hat mir ja auch gesagt, wie ich sie töten kann."

Er schüttelte den Kopf und grinste mich schief an. „Klar hat er das. Weil er weiß, dass es erst gar nicht so weit kommt, wenn du nichts hast, womit du sie genug ausbremsen kannst. Er riskiert nicht, dass du siegst, aber da er weiß, dass du schwächer bist als sie, muss er das auch nicht befürchten, wenn du keinen Trumpf in die Hand bekommst. Und den hat er dir einfach vorenthalten."

„Ich muss ihr Blut trinken, Blue. Selbst wenn ich Kaliste mit dieser Klinge außer Gefecht setze, könnte ich meine Bestimmung nicht mehr erfüllen und alles wäre verloren. Getränkt mit Elektrum wird ihr Lebenssaft zu purem Gift für mich, das ich nicht trinken kann."

„Ohne den Einsatz der Waffe wirst du nicht mal in die Lage kommen, es zu versuchen."

Die Angst, die ich zu unterdrücken versuchte, kroch bei seinen Worten langsam in mir hoch, verhöhnte mich und lachte sich ins Fäustchen, weil ich wusste, dass er recht hatte. Doch was nutzte es mir, dieses Risiko einzugehen?

So oder so war ich schon jetzt zum Scheitern verurteilt.

„Wir wissen doch gar nicht, ob es mir helfen würde", versuchte ich noch einmal, die Waffe abzulehnen, die mir inzwischen körperliche Schmerzen bereitete. Ich wäre gar nicht in der Lage, sie zu führen.

„Ich weiß es", stellte Blue klar. „Ich habe mit eigenen Augen gesehen, wie sie vor einem Beutel mit Elektrum zurückgewichen ist." Er schmunzelte und die Art, wie er mich ansah, gefiel mir nicht. „Aber ich weiß auch noch mehr."

Ich schluckte. Wollte ich wissen, worauf er anspielte? Nein! Trotzdem hörte ich mich die Frage stellen.

„Du willst doch gewinnen, oder?" Seine Augen wurden schmal, in ihnen glitzerte es triumphierend, weil er wusste, dass eine begehrte Trophäe in Reichweite lag. Mir wurde so kalt, dass ich glaubte, mich nicht mehr bewegen zu können. Langsam nickte ich. Egal, was kam, ich musste sie besiegen und jede Hilfe ergreifen, wenn sie auch nur ansatzweise Erfolg versprach.

„Dann brauchst du diesen Dolch. Und was die Sache mit ihrem Blut angeht, nachdem du sie damit außer Gefecht gesetzt hast … da gibt es vielleicht eine Möglichkeit, dass du kein Elektrum mehr fürchten brauchst. Auch das weiß ich genau. Wärst du dazu bereit? Ist dir die Sache mit der Schicksalskriegerin wichtig genug?"

Ich zögerte, aber es stand zu viel auf dem Spiel. Vertraue ihm, hatte Armand gefordert. Und du musst jemandem vertrauen, den du kaum kennst, waren Serenas Worte gewesen. Langsam nickte ich.

*

Wurden wir erwartet? Blöde Frage. Sie konnte es sicher kaum abwarten, mich ins Jenseits zu befördern. Ich konzentrierte mich auf den Ring an meinem Finger. Armand, der nicht von meiner Seite wich, bemerkte es.

„Hätte ich fast vergessen", sagte er und schob etwas auf meinen anderen Ringfinger. Verwundert betrachtete ich das Juwel.

„Das ist Raphaels Ring."

Er nickte. „Er hat ihn mir gegeben. Der Dämonenring, wenn alles gut geht. Er ist dann Dein. Vielleicht bringt es ja Glück."

Zwei Ringe der Nacht in meinem Besitz. Gelang es mir, Kaliste ihren wegzunehmen und die Ringe zu vereinen … Doch was, wenn es andersherum war und sie die Ringe an sich brachte?

„Nein." Ich zog ihn wieder herunter und gab ihn zurück. „Behalte du ihn. Wenn ich unterliege, flieh. Bleib nicht bei mir, um ebenfalls zu sterben. Sie darf den Dämonenring nicht vereinen."

Seine Augen weiteten sich in ungläubigem Schreck. „Das kannst du nicht verlangen. Ich werde dich nicht allein lassen. Und wenn du stirbst, begleite ich dich in den Tod."

Es rührte mich, tat aber weh. Unfähig, zu sprechen drückte ich seine Hand und lächelte ihn aufmunternd an.

Je näher wir ihr kamen, umso deutlicher spürten wir ihre Präsenz. Sie verbarg sich nicht länger, daher war es ein Leichtes, sie zu finden. Die Nacht der Entscheidung war da, das wussten wir beide.

Der Höhleneingang lag düster vor uns. Ein gähnendes Maul, das uns verschlingen wollte – es in gewisser Weise tat. Innen empfing uns Kälte und ich dachte daran, dass ihr Hass auf alles und jeden die Wände mit Eis überzog. Armand ließ meine Hand nicht los, ging jeden Schritt mit mir. Wir sprachen kein Wort, wussten auch so genau, was der andere dachte und fühlte.

Ich spürte Kaliste warten. Sie sehnte es herbei, zweifelte nicht an ihrem Sieg. Seltsamerweise zweifelte ich auch nicht mehr an meinem.

Und dann sahen wir sie. Ihre Wächter. In Reih und Glied säumten sie den Weg. Bewegungslos mit starrem Blick. Sie ließen uns vorbei, ohne eine Regung. Dennoch war dies der Moment, in dem mir das Herz bis zum Hals schlug, weil ich damit rechnete, dass einer von ihnen seine Waffe zog. Nur Armands Ruhe gab mir den Mut weiterzugehen. Wir erreichten die Höhle, in der Kaliste auf mich wartete. Und wo Armand und ich uns trennen mussten. Die beiden Wächter kreuzten ihre Waffen vor ihm, ich sah ihm an, dass er es nicht hinnehmen wollte, traute ihm zu, die Ghanagouls mühelos zu überwinden, wenn er es darauf anlegte. Aber ich hielt ihn davon ab.

„Armand, nicht!"

Er sah mich ratlos an. Mit einem stummen Flehen in den Augen, dem ich mich verschloss.

„Lass mich allein gehen. So soll es sein."

Wenn ich noch eine Sekunde länger in seine Augen sähe, würde er mich ins Wanken bringen. Stiege die Angst in mir auf – nicht zu sterben, sondern ihn zu verlieren. Diese Schwäche konnte ich mir nicht leisten. Ich drehte mich um, wurde von den Wächtern durchgelassen, die ihn sofort zurückdrängten, als er mir folgen wollte.

„Melissa!", rief er mir nach.

Ich drehte mich nicht um, obwohl es mich all meine Selbstbeherrschung kostete, ich mich lieber in seine Arme geworfen hätte, um dort Schutz zu suchen. Oder meine Lippen auf seine gepresst, für einen letzten Kuss. Dieser kalte Abschied tat weh, mir blieb nur, mich damit zu trösten, dass es keiner sein musste. Ich konnte siegen, ich musste nur daran glauben.

„Du kommst also wirklich, dich deinem Schicksal zu stellen", begrüßte mich Kaliste.

In ihrer Hand hielt sie die Waffe mit den Elektrumkugeln. Mir rann ein eisiger Schauder über den Rücken, als ich in die Mündung blickte. Sie lachte höhnisch über die Angst in meinen Augen.

„Lass uns nicht lange reden, Melissa. Du bist zum Sterben hier und ich bin bereit, es dir leicht zu machen. Bleib einfach stehen, dann geht es sehr schnell."

Das hatte sie sich so gedacht. „Such dir jemand anderen als Zielscheibe", fauchte ich.

Der Knall des ersten Schusses ließ mich zusammenzucken. Weit entfernt hörte ich Armand ein zweites Mal schreien, doch mir blieb keine Zeit, darüber nachzudenken. Ich sah das Projektil auf meine Stirn zufliegen und wich im letzten Moment durch einen Seitensprung aus. Kaliste zischte wie eine wütende Kobra. Gleich darauf flog sie auf mich zu. Ihre Fäuste trafen meine Brust, brachen den Knochen.

Ich war noch nicht wieder richtig auf den Beinen, da ließ die nächste Attacke nicht lange auf sich warten. Diesmal schnitten ihre Nägel mein Shirt entzwei und brachten mir zwei tiefe Risse auf der Schulter ein. Ich musste schneller reagieren. Erst recht, als sie ein weiteres Mal auf mich anlegte. Der Schuss verfehlte mich wiederum nur knapp, indem ich mich zu Boden fallen ließ.

Aus den Augenwinkeln sah ich ihren Stiefel auf mich niedersausen und warf mich zur Seite. Ihr Fuß zermalmte den Stein zu Staub, wo mein Kopf gelegen hatte. Ich nutzte die Chance, zog ein Bein an und trat mit Wucht gegen ihr Knie. Es gab nach, Kaliste sank mit einem Aufheulen zu Boden. Doch als ich nach ihrer Kehle greifen wollte, kam sie mir zuvor. Es half nichts, ihr meine Krallen in die Arme zu schlagen, sie drückte unerbittlich zu, bis ich schwarze Punkte vor den Augen tanzen sah.

Mit dem Knie stieß ich in ihre Seite, der Griff lockerte sich kurz und es gelang mir, mich zu entwinden. Keuchend und hustend versuchte ich, meine Luftröhre wieder freizubekommen, rieb über meine Kehle. Doch immerhin wurde mein Hirn wieder mit Blut versorgt. Mir blieb keine Zeit, mich darüber zu freuen, denn schon hatte sie mich wieder gepackt. Unsere Hände verschränkten sich ineinander. Wir rangen, gingen aufeinander los und setzten erstmals auch unsere übersinnlichen Kräfte ein. Sie Eis und Blitz, ich Feuer und Sturm.

Das Licht der Fackeln und Kerzen warf unsere Schatten grotesk und bizarr an die Wände. Zwei Furien aus dunklen Legenden, die miteinander kämpften. Auf dem Weg zum Höllenschlund. Ich schaffte es, ihren Blitzen auszuweichen und sie mittels eines kleinen Tornados durch die Luft zu wirbeln, bis sie mit dem Rücken gegen den Felsen schlug.

„Bei allen Teufeln", keuchte Kaliste, „was hat dich so stark gemacht?"

„Das Blut von vielen, meine Königin", gab ich zurück und näherte mich wieder lauernd, formte einen Feuerball mit meinen Händen, den sie mit einer Eiswand aufhielt. Eine Pfütze am Boden war das einzige Resultat.

„Du wirst diesen Ort trotzdem nicht lebend verlassen."

Das war ein Versprechen. Ich fürchtete den Tod nicht, doch ich hatte nicht die Absicht, es ihr leicht zu machen. Und sollte es tatsächlich mein Schicksal sein, hier mein Leben zu lassen, so würde ich wenn möglich, sie mit mir in die Hölle nehmen.

Es war ein aussichtsloser Kampf. Ich ermüdete schneller als sie. Die Zeit spielte ihr zu.

Nach einer Folge von Schlägen und Blitzattacken war ich nicht mehr in der Lage, auch nur ein Lüftchen herbeizurufen. Ich konnte Kalistes Angriffe nicht mehr abwehren, war zu langsam, um ihrem dritten Schuss auszuweichen. Die Kugel bohrte sich zwischen meine Rippen, trieb mir jedes Luftmolekül aus den Lungen und fraß sich brennend in meine Eingeweide. Meine Knie gaben nach und ich sank zu Boden, fühlte, wie das Elektrum sich rasend schnell in meinen Adern ausbreitete, mich lähmte.

Kaliste lachte triumphierend. Sie beugte sich zu mir herab und schloss die Finger ihrer rechten Hand fest um meine Kehle.

„Zeit, zu sterben, Schicksalskriegerin. Sag deinem erbärmlichen Leben Lebewohl. Und sei versichert, um Armand und deine anderen Freunde kümmere ich mich auch noch."

Tränen schossen mir in die Augen. Weniger um meiner selbst willen, als aus Sorge um jene, die mir am Herzen lagen. Mein Herz schlug immer langsamer. Es schien zu Ende. Sie hatte mich fest in ihrem Klauengriff, lächelte siegessicher, weil ich kaum mehr genug Kraft hatte, mich auf den Füßen zu halten. Sie brauchte nur abzuwarten, bis das Elektrum sein Werk tat, und mir beim Sterben zusehen. Ihre Macht durchdrang mich bis in den hintersten Winkel meiner Seele, zerrte an meiner Lebensenergie.

„Niemand wird meine Pläne durchkreuzen. Schon gar nicht eine kleine Vampirprinzessin, die für meinen Bruder zur Hure wurde."

Sie war so selbstgefällig in ihrer Siegesgewissheit. Gierte danach, mich zu verhöhnen. Dabei war sie feige. Wenn Armand in den Kampf hätte eingreifen können, wäre sie nicht so mutig gewesen. Vor ihm fürchtete sie sich. Aber er war nun mal nicht Teil der Prophezeiung.

Hatte Blue recht? War es wirklich nur mit dem Dolch möglich zu siegen? Aber das Elektrum der Kugel wirkte bei mir, also hatte sein Blut keine Wirkung in meinen Adern. Immerhin könnte ich wenigstens mit der Gewissheit sterben, dass auch Kaliste in die Hölle ging und niemandem mehr etwas tun konnte.

Ich ignorierte den Schmerz, die eisige Kälte, die in meine Glieder kroch, und sammelte meine letzten Kraftreserven. Einen Trumpf hatte ich noch. Jetzt galt es, ihn einzusetzen auf Leben und Tod. Ich kämpfte mich wieder an die Oberfläche meines Bewusstseins und schlug die Augen auf. Das grüne Feuer in meinem Blick spiegelte sich in ihren türkisen Iris. Ich sah Überraschung darin, weil sie nicht damit gerechnet hatte, dass ich noch einmal aufbegehren würde. Doch es dauerte nur Sekunden, ehe ihr Gesicht wieder den eisigen Ausdruck annahm, mit dem sie mein Schicksal besiegelte.

„All dein Bemühen, vergebens. Was hast du nun davon? Leib und Seele tot. Du wärest besser beraten gewesen, an meiner Seite zu stehen, doch nun musst du den Preis bezahlen und sterben", verkündete sie ebenso zärtlich wie kalt.

Die Zeit blieb stehen. Ich hörte mein Herz schlagen, laut und klar. Das Elektrum erreichte mein Lebenszentrum, sammelte sich in den Kammern, füllte sie und wurde eins mit mir. Mein plötzliches Lächeln, so schwach es auch war, irritierte Kaliste. Die Bewegung meiner Lippen kostete mich unmenschliche Kraft und ich wusste, dass ich jedes bisschen Energie, das ich noch hatte, für mein Vorhaben brauchte. Dennoch konnte ich dem Bedürfnis nicht entsagen, ihr diese Worte zu entgegnen.

„Ich bin noch längst nicht tot."

Die Ungläubigkeit und gleichzeitige Erkenntnis in Kalistes Antlitz war Balsam für mich und verlieh mir den Funken, den ich brauchte. Ich riss mit den allerletzten Reserven meinen Arm in die Höhe und hieb den Dolch tief in ihren Brustkorb. Die Knochen ihres Brustbeins barsten, als die Klinge aus Elektrum sie durchschlug. Die Lippen meiner Königin öffneten sich und ich sah langsam den dünnen Blutstrom hervorquellen, öffnete meinen Mund um ihn aufzufangen.

Ihre Seele, ging es mir durch den Kopf. Ich muss ihre Seele greifen. Meine freie Hand legte sich um ihren Kopf, zog ihn zu mir herunter und presste ihre Lippen auf meine. Ich schloss die Augen, setzte meinen Blutdämon frei. Dies war seine Quelle. Nun gehörte sie ihm.

In diesem Moment spürte ich, wie die dunkle Macht, die in ihr lauerte – düsteres Lebenselixier aus dem Erbe ihres Vaters – nach mir griff. Mit grausam kalten Klauen schien sie mein Herz zu umklammern, leckte mit bösen Zungen an meiner unsterblichen Seele. Und für Sekunden war ich versucht, mich von ihr zu lösen, nur um zu verhindern, dass sich diese völlige Finsternis meiner bemächtigen könnte, und mich zu einem ebenso listigen und bösartigen Geschöpf machen würde, wie sie es war. Doch ich riss mich zusammen. Es war mein Schicksal, meine Bestimmung. Und ich würde Tausende meiner Art und alle Menschen, die mir nahestanden, damit retten. Ich war stark, redete ich mir ein. Ich würde widerstehen können. Ihr dunkler Geist würde nicht über mich siegen. Und so hielt ich sie umso fester umklammert, saugte ihre Lebenskraft, trank ihr Blut und riss ihre Seele an mich, auf dass sie für immer vergehen mochte.

Zwei rote Bestien standen einander gegenüber.

Es war ganz ähnlich wie damals mit Steven. Ich erwartete den Kampf der beiden, doch er blieb aus. Das Elektrum lähmte Kaliste und ihren Blutdämon gleichermaßen. Mich berührte es nicht. Ihr Innerstes brach zusammen wie ein waidwundes Tier. Ich brauchte es mir nur noch zu holen. Mein Dämon riss große Fetzen aus dem am Boden liegenden Leib, der sich nicht mehr wehren konnte, schlang sie hinunter, Bissen für Bissen. Irgendwann senkte sich Schwärze über mich.

Ich weiß nicht, wie lange ich im Nebel zwischen den Welten verharrte, bis ich wieder zu Bewusstsein kam. Ich weiß nicht, wie meine Seele es überstand und sich Kalistes Macht und Stärke einverleibte, ohne vom Übel durchflutet zu werden, das Hand in Hand damit ging. Aber ich schaffte es. Und ich wusste es in dem Moment, in dem Armand mich in die Arme nahm und meinen Namen flüsterte.

Nie mehr so wie es war

Ich drehte den Dämonenring an meiner Hand, spürte Magotars vereinte Kraft in mir. Wusste er, dass ich ihn jetzt besaß? Das geschafft hatte, was er mir nicht zutraute?

Etwas in mir war gestorben, als ich von Kaliste getrunken hatte. Ich hatte es deutlich gespürt, und in dem Moment, als ich es spürte, hatte ich zutiefst bedauert, es zu verlieren. Doch Sekunden später war es verschwunden. Da war nur noch Gleichgültigkeit und etwas wie Erleichterung. Als sei ich endlich etwas losgeworden, das nicht zu mir gehörte.

Ich wusste, was es war. Das letzte Stückchen Menschlichkeit, das noch in mir geblieben war. Das ich wie einen Schatz gehütet hatte. Meine menschliche Seele. Über die Jahre hatte ich sie gerettet. Hatte sie mit meiner Vampirseele in Einklang gebracht, damit sie nicht zerbrach. Und jetzt war all das verloren.

Der Kampf mit Kaliste war vorüber. Doch ein anderer stand mir noch bevor. Ich hatte Lucien um eine Unterredung unter vier Augen gebeten. Schweigend stand ich am Fenster und blickte in den Londoner Regen hinaus, als er kam. Ich hörte ihn, ließ es mir jedoch nicht anmerken. Er spürte die Anspannung in mir. Den mühsam beherrschten Zorn. Und er hatte Angst davor. Ein Gefühl, das ich von ihm nicht kannte. Ich war nicht mehr dieselbe. Würde es nie wieder sein. Und das wusste er.

„Ich fühle gar nichts mehr, Lucien", begann ich und meine Stimme klang fremd in meinen eigenen Ohren. Tot und leer. „Überhaupt nichts mehr. War es das, was du für mich wolltest? Dass ich meine Menschlichkeit verliere und – nichts mehr fühle?"

Er wich meinem Blick aus, wusste nicht, was er sagen sollte.

„Du hast mich ausgewählt", fuhr ich fort. „Du hast mich vorbereitet. Damit ich siegen würde. Dein Wille – von Beginn an. Durch mich zu herrschen, wenn ich die Königin töte. Mit deinem Blut hast du die Sterbliche an dich gebunden, damit der Vampir zu dir kam, dich zum Lehrer wählte. Und du hast mich gelehrt. Mit Berechnung. Lucien."

Ich hauchte seinen Namen wie Nebel und die Kälte in meiner Stimme traf sein Herz. Ich konnte es in seinen Augen sehen und daran, wie er erschauerte. Ich kam ihm näher, bis ich nur noch Millimeter von ihm entfernt stand, küsste seine starren Lippen, berührte die kalte, harte Marmorhaut seiner Wange. Er zeigte keine Regung.

„Du wolltest dir meiner sicher sein. Du wolltest, dass ich es für dich tue, nicht wahr? Mein Geliebter! Hast du darauf gehofft? Damit du an meiner Seite herrschen könntest? Doch leider ist deine Rechnung nicht aufgegangen. Du hast es nicht geschafft, meine Menschlichkeit zu zerstören. Vielleicht hat es Kalistes finsteres Blut geschafft, doch ich habe noch immer die Hoffnung, dass ich es überwinde. Denn ich bin nicht allein. Ich habe Armand – du hast niemanden."

„Ich habe alles für dich getan", presste er mühsam hervor. „Alles riskiert, um dir den Weg zu ebnen. Habe mich selbst in Gefahr gebracht und mein Leben für dich riskiert. Sogar den Dolmenwächter auf deine Seite gezogen. Und so dankst du es mir. Sein Blut hat erst den Unterschied gemacht."

Ich musste lachen über seine Beharrlichkeit, mehr noch über seine Furcht vor mir, die völlig grundlos war.

„Blut. Das ist alles, worum es dir geht. Blut und Macht. Was wirklich wichtig ist, zählt für dich nicht. Freundschaft, Liebe, Vertrauen."

„Wir brauchen so etwas auch nicht. Dergleichen taugt nicht für einen Vampir. Du hast gesehen, welche Macht wir besitzen, spürst sie jetzt in dir, stärker als in jedem anderen von uns. Aber selbst jetzt schaffst du es nicht, dich davon zu lösen und anzunehmen, was dir geschenkt wurde."

„Spar dir deine Reden, Lucien, sie beeinflussen mich nicht mehr. Dein ‚Geschenk' ist mir vielmehr ein Fluch. Du wirst bleiben, was du immer warst.

Einer der Lords. Nicht mehr und nicht weniger. Ich teile meine Macht nicht mit dir. Nicht, weil ich sie für mich beanspruche. Oh, ich würde sie liebend gern an jemand anderen geben. Ich habe kein Interesse an der Herrscherwürde. Aber dir gebe ich sie nicht, weil ich weiß, dass du sie genauso für deine eigenen Pläne missbrauchen würdest wie Kaliste."

Er erkannte, dass er gescheitert war. Dass all seine Intrigen und klugen Schachzüge ihm nicht den Sieg brachten, weil ich ihm die Stirn bot.

„Was du getan hast, schmeckt bitter wie totes, krankes Blut. Ich könnte dich jetzt hassen. So sehr, dass ich deinen Tod wünschte. Aber du bist mir egal, Lucien."

Eine Weile herrschte Schweigen zwischen uns. Ich spürte seinen inneren Kampf, seine Enttäuschung und seine Wut. Ja, er hatte viel riskiert und einen Preis bezahlt. Aber nicht hoch genug.

Ich wendete mich ab und ging zum Fenster zurück. Lucien folgte mir nicht. Ich schaute wieder hinaus in den Regen und stellte mir vor, dass dies meine Tränen wären, die ich nicht mehr weinen konnte. Der Himmel weinte für mich — um mich. Um meine verlorene Seele.

„Geh jetzt bitte, Lucien", flüsterte ich schließlich so leise, dass ich es selbst kaum hörte. „Geh mit deinen Göttern oder mit irgendeinem Gott oder Teufel, dem du deine schwarze Seele verkaufen kannst. Aber geh und komm mir nie wieder nahe."

„Du schuldest mir dein Leben, *thalabi*. Muss ich dich wirklich daran erinnern?"

Fauchend fuhr ich herum und stürzte mich wie eine Furie auf ihn, schleuderte ihn gegen die Wand und hielt ihn mit eisernem Griff fest. Zum ersten Mal, seit ich ihn kannte, sah ich nackte Angst in seinen Augen. Auch ich fürchtete mich. Vor dem, was ich tat, vor dem übermächtigen Dämon, der jetzt in mir regierte und mich steuerte. War das noch länger ich? In diesem Augenblick wusste ich nicht einmal zu sagen, ob ich Lucien töten würde, oder ob es ihm nur Angst einjagen sollte. Doch es spielte keine Rolle. Ich wollte nicht länger eine Marionette in seinem Spiel sein, denn genau das war ich die ganze Zeit für ihn gewesen. Damit war jetzt Schluss, und das war uns beiden bewusst.

„Sprich nie wieder von Schuld", grollte ich. „Ich denke, ich habe genug bezahlt. Mit Ivankas Leben. Mit Warrens Seele. Mit Dracons Liebe. Mit Franklins Vertrauen. Mit meiner Menschlichkeit. Ich schulde dir nichts mehr. Denn alles, was ich je liebte, habe ich dir geopfert. Alles, außer Armand, weil er immer schon stärker war als du. Meine Schuld ist mehr als getilgt. Und nun geh mir aus den Augen, ehe ich dich auch noch mit deinem Leben bezahlen lasse."

Ich ließ ihn los, hörte, wie er aufatmete, als ich mich wieder den Regentropfen am Fenster zuwandte. Er hatte nicht den Mut, zu widersprechen und wandte sich zum Gehen.

„Lucien?"

Er blieb stehen, blickte über die Schulter zurück.

„Rühr meinen Vater nie wieder an, hast du verstanden?"

Er verzog das Gesicht, was seine angedeutete Verbeugung lächerlich machte. Schach matt, dachte ich, war aber nicht sicher, ob er sich daran hielt. Noch weniger, ob es an mir war, mich einzumischen, wenn Franklin sich seinem Zauber und seiner Macht beugte.

Gleich darauf spürte ich, dass er den Raum verließ. Wortlos. Lautlos.

✻

Ich hatte lange gezögert, ob ich zu meinem Vater gehen sollte. Letztlich hatte Armand mich dazu überredet. Es würde ihm das Herz brechen, zu sehen, was ich geworden war. Doch es nicht zu sehen, würde ihn umbringen.

Ich fand ihn am Kamin, mit einem Buch in der Hand, in dem er doch nicht las, und trat ins Licht des Feuers, damit er mich wahrnahm. Er blickte auf, ihm stockte der Atem. Ein gequältes Stöhnen entrang sich seiner Kehle, und er sackte kraftlos im Sessel zusammen.

Die Veränderung war nicht zu übersehen. Das wusste ich. Meine Haut so bleich wie nie zuvor. Die Augen von einem so tiefen Grün, dass sie fast schwarz wirkten. Kein leuchtender Smaragd mehr, eher ein schimmernder Turmalin, dunkel und gefährlich. Mein Haar floss schillernd um meine Schultern und über den Rücken hinab. Wie Blut und Feuer, wie ein flüssiger Lavastrom. Ich hatte vor mir selbst Angst, wenn ich in den Spiegel sah. Das Geschöpf, das meinem Vater gegenüberstand, hatte nichts mehr mit der jungen Frau gemeinsam, die einst seine Tochter gewesen war.

„Du hast recht, Franklin", sagte ich leise, als ich genau dies in seinen Gedanken las. Sogar meine Stimme klang jetzt anders, wie aus fernen Sphären. „Deine Tochter gibt es nicht länger. Der Mensch in mir ist gestorben in dieser Höhle. Melissa ist tot. Jetzt lebt nur noch der Vampir. Die Königin aller Vampire. Meine menschliche Seele hat mich endgültig verlassen." Mit bitterem Lächeln fügte ich hinzu: „So wie Lucien es immer gewollt hat."

Franklin öffnete den Mund, aber die Worte wollten nicht über seine Lippen kommen. Er schluckte ein paar Mal hart und dann endlich konnte er wieder sprechen. Aufs Tiefste erschüttert über das, was geschehen war und was er nun mit eigenen Augen sah.

„Du ... du kommst ... nicht zurück, um zu bleiben, nehme ich an."

Ich schüttelte betrübt den Kopf. Oder war es Gleichgültigkeit, die ich fühlte? „Nein, Vater. Ich komme nicht zurück. Nie mehr. Wir werden nicht in London bleiben. Dieses Leben ist vorbei, und ich rate dir, halte dich von mir fern, wenn dir deines lieb ist. Es ist ein Abschiedsbesuch, um hinter mir zu lassen, was einst dem Menschen gehörte, der ich vielleicht einmal war. Es ist nicht mehr viel übrig davon. Außer der Hülle … und ein paar Erinnerungen."

Er verstand, was ich meinte, auch wenn es ihm das Herz zerriss. Er hatte mich endgültig verloren. Genau so, wie Margret Crest es ihm einst prophezeit hatte.

Ich wollte mich umdrehen, um zu gehen, da fiel mir noch etwas ein und ich verharrte. „Da ist noch etwas, das du wissen solltest, Franklin. Nun, da Lucien weiß, dass er mich verloren hat und sein Plan nicht aufgegangen ist, kann ich dir nicht sagen, was er in Bezug auf dich tun wird. Ich rate dir, hüte dich vor ihm. Sofern es dir möglich ist. Vielleicht wird er nie wieder zu dir kommen. Wenn er klug ist, tut er, worum ich ihn bat. Vielleicht wird er dich aber nun erst recht in seine Fänge ziehen wollen. Aus Rache oder weil er dich begehrt und er seine Macht über dich genießt. Ich weiß es nicht. Aber er weiß sehr wohl, dass ich deinen Tod nicht sühnen würde, noch deine Wandlung. Er hat also von mir nichts mehr zu befürchten. Weder, dass er mich verliert, denn das hat er bereits. Noch, dass ich Rache an ihm üben würde, denn es ist nicht mehr an mir. Es ist dein Leben, deine Wahl. Da Armand und ich gehen werden, kann ich nicht von dir verlangen, der Versuchung eines anderen zu widerstehen. Nach dem, was in der Unterwelt geschehen ist, weniger denn je. Und vielleicht wäre es sogar gut, wenn du dich in die Obhut des Lords begibst, weil er dir mehr geben kann als jeder andere Vampir."

In seinen Augen schimmerten Tränen, in meinen ebenfalls. Nur das Gefühl, das dazugehörte, wollte sich bei mir nicht mehr einstellen, also ging ich.

enkst du, ich habe das Richtige getan? Ich wollte nicht so hart zu ihm sein."

Armand drückte mir einen Kuss auf die Stirn und hielt mich fest. „Lass ein wenig Gras über die Sache wachsen. Dann werden wir sehen."

„Ich kann nicht mehr zurück."

„Das musst du auch nicht. Aber ich habe doch schon öfter den Laufburschen für dich gespielt."

Er lachte leise. Ich wäre gern mit eingefallen, doch die Leere in mir ließ es nicht zu. Das war der Preis, den ich zahlen musste.

In der nächsten Zeit war mein Vater sicher gut beschäftigt. Die Ordensstruktur musste neu aufgebaut werden. Ein Magister würde es nie wieder geben. Stattdessen mehr PSI-Wesen in den Ordenshäusern. Der PU verlor sozusagen sein U.

„Ash wird Franklins Vertreter", erzählte er mir. „Das hat Rugo mir gesagt. Er ist jetzt häufiger in Gorlem Manor."

Er würde einer der Ersten sein, die sich dem Orden anschlossen. Ebenso wie Alwynn. Blue wohl kaum, schon allein wegen Ash. Von dem Dolmenwächter fehlte jede Spur, nachdem ich ihm das Elektrum gegeben hatte. Aber ich war sicher, dass wir ihn nicht zum letzten Mal gesehen hatten. „Man sieht sich", waren seine letzten Worte an mich gewesen. Und Blue meinte meist, was er sagte.

Ben war zu Pettra geflogen. Das war noch vor meinem Kampf mit Kaliste geschehen. Ob er wieder nach Gorlem Manor kommen würde, irgendwann? Er wollte sich mit der Entscheidung Zeit lassen.

Immer wieder ging ich unsere Freunde im Geiste durch, fragte mich, ob ich sie wiedersehen wollte, was sie von mir dachten. Außer Lucien waren nur Tizian und Raphael gekommen, nachdem wir aus der Höhle zurückkehrten. Ich hatte Tizian den Dämonenring angeboten, aber er lehnte ihn ab. Sein Glück war Raphael, er brauchte keine Herrschaft.

Hatte man mich gefragt, ob ich sie brauchte? Die Bürde gab ich gern weiter, wenn sie jemand haben wollte. Von mir aus sogar doch an Lucien.

„Die Chance hast du wohl vertan. Der meidet dich jetzt, nachdem du ihm mit dem Tod gedroht hast."

„Irgendwann wird er es vergessen."

Seine Hand strich zärtlich über die Narben, die ich vom Kampf mit Kaliste davongetragen hatte. Die Heilung schritt nur langsam voran, was auch am

Elektrum lag. Ich war dankbar, dass mich das Zeug nicht umgebracht hatte, und bereute den Preis dafür kein bisschen. Blue war wirklich ein guter Liebhaber. Aber mit Armand konnte er nicht konkurrieren. Niemand konnte das.

Ich schloss die Augen, versuchte, das Gefühl zu genießen, das seine Finger auf meiner Haut auslösten und nicht mehr an die Einsamkeit in meinem Inneren zu denken. Ich war nicht allein, ich hatte ihn. Aber ich vermisste alle anderen. Meine Freunde fürchteten mich. Und ich fürchtete mich vor den Menschen, die ich liebte, aufgrund dessen, was ich jetzt war.

„Hab Geduld. Alles wird wieder gut", tröstete mich Armand und küsste mich zärtlich.

Seufzend lehnte ich den Kopf gegen seine Schulter. Geduld war noch nie meine Stärke.

„Sie werden sich nicht von dir abwenden. Gib ihnen Zeit."

Er setzte seine Bemühungen fort, mich von den trüben Gedanken abzulenken, hauchte zarte Küsse auf meine Kehle, meine Knospen. Ich zitterte, als er über mich glitt, mich ausfüllte mit seinem Leib und seiner Liebe. Zaghaft erwachte eine erste Flamme in mir, vertrieb die Leere und die Einsamkeit. Ein sanftes Ziehen in meinem Herzen, das sich nicht vollständig fühlte, wenn es nicht mit Armands Herz im Einklang schlagen konnte. Ja, mir fehlte mein altes Leben. Aber was ich wirklich brauchte, das war bei mir. Das würde ich nie verlieren.

Armand presste seine Stirn gegen meine Wange, verschränkte seine Finger mit meinen. Jede seiner Bewegungen war pure Sinnlichkeit, wärmte meine kalte Haut und erweckte mich zum Leben. Er saugte an meinen Lippen, biss sich auf die Zunge und ließ mich die Süße seines Blutes schmecken. Schluck für Schluck vertrieb es die Erinnerung an den bitteren Saft aus Kalistes Mund.

Ich schlang meine Arme um ihn, hielt mich verzweifelt an ihm fest, weil er der Halt in diesem Strudel war, der mich immer noch in den Abgrund ziehen wollte. Kalistes Erbe in mir war mehr als ich ertragen konnte, etwas, das ich nicht kontrollieren konnte und das mir Angst machte.

„Scht", raunte Armand. „Hab keine Angst. Du bist stark genug, das hast du bewiesen."

„Und wenn nicht?", flüsterte ich angstvoll? „Wenn ich dieser Finsternis in mir doch nicht widerstehen kann?"

„Das wird nie geschehen. Denn wann immer du fürchtest, schwach zu werden, bin ich stark genug für uns beide."

Glossar

Ammit	ägyptische Seelenfresserin
Ashera	semitische Furchtbarkeitsgöttin, hier: PSI-Orden
Bajang	männlicher, vampirartiger Dämon aus Malaysia, kann sich in Wiesel/Marder verwandeln
Crawler	Vampirart, die aus Magotars Rubinring der Nacht entstanden ist
Dämonenring	Magotars drei Ringe der Nacht vereinen sich zum Dämonenring
Daywalker	Mischling aus Vascazyr und Daywalker
djamal/djamila	arabisch für mein Schöner/meine Schöne
Elektrum	mystisches Metall aus Atlantis mit großer magischer Kraft
Elfe	menschlich wirkende Wesen, die sich in eine Art Libelle verwandeln können.
Gef	wieselartige Dämonen
Gestaltwandler	PSI-Wesen, das seine Gestalt in jede beliebige organische Lebensform verwandeln kann
Ghanagoul	Dämonenwächter der Vampirkönigin Kaliste
Halfblood	Mischling aus Mensch und Nightflyer
Kobin-Zwerg	Zwergenart, die viel Ähnlichkeit mit Lilliputanern aufweist, allergisch auf Tiere aller Art
Langsuir	weibliche, vampirähnliche Dämonen aus Malaysia, die sich in Vögel verwandeln können
Luchsar	Gestaltwandler, die sich in luchsartige Wesen verwandeln können
Lupin	wolfsartige, weibliche Dämonen, nicht verwandt mit den Lycanern
Lux Sangui	Orden von Dämonenjägern
Lycaner	Volk der Werwölfe
Lycantrop	Werwolf
Magister	Instanz innerhalb des Ashera-Ordens, der die Kontrolle der Ordensgeschicke innehat
Magotar	Unterweltsgott in Atlantis, Vater von Kaliste und Tizian, den Urgeschwistern der Vampire
Motha	im Äußeren dem Behemoth ähnliche Dämonenart
Nightflyer	Vampire aus den Blutlinien der Urgeschwister Kaliste und Tizian
Sadeki	arabisch für Freund
Sidhe	Feenvolk der britischen Inseln
Stadt-Troll	massige, aber menschlich aussehende Wesen mit viel Körperkraft, etwas plump
thalabi	arabisch für Füchsin
Vascazyr	eidechsenartige Dämonenart

Danksagung

Die „Ruf des Blutes"-Serie nähert sich dem Ende. Noch ein Band liegt vor mir, dann heißt es Abschied nehmen von Mel, Armand, Lucien und all den anderen. Ich tue das mit einem lachenden und einem weinenden Auge, denn sie haben mich viele Jahre begleitet, sind mir vertraut geworden wie Freunde und ich habe mit ihnen gelitten, gelacht, gehasst und geliebt.

Ich habe in den vergangenen zwölf Monaten Höhen und Tiefen erlebt, die mir die Arbeit an der „Erbin" nicht immer leicht gemacht haben. Hier muss ich drei ganz besonderen Menschen meinen Dank aussprechen, ohne deren Zuspruch ich mehr als einmal nicht mehr weiter gekonnt hätte.

Meiner Mutter, die mir den Rücken freigehalten und mir den Raum geschaffen hat, für Stunden in diese andere Welt abzutauchen, ohne dass mich irgendetwas oder irgendjemand hätte stören können. Die mir immer Mut zuspricht, mir bedingungslos Stütze und Trost ist.

Meiner Freundin Anja, für jedes aufbauende Wort, ihr Verständnis und ihre klaglose Bereitschaft, sich um meine Pferde zu kümmern, während ich mir vor meinem Laptop den Kopf über die nächste Szene zerbrach. Für eine Freundschaft, wie sie unerschütterlicher nicht sein könnte und eine Schulter zum Anlehnen, wann immer ich sie brauche.

Und Alisha für ihren Zuspruch, ihre Unterstützung und ein offenes Ohr zu jeder Zeit – einfach ihre Nähe, obwohl wir hunderte Kilometer voneinander entfernt sind.

Ich danke auch Melanie für die schöne Zeit in Schottland, die sehr inspirierend und erholsam war, unsere Telefonate, die Lesungen und beieinander Ausheulen bei Bedarf.

Und euch, meine lieben Leser, danke ich für eure Treue, eure Anregungen, eure Anteilnahme, eure Kritik. Dafür, dass ihr ein Teil meiner Welt werdet, wenn ihr in meine Geschichten eintaucht.

Blessed Be

Tanya Carpenter

Die Autorin

Tanya Carpenter wurde am 17. März 1975 in Mittelhessen geboren, wo sie auch heute noch in ländlichem Idyll lebt und arbeitet. Die Liebe zu Büchern und vor allem zum Schreiben entdeckte sie bereits als Kind und hat diese nie verloren.

Ihr erster Roman „Tochter der Dunkelheit" erschien im Herbst 2007 im Sieben-Verlag als Auftakt der „Ruf des Blutes-Serie. 2008 folgte mit Engelstränen der zweite Band, 2009 Dämonenring, 2010 Unschuldsblut.

Nach „Erbin der Nacht" wird die Serie mit „Wolfspakt" abgeschlossen.

Seit 2010 erscheint die Serie auch als Taschenbuch-Lizenz beim Diana-Verlag von Random House. Ab 2011 als exklusive Hardcover-Reihe im Club-Bertelsmann.

Neben der Vampir-Serie ist die Autorin in diversen Anthologien vertreten und hat weitere Romane und Serienkonzepte in Vorbereitung, darunter auch einige Co-Op-Projekte.

2011 gibt sie gemeinsam mit Alisha Bionda die Chill & Thrill-Anthologie heraus. Weitere Projekte als Herausgeberin befinden sich in der Planungsphase.

Hauptberuflich arbeitet Tanya Carpenter als Vertriebsassistentin bei einem großen Industrie-Unternehmen. Ihre Freizeit verbringt die naturverbundene Powerfrau neben dem Schreiben gern mit ihrem Hund und ihren Pferden oder geht auf Foto-Tour. Außerdem interessiert sie sich für Mystik, Magie und alte Kulturen, liebt Schottland, Schwertkampf und Bogenschießen.

Mehr unter: www.tanyacarpenter.de

Blutsvermächtnis
Kathy Felsing

ISBN: 978-3-941547-31-5

Man nennt Menschen wie sie Dream Shaper, doch Nevaeh Morrison, eine Paläopathin aus Los Angeles, verdrängt ihre paranormale Gabe mit aller Gewalt. Sie begegnet dem ältesten denkenden Wesen der Welt: Elasippos alias Elia Spops, eine geheimnisumwobene Persönlichkeit von ganz besonderem Blut. Dem seit Jahrhunderten zurückgezogen lebenden Elia drohen seine unbedacht gelegten Spuren der Vergangenheit zum Verhängnis zu werden. Sie lassen einen blutrünstigen Vampir auf der Suche nach dem Blutsvermächtnis über Leichen gehen und ausgerechnet Nevaeh in sein Fadenkreuz rücken. Ein persönlicher Feind hat zudem eine ganz andere Rechnung mit ihr zu begleichen und zusätzlich steht die erste Begegnung von Nevaeh und Elia unter keinem glücklichen Stern: Sie sieht in ihm den Entführer ihres Vaters Joshua und den Mörder zweier Wissenschaftler, Mitglieder einer Expedition in die Atacamawüste auf der Suche nach einer 12.000 Jahre alten Babymumie. Mit dem jähen Ende der Forschungsreise gerät Nevaeh in einen Strudel aus tödlicher Gefahr zwischen zwei Welten: Im L. A. der Gegenwart jagt sie ein skrupelloser Killer und in der Atacamawüste in Chile gerät sie in ein unterirdisches Zuhause, das dem 18. Jahrhundert entsprungen zu sein scheint …

Mehr unter: www.blutsvermaechtnis.com

Nybbas Nächte
Jennifer Benkau
ISBN: 978-3-941547-14-8

Die Liebe verleiht Flügel, so sagt man. Doch manchmal sind Flügel nicht genug, um zwei Welten zu überspannen ... Einen Dämon zu lieben, stellt eine ganz besondere Herausforderung dar. Dies war Joana klar, als sie sich mit Nicholas in einen Kokon geliehener Zeit eingesponnen hatte. Als wie aus dem Nichts ihre Feinde zuschlagen, gerät alles ins Wanken, woran Joana glaubt und lässt die Seifenblase der Illusion eines normalen Lebens platzen. Zur Verteidigung bleibt Joana nur eine Möglichkeit: Sie muss endlich lernen, ihre Clerica-Kräfte zu beherrschen und sucht auf Island eine abtrünnige Dämonenjägerin auf, um sich von ihr trainieren zu lassen. Doch muss sie schnell feststellen, dass unter dem grünlichen Schein der Aurora Borealis über dieser geheimnisvollen Insel nichts ist, wie es scheint. Nicholas indes steht eine harte Prüfung bevor, denn sein Vertrauen zu Joana wird tief erschüttert. Seiner großen Liebe Glauben zu schenken, kostet den Nybbas einen schier unbezahlbaren Preis ...

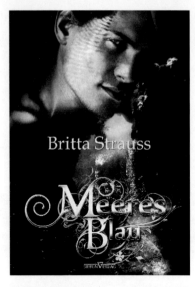

Meeresblau
Britta Strauß
ISBN: 978-3-941547-36-0

Nach dem Tod seiner Eltern kehrt der Meeresbiologe Christopher Jacobsen heim auf die Isle of Skye, um sich um seine Schwester zu kümmern. Nicht nur der tragische Verlust verändert das Leben der Geschwister schlagartig, denn seltsame Wandlungen gehen in Christopher vor und das Meer übt eine magische Anziehungskraft auf ihn aus.

Auf einer Tiefseeexpedition, die ihn zusammen mit einer Crew von Wissenschaftlern vor die Küste Chiles führt, gewinnt der tödliche Zauber seiner wahren Natur an Kraft. Hin- und hergerissen zwischen seinem Leben an Land, seiner Liebe zu der Tiefseeexpertin Maya und der Verlockung, in seiner wahren Gestalt in die undurchdringlichen Abgründe der Meere zu tauchen, muss er sich entscheiden, bevor es zu spät ist.